一个赢家
的葬礼

VINNARNA

巴克曼『熊镇三部曲』

『瑞典』 弗雷德里克·巴克曼 著

郭腾坚 译

FREDRIK
BACKMAN

台海出版社

北京市版权局著作权合同登记号：图字 01-2023-4229

Vinnarna (English title: The Winners)
Copyright © Fredrik Backman 2021
Published by agreement with Salomonsson Agency AB, through The Grayhawk Agency Ltd.
Simplified Chinese translation copyright © 2023 by Beijing Xiron Culture Group Co., Ltd.
ALL RIGHTS RESERVED.

图书在版编目（CIP）数据

　　一个赢家的葬礼 /（瑞典）弗雷德里克·巴克曼著；
郭腾坚译 . -- 北京：台海出版社 , 2023.11
　　书名原文：Vinnarna
　　ISBN 978-7-5168-3661-3

　　Ⅰ.①一… Ⅱ.①弗… ②郭… Ⅲ.①长篇小说—瑞
典—现代 Ⅳ.① I532.45

　　中国国家版本馆 CIP 数据核字（2023）第 184063 号

一个赢家的葬礼

著　者：[瑞典]弗雷德里克·巴克曼	译　者：郭腾坚	
出 版 人：蔡　旭	责任编辑：曹任云	

出版发行：台海出版社
地　　址：北京市东城区景山东街 20 号　　　邮政编码：100009
电　　话：010-64041652（发行、邮购）
传　　真：010-84045799（总编室）
网　　址：www.taimeng.org.cn/thcbs/default.htm
E - m a i l：thcbs@126.com

经　　销：全国各地新华书店
印　　刷：嘉业印刷（天津）有限公司
本书如有破损、缺页、装订错误，请与本社联系调换

开　　本：880 毫米 × 1230 毫米　　　1/32
字　　数：536 千字　　　　　　　　　印　张：22.125
版　　次：2023 年 11 月第 1 版　　　印　次：2024 年 1 月第 1 次印刷
书　　号：ISBN 978-7-5168-3661-3

定　　价：98.00 元

谨以本书献给——

那些找到生命中的挚爱，并为之高声谈笑、歌唱、悲泣的人

1. 故事

所有认识班杰明·欧维奇的人，尤其是我们这些跟他熟悉到可以直呼他"班杰"的人，在内心最深处想必都知道：像他这样的人，从来就不会有好结局。

当然，我们仍然心怀希望。上帝啊，我们心怀希望。天真的梦想是爱的最后一道防线，因此我们总是通过某种方式说服自己，我们所爱的人绝不会遭遇恐怖的悲剧，我们至亲至爱的人将能够逃过劫难。为了他们，我们梦想着永生，渴望自己获得超能力，而且试图建造时光机。我们心怀希望。上帝啊，我们心怀希望。

然而真相在于：像班杰这种男孩，他们的结局几乎永远不会是"他们老了"。他们的故事都不长，他们更不会待在养老院里，头枕着柔软的枕头，安详地死去。

像班杰这样的男孩，会以一种残暴的方式英年早逝。

2. 风暴

"让事情越简单越好。"这是冰球界以及生活中一条常见的建议。不要无意义地让各种大事小情变得更复杂；不要想太多，最好是完全不要去想。或许这个道理也应该适用于这个故事，这个故事应该能很快地讲完。从现在开始，它将在两个星期内结束。在这段时间里，在两座热衷于冰球的小镇里，来得及发生多少事情呢？当然了，不会发生很多事情。

但一切就在这时发生了。

冰球与人生的问题其实就在于：那种简单又明了的时刻很少出现。其他所有的时刻都是一场斗争。这个故事并非始于今日，它已经持续了两年。玛雅·安德森正是在那之后搬离了这里。她离开了熊镇，在一路南行的途中穿越了赫德镇。这两座森林中的小镇是如此贴近彼此，又如此远离其他所有的事物，以至于这种感觉就像移居外国。玛雅有一天会歌唱着：在成长过程中如此贴近荒野的人们，内心或许更亲近荒野；或许这将是一种既夸大又保守的陈述。几乎所有关于我们的描述都是如此。但如果你亲临此地，又不慎迷路来到了毛皮酒吧，拉蒙娜就站在吧台的后方。如果你愚蠢到问她多少岁或要求在调的酒里加一块该死的柠檬薄片而没有被骂，她或许就会告诉你一件重要的事情："和大城市的人相比，住在森林中的人们更依赖彼此。在这里，不管我们愿不愿意，人们就是会凑在一块儿。我们是如此贴近彼此，以至于要是有个死鬼在睡梦中太用力转身，小镇另一边的另一个死鬼身上的被子就会掉下来。"

你想了解这个地方吗？那你得了解它的历史沿革，了解其所有的人、事、物如何纠结在一起，了解它如何被宛如隐形针线的各种关系联系到一起，其中包括忠诚和恩惠——冰球馆与工厂，冰球队与政客们，积分排行榜与金钱，体育与就业机会，童年好友与队友，邻居、同事与家人。这使得人们凑在一起，并存活下来，但也让我们对彼此犯下恐怖的罪行。拉蒙娜不会对你和盘托出，没有人会对你和盘托出。但是你想了解吗？真想了解？那你得弄懂是什么力量使得我们来到这里。

凯文·恩达尔是我们在这一带见过的最棒的冰球员。两年半以前的一个冬天，玛雅在他举办的一场派对上被他强奸了。现在已经没人使用"强奸"这个字眼，而是会说"丑闻"，或者"那件事"，或"嗯，你……知道的"等类似的话。人人都感到可耻，这件事没人会忘记。由那场派对所衍生出的一连串事件最终造成了政治上的决定，以及金钱从一座小镇转移到了另一座小镇。它导致那年的春天与夏天被恐怖的背叛行为所破坏，进而带来了充满仇恨的秋季与充满暴力的冬季。冰球馆里的那场争吵最后几乎演变成街道上的战争——那些人被警方称为"暴民"，但熊镇所有人都只知道，是"那群人"中的黑衣男子出手攻击了位于赫德镇的敌人，而来自赫德镇的男子则还以颜色，烧了毛皮酒吧。就在这以暴制暴的过程中，维达在一场车祸中丧生，而"那群人"对这个年轻人的爱可是胜于其他一切的。这就是多年来的"侵略"行为导致的最后结局，这是一切的顶点。在那之后，没人能忍受这一切了。于是，维达入土为安，两名来自赫德镇的男子锒铛入狱，两群暴民乃至于两座小镇之间达成了休战协定。在那之后，双方相安无事。但现在，这个休战协定似乎正变得一天比一天岌岌可危。

凯文和他的家人搬离了此地。他们永远不会回来，没人会允许他们回来。整座熊镇已经尽力抹去关于凯文的记忆。当玛雅也收拾自己行李的时候，遗忘似乎就变得更加容易，虽然没人会承认这一点。她搬到首都定居，并就读于一所音乐学校，几乎完全变成了另一个人。因此，所有留下来的人可以逐渐停止谈论"丑闻"，仿佛它从来不曾发生。

凯文曾经的挚友班杰明·欧维奇也收拾了自己的行囊。他的行李比玛雅的少得多，但他走得更远。玛雅是朝着某个事物前进，而班杰明则是远走高飞；玛雅是在光明中追寻答案，而班杰明则是在黑暗中追寻答案；玛雅是在艺术中找寻答案，而班杰明则是在酒瓶的瓶底找寻答案。然而，他们都不曾真正顺利地找到答案。

他们离开此地之后，熊镇冰球俱乐部逐渐走上毁灭一途。这曾是一座总是怀抱着不真实梦想的小镇，但现在这里几乎已经完全没人抱有梦想。玛雅的爸爸彼得·安德森不再担任体育总监的职务，他完全退出了冰球界。赞助商争相逃离此地。区政府甚至谈到要裁撤掉整个冰球俱乐部，让赫德镇冰球俱乐部接管其所有资源与补助款。但在最后一刻，固执的本地商人与新的资金流拯救了熊镇。工厂的新任外籍老板将维持俱乐部视为能获得当地人们认可的一种方式，一个名叫理查德·提奥的投机政客从中察觉到赢得选票的机会——这些人脉产生出恰好足以在最后一刻力挽狂澜的资本。同时，俱乐部过去的理事会成员也被撤换；人们针对球会的"商标"召开会议，并且很快就骄傲地展示了一个全新的"价值推广项目"。寄发的小册子上印着邀约的话语："赞助熊镇冰球俱乐部不只很容易，更是一种正义！"他们其实也在万难当中扭转了一切，先是挽回了冰球场上的局势，进而稳住了场馆外的形势。熊镇冰球俱乐部的教练伊丽莎白·札克尔申请了一个较大型俱乐部的职务，但未能获选。赫德镇冰球俱乐部的教练获得了那份新工作，因此离开森林，并带走了赫德镇冰球俱乐部的多名优秀的选手。赫德镇冰球队顿时群龙无首，很快就陷入了充满权斗与阴谋的泥淖——所有身处这种处境的球队似乎都难逃同样的命运。与此同时，札克尔在熊镇打造出一支新球队——任命一个名叫波博的年轻人为助理教练；招募来一群游兵散勇，为首的是一个名叫亚马的十六岁少年。如今已经十八岁的亚马是全镇最优秀、最出众的球星，过去的那个冬季，人们一直在议论他会被美国国家冰球联盟选中而去北美展开职业生涯。他在上个球季的每一场比赛中所向无敌，直到他在春季受伤。熊镇的人都坚信，如果亚马没受伤，熊镇冰球队一定能赢下整个赛季的比赛，获得晋级。而且，要不是在最后几场比赛中奇迹般地获得了积分，赫德镇冰球队在整个赛季中本该落在后面，遭到降级。

两年后的今天，当初在玛雅和班杰离开时似乎完全不可能成真的一切——以绿色为标志的小镇向上提升，以红色为标志的小镇则向下沉沦，突然变得仿佛都只是时间问题。熊镇每个月似乎都能招募到新的赞助商，赫德镇的赞助商则越来越少；熊镇的冰球馆重新装修，赫德镇冰球馆的天花板似乎随时会崩塌。熊镇最重要的雇主——那座工厂与超市又在招聘了，而赫德镇最重要的雇主——市立医院每年都在裁员。如今熊镇有钱了，这里才有工作机会，我们才是赢家。

你想了解这些冰球小镇吗？那你得了解，它们可不只是地图上的图标而已。从上向下望去，我们看到的不过是森林中的两座平凡小镇。在某些人眼里，它们就只是两个村落。唯一真正将熊镇与赫德镇分开的，其实是一条位于林间的蜿蜒小道。这条蜿蜒小道的路途看起来甚至并不漫长，但你若是亲临此地，并试图在零摄氏度以下的低温（这是此地唯一的温度）及扑面而来的风（这是此地唯一的风向）中步行，你很快就会知道路途有多么遥远了。

我们痛恨赫德镇，赫德镇痛恨我们。就算我们赢下整个赛季的其他所有比赛，只要败给他们一场，我们都会失落一年。我们打得好还不够，他们一定要大败才行，只有这样我们才会真正感到高兴。熊镇的绿色冰球服上绘着一只熊，赫德镇的红色冰球服上则绘有一头公牛。这听起来挺简单，但这些颜色让人无法说明哪些问题与冰球有关，而其他所有问题又该从哪里算起。在整座熊镇里，没有一栋别墅将篱笆漆成红色；在赫德镇上，也完全没有一栋别墅将篱笆漆成绿色：这跟屋主是不是冰球迷已经无关。因此，没有人知道：究竟是冰球俱乐部霸占了本该用于篱笆的颜色，还是篱笆的色调影响了冰球俱乐部的颜色。没有人确切地知道：到底是仇恨孕育出了俱乐部，还是俱乐部孕育出了仇恨。所以，你想了解这些冰球小镇吗？那你可得了解到：在这里，体育可不仅仅是体育而已。

可是，你想了解这里的人吗？真的想了解？那你也得知道：一场恐怖的自然灾害很快就会降临，并击碎我们所爱的事物。我们或许住在冰球小镇，但基本上仍是森林的子民。环绕着我们的林木、石块与土地在数千年来见证了各类物种的繁衍及灭绝。我们或许会装作自己很强壮、伟大，但我们无法与自然匹敌。有朝一日，这里将开始刮风；在下一个夜晚，这感觉将挥之不去。

很快地，玛雅就会唱起关于我们的歌曲，关于我们这些无论是对内还是对外都如此贴近荒野的人的歌曲。她将会唱起自己那为悲剧所定义的家乡、那些打击我们的人，以及那些我们有所亏欠的人。她将会唱起：森林就是在那一年的秋天使出全力对抗我们。她将会唱道：所有的社会都是我们自身所做选择的总和，那些凝聚我们的一切事物最终将成为我们的历史。她将会唱道：

这是从一场风暴开始的……

这是这里的一整代人所遭受的灾情最为惨重的风暴。我们也许会如此形容每一场风暴，但这一场风暴前所未有。人们曾经谈论：今年雪下得或许会比较晚，但风起得很早。八月以一场滞闷、让人感到不祥的热浪收尾，而秋天就在月底一脚踹进来，导致气温直线下落。我们周围的自然环境变得无法预料，充满攻击性。猎人与猎犬最先洞察到这一点，其他人很快也发现了。我们注意到了这些警报，但风暴袭来的力道是如此狂暴，打得我们失去了呼吸。它将树木连根拔起，使天幕黯然无光；它以大人殴打小孩的架势欺上了我们的房屋和我们的小镇。那年代无比久远、曾如岩壁一般坚不可摧的树干，突然间变得像被踩在脚底下的草叶般软弱，终致不支倒地。震耳欲聋的风声使得在近旁的人们只看到树木倒地，却听不见它们被折断的声音。房屋间的薄板与屋顶的瓦片被刮起，重重地甩入空中，宛如尖锐的炮弹追杀任何只是试图回家的人。各条道路被吹翻的林木覆盖，让你无法进入此地，也无法从这里逃离。随后而来的停电使小镇在夜晚中陷入黑暗，手机只能偶尔起作用。所有能够跟自己所爱的人通上话的人，都在话筒中叫喊着同一件事：待在室内，待在室内！

但一名来自熊镇的年轻男子恐慌地驾着一辆小轿车行驶在小路上，前往赫德镇的医院，他怀孕的妻子就坐在他旁边。他不敢踏出家门，也不敢留在那里。不管现在是否有风暴，他的妻子即将生产。他就像躲在战壕里的无神论者一样向上帝祷告。当那棵树无情地划破引擎盖时，他的妻子发出尖叫。钢板被重重地向后顶起，她被甩向玻璃窗。没人知晓他们的遭遇。

3. 消防员

你想了解住在两座冰球小镇的人吗? 真的想了解? 那你得了解我们在能力范围内所能干出的一切最恶劣的事情。

*   *   *

大风可不是低声悲鸣着拂过这座位于赫德镇外围的房屋, 它在高声吼叫。房屋的正面被向外吸动, 地板颤抖着, 使得悬挂在各面墙壁上的赫德镇冰球俱乐部的红色球衣及旗帜摇晃着。屋里的四个小孩事后将会说:"感觉起来, 宇宙当时试图杀死我们。"其中最年长的特丝十七岁, 接着是十五岁的托比、十三岁的泰德和七岁的图尔。他们就像所有孩子一样害怕, 但他们清醒着, 已经做了准备, 因为他们有些其他小孩没有的条件。他们的母亲是助产士, 父亲则是消防员。有时他们感觉, 全家人唯有在遭遇危机时才能真正运作起来。一意识到眼前的情况, 孩子们就进到庭院, 将攀爬架、秋千架及露台上的家具全收了起来。如此一来, 当开始起风时, 它们就不会砸破窗户。父亲强尼跑去协助安置一座位于同条街较远处的院子。母亲哈娜则打电话给他们认识的所有人, 询问他们是否受伤。她打了许多通电话, 他们似乎认识所有人。他俩都在赫德镇出生、长大, 一人进入消防局工作, 另一人则在医院上班, 这最终导致他们变得无人不知, 无人不晓。这里就是他们的社区, 他们与他们的子女都是在那几条屋舍间的回车道上学会骑自行车的。他们所接受的教养原则很简单: 爱你的家人, 努力工作; 在赫德镇冰球俱乐部赢球时感到高兴, 但在熊镇冰球俱乐部被痛打的时候更要感到高兴; 向弱者伸出援手，当个好邻居，永远不要忘记你从哪里来。针对最后一点，双亲向子女采用了身教，而非言教。他们教导子女：人们可以为一切争吵，但在紧要关头必须团结，因为孤独的人没有存活机会。

窗外的这场风暴打断了屋内的另一场风暴。强尼和哈娜那时候正在吵架，而且是大吵。哈娜是一名身材矮小、体态轻盈的女子，此刻她正站在厨房的窗边，咬着面颊内侧，揉搓着手上的瘀伤。她嫁给了一个白痴。强尼身材高大而魁梧，留着浓密的胡须，双手厚实而有力，冰球球员时期的他以率先摘掉手套、带头打群架著称。赫德镇冰球俱乐部的徽标是一头发狂的公牛，这个形象完全可以视为对他的讽刺。他脾气火暴且顽固，作风老派而充满偏见，就像个永远长不大、在人们印象中老是大吼大叫的初中男生。他将自己的冰球球员生涯延续到了极限，然后转做消防员。他从一间更衣室换到另一间更衣室，继续在所有事情上竞争：谁能在举重时举得最重，谁能在森林中跑得最快，谁能在烤肉派对上灌啤酒灌得最多。哈娜从第一天与他相处时就知道：他吸引人的特点在某一天可能会招来危险，输不起的人会变得有攻击性，激烈而狂野的性情可以转变为暴力。她的公公曾评价她说，这女人的导火索虽然很长，可是身上藏了一堆火药，是最危险的。门厅里立着一个花瓶，它是在被砸成碎片后又被小心地粘起来的。它立在那里就是要让哈娜不忘旧事。

强尼从庭院里走了进来。他瞄了哈娜一眼，想瞧瞧她是否仍在生气。两人的争吵总会以这种方式结束。她嫁了个白痴，强尼永远不听别人说话，最后总会有某些事物变得支离破碎。

哈娜常会想，他总给人以强硬的印象，但实际上极为敏感，很容易被激怒。当赫德镇冰球俱乐部战败的时候，他好像也跟着打了败仗。在今年春天，当地方报上登着"熊镇冰球俱乐部代表着现代化，赫德镇冰球俱乐部则象征了陈腐、落伍的一切"时，他感觉自己也受到了攻讦，似乎他们也在说他的人生以及他所有的价值观都是错误的。俱乐部就代表着这座小镇，而这座小镇就是他的家。他屹立不摇、忠心耿耿，而这总会牵引出他身上极端的一面。他总会摆出强悍的架势，永不畏惧，总是一马当先地直冲向灾难现场。

过去这一年，全国饱受数次恐怖的森林大火摧残，虽然赫德镇和熊镇均未被波及，但一两个小时车程以外的地方可真是灾情惨重。有一次，强尼、哈娜正带着孩子们享受久违的假期，当时他们正向南开往一处水上乐园。他们从车载收音机里听到了那些新闻，而在手机响起之前，两人就已经开始吵架了；在手机铃响时，哈娜就知道他一定会直接掉转行车方向。孩子们全都缩在迷你巴士的后座上，因为他们早已见过这些景象：争吵声、尖叫声、握紧的拳头。哈娜真是嫁了一个白痴。

在强尼前往森林救火的每一天，电视上的新闻影像变得越来越恐怖。哈娜每天晚上都得假装自己完全不担忧，而孩子们则在哭泣中入睡。每天夜里，她就在厨房的窗户旁陷入崩溃。他终究是回家了，也许只过了一个星期，但感觉像是过了一百个星期那么久。他变得既憔悴又肮脏，而且皮肤上有一部分污渍似乎永远都洗不掉了。她站在厨房里，看到他从一辆停在远处路口的车上走下来，跟跄着走完最后一小段路，仿佛随时都会土崩瓦解，化作一堆灰尘。哈娜冲向厨房门口，孩子们也看到他了。他们飞奔下楼，赶在她的前面，跌跌撞撞地奔出家门。哈娜呆站在窗边，望着他们投入强尼的怀抱，直到四个孩子全像猴子一样，牢牢地抱住他那结实的身体 —— 托比与泰德抱住他的脖子，特丝贴着他的后背，而最小的图尔则只是拖着他的手臂。尽管强尼汗流浃背，全身脏兮兮的，而且很疲倦，但他仍将四个孩子抱起来，把他们一一送回房间，仿佛他们的身体毫无重量。那天夜里，他睡在图尔房间里的一张床垫上，但后来其他孩子也把自己的床垫拖到了那个房间里，父亲和孩子们就这样睡了四个晚上。在这之后，哈娜才得到机会跟他一起睡。直到那时，她才被他的双臂抱住，再度贴在他的衬衣上，呼吸着他的气息。在最后那天早上，她既嫉妒孩子们，又生自己的气，然而所有这些情绪都被她强行压在心底，她因此感到疲惫不堪，最终将那个该死的花瓶砸在地板上。

她把那个花瓶重新粘好。直到她把那一切做完，家里人才敢跟她说话。随后她的丈夫一如既往地坐到她身旁的地板上，跟她耳语道："不要对我生气嘛，我受不了你对我生气。"当哈娜勉力挤出下面这些话的时候，她的声带仿佛已经松脱了："亲爱的，那场火灾根本不归你管，烧起来的又不是这里！"他小心翼翼地凑上前去，当他亲吻她的手掌时，她感受到了他的鼻息。随后他说道："所有的火灾都归我管。"那语气，倒像她应该为此而痛恨或膜拜这个白痴似的。

"你的工作是回家。你唯一的工作就是回家。"她提醒他。

这时他面露微笑："我不是已经回来了吗？"

她使出全力捶了下他的肩膀。她过去见过许多姑娘，她们嫁给了那些自以为会率先直接冲进火中拯救他人的白痴。然而她家这个，是个会真正付诸行动的白痴。所以每次他出勤时，他们就会爆发一次这样的争执。她每次都因为自己如此害怕而生自己的气。弄到最后，她每次都会砸烂一样东西。上次是那个花瓶，今天则是她的指关节。当风暴大作，他马上起身给手机充电并准备出勤时，她一拳砸在了流理台上。现在，她揉搓着手上的瘀伤咒骂着。虽然她希望他出勤，但也对此痛恨之至，而她也将自己的这种情绪表达了出来。

他踏进厨房，她感到他的胡须在轻轻磨蹭自己的脖子。他自认非常刚硬、坚强，但其实他是所有人当中最敏感的，因此他从来不用吼叫声来回应她。风暴撞击着窗户，他俩都知道电话很快就会响起，他得出勤，她将会再度发怒。在他俩结婚时，强尼的父亲这么说："等到哪天她不再对你生气时，你才应该担心，因为她不爱你了。"随后他的父亲又笑着说："这女人的导火索虽然很长，可是身上藏了一堆火药，你要小心哟！"

哈娜或许的确嫁给了一个白痴，可是她本人也实在不甚聪明。她的脾气会将强尼逼到疲惫的极限，她的混乱足以使他气急败坏。当各种东西没能井然有序地摆放，从而让他不知道所有物品都放在哪里时，他会感到恐慌——从消防车、衣柜到橱柜的一切东西都是如此。而他竟然娶了一个认为夫妻俩不必非得睡在固定床位上的人。前一天晚上哈娜睡在床的这侧，第二天晚上则睡在了床的那侧，她就是这副德行。虽然他对此感到无比不适，但依然不知道该从何说起。谁没有固定的床位啊？更有甚者，她会穿着鞋子进屋；用过水槽后不清理干净；把切奶油的刀子和奶酪切片机的位置对调，让他每天吃早餐都像在寻宝一样。她比孩子们还要糟糕。

但现在她举起手来，手指穿过他的胡须，而他则用双手搂住她的腰。这时候，一切就都没事了。他们已经学会如何与彼此相处。她已经接受了一个事实：其他人永远都无法理解和一名消防员生活在一起的感受。例如，她已经学会如何在黑暗中小便。他们同居后，最初几次她在夜里打开壁灯时，他都会醒过来，以为看到了消防局里闪动的紧急信号灯。他就在蒙眬中跳起来，穿戴整齐，有几次甚至已经走到车旁，而她不得不穿着内裤就追出来，纳闷他到底在搞什么花样。经历了几个这样困惑不已的夜晚，她才接受这个事实：他无法摆脱这种行为。而她在内心深处也不希望他摆脱这种行为。

他就是一个会直接冲向火堆的人。毫不迟疑，毫无疑问，他只管往前冲。这种人是极为罕见的，但你一眼就能看出谁是这样的人。

*　　*　　*

安娜已经十八岁了。她待在父亲位于熊镇边缘的屋里，朝窗外望去。最近在一次武术训练课程上，她不小心弄伤了膝盖，走路会微微有些跛。当时一名与她同龄的男生说女生踢腿的力道都不强，于是她踢断了他的肋骨，还用膝盖去猛撞他的头。这个男生的脑袋虽然空空如也，但还是很坚硬的。所以，她现在微微地跛行着。虽然她的身体始终非常轻捷、敏锐，但她的判断力欠佳。她虽然欠缺识人之明，但对解读大自然则比较擅长。现在她看到窗外的树木在晃动，其实这天早上她就已经看到它们在晃动了。她比绝大多数人更早意识到，风暴就要来临了。优秀猎人所生出的孩子，到最后都能学会判读这类信号，而她父亲可是这一带最优秀的猎人。这名男子在森林里待得太久，以至于经常忘记打猎时携带的无线电与电话之间的差别。当有人打电话到家里来时，他说的每一句话都会以"完毕"收尾。安娜就是在这片森林里学会爬行与走路的，因为这是能跟从他的唯一方式。森林就是她的游乐园和学校，他将关于各类野生动物、地表与空气中隐形力量的一切都教给了她。他将此视为表达爱意的方式。在她还小的时候，他指导她如何追踪与射击；等到她年龄稍长，当他应区政府所托，去寻找并射杀导致交通事故的野生动物时，他就会带着她一起行动。如果你的生活都被森林围绕，你将学会保护它，同时学会如何接受它的保护。到最后，你所期盼的事物将与植物相同，例如春天和阳光。但你和植物也对同样的事物感到害怕——火当然使人恐惧，但大风才是更恐怖的。原因在于：风是无法被阻拦或扑灭的，它不会因为树干或皮肤而改道，风会随心所欲地进行毁灭、杀戮与摧残。

因此，就在屋外的一切仍然安静而沉默时，安娜就从树顶听出了风暴，心中有了预感。她将所有的水桶与容器装满水，到地窖里取来煤气炉，给额前探照灯装上了新的电池，并取来火柴与茶烛。最后，她一连几小时机械而坚定地劈着木柴，并将这些木柴拖进大房间。当风暴降临熊镇时，她将门窗全关紧，顶着震耳欲聋的杂音在厨房里洗碗，用音响播放着自己最要好的朋友玛雅的歌曲。她的声音能让安娜平静，而所有由安娜发出的最为平凡的声音都能让那群狗平静下来。在她小的时候，它们保护她，但现在情况则完全相反。假如你问玛雅安娜是谁，她会回答"一个战士"。玛雅这么说，可不只是因为安娜可以将任何人打到屁滚尿流，更是因为在安娜出生后，现实生活就一直尝试将她揍到屁滚尿流却始终没能成功。她屹立不倒。

这是安娜在熊镇高中就读的最后一年。但一直以来，她已经足够成熟了。对于那些沉迷于杯中物的双亲，他们的女儿总是成长得很快。在安娜还小的时候，她爸爸就告诉了她如何监看壁炉里的火堆，从而永远在正确的时间点稍微多加一点木柴，避免失火。当他陷入买醉的循环期（有时持续好几天，有时则长达几个月）时，他用同样的方式盯住自己酗酒的习性。他从不会发酒疯，甚至不会高声大吼。他只是从来无法真正清醒。他会一觉睡过整场风暴，坐在客厅的椅子上，坐在安娜所有的武术竞赛奖杯（它们使他感到很骄傲）之间，坐在安娜自童年起的所有旧照片（她十分细心地将母亲的影像剪掉了）之间打鼾。他喝得烂醉如泥，没有听见电话铃响。安娜在厨房里洗碗,将音乐的音量调得很大,那几只狗则窝在她的脚边。他们也都没有听见电话铃响。电话响了又响,响了又响。

最后,门铃响了。

*　　*　　*

"没事的,只是起了一点风而已。"强尼耳语道。哈娜努力相信这一点。他现在可不需要灭火,他和其他消防员将会带着电锯出动,在树木倒塌时清出一条通道,让其他搜救车辆与居家医护服务团队通过。他通常会嘀咕:"在这里担任消防员,九成时间都在从事伐木者的工作。"但她知道,他对此感到很骄傲。他属于这座森林。

她转过身,踮起脚,轻吻着他的脸颊。他双腿瘫软下来。在任何地方,他几乎都是最高大、最强壮的。但不管别人是什么想法,他只知道,只要孩子们深陷火灾现场,她的动作会比他快。她个性很复杂,充满叛逆、爱顶嘴,也确实极难讨好。但她身上还有一个他最爱的优点,就是那种近乎偏执、毫不妥协的救人欲望。"我们要尽力帮助他们。"在处境最恶劣的那几天过后,当他或她的工作场所有人丧生时,她总会贴在他的耳畔如此低语着。身为消防员,他得做好准备目睹死亡的所有过程;作为助产士,她看到的是死亡最悲惨的那几秒钟,也就是生命出生后的最初几秒。她说出的这几个字既是一种慰藉,也是对两人肩负责任的一种提醒。如果我们有能力、有时间,而现场确实有我们能做的事情,我们就要冲上去。这是一种工作,但也象征了某一种人。

他缓缓地放开她。对于她这么一个懒惰的小混混竟能把他搅得翻来覆去，他始终无法习惯。他起身查看自己的手机，确定它确实在充电。她从后方凝视他良久。二十年过去了，他仍然是个唠叨而难缠的怪人，但他只要看她一眼，她就想将衣服脱得精光——她始终无法习惯这一点。

她听到从门厅那里传来的手机铃声。是时候了。她闭上双眼发誓，对自己保证：绝对不跟他吵架。他从来不会保证自己会安然无恙地回到家，因为那样就意味着厄运。他总是只说他爱她，一而再，再而三地说，而她的回答是"你多保重"。手机铃声继续响着，她心想：他应该是在卫生间，所以没有接电话。窗板被暴风吹得嘎吱作响，震耳欲聋，她只得大声吼叫着他的名字。孩子们已经在楼梯上排成一列站好，准备拥抱他，跟他说再见。特丝抱住三个弟弟——托比、泰德和图尔。爸爸觉得大家的名字里都有相同的字母[1]，真是愚蠢。不过，在跟孩子们的母亲谈恋爱时，他就跟她达成了协议，她可以给孩子们取名，而他可以给小狗们取名。然而，他们从没养过狗。在谈判上，她总是技高一筹。

图尔哭泣着，他的脸贴在特丝的衬衫上。他的姐姐哥哥们都没有要求他别哭，当他们还小的时候，他们也这样哭泣过。假如你家里有人是消防员，那就不太妙了，因为最后全家人都会变成消防员。他们可没有闲情逸致想着"我们才不会那么倒霉"，他们得更未雨绸缪一点。因此双亲达成的协议很简单：永远不要同时承受危险。万一最坏的事情发生了，总得有一个人留下来照顾孩子们。

强尼站在门厅对着手机提高音量，最后甚至吼了起来，但手机另一

1　特丝（Tess）、托比（Tobias）、泰德（Ted）与图尔（Ture）的名字均以字母"T"开头。

端无人回应。他认为是自己不小心按错了按键，因此检查通话记录。但自从他十分钟前与自己的妈妈通电话后，再没人打给他。手机铃声又响了几次以后，他才反应过来，是她的手机在响，不是他的。哈娜困惑地拿起手机，凝视着来电号码，听到主管的声音从听筒彼端传来。三十秒后，她就跑了起来。

你想了解这里的人吗？真的想了解？那你就得知道我们所能够做出的最美好的一切。

4. 野蛮人

班杰会被一道爆裂声惊醒。当他坐起身时，他不知道自己身在何处，宿醉已经摧毁了他的判断力，他感觉自己的体积太庞大，房间容纳不下，他就像在一座娃娃屋里醒来似的。这并无任何离奇之处，这种情况已经持续很久了。如今的他，每天早上睁开双眼时，似乎都会因为自己仍然活着而感到惊骇。

那将是风暴肆虐后的第二天，当时他对此还不知情。他不知道自己是不是忘记梦到了什么，也不知道自己是不是还在做梦。他的长发垂落在眼前，身上的每处关节和肌腱都在疼痛，他的身体仍然有着身为冰球球员所具有的坚实肌肉，但他现在已经二十岁了，而且已经近两年没有穿过溜冰鞋了。他的健康因长期抽烟而变差，身体因缺少进食而营养不良。他尝试着要起床，最终却摇晃着身子单膝跪下。那些空酒瓶散落在地板上，夹杂在卷烟纸、打火机与残破的铝箔包装之间。他头痛欲裂，即使用双手手掌按压住耳朵，仍分不清耳中的噪声究竟是来自外界，还是从他体内发出的。这时，一道爆裂声传来，墙壁晃动着。他缩起身子，害怕那位于床面上方的窗格会松垮，把他埋在玻璃碎片之中。他的手机则摆在房间的角落，正一而再，再而三地响着。

他在两年前离开了熊镇，自那时起，他一直在旅行。他离开了自己从小长大的地方，搭乘火车或坐船或跳上货柜车，直到沿途的所有城市不再设置冰球队为止。他故意选择了迷路，通过各种可能的方式将自己搞得不成人形。然而，他也找到了自己真心追寻但过去一无所知的事物——那些眼神、双手、触及颈项的鼻息，无人提问、搭讪的舞池。他需要经历混乱才能获得自由，需要经历孤独才能摆脱孤独。他没想过要转身回到家园。现在，那个家园俨然成了一个陌生的星球。

他快乐吗？如果你这样问，那你也许真的完全不理解他。他从来就不指望能快乐。

宿醉未醒、意识仍有些模糊的他将会站在酒店小客房的窗边，观望着外在的世界，但绝不会成为其中的一分子。两辆汽车会在下方的街上对撞，发出那道将他惊醒的爆裂声。人们高声吼叫。班杰听见了铃声，那铃声一而再，再而三地响着。他最后终于意识到，那是手机铃声。

"谁呀？"他挤出这么一句。由于他一连好几个小时没说过话，而在那之前则说了太多话，他的声音很嘶哑。

"是我。"他的大姐在手机彼端低语着，声音疲倦且沉重。

"爱德莉？发生什么事了？"

她在遣词用字上十分谨慎。他离她已经太遥远，因此当她必须告知他这件事情时，已无法再用大姐对待小弟的方式抱紧他。他会在沉默中经受这一切，他一辈子都在受这种训练——即使他内心的某个事物已经死灭，表面上仍不动声色。

"死了？"最后他应道。他姐姐不得不重复一次，他仿佛忘记了自己的一部分语言。

最后他只是小声地说了句"知道了"。他呼出的气体触及话筒时的刮擦声，就是他的心脏碎裂时所能发出的唯一声响。

他挂了电话，收拾行李。这没花多少时间，他带的行李不多。他随时准备好抛下一切。

"怎么回事啊？现在几点钟了？"床上传来另一个声音。

"我得走了。"班杰说。他赤裸着上半身朝房门走去，胳膊上的大熊文身经过几个月以来日光的曝晒，似乎已经变得苍白。他古铜色皮肤上的众多道伤疤闪动着粉红的色泽，就像野蛮人身上的疤痕那样闪动着。他指关节上的伤疤远多于脸上的伤疤，因为他比大多数人更野蛮。

"你要去哪儿？"

"回家。"

从他身后传来吼叫声，然而班杰此时已经走下楼梯。他本来是能够喊一声，向楼上那名吼叫者保证之后会回电，但班杰若是真的从自己成长的地方学到过什么东西，那就是：他已经无法再对任何人撒谎了。

5. 助产士

一场风暴在那个夜晚横扫两座冰球小镇，将树木与人们撂倒。第二天，一个手臂上有着大熊文身的年轻男子及一个身上有着吉他和猎枪文身的年轻女子将要回到家乡，参加一场葬礼。这一次，一切将从这里开始。在贴近荒野的小镇中，将人们凝聚在一起的不仅是隐形的线条，还有锐利的钩索。因此，当一个人英年早逝时，随之掉落的并不仅仅总是另一个人身上的被子。有时候，大家会感到撕心裂肺。

*   *   *

强尼在妻子身旁跑动着，两人跑遍了自家位于赫德镇的整个屋子。她在收拾自己的医疗箱的同时，向他说明了大概的情况。一对定居在熊镇以北农庄的年轻夫妇正等着迎接第一个孩子。当羊水破裂时，他们开车驶向位于赫德镇的医院，却没有预料到风暴是如此猛烈。他们企图从东面穿越小路，而不是在大路上行驶。因此，当他们闪避一棵被吹倒的树木时，正身处于两座小镇之间的森林里。他们没有看到另一棵树也倒了下来，于是那辆车就那样被困住了，前不着村，后不着店。他们设法打电话给医院，但那附近没有救护车，而当林间道路陷入中断时，也没人知道救护车是否真能在混乱中到达他们所在的地点。车内的女人与小婴儿生存的希望全寄托在一名今晚刚好没值班而又住得够近，能够前往该地（如果有必要，最后一小段路还得步行）的助产士身上。

强尼站在卧房的门口，事实上他想问妻子，她的脑袋是不是已经完全坏掉了。但经过二十年的相处，他知道答案会是什么。突然她猛地转过身来，额头撞在了他的胸膛上。他的双臂温柔地紧抱住她，她的身体似乎被他吸收了。

"我爱你，你这个该死的大白痴，我真的超级爱你。"她耳语道。

"你多保重。"他回答道。

"阁楼上的大木箱子里有多的毛毯，手电筒也已经……"

"我知道，你不用为我们担心，可是，你得……你可千万别……"他开口说道。当她将脸埋进他的衬衣时，她感到他的身体在颤抖。

"你可不能对我生气，亲爱的。我才是那个会生气的人，你得当那个聪明人。"她紧贴着他的胸膛耳语道。

他努力着。他真的正在努力着。

"你得有伴才行。亲爱的，你得带一个真正懂森林的人，那里很暗，而且……"

"你不能跟来。这一点你是知道的。两个人永远别坐在同一架飞机上，永远别同时闯进风暴，孩子们还得……"

"我知道，我知道。"他无奈地耳语着，从未感到如此无力。对一个消防员来说，遭遇到这种事情是很恐怖的。

他那愚蠢的迷信心理，使她在他紧急出勤时总是不敢说出"要平平安安回家"的话。因此，她常得瞎编一些他在第二天非做不可但极其平凡与滥俗的事情。这样一来，他就得保证那时候会在家。比如，"别忘记你明天还得倒垃圾"，或"十二点，我们要在你妈妈家里一起吃午饭"。这已经成为两人之间秘而不宣的小仪式。

因此，他现在并不会说"要平平安安回家"，甚至也不会要求她别出门，因为他很清楚，自己在面对同样的情况时会怎么回答。他确实够粗壮，但就连他也挡不住大风。她能够帮妇女接生，这就是他们现在需要她的原因。如果我们有能力、有时间，而现场确实有我们能做的事情，我们就要帮忙。因此，当他走出卧室时，他只是抓着她的胳膊，想要说些平凡而滥俗的话，让她记住还有明天，而他能够想到的就只是："我明天想跟你上床！"

她纵声大笑，当着他的面大笑，笑声贯透了他的全身。

"你真的有大毛病！"

"你给我听清楚了，我明天要跟你上床！"

他双眼泛着泪，她也是泪水盈眶。他们听出户外的风势是如何猛烈，而他们很清楚：千万别以为自己有着不坏金身。

"你认识的人当中，有没有对那片森林很熟、能帮我带路的？"她问道，努力克制着自己的声音。

"有，我认识一个这样的人。我去打电话，告诉他你已经在路上了。"他一边回答，一边用发抖的手写下地址。

她驾驶着那辆迷你巴士直接驶入黑暗，驶进一场能将树木拦腰折断、能够恣意杀戮的风暴。她并没有保证自己能够平安回家。他与孩子们站在厨房的窗边目送她。

* * *

最后是那群狗做出了反应，察觉到有人正站在大门口——其实，使它们开始狂吠的或许是本能与直觉，而非门铃声。安娜充满戒心地走进门厅，通过窗口张望着。这种时候谁会来啊？一名女子独自站在阶梯上，雨衣的尖顶风帽被风吹开，紧绷的身体在狂风的吹袭下仿佛已经从中对折。

"你爸爸在家吗？"当安娜将门板撬开时，那女人尖叫道。整座森林仿佛被装在一个被好几个巨人轮番着踢来踢去的罐头瓶里，发出震耳欲聋的噪声。

那女人的迷你巴士停在一两米外的草地上，随着风暴震颤不已。安娜心想：就算你现在被迫顶着风暴出门，开着这种车外出也真是够白痴的了。更有甚者，那女人身上还穿着一件红色夹克——难不成她是从赫德镇一路开过来的？她是疯了，还是怎么回事？安娜思考这些事情时太过专注，所以在那女人凑上前继续大声吼叫时，几乎没有反应。

"有一辆车被困在森林里了，我先生说，如果有人能在这种天气里把我带到那边去，那个人就是你爸爸！"她喷出这些话来。

安娜只是眨眨眼，仍然困惑不已："所以……什么？我的意思是，你知道的，现在这种天气，森林里怎么还会有车呢？"

"那辆车里的女人正在生小孩！你爸爸是在家，还是不在家？"那名女子不耐烦地咆哮着，一步踏进门厅。

安娜试图阻止她，但那名女子没能注意到对方眼神中的恐慌。那些空酒瓶与空啤酒罐成排地摆在厨房的长凳上，安娜仔细地将它们清洗干净，这样它们就不会在资源回收分类站发出异味，她就不必因邻居的目光而感到羞耻。客厅里，父亲的双臂正无生气地悬在扶手椅的两侧，但他那保养不善、俨然失能的双肺仍在胸腔里上下鼓动，让他发出成瘾者所特有的鼻息。这名助产士压力很大，一颗心跃上了喉头。当她的心脏直直地落回胸腔时，那种落差可就超出了她的想象。

"我……了解。对不起……抱歉打扰了。"她羞赧不堪地对安娜说着，迅速转向门口，步出庭院，踏上迷你巴士。

安娜迟疑了片刻，随后赶忙追了出去。她敲打着迷你巴士的玻璃窗，那名女子疑惑地摇下了车窗。

"你要去哪儿？"安娜吼道。

"我得找到那个困在森林中的女人！"那名女子一边喊着，一边试图发动迷你巴士，但那辆该死的破车只是一味地咳嗽着。

"你是脑子有病，还是怎么回事？你知道这种天气有多危险吗？"

"她快要生小孩了，而我是助产士！"那名女子勃然大怒，再度咆哮起来，猛力敲打着那辆根本无法发动的迷你巴士的仪表板。

安娜事后无法说清那一刻自己身上到底发生了什么，或许可以冠冕堂皇地像电影中的角色所说的那样解释，他们感觉自己"受到更崇高使命的召唤"，但主要原因也许就只是：这名女子看起来疯疯癫癫的，而大家也总是说安娜疯疯癫癫的，两者很像。

她冲进屋，给那群狗喂了一点食物，将它们最喜欢的由玛雅主唱的歌曲的音量调高。当她回来时，她手上拿着一辆生锈的小卡车钥匙，以及一件尺寸过大的夹克。在暴风的吹袭之下，它像斗篷一样颤动着。

"我们开我爸的车！"

"我不能带你去！"那个女人吼道。

"你的车烂透了！"

"你以为我不知道吗，啊？"那女人咆哮着。

"如果我跟着去，你会安全得多！"

那个女人凝视着这个疯疯癫癫的十八岁少女。当你攻读助产士课程的时候，没人训练过你如何应付这种情况。最后她无奈地咒骂一声，提起自己的急救包，跟着那个女孩上了她爸爸的车。

"我叫哈娜！"她吼道。

"我叫安娜！"安娜吼道。

她俩的名字竟如此相像，这真是太奇妙了。哈娜将会多次一边咒骂，一边为了这个疯疯癫癫的十八岁少女与她自己竟是如此相像而欢笑不已。她们爬进前座，费了很大劲才将车门关上，风势如冰雹般砸在钢板上。随后安娜看到摆在后座的枪，她的脸因羞耻而转成了深红色。她将它拿过来，送回屋内。当她跑回来时，竭力避开对方的眼睛说："你知道的，当他……的时候，他会把枪忘在车上。我为了这种事情，已经骂过他不知多少次了。"

助产士不安地点点头："在几年前的森林大火中，你爸爸见过我丈夫。我想，他们正是因为知道你爸爸很懂森林，才打电话给你爸爸的。在那次之后，他们还合作过几次。我觉得你爸爸是我丈夫在整个熊镇唯一敬重的人。"

连她本人都感觉到，这种鼓励别人的方式真的很可笑。

"爸爸的确很讨人喜欢，但他并不总是那么喜欢自己。"安娜答话时那种理所当然的口吻，使助产士不由得感到一阵紧张。

"安娜，也许你应该在家里陪他。"

"为什么呢？他喝醉了。他甚至不会察觉到我不在家。"

"我丈夫告诉我，如果我要进入森林，我只能信任你爸爸，再没别人了。如果是你，我会觉得不安心……"

安娜哼了一声。

"如果你先生相信只有糟老头才能在森林里带路，那他的脑袋就太僵化啦！"

助产士露出无奈的微笑。

"如果你以为我先生的脑袋只在这方面才僵化，那表明你认识的男人还不够多……"

过去这一整年，她一再要求强尼将那辆迷你巴士送进真正的汽车修理厂，然而他只是咕哝着："所有消防员都会修理自己的车子。"对此她说："不是这样的，是所有消防员都以为自己能修理自己的车。"她常常在想：要维持婚姻很简单，你只需要选择一个你非常在行的吵架的理由，然后每周重复至少一次，直到永远就行了。

"那个要生小孩的女人在哪里？"安娜不耐烦地问。

助产士犹豫着，叹了一口气，最后抽出一张地图。她选择通过大路从赫德镇开到熊镇，但她的车是最后一辆顺利通过这段路程的车。她听见树木砸在她后方车道的声音，当时她本该感到恐惧才是，但肾上腺素消弭了恐惧感。现在，她手指着地图："他们就在这里的某处。你看到没？他们没有选择大路，而是试图从那些老旧的林间道路中开过去，但现在这些道路中想必有许多都被堵住了，我们真能到那里吗？"

"得看情况。"安娜说。

哈娜轻咳一声。

"请你原谅，但我还是想问，你成年了吗？你有驾照吗？"

"我当然已经成年啦。"安娜一边避重就轻地回答，一边发动车子。

"可是你……有驾照吗？"当安娜将车子开上道路时，这名助产士略有不安地问道。

"嗯，没有，其实并没有。可是我爸爸教会我开车了，因为他经常喝醉酒，需要有人接送。"

这个理由并不能让助产士比较安心，她并没有因此放下心来。

6. 大英雄

马特奥十四岁，在这个故事里无足轻重，至少现在还无足轻重。他只是一个路人，只是构成社会上居民总数的那数千张面孔中的一张。在风暴降临之初，他在熊镇骑着自行车到处活动，没人注意到他。这不仅是因为大家都努力想躲进屋里，更是因为马特奥绝非惹人注意的那种人。

如果隐形是一种超能力，他可是做梦都不想拥有。反之，他希望获得超越凡人的精力，借此保护他的家人；或者那种能改写历史的权力，借此拯救自己的姐姐。不过他并非大英雄，面对自己的生活他感到非常无力，就像他定居的小镇在面对大自然时所感受的那样。

当暴风开始鞭打树木，由他父母承租的位于社区边缘与森林接壤处的小屋断电时，他正独自在家。他的双亲当时已前往国外，要将他的姐姐接回来。马特奥很善于独处，但他受不了待在一间停电的屋子里，因此他跨上自行车出门去了。他脑海里的那个叛逆不羁的青少年不愿意向他人求助，与此同时，他内心那个惊恐不堪的小孩则希望有人能看见他，了解他需要受到照料，但是没人有空。

一名身材魁梧、身穿西装的男子迎面而来，从他身边呼啸而过。马特奥并不知道他叫什么名字，只知道大家都称他"尾巴"。这人是那家大型超市的老板，是全镇最有钱的人之一。这名男子根本没注意到从自己身旁掠过的这个小男孩，他正在赶往那些位于冰球馆外的旗杆处，充满惊恐地试图在那些绘有大熊图案的绿色旗帜被狂风吹得稀烂以前将它们降下来。危难当头，这名男子最原始的本能是抢救旗帜，而不是救人。

马特奥继续在熊镇街道上骑着自行车，他看到邻居们彼此帮忙将庭院里容易松动、不固定的物体清空，将立在每一处回车道上的球门与冰球杆搬到室内。一年中的这个季节，这一带的青少年会在沥青路面上打起网球，但随着雪片飘落，每家的父亲都会将别墅里的空地冲干净，将其变成冰球场。马特奥听到许多邻居咯咯笑着说："我们在这座小镇里除了有好朋友，还有很糟糕的庭院。"原因在于：你若是往南走，也许会看到炫耀着完美草坪与维护得相当完善的花床的居民。但在此地，象征着地位与阶层的却是在冰雪融化时出现、半埋在花坛土壤中的椭圆形砾石和橡皮圆盘。你可以借此表明：你在冰天雪地的那几个月中，将时间用在了正确的事情上。

马特奥经常纳闷，如果定居在其他地方，他是否会像在这里一样古怪、孤独，会不会有人跟他交谈，他会不会四处去结交朋友。你在哪里出生，以及在那里会成为什么人，简直就像买彩票。在某个地方是正确的事情，到了另一个地方就变成错误的。对冰球的执迷几乎在全世界的所有地方都会让你成为一个局外人、一个老怪物，然而在这里，情况并非如此。冰球在这里就像天气一样。在所有社交场合中，一切闲聊必将涉及这两个话题，你是绝对逃不开风暴或熊镇的体育赛事的。

天气很快就变得阴冷。天空尚未开始降雪，但狂风已经开始啃噬肌肉与脂肪，这个小男孩没戴手套，手指已失去了触感。他踩着自行车踏板，却没真正想过要去往何处。他一只手放开握把，试图让血液循环重新活跃起来。他有片刻走神，因而没能及时看到那辆汽车。它开得极快，车灯的光亮让他感到眩晕。他用力刹车，车身因此向侧面滑动。车大灯的强光使他眼前一片漆黑，他只等着那道撞击。因此，当撞击迟迟没发生时，他还以为自己已经死了。原来在最后一刻，他通过某种方式成功地转移了重心，将自己与自行车带离了路面。他滚了几圈，双手和双臂都被擦破了。他高声尖叫着，但在狂风之中，没人听见他的声音。

那名驾车的年轻女子和坐在她身旁的那位助产士都没能在黑暗中看见他。这实在只是一起小事件，一切发生得太快。如果汽车前面的保险杠擦撞到这个十四岁的少年，他就会被恐怖的力道甩进林木间。假如他在风暴中的树林里失去了意识，人们想必要等到几天后才会找到他那已无生命迹象的遗体。若是如此，那么那些存在于他与将要发生的一切之间的隐形线索就都会被剪断。但现在，他挣扎着爬了起来，虽然全身是瘀伤，但还活着。

我们本来永远不会再听闻马特奥的事情，但很快地，我们将永难忘记他的名字，两者间的距离竟是如此微小。

7. 小孩子

熊镇与赫德镇都是古老的小镇，而它们所在的森林则更为古老。人们常说，年龄带来智慧。但对我们当中的绝大多数人来说，事实并非如此。就在我们老去之际，我们只是搜集了更多关于最美好与最恶劣事物的经验。这导致的结果是愤世嫉俗，而不是智慧。我们在年轻时可能发生在我们身上的最恐怖的事情一无所知，这还算幸运。如果我们知道那些事情，那我们一辈子都不会再踏出家门。

若是如此，我们绝对不会松手放开我们所爱的人。

*　　*　　*

"你知道……你正在往哪里开吗？"哈娜不安地问道。

身为一个助产士，她希望她们很快就能到达现场。然而，她也是个人，而且还想继续活下去。因此，她真心希望安娜别以一个偷车贼的方式驾车。

这女孩并没有回答。她身穿她爸爸那件尺寸过大、上面贴满反光条的亮橘色夹克，夹克的背部还绣着"撞击野生动物的交通事故"字样。在追踪被车辆撞击的动物时，他就穿着这件夹克。整辆车上装满了设备，目的就是通过黑暗中的森林。安娜在成长过程中，有一大半时间是在户外追着父亲与那群狗度过的。她总认为，即使在看不见的情况下，她也能找到正确的路径。风暴显然就是打算来测试她的。

"那个……你知道自己在往哪里开吗？"哈娜又问了一次，但对方仍未回答她。

两个网球在助产士脚下的地板上滚动着。她捡起其中一个，谨慎地微笑着："那个……你们家养了几条狗啊？"

对方仍然没有回答。因此她清了清嗓子，继续说了下去："嗯，总之，我的意思是，这附近其实没什么人打网球。在熊镇与赫德镇，据我所知，只有家里养狗、打草地曲棍球或将鸭绒垫子送进烘衣机的人才用得到网球……"

安娜只是凑向方向盘，眯着眼睛，加快车速。

"养的什么狗呢？"助产士仍不放弃。

最后这女孩叹了一口气道："你是那种一紧张就会说话的人，是吗？"

"嗯……"助产士承认道。

"我也是。"安娜说。

在接下来的几分钟里，她再度沉默。助产士闭上双眼，努力克制自己。她努力想保持沉默，但随着心跳加速，她的嘴巴便不听使唤了。

"我先生就想养狗！自从我们认识以来，他就一直在唠叨这件事情！老实说，我并不特别喜欢动物，但我想过，在他过生日的时候，也许我可以给他一个惊喜，让他买一条狗，让它跟他一起跑！我甚至跟一个养狗的人谈过话！很显然，大家都希望一条优秀的猎犬能有一个明确的'开关按键'，让它能在打猎时极度兴奋、活跃，一回到家就立刻安静下来，是这样吧？我一听到这个念头就笑了，如果我能在消防员和打冰球的小孩身上装个同样的东西就好了……"

车速加快了。安娜瞄了她一眼，说道："虽说你不喜欢狗，但你对狗倒还挺了解的。"

"谢谢！"助产士大声道。随后她以为她们要撞上一棵被吹倒的树，因而举高双臂将脸盖住，但安娜在最后一刻躲开了那棵树。

然后那女孩咕哝道："穿着这件夹克进入熊镇，还真不是一般地勇敢。如果我们站在路上，而你穿着这么一件会让人想瞄准的夹克，我们可是会被车撞的。所以我穿了我的夹克……"

"什么？"助产士近乎尖叫着说。随后她才察觉到自己正穿着大儿子的夹克，那件胸口印着赫德镇冰球俱乐部徽标的红色夹克。当时她将它一把披上就直接出门了，没有多想。

这件夹克对托比来说已经太小了，但对她而言则显得太大了。人生真是倏忽即逝。

"该死的大烂队。"安娜傲慢地说道。

这使得哈娜的火气顿时蹿了起来："你放尊重点！那可是我家小孩所在的球队！"

"你让他们为一支超级大烂队效力，这不是你家小孩的错。"安娜不为所动地说。

助产士瞪着她，随后不情愿地微笑起来："所以你喜欢冰球，是吗？"

"我痛恨冰球，我更痛恨赫德镇。"安娜回答。

"我们的甲级联赛球队这一季应该能够吊打你们。"这名助产士充满希望地说。对于总算能随便说点什么让自己分心，她内心充满感激。

安娜哼了一声。她在接下来的几秒钟内减速，努力地在黑暗中辨别方位。

"你们连一块地毯都吊打不了的。如果要计算你们的后卫在各个区域移动的时间，得用上一整本日历才行……"她咕哝着，朝着车窗眯起眼睛。

助产士朝天翻了个白眼。

"我先生说得真对，没有什么比熊镇更嚣张、更自负的了。不久以前，你们整个俱乐部还差一点就破产了，现在怎么突然自大起来啦？你们上个球季打得好，不就是因为有那个亚马吗？没了他，你们哪会赢得那么轻松……"

"亚马还在我们这边。"安娜又哼了一声，让车子缓慢地向前滑行。

"他现在是在美国，在国家冰球联盟打球？整个春天，地方报就只会唠叨这件事情。他们只会说熊镇的青少年培训有多么优异，你们栽培了什么样的人才，说你们才是冰球界的新希望，我们则是过气的……"

助产士从自己的声音中听出自己丈夫的苦闷，这使她惊讶。然而，住在现在的赫德镇就是这样一种情形：人们认为一切都是在针对自己。熊镇获得的一切成功，对另一端的那个小镇来说都意味着阻碍。

"亚马从来就没有被选中，他又回到老家了。我相信，他就只是受了伤而已……"安娜开口说道，但是当她瞥见自己正在搜寻的事物时，便沉默下来。那是一条介于林木之间或许都没有宽到足以让汽车开过的狭窄通道。

"虽说你不喜欢冰球，但你对冰球倒还是挺了解的。"助产士露出微笑。

安娜将车子完全停下，目测通道的宽度，随后深吸了一口气，说道："不管亚马参不参加比赛，我们都会打赢你们。你知道为什么吗？"

"不知道。"

安娜咬了咬下唇，然后换挡。

"因为你们是一支天杀的大烂队。坐稳了！"

随后她疾速驶离道路，以避免陷进沟里，然后直接冲入树林。通道够宽，但她仍能听到汽车烤漆刮擦树干的声音。助产士紧张得喘不过气来，因而无法继续喋喋不休地说废话。她们驶上那片凹凸不平的土地，车身因此持续颠簸着，她的头也随之撞到车窗。这样的感觉似乎过了好几个小时，随后安娜猛踩刹车。她摇下车窗，探头向外张望，随后再倒车几米。如此一来，如果有棵树被吹断砸到地面上，她们也能与之保持安全距离。

"这里！"她简短地表示，对着助产士的地图点点头，随后又通过车窗向外看。

当她们爬到车外时，助产士在黑暗中感觉什么都看不见，但安娜对着自己的夹克做了手势，于是助产士便抓住了那件夹克。那个女孩在暴风中缩着身子，引领她走过森林中最后一小段路。无法解释的是，她居然知道自己该去往何处，她仿佛是通过嗅觉闻出了一条路。突然，她们找到了那辆车，听见车内的女人在尖叫，听见车内的男人喊道："亲爱的，现在有人来了！现在救护车来了！"

当他得知没有救护车时，气疯了。恐惧会让某些人成为英雄，但在恐惧的阴影之下，我们当中绝大多数人只会暴露出最丑恶的一面。这位助产士无法回避一个清晰而明确的感受：让这名男子感到恼怒的恐怕不是她们驾驶的车辆类型。相反，他真正期望的，是有男性医护人员到场。

"你真的知道你在做什么吗？"当哈娜钻进车子开始低声对那名女子说话的时候，他就想知道这一点。

"你是做什么工作的？"这名助产士镇静地反问道。

"油漆工。"他清了清嗓子，挤出这么一句。

"假如我可以决定如何替你太太接生，下次我们要给墙壁涂油漆时就让你来负责，怎么样？"她一面说，一面温和地将他挤到一边去。

安娜踏进前座，眼神狂热地逡巡着。

"我能做点什么吗？"她喘着气说。

"跟她说话。"助产士说。

"要说什么？"

"随便什么都行。"

安娜困惑地点点头，从座位上转过身来凝望着这名即将生产的妇人，说道："你好！"

这名女子在阵痛之中露出微笑："嗨……嗨……你也是助产士吗？"

那名男子绝望地打断她："亲爱的，你在搞笑吗？她顶多就十二岁啊！"

"闪开，随便给什么东西上油漆去吧，你这白痴！"安娜反唇相讥。这时，助产士高声大笑起来。

就在那一刻，那名男子觉得自己蒙受了奇耻大辱。他从车上下去，并试图将车门狠狠甩上，但暴风妨碍了他的表演。他在车外几乎很难站直。由于狂风猛吹入双眼，要说服自己并非出于恐惧而落泪，于他而言或许变得比较容易。

"你叫什么名字？"后座的妇人喘息着，说道。

"安娜。"

"谢谢……谢谢你们过来，安娜。关于我先生，对不起……"

"他太爱你了。他以为你和孩子都会死掉，而他对此无能为力。他只是为此生气而已。"安娜滔滔不绝地说。

助产士略微不满地狠瞪了她一眼，因此安娜用自卫般的口吻咕哝道："你不是叫我说话嘛！"

后座的妇人疲倦地微笑道："你啊，还这么年轻就已经如此了解男人啦。"

"该死的，他们就以为我们希望他们一直保护我们，好像我们需要他们那该死的保护似的。"安娜哼了一声。

后座的妇人与助产士都低声轻笑起来。

"你有男朋友吗？"那名妇人问道。

"没有。嗯，有过。可是他死了！"

那名妇人凝视着她。安娜不胜懊悔地咳嗽着补上一句："不过无论如何，你肯定是死不了的！"

此时助产士以友善但坚定的口吻说："不管怎样，稍微沉默片刻或许也不失为明智之举。"随后那名妇人尖叫起来，她的丈夫又扑到车里，握紧她的手。当她几乎要掐断他的手指时，他也尖叫了好几声。

*   *   *

强尼一整夜都坐在厨房的窗边。对一个消防员来说，这个地方是难以忍受的。四个孩子全都睡在铺在他周围地板上的床垫上，最年长的特丝将年龄最小的图尔抱在怀里。年龄居中的托比与泰德一开始睡得离他们比较远，然而不久后也贴向了自己的手足。危机当前，我们就算在睡梦中也会出于本能地寻找唯一真正有意义的东西——其他人的呼吸与脉搏，这有助于让我们自己的脉搏保持节奏。他们的父亲不时将手轮流贴在儿子们与女儿的背上，就只是想要确知他们仍在呼吸。我们没有任何理由觉得他们将不再呼吸，但成为某个人的父亲，本身是没有任何合理性可言的。当他即将初为人父时，大家都这么说："不用担心。"真是毫无意义的废话。当你听到子女的第一声啼哭时，一阵浓烈、浑厚的爱意会拆解你的胸口，你内心有过的每一种情感都会极尽可笑与荒谬地被夸大。你不曾感到如此快乐，也不曾感到如此害怕。既然如此，就请别对某人说"不用担心"。如果你真的爱某个人，你必然会无时无刻不对他的一切感到担心。有时你会感到胸中一阵痛楚，那是一种真切的、生理上的痛楚。这种痛楚使强尼弯下腰来，剧烈地喘息着。他的骨骼咯吱咯吱地呻吟着，身体直发疼。面对爱，一切空间总是显得过于狭窄。他本来应该想清楚的，而不是同意生下四个小孩。他本该三思而后行，但大家都说"不用担心"，而他又是个容易被说服的白痴。还真走运，我们进行自我欺骗，以为自己可以保护我们所爱的人。原因在于：假如我们接受了真相，我们就永远不会让他们脱离我们的视线。

强尼一整夜都待在厨房的窗边。自从他俩相爱以来，这是他第一次真正体会到妻子在每一个他不在的夜里、在每一个他不在的小时里所体会到的感觉：如果你再也不回家了，我该如何自处呢？

* * *

当情况有异时，哈娜看得出来。当然了，直觉是经验与训练造就的结果，但在执业多年以后，它也意味着其他某些事情。如果这名助产士无法确切理解，她会说："这简直跟灵性有关。"这可能是很小的事情，比如，肤色最细微的变化，或者婴儿微小、脆弱的胸腔起伏与呼吸的速度慢了那么一点点。在问题出现时或在问题出现前，她就能判断局势。

生小孩本应是一件不可能的事情才对，大海是如此宽阔，而我们的船只是如此不堪一击，我们当中应该不会有人获得这样的机会。

现在就连安娜也害怕了。当暴风将位于他们后方一米处的一棵树吹倒时，从车内听来那声音宛如枪响。当那棵树倒下落在离车身不到一只手掌宽的地方时，树枝刮擦着车体发出的嘎吱嘎吱声是如此刺耳，使得那个声音在她脑中轰鸣了几分钟。地面摇晃着。当力道更猛烈的暴风袭来时，他们相信，更多的树已经刮过来，某个物体，可能只是一块石头或一根粗重的棍子，将被刮起来砸到车窗上，那力道之大，让砸在车窗上的声响听起来仿佛一辆时速一百千米的汽车撞上一头驼鹿。在这种情形下，车窗如果还没有碎裂，那可真是奇迹。

助产士在这些混乱与噪声中仍维持着平静、亲和的声音，做出承诺道："一切都会好转的。"现在，那名脸色发白的男子就在前座，与安娜并肩而坐。婴儿的第一声啼哭传来，地面停止了旋转。助产士老练地对着孩子的妈妈和爸爸微笑，直到她斜斜地瞄向安娜，那女孩才意识到情况不对。助产士趋身凑向前座，对她耳语道："你爸的车离我们近吗？你能去把它开来吗？"

"很近！"安娜保证道。

"怎么回事？你们在悄悄说什么？"那名男子恐慌地喊着，用力地抓住助产士的胳膊。助产士尖叫起来。此时的安娜全凭着本能做出反应，直接一拳扫过他的下巴。

他向后倒，贴到车门的玻璃窗上。助产士先是瞪着他，随后又瞪着安娜。这女孩羞赧地眨巴着眼睛。

"对不起，我不是故意要这么用力揍他的。我去把车弄来。"

那名男子由于疼痛缩成一团，一半身体在座位上，一半身体在车内的地板上。他的嘴唇流出血来。助产士声音柔和，用词则变得强硬："你的妻子和小孩必须到医院去。现在，马上。我相当确定的一点是，你没办法将我们打包送到那里去。外面那个小鬼头脑袋不怎么灵光，不过，嗯，是的，我们现在只能靠她了。你懂我在说什么吗？"

男子绝望地点头："会不会……拜托行行好，我们的孩子，会不会……"

"我们必须到医院去。"助产士说道，并从他的双眼中看出他的心跳都停止了。

安娜张开双臂在林木间狂奔，借此让手指头记得这些树木的位置。随后她开着父亲那辆小卡车在树干间盲目地倒车。这位助产士与那位新手爸爸极其谨慎地将刚出生的小孩子与新手妈妈转移到小卡车上，随后安娜凭着直觉在黑暗中开车。她只能看清楚前方几米处，但这对她来说就已经足够了，一次开几米，然后再开几米。他们并没有看到那棵最高大的树木摇曳着被风吹弯，然后以一种恐怖的力量砸在他们刚刚抛在黑暗之中的那辆汽车上。或许这样也好。知道自己曾经多么接近死亡，并非总是一种祝福。

后座的那位母亲试图低声说些什么，但她的声音无力而充满恐惧，助产士必须将身子凑向她的嘴边才能听见。

"她希望你知道，她对你男朋友的遭遇感到难过。"助产士说着，并谨慎地将一只手搭在安娜的肩膀上。

那名男子坐在乘客座上，衣领上沾了血，感到羞耻不已。他问道："你男朋友怎……怎么了？"

"总之他死了。不过那也过了两年了，所以没事的。总而言之，我爱他。不过他有时候也超级麻烦！"安娜脱口而出。

她在两个树干之间转弯，在数秒钟内，四个车轮仿佛全都脱离了地面，那名男子只能通过车窗看见漆黑的夜空。然而，安娜突然拐上一处似乎是小径的平地。

"他叫什么名字，你男朋友？"男子高声尖叫道，他最主要还是为了尖叫。

"维达！"安娜吼道，猛踩油门。其他人全都恐惧不已地龟缩在门边，因此她接下来说的这句话或许很不合时宜："他死于车祸！"

8. 猎人

"小心！该死的……"

那辆车猛地刹住，轮胎凄厉地摩擦着沥青路面。那名男子透过摇下的车窗破口大骂，狂按喇叭，但他前面的那名年轻女子继续平静地通过马路，仿佛什么事情都不曾发生。这是首都的夜晚，几近于无风。这里没人知道北方森林里的风暴，就连玛雅·安德森也不知道。你想了解熊镇吗？她离开了那里，你得先了解她。

车里的驾驶员再度按起喇叭，但他现在感到特别无奈，而非狂怒。一开始玛雅并不知道这是冲着她来的。她走向红灯，轻捷地跳上另一边的人行道，老练地在高楼与道路维修工地之间穿梭。成为一个全新的人，一个都市人，只需要两年。

车里的驾驶员朝着她吼叫，她没听清对方吼了些什么，但还是转过身来，然后看到了车牌的前半部分。

SGT[1]。

打从玛雅想着那几个字母以来，感觉就像过了一辈子那么久。她的反应很明显。车里的驾驶员最终放弃理论，刻意猛踩油门扬长而去。她在好几秒钟以后才意识到自己正愣愣地站在人行道的正中央，过往的路人不得不用手肘将她顶开。她不知道自己今天是怎么回事。整晚她的心情都非常好，因此她感觉……轻松。她正在前往一场由音乐学校的同班同学举办的派对，她因期待而微微地感到兴奋。感觉上，她已经学会不为此而感到良心不安，她可以感到高兴。最近这几个月以来，她一而再，再而三地告诉自己，她可以好好地享受生活。几个小时以后，她将为此而痛恨自己。她始终很好奇，自己的音乐天赋能将她引领到何种境地，而答案就在这里。她进入了一种高深的境界，让她在整座熊镇被风吹垮的时候仍可以参加派对。

她错过了安娜的电话。不过她心想，她稍后就会打给她的。两人如今的定居地是如此遥远，以至于她没有立刻回拨给她。她们已经不再并肩而坐了。

她再度迅速地走动起来。当她刚搬到这里的时候，她不理解为什么所有人都这么迅速地走动。现在她若是回到熊镇，她会觉得人们真是烦死了，因为在那里，整个世界是那么缓慢。她已经忘记那名车内的男子，她对于住在大城市已经十分适应。人得在下一秒钟就将见过的所有人全忘记，否则大脑会没有空间承载所有的印象。任何人都不具意义。

她在北方的森林里成长，那里现在正狂风大作，但她在这里连单薄风衣的纽扣都没扣，对于将房屋与居民都扫平的狂风一无所知。她收到

1　SGT 为瑞典语当中"射击""铲""闭嘴"开头字母的缩写，意指在农村地区处理不需要或不受欢迎动物的办法。

派对上同班同学发来的短信。她从中可以看出，派对上的所有人都已经喝得烂醉。她笑了起来。这个诡异的事实不时地让她震撼不已：在不到四个学期的时间里，她就建立了一个全新的社交网络。就在最近一次从熊镇返回此地时，她不小心说出自己正要"回家"。她看出爸爸对此很伤心。现在两人之间又多出了某种沉默。他还没准备好彻底将她放开。做父母的永远不会"准备好了"，但他们别无选择。

玛雅知道，所有人都以为她是因为想要长大才搬到这里来的。但是实情正好相反。凯文从她身上抢走了太多的东西，远远多于她能说明的那些。强奸事件对他来说只持续了几分钟，对她而言则是无休无止的。他抢走了所有明亮的夏季清晨、秋季独有的清新空气、脚下的雪、足以让胸口疼痛的欢笑，以及本来如此单纯的一切。绝大多数人永远无法精确地指出，自己从哪一刻起就不再是小孩子了，但玛雅可以。凯文夺走了她的童年。当她搬到这里时，她又撕又抓，扯下了一小段童年，将其夺了回来。她学会再度抱持天真，因为她还不愿意成年，不愿意过着毫无幻想可言的生活。她不愿意认知到，终有一天，她会无法保护自己的孩子，所有的女孩都可能成为受害者，所有的男孩都可能是犯人。

最终，感觉上似乎只有她的妈妈真正理解她为什么要远走高飞。"对于你离开我，我很生你的气，但你若是留下来，我会更生气。"在熊镇的最后一天早晨，蜜拉贴在女儿耳边如此低语道，"请你跟我保证，你会永远小心，但是你……哎呀……有时候也不用那么小心。别长大，不要马上就变成大人，也可以愚蠢、不负责任些。但是可别太过分！"玛雅纵声大笑后哭了起来，先是拥抱了她，最后才拥抱了爸爸。原因在于：直到火车移动的前一秒，他才放开。她跳上车，森林在窗外连成一线。而后，熊镇就再也不属于"家"了。

她很快就习惯了人潮、交通尖峰时段与此地保有匿名性的自由度。这感觉就是对一切的答案。"如果没人知道你是谁，你就可以成为任何人。"她在第一年的春天在电话里如此告诉安娜。"那我才不管呢，我喜欢你的本性，难道你要改变了吗？"安娜嘶吼道。在两人小时候，当玛雅第一次尝试生火时，这个女孩凝视着玛雅，说道："面对数百万只精虫，你竟然赢了？不可思议！"这番话从这女孩口中说出，可不是无关紧要的恭维话。安娜永远不会离开森林，她的根比树根扎得还要深。玛雅对此既感到羡慕，又感到不可理喻。真相想必是：她甚至已经不再知道什么才是她的"家"。当她思考这一点时，她甚至已开始给它加上了引号。她尝试向安娜说明，现在她感觉自己更像一个流浪者。可安娜是不会理解的，因为流浪者活不过熊镇的冬天。如果你在那里找不到家，你将在天明前冻死。但最后玛雅对她说："我在这里可以做自己，而在熊镇，我就只能被发生在我身上的事情定义。"这一点，安娜理解。

现在，一名参加派对的同学又发来一条短信。玛雅又穿越一条路，准备穿过那座大型公园。她想到的是这样比较快，而没有想到那里可能藏着什么。她已经改变了很多。

SGT。

她走在那条铺着砾石的狭长步道上，走进公园时，那块车牌上的字母又在轰鸣中回到她的意识里。记忆争抢着她内心的情感。她想起了安娜，几乎就要笑出来，或哭出来。感觉上她似乎已经很久没有想到她了。可是，她俩不是昨天才通过电话吗？还是一周前？

公园里路灯的间距变得越来越大，由车流与人流构成的声音变得越来越远。她的脚步越来越慢，但没有迟疑。她忘记要回头张望，没有注意到自己后方一小段距离外的男子也放慢脚步。当她加快脚步时，他跟了上去。

随着她与安娜分离的时间越来越长，她对安娜的思念理应越来越淡薄，然而情况完全相反。她永远记得她那次喊出"你知道吧，射击、铲……闭嘴，SGT"时的表情。

"什么？"玛雅说。一旦世界上出现任何玛雅不知道的事物，她总是忍不住要发愣。对此安娜深吸一口气说："喂，说真的，你从来没听过这个吗？我是说，你之前住过的那个叫多伦多的城市，总还在地球这个行星的表面吧？有时我感觉，你好像是在一座实验室里被制造出来的，这就是你如此美丽但这里所有的线路全都没装好的原因！"她笑着敲了敲玛雅的头。

玛雅感觉自己像个外星人。她记得自己在熊镇生活的最初几年，对荒野、对人都是既困惑又恐惧。对于这个地方心中似乎总是怀着伤痛，以及它似乎总是弥漫着暴力的气氛，她同样觉得既害怕又疑惑。看在自己人生的分上，她无法理解怎么会有人自愿地定居在这里，住在一小群被黑暗、酷寒与树木 —— 来自四面八方不计其数的树木 —— 包围的房屋里。那条穿越森林通向该地的狭长车道似乎无穷尽地延伸着，进入一片没有地平线的世界。这个世界是这么绵长而深远，最后似乎掉转向下，消失在深渊之中。当时的玛雅还只是个小孩子，在她读过的所有故事中，只有女巫才住在这种地方。当时的她心想：我永远无法习惯。但小孩几乎能够习惯一切。

在长大成为少女的那几年里，她来不及意识到熊镇给她带来了多么大的改变。甚至直到从那里搬离以后，她才知道自己有方言口音。在那里的森林中，安娜总是因为她将元音发错而逗弄她。但当玛雅在音乐学校的新同学们想开玩笑时，他们就拿玛雅从不调整动词时态的事来说笑。

就算他们对她这种方言的模仿大错特错，她还是假装这样很诙谐。

在那之后她开始按照老师的要求练声，将自己的声音练到就像其他人的声音一样。班上大部分同学过去上过音乐学校，从小时候起就学了昂贵的私人课程，他们熟悉所有的秘密代码，完全知道自己必须达到哪些期望。玛雅完全只是凭着天赋进到这里。在最初的几个月里，她常在晚上哭泣。她起先是因为缺乏安全感而哭，而后逐渐演变成因为愤怒而哭。感觉上，其他所有年轻人上学唯一需要做的事情就是生在有钱的家庭，这样即使歌喉平庸也没什么。而玛雅为踏上相同旅程所需要做的一切就是拿出最好的表现。只能是最好的表现。

一位老师在第一个学期谈到音乐界产业时说，大家得弄清楚，"我们生活在一个小国家里"。玛雅心想：只有一个无法看懂地图上三分之二面积的人才会讲出这种话。她的几个同学以为自己住在全国的中心，而实际上他们住在全国的最南端。当察觉到这一点时，玛雅哑口无言。那时候她会想起安娜的爸爸，他有时会在森林里遇见来自南部的游客，他们对于这一带人迹如此稀少感到无比惊异。她想到他回到家时总是咕哝着："他们以为自己拥有这个国家，却不知道全国面积的百分之七十被森林占据？人类定居的面积只占全国面积的百分之三！百分之三！！"有一次他对玛雅号叫着："这个国家的农耕地比泥沼的面积还要小，不过他们应该连泥沼是什么都不知道。"随后安娜还得低声向玛雅说明，这样她才能赞同地点点头。现在她周边全是什么东西都不知道的人。最后她意识到：无知的草包实际上是她那些身穿昂贵衣物、露出世故笑容的同班同学，而不是她自己。那时，她就不再在夜里哭泣了。她不再等着别人让位，而是自己开始占位。她不再模仿其他人的声音，而是以自己的声音歌唱。一切都变了。

去年冬天，她在高楼与尖峰时段的车流间发现一座小型溜冰场，隔天她便带着几个同学到那里去了。她记得她对于许多同学不会溜冰感到极其震惊。熊镇的所有年轻人都会溜冰，不会骑自行车的人恐怕更多。怎么有人不会溜冰呢？秋季降临时，她新结交的女性朋友们抱怨严寒，表示她们"因黑暗而感到忧郁"。当玛雅意识到自己很快就因她们的软弱而蔑视她们时，她为自己感到羞耻。在一座到处灯火通明的都市里，因为黑暗而感到忧郁？酷寒？这哪里算酷寒！

她记得她六岁时独自在熊镇的湖面上溜冰，而后掉进湖里，几乎失去呼吸。那才叫酷寒。当时她才刚搬进熊镇，根本没人知道她掉进湖里，如果不是那只突然冒出猛力将她拉起的手，她早就死掉了。安娜身形瘦削，仿佛在家都没吃饭似的，而那时玛雅已经相当强壮。她就坐在她身旁的冰面上，睁大了双眼，纳闷着她在搞些什么。她没看到冰层颜色的变化吗？她什么都不懂吗？安娜认为玛雅真是个傻瓜，而玛雅认为安娜是个白痴。就在那一秒钟内，她俩成了最要好的朋友。安娜教玛雅枪械射击，而安娜的爸爸则咕哝着说她们两个人就是"全镇最小的狩猎队伍，恐怕也是最危险的"。有时候玛雅内心还会急速闪过这么一个念头，以为熊镇真的就是她的归宿。当然了，这从来不是事实。

在她俩还小的时候，她有一天晚上在安娜家过夜。在两人的成长过程中，几乎都是安娜在玛雅家留宿。那次她们原本打算睡在森林里，但由于当时天气恶劣，最终决定在距离她们最近的安娜家留宿。夜深的时候，她俩听见安娜的爸爸接了一个电话。有人看见了一只狼。安娜的爸爸通过话筒强硬地问道："但你们没把它圈起来？"

玛雅不懂这是什么意思。因此安娜低声说明："这意思是人们必须向政府部门通报，有狼出现。如果通报了，这只狼就算是存在的了，你懂吗？"玛雅还真是不懂。所以安娜叹了一口气道："如果这只狼存在，而后又消失了，政府机关就找不到它了。而本来就不存在的东西也就不会消失。所以就……SGT。"

一名男子来接安娜的爸爸，他的车子前座上放着枪，货箱里还有几把铁锹。当他们在破晓时分返回时，鞋子上沾满了血和泥土。射击、铲、闭嘴，这就是玛雅学到的。

当蜜拉在几个小时后来接她回家时，玛雅装得若无其事，而她过了好几年才意识到：当时妈妈也在假装若无其事。她非常清楚那只狼最后怎样了，熊镇的所有人都知道。玛雅纳闷着：妈妈有时是否也会想起这件事？众人对于这件事的沉默，是否与熊镇在其他各种事情上教导其民众保持沉默有关系呢？

唯一没有闭嘴的人其实是拉蒙娜。直到最近，玛雅才又记起这件事。大脑激活了这么一小块记忆，而它突然在国境的另一端蹦出。在她学到SGT的真正意义的几天后，她得跟着安娜前往毛皮酒吧领回安娜爸爸的汽车钥匙，原因在于他不时会喝得烂醉，醉到愿意将车子卖掉以换取最后两杯啤酒。拉蒙娜总是允许他这么做，因为让他多喝两杯酒后走回家，总比让他醉着开车回家要好。不幸的是，安娜的背包放在车里，而她第二天早上需要用数学课本，因此她们两个只能往那里走。要是玛雅的双亲得知玛雅待在毛皮酒吧，一定会气疯的，那里满是穿黑色夹克的男子。每个举办冰球比赛的夜晚，他们都会与敌队的球迷打架；在其他夜晚，他们则会自己打成一团。拉蒙娜将汽车钥匙搁到吧台上，交给安娜，同时告诉她：别忘了把枪带回家。她爸爸一如往常，将它忘在车里了。安娜保证会这么做。随后拉蒙娜垂下眼盯着玛雅。这老女人的长相实在太像巫婆，让这个小女孩不敢望着她的双眼。

"我听说，你们看到了那些铁锹。那些该死的笨老头，本来可以让你们避开这些麻烦的。不过你们迟早要学到：掠食性动物必须被处理掉。也许并不是每个地方都是这样，但在这里就是如此。"拉蒙娜叫道，给了她俩一人一块巧克力蛋糕。她咳得太厉害了，几乎无法抽烟，不过也只是"几乎无法"而已。

两名在酒吧里总共灌下十六杯啤酒的男子爆发了激烈的肢体冲突。拉蒙娜高声咒骂着，并挥动着一把扫帚。玛雅吓得魂不附体，拉着安娜逃离那里。当然了，安娜对于暴力事件无动于衷，唯一让她感到恼怒的，就是掉在路上的一小块巧克力蛋糕。这两个女生的双亲属于截然不同的类型，她俩也已习惯期望从大人身上获得完全不同的东西。玛雅学得比较慢，不过她总算是学会了。

射击。铲。

此刻玛雅想着：拉蒙娜错了。熊镇居民摆脱掉的并不是掠食性动物，他们摆脱掉的是问题。当玛雅在几年后狂奔着逃出凯文的房间时，大家想要对付的是她，而不是掠食性动物。对所有人来说，假如她消失不见，而凯文没有消失，一切就会变得简单多了。她就是问题。

闭嘴。

她放慢了脚步。公园里非常寂静，她都能听见每一颗沙砾在鞋底下发出的声响。她向后斜斜地瞄了一眼。不，这并非幻觉，那名男子正在跟踪她。该死。她顿时觉得自己真是太蠢笨了。顷刻间，这个念头甚至都让她感受不到恐惧了。她怎么能放任自己的大脑在回忆中飞得老远而对危险浑然不觉呢？"玛雅，振作起来！想清楚！"现在，她暗自咆哮起来。公园里的一盏灯熄灭了，她在光线下移动着，但很快就完全被阴影吞没了。"天哪，我在搞什么啊？我怎么会选择穿过公园呢？我应该想清楚的！如果真有人得想清楚，那个人就是我！"她在脑海里尖叫着。她改变得如此明显，已经学会再度抱持天真的态度。她从余光中瞥见那名男子就在后方一小段距离外，比之前更接近了，穿着黑色的夹克，戴着帽子。

该死，该死，该死。

她在此时想起了妈妈。此时，她多么想回家。

9. 妈妈们

"家。"

这个概念应该由几个不同的词来表达才对，其中一个词形容地方，另一个词形容人。原因在于：经过一定的年限之后，一个人和自己所在城市的关系会越来越类似一段婚姻。维系双方关系的是两人共同度过的时光，别人都不知道的小故事，只有双方知道笑点的私密笑话，以及双方只会在彼此面前表现出来的那种独一无二的欢笑。对一个地方的爱，以及对一个人的爱，是互有关联的体验。一开始我们咯咯笑着跑过街角，探索着彼此身上的每寸肌肤。一年又一年过去，我们认识了每块鹅卵石、每束头发、每个鼾声，时间的潮水将激情磨成了坚定不渝的爱。最后，我们醒来时所见到的枕边人的双眼与窗外的地平线构成同一个词：家。

因此，家的概念应该由两个词来指代：一个词指代能带着你走过最黑暗岁月的事物，另一个词则指代能够使你安身立命的事物。原因在于：有时候我们只是为了不要成为没有历史的人，才栖身于城市与婚姻之中。我们之间共有的事物太过繁多了，我们认为别人都不理解我们。

*　　*　　*

当风暴全速推进时，蜜拉·安德森正独自待在位于赫德镇的办公室里。当广播刚开始报道道路两旁的树木被暴风吹倒时，她就将所有职员都遣回家了。蜜拉和她最要好的朋友共同拥有这家公司，两人也是同事，但最后就连她也回家了。最初她当然拒绝被遣回家，声称"会在稍微起一点风时就尿失禁的，只有广播节目里的那些老头"。然而蜜拉指出：当风暴来袭时，人们会去抢购重要生活用品，而在最坏的情况下，所有的酒都会被扫荡一空。这位同事因此感到一丝恐慌，便离开了。

蜜拉的丈夫彼得当然也想留下，但蜜拉坚持他得回到位于熊镇的别墅，确保里欧不至于一个人在家。当然了，现在这又有什么关系呢？这个青少年将会坐在电脑前，头戴耳机，只要不停电，这场风暴对他来说不过就是一次外星人入侵，而他只会浑然不觉。他们住在同一栋屋子里，但双亲很少遇见他。他现在已十四岁，这个时候，他已经不再像是他们的子女，而像是他们的房客。

彼得在两人开始争论前就已放弃并离开了。蜜拉不知道自己从他双眼中看到的是解脱还是失望。他在两年前自行辞去了熊镇冰球俱乐部体育总监的职务，转而为蜜拉工作。他结束了完全以体育运动为主业的职业生涯。现在当两人在家时，他们是夫妻；当他们待在这里时，他是她的职员。他俩有时候都会忘记这中间的差别。她不时会问他，他的感觉是否良好，而他会面露微笑地点点头。然而她看得出，他并不快乐。她对他这一点感到很生气，而她也为自己的这种想法感到很生气。

她今天向他保证，等她把最后几件事情处理完就回家。但是，在他将门带上并离开后，她却迟迟没有打开电脑。窗外的大自然正被撕裂成碎片，而她坐在玻璃窗的这一边，指尖贴着相框里子女的照片。

就在不久前，她的心理医师告诫她说，她经常退化为一个糟糕的母亲。这并不是指她的感觉很糟糕，而是指她很糟糕。她表示这话说得真对，她本来可以安于一份工作，而她却选择了一份事业。你为了家人而安于一份工作，为了自己选择一份事业。对于时间管理，她极为自私。她本来可以为了他们生活，但这对她来说还不够。

"我们已经谈过你那极端的控制需求……"

"这并没有很极端！"

她来看这名心理医生不过才一两个月，由于这件事没有什么大不了的，她并没有告诉任何人。她只是又发作了几次恐慌症罢了。她给心理医生支付的是现金，这样一来彼得就不会在邮箱里看到任何账单，从而以为她出什么问题了。她没有什么问题。

"嗯哼，好吧。但是你的子女都已经长大了。里欧……十四岁了，嗯？玛雅十八岁了吧？她甚至已经搬出去自己住了吧。"心理医生说道。

"她并没有从家里搬出去住！她在一所音乐学校学习，她住在学生宿舍里，这不一样！"蜜拉嘶吼着。她几乎哭出来，对他尖叫，说她不止有两个小孩，她有三个小孩——艾萨克、玛雅、里欧，一个在天堂，另外两个几乎不接电话。但她只是咕哝着："行行好，我们能不能专心探究我到这里来的原因？"

"你的恐慌症？我相信，原因在于你是一位……"

"什么？一位母亲？难道我因为管理一家公司就不能再当母亲啦？"

心理医生露出微笑："你是否相信，你的小孩会认为你对他们过度保护了？"

蜜拉沉默地生起闷气。她想要尖叫：你知道身为一个过度保护的老妈子，最糟糕的一点是什么？是有时候还真会被你给说对！但她保持沉默，因为她并没将艾萨克的事情告诉心理医生，也没提过发生在玛雅身上的事情。她不愿意谈这些事情，她只想对付这些恐慌症的症状，获得药片或其他现在必需的物品。就连与心理医生会诊时，她都想好好表现，拿出效率，表现优异。

不过他说得对。所有摆在办公室桌上孩子们的照片都是在他们小时候拍摄的，这有助于她控制自己，不去想他们现在已经长大了。里欧已经是个青少年了，而玛雅的青春期甚至很快就要结束了。她在两年前搬到大城市里，就读于她喜爱的那所音乐学校。两年。女儿离家的时间这么长，这一点和蜜拉本人开始使用"大城市"一词相比，几乎同样不可理喻。这一带的人们在她、彼得和孩子们刚搬来这里时说的闲话，听起来非常无知，一想到那些话，她总是嗤之以鼻。现在她成了他们的一分子，森林的子民，一个会咕哝着"就连南边的驼鹿都如此懒惰"的人，一个半开玩笑地说着"大城市本身没有什么错，只是距离实在太遥远"的人。

"所有青少年都认为，自己的母亲对自己的保护过度了。即使我进了监狱，他们仍然会认为我太常见到他们了。"最后，她对心理医生咕哝道。

心理医生将双手贴在膝上，绞动着。现在他已经意识到，只要他做了任何笔记，蜜拉会立刻要求让她看看他到底写了什么。这倒不是因为她有控制欲。她的情况完全不是如此。

"听起来，你的行为很像我的母亲。"他轻声说。

蜜拉的眼睫毛颤抖着："那是因为你们不懂。我们是你们的妈妈，我们最先爱的就是你们。现在也许其他所有人都爱你们，可是我们最先爱你们。"

"你有这种感觉，难道没有让你成为一个好妈妈吗？"

"这只让我成为一个妈妈。"

心理医生低声轻笑起来："嗯，当然了，你也许是对的。我都快六十岁了，而我母亲仍然担心我没吃饱。"

蜜拉扬起下巴，但压低声音道："我们是你们的妈妈，你们阻止不了我们。"

心理医生强烈地希望能将这句话记录下来。

"那你的丈夫呢？彼得？多年以来，你为了他的职业生涯放弃了许多东西。现在，他在一段比较短的时间里为了你而放弃自己的职业生涯。对于这一点，你是否仍感到良心不安？"

她的呼吸变得粗重起来。

"我不懂我们为什么得谈论这个。我已经告诉过你，我……是……是的，我是感到良心不安！因为我不知道我该如何让他快乐。他在冰球界奔忙的这些年来，我唯一不需要为他做的就是这件事情，我操持一切家务，我调整自己的生活，借此配合他的职业生涯。但是我可从来不需要让他快乐。冰球就能让他感到快乐。现在，我不知道我能不能做到这一点。"

就像所有心理医生一样，这名心理医师问道："既然如此，努力让他快乐，真的是你的义务吗？"

蜜拉的声音或许颤抖着，但答案本身很直接："他是我的丈夫。他不能阻止我想让他快乐。"

过去，这是她的想法；现在，她仍是这么想的。此刻她仍然独自待在办公室里，虽然她得赶紧回家，但她并没有这么做。她只是望着窗外，看着风暴到来。尽管她本应对此感到害怕，但她并不害怕。

*　　*　　*

通过安娜当天夜里开车的方式，你就能够得知与她有关的一切。她开车的方式仿佛意味着：如果有任何人没能全身而退，要是有人不快乐，要是出了什么乱子，那都是她的错，不管是什么原因。那名助产士看出了这一点，也对这种特质感到熟悉。她凑向前，触碰到那女孩的肩膀，将她的发丝拨开，使其不至于卷进她的眼睛。安娜想必连这个动作都没注意到。她眯着眼望向车窗外，牢牢握住方向盘的指关节已然发白，双脚在踏板上舞动，操控着那辆车驶过黑暗。事后其他人几乎完全不记得他们是如何从森林里脱身的，但那辆车突然间就开上了一条道路，他们很快就看到医院入口处的灯光。

安娜在入口的正前方停下，随后的一切纷至沓来。医护人员似乎从四面八方拥出，前来迎接他们。所有车门都被打开，暴风仍在户外轰鸣着，护士们同时大声吼叫着，安娜就坐在这一团混乱的中心处。她觉得自己挡住了他人的工作，因此她完全不敢动弹。哈娜、这对新手爸妈与小婴儿随着人流消失不见，车门再度被带上。突然间，一切变得无比寂静，寂静得让人无法忍受。

安娜拿出手机，打给玛雅。她想将这一切说给某人听，不过她要从何讲起呢？她这次不必担心如何开口了，因为玛雅并没有接听电话。安娜将手机塞进车门上的公文袋，将头抵着方向盘。

直到过了一个小时，新生儿与产妇的情形已经足够稳定时，哈娜才察觉到安娜仍然待在停车场上。当她走到户外时，那女孩的前额仍然贴在方向盘上，双眼仍狂野地大睁着。助产士坐上乘客座，她必须使上全力将门掩上，暴风才不至于将铰链吹断，把它像一只手套般抛向空中。车身晃动着，暴雨已然降临。两人沉默无语地在哗哗哗的雨声中静坐良久，随后哈娜说："安娜，你干得真是太漂亮了。"

安娜沉重地眨眨眼："那小孩还好吧？"

"是的，一切都会没事的。实在非常感谢你，你还好吗？"

"是，是，是。这个……总之，当你在车子里接生小孩的时候，当他发出第一声啼哭的时候，我不知道我该怎么来形容……好像有点兴奋啊！你懂我在说什么吧！或者应该是，这可不是因为我嗑了药！不过你知道的！还是说……你知道吗？"

"我想我是知道的。"

"每次都像这样吗？"

"不全是。"

"是因为你已经习惯了？"

当助产士回话时，她嘴唇颤动，那是因解脱而表现的激动，而不是因开心而产生的笑容。"因为并不是所有人都能够挺过来。只要你一有机会，你就得好好享受一下快乐的结局。"

随之而来的沉默使两人都深深地缩在座位上。

"我得回我爸爸家了。"安娜说道。

"你妈在家吗？"

"我妈没跟我们一起住。"

这女孩的口吻是如此理所当然，助产士也就没再多问。这个家庭没有妈妈。曾经有那么一个女人生下了安娜，她现在住在某个其他的地方，有着全新的人生，但是"妈妈"已经不存在了。当助产士谨慎地将手放在那女孩的脸颊上时，她不再感到惊恐，泪水流过手掌。

"你是否可以保证，这孩子会挺过来？"

"我保证，安娜。"

"对于我出手揍了那个该死的油漆工人，我很难过。对于我开快车，我很难过。而且我……"

助产士温柔地打断了她。

"安娜，你在今天夜里挽救了一个小孩的生命。你的脑袋可不是有点蠢，你啊，我对这一点可不打算含糊地带过去。你要弄清楚，如果不是因为风暴，我绝不会选你做帮手。但你确实很勇敢，非常勇敢。你是那种敢于冲向火堆的人。请相信我，我能认出你们这样的人。"

安娜试图点点头，仿佛她真相信这番话。当她到家时，她爸爸仍然睡在椅子上，他手上仍然握着酒瓶，他甚至没有意识到窗外的大地正走向毁灭。安娜将酒杯、酒瓶清洗干净，检查了手电筒电池的电量，而后才钻进开放式暖炉前方地板上的一条毛毯，那群狗则卧在她近旁。她把手机落在车里了，它就在那里响了又响，响了又响。

第二天，安娜并未将自己在那一夜的经历告诉任何人，包括玛雅。

*　　*　　*

医院里的一张床位上躺着一名女子，以前从未有人告诉她初为人母究竟是种什么样的感觉。她可真走运。然而现在，她对此将会永远感到害怕不已。

"维达是个好名字。"她小声道。

"太棒了。"那位父亲抽噎着。

一切都圆满了。这个小男孩被起了一个名字。他出生在位于两座相互仇恨的小镇之间的树林深处，出生在那狂暴的一夜，出生在我们记忆所及最恐怖的风暴之中。他是疾风之子，被一名猎人之女拯救。假如这个小男孩以后也会打冰球，那将是我们所拥有的最美好、最棒的故事。

我们需要这类故事。能让我们承受住葬礼的，就是童话故事。

*　　*　　*

哈娜走回医院，进入更衣室，换完衣服后将前额凑向柜门。她多么渴望自己能够稍微崩溃一下，一下下就好，片刻就够了。任由最光明与最阴暗的一切在她的内心高歌，丝毫不加以抗拒。随后她将自己内心的所有缝隙与情感全封闭起来，再睁开双眼，这样她就不会将所有情绪都带回家。没有人有余力在每时每刻感受一切。她离家只不过数千米，但当她走向停车场时，才突然察觉到那辆迷你巴士还停在安娜爸爸位于熊镇家中的庭院里。当下狂风大作，她又异常疲惫，这时要想走回家，实

056

在太过危险。所以她打电话给丈夫，勉强说出："亲爱的，一切都很好。但我没有车，所以我先待在这里，等到风暴……"但强尼已经挂了电话。他将四个熟睡的孩子抱到邻居们家，跟他们借车，开到医院去，将自己的妻子接回家。即使是天灾，也无法阻止她家的这个白痴。

*　　*　　*

办公室里，蜜拉独自坐在书桌前，她从窗中只能看见自己的倒影，窗户的彼端是一片漆黑，天空已经将大地一口吞下。她无数次地想着打电话给女儿，但时候已经不早了，她肯定还在同班同学举办的派对上，蜜拉不愿意让她担忧。最主要的是，她不愿意让玛雅从她的声音中听出她有多害怕、多迷惘。

这场风暴将会比新闻上说的还要糟糕，糟糕得多。蜜拉并没有回家。她本该回家，但她没有这么做。

城市与婚姻都是由故事构成。其中一方的终点，就是另一方的起点。

10. 候鸟

玛雅在熊镇的家中已经多次听到"只有在危机时，你才能知道自己的本性"。冰球小镇的人们超爱这些烂透了的谚语。"唯有被逼到墙边时，你才会知道自己的能耐。"他们张大嘴吼出这些话，却从来不质疑这到底有什么意义。当然，绝大多数人从来就不知道自己有什么能耐，大多数人不知道自己内心是迁徙型的动物还是狩猎型的动物，他们内心从没有过这种念头。玛雅羡慕他们。是啊，她可真是羡慕他们。

她在公园里稍稍加快了脚步，但没有跑动，因为她知道要是那样做了，跟在她背后的那名男子只需一两秒就会追上她。她努力赢得一点时间，尽可能在开始狂奔以前接近公园的出口，借此让他低估她。

白痴。

当她们在春季穿越位于赫德镇与熊镇之间的森林时，玛雅总会望着那些候鸟，纳闷着它们为何要那样做。"哎呀，我实在纳闷它们为什么要迁徙，而不是它们为啥不回来。"她对安娜说。然而安娜只是耸耸肩，说道："它们避开了整个冰球季，真聪明！"对于那些让人心痛的事情，她总是用玩笑话打发掉。但是当玛雅搬往他处，准备就读音乐学校时，她说道："现在你就像那些鸟儿一样，飞走了。"玛雅真心希望：事情要是有那么轻松就好了。

两人在身处异地的第一晚一直讲着电话，直到旭日东升。玛雅在自己的新同学面前极其努力地装出常态，但在话筒里，一切伪装都被撕开了。她低声对安娜承认：不再后悔自己曾将枪管抵住凯文的额头，还怀疑自己是不是个精神病。安娜从另一端的听筒里发出慨叹："上帝啊，早在那之前，你就已经是个精神病啦！"玛雅微笑着。一切总会以其中一方所说的玩笑话作结，如此一来，她们才不会挖得太深。玛雅因为曾和凯文待在那个房间里而痛恨自己，安娜则因为自己不在那里而痛恨自己。玛雅在慢跑小径上放过了他，要是换成安娜，她绝不会这样做。"所有动物都是为了自己的生存而战斗。如果它们的本性是追猎，它们就会追猎。如果有必要，它们更会大开杀戒。"安娜说。玛雅思考了一下，才回答道："但不是所有的动物都会报复，只有我们会这样做，一整夜都在黑暗中守着，就是为了报复。只有我们才这样做。"安娜哼了一声，谈到她爸爸养过的一条猎犬。它小时候有一次被安娜的妈妈揍了鼻子，过了几个星期，它偷偷溜到外面，将她妈妈用晒衣绳悬挂在庭院里用漂白剂洗得干干净净的衣服都扯了下来。"它会报复。"安娜笑着说。

她们继续通电话，但频率越来越低，也越来越少聊到动物。玛雅还真的努力将一切都忘掉。她的新同学们对她一无所知，她因而决定成为另一个人，一个从来没出过事情的人。她几乎就要成功了。

白痴白痴。

"你从来不讲你自己的事情。我们认识你都两年了，但感觉上对你几乎什么都不知道！"当她们最近在图书馆学习时，她的一名同学喊道。当玛雅看到桌边其他同学都赞同这句话时，她完全愣住了。她们并没有指责她的意思，只是感到好奇。她们对于自己尝试开启的是哪些门，一点概念都没有。她对此一笑置之，表示自己实际上是为黑帮效力的杀手，还刻意摆出自己最明显、最浓重的熊镇口音，因为她知道这样总是能够将她们逗笑。不然她该说什么呢？她又该从哪里说起呢？她们的世界太小，小到让她们无法理解她仍然是小孩子。由于她们从来没出过任何事情，她们每逢派对必定喝得大醉，因为她们不怕失控。她的经历是在十五岁时参加了一场派对，而小镇所有人在那之后都巴不得她消失（因为不存在的人就不可能被强奸）——她们没有这种经历，因而也从不会痛恨自己，更不会因此有过轻生的想法。她们从来没有纳闷过：要是她们当初不报警、什么话都不说、继续一如往常地过生活、不把她们所爱的人身处的世界弄得天翻地覆，情况将会是什么样子？她们也从未梦见过一根顶着前额的枪管并像玛雅那样轻松地醒过来，因为她宁可梦见她对凯文做的事情，而非他对她做的事情。她们不曾思考，她们实际上或许应该按照这座城市教给她的方式做：射击、铲、闭嘴。

在几个月前的一场派对上，一个男生问：为什么玛雅只喝一两杯葡萄酒，绝不过量？她要怎么回答呢？就因为有像你这样的男生。因为你们到处都是。

不过，她几乎顺利地在这座城市里变成了另一个人。她几乎顺利地改变了自己。她的进展是如此顺利，乃至于她在某天晚上不假思索，在黑暗中选择了那条穿过公园的路。

白痴白痴白痴。

她顺着砾石路面行走，加快了脚步，只是稍微加速，后方的男子亦步亦趋。也许是她弄错了？也许这只是幻觉？她放慢脚步，他就几乎停了下来。当她再度走动时，她不再猜疑他到底想要干吗，因为那时候，一切都太迟了。她的手在提包里摸索着，但手指滑了一下，手机脱手而出，摔在砾石路面上。他迅速接近。她听见了他的呼吸声，而下一秒，她的脸颊就已感觉到了对方的鼻息。

她还赶得及生自己的气。她对所有的人、事、物都感到暴怒，但最主要的还是生自己的气。因为她手上已经抓着那把刀了。当手机滑出来的时候，她在手提包里摸索的就是这把刀。她知道自己来不及打电话给任何人，她只能自我防卫。刀刃很轻薄，也并不特别长。她及时想到自己应该瞄准男子的双手。他没戴手套，因此她若是割破他的手，这种疼痛或许就足以为她创造出时机，使她得以逃命。她来得及想到他的双手是那样小。最后一个从她内心闪过的想法是，希望将自己那双运动鞋的鞋带绑紧。她的改变是如此巨大，她在外出时已经不再留意去绑紧自己的鞋带，仿佛这个世界并没有被男人塞满似的。

他动了一下。她刺了下去。

她听见自己的尖叫。她因愤怒而尖叫，而非恐惧。两年，她想在这里重新来过，而且几乎就要成功了，但她在危机之中获悉了关于自己的真相。此时她便忆起了凯文的呼吸，想到他粗暴地抓住她，以及她那颗狂跳的心脏。但她也记得他看到枪支时的喘息声、他那颤抖的手指头、当他吓到尿裤子时的尿臊味。夜里他是否仍停留在那条慢跑小径上，正如同她仍停留在他强奸了她的那个房间里？他是否真从森林里回家了？他是否仍然怕黑？她希望是那样。

在公园里，那名在她前面的男子尖叫起来——那是一声悲惨、微弱的喊叫。她是否将刀子刺进他身体了？上帝啊，她希望是那样。

在玛雅搬家之前待在熊镇的最后一天早上，拉蒙娜给了她那把刀。"你啊，把这个带着，放在手提包里吧。该死的，大城市里的人们太容易被激怒，如果你要进城，你都不能携带霰弹枪。可是，你可千万别告诉……"她开口说道。玛雅误会了她的意思，马上保证道："不用担心，我不会告诉我爸的！"拉蒙娜对此的反应是嗤之以鼻，把吧台另一端的蜡烛都给熄灭了："我会害怕你父亲吗？倒是你母亲……她要是听到我给了你一把刀，我会被那把刀插屁眼的。我是说认真的。"

拉蒙娜并不那么擅长拥抱，所以玛雅在大部分时间里得保持主动，不过两人最后还是抱了一下。玛雅无数次想过扔掉那把刀，但它仍放在手提包里。"大家想必都已经问过你，从这里搬出去有什么好处，"拉蒙娜在最后一次谈话时这么说，"所以我只想说：你真该好好弄清楚，唯一会从熊镇搬出去的，就是那种自负、该死、以为自己是大人物的家伙。这样挺好的。小姑娘，我希望你相信：你是个大人物。"

"等等！等等！"

玛雅甚至没弄清楚，先开始喊叫的是那名男子，那声音太年轻，也太稚嫩。他向后跳去，玛雅在最后一刻止住了刀刃。他的一只手停在半空中，另一只向前伸出的手上则是她的手机。他的手颤抖得太厉害，几乎拿不住她的手机。当玛雅察觉到那人甚至不是男子，而只是个十三岁左右的小女孩时，她不禁为自己感到羞耻。一个小屁孩，她凝视着玛雅手上的刀刃，流下了泪水。

"对不起，对不起！"

"见鬼，怎么回事？"玛雅一边尖叫，一边恐慌不已地将那把刀收进手提包，这时连她也不由自主地颤抖起来。那个小女孩恐慌地结巴着说："我可以……我可以跟你走吗？她们抢走了我的手机，可是我不想把密码给她们，她们就一直追着我。我看到了你，所以就想……"

直到这时，玛雅才看到公园较远处有另外三个女生，她们都是一个年龄段的。玛雅的心跳声太大，让她的双耳仿佛被加了盖。她唯一能想到的是，从多伦多这个有着数百万居民的大城市搬到小小的熊镇，她妈妈对这两者之间差异的说法："在熊镇，假如你夜间外出，你只需要担心掠食性猛兽，玛雅。而在一座大城市里，人们害怕一切。"她说的是错的，而她那时想必也已经知道这一点了，这对她本人和女儿来说都是个谎言。猛兽到处都有，只是类型不同罢了。

"这里……你的手机……"这个站在她面前的女孩小声道。

玛雅看到她手腕处的红色疤痕，知道这是怎么弄出来的：她努力想要挣脱，她是为了性命在打斗。她接过手机。处于一段距离外的那些女生看到荧幕照亮她的面孔，也许以为她正打给警察，所以她们就像刚出现时那样迅速地转过身去消失了。

"来吧，快一点。"玛雅说着，将那个女生拉往另一个方向。

那个女生跑动着，紧贴在她身边，直到她们到达公园的出口。

"哪……哪里才能弄到像这样的一把刀啊？"当她最后终于敢开口说话时，她问道。

玛雅喘着气，俯身凑向自己的膝盖，多么希望安娜在这里，取笑她的体能状态。她回避那个女生的眼神，小声说道："这是森林里的一个女巫给我的。"

"什么？"

"算啦，算啦。不过，你可别去弄刀子。"

"为什么不呢？"

"因为你只有在准备好要使用的时候，才能带上它。"玛雅一边低声说，一边希望这个女生永远不会变得像她那样，已经准备要用刀了。

她将手机递上，告诫那女生，要她打给双亲。那女生照做了。玛雅听见她通过话筒解释发生了什么事情，一再保证她没事。玛雅看出她正在努力抑制住哭泣，这倒不是为了自己，而是为了父母。绝大多数人不知道自己的童年是何时结束的，但现在这个女孩将会知道。

强奸事件之后，玛雅仍记得当时在医院的场景。她妈妈想杀光全镇的人，而她爸爸则低声说"我是否能做点什么"。玛雅唯一说得出口的话是"爱我"。当我们意识到自己的双亲无法保护我们时，这对所有子女来说，真是可怕的一刻。我们保护不了自己的亲骨肉。全世界随时都可以将我们一把带走。

那女生将手机还给她，表示她的母亲想跟玛雅说话。彼端的听筒传来一个女人的抽噎声："谢谢，噢，谢谢，你人真好，我的女儿真是幸运，能够遇见你，我好高兴！我们之前教导过她，如果出了什么事情，她就该朝一个成年人跑去！"

这是第一次有人如此称呼玛雅。她陪那个女孩等待着，直到她们见到她双亲的车拐过街角，出现在眼前。那女生的目光只离开了玛雅一秒钟，当她再度转过身时，玛雅已然消失不见。消失在这座没人知道你是谁、你想成为谁就成为谁的城市里。

可是，你想变成谁呢？

在一两个街区外，玛雅谨慎地坐到一张冰冷的长凳上，陷入崩溃。她哭到无法呼吸。她这几个月以来费尽各种努力想要忘记的一切突然又回来了。衬衣纽扣掉落到地板上的弹跳声，凯文房里墙面上的那些海报，他身体的重量，以及恐惧、恐惧、恐惧。事发之后他的体味还残留在她的皮肤上，她努力想把它刮洗掉，甚至洗到破皮。

人们常说，我们在处境最艰难时能看出哪些人是我们真正的朋友。但最重要的是：真正能看透我们的，正是我们自己。玛雅拿起手机，她可以打给同班同学中的任何一人，可是她该说什么呢？她们的手提包里可没藏着刀子。她们不会理解的。

她只想打给自己的妈妈，她想听妈妈问"小老太婆，你还好吗"，然后低声回答："不，妈妈，我不好，我不好，我不好。"她想直接在电话里尖叫，要妈妈开车穿越整个国家来接她 —— 当她小时候和安娜睡在森林里怕黑的时候，母亲都是这样处理的。在玛雅将问题说完以前，她的母亲就总是已经在车里了。当孩子们不在家的时候，她总是和衣而睡。此刻阻止玛雅打电话的，就只有这个因素。她的妈妈无疑会直接驾车彻夜不停地开过来，但玛雅刚刚才被称为成年人，因此她试图让自己成年。

因此她打给自己过去以及现在唯一的朋友。危机总是会询问我们：谁是你真正的朋友？她打给了安娜。

对方没有回应。她再三地拨打，最后发了一条短信："请回电，我需要你！！"几个小时后，她将为此感到羞耻。当她知道故乡发生的事情时，她将为此痛恨自己。

11. 旗杆

家。马特奥在这里从不曾有"家"的感觉。这座小镇从来不曾在乎他的死活。

他蹲坐在沟里。从自行车上被甩下来时，他手臂着地。强烈的疼痛感袭来，刚开始那几秒他都不禁怀疑自己是不是被车轧过了。他站起身，啜泣着。那辆车早就消失在黑暗之中了。驾车的安娜和坐在她身旁的哈娜甚至都没看到他。被风吹动的树木发出嘎吱嘎吱声，宛如金属摩擦瓷器所发出的声音。在人的一生中，这也许只是一眨眼的时间，但马特奥也许就是在此时此地受够了自己的无助，受够了自己的软弱，于是他决定，不管通过什么方式，他都要找个人发泄一下。

他拖着脚步，走上路面，在狂风中缩着头推着自行车，并没有注意方向。当他抬起头时，他才察觉到自己走错方向了：他人在"高地"。全镇最昂贵的别墅就位于此地，虽然从他家所在的街道走到这里只需要半小时，但这里宛如另一个国度。这里的房屋是这样庞大，身处屋里不同角落的两个人即便呼喊着，也可能听不见彼此的声音；这些房屋的窗户是这样高，马特奥甚至都不知道该怎么清洗它们；这里每个车库的私人车道上都停了两辆车，每个庭院里都有一张蹦床。这座小镇真是非常擅长告诉你：哪些东西是你买不起的。

他在那条能够俯瞰整个湖面的慢跑小径上停下脚步。如果他朝着湖的另一畔看过去，就能看见冰球馆。馆外的十二根旗杆整齐地排成两排，绘着大熊徽标的绿色旗帜总是在最上方飘扬着，但现在已经有人将它们逐一取下，以防止它们在暴风中被吹烂。取旗的人手法既体贴又谨慎，仿佛它们当中的每一面都非常珍贵。

马特奥自行车的链条脱落了，他试图重新将它固定住，但他那冻僵了的手指实在颤抖得太厉害。他推着那辆自行车走了好长一段路，朝熊镇镇中心前进。但他最后还是放弃了，抛下了自行车。

户外没有人看见他，没有人帮助他。他们只在乎那些旗帜。

12. 屋顶

所有的人、事、物都紧密地依赖着这座树林。他们之间的联系是这样紧密，因此当赫德镇的冰球馆刚开始崩塌，熊镇的一名男子就自动地跑了起来。指导过这名男子的一个冰球教练曾说："你得保持极高度的正直，同时完全抛弃名誉，才能取得成功。因为正直关乎你是谁，而名誉只关乎别人对你的看法。"这名男子常常想，这番道理也许适用于体育圈，但涉及整座小镇的存亡时，其本末就完全反了。名誉就是一切。因此，他才跑动着。

两年前的某一天（由于地方报没有报道这件事情，所以极少人知道这是什么时候发生的），几名男子和几名女子聚集在区政府办公楼的一个小房间里，做出了一个在当时看来微不足道的决定：推迟赫德镇冰球馆的装修安排，同时加快熊镇冰球馆的装修进度。事后没人能真正地说清楚，究竟基于什么理由而做出这个决定。其实这就跟往常一样，政策并不总是由这一带的政客们决定的。

实际的情形是：熊镇一个人数虽少但话语权很大的"利益团体"一连数月以不同的方式在会议室里、狩猎专用的度假屋里及超市里巴结掌权者，而赫德镇冰球俱乐部的理事会则忙于招聘一名新教练，无暇对其进行抗议。当然了，并非所有政客都认同熊镇的冰球场馆比赫德镇的冰球馆重要，但出于害怕失去盟友而变节的人已经够多了。政治现实是严酷的：任期总是变得越来越短，而选举战则变得越来越冗长。

这个"利益团体"成功地弄出一份视察报告，报告显示，熊镇冰球馆崩塌的风险突然变得"一触即发"，考虑到俱乐部青少年选手的培训业务非常庞大，因此这一风险当然格外令人忧心。我们总得为孩子们考虑吧？这份报告是由熊镇冰球俱乐部一名理事会会员核发的，其内容从来没被讨论过。当某人在一两周后要求看看那份报告时，它已经不翼而飞。然而那时决定已成定局，一座冰球馆获得了另一座冰球馆没有的优先待遇。

装修支出主要用于对熊镇冰球馆屋顶的改装。当屋顶改装工作完成，区政府支付完账单以后，一名赞助人旋即出资在停车场上安装了十二根旗杆。巨大的熊镇冰球俱乐部的旗帜在旗杆顶端飘扬，以示庆祝。

这名赞助人曾几次在无意间担任了"利益团体"的领导人，这个团体不曾为屋顶改装赞助过一分钱，原因在于屋顶没有旗帜那么显眼。人们每次来看比赛时都会见到旗帜，而屋顶只有在被风吹垮的时候才会被人注意到。

当时几乎没人在乎这些富有政治意味的决定。然而现在风暴已经降临，第一个被风吹走的就是赫德镇冰球馆的屋顶。与此同时，一名男子横跨整个熊镇，就是为了抢救那十二面旗帜。在我们见到后果以前，这种行为看起来当然很蠢。风暴降临一座森林，一座冰球馆崩塌了，而另一座仍屹立着，这很快就会让两座小镇的居民重新陷入争夺资源的斗争。它带来的结果将和这一带任何事情带来的结果相同——暴力。在我们将这一切的起源忘掉以前，太多事情就将要发生了。不过一切就从这里开始，从现在开始。

这名奔向旗杆的男子身高接近两米，体重接近三位数，身穿的西装在风中飘动着。他试图解开绳索把旗帜降下来，但他的手指和指关节已经冻到僵硬。他感到挫败不已，最后索性吼叫起来。假如你不认识他，你或许会以为他可能疯了。但你若是问那些认识他的人，他们会反问道："可能？"

人们称他为"尾巴"，但他实际上有另一个名字。当然了，这座小镇里的许多成年人有着两个名字：一个是父母亲为他们取的名字，另一个则是冰球赋予他们的名字。这名男子在年轻时，总是在其他人穿着牛仔裤与 T 恤时身着西装，借此在球队里独树一帜。但当某一次全队所有人在参加葬礼时都穿着西装时，为了当最恶劣的那个家伙，他穿着燕尾服出现。在那之后，这个绰号就一直伴随着他。[1]

1　瑞典语的"尾巴"与"燕尾服"（frack）是同一个单词。

他双脚在地面上艰难行进，不时还需拉高裤腿，仍不屈不挠地与指关节斗争着。在来这里的路上，他跟一个男孩擦肩而过。他不知道男孩名叫马特奥，甚至根本没看到男孩。他所有注意力都集中在那一根根旗杆顶端飘扬着的绿色旗帜上。外地人或许会想：那不过就是几面旗帜而已，那不过就是一个冰球俱乐部而已。但"尾巴"可不这么想。

他这辈子都被轻视、被排挤，被人称为白痴，也被人耻笑。他的超市曾濒临倒闭，他多次面临破产，但他的对手说，他就像杂草一样，见缝插针，根本无法甩开。税务局曾到处找他，因为他涉嫌经济舞弊和做假账。有人曾说"这死鬼就算面对一条细绳，都能找出捷径"，而这恐怕是对他最温和的评论了。他总是面露微笑，握紧拳头，口号也千篇一律："现在，杀啊！"他在所有斗争中存活下来，并在最近这几年累积了一点财富。如果你问他，他会很乐意地告诉你，那是因为他的眼光总比别人看得长远。即使你不问他，他还是会这么告诉你。整个地区，除了赫德镇的医院与熊镇的工厂，他的那家超市雇用的员工最多，而他更是熊镇冰球俱乐部最重要的赞助商之一。小镇里一个公开的秘密是，理事会里的好几个成员都是他亲自挑选的。假如你想控制这座小镇，你得先控制工作机会，而后再控制冰球。现在你就算只想接近其中一个领域，你都得跟"尾巴"打交道。他插手这些业务究竟到何种程度，当然没人能真正清楚，原因在于他比球员们更热衷于去冰球馆，比政客们更常出入区政府办公楼。所有人都对他有意见，但没人能忽视他。他们在两年多前企图忽略他，但他让他们永远忘不了那件事情。

他把那件事情称为"丑闻"，因为他实在无法说出"强奸"一词。他也从不说"玛雅"，而只是称"那个年轻女人"，哪怕他几乎从出生开始就认识她的爸爸。对所有人来说，那一年当然是非常恐怖的。但一如往常，似乎没人在乎谁才是真正的受害者。而那个人其实就是那名收取巨大经济利益的中年男子——"尾巴"，他正在失去一切。

整个行政区内甚至都没几个人知道，政客们其实差点就要彻底撤销熊镇冰球俱乐部，让赫德镇冰球俱乐部取而代之。熊镇冰球俱乐部是在最后一刻得到挽救的，出手的是充满热忱的支持者、新被选入的理事会会员，以及给工厂提供资金的新赞助商。然而大家也都知道，"尾巴"一直在幕后不断地默默耕耘着。事后他仿佛还怕大家对此一无所知似的，在春季接受地方报的访问时，告诉记者："我可是默默地耕耘着，你了解嘛，努力付出而不为人知！你懂吧！"随后他针对记者应该如何拍摄他的照片，以及刊登的图片大小给予了非常宝贵的意见。接着他展示了他印发给所有当地企业的小册子，上面印着："赞助熊镇冰球俱乐部不只很容易，更是一种正义！"当熊镇冰球俱乐部在"丑闻"之后遭遇到其历史上最严峻的危机时，"尾巴"就将目光拔高，放眼未来。

他指出，熊镇冰球俱乐部曾经就像所有其他俱乐部一样，但它现在将成为与众不同的俱乐部。过去他对政治正确的全新时尚嗤之以鼻，而现在他全心拥抱这一切，搞得几乎没人弄得懂他在想什么。他骄傲地向地方报说明："很多俱乐部从来不负社会责任，但熊镇冰球俱乐部可不一样！我有没有跟你们提过，我们大力赞助了女子冰球运动的推广？独特啊！"

有些人或许会将他的行为称作无耻的投机，但在此情况下，"尾巴"会把它当成一种恭维，因为投机的真谛就在于看到并抓住机会。他在担任冰球选手期间就已经学到：每个战术决策都只能在事后根据最终结果被认定是天才之举还是愚蠢行径。

当然了，"尾巴"也强调，来自熊镇最贫困区域却仍成为全队最出色球员的亚马足以证明，冰球真的"接纳所有人"。至于出身于"洼地"，并给甲级联赛队伍效过力的人有多少，他当然没有精确的数据，但班杰明·欧维奇的妈妈不就几乎住在"洼地"吗？他总该算数吧？即便班杰明确实在两年前搬去国外了，也几乎不再打冰球了。

"尾巴"当然不愿意跟这名记者谈论"丑闻"，这可是"出于对所有当事人的尊重"。言下之意是，对"尾巴"来说，尊重非常重要。然而很凑巧的是，他确保在这本小册子最佳、最显眼的地方放上已经不在俱乐部内任职的彼得·安德森的照片。"尾巴"还在彼得照片的旁边放了一个在男童冰球队打球的小女孩的照片。你看不到她的脸，但能看到她的长发，发色还与玛雅相同。这就是微妙的小提醒，好让赞助商们记住熊镇冰球俱乐部实际上是谁的俱乐部：它不属于凯文，而属于玛雅。或者至少对"尾巴"来说，这是很"微妙"的。"这也是一种正义。"

他自掏腰包，在冰球馆外竖起十二根旗杆。如今前来观看每场比赛的人都会经过这条被中央绣着大熊徽标的巨型绿色旗帜覆盖的大道。由于地方报报道了这件事情，由于人们对旗帜的好感总会远远高于对屋顶的好感，所以很多人很快就产生一种感觉：支付整个装修工程费用的是"尾巴"，而不是区政府。

当然了，"尾巴"本人实在太低调了，不好意思拿这件事来炫耀。因此他出于保密和信任，只告诉过大约两百人，外加这名新闻记者。无耻的投机？只有你才认为这是件坏事情。

毛皮酒吧的拉蒙娜当然习惯利用每次机会告诉"尾巴"，他的脑袋简直是坏掉了。但有那么一次，她在他背后没有拿他的事开玩笑（这也是唯一的一次）。那回就连她都承认："要捉弄像'尾巴'这样的男人是很容易的，可是你们知道他是什么东西吗？他的灵魂就像烈焰一般炽热。

这座小镇就是他毕生的心血。你啊，你大可以嘲笑他，可是，你自己又创造出了什么？你在这座小镇里创造了什么？国家又创造了什么？你以为中央政府会到这里来提供工作和住房？他们甚至不知道我们的存在！"然后她牛饮着啤酒，补充道，"'尾巴'或许是个一流的白痴，不过要是没有这种一流白痴的存在，我们这种地方是无法存活的。"

也许这番话夸张了，但它们真的所言不虚。"尾巴"知道一切都是有关联的，这些旗帜象征着俱乐部，要是它们被暴风给吹得稀巴烂，人们明天就会相信冰球队很弱。如果它们一如往常骄傲地飘扬着，仿佛要凸显出熊镇的不死精神，那么人们转而就会觉得事实就是那样。这就是"尾巴"狂奔的原因，他总是比其他人看得要远一些。

再者，他是个一流的白痴。

风暴堵住了他的耳朵，当他的手指头被卡住，滑进一个升降索的绳结，进而整个指甲都被直接撕扯下来时，他都不知道自己有没有尖叫。疼痛瞬间袭来，剧烈难忍，他不由得跪坐下来，感觉手和双颊都湿透了。

他蹒跚而行，敲打着冰球馆的大门。然而没人前来应门，他高声吼叫，绝望地踢着钢板。

砰砰砰。

13. 国王们

马特奥选择穿过一片别墅区，希望风势在房屋之间不会那么猛烈。只要情况许可，他尽可能地用手顶着墙和篱笆。他闭上了双眼，但风仍穿过上下眼皮之间的缝隙刮进眼睛，仿佛要逼着他瞧瞧这毁灭性的景象。他经过一座别墅，它的门上别着一块木牌，上面写着："里欧、玛雅、彼得和蜜拉·安德森住在这里"。当年写下这些字的小孩，如今已经是个青少年了。马特奥太接近车库的入口处了，撞击感应器的灯因此亮了起来。小镇的这片区域尚未停电，目前停电的区域仅限于马特奥所住的紧贴着森林边缘的地带。屋内客厅里的男子跳了起来，朝窗口窥探着。马特奥知道他是谁，大家都知道他是谁。他叫彼得·安德森，过去是熊镇冰球俱乐部的体育总监，还曾经是美国国家冰球联盟的职业选手。所有热衷于冰球的城市都实行"帝制"，而彼得过去曾是这一带的国王。但此刻的他看起来比以往更显苍老、更孤独，也更不快乐，这让马特奥感到高兴。这男孩希望，这座小镇里所有的冰球员——他们当中的每一人——都失去自己所爱的一切，这样他们也才会知道这是什么感受。

彼得朝着窗口眯起双眼，尝试看清楚是什么东西在户外移动，导致感应灯亮起。他似乎希望那里停着一辆车，希望看到有人回到了家。不过他什么都没看到。马特奥已经溜了，消失在风中。彼得永远都不会知道马特奥去过那里，他甚至不知道这个男孩是谁，至少现在还不知道。

14. 巧克力球

砰砰砰。

砰砰砰砰砰。

某个瞬间，这听起来像是橡皮圆盘撞击房屋墙面的声音，但那只是树篱的一根枝条随风拍打一只被吹翻的垃圾箱所发出的声音。彼得·安德森失望地隔着窗户望着它。窗外，风暴正在整座小镇里肆虐，但身处屋内的他则全身清爽，相当安全。他不必出门抢救某人，因为没人需要他的帮助。对此，他颇感自怜。如今他对于许许多多的事情都感到自怜。更主要的是，对于他感到自怜这件事，他颇感自怜。这是一种向内延伸的蔑视，而他望不到尽头。

距离他卸下熊镇冰球俱乐部体育总监职务不过才两年，然而他看起来已经老了十岁。他每天早上梳理头发的时间越来越少，解小便的时间则越来越漫长。他今天已经做了清扫工作，烤了面包。他对这些事情已经十分娴熟——如果你的时间多到得用来练习这些事情，你自然会驾轻就熟。玛雅在这个国家的另一个角落里就读于音乐学校。虽然里欧肯定是待在他自己的房间里，但总体上仍感觉距离非常遥远。蜜拉还待在赫德镇的办公室里。虽然彼得知道不必为蜜拉的餐食保温，但他仍然这么做了。这些细小的仪式在对抗孤独的战争中，营造出了一种自己被他人需要的幻觉。

"爸爸，你有没有……我是说，你也许需要找人谈谈？你看起来很不开心！"玛雅夏天回到家时就是这么说的。

也就是那一次，她在将要离开熊镇时不巧说出她要"回家"，从而看到了他有多么难过。他当然撒了谎，表示自己只是疲倦。事实上，他该找谁谈谈呢？心理医生？最后可能就是付钱给别人来听他抱怨天气。他又该说些什么呢？他在加拿大时有一名教练总喜欢强调说，在冰球场上"速度足以致死"。对你进行铲断的球员的体形并不构成危险，但他朝你冲来的速度可是很危险的。彼得直到最后一次离开冰球馆的那天，才察觉到这是个谎言。足以致死的，是沉默。你不再是某个事物的一分子。

他自愿卸下熊镇冰球俱乐部体育总监的职务。由于他想成为一个更好的丈夫和爸爸，他开始和妻子一同上班。他相当确信的是，他做到了。现在，他变得更好了。因此，他该如何说明自己并不后悔，而其实又感到后悔呢？难道他就只是没做好自己这么快就被遗忘的准备吗？

俱乐部的状态很久没有这么好了。他们拥有了新的赞助商，拥有了区政府政客们的支持，拥有了多年以来最好的经济条件，拥有了一支优秀的队伍，真的、真的非常优秀。他们在上一季遭遇赫德镇冰球俱乐部时，获胜的场次多到堪称是在羞辱对手。这两座小镇之间的平衡已被打破，熊镇几乎赢了整个系列赛，而赫德镇几乎被彻底打趴。这两个俱乐部今年还会对上，但感觉今年会是最后一次。赫德镇在联赛体系内的排名不断滑落，而熊镇则一路上升。一个俱乐部越来越穷，另一个则越来越富，情势翻转的速度太快了，短短几年前情况还与现在完全相反呢。

因此彼得该如何承认，人人都梦想着的成就，对他来说是锥心之痛？感觉起来，他好像就是问题所在？他几乎把一辈子都献给了熊镇冰球俱乐部，但他的离职仿佛是从一桶水中拉出一只长靴，他什么足迹都没留下，他甚至感觉自己不曾在那里待过。在局外人眼中，冰球或许是个很笨拙的游戏，但如果你亲身参与过，你就永远不会这么觉得。要说明在冰面上的感觉，就像要对一个毕生都在地面上生活的人说明飞行的感觉一样，都是不可能的。如果你从来没看过天空，它对你又有什么意义？

所以他要对心理医生说些什么呢？说他希望有人需要他？说他的人生有缺憾？不。他已经满足了。他必须满足。

风暴搔抓着窗户与屋檐的排水管，想要抓住某个松动的可以被一把扯下的东西。当车库入口处的感应灯亮起时，彼得透过窗口窥探，希望是蜜拉回家了，然而户外只见黑影与狂暴的风。

他看着手机，考虑要不要打给她，但他又不想显得唠叨。他也想着要不要打给玛雅，但他不愿意引起麻烦。

因此他就只是站在窗边，因为自己感到自怜而痛恨自己。

*   *   *

玛雅仍然气喘吁吁，过快的心跳让她很不舒服。她朝着同班同学举办派对的那座公寓走去，但等到独自站在高楼下方的街道上时，她反而有些犹豫了。她非常害怕同学们会提出问题，也担心他们会从她的眼中看出她做了什么。她们永远不会理解，她们可从来没想过迁徙型或狩猎型的动物，她们略有所知的动物只是那些在动物园里和冷冻柜里的动物。她们是天真、善良的小孩，可玛雅已经不是了。

她环顾四周。街道的另一边有一家小酒吧，外面有个破败的霓虹灯招牌，一排酒鬼坐在椅子上，他们面前则是一个累得要命的酒保。她对于自己已满十八岁的事实仍不习惯，因此经常忘记自己可以去酒吧。她曾那么努力地抗拒着成年，让她错过了这个已发生的事实。不过此时，她没有上楼去参加派对，而是穿过街道，拉开酒吧的门，任由黑暗将她吞没。迎接她的是已经被擦干的啤酒污渍散发出的气味，酒吧里没人抬头看她。酒客们就连交谈时也都是低头凝视着自己的杯子。在那种地方，卫生间里没有摆上镜子可谓是明智之举。

它发出砰砰砰的声音。玛雅坐进最深处的角落，点了一杯葡萄酒，将它一饮而尽。酒保要求她出示身份证件，但当她开始在手提包里搜找时，他只是叹了一口气，对着她摆了摆手。

"我只要知道你带着身份证就行。"他咕哝着。

玛雅将第二杯酒也一饮而尽。她的心跳仍然很剧烈，刚开始是因为她之前奔跑过，现在则是由于她意识到自己那时其实就要用刀子猛刺公园里的那个女孩了。现在她知道自己能干出什么事，而这一认知使她感到无比悲哀。

砰砰砰。她慢慢地意识到：这并非她的心跳声，而是墙面上电视发出的声音。在抬头张望以前，她就已经知道它在播放什么。不管到了哪里，她都能认出它来。冰球就是一种主要由声音构成的体育项目。冰面上的刮擦声；一具沉重的躯体被另一具躯体挤向亚克力玻璃板的声音；冰球馆里的回音；橡皮圆盘被用力一扫并击中防护挡板发出的声音。砰砰砰砰砰。她一抬头，看到酒吧上方的电视里在播放冰球赛。总是同一类型的男人，即使他们每年看起来都变得比较年轻。她听到评论员的描述：这是一场练习赛，真正的赛季尚未开始。玛雅想起，爸爸在她还小的时候曾想向她解释这一点，而她脱口而出喊道："我们为什么要看练习赛，爸爸？！这就像是在看某个人上有氧体操课！"那时她的妈妈笑了。她永远不会忘记那一幕。

她又喝光一杯酒，这回的速度稍微慢了些。她的心脏跳了又跳，她想到自己的双亲在两年前带她去见的那名心理医生。心理医生说："人体有时候难以理解生理负担与心理负担之间的差别，也就是因狂奔而气喘吁吁与因恐慌而呼吸困难之间的区别。有些体育选手玩命一般地打球，也许就是这个原因，他们就是这么感觉的。"心理医生不假思索地露出微笑。在玛雅成长的地方，就连心理医生都用冰球做比喻。即使在她出事之后，也是如此。

砰砰砰。

在玛雅的记忆里，这是她第一次在面对冰球时没感到生气。或许是因为葡萄酒，也或许是因为肾上腺素或孤独。当她坐在这个国家的另一个角落里的某座城市的酒吧里时，冰球发出的声音让她感觉就像在……故乡一样。砰砰砰。那声音让她想起八岁时吃着巧克力球握着爸爸的手的情景。

* * *

咚咚咚。

彼得小心地敲了敲里欧的房门。在没有得到任何回应后，他仍然探头进去，问已经是青少年的儿子是否要吃点什么。孩子们永远不会了解，他们在吃东西的时候，最能让我们感到自己的存在是有意义的。不过当然了，儿子因为爸爸害他分神输掉游戏而咒骂起来。彼得心想：过去当爸爸总是比较简单，他只要递上一个三明治就可以了，而且网络里并不会有人将儿子爆头。在你决定生孩子之前，没有人会告诉你：成为好父母最大的困难就在于，你永远都不觉得自己是好父母。如果你在孩子成长的过程中缺席，那你就犯了大错。但是，如果你始终伴随孩子左右，那你就有充分的时间犯下一百万个小错。青少年可是算得一清二楚。哎呀，哎呀，哎呀，他们算得可真是清楚。

"爸爸，把门关上！"里欧暴怒地吼道。

彼得乖乖照做，随后跌坐在沙发上。窗户旁边的墙面上挂着一些镶框的照片，它们不时地发出咔咔的声响。此刻风暴正在窗外猛力加速冲刺，即使这座别墅位于城里，他们在这里仍无法受到保护。他吃着自己为儿子做的三明治，再度思考着是否要发短信给蜜拉或玛雅，但最终仍然作罢。电视上正在播放冰球赛，他调大音量，但这感觉已经不如过去那么良好了。这项体育赛事过去总提醒他，他是谁；但现在，它只是提醒他，他已经不复当年勇。他甚至短暂地切换了频道，但旋即调了回来，逼迫自己迷失在比赛之中，这样至少他不会为其他的一切过度担忧。

正在较量的是来自南部的大城市球队。那里可是风平浪静，因此他心想：想必他们才不管北部的森林被暴风给吹垮。"只要高速公路上没有被吹倒的树木，全国性的媒体才不管被捣烂的农村，但要是他们自己脚下积了五厘米厚的雪，火车就会停驶，学校就会封闭，报纸的报道就像整个国家被侵略了一样。"拉蒙娜总会这么说。她的话不无道理。

墙壁上那几张照片再度发出咔咔声，他因此起身将它们取了下来。当然了，几乎所有的照片都与孩子们有关。他们生过三个孩子，亲手埋葬了其中一个。玛雅与里欧对哥哥艾萨克甚至毫无记忆，他在年龄还那么小的时候就死了，但彼得每次一看到长子的微笑，仍几乎会瘫倒在地。相框的玻璃上还残留着指纹，原因在于当他对自己的身份感到迷惘时，他有时会在夜里抚摸这些相片。或许他已不再是冰球选手或体育总监，但他是他们的爸爸。

他将一张照片捏在手中良久，那是在玛雅与里欧年纪还小，他们一同到湖面上溜冰时拍摄的。就算他们每年冬天可能实际上只进行过寥寥数次这类活动，但在彼得的记忆中，他们每个周末都一起去溜冰。他在冰球赛季期间不会每个周末都有空，但孩子们童年时期发生的事，形同双亲寄给自己的明信片，我们对这方面的记忆，从来就不太真切。

当玛雅还小时（她那时想必还在上小学低年级），她穿着新的溜冰鞋去溜冰，十分钟后，她开始抱怨鞋子很磨脚。彼得因为她这么轻易就放弃而责骂她，他太气愤了，竟把她骂哭了。他开始憎恨自己。她尝试溜最后一圈，结果滑了一跤，摔倒了。那时，他几乎要哭出来。"爸爸，这不是你的错。"当他抱住她，并向她道歉的时候，她低声说道。他低声回答："小南瓜，所有发生在你身上的事情都是我的错。"之后他们坐在一座凸式码头上，吃着巧克力球，她把手放进他的手掌心。在他的记忆中，人生从来没有如此美好。

* * *

酒吧的门被推开了，玛雅不需要抬头就能认出那些摇摇晃晃走进来的年轻男子。他们是那种你到处都能听到的男子，即使在室内，他们仍围着围巾，要求酒保报出供应的所有啤酒种类。其中一人满怀希望地抬头望向电视，当他看到播放的是冰球比赛时，猛然叹了一口气。

"我以为你们在看足球！你们怎么会在看冰球啊？"

玛雅将杯中最后一点酒喝光，考虑将酒杯往他身上砸。当她搬到这里的时候，她以为自己能够找到一千种不同的男人。但这里的所有人其实也一样，只不过他们"相同"的方式和她故乡的情形不一样。他们喜欢足球而非冰球，投票给其他政党，但同样坚信自己的世界观是唯一存在的价值体系。他们其实与其他所有人一样，住在一个狭小的村子里，却以为自己见多识广。

当她还是个小孩子的时候，邻居们总是向她讲述她爸爸担任熊镇冰球队队长，前往首都参加一次关键决战的故事，她仍记得这个故事。当时各家报社轻蔑地将这个来自小镇的球队称为"来自荒野的嚎叫声"。玛雅的爸爸说话时几乎从不提高音量，但在听到这个说法后，在更衣室里对着队友们吼道："他们也许有钱，但是冰球？冰球是我们的！"

当她年龄还小的时候，她觉得这个故事很荒谬。如今她坐在酒吧里，想用同样的话对陌生人大吼。位于较远处的年轻男子要求酒保换台，但酒保反而故意调大电视音量，玛雅因此决定：自己可以再喝两杯。

二十年前，她的爸爸在那场比赛中付出了他在冰上的一切，但他们仍然输了。他始终没能真正恢复元气。作为一座小镇，熊镇似乎也没能真正恢复元气。这想必就是他在随后的那几年中一直劝玛雅的妈妈从加拿大搬回来的部分原因：试着赢回一切，偿还他在第一次尝试时没能赢得的事物。

玛雅低头凝视着酒杯，努力想凭借着意志力降低自己的脉搏频率。电视机里传出砰砰砰的声音，这让她不禁回忆起童年。那时她总会吃下一整个苹果，包括果核；当她九岁时，她强迫她爸爸不再称呼她"小南瓜"。往后，她却不断暗自渴望被这样称呼。她喜欢冬天的湖泊，就因为溜冰能让爸爸感到快乐。溜冰之于他，就好比吉他之于她。

"这是哪门子该死的草包运动，该死的乡巴佬，滚出去跟山猫还是别的什么动物打去吧！"那群年轻男子中较远处的那个对着电视机含混不清地说着。他的朋友们则咧着嘴用某种方言交谈着，那甚至不能算是方言，顶多只是一团庞大、焦躁、不知所云的噪声。

玛雅感觉酒精以点燃的导火索一般的高速燃烧着她的神经突触。她想起童年时某一年冬天的某个完美而沉静无风的日子。那时全家人前往湖畔溜冰，她的妈妈说道："这真是个不可思议的地方。"她的爸爸回答："不可思议的是，它还存在，这里还有人在。"他的声音听起来很悲伤。当时的玛雅并不理解，但现在她理解了：森林里的一切都被撤除，所有的一切都搬到了大城市里，就连其女儿们也一样。居然还有东西留存下来，真是不可思议。"他们太不知羞耻了。"熊镇的居民如此评论这里的人。过去玛雅并不赞同，但现在她赞同这些话了。

"你好，地球呼叫女孩！你要再来一杯鸡尾酒吗？"

那群年轻男子坐在一小段距离外朝她招手。她摇摇头。

"不要那么生气嘛！笑一个嘛！"其中一人笑着说。

她将视线撇开。他又说了些什么，但她充耳不闻，因为这时酒保已经将吧台桌上的小费收走，把电视遥控器放在她的面前，并友善地眨了眨眼。她将电视音量调高：砰砰砰砰砰砰。

她仍记得那颗放在手提包里已然冻结的巧克力球，她得脱下手套，将巧克力球握在手掌上，使其解冻。而后她的手是那么冰冷，于是她将它伸进爸爸的大手套里，抓住他的手，借此让自己的手暖和起来。她记得那几个年龄大她几岁的男孩，当时他们正在湖面稍远处打冰球。无论何时何地，冰球总是无处不在。砰砰砰。当其中一个男孩射门得手发出欢呼声时，她问爸爸："是谁进球啦？"这倒不是因为她在乎，而是她知道他在乎。"艾萨克！"他的回答脱口而出，随后却因此而羞红了脸，"或者应该说……我是说……"他沉默下来。"你说艾萨克。"玛雅低声说。"对不起，有时候……有时候那个男生在某些方面实在太像艾萨克了……"他承认。

玛雅缓慢地嚼着巧克力球，过了许久才敢提问："你每天都在想念艾萨克吗？"彼得亲吻她的头发。"是的，一直如此。"他承认。"我也想思念他，可是我甚至好像不记得他了。"玛雅很不快乐地回答。"我想，你还是可以深深地思念他的。"她的爸爸说。"那是什么感觉？"她问道。"就像心脏擦伤一样。"他说。

她将另外一个巧克力球夹在手指间，让它解冻，再缓慢地吃掉它，随后将自己冰冷的手伸进爸爸的手套。那时，她并不知道他会在多长时间里牢记这件事情。当远处冰上半数年龄较大的男生高举冰球杆再度欢呼时，她问道："现在又是谁进球了？"爸爸微笑着回答（他不知道她将会在多长时间里牢记这件事情）："他叫凯文。"

在玛雅的记忆里，她就是从爸爸口中第一次听到这名字的。他的声音中夹杂着某种崇拜。

砰砰砰。

原先位于酒吧较远处的那群年轻男子，已经开始靠近她。

15. 武器

马特奥在毛皮酒吧外停下脚步。里面有一个孤独的老女人，正在将啤酒酒杯收拾干净。灯光还亮着。当马特奥非常贴近酒吧门时，他闻到了香烟与炊烟的气味。他才十四岁，但他心想，酒吧老板今天或许可以针对年龄限制网开一面，他只是想找个地方（除了家里）躲避风暴，直到它过去。他将门把向下按动，但门是锁着的。他敲打着门，但那个老女人并没有听见。

随后那里也停电了。那个老女人到楼上去，暴风吹袭屋顶钢板发出的声音掩盖了那个男孩的一切呼喊。假如她那时候开门，情况也许会不一样。然而这一点，我们永远不得而知。

马特奥打着哆嗦，拖着脚步回家。现在，他所住的那条街上的所有房屋都断电了，但他看到邻居屋里的楼上闪动着手电筒光束。住在那里的是一对老年夫妇，但他不敢按门铃。他知道他们不喜欢他的家庭，原因就和其他许多人不喜欢他的家庭一样：他们被认为是怪人。不危险，也不讨人厌，但就是怪人。假如你已经当了很多年的怪人，你就会被认定为"让人感到不自在"。如果你让人感到不自在，就算户外有风暴，也没人会放你进门。

因此，马特奥从邻居放置工具的棚屋里找来一根铁杆，撬开了他们的地下室窗户。那里就像他自己家里一样阴暗，但他在这里能够听见那对老夫妇的声音，这样他至少还知道：他可没死。那个小房间是办公室与客房的混合体，从一切迹象来看，它已有多年不曾被当成办公室或客房使用了，但马特奥仍在一个柜子最上层的抽屉里找到了一袋装饰用的小蜡烛与火柴棒。在熊镇引进现代化电力网之前的许多年里，类似这对老夫妇的人就已经住在这里，他们总是做好停电的准备，因此几乎在每个房间里都放置着火柴棒。

在摇曳的烛光下，马特奥就这样以盗窃犯的身份度过了这一夜。当这个男孩找到武器柜的时候，楼上已经安静下来，或许只是被轰鸣着的风暴给掩盖了。

他没能打开武器柜。这一夜，他没能打开它。

16. 暴力

别墅的窗外夜色已深，此时，彼得在相框的玻璃上留下了指纹。人生真是倏忽即逝，但他本该对此做好准备：冰球已经警告过他。他还在男童冰球队打球时，学到的最初几件事情之一就是在看到缝隙时直接射门——这当中将会发生无数的事情，破门的机会转瞬即逝。你得当个机会主义者。

他看到两根摆在客厅书架上的鼓槌。他不知道自己为什么将它们摆在那里，但确切知道自己是在什么时候将它们放在那里的：玛雅从家里搬出去的那一天，也是他俩最后一次共同演奏的那一天。不幸的是，彼得并不是个称职的鼓手，在她还小的时候，他成功地骗了她几年。但很快，她的吉他演奏变得非常精湛，他得非常努力才能勉强跟上她。这就是为人父母的命运：所有活动一开始都是为孩子们而做，但最终这些活动都变成了为自己而做。最终我们认识到：所有事情的关键实际上就在于我们希望与孩子共处——只要他们允许，而且频率越高越好。彼得将鼓槌放在手掌心，掂了掂它们的重量。玛雅痛恨冰球，而他是那么急切地希望音乐能够拉近他俩的距离。随后她长大成人，音乐将她从这里带走。

而这就是问题：就算事情只跟她有关系，这一切仍然与他有关。对一个成年男子来说，需要对自己承认自己做的一切其实都不是为了自己的孩子（几乎没有一件事是如此），是件可怕的事情。

当他辞去体育总监职务，开始担任蜜拉的职员时，他为自己感到骄傲。这么多年来，他总是在深夜才回家，而那时全家人都已经睡去。现在，蜜拉则成了那个在办公室里待到深夜而自觉良心不安的人。对此，彼得其实感到有点愉悦。先回到家，接送里欧参加活动，在上床就寝前把一张写着"你的晚餐在冰箱里。爱你！"的纸条放在厨房餐桌上的人，是他。开车穿越整片国土去玛雅所在的新学校的学生宿舍，帮她在墙壁上钻孔安装书架的人，是他。虽然那些书架装得歪歪斜斜，不过总算安装好了。毕竟是他在那里帮忙，而不是她的妈妈。当女儿耳语着"爸爸，谢谢你，没有你我该怎么办"的时候，他对自己实在感到很满意。

在彼得下一次去探望玛雅时，那些书架都立直了。玛雅买了一台钻孔机，自己将它们弄直。由于她不愿意伤害他的情感，她当然从来没有提到这件事。他轻咳几声，将那种软弱感咳掉，装得若无其事。我们的子女从来不会警告我们他们想成年，终有一天，他们会强大到不愿再握住我们的手。幸运的是，我们不知道他们最后一次握住我们的手是什么时候，要是我们知道，我们永远都不会松手的。在他们还小的时候，我们会被他们搞到发疯，每次我们一离开房间，他们就会尖叫。那时候我们还不理解：有人叫喊"爸爸"，其实意味着你很重要。要想摆脱这一点，还是很困难的。

彼得牺牲了冰球，目的就在于成为一个更好的爸爸，但如今他的子女已经不再需要爸爸了。对任何人来说，他不再具有任何意义。离开冰球界最糟糕的一点在于：他直到那时才意识到，自己再也无法在其他任何事物上达到同等的境界。他将一辈子奉献给这场游戏，成为全世界最优秀的选手之一。他只在美国国家冰球联盟出赛过四场，在第五场比赛中弄伤了脚。当医生们表示他今后无法再出赛时，他感觉自己都无法呼吸了。医生们怎么不干脆把他的身体撕开，摘除他的双肺算了？不过，他到过那里。他从数百万个打冰球的年轻人中脱颖而出，与世界顶级选手一较高下。有多少人在某个领域达到过如此境界？

随后他回到家乡，在当年培养自己的俱乐部担任体育总监，一手建立了青少年培训制度与业务。于是，这些年轻男子的成就也一并成为他自己的成就。现在，甚至再也没人会打电话过来询问他的意见。在一切事物中，就属冰球与孩子们最能一语道破他奔忙的动机，它们使他很快就成了老头子。

所以，他该对心理医生说些什么呢？说他缺少情感（甚至包括失望在内），再也没人会在由办公室构成的环境里因为挫折或喜悦而站起来高声号叫？说现在的每一天都索然无味，工作就只是工作？但是，他对冰球着迷。一段没有着迷过任何事物的人生，就好比坐在一间没有门的等候室里。没人会呼喊你的名字。你并没有在等待任何事物。

他将自己的一生都奉献给了这场游戏。这就是他犯的错，他不需要由心理医生来提醒他这一点。他看错方向了。将一群在本质上所托非人的孩子的成就，看成自己的成就。当他主动辞职，离开冰球界的时候，一切已经太迟了：那时，玛雅与里欧已经独立，不再需要他了。童年时光转瞬即逝。要是你看到缝隙而没有做出反应，无数的事情就会发生。随后，良机将在转瞬间消失无踪。

某次他因苦闷而感到沉重，说道："体育能带给我们什么，我们将一辈子都奉献给它？在最好的情况下，我们又希望得到什么呢？几个片刻……几场胜利，我们就在那几秒钟里感觉自己比实际的情形还要伟大。"他得到的答案是："彼得，人生除了片刻还剩下什么？"当然了，他那时是在跟拉蒙娜说话。这老太婆不只在啤酒价钱上不打折，连骂人也不打折。

如今，他有时会在从办公室回家的途中光顾毛皮酒吧。他的老爸过去也总是这么做，只是他没有像自己的老爸那样喝醉。"太爱喝威士忌的父亲总是会生出这样的儿子：你们要么不断地喝，要么就从不喝酒。"拉蒙娜在将煮沸的咖啡倒在他的酒杯里时，总是会嗤之以鼻。但有那么一次，她在灌下双人份啤酒，不小心迷失在情绪里后，便找起他的碴儿来，嘀咕着："有着很糟糕爸爸的儿子们总是这副德行：你们要么成为很糟糕的爸爸，要么就是天杀地好。你爸爸真是天杀地糟透了，但是他完全没能把你给弄糟。这我可就不懂啦。"

那时候彼得只是死盯着吧台桌。她认为这是因为他想到他老爸每次从这张吧台桌前回到家，找理由殴打妻儿时的情景，所以就沉默下来。彼得将咖啡喝光，起身从那里离开。那时的他比往常更觉得自己是个骗子。他完全没有想过自己的老爸，他只是在想自己。他只是在想着橡皮圆盘的声音。

全家人刚搬回这里的某一年冬天（那时玛雅甚至还没开始上一年级），一个比她大几岁的小男孩消失在零下十几摄氏度的森林里。这男孩刚打完男童冰球队的一场比赛，在读秒阶段射门失败。一如熊镇上的其他冰球员一样，他已经学到：只有完美才叫"够好"。他的渴望无法获得满足，因而暴怒不已。那天夜里，他离家了。所有人都知道，一具幼小的躯体很快就会在黑暗之中被冻死，因此整个熊镇的人都出动了，寻找他的踪影。他们在湖面上找到了他。他将一座球门、橡皮圆盘以及所有他能找到的手电筒拖到那里，而后站在冰面上，从自己错失整场比赛最后一击的同一个角度射门。对所有企图靠近他的人，他就像一头受伤的动物般挥打着，因狂怒而哭泣着。直到彼得走上前，抓住他的双手，将他抱住，他才平静下来。当时全城的人对曾是美国国家冰球联盟职业选手的体育总监十分尊敬，因此这名小男孩将他视为国王。"我知道你想成为冠军，我保证：我会付出我所能做的一切，让你成为冠军。但是，今晚的训练已经结束了。"彼得凑在小男孩的耳畔低声说。当彼得将他抱起，背着他回家时，小男孩仍抽噎着。在接下来的那几年，彼得信守了自己的诺言。栽培出凯文·恩达尔，且使他成为全镇有史以来最优秀的球员，将他指导成战无不胜且永远无法忍受失败的人，就是彼得。或者说，答案应该是"不"。在湖面上将他抱起的是彼得，是他将这个男孩背回家的。

十年后，彼得坐在医院里，询问自己十五岁的女儿："我能做些什么？"她回答道："爱我。"

因此，一个心理医生现在又能对他说什么呢？什么都说不了。他已经知道：发生在他孩子身上的一切，全都是他的错。

一切。

* * *

"玛雅？"

玛雅并没听见。她正全神贯注于酒精、体育赛事，以及来自电视机与自己内心的敲击声。"我们是熊，来自熊熊熊熊镇的熊熊熊熊……"她自顾自地笑起来，酒醉导致她无法分清这究竟是自己内心所想还是实际上她在高唱。她想起妈妈这么说过："这是一座在半年中饱受酒精问题困扰的冰球小镇；而在另外半年的时间里，它是一座饱受冰球问题困扰的酒精小镇。"她多么想念这两者：妈妈和家。或者应该说，在一切人、事、物中，她最先忆起他们。现在的情景是如此不同。

她想起在夏季回到熊镇时，碰巧看到由她爸爸的童年好友"尾巴"印制的、用来为俱乐部招揽新赞助商的那份手册。它被搁在那间超市的地板上，可能是被遗落的，也可能是被扔到地板上的。她数次阅读它的标题——赞助熊镇冰球俱乐部不只很容易，更是一种正义！手册内页是她爸爸的照片，旁边则放了一张一个在男童冰球队打球的小女孩的照片。玛雅从未告诉爸爸自己看过那份手册，但她完全清楚俱乐部想借此达成什么：当他们可以利用她来获取金钱利益时，熊镇冰球俱乐部突然间变成了她的俱乐部，它突然间变成了全国最开明、最讲究性别平等的体育俱乐部。今年夏天她本想在熊镇多待个一两天，但她扔了那本手册，改了火车票的时间，第二天早上就回去了。

"玛雅？"酒吧里的那个声音重复道。另一人的声音随即跟上："真的是你？你怎么不到公寓房来？你怎么会坐在这里，就像个……酒鬼一样？"

玛雅惊讶地将目光从冰球比赛上挪开，凝视着自己的两名同班同学。她们紧张地咯咯笑着，仿佛她们刚刚偷看她的电脑，从中发现了色情照片。就算她们喝醉了，她们的发型仍完美无缺。就为了这一点，玛雅真的很厌恶她们。她们才刚离开那场派对，正要去街上，询问酒保她们是否可以买冰。玛雅心里想着：付钱买冰，我究竟是搬到哪个星球了？

"你还……好吗？"其中一名发型仍然无懈可击的同学问。

"很好，很好，我只是累了，我需要独处，稍微思考一下……"玛雅呢喃着。

"思考？"另一名发型更加完美的同学露出微笑，仿佛这是个很有异国情调的陌生词汇。

酒吧里那些年轻男子留意到这边的情形，顿时兴高采烈地喊叫起来："女生们！你们都认识啊？现在可是派对时间啊！你们能不能说说这个摆臭脸的家伙，啊？"

同学们对他们叹了一口气，但玛雅根本没留意，只是再度调大电视机的音量。

"玛雅，行行好，现在到派对来吧，我们……"同学们开口说道。但玛雅示意她们别说话。

"等等。我说，等等！"

电视机里评论员说今晚本来有几场训练赛，但被取消了。"由于风暴的关系。"他一边说，一边提到几个来自北部城镇的球队名称。玛雅敲了敲自己的前额，试图将这些关于地理位置的信息拼凑起来。熊镇就在他提及的那些地名的中央。她拿起手机，在新闻中搜索。当她看到写着"警报：风暴！"的气象报告时，她的手指开始颤抖。这就是安娜没有回电的原因。玛雅坐在这里自怨自艾，而在家乡，这个该死的世界已经被风吹垮了！

"喂，你要不要来，来参加派对？"其中一个同学不耐烦地问。

"我真是不懂，你坐在这里看……冰球？这样难道不……讽刺吗？我本以为你不喜欢这种东西！"另一人说。

一名年轻男子听到这番话时欢呼起来，他从吧台的高脚椅上跳下来，但因围巾被钩住而差点窒息。他虽然不由自主地全身旋转着，但仍然硬是挤出这么一句话："这不就是我说的嘛！怎么会有女生喜欢冰球？什么啊？那不是体育活动，那是暴力！"

"说的是啊！"那名同班同学应和着。

这回玛雅听见他们说的话了，但是没有搭腔。她只是凝视着手机："这场风暴可能是自森林大火以后，该省份最重大的天灾。"她读着家乡地方报网站上的新闻，感觉自己似乎置身于另一个国度。当她试图站起身时，酒精喷涌着，仿佛她脑中有只坏掉的酒精水平仪。她起身的速度太快，才不稳地走了两步就失去了平衡。那名年轻男子一把扯下围巾，伸出手来扶她。然而她一站稳脚跟，便将他挥开，力道之猛烈，让他不禁连忙跳开（只可惜动作不够快）。其实这时候的她已经气疯了，出于本能地往前踏一步，撞了他的胸口一下。他措手不及，猛然被撞飞，跌到后方的椅子上。她的同学们结结巴巴地喊着她的名字，想触碰她，但看到她那愤怒的眼神时，她们便退缩了，向后退开。

"暴力？你们哪懂什么叫暴力？"玛雅咆哮道，大踏步穿过她们，走到街道上。

她们受惊过度，没有喊住她。这两年来，她们很想多了解她一点，而现在她们已经了解了一切。她现在已经显示出：她是怎样的一头野兽。

*　　*　　*

彼得用双手手肘顶着沙发桌，手掌贴住前额，内心多么希望能看到车库前方入口车道的灯光。他将自己的朋友"雄猪"戈登带到这里来，安装了一个撞击感应器，这样当蜜拉将车拐进车库时，信号灯就会点亮。彼得表示，这是为了能让她看清楚。但实际上，这是为了他自己。因为如此一来，他就能算出她将会在车里待上多少分钟，好让自己平复下来，走进屋。分钟数持续地增加。当听见钥匙在锁孔里转动时，他通常会装睡，因为他知道，她就是希望他装睡。

他发了一条短信给她。她的回答很简短。这就是他们现在的沟通方式，每次就几个字。

"回家吗？"

"回。你们呢？"

"好。在家。"

"里欧呢？"

"都好。你呢？"

"很好。"

但是她不会立刻出发。彼得闭上双眼，用自己能使出的最大力道揉搓了几下眼皮。当他再睁开双眼时，四下仍一片漆黑。他先是感到困惑，而后惊恐不已地眨眨眼。他在黑暗里拨弄着、挥舞着，跌跌撞撞地从沙发上下来。随后屋内唯一一道光源照得他双眼发疼，他听见里欧的声音："爸爸，你在干吗？"

他用自己的手机照着彼得。

"我什么都没干！你为什么把灯全关了？"彼得喘着气。

里欧哼了一声："停电了！你是中风了，还是怎么回事？"

彼得眨巴着眼睛，将内心的一切都排除掉。他伸手抓住里欧，引着他前往车库取来手电筒。里欧取来一支手电筒，先是回到自己的房间，随即又走了出来。他才十四岁，不怕黑。他当然不怕黑。不过，他总可以坐到沙发上，坐在爸爸的身旁吧？

他用自己的手机打起游戏，直到电池的电量耗尽。然后他又用彼得的手机打游戏，直到它的电量也耗尽。彼得最后读到蜜拉发过来的一条短信："很快出发。"他只回了"好"。他只来得及做这一切，随后手机就因为电量耗尽黑屏了，他这才后悔自己没有写"爱你"。

*　　*　　*

玛雅坐在宿舍里书架下方的地板上，一再更新新闻网站与气象报告，努力找寻与这场风暴有关的新闻。她不时哭泣着，打电话给安娜。到最后，她只能不住地哭泣。她考虑良久，是否应该打电话给自己的双亲。但他们会听出她喝醉了，她的妈妈会很生气，她的爸爸则会很失望。最后她打电话给弟弟，但他的手机关机了。

"里欧，行行好，回答啊……"她直接对着黑暗小声说着。然而，直到第二天早上恢复供电，他能给手机充电时，他才发现她打过电话。这下反而是他得打电话将姐姐叫醒，描述所发生的事情。

"死了？谁……谁死了？"那时玛雅将会因宿醉半睡半醒地呢喃着。

随后她会买张火车票，收拾行李，往北前进。一路上，她将会持续地想着自己的爸爸。

17. 死亡

"家。"真应该用好几个单词来形容这个概念：一个单词来涵盖我们在那里的家人，另一个则用来涵盖我们所失去的地方。

蜜拉站在自己位于赫德镇的办公室里，凝望着窗外的夜空。窗外，风暴挤压着建筑物的窗棂，力道强烈到足以诱发幽闭恐惧症。她不禁心生恐慌，转身面向自己的办公桌，然而那里突然也变得一片漆黑。停电突如其来，感觉就像是一场掠夺。她不禁抽搐了一下，而当她的膝盖撞上一把椅子时，她高声咒骂起来。然后她孤独地在地板上缩成一团，沉浸在虚空中。黑暗似乎让这荒芜的空间变得十分巨大。

当业务扩张，她们雇用了更多职员时，她和同事便在去年将公司迁到这里。这座办公楼其实太大了，但蜜拉爱上了这栋建筑：一座历史超过百年、原本作为车站使用的建筑物。她逐渐开始喜爱古老的事物，而过往的她总是梦想着新建筑与现代化的装潢。这或许也显示：如今的她俨然已经成为森林的子民。她苦闷地想着：自己唯一欠缺的，就是从事越野滑雪与拒绝对动词做时态变化了。

当窗棂的咔嚓咔嚓声变得越来越大时，她便躺在地板上，闭着双眼。她心想：我本该回家与彼得团聚。对于她本应该更愿意回到家，她感到羞耻。她知道自己内心的某个事物出了错，而这导致她宁愿留在这里。

她就在昏睡与半清醒之间忆起：不久前，彼得一路开车前往玛雅新定居的城市，到她的新家去，协助她在学生宿舍的卧房里安装书架。蜜拉当时坐在办公室里，随着手机叮叮一响，她看到他发来一张将车停在十字路口旁的照片，并询问她："我这样停车，你觉得会不会收到罚单？"她发现这真是愚蠢之至，在黑暗中笑了起来。两人的爱情故事是如此愚蠢，以至于他还认真地以为她能从一张照片上用肉眼判断出十米的距离，然后判定他是否停得离十字路口太近。或许这就是她敢成立这家公司的原因。他真的以为她能够处理所有问题，而这种情绪有时是会传染的。

她在思绪与梦境间苦闷地思考着：这想必是简单的，以至于她不敢对他说明公司目前面临的经济问题——他们失去了重要的客户，债台高筑。她对此保持沉默。当他已经牺牲一切的时候，她不能让他失望。人们在还年轻、刚开始相爱的时候会相信：感情中最困难的就是在自己需要帮助的时候承认这一点。而已经结婚大半辈子的人都知道：感情中最困难的是在你真的不需要帮助时承认这一点。在感觉自己有所欠缺、失败、毫无价值的时候，你是不需要帮助的。没有人能够让别人体验到与自己相同的感觉。蜜拉每次批评彼得的时候，总是能从他眼里看出这一点。他想对着她大叫："我不需要帮助。"但她收到的只有沉默。由于她也是自己这一行的顶尖人才，她完全知道他的感受。

她爱这座办公楼。这座原先作为车站使用的建筑的唯一问题，就是它位于赫德镇——而非熊镇。她被迫与彼得对这件事情不曾言明的愤怒共存。他的愤怒很明显，这让她有时会问自己，她选择这么做，也许是在潜意识中强迫他更加远离冰球界，使它再也无法将他吸引回去。可是，这是为什么呢？这是为了谁呢？此举并不能挽救他们的婚姻，也许只是将它延长而已。当风暴降临时，她甚至还不回家。这样的话，她几时才要回家？如今她待在赫德镇的时间已经多于她待在熊镇的时间，那么"家"又是什么呢？这会将她变成什么呢？

她心想：这些该死的小镇。或许她只是想找个其他可以怪罪、指责的对象。这些该死的小镇，以及它们一切幼稚且渺小、以嫉妒和仇恨为主轴、总是逼迫所有人必须就所有事情选边站的情绪。当然了，对于办公楼位于赫德镇，彼得并不是唯一感到恼怒的人。就在一两周以前，彼得的童年好友"尾巴"和另外四名男子一同出现在这里。他们郑重地表示：这绝非"官方拜会"，他们"不代表区政府或俱乐部"，仅仅是"某种利益团体"。蜜拉在听着他们喋喋不休时，心想：熊镇跟他们那该死的利益。这座该死的小镇，还有他们那该死的游戏。"尾巴"忠于自己的昵称，以一种夸大、荒诞的方式盛装出席。这回他在背心与领带外套了一件有着细直条纹的西装，另外四人则是这一带实业家惯常的装扮：牛仔裤、衬衫、紧身夹克。彻头彻尾的自大狂。蜜拉想到她们建立这家公司时，自己那位同事说的话："像我们这样的两名女子在商场获得成功的要素，就是十年的法学教育、总计三十年的实务经验，以及一个非常平庸的老头能展现出的所有自信心。"

这五名男子中，既有这一带事业有成的企业家，也有熊镇冰球俱乐部的赞助商，还有一再给地方报读者专栏投稿的"忧心的小市民"。他们像是在观赏艺术展览一般，围绕在蜜拉的办公桌旁。这张办公桌在外观上与其中一名男子的办公桌完全一样，而坐在其后的却是一名女子，这似乎引发了他们的无尽遐想。其中一人以为蜜拉的同事实际上是她的助理，所以他问她能否为他弄一杯卡布奇诺咖啡。这位同事友善地回答，如果他不放尊重点，一杯卡布奇诺咖啡将会砸在他脸上。蜜拉不得不拉住她的手臂，让她不至于表现出"这可不是空洞的恫吓而已"。另一名男子询问，彼得是否也要来开会。这位同事回答："那当然，他弄的卡布奇诺咖啡其实很好喝！""尾巴"理解到这番话隐含的奚落之意，宽宏大量地两手一摊道："女士们，我们就不占用你们宝贵的时间啦。"但最后他占用了四十分钟。

　　"这个啊，这看起来不怎么好。"他微笑着。他的言下之意是：身为安德森夫人，身为熊镇冰球俱乐部前任体育总监的夫人，蜜拉竟然选择将自己卓然有成的公司设在赫德镇。"我们可都是熊镇的子民，总该团结起来吧？什么？蜜拉，在一座小镇上，一切都是密切相连的，政治、企业与居民……"他滔滔不绝地说着，但由于他发现那位同事用手掌掂了掂自己的咖啡杯，似乎在评估要用多重的力道将它扔出去时，便就此打住，而没说出"冰球"。相反地，"尾巴"以一种展示文艺复兴时期画作的方式掏出一份文件。那是一份关于熊镇新装修办公楼的租赁合同，条件极为优渥。其所有权属于区政府，但"尾巴"表示那不是问题。他已经直接与政客们协商，降低了租金。"这个，这当然只是暂时的，因为一两年后你们就可以把公司搬到这里啦！"他拿出新的平面设计图，将它们铺得满桌都是。"熊镇商业园区！""尾巴"以凯旋般的口吻大喊。

蜜拉心想：这些该死的男人以及他们那些宏伟的计划，他们总想弄出点什么。近年来他们已经轮番梦想过一座机场、一座购物中心、主办滑雪世界杯赛事，而现在的花样则是这个。紧邻着"尾巴"那家超市的全新办公楼，全镇商务运营的中心，资金来自区政府，一切以他为核心。"尾巴"还骄傲地说，他们同时要在冰球场旁兴建一座新的训练馆。"这是为后代子孙所做的投资啊，蜜拉。这一切都是为了孩子们！"然而实情从来就不是这样。小孩永远只是个借口。"熊镇商业园区"，就连它的名称都蠢得闪闪发亮、无懈可击。对于这些糟老头能一再让她感到惊讶，她实在感到万分讶异。"尾巴"将她的沉默视为一种夸赞，露出那种只有分不清对话与独白的差异的男人才会有的笑容："蜜拉，我们大家总得团结一致，不是吗？对这座城市有益的事情，也对我们有益！"

　　当然了，蜜拉本能地想将他从仍然紧闭的玻璃窗口扔出去。然而不幸的是，她从桌面上的合同里看到，他在熊镇所要求的租金，是她们为这座位于赫德镇由车站楼改建的办公楼所付租金的一半。她们在公司支出上确实需要若干缓冲。就连她这位同事都不知道这家公司的经济状况有多糟糕。蜜拉对所有人隐瞒了一切，且固执地心想：我要独自找到针对一切的解决办法。她知道这是个错误，但事情已经到了这种地步，她无法再回头。因此，当那位同事发现蜜拉开始考虑合同里的报价而狐疑地眯眼望着她时，蜜拉只得被迫装出强硬的姿态问道："那你呢，'尾巴'？你跟俱乐部想获得什么回报？"

　　"尾巴"夸张地伸出双臂，连带着掀翻了一堆文件夹。"想获得什么？蜜拉，我们总可以互相帮忙吧？我们是朋友啊。几乎算是邻居！"

　　在那之后，其中一个老头才凑上前来，纯粹出于善意地建议道："为了'尽全力帮忙'，你们也许可以考虑赞助熊镇冰球俱乐部，而赞助的金额或许刚好可以覆盖'尾巴'在区政府租赁契约上约定的折扣金额，不过赞助的金额可以抵税，我们的会计师会搞定这个。对你们跟我们来说，这是双赢啊！"

原来如此，太明显了。总是暗藏玄机，总是布好了局。舞弊，舞弊，舞弊，永无止境的舞弊。如果熊镇是一个家庭，那冰球馆就是那个将全家吃垮、备受溺爱的小孩子。

"是的……呃……这只是一个建议……"“尾巴”清了清嗓子。蜜拉看出，他或许暗自希望那个老头没把话说得那么明白。

"尾巴"喜爱秘密，他了解到秘密就意味着权力。因此，当他身旁那个老头再度开口时，事态的发展也没能按照计划进行。这老头只是变得不耐烦，其反应和其他男人遇见蜜拉与她同事这类女性时的反应雷同：低估她们。

"你们搞清楚，很快就没有任何企业想留在赫德镇了，因为这里很快就什么都不剩了！赫德镇很快连冰球队都会没有了！"

"尾巴"惊惶地用手肘顶了他一下，但为时已晚。蜜拉扬了扬一侧眉毛，露出她所能摆出的最天真无邪的微笑，说道："没有了？"

老头对此当然按捺不住："区政府打算裁撤赫德镇冰球俱乐部！他们打算在整个行政区里只留下一支冰球队，这就是他们这么多年来一直试着要裁掉熊镇冰球俱乐部的原因，但如今的情形是：熊镇是老大哥，赫德镇是小弟。懂吗？拥有最棒的球队、最好的经济条件、最大的赞助商的是我们！所以赫德镇冰球俱乐部将会被裁撤掉，其他的一切也都会跟进！如此一来，熊镇将会变成一座大城市，赫德镇将成为鸟不拉屎的地方。所以，在你们还有机会的时候，赶快迁回熊镇吧，否则你们也许很快就会没钱啦！"

那老头大笑着，腹部因之如波浪般颤动，就像一阵风吹过一块湿掉的柏油帆布。"尾巴"笑得极为勉强，避开蜜拉的目光，近乎羞耻地呢喃着："是的……这当然是……非官方的。关于冰球俱乐部这块，没人知道讨论正在进行，就连……你的丈夫都不知道。"

他甚至连"彼得"都说不出口。蜜拉与同事起身，示意这场会议已经结束。她们礼貌地点头送客，或者说，至少蜜拉这么做了。她们与对方握手，保证会考虑更换地址的提议。

当这伙身穿牛仔裤与西装的人笨拙地走出办公室时，"尾巴"举起手来，不胜哀伤地向独自坐在自己办公室里的彼得挥了挥手。彼得呆坐在自己的玻璃牢笼里，活像一只失去主人的狮子。蜜拉感到自己活像个已经失去丈夫的女人。曾经有那么一段时光，彼得知道这座森林里的所有秘密；如今，就连蜜拉对于冰球俱乐部的所知都已经超过了他。现在她比他更有分量。

门在"尾巴"与老头们的背后掩上。蜜拉在书桌前坐定，凝视着那些照片。在接下来的那几个星期里，彼得回家接里欧的时间越来越早，而蜜拉回家的时间则越来越晚。她将车停在车库入口的车道上，呆坐在里面的时间也越来越长。在这里工作是他自己的想法，但或许只是因为他以为那是她想要的，所以才那么做了。她已经不知道自己想要什么。一段婚姻中最令人费解的是：如果你把一切都做对了，那你将永远都忙不完。

工作沦落到现在这种境地，并非彼得的错，也不是她的错。这家公司只是扩张得太快了。他刚来这里上班时，蜜拉保证他只需要负责"人力资源"和"职员问题"。当职员很少时，这样的安排是行得通的。但如今职员猛增，他就像一支被晋升到较高阶联赛的冰球队中实力最弱的那名球员。对于这个水平的竞争，他承受不住。其他人具备学历与经验，而他只是主管的配偶。蜜拉企图用增量的文书工作来掩饰他缺少承担重要职务能力的事实，但效果越来越差。彼得并未因她的成就而自卑，但她成长得太快了。如今，他站在她身旁，就显得比较渺小。

"你很快就得成立一家空头公司，花钱招聘假装在工作的临时演员，他才会相信自己实际上真的在工作。"她的同事最近打趣她道。

"没那么糟糕吧！"蜜拉迟疑道。

这位同事耸耸肩。她经常挑彼得的不是，经常到他都以为她痛恨他，然而最后那种做法反而让她同情起他来。当他开始来这边上班的时候，那是他这辈子第一次打领带上班，而事实显示，这对他构成了某种挑战，因为当他打领带的时候，领结不是过长就是过短。因此他开始使用一种固定领口高度的领带，直到蜜拉的同事瞥见他衬衫衣领下方探出的搭扣，喊道："我都不知道这种领带还有成人尺寸的！"满脸通红的彼得努力解释，这并非儿童用领带，而是"安全领带"，保镖常会使用这种领带，目的在于它一旦被人拉住，不至于把人勒死。那位同事脸上绽放出大大的微笑："保镖？就像《保镖》里的凯文·科斯特纳？"当彼得意识到自己的错误时，已经太晚了。在那之后，那位同事只要经过他的办公室，总是会高声唱起"我会永远爱你你你你"——她的办公室位于整栋建筑物的另一端，而她居然还真能找到多得不可思议的理由每天路过他的办公室。他只能与此共存。蜜拉假装没注意到彼得从那之后的每天早上都在练习，但他的领结仍然不是过高就是过低。在她的世界里，他从未真正感到舒坦过。

就在昨天，那位同事正视着蜜拉说道："你啊，我跟男人相处的经验就是，大多数男人其实只想从女人身上得到两样东西。她要带给他自信，还要让他耳根子清静。当一个男人脑子真的已经坏掉的时候，原因不外乎他很没自信，或者他觉得自己闷爆了。可是彼得呢？你已经让他的耳根子够清静了……"

蜜拉厉声反驳，原因就在于这位即使将自己紧贴在一名熟睡男子身上也无法维持一段感情关系的同事，在这方面或许不是专家。这位同事则平静地指出：虽然蜜拉一直都是有夫之妇，但这对维持一段感情看起来并没有多大的帮助。此时蜜拉闭上双眼，决绝地说道："现在情况已经到了这种地步啦？"

"什么？"这位同事问道。

"就连你都站到彼得那边啦？"

同事沉默良久，而后才坦诚地说："对于婚姻，我一无所知。但我认为，你们实在不应该选边站。"

此时的蜜拉孤独地躺在办公室的地板上，心里想着：该死，该死，该死！

她当然知道其他人在想什么：她为什么不让彼得重新回到俱乐部工作，把冰球还给他呢？

因为她知道那会是什么样的情景，因为彼得的人生也融入了她的大半生。对于这个俱乐部，你不能只是稍微投入，它就像一头怪兽，会像一名嫉妒心强的情人那样将情感关系给吃掉。冰球是不会满意的，你永远有缺陷；放眼冰球馆以外的人生，你也总是充满了缺陷。

就在两年前玛雅遭到全世界最糟糕、最不堪的对待以后，蜜拉和彼得在一段短时间里没顾上留意里欧的状态。随后他们发现儿子结交了新朋友，最坏的朋友，那种穿着黑色夹克将他内心的一切黑暗都撩拨出来的损友。彼得与蜜拉领悟到，如果他们放任里欧自我管理，与自己心中的妖魔和欠缺自制力的冲动共处，他的生活将会变成什么样子。在那之后，他俩对彼此保证：他们其中一人必须花更多时间待在家里，照看里欧。

这样不合理吗？难道蜜拉不是已经尽了自己的本分，付出了多年岁月？难道她现在不该在工作上全力冲刺吗？她试图给彼得发短信，在措辞上来回换了不下十次，但最终将它们全都删掉，只发了"很快出发"。她发自内心地希望：由于这是个太过明显的谎言，他会给她打电话，对她大声尖叫。但是，他只回了"好"。

该死。

办公桌的抽屉里有一支手电筒，但她并没有去拿。雨水轰然扫向窗棂。当她翻阅着多年来精心保存着的关于孩子们生日派对、雪球大战、星期天在冬季冰冻的湖面上溜冰的照片时，唯一照亮她面孔的就是手机的光。他们看起来就是个完美的家庭，过去她多次纳闷，他们是否真的是个完美的家庭。现在她仍纳闷着。

她在地上缩成一团，陷入昏睡，但未能真正睡着。大脑很快就习惯了来自窗外的轰鸣声与爆裂声，身体不再颤抖。她压根儿没听见彼得走进来，他的步伐竟然可以如此沉静。他小心地抚摸她，她感觉到他的鼻息凑上她的颈边。当他那曾在大大小小的冰球馆里折断过的弯曲手指在她的腰上摸索时，她清晰地感受到了他那双粗糙的手。她微笑着，但只是更努力地继续紧闭双眼。因为她不愿意睁开双眼，最终发现她只是梦见他了。

"我们得躺在地板上吗？"最后他在她耳畔低语。

"什么？"她呢喃着。

"亲爱的，我们得躺在地板上吗？"他重复道。

她不知道自己该拥抱他，还是训斥他，因此只能挤出这么一句："你是怎么到这里来的？"

"我是走过来的。"

"走过来？"

"是啊。我打着手电筒，穿过森林，来到这里。"

"可是，亲爱的，这是为什么？"

"里欧在邻居家里。我不想独自待着。"

"你真笨。"她伸出手指，用力地钩住他的手指。

"这我已经听到啦。"他说道。她感觉到他对着她的肩膀微笑着。

他们躺在那里，聆听着风声。在这么长一段时间以来，她第一次感觉到：动手修补一切或许还为时不晚。她移开身子，几乎陷入了遗忘。

她被电话铃声惊醒。她起先只是坐在地板上，睡眼惺忪，且困惑不已。她努力让自己恢复清醒，这才发现窗外已是黎明时分。她在熟睡中度过了一场风暴，她当时究竟有多累啊？电话一而再，再而三地响着，她的心脏不禁惊跳起来。当她随后看到屏幕上彼得的名字时，她的心再以同等的疾速落下。他不曾来到这里。她有千言万语想要表达，但当她接电话时，却什么都说不出来。其他人都不曾听到闷在彼得喉咙里的哭泣。假如你小时候被揍过，你将学会压下所有的呜咽，但在她面前他做不到。面对妻子，他从来都做不到这一点。

"死了……谁死了？"当他哽咽着说明情况时，这是蜜拉所能挤出的唯一的话。总不会是她死了吧？不是她吧？

在风暴过后的好几天，彼得将在葬礼举行之前持续地在卧室里练习将领结调整到最适当的高度。蜜拉将会站在门外，她再怎么努力地深

104

呼吸，都不足以打破这种沉默。这座森林在一夜间失去了许多最美丽、最繁茂的树木，但最叫人难以忍受的是，它刚失去了其中一个最善良的子民。

18. 黑暗

再过不到一小时，法提玛将会倒在一条沟里，不过此刻她正在打扫冰球馆。她已经接近中年，但看起来要比实际年龄年轻得多。当她在看台上挺直腰背时，她觉得自己要苍老得多。她的背很疼，但她隐藏得很好。她善于隐藏秘密，既包括她自己的秘密，也包括别人的秘密。她每天都会打扫这座冰球馆，日复一日。她没有抱怨，反而心存感谢。她总是感谢，感谢，再感谢。感谢这份工作，感谢这座小镇，感谢在她儿子年龄还小时接纳了他们母子，并在往后多年养育他们的这个国家。为了他们在这里所获得的一切感谢，感谢，再感谢。他们所能获得的一切。

"法提玛！"

再度高声大喊的是那名工友。他一整晚都在大喊，他认为她必须在风暴变得更恶劣、公交车不再开往"洼地"前赶快回家。但她从来不会扔下做到一半的工作，他很清楚她的这种老古板的习性。只不过除了抱怨，他真的找不到其他表达关怀的方式。过去他曾笑着对她说："你可以在一个冰球俱乐部里获得许多美好的事物，但最美好的事莫过于被他人视为理所当然。"这当然是个美好的想法。女清洁工与工友在结束职业生涯时，他们的工作服可不会被高挂在冰球馆的天花板上，但他们留在这里的时间比那些球衣被挂在天花板上的人还久。选手与教练来来去去，只需一两个球季，整支球队也可能完全换成另一拨人。但是那些隐于幕后的人，每周一还是一如往常地上班。如果他们完美地执行了工作，人们还是只会在他们消失的那一天才察觉到他们有多重要。不幸的是，人们常常到了那时候仍然察觉不到这一点。

在法提玛下葬的那一天，人们并非因为她本人，而是因为她的儿子记住她。她是亚马的母亲，那个本将成为最佳选手的亚马。在冰球小镇里，只有这些事物才真正算数。

＊　　＊　　＊

疾风敲打着门，但工友对此浑然不觉。风势恐怕还要再强一点，才足以将他吓回家。

"你这傻大婶，现在得回家啦！明天再扫干净就好啦！"他从位于下方的防护板旁对着法提玛喊叫。

"我们当中有些人可是认真在工作，不像你这小老头假装认真！"她从看台上吼回去。

"老头？那以后你自己去短码头上好好散步吧！"

"哎呀，闭上你的鸟嘴吧！"

除了自己的儿子，法提玛只对另一人拔高音量说过话，就是这名工友。现在这老头与这位大婶很亲近，他一直就在这里工作，而她在这里的年限也已经久到人们已经记不得她是什么时候开始在这里上班的。这些年来，他俩借着少数的言语及平易近人的幽默感建立了一种充满信任的友情。就在不久前，工友在这个国家的另一片区域看到一座雕像，其下方写着："因劳动而严厉，因爱情而温柔。"那时他就想到了她。

"你那边有一块污斑没清理掉！"他喊道。

"你有青光眼，才会只看得到污斑！"她喊回去。

他咯咯地轻笑着，能让他做到这一点的人并不多。人们常说："你能从小孩和酒鬼口中听到真相。"不过，你若是来到一座冰球小镇，又想知道生活中究竟发生了什么事，那你得前往冰球馆询问这名工友。唯一的问题在于：他什么都不会告诉你。因为冰球俱乐部里的人们希望能够"无话不谈，大肚能容"。工友认真对待这句话。他见过教练与理事会成员的来来去去，他见过俱乐部成为全国亚军时的情景，他见过两年前俱乐部几乎破产的处境。他善于关上储藏室的门，打开溜冰鞋擦鞋机，这样他就不会不慎听到赞助商与政客们在走道上达成的那些见不得人的协议。他只受过恰如其分的学校教育，但他具备充分了解信息的能力，认识到要是全国的俱乐部都遵循所有的明文规范，它们都将无法生存。在这里，人们所做的一切就是为了生存。因此，你就得乖乖闭嘴。工友见证过冰球馆里的传奇故事与大灾难：他见到小男孩长大成人，见到男人成为球星，但他也常见到这些人以同样快的速度陨灭。他见到彼得·安德森带着乌黑的眼圈从家中来到这里，但从没有以同样的方式对待别人；他见到彼得成为甲级联赛球队的队长；当彼得前往加拿大即将成为美国国家冰球联盟的职业选手时，他挥手向彼得道别。当彼得回归故里，担任体育总监时，他仍然在这里。直到一两年前，在被问到谁是熊镇有史以来最优秀的选手时，这名工友除了彼得还根本想不到其他人的名字。不过，亚马随后出现了。人们总是说，某个球员"一夜成名"或"不知从何处而来"，但实情永远不是这样的。亚马这辈子的每一天都在奋斗，这样才能让自己变得比其他人都优秀。假如你是个穷小鬼，在踏入富人云集的冰球馆后，如果不努力，一定走不远。不仅如此，你还得是个中翘楚。工友深知这一点。如果你像他那样长期热爱着某个俱乐部，最后什么事情也都瞒不过你的。

当法提玛在许多年前带着年幼的儿子从地表另一端来到这里时，她从来没见过冰球馆。不过她很快就学到：不管你的母语是什么，"冰球"就是当地方言里最重要的单词。彼得本人与这名工友确保亚马可以借用溜冰鞋。他们的意见一致。假如要让他融入，溜冰鞋比语言课程来得好。当小男孩的年纪稍大些时，由于他在黎明前与日落后都会进行额外训练，这名工友就得为自己的善心多付出代价，这老人的工作时间（球场的开馆与闭馆时间）至少又多了四个小时。当亚马在甲级联赛代表队打进第一球时，他和彼得几乎就跟法提玛一样骄傲。"他啊，就跟从袋子里跳出来的猫咪一样快哟。"工友咯咯笑着。对法提玛来说，儿子每次一进球，她的内心就兴奋得要爆裂了。这一点男孩子们是永难理解的。他们的母亲是如何看待他们的，他们怎么会理解呢？他们还没有达到共享心灵的境界。

因此，当母亲们因他们而心碎时，他们也无法理解。当我们梦想破碎时，爱护我们的人会比我们本人更感到心痛。过去法提玛很喜爱秋天，工友和彼得告诉她，冰球球季开赛就相当于熊镇每年的元旦。但今年，她因为儿子而不再喜爱秋天。

没人确切地知道他发生了什么事情，就连工友都不知道，他狠不下心直接问法提玛。他每天从她的瞳孔里都能看出，她的心已经碎了。就在今年春天，亚马还是全镇最受赞誉的球星，他正在引领熊镇赢下整个联赛。但他受了伤，他们只能在他缺阵的情况下打完最后几场比赛。他们输了球，失去晋级的机会。当时就有谣言指出：他其实没有受伤，他只是不愿意冒受伤的风险，对他来说，美国国家冰球联盟在夏天的选秀会比熊镇赢得联赛重要。工友一想到这些，内心就气愤不已。没有人，绝对没有人，对熊镇的付出比亚马要多！这座小镇真的既是一个最美丽的地方，也是一个最丑恶不堪的地方。

亚马和法提玛都认为，这些谣言是冲着他们本人而来的。即使法提玛没这么说，工友仍看出了这一点。所以他现在也不知道该怎么问出大家都想知道的事情：亚马在今年夏天参加美国国家冰球联盟选秀会时出了什么事？所有人都知道他没被选中，但是，这是为什么呢？他回到老家，随后就有谣言说：他再度受伤了。还有谣言说：这不过就只是个借口。可是，这个借口又是针对什么事情呢？当熊镇冰球俱乐部的季前训练赛开打时，他并未现身。然而，他也没有与其他的球队签约。他就只是待在位于"洼地"的公寓房里。过去他曾是小镇最魔幻的传奇故事，但现在他正在成为它最深不可测的谜团，而他的母亲深陷于这一切。她为了他，可是愿意付出生命的。

工友望了望空荡荡的冰面，发出一声叹息，这当中夹杂着没有孙辈的男子所特有的哀伤。疾风猛敲着冰球馆的门，随后他察觉到那并不是风，而是有人在门外尖叫。

*　　*　　*

"我敲门已经敲了一刻钟！"当门掀开，几乎将"尾巴"打到不省人事时，他大声咆哮道。

"斑比？你这个怪胎，这种天气，你在外面干吗？"工友恼怒地吼回去。

他是唯一以"斑比"来称呼"尾巴"弗拉克的人。这名工友在这里任职的时间够长。三十年前的某一天，有个想搞恶作剧的小鬼雕刻了一个外形酷似工友、坐在制冰机上的小木偶，制冰机上还加了一个愤怒的对话框。搞恶作剧者将这个作品放在教堂的基督诞生塑像后方，使这个小木偶看起来像是在对耶稣的双亲与东方三王怒吼"滚开，我要喷水了"。工友当然很快就搞清楚了这个小鬼头是谁，工友能够搞清楚一切，不过他私底下没跟牧师提起这件事。"无话不谈，大肚能容。"然而，当搞恶作剧的这个小鬼头即将进行下一场比赛时，工友煞费苦心、一丝不苟地把他的溜冰鞋鞋底磨得极为不平滑，导致他无法在冰面上直线前进。每当他在冰面上滑倒时，看台上的工友就会高声喊着"斑比"。当然，现在他被其他人称为"尾巴"，但工友从没让他忘记自己的第一个外号。他已经长成一名粗壮的中年超市老板，但对工友而言，他始终就只是一个乳臭未干的菜鸟。

"那些旗子！你得帮我把那些旗子给弄下来！""尾巴"喘着气说。

"你在风暴中到这里来，就为了……那些旗子？"工友吼道。

"尾巴"一直是个有着诡异价值观的男子。不过，现在这副样子也该算是经典了吧？

"它们太庞大了！它们会被风绊住，把旗杆给毁掉的！"

这时工友才发现"尾巴"的手在流血。他将"尾巴"拉进门，恼怒地咕哝道："你自己脑子进水，就别出来祸害别人啦。当初你买下那些旗子的时候，我是怎么跟你说的？嗯？我告诉过你，它们太大了！我说……"

虽然"尾巴"已经身处室内，但狂风似乎让他失去了听觉，他仍然大吼着："是，是！你说的都对！请帮助我！"

工友对于"尾巴"的立刻认错感到无比震惊，以至于忘了要继续对他进行批判。

"嗯哼，嗯哼，那就好……"他低声咕哝着，取来包扎"尾巴"的手的绷带和用来割断绳索的刀子。

随后这两名男子就走进风暴。这并不意味着这个主意并不愚蠢——这的确是个愚蠢的主意。但有时候，白痴的行为才是唯一符合逻辑的动作。这些旗帜必须降下来，这样它们才能在明天再度被升起。这在其他地方或许并不重要，但在这里就很重要。只要这些旗帜还在冰球馆外飘扬，大家就都知道它仍然是开放的；只要冰球馆仍然开放，生活就会持续下去。一场风暴过后的早晨与其他任何一个早晨相比，生活更需要持续下去。工友或许很顽固，"尾巴"或许是个笨蛋，但两人都明白这一点。

"尾巴"为了熊镇而活。在他的溜冰鞋以错误的方式被擦过之前，他就已经是个极其低劣的滑冰选手，但他仍然一路奋斗，进入了甲级联赛代表队名单。彼得是队上的巨星，而"尾巴"唯一的才能就是暗地里拧对手一把，挑衅敌队，引发斗殴，最后被驱逐出场。当从南方北上的敌队在零下二十摄氏度的冬季来到熊镇做客时，"尾巴"说服工友关掉他们更衣室里的暖气。只要一有机会，他就会将他们的设备藏到储藏室里，弄坏他们的冰球杆。无论是在冰球场上还是在冰球场外，越恶劣的阴招就越是理想。如果你询问"尾巴"，你得到的答案是："你觉得我不想成为球队的明星，打进所有的球吗？我当然想啊！不过，如果你不能做自己想做的事，那你就得尽自己的能力做出贡献。我们是来自小镇的小俱乐部，如果我们按照大城市球队的规则进行比赛，我们就毫无机会！"随后他露出坏笑，"作弊？只有被发现才算是作弊！你还想不想赢？"

工友就这样与他发展出了一段既冗长又失衡的友谊。因为就像熊镇所有人一样，这名工友虽然讨厌作弊，但更喜欢赢。

当"尾巴"的冰球选手生涯告一段落时，他就成了这个行政区里"隐形权贵精英"（这是地方报给予的称呼）的一员。当然，这群精英还是很有远见的，只是他们从来没安静下来。由于"尾巴"把猎物吓跑了，整个行政区里的每支猎队都把他赶了出去。就算不具备俱乐部的官方职务，他也几乎每天都在冰球馆。他的主要活动就是为了冰球场的使用时间争吵，他总是希望让工友更改时间。当"尾巴"试图说服那些儿子在男童冰球队效力的有钱家长成为熊镇的赞助商时，他希望修改的时间表对这些冰球队有利。对此，工友经常在他算错小时数时一把把笔从他手上抢来，叹息道："你不会溜冰，却还想打冰球。因此，对于你不会算术，却成了生意人，我们也不应该感到讶异……"

无论如何，两人到最后仍然妥协了。原因在于他们的目标一致：永远追求俱乐部的最佳利益。"尾巴"一再向工友保证："熊镇商业园区"很快就会建成，其中包括在冰球场旁边建立一座超现代训练馆的计划。这么一来，大家就都能分到冰球场的使用时间。这个笨蛋在任何事情上都要插手，这有好有坏。两年前，由官方立场确保拉蒙娜成为俱乐部理事会会员的人或许是彼得·安德森，但是"尾巴"给他提供的主意，他因为这一点已经获得了工友的尊重。即使拉蒙娜永远不会承认这件事，她也尊重"尾巴"。某次在毛皮酒吧喝了十一二杯啤酒后，她才敞开心扉告诉工友："人们都以为'尾巴'爱一支球队。去他的，他才不爱球队。他爱一个俱乐部。谁都可以爱一支球队，这是一种以自我为中心的爱，索求无度，容易被激怒，也很容易被抛弃……但是要爱一个俱乐部，一整个俱乐部，从男童冰球队的训练业务到甲级联赛队伍，再到墙面上撑住冰球馆的钉子，以及人们……这种爱是容不下自我中心主义者的。"

"斑比，这很重要！这样你高兴了吧！"当他们将所有旗帜都降下来时，工友在狂风中大吼。现在他的双手也在流血。

"我保证！""尾巴"吼回去。

实际上，他并不像自己的声音听起来那么有自信。其实，事实会证明他是对的——只不过，这种证明方式与他预想的不同。

任何一根旗杆都没被风暴吹倒。"尾巴"和工友将在明天把那些旗帜全数升起。只是他们此刻并不知道，那时他们会升半旗。

19. 尖叫

人们总说，坏消息传得比好消息快。某人死掉的消息在镇上传递的速度，快于某人出生的消息。但你若是询问毛皮酒吧的拉蒙娜，她当然会咕哝："胡说八道。会有这种感觉是因为现在镇上死掉的人远多于出生的人，葬礼的次数多于受洗的次数。"她总该知道：毛皮酒吧是镇上的饮水机，也是全镇的人口统计办公室。一旦镇上的人口增加或减少，总有人会到她的吧台桌前庆贺或哀悼。大多数人已经学到：用双倍于哀悼的精力来庆贺，借此获得补偿。这想必就是他们近几年来对冰球爱到无以复加的原因。他们再次成为常胜的小镇，存活的机会大过死亡的威胁。

如果你认为这听起来很夸张，直接问拉蒙娜冰球是否真的那么重要，她想必会回答："不重要。可是，人生中究竟什么才重要？"不会有太多人请她在葬礼上致辞，她没有机会这么做，不过她的话不无道理。

人们很乐于讲述一则与她有关的故事。某年夏天，一名来自大城市、正进行环国旅行的游客将自己的车停在毛皮酒吧外，他透过窗口看到里面有一台电视机，所以连忙走进酒吧，喊道："我可以在这里看足球吗？"那台电视机正在播放早年一场冰球比赛的录影带，画面斑驳而不清楚，一小群老头围坐在周围，向彼此描述接下来将要发生的事。这显然并非第一次了。拉蒙娜站在酒吧里，恶狠狠地瞪了游客一眼，咕哝道："足球？什么足球？"这名男子惊讶而疑惑地喊道："什么……这叫……什么……现在正在举行世界杯决赛呀！"拉蒙娜耸耸肩道："我们在这座城市里只看冰球。你要点什么？这里可不是该死的大众运输系统，你不能站在这里免费装笨。"

这只是一个故事，或许不是真的，但这不代表它不可能发生。就是这种类型的酒吧通过各种方式讲述关于一座城市及其居民的一切，讲述他们在世界上所处的位置，以及他们对世界其他地方的看法。毛皮酒吧与工厂和冰球馆的距离相等，大多数在此饮酒的人就是在这三个地点之间的路途上度过自己的人生。毛皮酒吧坐落于此地的时间比小镇本身还久远，人们就像在井边兴建村落似的在它周边兴建了房屋——这个谎言传播得太久，以至于几乎被认定是真的。整栋建筑物在两年前几乎完全被烧毁。现在，经过重新装修之后，人们很乐于打趣地说："它在火灾之后散发出的气味，反而比火灾以前的还要来得宜人。"

在酒吧里的各面墙壁上，随处挂着冰球选手的照片。包括班杰与维达在内的其中某几个人，在某几个球季花在毛皮酒吧里的时间比花在冰球场上的时间还要多，这充分说明了他们的性格。而像亚马这种人从不涉足此地，这就更说明问题了。拉蒙娜在自己内心永远会为那些在人生中获得成就的人预留一个位置，但她为那些生活不顺遂者所预留的空间则总是宽大得多。

毛皮酒吧位于地下室，从它那小巧的窗口向外望，你只能看见天空。但你如果将门打开，站在阶梯上（当天气恶劣到不能在街道上顺着风势用打火机点烟时，拉蒙娜就会在这里抽烟），你就能一路看到那些位于冰球馆外的旗杆。她已经开始喜欢这些旗帜了，但她永远不会向"尾巴"承认这件事。每次前往理事会参加会议，从旗帜下方经过时，她的脚步格外缓慢，对于有机会再次与位于楼上会议室里的那些老头互骂，她感到莫名兴奋。

但现在有人已将远处的旗帜收起，风暴也导致她无法在屋外点燃香烟，所以今夜她在室内吸烟。如果她打开门，门的铰链想必会被风刮掉。因此，她没看到法提玛在片刻后离开冰球馆，站在大路上的公交车站前等车，并在随后放弃等待，开始独自朝着"洼地"走去。拉蒙娜也没有看见马特奥，那个一整夜孤独地在镇上游荡的十四岁少年。她没听见他猛敲着毛皮酒吧的门高声尖叫着，如果她听到了，肯定会开门的。她曾开门让各种无奇不有的白痴进到这里，甚至包括那些喜欢足球的游客，所以她一定会为一个恐惧、冻坏了的十四岁少年留个位置。她就是没看见他。可是马特奥不会以这种方式记住这一刻。他只会以最简单的话语记住这一刻。

"这座小镇里的人只管冰球。"

20. 猫

法提玛做的最后一件事，就是清洁冰球馆的顶层。过去这里完全被俱乐部的办公室和理事会的办公室占用，不过它们现在占用的是楼层尽头那些空间较小的房间。相反，这所新创的幼儿园占用了这层的大部分空间。这一带，一部分小孩在学会走路以前就穿上了溜冰鞋。其实，这一语道尽了这座小镇与冰球的关系。体育活动总是强迫人生继续走下去，这真是够悲惨的。

最近法提玛一直避开超市里的人潮，大家都想问她儿子怎么了，但她无法回答。今年春季，一切就像梦境般美好：大家在他获胜时喜爱他。而后他受伤时，所有人又感到失望。随后他前往北美洲，参加美国国家冰球联盟的选秀会，希望被球会选中。法提玛始终没弄懂那到底是什么。他坐在餐桌旁边，以一种她是小孩而他才是大人的口气对她说明："妈，美国国家冰球联盟是最棒的联盟，北美洲的职业球员都在那里比赛。联盟每年夏天会进行选秀，各支球队会轮流选出两百名有机会成为职业球员的年轻选手。现在，我有机会做到这一点。就像彼得那样！"亚马保证：一旦签下第一份职业合同，就会给她在"高地"买下一栋大房子，还有一辆奔驰轿车。她哼了一声道："我要这些东西干吗？你如果想给我点什么，可以送我一台新的洗碗机，让我可以省事些。"

亚马在今年春天的梦想是如此宏大，他们那狭小的公寓房几乎容不下它。现在这些梦想只留下了一台有故障的洗碗机。他将自己锁在房间里，一连数月足不出户，而在众人询问哪里不对劲时，她竟无法回答。她这算哪门子的妈妈？那名工友教她：冰球界的人们从来不会说出某个球员到底是哪里受了伤，因为只要一说出来，对手就会利用这一点，让他受更严重的伤。因此人们只说"下半身受伤"或"上半身受伤"。但法提玛甚至不知道：亚马的情况究竟是哪一种，裂开的到底是脚还是心脏。

她关闭照明灯，走上看台，俯瞰中场的圆圈，努力地抑制住哭泣。在亚马之后，此地还会见证新的球员的兴衰与起落，冰面才不在乎人事呢。很多人轻易就相信：如果你想对青少年体育活动有所了解，你就应该看看某个刚顺利成为职业冰球选手的青少年脸上的笑容。法提玛每年都看到数以百计的家长在这座冰球馆里花上数千个小时，就是希望获得这种成果。他们紧张万分地来到这里，疲惫不堪地回家，他们在车里热得冒汗，在练球场里冷到着凉。他们将半数的财富用来缴付会员费，另一半则花在器材与设备上，然而只要俱乐部要求他们无偿地在小店里值班、卖彩票，他们仍得照做。人们要这些家长随传随到，永远不抱怨，要他们擦干溜冰鞋的滑槽、擦干泪水，更要将洗过的衣物烘干。上天啊，那可是所有洗过的衣物。人们理所当然地要求那些家长自我牺牲，为自己的子女追求一个梦想。但是，如果你想知道青少年体育活动，真的想知道的话，只知道那些一路抵达终点的孩子的姓名是不够的，你还得知道哪些人差一点就要办到了。

法提玛任由目光在冰面上逡巡，从一道防护板到另一道防护板，她试图回忆亚马曾经如何迅速地在这两点之间冲刺。"就跟从袋子里跳出来的猫咪一样快。"工友如是说，"有朝一日，这男孩子定能一路攻顶。"法提玛了解到，这句话意味着成为职业选手。"一路攻顶"意味着通过游戏赚大钱。对这里的人来说，这可不是游戏。想要功成名就的可不止亚马一人，所有人都想做点什么。"妈妈，冰球界没有白吃的午餐，你得付出一切！"亚马小时候曾这么说。他说对了。在他整个成长过程中，他使用二手装备打球。他们总是仰赖彼得·安德森这类人的善举。"不要把这个称为善举，这是一种投资。"彼得出于友善这么说。但当亚马成为最优秀的选手时，她才理解了这话的意思：到了那时，大家都想要分红。

她眨眨眼，将泪水甩开，闭上双眼，做了一次深呼吸，然后向下朝着冰球馆的大门口走去。她遇见了工友。他犹豫片刻，向外瞄了一下恶劣的天气，谨慎地开口："你啊，'尾巴'在这里，我可以请他开车送你……"

"我不需要那个男人的帮忙，我搭公交车。"法提玛回答。

她的声音没有表现出恨意，但她的语气几乎已经透露出来了。工友试图说服她，但她在这一点上并不讲理，所以他叹了一口气，让她离开。

"尾巴"就站在外面，他的头发乱糟糟的，衬衫的腕口处还有血迹。他俩几乎被风给吹到一块儿，但"尾巴"从路上跳开，而法提玛则在他开口说话前就从他身边走开。她知道他想问亚马是否安好，因为全镇的每个人都这么问。然而，实际上根本没人在乎这个。他们才不管他是否快乐。他们只想知道他是否还能打球，他是否能赢球，他们是否能把他放在宣传手册上。但现在就连他的母亲也不知道他还能有什么贡献了。

她迎着风、缩着头朝公交车站走去。她每往前踏一步，就得向后退半步。她等着公交车，但一直没有公交车进站。风暴已经清空了整个小镇。她本来可以走回冰球馆，请"尾巴"送她一程，但她心想：我宁愿死也不要向这名男子求助。因此她沿着大路独自踏上走回位于"洼地"的家的漫长路程。当她奋力向前一次踏出几步时，风撕扯着她的头发。她的双腿一直隐隐作痛，背部疼痛也毫无预警地间歇发作着，有时甚至剧烈到她踉跄了一下。

树枝弯曲着垂到路面上来，从而遮蔽了天空。她还记得自己和亚马在许多年前初次抵达这里时，对这里的自然环境感到何等害怕。暴风、酷寒、冰层、看不到尽头的森林，所有的一切似乎都在伺机取人性命，天气冷到她认为自己撑不过第一年的冬天。但现在，它就是她所知的最美的事物。有时候大自然仍然让她感到眩晕：雪是如此洁白，她每次看上几秒钟，眼睛就受不了；冰面是如此闪亮，当你站在冰球馆下方的湖面上时，只能看见闪亮的冰面一直延伸向前，与天空相接，连成一片，让你不禁感到一阵眩晕；森林是如此寂静，树木仿佛将全世界的声音都吸走了，又仿佛给你的两耳塞上了耳塞。过去她喜欢这里的人们，他们会保护自己的孩子，使其免于受到大自然的侵害，但现在的情形则完全相反。

她停在路肩上。她在内心最深处知道自己不应该这样做，这样是最危险的，她得在风暴变得更加猛烈前回到家。但她的双腿已经撑不下去了，背部痉挛着，双肺萎缩着。她正位于冰球馆与"洼地"间的半路上，对一个独自行动的人来说，这是最险恶的一段路。这段路只有孤独与沥青路面。她始终站着，双手撑在膝盖上，调整着自己的呼吸，心里想着冰球。这并不奇怪。当人们感到恐惧时，他们会回想自己最快乐的时刻，而她最快乐的时刻也就是她儿子最快乐的时刻。这一点，儿子们永远不会理解。

亚马与他的爸爸是如此相像：同样柔和的声音，同样坚决的目光。法提玛在每个骄傲的时刻都会被哀伤无声地刺痛。这是她最大的幸福，也是一种诅咒。亚马的爸爸在他们来到这里以前就死了，永远没有机会见到儿子在他一无所知的某个体育项目中表现如此出色。这个小男孩诞生在一座接近沙漠的城市，却在一个由冰面构成的地方找到归宿。

她心想，一切都是她的错，因为就是她教导他对一切要感恩、惜福。毁掉他的是这座小镇，但她教他，要任由它这么做。"我们必须感恩。"她重复着，直到这些话烙印在他的大脑里。他攀上高峰，她感到快乐，因为他终于获得了一种意味着他在这里是自家人的待遇，仿佛这也是他的俱乐部、他的城市、他的国家。只是她有所不知：唯一比熊镇的偏见还要沉重的，就是它所赋予的期望。亚马还只是个男孩子，他出生至今也才十八年，冰球却将一个连成年人都无力承受的重担搁到了他身上。

就在几年前，他看起来还太矮小、太瘦弱，完全无法打冰球。当然，最后这项是最糟糕的，你在这里可没有瘦弱的本钱。当时安慰法提玛的是彼得。她听过那些故事：在这座小镇有史以来最重大的赛事前夕，彼得站在更衣室里高声喊着"大城市或许很有钱，但冰球是我们的"。所以她聆听着。彼得表示：在其他人眼中被视为弱点的特质，实际上是这男孩的优势。他身段很柔软，在溜冰的时候，他看起来无须费力，所以他的进步会比其他人都快。法提玛暗自想着：是的，或许就是如此，他或许就只是努力地从所有体形是他的两倍、想要打死他的男孩身边逃开。这项体育活动太过暴力，她永远无法习惯，不管是对冰面上的"小熊们"，还是对场外的大人，都是如此。其他男孩的爸爸在防护板周围游荡、在比赛中大声吼叫时，看起来就是这副德行：表面上沉重又迟缓，但只要你一出现在他们的视线里，他们的动作就变得既残暴又迅速。她学到：冰球在这一带算是贵族运动，他们就是希望这样，只有出身于高贵血统家庭的人才能参与。他们正是因此而建立起如此众多的传统与密码——一整套有着独特词汇与概念的语言，以便在小男孩们当中区分出哪些人属于这里，哪些人则是外人。某次她听到一名男子打趣地说："体育界有太多运动了吧！"她听懂了他这番话的意思。实际上，他们不希望得到一种纯净的体育活动。他们就是希望舞弊，为自己和子孙们买到一席之地。

这番话是"尾巴"说的。在亚马加入甲级联赛队伍以前，法提玛就在这里工作，当时"尾巴"几乎完全不跟她说任何话。随后突然间，他就想给法提玛"关于未来"的建议，谈谈"这个男孩子的最佳利益"，讨论美国国家冰球联盟、合同与经纪人。法提玛或许不理解那些伟大的词汇，但她认识到，他认为熊镇拥有她家这个小男孩。"尾巴"印制了一本小册子，上面印着亚马的照片，以及一段阐述"赞助熊镇冰球俱乐部不只很容易，更是一种正义！"的文字。那时他出身于"洼地"，突然就变得十分恰当了。当法提玛与亚马在看台上捡拾空罐子的时候，"尾巴"甚至想帮法提玛照相。他曾听说他们经常这样做，为的就是换了钱后交房租。不过那时工友狠狠地将他臭骂一顿，整座冰球馆的窗棂都随之震动。法提玛本人什么话都没说，努力地抱着感恩的心理。然而，这变得越来越困难。

她睁开双眼。她已经蹲坐在了"洼地"与冰球馆之间的半道上。她站起身来，迟缓地将双脚从地面上拔出，再度开始步行，但她几乎已经没力气了。从后方吹来的风像是朝她的尾椎上狠狠踢了一下，她试着稳住身子，但力不从心。她踉跄一下，向前摔进沟里。她趴在地面上，风声在她耳畔轰鸣着，随后消失无踪。

"尾巴"在今年春天接受了地方报的一次专访。她读到了他说的与亚马有关的一切内容：他真是"灰姑娘传奇"的翻版，他证明了"在熊镇，所有人都可以打冰球"。不，法提玛想着，这不就是他的经历被称为"灰姑娘传奇"的原因吗？因为这种事几乎永远不会发生。她读到"尾巴"也在吹捧"对女童冰球队的大力支持"，而她依然知道：他每周都出现在冰球馆，努力说服工友将冰球场最糟糕的时段拨给她们，这样那些富爸爸的儿子才能分到最好的时段。他们对女童加入冰球俱乐部的厌恶更甚于对来自"洼地"的孩童加入俱乐部。这些人全都是竞争者，争抢的是冰面的使用时段。因为正如彼得所说，冰球是他们的。

法提玛的思绪飘到自己在这里生活的最初数年。那时她对熊一无所知，但冰球馆里到处都悬挂着它们的图片。她因而从图书馆里借了一本书，开始阅读，希望借着了解这种动物来增进自己对这座小镇的理解。她做到了。她最初认知到的一件事是：多达百分之四十的幼熊会在出生后的第一年内死亡，它们最常见的死因是被一头并非其生父的成年公熊所杀。法提玛直到那时才知道：总有一天，当有人威胁她的儿子时，她也必须成为一头熊。为了让他成为一个无忧无虑的小孩，为了让他和其他所有人一样天真无忧，她努力地战斗。她为的就是让他能够比赛、打球。要老实说吗？其实就连她都没料到亚马的表现会这么好，他将"一路攻顶"。她所爱的只是：他在冰面上不需要有任何顾虑。他在那里没有伤痛，他自由自在，这样就足够了。但慢慢地，随着他年岁渐增，冰球似乎变得越来越公平。当他们年龄还小时，有钱人的孩子占得先机；当亚马成为青少年时，已经没人在乎他的双亲，大家看中的是他的才华。只要球队赢球，大家就都喜爱他。对此，他很快就习以为常了，或许法提玛也很快就习以为常了。如今她对此感到羞耻，她害怕的是，自己或许挑战了上帝及宇宙，将一切视为理所当然，被给予的一切当然也可能同样迅速地被收回。今年春季，她是第一个看出异状的人。那时候亚马每场比赛仍然都会进球，但他的身体已经不如以往灵活了。由于他肩膀上扛着全世界，他紧绷着，直到身体撑不下去为止。

在那之后没多久，"洼地"的一位邻居告诉法提玛：一众邻居对那些"谣言"感到很生气，他们全都站在亚马这边。"什么谣言？"法提玛问道。这时她才听闻：小镇的人们在互联网上留言，认为亚马假装受伤，认为亚马只在乎美国国家冰球联盟的选秀会，没有"忠诚度"。忠诚？对谁忠诚？讲得倒像他的身体是属于他们的。

超市和冰球馆里出现了很多男子，他们都想给法提玛建议，最后她谁的话都没听，就连彼得的话也一样。亚马前往北美洲，失去了一切，两手空空地回到家。

现在她已经不知道自己倒在地上多久了。当她最后一次积聚起全身力量，挣扎着爬起身时，她感到自己是那么脆弱，风刮得她皮肤生疼。

有那么一秒钟，她对自己在公交车脱班时的侥幸心理感到懊悔不已。她本该走回冰球馆，央求"尾巴"让她搭便车。这个念头表明，此刻的她有多么恐惧。

风暴在她的耳畔猛吹着口哨，她几乎完全听不到亚马"妈妈"的喊叫声。儿子永远不会理解的是："妈妈"是全世界最伟大的单词。"妈妈。妈妈！妈妈！！"过了良久，她才看到他沿着道路跑过来。相较过去，他的外貌已经大变样了。过去的他瘦如竹竿，如今的他变得肥胖，而且没刮胡子，身上散发出酒臭味。但他将她从地上扶起的那双手，仍那般强壮有力。

"你在这里干吗？"她不安地问。

"妈妈，你又在这里干吗？你为什么要走回家？"亚马在风中暴吼。

在一个冰球俱乐部里，冰球馆里的这位工友是你能想到的最善良的男子。他并不笨，也顺着法提玛的意思。当她离开冰球馆时，他拨打电话给公交车公司，要求将通话转接给公交车司机，以确保她上车。当他们告知公司因风暴而取消该班车次时，工友马上打电话给亚马。这个老人本打算亲自去找她，但亚马说服他放弃了，因为他不想同时寻找他们两个人。这是一段笨拙的对话，在亚马整个成长过程中，工友通常每天都会见到他。但打从这个男孩因脚伤而错过本球季季末的赛事后，他就不曾出现在冰球馆。自从他参加美国国家冰球联盟选秀会，又回到家后，他就几乎完全足不出户，更别提走出"洼地"。在他受伤以后，这是他第一次跑动起来。

不过，瞧瞧他跑动的速度，就像从袋子里跳出来的猫咪那样快。

他从"洼地"出发，沿着道路跑，穿过风暴，直到看见自己的妈妈。

他一把扯下自己身上的夹克，将它罩在她身上。随后他搀住她的胳膊，两人面对大自然的力量，低缩着身子，一同走回家。

"你饿不饿？我们去买点你喜欢的面包吃吧？"她在风中叫喊道。

"妈妈，超市关了！别再说了，我们得回家！"他喊回去。

"你不该跑过来的，你要保养你的脚！"她尖叫。

"你就先别担心我啦！"他要求道。

当然，他可以无止境地这样要求她，不过她可是他的妈妈。如果他想阻止她，那只能祝他好运了。

21. 名字

当毛皮酒吧在两年前的大火后重新开业时，拉蒙娜甚至懒得挂上招牌。反正那又没关系，大家都知道毛皮酒吧在哪里，大家都知道拉蒙娜是谁。

没人会说她"使人心情感到愉悦"，没人会形容这家酒吧"欢乐且友好"。这并非这类酒吧的功能。如果你考虑太久才点东西，拉蒙娜将会咒骂你，因为反正也没什么好选择的。如果你催促她，她同样会咒骂你。在这里，你将不会感受到宾至如归，但你会体验到某种脉络。酒吧各面墙壁上悬挂着绿色围巾，诉说着：在这座小镇里，我们团结一致。吧台后方放着一个写着"基金"字样的信封，里面装着那些到了月底还有盈余的人捐出的一两张钞票，拉蒙娜会将它们送给某个走投无路即将上吊的人。关于酒吧里这个老太婆的八卦始终不断，但关于她最恶劣的谎言就是：她最近失智了。至少三十年来，她虽然从来就没有过神志，但她的心脏还是好好的。

霍格与她共同经营毛皮酒吧。他们一起做所有的事情，一起去观看每一场冰球赛。当他把啤酒杯放错地方时，她总会对他咕哝："在森林里就够危险的了，而在其他地方又如此没用。"他总会露出笑容，回答道"我爱你"。当她生气的时候，没有其他事物能比这更让她生气。不过他是真的爱她，他的和蔼与善良始终如一，低调但不会错乱。他对她唯一的要求就是：停止抽烟。"你得活得比我久才行，因为没有你我活不下去。"他说。她温柔地轻拍他的脸颊，低声说："闭嘴！"

毛皮酒吧的一名老主顾常说一则老笑话：一名男子列席观看一场座无虚席的冰球比赛，而他身边有个空位，于是他旁边的人询问他身旁怎会有空位。这名男子哀戚地回答："这是我太太的位子，她刚过世了。"他旁边的人不胜伤痛地说："哎呀，我真感到遗憾。可是，难道你没有其他家人或朋友愿意来跟你一同看比赛吗？"男子回答："没有，他们全都去参加葬礼了。"笑点在于：在拉蒙娜下葬的那天，霍格就会是那名男子。因此在霍格死后，再也没人讲这个笑话，至今已经过了许多年。抽烟的人是她，而得癌症的人则是他。她从不说他死了，她只说他离开她了。就某方面而言，这确实说明：在一座住满输不起的居民的镇上，她比所有人都更输不起。对于这个死老头竟然比她先走，她显然仍未原谅他。"男人们走开，去睡觉了，留下女人继续干活。"要是有人提起这件事情，她总会这么咕哝。之后，就绝少有人再提起这件事了。

她吸烟量仍如过去一样大，饮酒量不减反增。她唯一戒除掉的事情便是到现场看冰球比赛，因为她的双肺承受不住。没有了他，它们就枯萎了。很长很长一段时间以来，当她的手掌感受不到他的脉搏、耳朵里听不到他的吵闹声时，她甚至没有力气到超市去。所以，那些身穿黑夹克把毛皮酒吧当成第二个家的年轻男子便替她采购，让她能够撑住，从而使她能够支撑住其他人。当她看到报纸上霍格的讣闻，失声痛哭到不能自已时，他们就为霍格的讣闻撰写一些文字："霍格，当你不再到这里来对着球员们吼叫时，他们要怎么知道何时该射门呢？"他们就是这么写的。那样一来，她就会沉静地笑着，并且倒上更多的啤酒。当大火带走那栋建筑物时，那则讣闻仍然悬挂在酒吧的墙上，就位于被霍格喜爱、憎恨，毫无价值却又意义重大的熊镇冰球俱乐部的球衣和围巾之间。大火差点将拉蒙娜一并带走。有时候她甚至希望那场火也将她带走。人的一辈子可以埋葬如此众多他们爱的人，但在葬礼后的第二天早上依旧起床。可是这一次次下来，体内的某个部分却变得越发沉重。有那么几次，她在起床时已经不再相信：我还能多撑过一天。

但在今年初夏的某一天，她突然调高了啤酒价格。这家酒吧并没有其他类型的客源，而对那些老主顾来说，这种生活当然也是天杀的糟透了。她最近一次涨价已是十五年前的事。这死老太婆唯一会做的事情，就是涨价。

事实上唯一没有责骂她的，正是那群黑衣男子。在这一大群病得不轻的白痴与疯子当中，提姆更是佼佼者，他看起来好久没这么开心了。

"你在傻笑什么？"拉蒙娜斥责他。

提姆才承认道："如果你涨价，那你就是在为未来考虑啊。"

像他和她这样的人需要未来，否则他们就会一路下沉。就在毛皮酒吧被烧毁的当夜，他们还因一场车祸失去了提姆的弟弟维达。当这男孩年龄还小时，他总会在毛皮酒吧的吧台区写家庭作业。他哥哥因为从来没被别人逼迫，这辈子都没写过家庭作业，现在反而逼迫他写家庭作业。两人的生父很早以前就消失无踪，母亲倒是还在家，只不过终日服用药片。提姆与维达在学龄前就已经见识了太多暴力与成瘾行为，因此酒吧成了最能让他们安心的避风港。身处毛皮酒吧，他们是安全的，他们能在这里找到所有的朋友。提姆建立了一个以黑夹克为象征的新组织，他们将永远保护他的弟弟。拉蒙娜没有子女，但将这些男孩子视如己出。维达死时，她和提姆就像被连根拔起的老树，对于明天他们已经无法寻得任何意义——除了冰球，它让人生继续下去。比赛一场接一场地来，赛后随之而来的则是毛皮酒吧里一次次的高声争吵，吵着本该由哪个球员射门。这座城市里的任何两个人都无法像提姆和拉蒙娜那样争吵，因为绝大部分人都无法这么喜欢争吵的另一方。他们甚少对彼此说话，因为言语是不需要的。酒吧里的老太婆调高啤酒价格，而这个混混几乎马上因此哭起来——如此就已足够。他们归属于彼此。

就在风暴扫遍熊镇、黑暗将各栋房屋团团围困之际，拉蒙娜想到了他，想到了自己的那些男孩子。她铁定也想到了霍格。在夜深人静时，她总会想起他。霍格这个天杀的懒鬼，总是喜欢上床睡觉。当暴风开始猛力摇晃窗户，所有灯光都熄灭时，她将啤酒杯摆到吧台桌下方，在黑暗中摸索着向前，找寻着手电筒。借着一线摇曳的微光，她一路摸索着，踏上阶梯，进入卧室。年迈的双脚步伐迟缓，带着她经过那些锦旗、围巾，以及数以百计的照片。那是在那场大火之后，镇上的人们为她搜集到的。她这辈子都在围着冰球俱乐部打转，因此赢得了人们发自内心的爱戴。

她是最初的赞助商之一。在最近几年里，她名列理事会会员。哎呀，她在理事会中与那些老头吵得可凶啦；哎呀，她过得可真是开心哪。现在熊镇冰球俱乐部的处境比过去那些年都要好，赫德镇则真正陷入穷途末路。如果你询问拉蒙娜，她会说，除了一丝不挂，几乎再没有比这更好玩的事情了。她上床就寝，怀里紧抱着霍格的照片。风暴摇晃着房屋，她在微微的震颤中入睡。

就在不久前，同一场风暴就在一小段距离外的森林里摧残着一辆开往赫德镇医院的小轿车。车内的孕妇对自己的丈夫尖叫着："快，快，我要生了！"而后他们就出发了。在森林里，一棵树砸到了那辆车，不过一名助产士和一个名叫安娜的疯疯癫癫的十八岁少女拯救了他们。他们为新生男婴起的名字，就是安娜和拉蒙娜所爱的人的名字——维达。生命的终结与起源同样是无法遏制的，我们无法遏阻自己的第一口气与最后一口气，一如我们无法阻止狂风。

拉蒙娜并未换上睡衣，她和衣而睡，这样就没人需要将她满身的无耻也一并扛出去。就在小维达生于森林中的同时，她死在了毛皮酒吧。这并无任何奇怪之处。时候到了。

在她入土为安之际，被放在其坟上的绿色围巾的数量多到连墓碑上的名字都被遮盖住了。这也没关系，大家都知道她是谁。在这座森林里将我们聚合在一起的所有人、事、物，就是我们的故事。我们永远说不完与她有关的故事。

22. 失落

死亡最令人无法承受的一点，就在于世界只会继续运转。时间才不在乎呢。太阳在风暴过后的第二天早晨照常升起，像取笑我们那样，映照在一座支离破碎的小镇与备受蹂躏的森林之上。其实有两座小镇。假如拉蒙娜如今还在世，她想必会指出，一切都是成双成对的："其中一方会赢，另一方则会成为死鬼。"这里有两座小镇、两个俱乐部，而且也总有两名冰球员：一个在球队里占有一席之地，另一个则到毛皮酒吧的吧台去。"一切必成双：我们看得见的与看不见的，一面在上，另一面则在下。"她过往总是如此咕哝着。有一点很可能必须得承认：她经常会灌下一整杯酒，有时就会像操作纵帆那样，费力地挤出这样一句击中人心的妙语。但当她精神集中时，她会俯身凑到吧台桌上，温柔地拍拍某人的面颊，说："这一带的所有人及一切都是联结在一起的，无论我们愿不愿意。"她说得对，这里布满各种隐形的针线与弯钩。所以在她死时，一切事物与所有人都停顿了片刻。

"为所有忠贞的女人和可信任的男人干杯，不管他们在哪里。对你们这些废物来说，该滚回家啦！"当她按铃示意接受最后一轮点单时，她总会如此喊道。介于黄昏与黎明之间，那座由酒精构成的小绿洲已经消失了。秒针再度开始跳动，人们不情愿地从口袋里掏出手机，阅读充满怒气的短信。在穿越黑暗返家的路途上，那些"反面"踉跄着回到"正面"，赢家重返现实生活，他们确信的是：我明天仍能重返此地。不过在某天早上，拉蒙娜不在了，而太阳仍然升起，这真令人无法理解。它居然还能升起，居然还敢升起。

＊　　＊　　＊

风暴过后的第二天，许多人打电话来描述发生了什么事情。对所有接听电话、收到通知的人来说，震惊的程度同样明显。然而，最出乎预料的通话想必都是最先打来的电话。

找上拉蒙娜的是提姆，因为他是最早想念她的人。我们会说：那是在风暴降临后的第二天大清早，当时风暴仍在持续肆虐。提姆离那里有半天的车程。拉蒙娜禁止他在熊镇从事那种类型的多元化销售工作，而当风暴平息时，他正在从事这些工作。她知道他如何谋生。她能做的就是让他别在她的近旁做这种业务，因为他就像所有年轻人那样，会在她没看到的时候找到更恶劣的勾当。提姆从来没有真正得到过父亲或母亲的照顾，而天杀的，拉蒙娜也没有意愿去尝试担任这种角色。但在她能够表达自己的情感，而他同样能够以自己的情感回应的前提下，她会制定极为稀少的规定，而他会遵守这些规定。他们过去就是这样做的。

当他看到气象报告时，他打电话给她。当她没有接听时，他便知道出问题了。她永远不会承认，当他在路上的时候，她总会将手机放在近旁。他掉转自己那辆旧萨博车的方向，彻夜逆风而行，以他能力所许可的最高速度驾驶在几乎完全无法通行的道路上，而后踢开毛皮酒吧的门。黎明时分，风暴总算放开这两座已经支离破碎的小镇，只剩下仍在拍击窗户的雨。他坐到拉蒙娜的床边，像个小男孩也像个大人那样哭了起来。当我们还小时，我们为自己所失去的人感到伤痛；当我们长大后，我们为了自己而感到伤痛。他是为了她的孤独而哭泣，也是为了自己的孤独而哭泣。

"所有我认识的讲道理的人都有两个家庭：一个是将他们生下来的家庭，另一个则是他们自己选择的家庭。你无法决定第一个，但对于第二个，你给我听清楚了，你得负起责任！"每当"那群人"中的几个在某场冰球比赛后闹事，或是撬开别人的车库偷走冰上摩托车，或是打错人但提姆没有及时阻止他们时，拉蒙娜就会这样对他咆哮。对于所有跟随他的白痴，她直接认定他有责任。当他生起闷气，询问为何是由他来负责任时，她怒吼道："因为我的想法比你高明！"

她总是能让他充分发挥自己的潜质。其他人只认定他是个暴力的疯子、罪犯、流氓，但她看出他是个领袖。他深爱隶属于"那群人"的小伙子们，但他得将他们管理好。他深爱自己的妈妈，但他得对她负责。她喜欢那种让她对一切都毫无感觉的药片，他因此反而得感受一切。当他弟弟维达去世的时候，他妈妈讲述道：冬季，她偶尔会在湖面上看到那些欢乐的家庭——妈妈、爸爸、边溜冰边发出欢笑的小孩，其乐融融地住在一切都妥帖且美好的屋子里的家庭。"我常会假装那就是维达，那个小孩子，他生在一个这样的家庭里。"用了药物的她迷糊不清地对自己的大儿子耳语着。她没有希望提姆获得这样的待遇，只希望维达得到这样的待遇。由于她太需要提姆，反而无法想象他有着不一样的人生。

拉蒙娜知道这一点。她了解：这种持续对他人负起责任会让一个年轻人变得沉重起来。这一点从外表上看不出来，但他的心会缓慢地被铅块填满。当事情变得乱七八糟、不可救药时，在半夜里将提姆视为第一个谈话对象的人实在太多了。唯有在深夜时，在即将熄灯锁门的毛皮酒吧里，他才能够稍微放松肩膀，松开原本握紧的双拳。他在那里喝了最后一杯啤酒，面颊被拍了一下，拉蒙娜询问他"感觉怎么样"。从来就没别人对他这么做过。

因此，就在风暴最后终于远离的那天大清早，他坐在她的床沿，希望亲口告诉她：她是对的。一个人有两个家庭，而她就是他选择的家庭。

他从她床头小桌上的那包烟里抽出一根，最后一次跟她一起抽烟。她看起来总是很生气，就连死时都不例外。对此，他突然笑了起来。现在如果她身处某处的天堂，那维达想必也在那里了。他心想：这么一来，我那位弟弟将会被骂个狗血淋头，因为他竟敢比她早走一步。随后他小心地合上那个老女人的眼皮，轻拍她的脸颊，耳语道："代我问候那个小浑蛋。还有霍格。"

然后提姆就只是呆坐在那里，不知该如何处理遗体，或者说不知道该打电话给谁。在他的生活中，拉蒙娜是最符合"正常成年人"定义的人，但他并不知道，当正常成年人失去其他正常成年人时会怎么做。所以，他最后打给了彼得·安德森。

这令人无法理解，但或许也是理所当然的。那些年来，彼得担任熊镇冰球俱乐部的体育总监，成为"那群人"痛恨的一切事物的主要象征（由有钱男性、独享特权的一小撮精英组成的团体操控俱乐部，仿佛俱乐部是属于他们的），双方对彼此恨之入骨。"那群人"甚至在报上刊登彼得的讣闻，还在网上发布消息，使得一家搬家公司把电话打给了他毫不知情的太太。

后来在彼得辞去体育总监的职务后，彼得与提姆在毛皮酒吧的吧台边结束了敌对关系，不过他们从未成为朋友。当时，拉蒙娜以机警的目光监看着这一切。然而，现在提姆也没有其他通话对象了。他有点希望彼得能一把挂断电话，却最终听到他温和地应道："等等，等等。提姆，你说什么？"

顿时，话语从提姆口中流泻出来。

"见鬼去，她死了。"他抽噎着。

"死了？"彼得低声说。

"嗯。"提姆硬挤出这一声。现在他似乎只能发出声音。

"老天爷，老天爷。提姆，你还好吗？"彼得问道。

由于提姆过去从未被任何成年男子问到这个问题，他不知道该如何回答。

"嗯。"

"你现在在哪里？"彼得问道。他努力保持镇静，就像不愿意将一头小鹿从自己的空地上吓跑。

"在车里，跟她在一块儿。"提姆的抽泣声细若蚊蚋。

"跟……谁？"彼得问。

"跟拉蒙娜！"

彼得只是对着话筒呼吸，等待着，希望听到：这只是一个玩笑。这并不是玩笑。

"提姆，你把她放到车子里？"

"我不知道该怎么办，我正要来找你，可是我不想让她独自在那里！"提姆隔着听筒嘶吼着、抽泣着，像是在自我防卫。

彼得在另一端极其深沉地长叹了一口气，随后要求提姆将车停在路边。他可能不知道驾驶一辆装着一具死尸的老旧萨博车确切属于哪种罪案分类，但他很确定一定有合适的分类。

"你就停在那里。我会来接你。"

提姆照做了。这感觉很奇怪，不仅是因为坐在他旁边的拉蒙娜已经是一具死尸，还因为这辈子不曾有人来接他。

* * *

许多人在打电话。起先是由一个邻居打给另一个邻居，电话一通接一通地响着，直到在犬舍里忙碌的爱德莉·欧维奇接到一通电话。当她听到关于拉蒙娜的消息时，她得打一通电话到远方的某处。

"班杰。"她小声道，尽力以谨慎的口吻将一切告诉他。她听见他崩溃了。

他毫不犹豫地起身，收拾行李离开。现在他正睡在地表另一端，在一个机场里的长凳上。他的一只眼睛青中带红，肿得很厉害。他的鼻子因擦干的血迹和污渍而呈现黑色。他现年二十岁。最近两年来，他以这种既沉醉又自由的方式过日子。只有既年轻又能永垂不朽的骗子才能这样做。在地表的这个区域，太阳正从窗外升起，开启新的一天。天气够暖和，足以让人赤裸着上半身在永恒的海滩上做日光浴。但班杰正飞向遥远的北方，飞向冰球小镇与零摄氏度以下的气温。

证实时光机永远不会存在的证据，就是它不曾被发明出来，而且未来也不会被发明出来；如果它真被发明出来，某个深爱班杰的人立刻就会使用它，回到此地阻止他。某人将会站在此地，扣住他的胳膊，笑着说："喂，别管什么飞机啦！来吧！我们到海滩去，我们喝杯啤酒，我们来买一条船吧！"如此一来，一切将要发生的事情就永远不会发生。要是有人在此时现身，阻止他回家就好了。我们就是通过这种方式确知：时光机并不存在。因为班杰并不知道：爱他的人比他所想的还多。

*　　*　　*

就在风暴后的第二天，这栋位于熊镇市中心的别墅恢复了供电，电脑再度启动。里欧·安德森已经记不起来，自己最近一次体验到如此洁净、单纯的快感究竟是什么时候的事了。人生重新开始。某人打电话给他的爸爸，里欧可不在乎电话内容是什么，但他听到爸爸挂上电话后，马上打给了妈妈，告知有人死了。里欧没听到是谁死了。妈妈已在赫德镇的办公室里待了一整夜，听到消息后她立刻开车回家。她一踏进门，爸爸立刻就出去了。两人只是极其迅疾地互望了一眼。当他们各自奔忙的时候，仿佛爱情还能等待。他们似乎还以为，在某个美好的日子里，只要他们将渴望的一切都说出来，那么所需的全部时间就会被魔法催生出来。里欧并未告诉任何人，他有多频繁地想到他在他们离婚时该如何解决一切现实问题，他们的住房问题，以及他该如何在两地之间来回搬运电脑。感觉上，一切已经进入倒计时阶段。

大门在爸爸身后掩上。妈妈走进厨房，拨打更多通电话。里欧关上自己的房门，回去打电脑游戏，像是已经服下止痛药一般吐了一口气。他不必再费心思多想。对其他人来说，闪动的屏幕与耳机里的枪响是无法忍受的噪声，但对他而言，这可意味着冥想。当那条短信声传来时，他才将目光从屏幕上移开片刻。是他姐姐发来的短信，开头写着"我要回家了"。他露出微笑。

在熊镇另一片区域的一栋狭窄得多的房屋里，马特奥坐在电脑前。这两个男孩子年龄相同，打着同样的游戏，而马特奥的姐姐也正在返乡的路上。但他并没有微笑。

＊　　＊　　＊

"我要回家了。"玛雅在短信开头是这么写的。她妈妈才刚打电话给她描述了现况，并向她说明她完全没有必要回家，一切都很好。因此，玛雅在收拾自己的行李时给弟弟写道："不要告诉爸爸跟妈妈，他们要是知道了，只会想来接我。我坐火车。你要对爸爸好一点，因为关于拉蒙娜，他实际上的感觉比外表看起来更难过。好吗？爱你哟！"里欧只回复了"好"，但他微笑了。他想念姐姐。在她搬走的时候，他获得了她的房间。他完全以自己的电脑为核心，对房间进行改装。一张符合人体力学的椅子（他所希望获得的圣诞礼物）、新的耳机、新的显示屏。他已经非常善于利用一个事实：就算他的双亲不喜欢他游戏世界里的暴力，但和他在外面的真实世界里混上一整夜相比，他们还是比较接受前者。

在这座小镇的另一端，马特奥坐在一个小房间里的地板上。他连的是邻居们的无线网络。他的双亲在工厂上班。当工厂的办公与文职部门将老旧的电脑与机器注销，把它们扔进一个回收箱时，马特奥将它们抢救出来，用它们的零件重新组成自己现在的这台电脑。当然了，他的双亲不知道他有这台电脑，这是他们永不会允许的。马特奥的家里不允许打游戏，他们也几乎完全不看电视。马特奥虽然不认为上帝会对此有什么异议，但从来没有反抗过。他的家庭活在沉默与恐惧中。这并不是因为马特奥害怕自己的双亲，他们可从来没打过他。原因在于，他们总是对自己的子女实行另一类型的控制——耻辱、罪责、沮丧，堪称魔鬼最有效的工具。

在城市的另一端，当里欧阅读玛雅的短信时，他的双眼仅从游戏中移开了几秒钟。当他转过身再度面对电脑时，看到已经有人把他爆头了。他的微笑消失了。

在开枪之际，马特奥在屏幕前握紧了拳头。他跟里欧上同一所学校。不过他相当确定：里欧甚至连他是谁都不知道。他们年龄相同，却活在截然不同的世界里。其中一人就算没有开口要求，也会有人帮他把三明治准备好，而另一人则只能饥肠辘辘地坐在一栋空屋子里。其中一人的双亲虽然毫无宗教意识，但他仍然会收到一张符合人体力学的昂贵座椅作为圣诞礼物；另外一人的双亲虽言必称上帝与耶稣，却连圣诞节都不庆祝。不管从哪方面来说，马特奥所没有的一切，里欧全都有。所以，电脑游戏以一种真实世界永难企及的方式创造了公平。在游戏中，一名坐在地板上使用二手电脑的男孩可以找出一个周围全是最新、最贵科技产品的男孩，等对方分心，而后一举将他爆头。

马特奥在那一秒钟里握紧拳头，感到自己是个胜利者。随后，电力再度中断。

*　　*　　*

彼得沿着路肩走了过来。他头发乱糟糟的，穿着一条破旧的牛仔裤和一件肮脏的绣有大熊图案的绿色连帽上衣。提姆羞赧地摇下那辆萨博车的车窗，仿佛自己是因为超速而被拦下的。

"你啊，永远都不把安全摆在第一位。"当彼得看见提姆给拉蒙娜系着安全带时，他只是略带讽刺地点点头。

提姆不知该如何回应，只是喃喃道："我不知道该怎么办。我觉得把她放在后备厢里是不对的。"

拉蒙娜坐在副驾驶座上，看她的表情，她似乎随时都会醒过来，会因提姆开车像个老太婆而狠狠地臭骂他一顿。彼得先是闭上双眼，而后再缓慢地睁眼。片刻间，他有点想将手轻轻地搭在她的脸颊上，不过最后还是作罢。

"好了，提姆，现在我们来处理这件事吧。"他说道。

在整个童年时期，提姆一直在训练自己不在外人面前哭泣。彼得也是如此。今天，他俩的知识都起了很大的作用。彼得拨打了所有正常成年人都会拨打的电话，他们小心地将拉蒙娜搬到后座，缓慢地驶向镇中心。殡仪馆没有到营业时间，不过它的门上挂了一块写着电话号码的牌子。在这一带，那个在工作上会与死亡照面的人只在必要时上班。他们得等上几个小时，他才会现身。此时穿越林间的道路来到这里，简直就是不可能完成的任务。

在他们等待的这段时间里，彼得听到一阵嗡嗡声。起先它还在远处，就像钟形玻璃罩内侧一只恼人的飞虫。随后它扩大成一片嘶嘶声，他用手指头挖了挖双耳耳孔，仿佛那是他的幻觉。直到他听见喊叫声，看见一棵树倒在离车身不远的地方，他才知道那是什么——电动链锯在他们周围各处奏起一首升降有致、不断轰鸣的交响乐。阳光才刚微微透进来，风暴才刚平息下来，但森林里已经满是清理断裂的树干与废弃物的人。彼得注意到，他们当中有许多人是消防员，但没有人需要动员，都自发地前来帮忙。风暴与人类的竞争始终是不对等的，然而从长远来看，人类总能凭借韧性取胜。

"我不知道拉蒙娜生病了，我希望自己当时在场。"提姆突然踌躇地说道。

彼得短促地点点头，他多么希望自己能说些安慰人的话。

"她年纪大了，提姆，这不是谁的错。拉蒙娜是爱你的。"这就是他能说出的最好的话。

提姆的鼻尖上下抽动，但幅度小到让人难以察觉。

"她也爱你。"

"提姆，那并不像她对你和维达那样。对她来说，你们就像她的儿子一样。"

提姆挑眉道："你在开玩笑吗？你知不知道这老太婆是怎么夸赞你的啊？我真的痛恨这一点啊。我认为你是那种优越感强烈、自以为比我们大家都优秀的浑蛋，就因为你滴酒不沾，或者类似这种的狗屎蛋。可是她啊……是的，你知道的……直到她说到你老子是怎样的人。我直到那时才了解到，你的成长过程糟透了，但最后你还是过得很好，所以她才那么夸赞你。"

"那是很久以前的事了，那时情况不一样，当时的爸爸们……不太一样。"彼得低声说着，但他知道这并非真实原因。提姆的年纪只有他的一半，但他的父亲也是那副德行。

"说自己的老爸是个浑球儿，总没关系吧。"提姆说道，声音听起来并不惊讶，让他像个不曾见过没有暴力倾向的成年人的小男孩。

彼得望着他，对他格外单薄的身材感到惊异不已。看见提姆时，他内心总有这种感觉。他或许是这座森林里最令人感到恐惧的男子，但从远处看，他可能会被误认为待在寄宿学校的上流阶层青年。他头发整齐利落，身体颇为放松，双眼并非总是充满阴郁。相反，他通常看起来是近乎欢愉的，宛如一个淘气的小男孩。彼得心想：这真是一件诡异的事情。暴力的资本原来是这样运作的：你从一个男人的外在看不出这一点，一定要在他的近旁才能感受到。

熊镇老一辈的冰球支持者喜欢谈论那些"被狗附身"的球员。当彼得还年轻的时候，他们就说他欠缺这种特质："彼得·安德森？是啊，他拿着冰球杆的时候是很有才华，不过他被狗附身了吗？并没有啊。"彼得也深知这一点。就算在冰面上被攻击了，彼得也拒绝打架。这让一部分男人不信任他，导致其他人挑战他，彼得学会了辨识这两者的区别。许多男人可能会谈论打架，但事到临头，每个人心里总得跨越一道坎——从我们要学会成为那种和平的生物到我们必须成为足以将一个人撕碎的猛兽。对每个不同的个体来说，这道坎的长度也会不同。像彼得的爸爸这类人，内心的坎是最短的。不过，提姆呢？彼得可不曾坐在像他这样的人旁边。他内心没有坎，只需跨出一步，他个人的滩头就会坍塌。从外在来看，他和其他一百个男人并无区别，但他内心则完全是一条斗犬。

因此，这时的彼得只是不胜烦扰地揉搓着自己的胡楂儿，用推辞般的语气回答："哎呀，更糟糕的爸爸大有人在。现在我自己也有子女了，我常常感到我自己做得也并不那么理想……"

提姆将目光转向窗边。他或许本该将内心所想说出来：他见过一些很混账的爸爸，而彼得并非其中之一。或许彼得本该对提姆说点什么，询问一下他的感受。但这两名男子都不知道该怎样调整措辞，所以他们到最后反而只能聊冰球。这就是体育活动最美妙的地方：它是永远聊不完的。

"你觉得今年的队伍如何？"彼得出于礼貌，其实也出于好奇地问道。过去有段时间，大家将自己的意见强加在他身上，现在他对此还有点想念。

"这好像该由你来告诉我吧？"提姆先是嗤之以鼻，而后才意识到：彼得对现在这支球队的了解比他更少。因此他几乎想为此道歉。

彼得缓缓地摇摇头："提姆，你知道这座小镇里的人总是在讲八卦。而当他们被问到'你是怎么知道那个的'时，他们只说'你知道的，人们会瞎扯的'。我现在再也听不到这种话了。人们从来就不是要找我闲聊，他们只会跟体育总监闲聊。"

提姆略带歉意地点点头。彼得辞职已有两年，而俱乐部至今仍未任命新的体育总监，他们以一个由教练及少数理事会成员组成的"决策委员会"来代替他的职务。这本应是一场大灾难，但反而凑巧地遇上俱乐部多年以来战绩最佳的一季。这么一来，像彼得这样的人很难不觉得自己也许就是问题所在。提姆理解这一点。他知道喜爱一个不愿再与自己有任何瓜葛的俱乐部是什么感觉。

"我可不可以问……你在……我是指，你白天都在干吗，离开冰球以后？"提姆问道。

"我都在烤面包。"彼得说。

"面……包？"

彼得点点头。他看了看时间，以及那条杂乱的道路。

"如果要我老实说，我其实不是特别喜欢面包。所以，如果我们现在真的要聊些什么，你大可以说说你对球队的看法，因为现在没有拉蒙娜了，我也没人可问了。"

看提姆的表情，他觉得这似乎是个陷阱。

"好的。……我想这支球队需要两样东西。第一是亚马得出赛，但现在任何一个死鬼都不知道他哪根筋不对劲。第二是……你知道的，我们今年春天差点赢下整个系列赛，但就在临门一脚的时候，我们退缩了。我们需要一个宁死不退的人，一个有着……"

他搜刮着正确的字眼，像极了一个正竭力避免骂脏话的家长。

"一个被狗附身的人。"彼得帮他说了出来。

提姆笑了起来："你这么说话听起来挺像拉蒙娜。"

彼得摇了摇头："不，我只是说话比较老派。"

提姆笑了起来："但是你说得对，我们就缺他，背号十六的球员。"

他不需要说出那个名字。彼得知道那个名字。全镇的人都知道那个名字。

23. 姐姐们

"班杰明·欧维奇，"一个疲惫的声音通过机场嘈杂的扬声器吼道，"班杰明·欧维奇请到七十四号登机口登机。"班杰在一张长凳上醒过来，一半是因为自己的名字被点到，另一半则是因为泪水刺痛了脸上的伤口。他不知道现在熊镇是几点钟，他记不清时差是六小时还是八小时，但他认定，他过去这几个月来白天睡觉、整夜喝得烂醉的一个优点就在于，他会对时差产生免疫力。他坐起身来，因身上的疼痛呻吟着。

拉蒙娜某次曾对他说，他最大的问题就在于他有着一颗未经使用的大脑、一颗疲倦不堪的心，而他的双脚则只会往一个方向走。当然，她是对的。机场里的人都绕开那张长凳，他的嘴和鼻子的情况比他的双拳还要糟糕。在前往机场的路上，他碰到一件他本应该退避的事情。当你不曾学会退避的时候，事情就会发展成那样。

标示着起飞时间的看板闪动着，因此他拖着身子与登机箱，从长凳上起身，一跛一跛地朝自己的班机走去。经年累月以来，许多人对他的想象与认知都被证实是错误的，但假如拉蒙娜还在世，她准会说：最大的谎言，莫过于这个男孩"被狗附身"。就算他真的曾被某一条狗附身，它老早以前就被吓跑了。如今的班杰明·欧维奇身上只剩下魔鬼。

*　　*　　*

当安娜在风暴肆虐后的第二天打电话给自己最好的朋友时，已经接近午餐时间，她没接电话。因此安娜做了唯一一件合情理的事，再打一次，一而再，再而三地拨打。最后玛雅颇为恼怒地接起电话。她在火车上。如果她不是刚巧坐在卫生间里，接电话本不是个问题。如果安娜不是固执地拨打视频通话，这就更不是个问题了。

"当人家把你的来电挂掉的时候，你不懂是什么意思吗？"玛雅一边咆哮，一边努力让手机在水槽边上保持平衡。

"你在拉屎？"满嘴塞着薯片的安娜无动于衷地问。

"噢，如果我在拉屎，而你同时在吃薯片，反正也只有我会觉得恶心。"

"我为什么要觉得恶心？我连屎都没看到！"安娜问道，同时将更多薯片塞进嘴里。

"你有毛病。"

"我？是你在讲拉屎。屎有什么问题吗？你生病了吗？"

"闭嘴！"

"它是不是黏黏湿湿的？它不应该黏黏湿湿的。"

"安娜，你到底想干吗？"

"喂，你还在吗？不好意思，我还在。我只是想问问，要不要我去火车站接你？"

"你没驾照。"

"所以呢？"

"我没力气跟你讨论这个。没事的，我坐公交车。"

"你为什么不打给你爸妈呢？"

"这样他们就会来接我。"

"是吗？"

"是的！"

"这不就是你的本意吗？"

"我的本意是不打扰他们。他们要思考的狗屎蛋已经够……你在干吗？你没事吧？"

"我只是把薯片吞进喉咙而已，现在屏幕上沾了口水。等等，我把屏幕擦干。"

"真迷人哪，安娜，真是迷人。"

"喂，你身旁摆的那个，是你的吉他吗？你拉屎的时候也带着吉他？"

"你这个贱人，我可是在火车上，我不希望它被人偷走！"

"你这笨蛋，谁会想要你那把破吉他！"

"能够回到家真是酷，真的。"

"嗯哼。不要净讲些屁话，你是太想念我了。"

玛雅露出微笑："我想念我最要好的朋友。"

安娜语气软了下来，对着屏幕道："我也想念你。"

玛雅对此当然忍不住想刺激她一下："你真的应该见见我最好的朋友，她可比你有趣太多啦！"

对她来说很幸运的一点是，这是一通视频对话，安娜只能对着屏幕挥拳。即便如此，玛雅还是忍不住闪躲了一下。上回玛雅在家时，安娜本来只是想开开玩笑，却不巧真的打到她，这导致她随后一周在睡觉时都不能触压那侧肩膀。

"为我演奏点什么吧。"安娜说道，对着那把吉他点点头。

"我只为我最要好的朋友演奏。"玛雅笑着说。

"你啊！如果我的心还在，这会让我超级伤心的！"她回嘴。两人都咧嘴大笑。

随后玛雅拉开吉他包，掏出那把吉他，坐在一列颠簸行驶的火车上，在狭窄的卫生间里，为自己最亲的人演奏。安娜就喜爱她这一点。新的曲调搭配旧的歌词——

我和你，我和你

现在让全世界来这里

他们不知道我是谁

这是他们前所未见的

他们是地位的象征物与空洞的欲望

你是无畏的双眸与上膛的枪

就让他们去说，他们无力给予

就让他们去恨，我俩就是一支军队

就让他们叫喊，就让他们打击

就让他们走，让他们离开

他们当中，不曾有人如此认识我

而我也从不需要别人

该落下的，就让它落下

让你我对抗全世界

无论这担子是沉重还是轻盈

总是如此，那都无所谓

我和你，我和你

现在让这该死的世界来这里

吉他最后的几声弦音在屏幕之间回荡着，直到空间将所有回音都咽下为止。在玛雅这边，火车轰鸣作响；在安娜这边，发出声音的则是烘衣机。她正在清洗爸爸的床单，玛雅不需询问就知道：他再度喝醉了。当安娜清洗衣物或床单时，为了排遣孤独，她总是会打电话。两人至少沉默了十分钟。随后安娜说："很动听的一首歌。你最要好的朋友为此一定会很开心的。"

玛雅笑了起来，吉他在她的肚皮上跳动着。

"你真是个笨蛋。"

"嗯。这位就读音乐学校的女生，假如有笨蛋世界杯的话，你想必是不能参加的，因为你已经针对笨蛋比赛偷吃禁药了。评审团只会说：不，不行，其他人是这么努力地想成为笨蛋，而很显然，你小时候就已经滑进了一个装满笨蛋果酱的酒桶，如果你参加竞赛，那就太不公平啦！"

玛雅咧嘴大笑，她几乎能肯定，整列火车的人都听到了她的笑声。她才不在乎呢。一连数月以来，她和安娜隔着大半个国家，但只要一通电话就能拉近她们的距离。在那之后，两人就变得似乎不曾分离过。仿佛恐怖的事情不曾发生过。

"我很难过。我那时候不知道家里这边遭了风暴，我本该……"玛雅刚开口，就被安娜打断。

"你闭嘴。你怎么会不知道？！"

"我想你。"玛雅小声道。

"你一到家就打电话给我。"安娜低声回答道。

玛雅做了保证。她想着：那些在人生中没有像安娜这种人相伴的人，居然还能过着人的生活，真是不可理喻。反正她会感到头疼。

她俩挂了电话。玛雅将吉他装进吉他包，背着出了卫生间。那个吉他包还是她搬离熊镇时用的那个。当时她十六岁，现在她十八岁。她在维达的葬礼后就离开了熊镇，现在她由于要参加拉蒙娜的葬礼而回到熊镇。她不知道自己感到难过的原因，究竟是怀旧、伤感，还是真心的哀悼。她与拉蒙娜其实几乎素不相识，但当某些人死去的时候，那感觉就像绑着气球的绳子断了。我们哀悼的并不是她本人，而是没有她以后我们所失去的。

玛雅好奇的是，哪些人将会出席葬礼。她最好奇的是，班杰是否会出席。那个破烂的吉他包的最深处的一个夹层里还放着她在他俩离开熊镇前写的最后一段歌词。

> 失控的爱
> 内心最深层的探险
> 我希望你能够找到出口
> 我希望你能够有个快乐的结局

她频繁地想到他，想到那个就她所知最狂野、最孤独的人。

＊　　＊　　＊

班杰已经尽了最大的努力不思念任何人，但当心脏触及衬衫胸口口袋里的机票时，那面由烟和酒精构成的防护盾却变得越来越薄弱。他手里拿着一张明信片，那是他打算寄给拉蒙娜的最后一张明信片，明信片上只有寥寥几个字，不过他想，她应该还是会很开心地将它悬挂在酒吧的墙壁上。从很久以前开始，他就不再指望有人会为他感到骄傲，不过他希望，拉蒙娜至少不认为他丢人现眼。

他在前往机场的路上找到了一家酷似毛皮酒吧的酒吧。假如你想知道他的改变有多么细微，你只需知道一个事实：他四杯酒下肚后，就跟两名对他的长头发和文身颇有微词的男子大打出手。假如你想知道他的改变有多么显著，那你只需知道：这回他打输了。他已经不如过往身强力壮，动作不再那么敏捷，也许甚至不再那么狂野。

他的一只眼睛被打肿，鼻子被打出血。对于疼痛，他倒没觉得有什么，至少这还算是一种感觉，而他对任何事物有所感觉已经是很久以前的事情了。

他纳闷着：当他回到熊镇时，熊镇将会如何看待他。在离开的时候，他是个冰球选手和同性恋。如果他不再具备前者的身份，他不知道他们对于他后者的身份是否会有所宽容。熊镇喜爱的是赢家，他很早就了解到这一点。只要你赢、一直赢、不断地赢，你几乎可以想怎么样就怎么样。不过现在呢？现在他对任何人都已经不具任何价值。

他的旅途是如此漫长，历经的时间是如此长久，就是希望找到所有答案。不过没人能找到所有答案。你只能找到更多具人体、更多座舞池和更多个充满宿醉的清晨。宿醉是如此沉重，让你连眨眼都感到疼痛。新生活并不存在，旧生活则以不同的版本推陈出新。他一夜又一夜地梦见自己跟凯文逗留在那场派对上。那场派对已经过去快两年半，但他每次一闭上双眼，这情景就不断地涌现，永无止境。

他俩小时候总是一起做所有的事情，班杰从不离开凯文。当一些小男孩找到自己第一批最要好的朋友时，那可是他们最初的真爱。那时他们还不知道什么是"爱"，但他们正是以这种方式学到了什么是"爱"。爱就像爬上一棵树，就像跳进一个水洼，感觉你的人生似乎只有一人陪伴，而你甚至不愿意跟这个人玩捉迷藏——因为一旦没有了他，你连一分钟都活不下去。对绝大多数男孩子来说，这种爱当然会随着时间逐渐变得淡薄；对某些人来说，它永不止息。班杰横跨了整个世界，却还是没能找到一个让自己不再因为仍然爱凯文而自我憎恨的地方。

在这两个男生还小的时候，他们轮流在对方家里过夜，看关于大英雄的漫画杂志，聊着不会对别人提起的噩梦。班杰有时会从某个极为恐怖的梦中挥舞着双臂醒来，这时凯文就得将身子缩起来，以免自己的鼻子被打到。当他们在巡回赛中和其他男孩子一起睡在体操大厅时，凯文会在夜里偷溜起来，将班杰睡袋的拉链一直拉到下巴，这样万一有人不慎弄醒他，他就不至于在凯文赶来解围前挥动拳头。每年夏天，这两个男孩子会一同到森林里独处。他俩会在湖里裸泳，一连数星期睡在没有人知道的孤岛上。凯文每年冬季都是全镇最闪耀的冰球球星，而班杰则被看台上那些老头称为"保险公司"。原因在于：如果你欺负了凯文，班杰就会追在你后面跑，班杰会一路追打你，直到世界的尽头。班杰是凯文最要好的朋友，凯文是班杰人生中的至爱。

所以，这是班杰的错，而他也知道这点。他的工作就是帮凯文挡住所有人，也帮所有人挡住凯文。当初要是班杰留在那场派对上，凯文就不会强奸玛雅，一切就能够如常地继续过下去。当玛雅来到派对上时，班杰看到凯文盯着她瞧的眼神，假如他没有吃醋，假如他在凯文要求时留下来，玛雅的人生就永远不会破碎。她本可以过得很快乐，而凯文现在肯定已经被选入美国国家冰球联盟了。或许没人能得知关于班杰的真相，不过他并不在乎。他牺牲了"一切如常"，而选择当自己。他现在或许还在打冰球，这样或许值得。因为他渴望着过去那种简单的生活：只管赢。这样的话，我们就爱你。他渴望为他人打架，渴望在一群人当中活得有意义。如果敌队球员敢动他的队友，他会让他们害怕他跳过防护挡板冲出来。他想念更衣室、鞋子里的刮胡泡沫，以及坐在公交车最后一排，将花生扔到波博和其他白痴的头上。他渴望教练像狗主人轻拍小狗脑袋那样用手掌敲打他的头盔，因为那时班杰就知道，他做了正确的事。他渴望有所归宿，就算那是个谎言，也比迷失在真相中好。

所有人都有着无数虚假的个性，而表现哪种个性则取决于我们交流的对象。我们披上让自己窒息的伪装，假装着，只是为了融入。在两人最后一次见面时，班杰对凯文说的最后一番话是："我希望你找到他：你一直在找的那个凯文。"他不知道凯文是否真的做到了。班杰一直在试图寻找一个他能够忍受的班杰，但尚未成功。

他终于登上了飞机。他用力系紧安全带，并将双手都压在安全带下，这么做是为了防范在被摇醒时出手打到别人。

然后他睡着了，梦见了时光机。这是他做过的最恐怖的梦。

*   *   *

当电力再度中断时，里欧走进厨房，坐到餐桌旁，和妈妈共处了一会儿。他坐在她身旁的椅子上，而非正对着她。他们吃着三明治，喝着巧克力牛奶。即便是一个十四岁的青少年，也不由得觉得这种感觉分外美好。要让某人像她一样变得那么高兴，竟然可以这么容易。

马特奥通过地下室窗口溜进邻居家，躺在地板上，在黑暗中聆听着他们的声音。他再度尝试着打开那个武器柜，但这回也没能成功。

里欧完全没跟妈妈提姐姐回家的事情。这将是一场惊喜。

马特奥多么希望能打电话给姐姐，告诉她，不管她现在人在哪里，就停留在那里，他不希望她回家。她想待在世界上的任何地方都行，就是千万别回家。在游戏中将里欧爆头的喜悦很快就烟消云散，里欧仍然拥有马特奥没有的一切。

"一切必成双：我们看见的与看不见的。"拉蒙娜往常总是这么说。两场葬礼。分处两栋房屋内的两名十四岁少年，各自等着自己的姐姐。两名年轻女子正在回家的路上，她们正要返回自己永远无法真正逃离的故乡。只是其中一人是坐火车回家，而另一人则是被装在骨灰瓮里带回家。

24. 梦想

人们对危险人物的一个常见误解是，他们欠缺情感，他们不会伤感。然而事实几乎从来就不是这样。事实上，最危险的人往往是那些敏锐而多愁善感的人，原因在于他们不仅会压迫别人，还会将此合理化。敏感的人认为自己永远不会做错事，因为他们的情感总是向他们保证：他们站在善良的一边。

"《星球大战》中的战神，"拉蒙娜是这么称呼他们的，"当你把这些影片给一百个拥有不同政治见解的男人看时，他们每个死鬼都会自以为是那个卢克·天行者，没有哪个死鬼会自以为是那个达斯·维达。"事实上，她不怎么常看电影，但是在维达还小的时候，她跟他看了这些电影。她并不喜欢这些电影，但她爱维达。她希望自己说的话都能成真，但就连她本人恐怕都会因自己的话在接下来的几天应验而痛恨自己。

在听见她的死讯时，"尾巴"顿时清醒过来。他走到冰球馆，和那名工友一起升起半旗，然后他开始打电话。他双眼泛着泪，这让人很容易看轻他。不过，跟其他人相比，他已经开始放眼未来了。拉蒙娜留下的不仅是一间空的酒吧，还有理事会的一个会员席位。

当我们中的绝大多数人在多年后回头看这场风暴时，我们甚至无法以正确的顺序来描述这些事情。害怕会让所有事情都裹在一起，因此心理医生总会让刚经历创伤的患者以绘制时间线的方式来梳理整个事情发生的经过。有时，害怕也会让人都凑在一起。但在我们的记忆中，赫德镇与熊镇的所有人记忆最深刻的事情，想必就是沉默。在暴风远去、树木不再摇曳以后，沉默就欺了上来，它对耳朵鼓膜的摧残几乎可以与之前的骚乱并肩。虽然熊镇与赫德镇的镇中心看起来就像被炸药引爆过，但那里的情况还不是最坏的。在这两座小镇里最偏远住家的餐桌前，那些继承祖先数代人留下的林地的男男女女，正拿着小计算器算着自己的生活是否撑得下去——窗外，他们打算留给子子孙孙的产业已经悉数被夷为平地。暴风将他们的生活捶入地下，只留下废墟和沉默的悲剧。这一带并非所有人都买了适当的保险，而保险公司当然更是竭尽所能地避免给那些明明已经投保的人理赔。在风暴过后的一连数星期，这些家庭中最年幼的成员保持着清醒，轮流守在最年长的家庭成员身边，确保他们不会想着拿起猎枪，走进森林。猎人们就是这样称呼这种事情的。这一带没人说"自杀"。

在风暴过后，熊镇与赫德镇上的所有界线都变得模糊起来。这不仅指各块空地之间的界线，还包括邻居之间的界线。这样有时候有优点，有时则带来毁灭性的影响。从现在开始，我们将花费许多年思考：我们遭到了什么样的打击？我们在那几天里又引发了哪些事情？哪些是随机事件？哪些是阴谋？

然而，一切总是会先从政治开始。

确保整个区内最有权势的男男女女在风暴后第二天的午餐时间就开会的人是"尾巴"。他在电话中强调："要制订危机应对计划。"在接下来的几天里，政客们当然得与当地的实业界人士召开一大堆会议，这点在赫德镇也是一样。总而言之，第一场会议是在熊镇超市的办公室里召开的。我们事后将会知道这是个馊主意。赫德镇居民认为这具有象征性。

整个区内话语权最大的代表都参会了，但话最多的人则是"尾巴"。他虽然不是民意代表，但似乎仍然操纵、主导着会议议程。我们迟早会知道这是个馊主意。

当日议程的第一点是，哪些区域的清理工作应优先处理。消防队与志愿者们已经出动，努力使道路回到畅通状态。但总得有人做决定，哪些道路应该优先被清理。人们预想，向来缺乏羞耻与节制力的"尾巴"当然会建议，优先处理通向他家超市的那条道路。然而他一反常态，起身说道："现在最重要的，绝对最重要的，就是我们要为孩子们着想！不是吗？所以我建议，我们应该优先通过一个决议——由于赫德镇冰球俱乐部的所有球队悲剧性地失去了自己的冰球馆，我们现在应该让他们到熊镇冰球馆练球。这当然是团结之举，不是吗？我们能不能同舟共济呢？"

房间里的与会者呢喃着表示赞同。随后他又补充道："这样一来，我们当然得优先清理通往熊镇冰球馆的所有道路！大家同意吗？"

这一轮呢喃声不再那样充满赞同。大家都知道，那些通向冰球馆的道路好巧不巧地也能通向"尾巴"的超市。但要是现在指出这一点，就像在打着反对儿童权益的旗号，或者更糟糕的，反对冰球。"尾巴"为了让所有潜在的批评者在开口前就全部噤声，更补上一篇具有预防性质的辩护演说："当社会遭逢危机的时候，你们是否知道，我的超市里哪种东西最先卖光？卫生纸！你们知道为什么吗？因为它带给我们一种在混乱中仍能控制住局势的感觉。当局势陷入不安的时候，人们会出门进行大采购，这样才能体验到自己做了点什么。可是他们不知道自己该买什么。牛奶？你不能买上一百公升的牛奶，它会坏掉的。罐头食品？通心粉？人们就像晕头的母鸡那样到处乱转，买上一千种不同的东西。可是，你们知道他们当中每个人都买什么吗？卫生纸！因为它是你每次采购时都会购买的商品，全家人每天都会用到它。没有它，我们能活吗？我们当然能！但它已经烙印在我们心中，成为日常生活与正轨的一部分。所以，当我们害怕的时候，我们会将一整捆卫生纸拖回家。这并不是因为我们需要它，而是因为它让我们感到：我们能掌控局势。你们理解我的意思吗？处于危机中的人们需要常态。在这一带，对像我们这样的人来说，冰球就是卫生纸。它必须存在，不可以让它被用完。我们在这个区里更需要的是象征物与梦想，它们胜过电力与暖气。风暴乃是昨日之事，但今天的生活必须走下去。人生就从冰球开始！"

在这里，没人能够真正提出反驳。因此，关于道路清理的先后排序的决议，就与熊镇及赫德镇冰球队将共用熊镇冰球馆的决定一同通过。

我们会以不同方式记得这场会议，而这取决于我们住在哪座小镇。在接下来的数年中，其中几名与会者甚至不记得自己出席过这次会议。也许他们只是听别人描述过太多次的那场会议，才感觉自己去开过会。

我们唯一达成共识的是，这两个决议都是灾难。我们踹翻了一个马蜂窝。这也许是"尾巴"的错。也或许，这就是他的目的。

可是，没有人，绝对没有人，比小时候的他更喜爱《星球大战》。

25.陈词滥调

风暴后的第二天，亚马大清早就醒来了。他系着慢跑鞋的鞋带，就像已经忘了怎么系似的。他从公寓和那栋由租赁公寓构成的楼房里偷偷溜了出来，像一只老鼠那样沿着房前的阴影跳动，仿佛他接下来要做的事罪大恶极。当然，实情与此完全相反。但如果他失败了，他不愿被人看到自己做过尝试。

法提玛看到他离开公寓房，但假装没有察觉。她在内心里欢唱着，但努力抑制住自己的脚趾，不让它们循着节拍舞动。他在风暴中来到路上迎接她，当他们在夜里回到家时，他低声说："妈妈，我让你失望了，我很难过。"她则一如往常地答道："只要你没放弃，你就不会让我失望。"

所以现在他再度跑动起来。他先是逡巡着，带有耻辱感地跑了几步，随即便全速冲刺起来。自从今年夏天以来，尽管焦虑和酒精让他的体重超标，但他的双脚渴望奔跑已经很久了。现在它们只需要重新学习一切，再度变成一部机器，这样一来大脑就可以被关闭，而身体则不会停止。最近这几年以来，他已经多次听到别人说他多么有"才华"，但使用这个字眼的那些人对冰球一无所知。他们说到"才华"，仿佛它不用付出就能获得。说得倒像是亚马自小学低年级以来并没有每天早上最早到冰球馆，最晚回家；说得倒像是他没有年复一年地比其他所有人都更努力锻炼，溜冰的时间比别人多出几千个小时，不断跑动直到呕吐，在自家公寓房里挥击着空空如也的罐头，直到双手受伤、邻居们暴怒不已；说得倒像是冰球并没有让他付出与所有想要出类拔萃的人相同的代价——一切。

关于才华，他唯一学到的是：唯一有价值的才华，是那种通过训练才能获得的才华。挺过去。当他今天开始慢跑时，他就已经气喘吁吁。然而他一离开住宅区，就以最快的速度冲刺，从"洼地"向上冲往森林，直接奔入被风吹倒散落一地的林木间。有那么几次，他惊恐地跳开以闪避掉下来的树枝与被连根拔起的树木——风暴过后的森林可比风暴中的森林更危险。但除了这里，他无处可跑。假如他在小镇里慢跑，他势必避免不了那些对他评头论足的目光，那是他无法承受的。鉴于今年春季发生的一切，他不知道冰球馆是否还欢迎他。现在他只能靠自己了。他在山丘最高点的一处空地停下脚步，在风暴前它还并不存在。一个隐形的拳头已将此地原有的植被一扫而空。如果他的双眼没有因为疲惫导致的呕吐而泛着泪水，他从这里几乎就能望见整座小镇。过去他在这两地之间往返跑一百次都不会气喘如牛，而如今他感觉自己像个上楼梯就喘不上气、心脏病即将发作的年迈酒鬼。

不过不管怎么说，他已经在这里了。他再度跑动起来，一路跑回他过往活动的地方。

* * *

"你们说什么？你们把她放在车子里？"当殡仪馆的负责人最终现身时，他脱口而出地喊道。

那是风暴过后的第二天，全城一片混乱，但这名男子仍身穿西装和皮鞋。这名头发灰白的男子给人的印象是，从十五岁开始，他看起来就已经是个六十岁的人了。

"这次的情况有点特殊。"彼得说。

"她的身上还系着安全带。"提姆咕哝着。

如果是在另一座城市，面对的是另一名男子，这名负责殡仪馆业务的男子对此或许都会说出有欠思考的不太好听的话。不过现在眼前这人是臭名昭彰的提姆·雷诺斯，而这里是熊镇。所以这名男子只是轻咳一声，低声对彼得说："通常事情不是这样处理的。真的，事情通常不是这样处理的。"

彼得理解地点点头，以风暴、断电、惊恐导致自己做出不周详的决定作为借口。他没有提及提姆，而是将这件事情揽在自己身上。他徒劳无功地试图营造出充满友情的话题，询问那名男子："你觉得今年的冰球队表现如何？"

"我不看体育比赛。"男子简短地回答。

提姆朝天翻了个白眼，彼得看到后还以为他要昏倒了呢。那名男子走进殡仪馆。彼得叹了口气，也跟着走进去。那名男子打了几通电话，安排拉蒙娜遗体的处理事宜。彼得和提姆就像两个呆坐在校长办公室羞耻不已的小男孩，通过阅读用裱框固定在墙上的、颇受欢迎的讣闻诗句来消磨时间。"对于生命所赐予的最美丽的蝴蝶，请别说：什么都没有留下。"其中一张纸上印着这样的句子。提姆从侧面用手肘推了彼得一下，笑着说："她想必会很痛恨这个，嗯？我们就把这个印在墓碑上！"

彼得大笑出声，引来经营殡仪馆的男子的凝视，他咕哝着"这是什么荒唐行为"，以为他们听不见。提姆因此高声大笑起来，"哈哈哈"得几乎喘不过气来。为此，彼得在之后的几分钟里不得不一直向经营殡仪馆的男子道歉。

彼得阅读墙上的其他诗句，其中一句是："当妈妈们死时，人们就失去了基本方向之一，人们会失去半数的呼吸，人们会失去一片空地。当妈妈们死时，杂草将四处横生。"

"这根本不押韵！"提姆说。

"来聊聊你对诗歌的渊博专业知识吧。"彼得捉弄他。

"蓝色的紫罗兰，红色的蔷薇；给我一杯啤酒，让我来打死鬼！"提姆笑着回道。

彼得朝那一整排诗句框中最远端的那个框点点头，说道："我觉得她会喜欢那个的。"

提姆读了那段文字，顿时沉默下来。那上面写着："有那么一天，你会成为在很久以前活过的人。"他点点头。最近，当一个造访毛皮酒吧的老头一如往常地抱怨她给啤酒涨价，但她本人已经醉到无法想到羞辱人的全新辞令时，就回答："是，是，我们大家都会死，在我们死掉以前，我们所爱的一切都会被夺走。该死的臭老头，不要再如此自怜自艾啦！"这番话就像那个裱框里的诗句一样精彩。

经营殡仪馆的男子清了清嗓子。现在他显然十分急切地想把自己的访客赶快打发走，便问他们："你们打算在哪天举行葬礼？"彼得之前压根儿没考虑过这一点，但在推算日程后说："必须在星期天举行。"

头发灰白的男子看来惊恐不已。

"后天？不可能的！正常情况下，我们至少应该等到……"

"下周不行，因为驼鹿的狩猎季开始了。"彼得神情凝重地说。

"下下周也不行，因为冰球球季开始了。"提姆神情更为凝重地说。

"所以必须在星期天举行。"彼得下了结论。

头发灰白的男子低头狠瞪着自己的行事历，挤出这么一句："这周日已经预定了一场葬礼。两场葬礼在同一天举行？在熊镇？事情真的不是这样处理的！"

与此同时，提姆欢快地轻轻踢着彼得的小腿肚，咯咯笑道："你知道我们该在讣闻上写些什么吗？'拉蒙娜已经离开了我们。现在天堂里的啤酒可是天价。'"

彼得斜眼瞄了他一下，内心突然充满了某种许多年来不曾感受过的怒火。他回答道："是，讣闻的确能算是你精通的领域。你在我的讣闻里写了什么？"

"那可不是我……"提姆受辱般地吼道。彼得发出高亢的笑声，这使得这名负责殡仪馆事务、头发灰白的男子真的真的非常懊悔自己今天早晨接听了电话。

＊　　＊　　＊

亚马打了一辈子冰球，他知道每一间更衣室都是制造陈词滥调的工厂。在那里，你对绝大多数的废话习以为常，到最后，你对它们会充耳不闻。但是，唯一烙印在他脑海里的，是年老的甲级联赛代表队教练苏恩常会叫喊的一番话："你唯一能有所表现的日子就是今天。对于昨天和明天，你什么屁事也做不了。但是你可以在今天做点什么！"当亚马感到喉咙灼烧、双腿发软时，他在脑海里狂热地重复这番话。他唯一能想到的是，回程的路途有多远。今天，就只有今天。

他在那一小片林间空地上站起身，俯瞰着"洼地"，以及那位于下方远处的租赁式公寓住宅区。比起其他各区，它受到风暴摧残的程度更轻微，原因就在于它是沿着那个旧碎石采掘场延伸的斜坡修筑的。在整座小镇的另一边，位于山丘上能够直接俯瞰整座湖泊的最为富裕的"高地"区，情况就比较严重了。当暴风袭来时，它才不管你是否有钱，它将最宽敞的别墅的屋顶掀翻，把贵得不可思议的柴油烤肉炉吹起，并砸在刚擦拭得闪闪发亮的落地窗上。在亚马的记忆中，这是熊镇有史以来第一次出现向上层社会延展的不公义。每次因幸灾乐祸而感觉全身暖热时，他就知道，当他的人生在今年夏天一落千丈跌到谷底时，其他所有人肯定也有这种感觉。

他从小丘陵上往下方跑动，而后停下脚步，喘着气，双手撑在膝盖上，然后再转过身去，跌跌撞撞地往上冲。"体育总是能告诉我们真相，在计分板上，任何东西都无处遁形。"当他还是个小孩的时候，熊镇的所有成年男子都这么告诉他。这一带的男性极其认同这种俗语："压力即特权。""只有输家才找借口。""态度战胜阶层。"当生活中的其他领域充满了灰色地带时，比赛结束时鸣响的哨声对他们而言是一种简单、明了的解脱。在冰球世界里，我们知道赢家是谁，因为赢家就是会赢。这让你能够极其容易地与体育共存，就连对亚马来说也是如此。但最后，这让人无法忍受。

去年的此时，他十七岁。大家都知道他前途无量，不过那时还没人谈到美国国家冰球联盟。熊镇冰球俱乐部是位于遥远森林里隶属于某个较低层级联盟的俱乐部，只有在出现某个不世出的天才时，经纪人和球探才会被引到这里来。去年的秋天，人们开始谈论他。去年的冬天，越来越多的人在议论他。到了今年一月，人人都在热议他。他长高了几厘米，多长出了几千克肌肉，一切在突然间水到渠成。他在冰面上为所欲为，仿佛他的时间过得比其他所有人都要缓慢，他感到自己是永生不死的。仅仅在三年前，那时十五岁的他还做着一个不可能的梦：和凯文、班杰、波博及其他人一起在青少年代表队里效力。随后，他突然就进入了青少年代表队。那时的甲级联赛代表队似乎还高不可攀，但突然间，他就达到了那个高度。冰球界的一切是如此迅疾：一次转会，一场比赛，一整季就这样呼啸而过。去年冬天，一切都在高速地旋转着，导致他到最后失去了根基。

那也是从爱开始的，而且总是从爱开始。他每场比赛都会进球，超市里的那些老头将他和他妈妈拦下就只是为了跟他们握手，告知他们整座小镇都以他为傲。那些过去常在他稍微走近时就用手捂住装着钱包的裤袋的人，突然表现得像他的亲戚一样。当然，他们喜欢捏捏他的上臂，咯咯笑着打趣着说他"需要多练点肌肉"。有时候，别人还会奚落他："早年，运动器材与设施管理员在熊镇的每场比赛前会准备五米长的缝线，有时候这些缝线还不够用。这时候球员就只能将银色胶带贴在眉毛上，然后继续比赛！"对于他宁愿从冰面上跳开都不正面干架的行为，他们也不欣赏。他被认定为有点像软脚虾，但当他赢球的时候，他们爱他。当他那些出身"洼地"的朋友来看比赛时，他们皱了皱鼻子，不过他就是能赢，一直赢，不断地赢。一开始，那些出身于"洼地"的小孩在街上打曲棍球的时候，会高喊"我是亚马"，然后那些出身于"高地"的小孩也开始这么做，最后就连那些在赫德镇的小鬼也这么做，不过他们是背着自己的双亲喊出这几个字的。

大家突然间开始谈论美国国家冰球联盟、职业选手的人生、数以百万计的收入。亚马努力地不去听那些东西。当他在深夜协助妈妈清理冰球馆的时候，妈妈持续不断地说："要心怀感谢，保持谦卑。"然而，当坚信你可以一路攻顶的人够多时，你最后很难不相信你自己。然后，"可以"就变成了"将会"，"将会"接着会成为"必须"。现在，你必须一路攻顶。希望变成了压力，喜悦变成了压力。当他打进两球时，超市里的那些老头不再夸奖他——因为他本应打进三球。在赛季开始时，如果他能挽救熊镇冰球俱乐部，使其免于降级命运，他们就很开心了；当他们在跨年之际领先整个系列赛时，这种表现突然就变得不够好了，那时所有人就开始谈论俱乐部应该可以获得晋级。就在这几个月里，所有人的话题从亚马为这座小镇带来的东西转变为他对它的亏欠。因此他低下头，更卖力地练习。感恩，感恩，再感恩。谦卑，谦卑，再谦卑。

他做了大家所要求的一切。他做对了所有的事。然而，一切仍陷入了深渊。

*　　*　　*

在那名头发灰白的男子问及"该怎么解决付款问题"之后，彼得与提姆就离开了殡仪馆。彼得察觉到，一旦话题转移到账单上，提姆竟能够如此无声、迅疾地从一个地方偷偷溜走。当彼得走出来的时候，他正倚在车旁抽着烟。

"你是否能送我回家？"彼得问。

提姆点头如捣蒜，头低得几乎要触及沥青路面。

"当然，那当然。还有，你……我是说，我能不能，我是说……毛皮酒吧的所有文件、账户，还有……那些成年人的玩意儿，你是否能帮助我处理？还有葬礼，你能不能……你知道的……"

彼得不快地清了清嗓子："难道你不应该请某个跟拉蒙娜更亲近的人帮忙吗？"

"谁和她更亲近啊？"提姆真诚地问道。

彼得有些无言以对，感到自己像是当胸挨了一拳，因此没有说"不"。他什么都没说。他们只是回到毛皮酒吧。他给蜜拉发了一条短信，告诉她他会在外头待上一两个小时。她只回复了"好"。他在手机上又画了几分钟，但没再多写什么。

拉蒙娜的记账本看起来像是经过了编码处理，以便掩盖引向一处由海盗所挖掘的藏宝地点的线索。但实际上，一切都指向积欠的税款与逾时而未结清的附加税申报表。彼得打了一个又一个电话，一次解决一件事情。他对这种良好的感觉，这种再度让某件事井然有序的感觉，惊讶不已。有那么一瞬间，这让他深刻地想起了自己担任体育总监的那段时光。他因此几乎要怀疑，拉蒙娜是故意死掉来恶搞他的。

"你看到那个没有？你的照片当然要被挂在最好的位置啊，完美先生！"提姆边说边指着那一排挂在墙上的熊镇过往冰球选手们的照片。

彼得斜瞄了一眼自己年轻时的照片。他从来就不喜欢它，那是在他们几乎要拿下全国冠军的那一个球季拍的。它提醒他，他从来没能达到大家对他的要求。他暗自想着"有那么一天，你会成为在很久以前活过的人"。随后，他漫不经心地问："你是什么意思，'完美先生'？"

提姆咯咯轻笑着说："酒吧里那些老头总是这么称呼你，因为拉蒙娜总是唠叨个不停，说你在所有事情上的表现都这么好，是你让身处这座小镇的我们产生了不可能的梦想。她一直重复这些话，因为你白手起家，最后成了人上人啊！"

彼得满脸通红，灼热感一路延烧到喉咙。他这辈子再没听过比这个更不适合形容一个人的昵称了。

"就差一点。"他呢喃着。

提姆看见他的双肩塌了下去，因此不再多说。他在一面墙壁的下面找到一张照片，将它从弯钩上取下来，小心地将它放在吧台桌上。在照片中，拉蒙娜和维达并肩而站，两人都面带笑容。彼得看到这张照片，但没说什么。一连数小时，他俩打扫了酒吧，将各种文件分好类。当他们最后再度开始交谈时，唯一的话题就是冰球。现在是秋天，此地的新年就从此时开始，从一个任何事情都可能发生的新球季开始。那时人们就可以忘记过去的事，怀着不可能的梦想，转而讨论起自己所希望的一切。

提姆去了卫生间，把手机留在了吧台桌上。在收到一条短信时，它振动了一下，但彼得没有反应；它连续振动了十次，他依然没有任何反应。各种谣言已经传了开来，人们开始闲聊，但还没跟彼得闲聊，因此他并不知道，今天政客们和"尾巴"在会议上决定了哪些事情。他有所不知的是，此刻每当提姆的手机在吧台桌上移动几厘米，整个社会同时也在移动，往错误的方向移动。

26. 谣言

在赫德镇医院里的一条走道上，站着一名护士与一名消防员。哈娜的大脑疲倦不已，而强尼的身体则劳累不堪。他们尽力不影响彼此，但效果也不怎么样。那是风暴后的第二天，他不间断地在森林里工作，而她则不间断地忙碌着其他所有的事情。住在熊镇的医疗人员无法赶到工作岗位来，原因是道路被倒下的树木阻断了。所以，哈娜和其他住在赫德镇的职员得加倍工作，但总得有人留在家照顾孩子们，这样一来就不可能达到平衡：在道路畅通以前，哈娜不可能回家，而由于强尼就是那个正在清理道路者中的一员，他也回不了家。就某个角度来说，这种情况概括了他俩与彼此的情感关系，以及他俩与社会的关系。有一次，哈娜在电视上听到一名婚姻顾问说："一段婚姻的重点在于有着共同的目标，将目光投放在同一个位置。"她常会想，这么做的问题在于，如果他们总是盯着同一个地方看，那他们就永远看不到彼此。

"你希望我做些什么？"现在，强尼问道。他汗流浃背，全身脏兮兮的。

哈娜不知该怎么解释，于是只能一声长叹。风势一停下来，他就在外奔忙了。那就是他的工作。但在工作之外，他今晚还提议去协助另一名消防员的爸爸（此人需要人帮他把农地清干净），以及帮那位住在赫德镇的理发师更换一大片窗玻璃。哈娜从丈夫眼里看见了执迷，他认为他现在又得拯救全世界了，他以为自己有能力。她痛恨自己就是那个阻拦他的人，但如果她不这么做，没人会这么做。大家都以为他是钢铁人。

　　"你要不暂时休息一下，回家跟孩子们待上一个小时？这样他们就知道你还活着。也许你不该再以为，你能办好一切事情。"哈娜建议道。她全身的衣服皱巴巴的，满脸无奈，看起来亟须好好冲个澡，喝一杯葡萄酒，以及睡十六个小时。

　　她看得出来，自己最后那句话刺伤了他。她知道，今天他在外使用电动链锯工作，比其他人加倍努力，因为他昨天缺席了，现在想以此来进行弥补。当哈娜跟那个十八岁的疯癫少女安娜进入森林并给那名困在车里的妇人接生时，他得留在家里，而他在消防局的同事们那时就已经在城里努力救人了。其中一位名叫班特的消防员还被一棵树砸断了腿，这就是现在所有消防员都聚集到医院来的原因。来来往往的人都能发现这个事实，因为每过十秒钟就有一打男性的欢笑声从班特的房间里传过来。班特是一位备受喜爱的主管，笑口常开，绝少骂人，比强尼年长二十岁，也正是他给强尼安排了消防员的工作。那个时候，消防员可以自行在这一带进行招聘，而不像现在总是得经过一串复杂的招聘流程。强尼常会咕哝，这种流程"只是为了显示现在的一切都是天杀的公平，招聘来的无能消防员的数量得等同于有能力的消防员的数量，所以社会上就算再怎么小的团体都不会觉得自己被排挤"。在他的时代，人们可以直接从冰球队里被招聘，因为那些在更衣室里在你身旁待了大半辈子的男人可以确保，你会适合那个岗位，你可以学会做一个消防员。但你究竟能不能胜任，可就不是你能学习的。班特深知这一点。现在强尼感觉到，他背弃了自己的导师。那一夜，他本应该出现在那里。倒下的每一棵树，都归他管。每一条断腿，都是他的错误。

"我本该待在那里，我本来可……"强尼恼怒地开口。

"那也不会改变什么的！"哈娜回答。

这是她能说出的最自私的话，指称某个奉献出整个职业生涯来获得改变的人，其实手无缚鸡之力。她对此十分了解。

"我得……"他自言自语。

"我知道，我知道，对不起。"她回应道。他俩都感到羞耻。

许多年前，当他们开始一起生活的时候，强尼曾在某个场合说："我没办法一直谈论我自己的感受，因为我可不像你，感情没有那么丰富。"这或许是哈娜听他说过的最蠢笨的话。感情没有那么丰富？他的感情就是那么丰富！她或许频繁地谈论自己的感受，但差别在于：他一直被自己的感受主导。也正是这一点使他成为一名优秀的消防员，或许也使他成为一个好爸爸，她爱上的就是那些感情。让他们的儿子们成为优秀冰球选手，使他们的女儿成为杰出花样滑冰选手的，也正是感情。如果你不敏感，不将每次失败视为你个人的失败，不把每次失利视为死亡，那你就无法在一个体育项目上出类拔萃。对你来说，这个项目就意味着一切。所以请别来跟哈娜谈论"感情丰富的人"，她就跟这样一个人生活着。

"我会很小心，不会有什么危险的，我们最主要的工作就是把树锯断，指挥交通……"强尼努力说明道。

"不要跟我说这些！当发生火灾的时候，你都怎么告诉孩子们的？

单纯就数据来看，你在高速公路上出车祸的概率要比葬身火海大得多！"她斥骂着。

"我会回家吃晚饭的。我保证，我明天会开车送孩子们去冰球场的。"他的声音因良心不安而不住地颤抖着。

"你要用什么来送他们？我们得去把车弄来……"她叹了一口气。她对他说话的口气充满愤怒，而她为此生着自己的气。

那辆迷你巴士仍停在安娜爸爸的家门前，风暴之中，她将它留在了那里。

"我今晚就去取车。只要我们清干净路面，其中一个小伙子就可以先送我一程。"强尼确认道，他压根儿没想到那是辆天杀的烂车。

她缓缓地点头："对不起，我就是太累了。这里的情况太混乱了。一切真的是……乱七八糟。你有没有收到教练们的电子邮件？所有的孩子们都得去……"

她赶紧停住话头，但太迟了。

他直接爆发道："知道，去熊镇的冰球馆练球！我在消防局听到别人这么说了！真是天杀的无耻、不要脸，嗯？现在对于他们让我们借用他们的冰球馆的善心、义举，我们当然要心怀感恩啦！他们那座花费了数百万进行装修的球馆当然能挺过风暴，而我们的球馆只能崩塌！在这之前，区政府本来应该装修我们的球馆……"

他打住了，他知道，当他变成这副德行的时候，她是无法忍受他的。但是熊镇将他内心最坏、最丑恶的一面全都暴露了出来。

"是啊，是啊，我理解，可是事情就变成这样啦。"她决绝地下了结论。

他再也受不了，高声斥骂道："因为我们无所作为，放任不管，事情才会变成这个样子！你知不知道我们今天先被派往哪里清理路面？是到熊镇，清理通往他们冰球馆的道路，清理通向由天杀的'尾巴'经营的天杀的超市的道路。就像赫德镇的道路都不需要清理似的，就像这里都没住人似的。"

刚开始他还义愤填膺地高喊着，到最后只是沮丧地小声嘟囔。其实，被列为最优先处理的是通往这家医院的道路，但她理解他的意思。如果区政府说某个小镇比另一个小镇重要，那到最后居民们也会这么认为，尤其是那些情感丰富的人。她凑上前去，双手贴住他的面颊，低声道："我们尽力而为就好，好不好？我们不能掌控的事情，就不要管它了。专心处理你能有所作为的事情吧。"

他满是胡楂儿的嘴角微微地抽搐着，点点头道："好的，我的天使。"

她打了他胳膊一下，他亲吻她，时间比在工作场所被视为合宜的亲吻时间要稍微长一些。他低声说他爱她，她则回敬他一堆肉麻、亲昵的话，最后反倒不好意思地笑了出来。

"现在，在你那些玩伴把这整家医院掀翻之前，快把他们带回森林里吧。"她一边说，一边朝着那条走道点点头，消防员们那轰鸣着的说话声仍从班特的房间里传出来。

强尼乖乖听话，但在离开前，他急切地喊道："你想听一段好玩的故事吗？这是班特说的！"

"亲爱的，我没时间……"她努力拒绝，不过，当然啦，已经太迟了。

"听听！有个名叫亚伦的猎人死于一场火灾。你听过这个故事吗？没听过？不管怎样，亚伦脸部烧伤太严重而无法识别，因此医院打电话给他的两个最要好的猎友，请他们来停尸间一趟。他们看了那具死尸，却无法从面孔上来判定这就是他，所以他们要求医生们将尸体翻个面。医生们虽略感惊讶，但还是照做了。当亚伦赤裸着的尸体脸朝下趴着时，其中一位朋友就说：'不对，这不是亚伦。'另一位朋友说：'不对，这绝对不是亚伦！'医生们挠了挠头，问道：'你们怎能如此确定？'这两位朋友坐立难安，说道：'嗯，亚伦有一种特殊的生理……缺陷，他有两个屁眼。'医生们凝视着这两位朋友：'两个屁眼？'他俩点点头：'是啊，两个屁眼。'医生们不可思议地确认道：'对此你们确定吗？'这两位朋友看起来有些犹豫，不过随后说：'这怎么说呢……我们没有真正看过它们……可是从我们小时候开始，大家总是这么说：看哪！有着两个屁眼的亚伦来啦！'"

哈娜以前就听过这个故事，但她还是笑了。她并非觉得这个故事好笑，而是在嘲笑他。

"好笑吧，啊？"他心满意足地咯咯笑着，这种心满意足也感染了她。

"好了，快走吧。"她叹了口气，但这口气在被呼出时变成一阵笑声。

所以最后他还是照办了，带走了其他消防员，整群人咧嘴而笑的声音久久不散。他们就像亲兄弟，这几乎把哈娜逼疯了，但同时又让她嫉妒不已，他们简直就像是另一个家庭。他们当中的大多数人从小时候起就是朋友，而如果你有了这样的玩伴，你就永远不需要真正长大。他们以前一同上学、打冰球，现在一起钓鱼、打猎，闲聊起他们不会修理的车子与他们无法理解的女人，在举重练习凳上较量。他们是同事、爸爸、消防员。这群人都是。

"你要一起到外面抽根烟吗？"一名匆忙走过的护士问道。这当然只是玩笑话，因为她很清楚哈娜在多年前就已经戒烟了。

"假如我又开始抽烟了，我保证会跟你去！"哈娜微笑着。

她随后悄悄地从八卦喷泉（在其他地方，那里或许被称为"职员休息室"）旁快步走过。一如往常，她刚好来得及给自己弄一杯咖啡，但还来不及喝下就收到了别人的召唤。不过在弄咖啡的时候，她还是听到了人们的闲聊。他们当然聊冰球啊，不然还能聊什么？可是今天他们的语气不一样。这是一个混杂的工作场所，半数职员住在熊镇，另外半数住在赫德镇，大家都学会小心翼翼地避开体育话题，就像世界上其他地方的人们面对宗教或政治时所采取的态度。可是今天来自熊镇的职员们并不在场，所以"恰巧"有许多人说出了自己的真实感受。

一开始有人抱怨赫德镇的青少年代表队得在熊镇练球。随后有人说，有流言说区政府根本就不会重建赫德镇的冰球馆。之后另外一个人说，她听说政客们的秘密计划其实就是利用现在这个机会，将两个俱乐部合并。

"如果是这样，他们打算裁掉哪一个？"有人问。

"你觉得会是哪一个？当然是钱最少的那个！"另一人厉声说。

"这样熊镇要靠谁的钱来过活？出资给他们的冰球馆进行装修的，难道不是区政府吗？难道住在赫德镇的我们只能缴税给他们的俱乐部？"

哈娜沉默地在咖啡机旁等着。她知道这场讨论将走向何处，这种讨论一直都有，只是讨论内容在最近这段时间变得越来越糟糕。哈娜多么希望自己不赞同他们，希望她是此处代表真理的声音，但事实上她只是默不作声。因为她理解。医院总是流传着更大规模裁员的风声，或许会直接被裁撤掉。假如连区政府都威胁要裁撤冰球队，那么对所有牵连其中的人来说，完全不去清理通往熊镇的道路恐怕还是最稳妥的，直接砌一堵墙算了。

当然了，哈娜是个伪善者，她自己很清楚这点。所有砸在赫德镇冰球俱乐部的税金，难道不会在多年以后给医院带来更多的效益吗？那当然。但当她自己的孩子在冰面上时，其他任何东西就都不存在了，全世界都为之失色，她为此又准备牺牲什么？蠢问题。有什么是她不敢做的？此外，来自冰球的税金始终不曾被用于医院，其实根本就不是事实。它们被用于风力发电厂，被用于某种关于该如何教导袋狸通过水彩画来表达自己情感的政治性调查或其他无中生有的名目。不管怎么说，冰球总会有所回馈。整座小镇不分老少总能对某件事产生热情并团结起来：大家对熊镇恨之入骨。当然了，赫德镇上也有不喜欢冰球的人，但此举在这里简直被认定为等同于性倒错。你在家里做什么是你的私事，但请把这个闷在自己心里。

她听到茶水休息室里的某人有个小叔，而这个小叔提到了"熊镇商业园区"。

"他们想对此保密，可是，现在他们要给所有位于赫德镇的企业家提供办公室！要是这样，这里还剩下什么？"

"你们有没有看到，俱乐部因为风暴而修改了甲级联赛代表队的赛程表？他们不确定从南方北上的球队能不能到这里，所以你们知道我们第一轮要对上谁吗？熊镇！"

"不是吧。"

"可是你想想，这该是怎样的一个机会啊？他们不能裁掉一个战无不胜的俱乐部，所以要是我们赢了……"

"我们光是打赢这个作弊的俱乐部还不够！我们要打垮他们！"

"要开战啦！"

"不管怎样，真是不希望那个天杀的亚马出赛……"

"如果他碰巧骨折呢？或许碰巧会发生意外呢？"

他们笑着，仿佛这是件有趣的事情。讨论就如此继续着。哈娜没能再听下去，有人在走廊上喊她的名字，她将那杯咖啡原封不动地放到流理台上，然后跑起来。她及时想到，她希望她那些傻头傻脑的儿子在明天去熊镇练球前别听到这所有谣言，因为这将一如往常地引发争吵。她更希望强尼，这个最傻头傻脑的家伙，也别听到这些谣言。

当然，这已经太迟了。

27. 爸爸们

自首都发车的火车缓缓地向北进发，它在沿线各车站停靠，这些车站的所在地完全可能是熊镇或赫德镇。这个国家境内满布着这样的地方。其中有些地方，你在你瞄过它们的名字后就会迅速地淡忘它们，但有些地方则会通过当地的某种特产牢固地留存在大家的脑海中。那或许是某种酥皮点心、某个音乐节、某座水上游乐园，也或许是某座监狱或一支冰球队。就是当你说出自己的出生地时，让人们讲出"哦，你们那儿有个……"的任何事物，让某个地方被标示在地图上的任何事物。

火车每行驶十千米，目之所见的风暴所造成的破坏就更严重。森林越是密集，遭到的毁灭就越是明显。在一个离海岸有数小时车程、在火车驶过站牌后站名就被所有人遗忘的内陆车站，一名老年男子上了车。除了一名坐在他正对面的十八岁少女，没人注意到他。她立刻礼貌地起身，不等他请求，就帮他把旅行箱放到行李架上。

"年轻的女士，谢谢你。非常感谢，非常感谢！"他就像午后场黑白电影中放映的圣物那般说道。

她的微笑使她看起来比实际年龄小，而他将雨伞当手杖使用的方式则给他带来了相反的效果。

"你快到站时跟我说一下，我就帮你把它取下来。"玛雅很有教养地微笑着。

"谢谢，你真善良。风暴过后，火车恐怕不会开完这一整段路，所以我恐怕得跟你在同一站下车，然后在那里转公交车……"

她僵住了。他发现自己的话吓到她后，便朝着她的毛线帽点点头解释道："来自熊镇的熊，这我能认出来。你想必是要去那里吧？"

玛雅呼出一口气，速度有点过快，她为自己的妄想症感到羞赧。

"是的，是的，当然啦……这个帽子是我爸爸的。我其实不常戴着它，只有在我回……家的时候，我才会戴着它。北部比较冷嘛。"她难为情地微笑着。

这名男子理解地点点头："一个人离家越远，就越会表达出对故乡的爱。"

她用手指头拂拭着那顶毛线帽："是的，想必是这样。只是，我不觉得自己是这样。"

在过去的那些年里，她的妈妈常常说，一个不曾在人生中全心全意爱过某个事物的人，是永不能被信任的。她越来越能理解其中蕴含的意思。

她正对面的这名男子凑上前，似乎要透露一个重大秘密，小声说道："我要去拜访我女儿，她住在赫德镇。不过，请不要排挤我哟。"

玛雅高声大笑："上帝啊，不管怎么说，我可是一点都不想家噢。我们得痛恨赫德镇，而他们也得痛恨我们。真是天杀的蠢透了。"

"是的，我从我女儿那边得知，很多东西在那里是围绕着冰球打转的……"

玛雅朝天翻了个白眼："不不，不只是'很多东西'，是一切。"

"如果要我老实说，我觉得赫德镇的人只是有点嫉妒。现在熊镇看起来发展得比赫德镇要好些，是吗？不只是冰球。我了解到，那里的工厂扩建，还在招聘新员工。企业迁往那里，而不是从那里撤离。在这种规模的小镇中，可没有几座能够拿这一点来炫耀。"

即使玛雅很不习惯听到有人用这种方式谈论她的故乡，将它描述成一个欣欣向荣的地方，她仍赞同地点点头。"冰球的局势变化是很快的，"当她小时候遇到挫折时，她的爸爸常会这么唠叨，"人生的变化也是很快的，你只能继续勇往直前！"

"熊镇的人是很积极主动的，努力工作！"她滔滔不绝地对自己正对面的这名男子说道，预想着自己的声音听起来有多么骄傲。

这名男子留意到她的口音越来越浓厚。他朝在窗外汇聚的森林投去一瞥，直到火车驶入一条隧道。

"你是因为风暴才回家的吗？我女儿说，它实在很恐怖。"

"不……嗯，应该说，是的，或多或少吧。我回家是要参加一场葬礼。"

"那真是太遗憾了。是跟你很亲近的人吗？"

在玛雅回答以前，她满十六岁以前的那一整年从她脑海中沙沙地闪过。她的爸爸带着她到警察局去，她描述了一切。当凯文因为她不能在一年里最重要的比赛中上场时，她爸爸几乎被熊镇冰球俱乐部开除。俱乐部的所有成员针对未来进行了一次投票，那感觉就是：玛雅一家人在对抗整座小镇。第一个挺身而出替他们辩护的是拉蒙娜，而她的背后就是"那群人"，玛雅知道这一点让她的爸爸很是恼怒，但无论是他还是玛雅，都永远不会忘记拉蒙娜所做的事：当其他所有人都不相信一个十五岁少女时，她相信她；当其他所有人都龟缩的时候，她敢于挺身而出。

她对坐在自己正对面的男子无力地微笑："我爸爸跟她比较熟。他们是……认识很久、非常久的老朋友了。她经营一家酒吧，而当我爷爷喝了太多酒的时候，我爸常会到那里接走他。"

男子咯咯轻笑着说："啊，原来是这样啊。不过你可从来不需要把你爸爸接走，是不是？"

"我爸可不喝酒！"她语气激烈而急切，积极为他辩护。

这名男子将双手手掌举高，表示歉意："对不起。我的本意真的不是要羞辱你。"

她叹了一口气："不会……不会，这我能理解。只不过，假如你认识我爸爸……他是全世界最仔细、最一丝不苟的人，一个永远不会违规的人。"

"他是否跟熊镇的其他所有人一样，对冰球感兴趣？"

突然间，她咧嘴大笑道："别开玩笑啦。其实他以前担任过体育总监。不过现在，他在我妈妈的公司工作。"

"哦，原来你妈妈才是你提到的一个积极主动的熊镇居民哪。"这名男子刻意逗弄她。

玛雅露出微笑："其实，她的公司在赫德镇。我爸对这一点其实挺不快的。"

"这一点，我可以想象。他为什么不再担任体育总监了？"

"因为他爱我妈妈。"

她的回答完全出于本能，这使得这名男子在片刻间有些错愕。他哀戚地一笑，低头看着自己的双手。玛雅没有看到结婚戒指。他取来自己的公文包，拿出一沓厚实的文件，放在膝盖上。

"这样的话，他俩真的很幸运。"他说着，目光仍聚焦在那些文件上。

玛雅点点头。他沉默良久。玛雅以为自己冒犯了他，于是询问道："你在看什么？"

"年度财务报表。"

"哇！这听起来很……有趣。"

"如果你知道自己要找什么，这的确可以很有趣。"他保证道。

她不相信他。这是个错误。

*　　*　　*

毛皮酒吧外的街道上停着一辆老旧的美国车。彼得站在酒吧门口，看着它。他不知道车主是谁，他对汽车也近乎完全不感兴趣，不过他其实恰巧知道这款车型及其出厂年份。当他刚加入美国国家冰球联盟的时候，一位在最初几次练球时送过他的队友买的就是这款车。当时那辆车完全是崭新的，熠熠发光。但现在这辆停在街道上的车生锈了，看起来摇摇欲坠。彼得本人也有类似的感觉。

提姆从卫生间出来后，在酒吧里阅读所有短信。很久以后，彼得才会想到，对于像他那样的男人来说，他竟然没有因为坏消息而突然发起脾气，这可真是诡异。这名年轻男子跟谣传的完全相反，他性情并不急躁。他在手机上读到的内容似乎就只是让他的体温一次降了好几摄氏度，让他变得越来越阴冷、越来越沉默，而彼得则越来越不自在。他就是借此学习到，哪些男人才是他应该感到害怕的 —— 不是根据他们在他近旁的行为，而是根据他自己在他们近旁的行为。

"我得走了，我们明天继续处理这边的事情吧？"提姆问道，眼睛继续盯着手机。

彼得点点头，不知道自己是否应该多说些什么。就在他们熄灯、锁门的时候，他的视线落在门边的一张照片上。一个身穿绿色球衣、眼神带着杀意的小女孩站在冰面上。她太过年幼，人们还找不到适合她尺寸的手套。

"她将会比你还要优秀。"提姆在他背后说，声音中饱含关爱，而这突如其来的关爱让彼得惊讶不已。

其实，提姆自己看起来也很惊讶，近乎羞怯。他俩回避着彼此的目光，清了清嗓子，踏上街道。彼得当然听说过这个小女孩。她现在六岁还是七岁，名叫爱丽莎，一般会待在苏恩家里。苏恩现在虽已是年迈的老人，但过去可曾经是熊镇甲级联赛代表队的教练。爱丽莎用橡皮圆盘击着他家的墙壁。虽然她日子过得很悲惨，但还没有悲惨到需要获得帮助的地步。在她成长的家中，满是空空的橱柜和握紧的拳头，但那些橱柜又不够空，那些拳头也始终不够凶狠，所以政府机关不会将她带走。因此，苏恩家的庭院就是她的避风港和青少年活动中心，而拉蒙娜让提姆做出他们在一两年前所能做出的最佳善举 —— 某天夜里，几名黑衣男子在爱丽莎熟睡时来到她家，直接走进厨房将一只装满冰球装备的大皮箱搁在桌上，对那些成年人宣布：现在这个小女孩已经受到"那群人"的保护。从那件事以后，她在家里被殴打后留下的瘀青就少了很多，而在冰球馆练球之后留下的瘀伤则变多了。总有一天，她将会登峰造极。

提姆走向自己的车，而彼得跟在后方。他猛然想到，在不久前如果他跟这个区里最恶劣的混混坐在同一辆车里，场面可能还是非常难看的。不过，现在呢？不再有人会介意彼得做了什么，连他自己都不介意。如果森林得到了充分的时间，它会磨耗掉所有的遐想，甚至包括他的遐想。他知道提姆过往使用暴力的所有劣迹，但就像其他所有人一样，他也记得，几年前一个盗窃集团横行全区，警方称没时间处理，但在听到有人在森林里盗猎狼的传闻时，他们却派出了一支配置直升机的武装特遣队。那时，是"那群人"出手处理了盗窃团伙。彼得不愿意了解他们究竟是怎么做的，但不管怎么说，他理解提姆的影响力究竟从何而来。他跟警方的区别不在于暴力，而在于信任。对此，你可以去跟爱丽莎求证。

在他们经过时，那辆美国车仍然停在街道旁。提姆的手机又收到了新的短信，轻轻振动着，不过他没有理会。到了这种时候，所有短信的内容都一样。

"你今天很受欢迎啊。"彼得说道。

"只是有人在扯淡罢了。"提姆生硬地说。

"我的孩子也一直发来短信。他们甚至不打字，只是发一大堆表情。从来没人打电话吗？"

提姆咧嘴大笑道："天哪，彼得，你是一百岁了？"

"我有时候有这种感觉。"

他们上了提姆的萨博车，在沉默中走了一小段路。当这段沉默变得让人不太自在时，提姆再次以冰球作为打破寂静的话题。

"你觉得他今年能打吗？"他问道。

"谁？"彼得问道。

"亚马！人家说，他总是喝得烂醉……"

"谁这么说？"

提姆耸耸肩道："你知道的，人们爱聊天嘛。"

人们当然爱聊天，但就是不跟彼得聊天。岁月不待人，小男孩会长成男人，有天赋的新秀会成为过气者，魔鬼终究会逮住所有人，或许全城速度最快的溜冰员也不例外。苏恩说过，彼得作为体育总监最美好的特质就在于，他将"俱乐部里的所有孩子都视为自己的孩子"。这在当时是一句恭维话，但当蜜拉在数年后这么说的时候，它就成了一句指控。今年春天，彼得试图和亚马谈谈，针对美国国家冰球联盟的选秀会给他一些建议，但小男孩在那时已经成为男人了，而彼得则成了老头。

"我不知道。"因此，他现在不得不承认。

提姆叹息一声道："他上一季打得很猛。我是说，真的打得很猛，比凯文还猛，比……你还要猛。"

"你从没看过我打球。"彼得嗤之以鼻道，借此掩饰自己的难为情。

闻此，提姆像一匹受辱的小马喷着鼻息道："拉蒙娜播放过你所有比赛的录像！包括在美国国家冰球联盟的比赛！"

"那数量也不多，很快就放完了嘛。"彼得呢喃着。

"五张碟片！你以为我没看过吗，啊？看了一百遍！你以为我只是个蠢笨的混混，但是我可是跟你这死鬼一样热爱冰球。这就是我在你担任体育总监时从来不动手揍你，还配合你封闭看台站位区那狗屎决定的唯一原因。我知道，你对冰球的热爱和我一样深。我因此很尊敬你，就连你表现得像个小丑的时候也是如此！"

彼得需要深呼吸几次，方能咽下被一个曾经闯进敌队巴士，用三十只装满狗屎的塑胶袋点燃战火的男子称为"小丑"的情绪。最让人惊怒不已的是，提姆根本没养狗。由此可见，要弄出三十只塑胶袋的狗屎，需要怎样的规划和支持。老天爷，假如有那么一次这名男子能用自己的脑子做点正经事，他会掌握全世界。

"那你就错啦。"彼得微笑着。

"我才没错！"

"我只打了四场比赛。在第五场比赛中，我就受伤了。而且，我不觉得你是个蠢笨的混混。"

"那是肯定的。"提姆咕哝道。

彼得低声笑着："不管怎么说，我不认为你只是个蠢笨的混混……"

提姆咧嘴高声大笑，差点因此拐出车道。在那个瞬间，彼得理解到所有人从他身上看到的特质，理解到大家为什么追随他。当他大笑时，其他人也会跟着笑。提姆迅速地瞥了他一眼，说道："你今年春天本该在美国国家冰球联盟选秀会前跟亚马谈谈的，我觉得那些给他建议的人不太合适。他当时需要一个像你这样的人。"

彼得将目光压低，不愿意承认自己尝试这么做了。提姆显然很看重他，他感觉已经很久没有人如此看重他了。

*　　*　　*

如果让一般人猜测，他们总会认为玛雅的年龄远小于十八岁。这常让她感到恼火，但说真的，她也不太善于猜测别人的年龄。比如，她以为坐在她正对面的男子早就退休了，但实际上他还不到六十岁。某些男性的身体就是有一种倾向：因为其管理人那充满罪恶的生活，让他们同时遭受所有老年疾病的摧残作为惩罚。他的方格衬衫紧紧地贴着肚皮，鼻孔发出浓浊的喘息声。他戴着一顶褐色的帽子，帽子下的头发已经变得稀疏，胡须正在转为灰色，柔和的面部轮廓则暗示他饮酒过量以及不加节制。关节的疼痛导致他需要扶着某样东西才能行走，所以无论天气如何，他都会带着一把伞——因为他还没有老到用拐杖。不过他的眼神还很犀利，脑子依旧灵光，他对自己的工作很擅长。甚至在现在他看起来如此虚弱之际，他的表现或许还要更好一些。因为人们更容易低估他，而他知道该如何利用这一点。

在整趟火车旅程中，他们持续闲聊着。两人聊天的氛围非常轻松，轻松到玛雅都无法理解，这名男子怎会如此善于闲聊。他们从一个无关痛痒、没有恶意的问题转到下一个问题，很快地，她已经说了很多关于自己的事情，而他对自己则只字不提。

当她起身想再度去卫生间时，她准备将吉他一起带走。

"我可以把它看住。"这名男子提议道。

她羞赧地微笑着，似乎在说，这把吉他对她非常重要，她一刻都不愿离开它，跟它是否会被偷走无关。但她还是屈服了，起身离开。她一消失，那名男子立刻拉开吉他包，往里面窥探。包盖上用胶带粘着一张这女孩和她全家人的照片，弟弟、爸爸、妈妈。看上去是最近才拍的照片，爸爸的毛线衣显得比较老旧，是近乎要褪尽的淡绿色，前面印着冰球俱乐部的徽标。"在发生了这一切以后，这家人仍然穿着印有大熊图案的衣服。"这名男子心想，随即将吉他包重新拉好。他俯身取来自己的公文包，在一本小笔记簿上记录下这个女孩刚刚说过的话："我爸爸是一个永远不会违规的人。"最近这几年，玛雅变了。她留了新发型，身体成长了，不仅长高了一些，也强壮了一些。这名男子一开始其实几乎认不出她来，即便他费了很大劲才弄清楚今天搭乘的是哪班火车。他找到一名任职于火车营运公司的旧识，并付出各种服务和关系交换，才跟到了这里。在他能看到的与她有关的照片中，最近的是她即将满十六岁时拍的。她在那之后的消息就比较难从网上搜寻到了。在那一年之后，在强奸案之后，她不再将自己的照片传到网上。

这名男子知道，他的女儿会说以这种方式接近玛雅实在太夸张了，这也许甚至是不道德的。但他从一辈子担任新闻记者的经验中学习到：你要是想揭露一个重大丑闻，你就得先说一个动听的故事，否则在你讲到重点之前，读者早就失去兴趣了。一个动听的故事就像年度财务报表：假如你不知道该从何处找起，它确实是无聊到了极点。他始终在努力着，想让自己的女儿认知到这一点，两人的关系紧张且复杂，但他确信，他至少成功地教她认识了新闻业，否则她就不会在去年搬到赫德镇，担任地方报的总编辑。

因此当她最近打电话来，讲述自己深入挖掘与冰球俱乐部有关的故事，并请求他帮助时，他问她："为什么不动用你的记者们呢？""你行行好，爸爸，这可不是随随便便的两座小镇。我旗下的记者当中，有人的小孩在熊镇上学，要是我们刊登了这件事，同校某些学生的爸爸们就会进监狱。这样一来，我的记者们怎么敢下笔呢？"

这个爸爸当然能理解，因此他现在就坐在这班火车上。这是为了女儿，但更是为了他自己。在她整个童年时期，他几乎都在酗酒，然而她仍愿意从事跟他一样的工作。过去，她不曾向他求助。请永远不要低估一个渴望被原谅的爸爸，他什么事情都干得出来。

堆在他膝盖上的那沓文件，是熊镇冰球俱乐部过去十年来的年度财务报表。女儿的直觉是对的：整个俱乐部存在的根基，在于经济犯罪。舞弊行径已经系统化，这导致在理事会、政客群体和赞助商们都不知情的情况下，不可能的事情或许就已经发生了。这名男子写下：他们尽一切努力湮灭证据，大多数比较缺乏经验的新闻记者不知道该从何找起。"可是，爸爸，你这白痴，没人能像你这样挖掘。"女儿在电话里说道。他听见了她的微笑，所以他努力挖掘了。年度财务报表下藏匿着合同、转让证明和其他文件，一块接一块的拼图凑出一个关于极度贪腐的体育俱乐部的真相。有罪责的男子当中，许多人相当精明，没有在文件上签字。但某个名字一再出现，一页接一页的文件最下方都有着同一个签名——彼得·安德森。

这个男子在自己的笔记簿上写道："玛雅的毛线帽是绿色的，上面画着一头熊。它有点太大了。"

28. 牧师

马特奥将无法记得自己是怎么听到那间酒吧的女主人死掉了，他没跟任何一个人说过话。不过他也许是在恢复供电后在某个网页上看到了这条信息，也许是在风暴后的第二天早上，蜷缩在那对老夫妻（也就是他们的邻居）地下室的地板上时，听见他们在楼上谈论起这件事。他从一场关于自己姐姐的梦中惊醒，在短短几秒钟里，他心脏的感觉就像将冻僵了的双手放火上烤：刚开始没什么感觉，然后会感到全身发冷，甚至会觉得有点痛；当身子暖和起来时，才会感到真正的痛苦。严寒和睡眠的麻醉效应到那时候才退散，身体知道自己安全无虞，因此让你感受到真正的苦痛。马特奥在武器柜旁的一个篮子的最深处找到一瓶私酿酒。也许是这老头在打猎后将它忘在了屋内，也许他只是将它藏着，不让老婆看到。马特奥闭上双眼，将酒缓缓喝下。他的脑海再度变得暖热，心脏则再度变冷。

他从地下室的窗口匍匐着爬出去，偷偷溜回家。屋里空无一人。他的双亲还没有带着姐姐回到熊镇来，他猜想：母亲被迫在沿途的每座教堂略作停留。姐姐总是为了上帝与妈妈大吵，但马特奥从不这样做。他对上帝的信仰与姐姐对上帝的信仰同等淡薄，不过他始终不愿意伤害他的妈妈，她太脆弱了。

"就我所知，你是唯一的好人。"姐姐经常这么说，用手拨弄他的头发。

她是唯一跟他说话的人。学校里没人跟他说话，他的双亲会频繁且滔滔不绝地与上帝交谈，却不会跟彼此说话。马特奥和姐姐是他俩的奇迹。妈妈先前历经四次流产，当她生下这个女儿的时候，她向上帝祷告，求他再赐给她一个健康的宝宝。几年后，马特奥呱呱坠地。妈妈太害怕失去他们，因此根本不敢感到快乐。上帝已经向她展示了自己的权力，而在那之后，她一辈子都活在无法被平复的恐惧中：上帝随时都可以收回一切。她一再对儿子重复同样的话："你长大以后，一定要成为一个伟大的牧师。不要当罪人！要做牧师！"

马特奥从来不顶嘴。但某天夜里，当姐弟俩独处时，姐姐嘶吼道："妈妈是精神病，你懂吗？"

马特奥从未这么生气，但其实他并不是生姐姐的气。他主要是生爸爸的气，爸爸只会闷不作声，从不帮妈妈。他上班、回家、吃晚餐、看书、上床睡觉。沉默，只有沉默。

"你总该理解我为什么要离开这里吧？马特奥，我得活命哪！"姐姐在离开熊镇的那天夜里，如此对他耳语。

她对他承诺，她将会在别的某个地方成为有钱人，然后把他接走。他等待着。如今她已在回家的路上，但不是来接他的。最关键的是，他再度对爸爸感到愤怒。如果这个爸爸是另外一种类型的爸爸，情况就会有所不同。假如他是个权贵、有钱人、冰球选手，那么马特奥的姐姐就会得到帮助，人们就会相信她，站在她这边，她就能活下去。

牧师救不了任何人。在这里救不了。

29. 冰球男

亚马跑进森林深处，尽可能跑得远点。这没什么，反正他从不害怕孤独。

在冰球界，人们喜欢谈论头脑：你要有"赢家的头脑"与"额骨"。假如你打冰球，你在小时候就已经知道，你得有"强硬的心理"。不过极少有人告诉你，那究竟是什么。你会听到关于伤害与疼痛的一大堆信息，但对于 X 射线无法显示出来的那种伤害，你却一无所知。除了那个主导一切的身体部位，你得学习身体其他部位与环节如何运作。

亚马不断地奔向森林深处，但脑海里的那些声音始终挥之不去 ——

"没错，他是很厉害，不过他未免太小了吧？"

"他的心理素质如何呢？我们都知道，情况可能会变成什么样。他又不是……是的，你知道的……他又不是出身于冰球世家。"

"不过他的手很巧！而且他比凯文还快！"

"是，是。可是凯文有额骨啊。他具备赢家所特有的头脑。"

亚马到处都能听到这些话：在冰球馆里，在超市里，在学校里。他非常了解"冰球世家"是什么样的一种密码。当他为他们的球队进球时，他们很开心，同时希望他看起来就跟其他冰球男孩一样，住在同一个别墅区，对同一个笑话发笑。他们希望他是凯文，只要他赢球，他们就放任他保持亚马的身份，所以他就这么做了。赢，赢，赢。

进入新年之际，熊镇领先整个系列赛，赫德镇则远远落在后面。在亚马整个成长过程中，赫德镇条件更优越、实力更强大。但他成了改变的象征物。双肩每天早上都感到疼痛，最初是锻炼后的酸痛，后来则是因别人的期望而隐隐作痛。工友每天清晨都放亚马进入冰球馆，但他花在冰面上的时间越来越少，反而越来越常泡在健身房里。他知道大家都在说，对于美国国家冰球联盟来说，他的体形太小。所以，他与杠铃奋战，直到几乎没力气回家为止。他一直想着自己从某个教练、体育总监或其他老头那里听到陈词滥调："我们不是在起跑点看到比赛结果，而是在终点线上！态度战胜阶层！勇于让天赋取胜！"

当他某天夜里从冰球馆出来时，他感到非常疲倦，因此在跨过被风堆积起来的一个雪堆时不小心滑了一跤。起先他的手腕还没有那么痛，但是他越是训练，它就肿胀得越明显。他没将这件事告诉任何人。任何来自美国国家冰球联盟的球会，都不会选一个受伤的球员。他得打球，得赢球，现在更不能让所有人失望——不只是超市里的那些老头，还包括所有住在"洼地"的朋友。他们让他许诺：他一成为职业球员，就会为他们买昂贵、厚重的手表。没有他们，他就不会来到这里。几年前的整个夏季，为了不让他放弃，他们轮流陪他在他家外面的那片坡地上跑步。他的梦想成了他们的梦想，他得对此做出回报。他得回报自己的妈妈、自己的教练、这座小镇，以及所有人。

他在一场比赛中打进三球，但在面对一次铲球时退缩了。那些比较年长的球员在更衣室里说笑："喂，小公主，你可知道美国国家冰球联盟的铲球更凶狠，啊？"

当他从淋浴间出来的时候，他的位子上摆了一盒卫生棉条。当然啦，这只是开玩笑。一切总是这样开始的。

随后的那场比赛，亚马的手腕又被撞了一下。痛楚太过剧烈，就像幽闭恐惧症那样久久不退。他用了止痛药，但一点用也没有。他认识一位住在"洼地"的女生，她的兄弟在贩卖酒精。那天晚上，他就去找了她。当她带着一瓶酒精回来时，她说："如果我告诉我兄弟是你要买，你可以免费得到它。他超爱你的！他整天不断唠叨的就是，'洼地'有人要登上美国国家冰球联盟啦！"

亚马摇摇头。她以比较凝重的口吻补充道："我兄弟说，镇里那些有钱人全都试图利用你。他们只因为你能帮他们赚钱才在乎你。不要让别人敲诈你，好吗？"

"好的。"亚马保证。

"如果你没有这个意思，就别说好的！"她斥责道。

"好的，好的，好的。"亚马露出悲戚的微笑。她也回他一个悲戚的微笑。他一直没有忘记她随后说的话："你知道'洼地'的所有小鬼都望着你，心里想着：如果你能出人头地，他们也能。嗯，所以别搞砸了，好吗？出人头地吧！他们望着你，心里想的是：你不像'高地'所有天杀的阔少爷那样，没有在冰球界打滚了一百年、在你还是个小宝宝时就买溜冰鞋送你当作圣诞礼物的阔老爸。你亲手发掘出自己身上的一切，一切！这就是为什么'高地'那些阔少爷全都痛恨你。这道理，就跟上面那些女生因为我们在学校成绩比她们好就恨我们是一样的。因为他们在内心深处知道：如果他们和我们有着一样的出身，他们连屁都不是，他们会堕落，他们的一切都是不劳而获的，他们不值得拥有任何东西！"

她这么说是想鼓励他，但她无法知道的是，这只会让他的内心变得更加沉重。这不是激励士气的喊话，这是他背包里的石块。亚马回到家，借由喝醉让自己感觉不到手腕的疼痛，这样方能入睡。他将半空的酒瓶藏在衣柜里的冰球装备箱里，这样他妈妈就不会找到它。不到两周，他就觉得隐藏空酒瓶变得比隐藏整瓶酒还要困难。

他记不太清电话是何时开始响起的。最初是一两个经纪人，但突然间每次打来的都像是一个全新的声音。他们说，他可以在选秀会上被选中。"可以"变成了"将要"，然后迅速地变成了"必定"。亚马没上过冰球高中，没有被较大型球会的球探盯上，但他的才华是真材实料。他们说，他就是灰姑娘传奇。"你不知从何处而来，却可以一路登顶！"将要。必定。那群经纪人要他跟他们签合同，要他什么事都别操心，"只管把一切都交给我们"。亚马以前就见过这类男人。那时凯文是全镇的大明星，而亚马知道强奸案的真相。那时凯文的老爸便开着他那辆宽敞的座车前来收买亚马，要他保持沉默。现在那些来电的男人的口吻听起来很像他的。去年根本没人知道亚马是谁，而现在他却成了某个可以买下的物品。他在网上搜寻他们的名字，找到无数条关于舞弊的传闻：有些经纪人在孩子们还没长成青少年时就跟他们签约；有些经纪人突然向小球会的青少年代表队的教练支付优渥的报酬或给家长们许以丰厚报酬，让他们说服某些选手转投其经纪公司。在电话里，所有男人听起来都很像：他们保证这种事情只有其他经纪人才会做，他们自己从不做这种事。所以亚马该如何判断谁是可靠的，而谁又是个坑呢？

很快他就得将溜冰鞋从冰球装备箱里拿出来，以便为更多空酒瓶腾出空间。手腕每晚都疼，而头每天早上都疼。最后，他索性一个电话都不接了。

地方报写到他在美国国家冰球联盟选秀会上有被挑中的机会后，更衣室里的氛围变了，玩笑话变得严肃起来。只要漏接一次橡皮圆盘或搞砸一次射门，他就会听到讪笑声。他在各场比赛中表现最佳已经不够了，他得做到所向无敌。他脑海里的声音尖叫着："你只是个水货，你只是走了好运，你只是碰到对方防守太烂。"

冰面成了流沙。他越是努力奋斗，他的动作就越迟缓。在某个深夜，他独自在健身房锻炼，浸透汗水的球衣成了暗黑色。这时工友走了进来，向他道歉，因为他得关闭场地锁门了。道歉。"我为你感到骄傲。"当他俩在停车场上道别时，这位老人如是说。对他而言，这不过是说些好话，但对亚马来说，这好像又在他的背包里放了一百吨的石块。

春季到来，积雪融化。沥青路面每多探出一厘米，时间也就一天天接近六月的选秀。亚马做着噩梦，有时候因流鼻血而惊醒。他甚至出现了偏头疼。设想一下，如果他们发现他隐瞒了自己的伤势会怎么样？要是他没被选中怎么办？他在那些打进两球的比赛里，本应该打进三球；他在那些打进一球的比赛中，本该打进两球。到最后，他完全进不了球。大家全都认为他们有资格给他建议，每个死鬼都知道他该怎么做。熊镇冰球俱乐部在报上被形容成"锻造人才的工厂"，亚马被形容成"自家的产品"。某天妈妈从超市回到家，说到超市的老板"尾巴"对她说："必须告诉亚马，即使他被选中，也要要求在熊镇多打一两个球季！这样对他最好！法提玛，他要留在这里，这样他才能成长，你就这样告诉他吧！"当她复述这番话时，表情几近于惊吓。

"他谈论你的方式，就好比你是……店里的商品……你就好像只是一个条码。"

那天夜里，亚马待在床上，看着电脑。某人在某个网站上写道："要是他被选中，熊镇将从美国国家冰球联盟获得三十万美元。三十万美元。"不过他也看到："选秀会后，美国国家冰球联盟的球会在与经纪人协商后，通常会让选手在某个较小的联盟打上一季甚至好几季，让他成长，而后再将他接到北美。"所以"尾巴"才会那么说。熊镇想通过亚马发财，他们也希望他将继续为他们赢球。妈妈说得对，他就只是一个条码。

*　　*　　*

火车停了下来，一群十五岁的男孩上了车。玛雅从卫生间回来的时候，盯着他们看的时间稍微长了一些。在察觉到这一点的时候，她脸红了。当她坐下时，她正对面的那名男子从年度财务报表中抬起头来，扬了扬一侧的眉毛。

"你认识他们吗？我可以换位子，如果你要他们坐到……"

"不，不，我跟他们不熟。我只是认得无数个跟他们一样的男生。你知道的，冰球男……"

"你怎么知道他们是冰球男？"

"你在说笑吗？一样的运动鞋，一样的运动棉裤，同样反戴着棒球帽。由于脑袋里已经塞了太多橡皮圆盘，他们的目光也透着同样的困惑。不管你在哪里，你都能认出冰球男……"

这名男子咯咯轻笑，随后以某种似乎经过深思熟虑但又完全不经意的语气问道："你爸爸也是这样吗，一个冰球男？"

他瞥见她的睫毛极其迅速地眨动了一下。她的微笑不再那么真诚，似乎充满了防卫。

"他过去想必是这样，不过他现在老了。"

"所以他是……冰球老头啦？"男子回她一个微笑。

她摇摇头，表现得像是良心不安一样。

"不，不，他已经退出冰球界了。现在他只帮我妈妈工作。"

男子点点头，低头望着那些年度财务报表，斜斜地瞄了一眼较远处的那群男子。他们长得非常魁梧，声音高亢，而且非常习惯于自己生理上的优势，仿佛所有的空间都是他们的。

"我能不能问一个听起来可能有点蠢的问题？"

"当然可以。"玛雅点点头。

"你认为冰球男看起来一模一样，是想让某个不同的人更难进入这个群体，还是他们害怕跟别人不一样，才在外观上追求统一？"

玛雅沉默良久，这让这名男子不禁担心：自己是不是做得太过了，她可能已经看穿他。这个问题或许太像是新闻记者提出的。但就在他打算说个小笑话，跳过这个话题时，她透过窗户望向车外，回答道："所有关注冰球的人都嚷着要'打仗'。他们从小就得学会这一点：'进场打仗。'这印刻在他们的脑海中，久久不散，因此当他们长大后，他们的行为仍然像是自己遭到了攻击。他们的侵犯行为似乎是想获得……过度补偿。"

"过度补偿什么？"男子问。

玛雅迎着他的目光。"你看过冰球比赛吗？你是否坐在靠近冰面的位置看着比赛高速进行？你看到他们撞击得有多猛烈吗？他们受了哪些伤？如果一个球员表现出害怕，对手就会以十倍于此的精力欺向他。所以他们得学会表现出面无惧色，就像……"她沉默下来。

这名男子谨慎地接话道："就像战士？"

"是的，之类的。"

"也许他们就是因为这样，才会希望在冰球场外也保持外观上的一致性。提醒他们自己，也提醒其他所有人，他们就是一支军队？"

那个女孩垂下双眼，笨拙地微笑。

"哎呀，我不知道啦。我只是随便说说。"

这名男子担心逼她太甚，因此转移焦点，问她是否能帮他把旅行箱从架上取下来，说他的药物放在那里面了。他沉重地叹息着，为的是提醒她，他只是个年迈、无害的老头。这一招颇为见效。

"你还好吗？"她问。

"我只是生而为人太久啦。"这个老头咕哝道。

"你听起来跟拉蒙娜很像。"她露出悲戚的微笑。

"她是谁？"他装作一无所知地问道。

"她就是那个即将要下葬的人。"

"哦哦，就是你爸爸的朋友？她对冰球也感兴趣吗？"

"感兴趣？简直是如痴如醉啊！她最后甚至还成了俱乐部理事会的会员。"

"是吗？所以她跟你爸爸共事？"

"不是的。她在我爸爸辞去体育总监职务的那年才被推选进理事会。不过，我爸爸辞职后见她的频率反而比辞职前还高。妈妈说，他几乎每天从办公室回家的途中都会路过毛皮酒吧。他或许只是渴望有人跟他聊聊冰球，妈妈办公室里没人在乎体育活动……"

玛雅笑了，她正对面的这名男子也跟着笑。他表示失礼，自己走去卫生间，更加卖力地做出跛行的样子。关上门后，他在笔记簿里写道：

"彼得即使已经正式辞去体育总监的职务，但通过拉蒙娜，他在俱乐部里仍然保留着影响力。"

他在这一页的更下方写道："当玛雅提到那些很像战士的冰球男时，我想到自己在阿富汗采访过的那个士兵，他表示自己最怕的不是死亡，而是不能继续担任士兵。他最大的恐惧在于隔阂。如果没有了军队，士兵又算什么呢？"

他满腹思绪地用笔敲了敲笔记簿，良久才在页面底部写道："一个失去自己俱乐部的熊镇男人，又算什么呢？"

＊　　＊　　＊

初春的某一天，地方报报道：警察在一间租赁式公寓楼执行突击式临检时，查扣大量毒品。那栋公寓楼就位于亚马与法提玛能从厨房窗口看见的那座庭院的另一端。当亚马那天晚上向那个女生买酒时，她说他们带走了她的兄弟。"当暖气设备不灵光的时候，我们打电话给房东，他们拖了六个月才派人来修。可是要是有人贩卖两克大麻，警察五分钟后就带着狗过来了。"她说着，全身因无奈与暴怒而颤抖着。

第二天晚上，当亚马回到家时，彼得·安德森和妈妈坐在厨房里。他显然并非自愿来到这里的。亚马知道，是"尾巴"和其他赞助商派他到这里来的，因为他们认为他能够跟亚马"讲道理"，说得倒像亚马亏欠他什么似的。彼得说他很"忧心"。亚马低头看着地板，向他保证他不需要担心。"彼得觉得你应该跟其中一个打来电话的经纪人谈谈，一个他认识的……"妈妈说。可是，她对此又懂什么呢？彼得对她说了什么？难道因为亚马小时候通过彼得帮忙得到冰球装备而让她感到良心不安，所以现在亚马该还债了，还是怎么样？"好的，我会想想。"亚马决绝地保证，而这只是为了不让妈妈失望。

一切本来能就此打住。但是在彼得即将离开的时候，他用不让他妈妈听见的声音说："亚马，我感觉你身上散发出酒味。我只是想帮助你……"这并不是彼得的错，只不过一切刚好同时落到亚马的身上。他正视彼得，嘶吼道："你在'洼地'试着帮助过多少人？你会帮助一个不擅长打冰球的人吗？不要再骗人了！你就像其他所有人一样，只想从我身上赚钱！"他有些喘不过气，但正眼瞪着彼得。这名前任体育总监缓缓地走出门外，亚马将门重重地关上。当天晚上，他问那位住在"洼地"的女生是否能弄点除了酒精以外的东西。她弄来了药片。他一觉到天明，醒来时手腕就没那么痛了。

*　　*　　*

火车上的那群男子在进行某种竞赛，展示自己手机里的东西，高声讲着只有圈内人才知道的笑话。玛雅知道，一切对他们来说就是一场竞赛，因为熊镇有太多男人在十五岁时就是这副德行，而且不曾真正跨出这个阶段。长大成人以后，他们竞赛的内容转为谁家的房子最大，谁开的车最新，谁的打猎或钓鱼设备最贵，或者谁的儿子在男童冰球队表现最好。安娜总是说，所有冰球男都只是为了自己的老爸打球，为了达到他的期望或证明他是错的，为了让他感到骄傲或让他丢面子。由于她家有一名集合所有这些老爸特质的男人，她或许能理解他们。

玛雅看着那群十五岁的少年，对于自己感到如此老气、对于生命已经走过这么长的一段路程感到惊异。她从他们那充满自信的笑容里看出，他们的教练已经教导他们，他们是如何有价值。但她纳闷着：他们是否知道他们教练所言只在他们赢球的时候才成立，他们是否意识到自己只是个会在瞬间因为受伤、打得烂或稍微与众不同就被大型俱乐部和经纪人扔弃的商品。如果他们不一样。如果他们不是机器。

她纳闷着：他们是否仍像孩童时期在湖面上或车库入口处打球时那样，热爱这场游戏。当他们进球时，他们是否仍因为快乐而扑向冰球馆的亚克力玻璃板。安娜对他们的模仿惟妙惟肖，她总是坚称，所有冰球男在上床时跟他们在冰面上进球时，看起来一定完全一样。当体育课结束，更衣室里只剩下她和玛雅时，她会扑向浴室的墙壁，将整张脸压在墙面上，急切地呢喃着："看着我！承认我！爸爸！告诉我，现在我是真男人了！"玛雅仍记得自己那时笑得多开心。当时她们仍然是孩子，一切都还没有那么沉重。

火车上那群十五岁的少年欢笑着，玛雅好奇他们因为哪些玩笑话而发笑，以及他们展示着哪些照片。他们在谈论女生时是否会使用她们的名字，还是用了其他字眼。她纳闷着：那群男生中最优秀的人是否敢在其中最卑劣的人行为太过分时指出来。她看出了那群人当中的班杰、波博和亚马，所以她好奇，这伙人当中是否也有一个凯文。既然如此，她希望那些男孩子知道他是谁，因为当外人看不出这群人内部究竟有何差异时，对他们而言，看出彼此的差异就变得更重要。

她望向窗外，察觉到：她认出了自己。那群从南方北上的年轻人只看到了森林，但她完全知道：现在她已经极其接近故乡。她闭上双眼，每缩短一千米的路程，她没能忘记的那一切就变得越发清晰。他房间里的摆设、家具的配置、每个声音、所有的呼吸。对她来说，一场强奸是永无止境的。她纳闷着：在慢跑小径上被枪口顶住的他是否有类似的感受；他是否记得尿裤子的感觉；他闭上双眼，是否仍能感觉到她将武器顶在他前额时金属透过皮肤传达出的凛冽感；她扣下扳机时发出的"咔"，是否仍在他脑海中回响。她纳闷着：他现在人在何处，他是否仍然害怕得必须开着灯睡觉。

她希望是如此。噢，她可真希望是如此。

30. 蝴蝶

马特奥姐姐的肩膀上，有一个蝴蝶文身。她当然是偷偷文的，要是双亲得知了，必定会气疯的。她在读到一只蝴蝶扇动翅膀就能造成地球另一端的风暴后，就选择用它来做文身的图案。她感到很无助，于是梦想自己能够成为最强而有力的生物——一只昆虫。

在她的照片上，可以看出那个文身。马特奥将它挂在墙上，用另一张照片盖住她的照片，这样当双亲走进他房间时，他们就不会看到她的照片。他们对文身的痛恨简直比对毒品和酒精的恨意还要深。在他们看来，文身是侮蔑自己的身体，是魔鬼的杰作。在这个地球上，魔鬼的杰作比比皆是，因此姐姐在真的想要伤害妈妈时会忍不住脱口叫道："你啊，上帝究竟什么时候才上班呢？"姐姐在这种时候没有表现得更坏、更恶劣的唯一理由，就是马特奥在妈妈难过的时候也会难过，而姐姐永远不想伤害他。这就是他唯一的武器——他以自己的心为盾，保护全家人，使他们不至于互相伤害。所以，当姐姐离开熊镇的时候，她的做法很聪明：她告诉双亲，她要到一间教堂去。她甚至跟教会取得了联系，口头沟通过，可以在那里住下来。他们以前收容过"有问题的儿童"。双亲以为女儿终于找到了真理，妈妈哭了起来。当教堂打电话来告知她从未现身的时候，她已经离开这个国家了。那是两年半以前的事了。

下一个跟她有关的电话是最近才打来的。那天半夜，一名警察在电话的另一端用蹩脚的英语说出她的名字，那时她的双亲几乎欲哭无泪，因为他们老早以前就开始哀悼她了。"魔鬼带走了她。"妈妈只能这样说。马特奥实在无法提出下面的问题来伤害她："既然如此，为什么上帝不拯救她呢？难道不值得为她而战吗？"

现在双亲带着她的骨灰正在回家的路上。马特奥凝视着自己电脑黑暗的荧幕。你在哪里出生，成为什么样的人，就是一场残酷的大乐透。他纳闷：自己和姐姐到底离快乐有多遥远？是否能够精确地测量所有的"如果"或"如果不是"，因为这就是人生的全貌？

如果熊镇和赫德镇不是两个如此不堪的烂地方就好了。如果人们没有这么恶心就好了。

如果警察当初能够相信马特奥的姐姐；如果他们的双亲当初能够像对待上帝的话语那样相信自己女儿的话语；如果马特奥和姐姐当初生在某个能让他们有一点价值的地方，比如他们当初生在安德森家，马特奥是里欧，而他姐姐是玛雅；如果他们的妈妈是律师，而他们的爸爸是冰球俱乐部的体育总监。

如果是这样，那么就会有人为她而战。

31. 洗碗机

今年春季的某一天，在冰球馆的练球时间，一名孤独的五十岁男子突然坐在看台上。他身材矮小，身体超重，头发稀疏，身穿一件厚实的网球衫和一件单薄的皮夹克，脖子上还挂着一条沉重的金链。"那个出租车司机是谁？"其中几个刚搬到这里的选手开起玩笑。但在这一带成长的所有选手都没露出笑容，于是他们很快就安静下来。在整个练球过程中，看台上的那名男子目光紧盯住亚马。在练球结束后，他没对任何人说任何话，但在下一次练球时，他又出现了。他一再出现在练球场地，最后引得那些刚搬到这里的球员再次询问："喂，说真的，那老头是谁？"亚马假装自己不认识，其他大多数人也假装不认识。但其中一个在"高地"成长、以为自己能永生不死的球员嗤之以鼻道："那是勒夫！从赫德镇那边来的一个山里人！你们没听过那些混混吗？"亚马注意到他在冰面上并不强硬，但对个子小的男人来说，更衣室感觉上一直是个安全的地方。当然了，亚马也听过所有关于勒夫的传言，但他妈妈很早就教导他，不要随便讲别人的坏话，因为事实可能会证明，这样的人是有来历的。

然而队长现在满意地解释道：由于这些人在约莫一年前接管了那座位于赫德镇外山下的旧汽车报废处理厂，所以才被称为"山里人"。没人真正知道他们从哪里来，最初过来的只有勒夫和另外几个人，但现在有谣言说，在那片区域的露营拖车里住了超过二十个人。有人说他们销售赃车，有人说他们在卖毒品，还有人说他们干的事比这还要坏得多。更衣室里的气氛逐渐变得轻松，因为大家在那里都能放松肌肉，尤其是舌头的肌肉。因此，当其中一个刚搬到这里的球员再度以出租车司机的话题开玩笑时，很多人跟着笑了。第一个队友受到这一点鼓舞，又讲了一个笑话："当这些山里人占据废车场时，情况想必很混乱，因为他们不知道要怎么做才能将骆驼藏在车子的引擎盖下。"这时跟着笑的人变少了，但正在兴头上的他继续说下去，"这座废车场现在想必是全区最大的家族企业，因为这群猴子彼此应该是亲戚吧。"此时所有人突然安静下来，不安地偷瞄着亚马，仿佛他随时会暴怒似的。队长的脸成了暗红色，这充分暴露出：当亚马不在更衣室里的时候，他常讲哪种笑话。但更主要的是，这还暴露出：其他球员在这种情况下只是安静地坐着。所以亚马只是假装没听到，收拾好自己的东西，然后回家。他说服自己：他有比在乎这些狗屎蛋更重要的事情。

下一次练球时，勒夫又来了。再下一次练球时，他也出现了。他从来不跟任何人说话，目光始终只盯住一个球员。再也没人说关于他的笑话，至少在亚马面前是如此。然而，一种沉默的不自在感在整栋建筑物里蔓延。过去每次都来看练球的那些老头子往更远处的座位移动，而球员们则越来越常偷瞄看台区。没人跟亚马说话，他们等着他自己开口说些什么，仿佛他应该因为自己把什么样的人招来冰球馆向全队道歉。过去他是那么善于道歉，但这回出于某种原因，他没有这么做。也许他已经受够了这些玩笑，或许，他只是受够了对一切都感到负有责任的心理。

这种情形持续了快两星期，直到那天晚上，亚马和那位住在"洼地"的女生见面，索取药片，但她摇头："对不起，我不能再卖给你了。"亚马惊讶地喊道："谁说的？"她简短地回答："勒夫。"亚马问道："你是从他那边买的吗？"当她摇头的时候，他嘶吼道："那他跟你有什么关系？"她只是耸耸肩："那有关系吗？你以为我想自杀吗？如果勒夫说不，那就是不。我不打算跟那些山里人吵架。你得自己去找他谈。"

因此在第二天练球后，亚马在队友们惊骇的目光下，径自走上看台，瞪着勒夫咆哮道："你以为你是我老爸，就跟这座城市里其他所有人一样，还是怎么样？"

勒夫背靠在椅子上，正视着亚马的双眼，而后沉静地摇摇头。他慢慢把自己那条金链子理平，让亚马站在原地，等他能从双耳里听见自己的脉搏声。

"我不是谁的老爸。你不需要老爸，你是你自己的主人，不是吗？你不需要老爸。"他随后说。亚马沉默良久，随后用颇为谨慎的口气问道："那你在这里干吗？"勒夫回答："我想帮助你，是吧？"他说话让人分不清他究竟是不是在询问，所以亚马咕哝着："这座城市里的其他老头也想这么做……"勒夫露出灿烂的笑容："我看起来跟这座城市里的其他所有老头一样？"即使他看起来完全不是来自亚马妈妈的祖国，他却用她的母语说话。"你从哪里来？"亚马用妈妈的母语问道。由于他只跟她使用这种语言，所以他对自己那糟糕的发音感到难为情。"我不从哪里来，我会很多种语言。你有时候也是这么感觉的，是吧。就像你不从哪里来？"勒夫微笑着。

最初，这是一段相当矛盾的关系。勒夫表示可以在亚马练球后送他回家，亚马在犹豫许久后答应了。或许他主要是出于好奇心。"你就不要再用那些从'洼地'买的狗屎蛋药片了。如果你觉得痛，我给你真正的药物，好吗？"勒夫凝重地说。亚马点点头。勒夫正视他的双眼，然后问道："所以你觉得痛？"亚马点点头。这是他第一次承认这件事。对此，勒夫没有多说什么。他反而开始提出其他问题，但跟其他人不同的是，他的问题无关冰球，而是与亚马、他的母亲以及他在熊镇的成长经历有关。一开始亚马回答得十分简短，但很快他就长篇大论起来。他谈到赫德镇和熊镇是如何仇恨彼此的，勒夫则说这只是对有权人的一种仇恨。"存在于你们这些居民之间的差异并非赫德镇和熊镇的差异，只是有钱人和穷人之间的差异，我的朋友。我住在赫德镇，是吧。可是你跟我更相像，而跟一个来自'高地'的男人则不那么相像。在他的眼里，我们是一样的。我和你，我们是穷人，我们是他的奴才。亚马，像他那样的男人现在要求你感恩，是吧。可是，要对什么感恩？如果你的冰球球技不好，你认为那些有钱人会在乎你吗？亚马，他们跟我们可不一样。我们永远不会成为他们小镇的一分子。"

长久以来，亚马第一次觉得自己被他人理解。

*　　*　　*

"小心那棵树。"彼得叫喊着，指着一棵封住大半个车道的树木。

树木到处散落，就像一组巨型的挑片游戏[1]。提姆放慢车速，好几次差点陷到沟里。他口袋里的手机再度振动。

"握住方向盘。"提姆说着，放开方向盘，让彼得能挪凑到座位上来。

提姆开始回复短信，而彼得则试图在断木之间驾驶汽车。

"你是要……你能不能……提姆！"最后彼得咆哮起来。就在他们即将撞上某个外观看起来像半座篱笆的物体，以及被吹翻到某个私人车库入口处的热水浴缸的前一刻，提姆踩了刹车。

车子停了下来，提姆仍继续拨弄自己的手机。

"瞧瞧他们今天都聊了些什么，所谓的'人们'。"彼得咕哝道。

"他们修改了赛程表。你知道我们第一轮要对上谁吗？赫德镇！"提

1　一种将木片或象牙碎片堆起来，而后一片一片取走，同时不能动到其他木片或象牙碎片的游戏。

姆吼回去。

"哎哟。"彼得说，他找不到更合适的话。

"见鬼，现在谣言满天飞，我得……"提姆继续说着，看起来似乎马上就后悔了。

"怎么啦？"彼得问道，虽然他实际上并不想知道。

提姆瞄了他一眼，似乎在考虑自己该说什么，以及不该说什么，然后叹了一口气，说道："今天早上，区政府跟你的朋友'尾巴'开了一次会。赫德镇冰球馆在风暴中坍塌了，所以他们的所有球队都要到我们的球馆练球。"

彼得沉默良久。车窗已经摇上，但他似乎仍然感受到了从下方湖面吹来的风。它吹过冰球馆，让那些处于旗杆一半高度的旗帜飘扬着，让他身上的衣服显得如此单薄。

"提姆，我很确定这只是暂时的，你跟你的小弟们可不能……"

"区政府会利用这一点，试图将俱乐部合并起来，这你是知道的！"提姆打断他的话。

彼得点点头。他犹豫着，一语不发地缩着身子。

"提姆，他们过去就尝试过合并俱乐部，我以前还出席过那些会议，但它永远不会……"

"这次不一样。"

"怎么说？"

提姆的眉毛一沉："因为这次熊镇有钱了。像'尾巴'这种人，现在就可以从合并中捞取利益啦。"

"有那么糟糕吗？区政府的所有资源都集中在一个俱乐部上，这或许能……"这番令人无法忍受、愚蠢至极的话刚一出口，彼得就后悔了。

提姆的回答并不具有攻击性，但从某方面来说，这些话显得更恶劣。他说："这个俱乐部并不属于'尾巴'，它属于我们。他们要是想把我们的俱乐部跟那些穿红衣服的死鬼合并，他们就得踩着我的尸体前进。"

彼得的头垂到膝盖上，没有搭话，因为他知道，这并不是真相。它将会踩着其他人的尸体前进，就是那些刚好阻挡了整个进程的任何人。这就是提姆所说的"它属于我们"的意思，因为你要么属于"我们"，要么不属于我们。彼得根据自己的经验极其清楚地认识到：这座森林里最危险的位置，就是男人们与权力之间的那个位置。直到他们在彼得家门外停下车，他们都沉默不语。彼得就自己搭便车表达了谢意，提姆只是点点头。

彼得避开对方的目光，说道："提姆，我知道接下来的这番话若是由我来说，对你一点意义都没有。可是，到现在为止，你手下的小弟们跟赫德镇那帮人已经和平共处了很长一段时间，不是吗？不管你做什么，你的小弟们都跟随你。因此你可以选择……是的……你现在可以成为这座小镇的工具，为它做点什么，或者成为一把武器。这将是有差别的。"

提姆咧嘴而笑，露出一整排牙齿。

"你说话听起来真的跟她很像。"

"谢谢。"彼得低声说。

"但是你错了。从来就没有什么和平，只有停火而已。"提姆用近乎惋惜的口吻补充道。

"差别在哪里呢？"

"停火会被终止。"

他伸出手来，彼得握住他的手。随后提姆说出对他自己而言极其不寻常的话："谢谢。"

"不客气。"彼得呢喃着。

"我是真心的。谢谢你今天帮的所有忙。"提姆说话时，目光紧盯着方向盘。

当这名年轻男子开车离去时，彼得站在原地，对自己的自满感到可耻起来。当他和蜜拉在许多年前从加拿大搬到这里时，他跟她保证：随着时间过去，这座小镇里的关系肯定会变得不再那么复杂。实情完全相反，现在所有的人、事、物都更加紧密地裹在一起，最终让你根本无法动弹。

* * *

有天晚上，当勒夫送亚马回家时，他问亚马："一旦成为职业选手，你打算买些什么？"这男孩说："给妈妈买一辆奔驰车和一栋房子。"勒夫微笑道："这是她想要的吗？"亚马笑了起来，然后摇摇头："不是，她只想要一台洗碗机。"勒夫捧腹大笑起来："我向你保证，我会帮你拿到美国国家冰球联盟的合同，这样你就能报答她啦。她永远都不用再洗碗啦，是吧。"他将一个小纸盒递给亚马，里面装着根据处方开的缓解手腕疼痛的药片。亚马犹豫着，而后把手机交给他，每当有经纪人打过来时，接电话的人成了勒夫。

下一次，当他们坐在车里时，他说："他们说，冰球是接触性运动，是吧。他们说，这是因为冰面上的运动充满了暴力？但是，不对，不对。冰球场外的世界才是真正充满暴力！接触？所有的运动都需要接触！亚马，美国国家冰球联盟里有多少球员看起来像你这样？几乎没有！为什么？因为没有一个教练看起来像你这样，没有一个经纪人看起来像你这样。因为那些有钱男子对于工作只会私相授受。他们是一伙的，是吧。所以他们才会赢。他们就是用这种方式让像我们这样的人无法触及权与钱。"亚马点点头。勒夫继续前来观看每一次练球，他们持续同样的讨论，在练球后一次接一次地驾车回到"洼地"。白昼变得越来越长，日照时数持续增加，夏天已经在路上了。某天夜里，亚马从自家的阳台上看见一群人在坡地上点燃蜡烛。他在第二天获悉，先前向他供货的那个女生的兄弟最近从拘留所里被放出来了，这人去了另外一座小镇，与人发生口角，被人用刀捅了，住进了加护病房。第二天，熊镇冰球队有一场客场比赛。在开往比赛场地的巴士的最后一排座位上，亚马那些从未踏上"洼地"一步的队友聊起这件事情。"那是毒品交易。"有人说。"你怎么知道？"另一人说。"你以为他被人用刀子捅了只是随机事件吗？嗯？我是说，你知道他是从那里来的，你知道那里是什么样子……"亚马什么都没说，但他听到了一切。

亚马最要好的朋友波博现在担任札克尔的助理教练，他坐在最前排的座位上，因而什么都没听见。这并不是他的错。他再也无力管控球员们在更衣室里的交谈内容，他忙于自己的工作。他与亚马在冰球场外的交流越来越少，亚马不知道这是他自己的错，还是波博的错。这种感觉似乎就是：他们之间已经没有共同点了。波博在开赛前问亚马："你还好吗？"亚马在那时候或许应该说实话，但他却说："是的。很平静。"波博微笑着："好……只是你看起来很生气。如果有什么问题，就告诉我吧。大明星，我们今天就靠你啦！"他毫无恶意，但亚马内心仍然沸腾不已。

在终场前一分钟，双方陷入僵局。熊镇获得一次在进攻半场开球的机会，札克尔叫了一次暂停，将全队召集到教练席与板凳区。大家在等着教练的战术指导，但她反而只看着亚马，说道："你觉得呢？"

他本该知道，她是在考验他。但他太累、太生气了，所以他说："我觉得什么？关于战术？战术就是你们把橡皮圆盘喂给我，然后滚到一边去！"

他在其他人答话之前就转过身去，背对所有人。他们把橡皮圆盘喂给他，他进了球，但没人跟他庆贺，就连波博都没有。

札克尔在赛后召集了全队，但亚马并不在那里。他直接走上看台与勒夫会合，搭他的车回家，而没有随着球队上巴士。他以这种方式赢了一场比赛，但输掉了整间更衣室。

＊　　＊　　＊

最后，火车停了下来。玛雅起身，帮助正对面的那名老年男子取下旅行箱。他将那些年度财务报表塞进自己的公文包，戴上那顶棕色的帽子，举起雨伞，微微地欠身。她笑了起来，也向他鞠了个躬。他们在月台上分离。她完全没有再多顾念他，相反地，他对她的顾念较多。

一名年过三十的女子站在一小段距离外，她身着厚实的大衣，压低的毛线帽几乎盖住整片前额。在这一带，只有刚搬到这里的新居民才会在这种季节如此打扮。他们等到玛雅从视线中消失，才拥抱彼此。

"嗨，爸爸。"那名女子说。

"嗨，总编。"他咯咯地轻笑，鞠了一个躬。

不过她听出那隐藏在讽刺口吻背后的骄傲。她在小时候总是说，她想跟他一样成为新闻记者。他总是咕哝着，他辛劳了一辈子，可不是为了让她变得这么不文明！但他在内心深处仍然开心于一个事实：她变得跟他一样，而不是跟她妈妈一样。

"一路上都好吗？"她问。

"你在担心什么啊？"

她蹙起眉头。他很想念这个表情。

"爸爸，这你是知道的！你跟那个女生，玛雅，讲话了吗？"

"一路都在讲。"他满意地咕哝道。

女儿一声长叹。她和她爸爸刚碰面不过两分钟，他就已经诱发了她的偏头疼。

"但是你没有说你是新闻记者？你没有说你来这里要做什么？"

"这会对我们的目标造成反效果啊。"他哼了一声。

"爸爸，这样做不道德，这会削弱整个系列的报道……"

他驳斥般地挥了挥雨伞，开始沿着月台行走。

"道德？无稽之谈！她是彼得·安德森的女儿。你知道她对我说了什么吗？'爸爸是一个从来不违规的人。'引用这句话开启整个系列的报道再完美不过啦！关于人们在脑海里每次能关注多少个想法，我是怎么教导你的？"

"爸爸，现在？少来了……"她无奈道，但也轻轻地一笑。

"多少个？"

"一个。爸爸，每个人的脑海里每次只能关注一个想法。"

他不住地点头，使得头上那顶棕色的帽子几乎滑落下来。她咧嘴一笑，因为这就是他的本性，总是有某个微小、愚蠢的细节使他独树一帜。在她还小的时候，在其他人都打领带的场合中，他总是打着领结现身。他总是携带怀表，而不戴腕表。他总是以某种方式逆势而行。

他的双眼紧盯着她："就是这样。熊镇冰球俱乐部到目前为止总能从经济犯罪中脱身，唯一的原因就是，像彼得这样的人被高估，不受任何怀疑，特别是在他女儿的事情发生以后！人们每次只能思考一件事情，而目前熊镇冰球俱乐部是站在良善、美好、诚实的那一面。它是安德森家的俱乐部。这个俱乐部中最耀眼的球星来自当地最贫困的住宅区，因为他妈妈负责扫冰球馆，他才被冰球界给发掘出来。你寄给我的那本小册子，你自己有没有读过？'赞助熊镇冰球俱乐部不只很容易，更是一种正义！'你可听过比这更自大的话？嗯？"

女儿深呼吸了下，好让自己耐心一点："爸爸，你现在听清楚了：我很感谢你到这里来。真的，我想达成的目标跟你一样。但是要这么做，我们就得根据……是的，你知道的……根据规则来。我在区政府办公楼内部的消息来源指出，政客们现在正认真地考虑将熊镇和赫德镇的冰球俱乐部合并。这样一来，他们也许有机会建立新的财务记录，掩盖一切欺诈与贪腐的轨迹。但是，爸爸，我得用正当的方式来做这件事。我不愿意将这件事情给……个人化。"

他将双臂向外伸展，贴在方格衬衫下方的肚皮鼓动着。自从上一次见他以来，他的体重至少增加了十千克。他的胡子越来越灰白，因抽烟而引起的咳嗽越来越剧烈。

"这怎么可能不个人化啊？熊镇冰球俱乐部把政治正确的形象当成阻挡一切监督机制的盾牌。你自己手下那些记者都不敢去对付他们呢！"

这时她的目光中升起了杀意。过了这么多年，他感到很惊讶的是：一切变得如此迅疾。

"爸爸，他们是好记者。你不住在这里，你不了解这边的情况。我们要对上的不只是冰球俱乐部，它还代表着整个地方经济体，那可是人们依赖的食粮啊。"

他低下头，突然变得乖顺起来。他点点头："好，好，你说得对。对不起。"

"你得小心一点。如果我们要开始对付彼得·安德森，你就得弄清楚……现在我是说真的……在这一带，他不是省油的灯。他有很显贵的朋友，而且，还有……使用暴力的朋友。"

爸爸挥了挥雨伞："如果我胆怯，那来这里就没有什么意思了吧？如果我们要讲述一段丑闻，我们就需要一个好故事！你知道谁代表一个好故事吗？彼得·安德森！"

"嗯，我们缺的就是这个，那些演讲……"她露出笑容。

他恼怒地插嘴："不要再耍小聪明了，你并不是因为我是你爸爸才打给我的，你是因为真心想要毁掉这些死浑蛋的人生才打给我的。对于这个，没人比我更在行！"

他对自己最后一段话充满自得，从而在开始走动时忘记用雨伞顶住地面，差点从边缘跌落。她抱住他，感受到了他的年龄。她耳语道："这就是你所渴望的，是吗？一个敌人？"

他搔了搔胡须："有这么明显吗？"

过去，他一直是自己所任职报社的明星。他揭露名人、政客，那些权贵一知道他在挖掘他们的事情，就怕得不得了。但那是一段时间以前的事了，现在报社将沉重的工作委任给年轻的新鲜血液，他成了一种吉祥物，而不再是新闻记者。他渴望一战，收官一战，最后一战。

"爸爸，这将非常困难。"

"小老太婆，这样你就知道：这是值得投入的事情。"

她痛恨被人这样称呼，却渴望他这样称呼她。

32. 恨

强尼信守了自己的诺言，回到家吃晚饭。哈娜和孩子们唯一要做的，就是假装晚上十点半是正常的晚餐时间。他们看出他感到非常羞愧，因此也就不再责难他。他们也看出，他在森林里太过卖力地工作，现在极度疲倦。连接两座城市的道路目前仍是一团糟，路面上还有倒下的树木和混杂着各种垃圾的烂泥，但好歹可以通行，让那些住在熊镇的医院职员可以前来赫德镇上班了。哈娜在厨房里，踮起脚亲吻了丈夫的脖子。

"你去取车了吗？"她问。

他顿时面无血色。"我……明天！我请一个手下明天大清早直接开车送我过去，这样我之后就可以开车回家，送孩子们去练球！"

在这件事情上，她已经没有力气争吵了。

"好，好，我们明天再处理这件事。我得去取洗好的衣物，我等一下就开始做饭……"她说话的同时，眼皮跳动着。

不过，作为家中最年长的孩子，也是超级大姐姐，特丝此时挺身而出，搂住妈妈说："妈妈，现在别忙啦。你去冲个热水澡吧，我去处理洗好的衣服，爸爸可以做饭。"

就在妈妈指导弟弟们写作业的时候，特丝已经把屋子打扫干净了。对于他们让十七岁的女儿肩负的责任，哈娜感到良心不安，有时竟会无来由地哭起来。因为她做事这么有条不紊，她就得受苦。能者多劳，就是对这个能干的女孩的一种诅咒。

"谢谢，亲爱的。可是我……"哈娜尝试着回绝。

"这个提议再过五、四、三、二……"特丝打断道。妈妈笑了起来，亲吻她的头发。

"好，好，好，谢谢！我会很快冲个澡的！"

强尼站在炉子旁边煎着炸肉排，那是男孩们最喜欢的食物。七岁的图尔对于能在已经远远超过睡觉时间的此刻继续熬夜，感到非常快乐。特丝将餐具摆好，然后坐在餐桌短边的位子。倒不是因为她很喜欢这个位子，而是因为如果让托比和泰德抓到机会争抢这个位子，他们肯定会吵架，甚至可能会大打出手。虽然托比十五岁，而泰德只有十三岁，但泰德已经和哥哥一样魁梧、强壮。他的冰球也已经打得比哥哥好，即使全家人为了不让托比伤心而忽视这件事情。这跟天赋或基因无关，只是因为托比对冰球并不狂热。他还喜欢别的事物，包括女生、派对与电子游戏。泰德唯一挂念、惦记着的事情，就是冰球。如果没有随队训练，他会将地下室的墙壁射烂，或者到私人车库入口的坡道处，一连射门几个小时。你有时得逼迫托比去练球，但你几乎无法将泰德从训练场拖出去。湖面一结冰，他每天早上都会到那里去，将积雪铲开，这样他就可以在上学前跟朋友们打球。

"爸爸，道路清理干净了吗？我们明天能练球了吗？"现在他急切地问。

"是的，我想可以了。"爸爸疲倦但骄傲地点点头。

托比则抱怨起来："我们真的得到熊镇那该死的冰球馆练球吗？"

特丝马上回答："你可真是反应迟钝。你看到我们的冰球馆变成什么样了吗？整个屋顶塌陷了！"

强尼向她投去充满感激的一瞥。女儿越来越常扮演训话家长的角色，这样他就省事了。

"不要用'反应迟钝'来说你弟弟。"他低声说。

"对不起，托比。你可真是个聪明绝顶的天才！"女儿嚷道。

"你是什么意思？"托比狐疑地问。

爸爸随后笑个不停。直到椅子上的图尔突然大喊一声，他的笑声才被打断："我们要到熊镇的冰球馆去，因为赫德镇的冰球馆是狗屎蛋！"

特丝示意他闭嘴。图尔面露惊讶之色，坚持道："爸爸不就是这么说的吗？！"强尼用手指头揉搓着自己越来越往上移动的发际线。

"这可……不是我的意思。小子，我今天早上打电话的时候，只不过太激动了一点。"

所有的孩子都心想：说得可真是轻描淡写。不过令人感到有点意外的是，泰德提高声音道："我们的冰球馆其实就是狗屎蛋。熊镇的冰球馆要好看一百倍。你知道，他们还在那里面设了一所幼儿园。你知不知道，他们使用冰球馆的时间比我们使用冰球馆的时间多出多少？"

强尼将自己所有的挫折感都投射在煎锅里，他将炸肉排翻面，热油喷溅起来，烫到他的手，而他对此全无反应。在泰德的时间里，唯一重要的就是冰球馆的使用时间。每年，他的球队必须更加费劲地争抢冰面的使用时间，他们得与其他球队、花样滑冰选手，以及区政府每周末试图强行安插进来的对社会大众开放的滑冰时间争抢。现在会怎么样呢？

"有人应该扔一枚炸弹，把天杀的熊镇整个炸翻。"托比咕哝着。

他比泰德大两岁，所以他的年龄已经足以让他在派对上遇见那些住在熊镇的男生，也已经足以使他经常跟他们打架。

"托比！"特丝咆哮道，省得爸爸介入。

"怎么啦？熊镇的每个人都恨我们，我们也恨他们。别掩饰啦。"

"不要再胡扯了，托比，我们不恨任何人。"强尼有欠真诚地说道。

"爸爸，你自己就这样说过！"

"只有当我们……只有在冰球……在冰球队比赛的时候，人们才这样说……"爸爸努力辩解。

"爸爸，我们就是在冰球队打球！"

对此强尼没有话说，这该死的小鬼头说得对。

"你觉得我们明天能够看到甲级联赛代表队练球吗？"突然，泰德满怀希望地插嘴。

"我不知道赫德镇的甲级联赛代表队会不会……"强尼误解了他的意思。

"他是说熊镇的甲级联赛代表队，他想看亚马练球。"特丝小心地解释。

"他要到美国国家冰球联盟打球啦！"泰德以一个十三岁青少年所能展现的斩钉截铁的口吻指出。

此时强尼本该保持沉默。他多么希望哈娜没有去淋浴，这样在他嗤之以鼻讲出自己内心想法前，她就会拍打他的大腿阻止的。

"亚马？美国国家冰球联盟？他可没被选上噢！整个熊镇今年一整个春天都在扯这件事情，亚马当然要变成世界第一啦！然后发生什么啦？什么事都没发生！他回到家，现在显然是'受伤了'。也许他就跟熊镇的其他人一样，有点被高估啦。"

这番话才刚离口，他就痛恨起自己来。哈娜有时说，冰球会将他本性中最恶劣的一面挑动出来，可是这并非实情。唯有熊镇冰球俱乐部才能将他最恶劣的一面挑动出来。

托比高声讪笑起来："亚马是最差劲的！"

"他会到美国国家冰球联盟打球的！他比赫德镇的所有人都厉害！"泰德不屈地咕哝着。

"你想跟他上床啊。"托比笑着说。瞬间，两人就隔着餐桌大打出手。

特丝尖叫起来，图尔则在一边助阵。

强尼搁下煎锅，冲到餐桌前，试图抓住其中任何一方将这场混乱结束掉。哈娜在楼上的淋浴间里就听见了他们的声音，心想：是啊，当然了，强尼把她称为全家"情感最丰富的人"，真是再合情合理不过。真的。

爸爸在楼下的厨房里号叫着："不要再打架了！我在这里做饭……托比！你个天杀的住手，跟你弟弟道歉！泰德才不想跟亚马上床！他才不是……"

当强尼感觉到女儿那指责的目光时，便赶紧住口，清了清嗓子。他略微困惑地纠正自己："或者说，我的意思是，如果他真想那么做，那也没有什么错。不过现在……他才不想这么做。不是吗？"

他望了望女儿，想看看自己是否说对。她朝天翻了个白眼。爸爸心想：现在这情况要完全不说错话，还真是不容易。因此他深吸了一口气，转而说道："你们要是再打架，托比，你就不能玩电子游戏。至于你，泰德，明天就别想练球！"

只有这一招会见效。这时他们突然就平静下来，尤其是泰德。特丝再度朝天翻白眼。强尼思考着自己是否该说个笑话，让图尔开始笑，因为全家也就只剩下他会赞赏强尼说的笑话。但他还没开口，特丝的手机就收到了一条短信振动起来，随后又来了一条短信。很快地，托比的手机也振动起来。最后，连泰德的手机也在振动。当特丝打开那张在网络上开始被学校里所有人疯传的图片时，强尼凑到她的肩膀上。那张图片是绘有熊镇市徽的告示牌，它位于赫德镇边界上的林间道路旁。今天已经有人去过那里，用绿色围巾将它覆盖住。它的下方则挂着一块被割下的钢板，上面用喷漆写着："我们的球馆就是我们的球馆！跟你们的婊子们一同滚回赫德镇！"

明天，所有隶属于赫德镇冰球俱乐部的孩童和青少年冰球队都得走这条路。最年轻球员的年龄与图尔相仿，而等在那里欢迎他们的，就是这种东西。特丝将图片删除。强尼一语不发，但心想，他还真应该打电话给地方报社的一名记者，问问这是否就是他们所报道的美好、善良的价值语。那名记者曾以华美的辞藻大篇幅地描述美好、善良的熊镇冰球俱乐部及其近期推行的美好、善良的"价值语推广工作"。他咬牙切齿地将晚餐端上桌，而后坐到餐桌前。他们安静地吃着，直到特丝意有所指地试图用手势让托比放下手机。他放下手机，但还是咕哝道："你们现在相信我了吧？我不是说了吗？他们痛恨我们！"

这一回没人抗议。

33. 返乡者

"要欺骗人是很容易的。他们有许多愚蠢的特质，且非常乐于坚信这些特质，因此如果你足够努力，你几乎就能让他们相信任何丑陋不堪的东西。"

许多年前，爱德莉·欧维奇将这番话告诉自己的弟弟。在那之前，他们的爸爸拿着枪，走进了森林。在他们成长的那条街道上，几个比较年长的小孩就这件事情散播谣言。当然，这些谣言一个比一个可笑，从亚伦·欧维奇积欠帮派分子的钱，到他其实是藏匿在此地的战争罪犯，因被自己的敌人发现而遭到了谋杀。"人是毫无价值的，别听他们的。如果你想打烂他们的下巴，那就这么做，不过千万别听他们的。"爱德莉这样告诉弟弟。他也按照她的话做了，而且对这两件事都相当熟练。

　　不过你如果询问爱德莉，她会说："真的，人仍然毫无价值。"所以她偏好动物。这甚至也是她住在森林里，而不是小镇里的原因。在大多数情况下，住在森林里是一种福分。但在风暴肆虐后的那几天，这可就不是福分了。她的妹妹佳比和凯特雅帮了她的忙，但她们到现在都还没把风暴造成的破坏清理干净。她们修整了犬舍周围的篱笆，将散落在整个农庄里的废弃物清理干净。不过那座作为武术馆进行装潢的谷仓受到极为严重的摧残，需要收拾好几个小时。这一带的电力供应仍然不稳定，好多地方的道路仍然完全不畅通。爱德莉没有抱怨，她提醒自己：不管怎么说，她做得比大多数人好。那些向她购买犬只（现在赫德镇和熊镇上的几乎每个猎人都这么做了）的猎人认得此地的每棵树。他们及时告诉她，她需要锯断哪几棵树。此举拯救了她、这栋房屋和小狗们。

　　现在她听见了它们的吠叫声。当然了，它们不时就会吠叫，但这回她停下了手上进行的动作，挺直身板。在看到班杰明之前的那段时间里，她就知道发生了什么事。如果你将一辈子的时间都投资在小狗们的身上，那么它们的吠叫声在你耳中是有着各种细微变化的。爱德莉能直接听出它们是对着一头动物吠叫，还是对着一个人吠叫，究竟是出于恐惧，并试图提醒而吠叫，还是打算进行防御而吠叫。通常，比较小的狗才需要肯定自己。但现在，只有那些年纪最大，她一直没卖掉的狗在吠叫。在还是小狗的时候，它们就一路陪伴这家人。它们因为感到快乐而吠叫。

　　"要欺骗人是很容易的。"当爱德莉开始跑动的时候，她心里想着。班杰从下方的砾石路面骑着自行车前来，而她在看到他的身影前就知道是他来了。她认出他了，通过那可爱、闪亮、充满喜悦的脑袋，还有急切的脚爪在围栏各处刮擦所发出的声音。欺骗人太过容易了，因此过去这两年来，关于她弟弟的谣言满天飞：他令人失望，他不敢为了自己的身份挺身而出，他由于胆怯而放弃冰球并逃离了此地。他现在只是一个嗑药者、一个酒鬼，他已经什么价值都没有了。但是，你永远无法欺骗小狗们。

它们今天的感觉，真是好极了。

＊　　＊　　＊

玛雅压根儿没有想过自己要怎么从火车终点站出发前往熊镇。在那一两秒钟里，她困惑地呆立于月台上想着，不管怎样，她真是太愚蠢了，没有让安娜来接她。随后，她听到下方的街道上传来一个呼喊她的声音。

"玛雅？能看到你真好！要我送你一程吗？"

那是她家的一个邻居，他从车上探出头。此时玛雅忆起，住在这里是怎样的一种情景：你总是可以搭某人的便车。你人在哪里并不重要，总是有某个解决的办法，也总是有人会提议要帮助你。她不知道自己竟如此想念这一点。

在行车过程中，她很有礼貌地和这位邻居对话，不过随着他们接近熊镇，她变得越来越沉默。当他们驶过赫德镇的时候，她几乎无法呼吸。

"很不可置信吧，嗯？这里就像是发生了战争一样……"这位邻居点点头。

玛雅不乏在风暴后第二天醒来的经历，但这次的所见触目惊心。她不知道该怎么做才能将这一切修复，她甚至不敢想象修复这一切所需要的花费。

＊　　＊　　＊

班杰在那条细小的林间道路上骑着自行车。从姐姐们上一次见到他以来，他的身形变得单薄得多，又老了一两岁。他的皮肤更加偏向褐色，长发变得焦枯，但笑容没变。爱德莉抛下手边的一切，直接冲上前，一把将他从自行车上拉下。她亲吻着他的头发，告诉他，他是个毫无智力可言的小笨蛋，她好崇拜他。

"你是怎么过来的？你为什么不打电话？这辆自行车是谁的？"她想知道一切。

他耸了耸肩，不知道要先回答哪个问题。狗狗们从围栏里扑了出来，投进他的怀里。佳比和凯特雅紧跟着出来。当妈妈在位于上方的屋子里听到声音走到户外时，震惊得几乎无法站立，不过她在下一秒钟就一边冲过砾石路面，一边用自己的母语咒骂着。她的儿子像个流浪汉一样飞过大半个地球，又不常跟自己的妈妈联系，他为此实在应该被臭骂一顿，被狠狠地教训，但这个国家使用的形容词不够多，不足以形容这些情绪，所以她只能使用自己的母语。随后她紧紧地拥抱他，紧得连脊椎骨都咔咔作响。她低语着说，若他没有心跳，她就会死。从他远行之后，由于担心他就此消失，她就再没有畅快地呼吸过。班杰露出那种自己似乎才外出一两个小时的笑容，耳语着他爱她。随后他的姐姐们因为他太过消瘦而猛力拍打他，如果他真的死于饥饿，妈妈肯定会持续不断地唠叨这件事，她们根本受不了。所以，这个该死的小鬼头，他为什么只顾自己呢？随后她们将脸埋在他的发间哭了起来。之后，他们就一起用餐。

218

玛雅在自己家门外下车，充满喜悦地就搭便车一事向邻居致谢，然后换得一句："哎哟，这天杀的没什么大不了吧，别再来这些大城市的繁文缛节啦！"幸好她没有提议付油钱，否则可能要被痛揍一顿，玛雅这样想着，无法完全抑制住自己的微笑。她在花床上捡起几块稀烂的树皮，清掉一些其他垃圾，而后才打开自己从小到大生活的家的大门。一如往常，它并未上锁。过去她总觉得这再自然不过了，现在却觉得这么做非常古怪而愚蠢，因此她心想着，只有熊镇的人才这么做。

屋里的一切看起来都与往常无异——同样的家具、同样的壁纸、同样的日常生活。她的双亲似乎认为，他们可以通过拒绝承认时间的流逝来欺骗时间。玛雅站在楼梯上，深深地吸了一口属于家的空气，指尖轻抚挂在墙面各处的关于她和她的兄弟们的那些照片。年代最久远的，是艾萨克的照片。她的双亲失去过一个孩子，从此他们再也不相信这个宇宙。有一次，玛雅听见爸爸在电话中承认这一点，她不知道他当时是向谁承认这一点。他有时候觉得，他获得的所有福分都有定数，而这或许就是上帝（或者其他什么人）为了让天平保持平衡，将艾萨克从他们身边带走的原因。彼得·安德森有一个爱他的妻子和三个可爱的孩子，在美国国家冰球联盟开启了职业冰球员生涯，而后又回到栽培他的俱乐部担任体育总监。没有人能够获得一切，这或许就是他所想的。玛雅记得自己当时想着：这真是无法想象的无私，又是不可理喻的以自我为中心。所有小孩似乎只因为他们的双亲遵守了某几条适用于全宇宙的规则而得分就能过上好生活，或者没有遵守那些规则而被扣分就会遭遇可怕的对待。不过或许这就是生儿育女的真相，或许你还是无法逃过变成一个绝对的白痴的命运，她不知道。

她深呼吸，再度深呼吸，独自站在楼梯上。有时，过去发生一切的记忆就像电击一样闪现。她有时仍会在半夜尖叫着醒来。但随着每一次回到家，她已经能够不再那么容易想到凯文。她每次都会长高几毫米，获得更强韧、更厚实的防护装备。她每次打电话回家时，当然仍能够从双亲的声音里听出，他们没法像她一样调整好自己。他们已经陷进那些时刻，仍然相信一切都是他们的错。强奸事件之后，当她和爸爸坐在医院里时，他问有什么是他能够为她做的。她在绝望中唯一能够说出的话就是"爱我"，而他也那么做了。全家人都那么做了。她有时候觉得，自己将他们一同拖进一个黑洞，而当她自己已经爬出来时，他们仍然陷在洞里。就算她知道这不是事实，那也毫无帮助。罪责感始终比逻辑正确来得强烈。

她悄无声息地上楼，只有她和里欧能够轻轻地在楼梯上行动而不发出嘎吱嘎吱声。她走进双亲的卧房。她爸爸正站在镜子前练习打领结，不过手指不听使唤，面孔因悲伤而扭曲着。

"嗨，爸爸。"

他最爱的词。"爸爸"。他根本没有转过身来，因为他觉得这是自己的幻听。他用更大的声音又喊了一次。他在镜子里看到了她的身影，困惑地眨眨眼："亲爱的？亲爱的！你……怎么回来了？"

"我要参加拉蒙娜的葬礼。"

"可是……你是怎么回来的？"

"我坐火车回来的。准确地说，我坐到了火车站，然后有人捎了我一程。外面的路上一团乱，风暴肆虐的时候，情况应该很惨烈吧。爸爸，你好吗？"

她滔滔不绝地说着，而他仍在努力地确认：这真的是她。

"可是……学校呢？"他在拥抱着她时挤出这么一句。他始终是个爸爸。

"学校好得很哪。"她露出微笑。

"可是……你怎么会知道，我们会在这个周末举行葬礼？"

对于他的疑惑，玛雅露出了然的微笑："驼鹿的狩猎季是下周开始，然后冰球季就要开打了。这样一来，你们还能找出什么时间来埋葬她呢？"

他用领结搔了搔头发："可是，亲爱的，你本来不需要为了拉蒙娜回家的。她……"

"我是为了你回来的，爸爸。"她耳语着。

她感觉他差点就要塌下去，像一堆尘土那样。

"谢谢。"他挤出这么一句。

"爸爸，我能做点什么吗？"

他努力露出微笑，耸耸肩。他的动作迟缓而无力，让他的双肩看起来就像是错装在老旧铰链上的牛棚门板。当他们再度拥抱的时候，她已然长大，而他则变得渺小。

"小南瓜，爱我。"

"我永远爱你，爸爸。"

随后他们听见楼下大门开启的声音。蜜拉回到家，跨过门槛。她才刚停下来喘口气，就看到女儿搁在门厅地板上的那双鞋。她那颗属于妈妈的心惊跳了一下。当玛雅在楼上听到砰咚声及尖叫声时，露出了充满理解的微笑。她放开爸爸，背对着床铺。当妈妈冲上楼，飞奔进卧房，搂住她的脖子时，玛雅希望自己至少能够落在柔软的床上。

　　　　　　　*　　　*　　　*

　　那天夜里，除了他的家人，还完全没人知道班杰回到了城里。班杰从姐姐们的屋子里偷溜出来，骑着自行车去了冰球馆。沿路都是被风吹倒的树木，停车场上满布着被到处乱吹的废弃物，但实际上，冰球馆看起来完全不受影响。上帝似乎在告诉人们，他在守护着哪些人。班杰撬开建筑物背面一间卫生间的窗口，爬了进去。他在里面四处游走，被孩提时代的回忆凌虐着。他在这里度过了多少个小时啊，他还能再拾回曾于此地感受到的快乐吗？还有其他比跟自己最要好的朋友一同在冰面上驰骋，共同对抗全世界更棒的事情吗？怎么可能有这种事情呢？

　　他在黑暗中摸索着前进，在下方的防护挡板旁找到了电灯的开关，但并没有将天花板上的灯打开。他要是打开天花板的灯，工友从家里就能看到，肯定会到这里来，让他变得不好过。班杰在储藏室的最深处找到了一双适合自己尺码的溜冰鞋，他用力将鞋带绑紧，直到双脚感到麻木，而后朝光线走去。他在将脚底从地板上抬起前就已经知道这段距离有多少步，而后再将脚踏到冰面上。在所有与冰球有关且为他所喜爱的时刻中，这就是他最热爱的一刻。他经历过数千场比赛和无数次练球，但腹部及双肺每次都让他感觉，他是在爬过一片岩壁。其他所有的一切就在这划过冰面的第一步消失无踪，直接滑走。在整个童年时期，他在那里是自由的。只有在那里才自由。放眼世界，他只有在这里才始终能认知到，自己究竟是谁，以及他承担着哪些期望。没有困惑，没有恐惧。

　　他缓慢而苦恼地滑动着，滑出的圆圈半径越来越大。他停留在为被驱逐出场的选手预留的板凳席，充满怀念地敲了敲玻璃。在他小时候第一次来到冰球馆的时候，一切是如此单纯、如此自然，他似乎被选中能够理解体育这种充满了魔法的语言。他喜欢其他躯体表现出的韵律、碰撞、呼吸声、冰刀在冰面上滑动的声音，以及观众在比赛形势突然生变时发出的绝望叫喊声。当他和凯文并肩向前飞驰时，冰球杆狂热地发出当啷的碰撞声，双耳听到轰鸣声。他俩是无人能挡、不可分割、永生不死的。当他彻底迷失自我时，他不知道那个部分的自己到哪儿去了。没有了凯文，那部分就永远无法恢复原状。对于自己仍然有这种感觉，班杰永远无法原谅自己。

因此就在两年前，他将一个橡皮圆盘放在背包里，一路远行，再远行。直到他来到世界上的某处，当他将橡皮圆盘放在吧台桌上，没有人知道这天杀的玩意儿是什么时，他才停下脚步。那里没有游客。他离开了一个让自己内心感到不适的地方，找到了一个自己在外观上与周围环境格格不入的地方。他不知道他到底希望这会引向什么，也许引向空无。或许他只是希望，他的脑海到最后能够安静下来，内心感到平静。从各个方面来看，他或许成功了。此刻的他将目光投向绘在中场圆圈内的那头狂怒的大熊图案上，期待着它能唤起自己的某种感觉，不过他什么感觉都没有。没有渴望，也没有仇恨；没有归属感，也没有隔阂。他只是累了，无以名状、前所未有的疲惫。

他脱下溜冰鞋，将它们放回储藏室，将灯熄灭，从进来的那扇窗口离开。而后他缓慢地走过停车场，离开城市，走入森林。地面被撕裂，变得支离破碎。他将那辆自行车留在冰球馆旁边，那并不是他的自行车。他在此地已经不再真正拥有任何东西了。当风暴离开社区时，他正做着自己孩提时期常做的事，高高地坐在一棵树上。

*　　*　　*

　　当自行车的链条松脱时，处于风暴中的马特奥将它搁在某个地方。这一整天下来，他在那片区域里四处寻找那辆自行车。直到次日早晨，他才找到它。它被移动的距离，远远超出了暴风所能够拖拽的距离：它完好地被停放在冰球馆旁。某人找到了它，修好了链条，骑着它离开，事后压根儿没有因为良心不安而试图将它藏起来。当马特奥在冰球馆旁找到它的时候，他并不惊讶。那些冰球男在小时候就已经学到，一切都是他们的，所有人、事、物都是属于他们的。

*　　*　　*

　　那一夜，初霜降临熊镇与赫德镇。它是宇宙的消音设备，是使人感到麻醉的方式，是语言永远无法说清楚的。如果你询问从此地搬离的人他们最思念森林的哪种特质，那他们想必会告诉你是初霜，因为它不仅是对即将到来的冬季的微小预示，还是对已经逝去的夏季的默哀，更是对似乎一眨眼就降临此地的秋季的宣告。群鸟瑟缩起来，湖面开始结冰，我们很快就能看到自己的鼻息出现在眼前，以及自己拖曳在后方的足迹。空气变得清新起来，所有事物在早上都发出了刮擦声，地面上的积雪还不是那么厚实，但你得将落在墓园里、石碑上的最初一点白雪擦拭掉，这样才能看出是谁长眠于此。其中一块墓碑不久后将写上"拉蒙娜"的名字，因为她不需要姓氏，所以墓碑上也不会标示姓氏。大家知道这一点。但在较远处的一小段距离外，在上方墙边一个几乎要被人遗忘的角落里，一块墓碑上写着"亚伦·欧维奇"。由于记得他的人要少得多，他的全名出现在墓碑上。有时候，一连几个星期都没人来探视他。但当这一天的太阳升起时，他的儿子就坐在那里抽烟。

在所有时代与地区，关于爸爸们与他们儿子的故事都是一样的。我们相爱、相恨，思念着彼此，压迫着彼此，但始终无法完全脱离彼此的影响而生活。我们努力着要成为男人，却始终不知道该怎么做。那些关于住在此地的我们的故事，就跟到处被讲述、与大家有关的故事属于同一类型。我们以为自己能够操控叙事的方向，但实际上，我们绝少能做到这一点，这真是让人难以忍受。它们根据自己的意愿将我们送往目的地，其中几个人将会有幸福的结局，而另外几个人的结局将一如我们一直为他们担心的那样。

34. 竞争者

"冰球的速度很快。""头抬高。""自满必将遭到惩罚。"陈词滥调就是陈词滥调，不过它们常以真理的形式出现。这种游戏将持续找出更多无中生有的方式，使我们当中最有自信的新人变得谦卑。在某一方面，我们仍然一次次地忘记，每次胜利只是减少你在下一次挫败时感到的挫败罢了。

今年春天，当赛季接近尾声时，熊镇领先整个系列赛，然而勒夫看出亚马的手腕肿胀得有多严重，而且情况越来越糟。"你不应该再出赛了。"他说。"我得上场，我们得赢下最后那几场比赛。"亚马说。勒夫将手搁在他的肩膀上，神情凝重地问道："如果你让它伤得更严重，最后没被美国国家冰球联盟选上，谁能买洗碗机给你妈妈？"亚马答不上来。

那次练球时，那名之前在更衣室里拿勒夫说笑的男子愚蠢地用自己的冰球杆从后方打到了他的手臂。他或许不是有意的。亚马从他身边飞驰而过，动作比他快得多。那名男子已经失去了耐性，对于一再被羞辱感到了厌倦。亚马将怒火发泄在他身上，两人发狂般地互殴。要不是体形粗壮、厚实的波博从中拦阻，后果将比几处瘀伤和受伤的自尊心还要严重得多。"你在干什么啊？有这么严重吗？"当他们离开冰面时，波博小心地问亚马。由于亚马不知道自己还能怎么回答，便将自己内心最恶劣的想法讲了出来："你以为这是儿戏吗？你以为这支大烂队没了我，还能有什么出息吗？那个该死的智障，绝对不准碰我！我会去美国国家冰球联盟打球，而他能干吗？在超市的仓库工作？去工厂当苦力？当个天杀的……天杀的……"

他在脱口说出"天杀的汽车修理工"前及时闭嘴，因为波博的老爸就是汽车修理工，而波博往后也会成为汽车修理工。亚马本该直接道歉，但处于愤怒中的他刚开始没有那么做，过后再说什么都于事无补了。波博转身离开，那宽阔的双肩垮下来，就像要落到地板上一般。亚马气得将自己的冰球杆砸得稀烂。当他胡乱收拾好自己在更衣室里的物品冲出冰球馆时，全队没人理会他。

他没有出席下一场比赛。札克尔只是告诉球队：他"有伤在身"。没人知道伤势有多严重，或者伤情要多久才能复原。那场比赛以及接下来的那场比赛，他都坐在看台上。最后几场比赛，他则完全没有现身。关于他只是假装受伤，他已经在想着美国国家冰球联盟，而对给予他一切的俱乐部弃如敝屣的谣言开始流传。

"难道我得到那里去向他们展示我的手腕吗？"当他们坐在勒夫的车里时，亚马哽咽着对他说。熊镇才刚输掉最后一场比赛，没能按照所有人梦想的那样顺利完成晋级。没有亚马，他们从一开始就不可能在排行榜上领先。但是，现在一切仍然是他的错吗？"那都无关紧要。你做得永远都不够多。这是他们的游戏、他们的规矩，你永远不会成为他们的一分子。像你我这样的人得创造出属于我们自己的东西，是吧。"勒夫回答。

亚马没有参加最后几次练球，在赛季结束时也没有出席球队的晚宴。波博打过几次电话，想询问亚马为什么这么做，但亚马没有接听。他知道波博要的就只是一个道歉，但他已经不再感觉自己对任何人有所亏欠。他本来可以表现出感恩之情道个歉。他独自在森林里锻炼，除此以外，他几乎不离开自己所居住的街区。他通话的唯一对象是勒夫，而勒夫所说的一切都给人以下的感觉："相信我，亚马，那些人才不管你的死活。如果你再次受伤，再也不能打冰球了，他们会照料你吗？会帮你妈妈付房租吗？永远不会！他们只想占有你。你就等着看吧！那伙有钱的男人会告诫你，不要参加选秀会。他们将会努力尝试让你以为你自己很差劲，因为这样他们就能控制你了，这样一来你就会留在这里，为他们狗屎蛋的俱乐部打球！他们不希望你成为职业选手，因为这样一来，你就证明：他们错看你了！"

暮春时分，他说的话应验了。法提玛拉开公寓房的门，彼得·安德森再度站在门外。当这名老去的前任体育总监讲出这些谨慎挑选过的辞令时，他看起来非常软弱："亚马，我并不想插手……"因此亚马立刻回答："那就不要插手！"彼得瞄了法提玛一眼，但就连她也不打算抑制儿子的怒火。也许她觉得这么做是徒劳无功的，也或许她认为他有某种发怒的权利。

彼得深吸了一口气，进行最后一次尝试："我不知道其他人是怎么跟你说的。那个……勒夫……他跟你保证了什么……但是，亚马，我跟那名我认识的经纪人谈过话。我认为，你应该也跟他谈谈。我也跟美国国家冰球联盟中一个球会的球探谈过话，那人是我过去一同打球的队友，亚马，他在这一行已经做很久了。而且……请你务必要理解，我这么说并不是出于恶意……可是，他说，你被选到的顺位将会非常低。第六轮或第七轮，相当于第一百八十顺位这样的。"

亚马嗤之以鼻道："感谢你的信任！"彼得看起来很沮丧："我要说的是……在这么低的顺位才被选到的球员，甚至不会在现场被球队面试。我只是不愿意你大老远地跑过去，再失望而归。或许你留在这里，养伤、锻炼，会好一点。他们如果认为你够棒，他们仍然会选中你。你可以在网上观看选秀会的全程，我真的觉得……"

亚马的眼神泛着杀意，他打断彼得的话："你认识的那些经纪人和勒夫的差别就在于：勒夫够信任我，为我出机票和酒店的费用！"彼得难过地眨眨眼，就此放弃。他转过身，打算离开，但他还是停了下来，说道："好的，亚马。你现在是个成年人了，你想怎么做就怎么做。可是……我是否能给你一个建议？"亚马耸耸肩。彼得说道："当你到达那边的酒店时，记得去健身房，早餐要吃饱。各球队派出的球探特别注意这些细节，他们关注哪些人吃甜甜圈、喝汽水，哪些人认真看待自己的饮食。如果他们看到你在选秀会的前一晚到健身房锻炼，而不是在酒吧里厮混或玩电子游戏，他们就会知道：你会不惜一切代价登峰造极。"

亚马一言不发地掩上门。次日早上，他被一串敲门声惊醒。一家快递公司的员工站在门外，拿着一台全新的洗碗机和一张字条："不是礼物噢！告诉妈妈，这是你用美国国家冰球联盟的第一份薪水买的。勒夫"。

妈妈当然咕哝着："这实在太贵重了。"一切对她来说，总是那么贵重。但是她看出这对亚马的意义有多么重大，所以还是收下了它。"当我回到家的时候，你就会得到一座城堡啦。"他承诺。她亲吻他的脸颊，低声说："说什么蠢话，你不必担心我！"可是，他是她的儿子，她无法阻止他。

亚马直到上了飞机才察觉，勒夫不会跟着他一起飞越大西洋。"对我这种人，他们是不会发入境签证的。我有少量案底，而他们就喜欢把我们这种人登记下来，是吧。你不用担心，我在那边有个朋友，是吧。我们已经搞定一切啦！你会受到战绩最强大的球队面试。如果他们选中你的时机不高于第六轮或第七轮，那你觉得他们还会面试你吗？不要听彼得的！他不愿意看到你青出于蓝，因为要是那样，你就不再需要感恩了，像他那样的人就再也操控不了你了！是吧。"

当亚马到达时，他在机场见到了勒夫的朋友，一名举着写有亚马名字（字还写错了）的纸板、神情恼怒的中年男子。亚马得支付出租车费，在开到市区的车程中，这位朋友从头到尾只顾盯着自己的手机。当他俩在酒店入住柜台前分开时，这人只说"明天见"。那天晚上，亚马独自待在房间里。他感到非常紧张，甚至考虑要不要将迷你吧的东西一扫而空，但最后他还是去了健身房。他在勇气所允许的范围内尽可能地拉动重物，而当手腕不发疼时，他便暗自欢呼着。他在那里待了一小时后，一名身材健壮的六十来岁男子走了进来。他在跑步机上跑了一会儿，对其他人都不加理睬，但他在离开前突然对着亚马点点头，说道："祝你明天好运，孩子。"不管怎么说，彼得的某些话还是对的。

勒夫的朋友第二天早上来敲门，要亚马付钱请一名清洁工。当亚马询问原因时，这个朋友恼羞成怒道："要进那些大型球队召开记者会的酒店，你以为不给点贿赂，我们能待在那里吗？"亚马结结巴巴地说："勒夫说你们已经帮我搞定面试了……"这个朋友朝天翻了个白眼说："勒夫说你是个明星，但你看起来像是个被宠坏的小屁孩！我们到底是做，还是不做？"亚马犹豫地跟着他进了那间规模较大的酒店。那个朋友消失不见，而亚马独自坐在大厅里等了好几个小时。那个朋友一直没有出现，亚马在那里坐了一整天。那个曾经去过健身房的男子出现在大厅，身穿昂贵的西装，但他看都不看亚马一眼。他忙于招呼其他年轻球员和他们的家长，他们充满自信，表现出理所当然的神态。那些人知道：全世界都是他们的。傍晚时分，那名穿着西装的男子独自回到大厅，在亚马面前停下脚步，双眼紧盯着他。

"亚马，是吗？"他说。亚马惊慌地眨眨眼，以为他就要被赶出酒店了。不过这名男子却说："你有空接受面试吗？"亚马笨拙地点点头。对于勒夫还真的搞定了这件事，他震惊得一个字都说不出口。这名男子带着他穿过一条长廊，来到一间会议室，里面坐着好几名男子。他们全都来自联盟最优秀的俱乐部。亚马的大脑高速运转着，他的英语几乎就像他的双手一样颤抖不已，很不稳定，但他尽己所能地回答了所有问题。与他预想的相比，这些问题和冰球不怎么有关，而他竟不知道他们是怎么调查到他的所有底细的，真是天杀的。他们问到由单亲妈妈教养、带大的心路历程，他与熊镇队友们的关系，他为什么没有打完球季的最后几场比赛。他浑身冒着汗，感觉像在接受警方的讯问。直到他们谈话结束，那名西装男子才说："请代我向彼得·安德森致上最诚挚的问候，谢谢。我们是老朋友了，他让我多多关照你。"其他几名男子早已开始翻动文件，聊起另一名球员，压根儿没打算跟他说再见。亚马茫然地眨眨眼，拖着颤抖的双腿起身，像是被彻底摧毁了一般离开了那个房间。他们做这一切，原来只是为了给彼得帮个小忙。勒夫与他的朋友得努力贿赂大半个酒店里的人才能安排一次面试，而彼得只需在熊镇家中拿起电话就能做到这一切。"勒夫说得对，"亚马心想，"这是他们的游戏、他们的规矩。"

那个朋友在第二天早上出现，问亚马手边是否有钱，而后又消失了。当美国国家冰球联盟的选秀会开始时，在整个第一轮选秀中，亚马独自坐在看台上，看着各队各自挑走自己属意的新任大明星。当天晚上，他就泡在健身房里，直到崩溃不支。次日上午十点，他又待在看台上，一直坐到傍晚六点，看着其他两百多名十八岁球员在被选中时拥抱自己的双亲。不过，没人选他。冰球馆被清空，他仍坐在那里，那个朋友一直没有出现。

亚马打电话给勒夫，在电话里哭了出来，但勒夫听起来完全不为所动。"别管这个了，是吧。美国佬不懂做生意嘛！我在俄罗斯有个朋友！他会把你安插到那边的一支球队里，是吧。我们在那里可以赚到更多钱，比……"他继续说着，但亚马只觉得两耳嗡嗡作响。所以这就是一切吗？他谎称自己的手机信号不好，挂断了电话，然后崩溃。

当他回到酒店时，那名西装男子就等在入口处。他握紧亚马的手，面露真诚的微笑。"孩子，我很遗憾，这一次没有成功。我们真的很喜欢你，但我们不是按照你那位叔叔想要的方式来做生意的，知道吗？回家吧，好好努力，请彼得给你找个正经的经纪人，明年再来。好不好？"亚马结结巴巴地说："你……说什么……叔叔？什么叔叔？什么生意？"西装男子没有答话，只是拍拍他的肩膀，然后离开。亚马再次打给勒夫，尖叫起来："天杀的，你干了什么？"勒夫的声音变得阴沉起来："你以为你是谁，亚马？在我帮你做了一切以后，你竟然敢对我发火，是吧。我支付机票钱和酒店住宿费，你以为我之后不会索取回报？我不像其他经纪人那样向你要钱，是因为选走你的俱乐部要向我付钱！但是那些美国佬自以为比我们优秀，是吧。他们不愿意协商，以为可以免费得到你！现在听我说，我在俄罗斯的朋友们……"

亚马将手机扔到地上，它被摔得粉碎。他不得不向酒店的柜台借用电话打回家，让妈妈汇钱过来，这样他才能自己买机票。她不得不向邻居借钱，他恨透了自己。一整夜，他都在房间里大哭，喝着酒。喝，喝，喝。大清早，敲门声响起了。那名西装男子站在门外，双手拖着旅行箱，浓重的酒气让他颤抖了一下。亚马开口想要解释，不过一切为时已晚。彼得再度打电话给那名男子，想必百般央求他，希望亚马还能获得最后一丝机会，加入收纳在选秀会上落选的球员的训练营。不过现在不行了，现在他这副样子，不成。这名男子叹了一口气："请告诉彼得，我已经尽力了。孩子，我希望你好好调整一下自己。彼得说你是他见过的最优秀的球员，别把他变成一个骗子。"

那名男子离开了。亚马呆立在原地。一切都结束了，真快。他搭上飞机，先后转乘火车和公交车，一路回到家，然后将自己反锁在位于"洼地"的公寓房里，使尽全力猛踹那台洗碗机，直到感觉脚掌都要断裂了。次日早上，那只脚肿得十分厉害。在那之后一连数月，他再也没有跑过。

现在呢？现在会发生什么事呢？

当熊镇展开季前训练时，波博每天拨打好几次电话给亚马。亚马没有接听，只是发了一条短信，表示自己有伤在身。一星期后，波博打电话的频率从每天三次降为每天两次，而后再降为每天一次，最后他就不再打电话了。沉默将那间位于"洼地"的公寓房团团包围住,亚马大白天睡觉,晚上则在外面鬼混,废弃物间的玻璃瓶回收桶被填满的速度越来越快,日历一张接一张飘落。最后,整个夏天就这样与他擦肩而过。

直到他妈妈只身被困在风暴里的那个夜里,他才再度跑起来。他的身体顶住了,那只脚也堪用。随后的那天早上,他重新跑起来,深入森林,直到呕吐为止。周六大清早,他终于鼓足了勇气给波博发了短信。短信里只有三个字:"帮助我。"波博也只回了三个字:"你在哪?"

当这位身材魁梧而结实的朋友踩着四十八码的运动鞋,踏碎地上的小树枝出现在那片林间空地时,亚马已经准备好了上千个借口,但他一个借口都不需说出口。波博的微笑说明,他已经忘记了一切。

"你有没有看到我的朋友亚马?他长得跟你很像,可是体重比你轻五十千克!"

亚马自嘲地捏了捏肚皮:"我到美国去,学会像你一样狂吃早餐!"

"你的个头儿过去总像蝗虫那么矮小,但现在可发福啦。"波博笑了起来。

"我是很胖,但你很丑,我还可以减肥啊!"

"你很快,我很壮,你可能会骨折!"

"你这头天杀的大象,就算我的体重飘到两百千克,你照样逮不到我!"

波博咧嘴大笑:"朋友,我们在训练营都很想念你。"

亚马点头如捣蒜:"对不起,我没接听电话。我……你知道的……我在那里有段时间像个智障一样。"

波博伸了伸脖子,使它发出咯吱咯吱声。"别提这个了,我们是要跑步呢,还是要闲聊?"

要找回一个像波博这样的朋友，竟是如此简单。他是那种最棒的朋友。他们一起跑步，跑上又跑下，循环往复。先呕吐的是亚马，不过波博之后也吐了。由于他现在是助理教练，所以他此时的体能已经不如他当球员的时候。但是就算在当球员时，他的体能也并不怎么好。他们又上上下下来回跑了十次。当他俩跟跟跄跄地回家时，波博又在大路旁的沟渠里吐了一轮。

"羽扇豆。"他在吐完以后说道。

"什么？"亚马在一小段距离外的地面上呻吟。他太累了，无法站着等待对方。

波博又说了一遍，对着一些紫色的花朵点点头。他刚才把自己的早餐全吐在它们上面了。

"羽扇豆。妈妈挺喜欢它们的。事实上我们不应该喜欢它们，因为它们属于'侵略性的物种'。"

亚马将自己所有的情绪总结成："什么？"

波博听起来很恼怒，这可不太寻常。

"羽扇豆，我不都说了嘛！妈妈说它们真漂亮。可是我们的一个邻居，某个任职于区政府的老太婆，她说：'它们就像杂草一样。'区政府试图消灭它们，你知道为什么吗？因为它们会'淘汰当地的植物'。可是它们无法被根除，因为它们总是能卷土重来。天杀的，它们真是够强悍的。"

亚马疲惫地笑了："好啦，你闻到了什么？"

波博挺直了背，朝这位身材比他矮小得多、体重只有他一半的朋友伸出手，一把就将他从地上拉了起来。

"它们就像你一样。"

亚马露出不解的笑容："什么？"

波博耸耸肩，边走边说："羽扇豆，它们就像你一样。你在水沟里也能成长，没人能挡住你。"

直到在亚马家的大门口分开，两人都没再多说什么。当亚马意识到自己呆站着，希望波博主动问他今天是否愿意参加甲级联赛代表队的练习赛时，他为自己感到可耻。波博则因为他无法那样做而感到可耻。他自己倒是没什么太高的要求，但札克尔的工作风格不是这样的。如果亚马想打球，他就得亲自到冰球馆去问她。亚马在内心最深处也知道这一点。

"你明天还想再跑步吗？"最后他问道。

"当然。"波博点点头。

他们极其迅速地抱了彼此一下。当这名庞然大物拖着疲惫、迟缓的步伐离开时，亚马凝视着他的背影。他心想，他希望波博能成为人父，因为他具有身为人父的最佳特质：宽大的心胸，而且健忘。

亚马走上楼，进了公寓房。他握着手机，屏幕上是札克尔的电话号码。但他对自己的体重感到极度可耻，太过害怕让扎克尔看到自己现在缓慢的速度和走样的体态，因此没打出电话。他系紧了鞋带，再次走到户外。他想起在更衣室里听到的另一句陈词滥调："假如你想达到别人达不到的目标，你就得做没人愿意做的事情。"对于这些话，过去他总是嗤之以鼻。但现在，在他跌跌撞撞地走上山丘时，脑海里就一直回响着这句话。当他在那片林间空地上吐完，吐到再也没东西可吐之后，他抬起头，清楚地看见了冰球馆。他从那里能够清楚地看到，要得到他梦想的一切，需要走多长的路。距离美国国家冰球联盟下一次的选秀会还有十个月，在此之前，他只有一天能够挥霍。

就是今天。

35. 藏身处

马特奥骑着自行车回家，坐到电脑前。他打开游戏，全神贯注于屏幕——一个努力逼迫自己忘记什么的人，就是会这样做。他仍能清晰地听见姐姐的声音："你只管跟他们保持距离，那些冰球男！"当他年满六岁第一天上学时，这是她给予他的最重要的一条建议。她知道他们肯定会欺负他，因为他个子小、瘦弱、与众不同。她知道他无法自我防卫，这一点没法补救，所以她努力将自己知道的一切都教给他，比如哪里有藏身处，哪些老师允许某个学童在课间休息时独自待在教室里，回家时走哪条路最安全，从而让他能够在某种程度上不被欺负，安然度过在学校的时光。"从现在到高中最后一年，也不过十三年。只要撑过这十三年，之后你就自由啦，你跟我就可以拥抱这个世界啦！"在他正式开始上学的前一天夜里，她对他说，"只管跟那些冰球男保持距离。"

马特奥爱他的姐姐，也信任她，所以他遵从了。他与他们保持了距离。然而，她自己却没有与他们保持距离。

36. 肌肉

星期六的清晨，彼得起得很早。夜里的气温降到零摄氏度以下，窗外的庭院里覆盖着一层轻薄的尚未被踩踏的白霜。风暴已经过去了两天，明天就是葬礼的日子。他的大脑因拉蒙娜而感到悲伤，变得沉重；他的内心则因玛雅回到家而充满喜悦，显得轻盈。他的双脚因此不确定是该跳起舞来，还是应该拖曳而行，以至于绊到了彼此。他将那台黑胶唱片播放机搬进厨房，播放起一张相当老旧的唱片，独自在流理台前烘焙着美味可口的面包。与此同时，家里的其他人都还在睡觉。在这个短暂、倏忽即逝的片刻，他为自己保持了一种虚假的常态。

然而他总得到外面扔垃圾。一打开大门，风暴肆虐后的残迹就呈现在他面前：邻屋那破碎的玻璃窗，被捣烂的篱笆，储藏室的一扇门像一张纸那样被直直地从铰链上扯下来，举目所见尽是垃圾、垃圾、垃圾。彼得在这条街的更下方找到了自己家的垃圾桶，当他将它拖行数百米，一路把它弄回到家门前时，他才注意到停在街对面的那辆美国车。就是昨天那辆车。坐在方向盘前方的那名男子戴着棒球帽、太阳眼镜。这人的双肩太过宽阔，从而使得驾驶座显得太狭小。"他们并不健壮，只不过身上满是肌肉。"指导过彼得的那位老教练过去总是这样形容敌队最具危险性的那些疯子，"你在健身房练不出那种身材，只有在整个夏天都在扛木柴，整个冬天都在厚厚的积雪中拖着沉重的步伐走到位于屋外的卫生间的挣扎中，你才能练出那种身材。"那名男子打量着彼得，但身体纹丝不动。乘客座的车门被打开了，一名年纪明显较老、身材也肥胖得多的男子走下车。他穿着一件破旧的皮夹克和一件针织高领毛衣，毛衣外有一条厚重的金链子在不住地晃动。彼得的身体情不自禁地僵硬起来，勒夫大老远就看出来了。对于自己给人们带来的威吓，他可是心知肚明。现在，或许并非所有谣言都会传进彼得的耳朵，但就连他都听闻过这名男子。因此勒夫缓慢地走着，让彼得等待着，直到他俩产生眼神上的接触。他面露微笑，只有带上车里那名男子的人才能那样微笑。

"彼得·安德森？我名叫勒夫，我……"

"我知道你是谁。"彼得打断他的方式比自己原本想表达的还要激烈。他希望自己的声音不会暴露剧烈跳动的脉搏。

"哦？"勒夫微笑着。

"我能为你效劳吗？"彼得不由自主地问道。

勒夫的笑容更加灿烂起来。他稍微贴近彼得，近到足以让他感到不自在。

"我要来谢谢你！你打了电话给你的朋友们，是吧，当亚马还在美国国家冰球联盟选秀会上的时候？"他一说，一边伸出手。当彼得不情愿地握住时，勒夫握手的力道与时间都超出了彼得能忍耐的限度。

"那不算什么。"彼得说着，用超出自己预料的力度将手抽回。

勒夫继续凑向他，声音中带有一抹蔑视："不必，不必，现在不用这么谦卑啦！伟大的彼得·安德森！你在那里可是大人物，是吧。哎哟，哎哟，哎哟，对于亚马认识你，大家都佩服得不得了呢！大伙儿都非常非常敬佩。很可惜没起到作用，是吧。"

彼得咬牙切齿。他记得选秀会之后的那几通电话，他在美国国家冰球联盟里的老朋友与联系人纳闷着：到底是哪个"叔叔"到处打电话说自己是亚马的"经纪人"，想向考虑挑选亚马的那些俱乐部索贿？

"是啊，真可惜。"彼得咬牙切齿地点点头，同时感受到那名男子的鼻息。他真想一把将对方推开，但又不敢这样做。

勒夫用双眼仔细地打量他，随后满意地笑了一声。最后他往后退了一步，双臂向外一伸。

"好啦！先不谈这件事了，是吧。人们是这么说的吗？是吧。不谈亚马了。我要跟你谈谈。我看你昨天跟提姆待在毛皮酒吧。怎么说呢？我要讨论一个'敏感话题'，我没办法跟提姆讨论这个话题，因为他……嗯……你知道的，是吧。"

"不，不，我其实什么都不知道。"彼得挤出这一句。他对自己必须遮掩害怕的情绪感到相当恼怒。

勒夫的眉毛急剧跳动了一下，他近乎愉悦地说道："提姆是暴力分子，你是外交家，所以我来找你，是吧。"

"你又是哪一种人？"彼得问道，并且偷瞄了车里的男子一眼。

勒夫轻声咯咯笑着："我可以两者都是，彼得，不过我希望跟你一样，是吧。我们都不年轻了，不是吗？我半夜会起来尿尿，你知道，我太老了，没办法吵架了。可是拉蒙娜欠我钱，很多钱。"

他安静下来，似乎暗示彼得应该回答些什么。这个陷阱太明显了，彼得紧张得嘴巴发干，最后他极为勉强地动了动舌头："那关我什么事？"

勒夫将双手手掌朝上翻，刻意地耸耸肩膀。

"欠债还钱，是吧。"

"怎么还？她死啦！"彼得回答道，察觉到这正是勒夫等待的答案。

"不过毛皮酒吧可以卖掉，是吧。"

这个主意太荒谬了，彼得不假思索地喊道："卖掉毛皮酒吧？！你是不是笨……卖给谁？"

勒夫露出热情而略显夸张的微笑。"给我，我接受它。这样就没债务啦。大家都是赢家，是吧。"

彼得几乎惊掉了下巴，好不容易才挤出一句："你说……什么？"

勒夫的微笑显露出些许不耐烦："毛皮酒吧归我，这样就没有债务了。没问题的，我以前就经营过酒吧。"

"在熊镇……不行，你没在这里经营过酒吧，你不知道你要……"彼得开口。

"酒鬼到哪里都一样，是吧。你可以帮助我？"

最后这句话听起来不像是个问题。现在彼得已经不那么害怕了，愤怒开始占据上风。

"帮助你？拿什么帮助你？你就连……我哪儿知道……你能证明拉蒙娜欠你钱吗？"

勒夫脸上仍带着微笑，但双唇越来越僵硬，说话越来越咬牙切齿。

"我们签过文件。不过对像你这样的人来说，这都无关紧要。"

"像我这样……的人？"

"法律、规定、合同，这只适用于像你这样的人，你们的游戏，你们的规矩。或许你没有帮助亚马，或许还……适得其反。或许他正是因为你而没有被选上。"

彼得对于这种突发的指控感到太过震惊，几乎忘了他们讨论的话题，更主要的是，忘记自己是在跟谁说话。

"你派了一个……一个……一个天杀的帮派分子到选秀会上，极力勒索美国国家冰球联盟的俱乐部！你以为这样管用？"

勒夫双脚一动不动，但是将头倾向彼得几厘米。

"我想从俱乐部那边收到钱，你想从亚马手上拿到钱。这就是区别，是吧。"

"我不要求亚马回报！"

勒夫哼了一声道："你们这里有一句俗语，我刚来这里的时候就听说了，我还挺喜欢的：'他的手总是放在口袋里。'某个慷慨的人总是这么乐意帮助别人，是吧。"

"你的手不是放在你自己的口袋里，你的手是放在亚马的口袋里。"彼得嘶吼道，同时向后退了半步。

"那你呢，彼得？如果你不要这个男孩子的钱，那你在口袋里找什么？"勒夫轻蔑地说。

"我尝试着帮助他！"

"就像你帮助'洼地'的其他男孩一样？是吧。难道你不是只帮助冰球打得好的男孩？这巧合真是奇怪，嗯？当贫困的小男孩能帮你们赚到什么东西的时候，像你这样的人总是那么乐意做慈善。但是，彼得，我不是小男孩。我来索取我应得的权利。毛皮酒吧归我，我就此忘记拉蒙娜欠的债，是吧。不过我也许不用跟你谈啦？或许我该跟你的夫人谈谈？"

彼得永远都无法解释，他当时到底是怎么了，他只是爆发出来。

"你说什么？！"他直接咆哮道，并用双手狠狠地当胸推了那男子一把。此举让他自己和勒夫都感到惊讶。他的力道很猛，使得勒夫踉跄着往后退去。

虽然只过了一秒钟，但彼得能够将它拆成一百等份来逐一说明。车里的年轻男子推门而出，他的手伸进内侧口袋。令人费解的是，彼得居然还有闲暇一再猜想对方口袋里藏着什么。他还来得及用双手挡住自己的脸，不过此举是不必要的。勒夫已经恢复平衡，他高举着两根手指，他背后那名男子猛然停下脚步。勒夫平静地理平自己那件皮夹克，仿佛什么事情都没发生，然后转身面向彼得。

"她是律师吧，是吧，你老婆？我跟拉蒙娜签过合同。就像人们说的那样，我有权利，法律站在我这边。或许我需要请律师？"

"你想找几个律师就找几个律师，但你别想接近我的家人，听清楚没有？你也永远弄不到毛皮酒吧，这里的人永远不会……"彼得说着，然后不慎咬到嘴唇。某种使人困惑的怒火逼出这些话，他脉搏的跳动声在耳朵里轰鸣着。

勒夫等到他平静下来，再度露出微笑。他显然无动于衷，说道："好好想想这件事，我会回来的！人们是这么说的吗？不是！我会再联络你，嗯？我会再联络你！"

他意味深长地望着彼得的屋子。楼上的一盏灯已经点亮，蜜拉和孩子们在里面仍睡眼惺忪地走动着。彼得全身颤抖，但已经没机会给出任何回应。勒夫已经坐进那辆美国车，方向盘前的那名男子慢条斯理地驱车上路。当它一离开视线，彼得就掏出手机，却不知道打给谁。他呆立在原地，双拳感到沉重，脑中一片空白。最后他打给了提姆。

不是警察，也不是他的朋友们，而是提姆。在这一年秋季，熊镇的所有人、事、物就这样戏剧化地凑到了一起。

＊　　＊　　＊

玛雅从床上滚下来，套上一件老旧的绿色连帽衫，睡眼惺忪地拖着脚步走进客厅。她妈妈正坐在门厅里一张临时搭起来的书桌前。她刚起床不久，却已经跟一名客户或雇员视频对话了一段时间。这场风暴将她的公司搅得天翻地覆，而玛雅心想，这正是她所需要的：更多的压力。女儿路过时，亲吻了妈妈的头发，而妈妈则轻抚着女儿的脸颊。里欧站在厨房里，头深深探进冰箱，似乎真的以为自己能在另一边找到女巫与狮子。整栋别墅里弥漫着刚烤好的面包的气味。

"谁烤了面包？"玛雅惊讶地问道。

"爸爸。"里欧回答，似乎一点都不觉得这个答案有什么奇怪的。

"爸爸？"玛雅重复道。

"嗯哼。他在烤面包，而且很入迷呢！"她的弟弟回答。

玛雅透过厨房的窗口向外张望，看到了他。他正站在信箱旁边。一辆车停在街上，从车里走出一名玛雅认得的男子。不过她实在无法想象，这人会和她爸爸一同出现。

"那个是……提姆？"她叫道。

"是啊。"里欧朝窗外仓促地瞥了一眼，肯定道。随后他又回到冰箱前。

"跟……爸爸？"

"是啊。我想他们现在应该有点算是朋友啦。"

玛雅凝视着里欧，而后看向窗外，接着再度凝视里欧。

"哎哟，对不起。我到底睡了多久啊？"

＊　　　＊　　　＊

提姆走下车，四下张望。他看上去不太像是在找寻什么东西，而更像是记住某些事物。

"所以勒夫来过这里？"随后他开门见山地说。

彼得手上拿着两杯咖啡，将其中一杯递给提姆。咖啡杯刷洗得很彻底，杯壁上那只绿色的熊都快洗没了。提姆感激地点点头，接过它。

"他说拉蒙娜欠他钱。我不知道是多少钱，但我们总得将它付清，如果……"

提姆摇摇头。他没有生气，而是表现得很冷静。

"他要的不是钱。他要的是毛皮酒吧。当她还活着的时候，他就企图从她手上买下它。你知道的，勒夫干了很多烂事，那种你根本不想知道的烂事。他需要合法的掩护，酒吧就是最妥善的掩护。"

"那拉蒙娜为什么会跟他借钱？"彼得说，但立刻就对自己那种责备的口吻感到懊悔。

提姆对着咖啡长叹一声道："去年冬天，我手下一个小弟进了监狱。他妈妈付不起房租和各种账单，所以拉蒙娜就把基金里所有的钱拿给了我。我当时不知道，她……"

他喝着咖啡，没再多说什么。在彼得的记忆中，这是他第一次看到提姆面有愧色。

"是她自己往那里塞钱的？"

"是。"

"他是因为什么进的监狱，你那位朋友？"彼得问。

"严重身体伤害。"这就是他得到的答案。

这下轮到彼得觉得羞愧了。原因很明显：现在围绕在他身旁的，就是这种群体。

"我们该拿勒夫怎么办呢？"彼得叹息道。

"你什么都别做。山里人不是那种你吵得过的人，相信我。"

彼得对于自己激动的反应感到讶异。

"所以他就能到这里来，威胁我的家人？占领毛皮酒吧？拉蒙娜永远不会……"

提姆高举起一只手，阻止他继续说下去："我来处理勒夫。"

"我以为你会说……"

提姆将咖啡一饮而尽，把杯子还给他。

"我是说，像你这种人，不应该跟那种人吵。"

彼得斟酌着措辞，但突然间察觉到自己已经开口："好的。可是请你行事谨慎，不要造成……"

"我会不谨慎吗？"提姆夸张地问道，似乎觉得受到了羞辱。彼得嗫嚅着，差一点用咖啡杯去砸自己的鬓角。

"好的，好的。那我们就明天葬礼上见，嗯？根据我们与牧师达成的协议，开场前一个小时？"

提姆点点头，做了保证。彼得不再多问。他得接受这些现实。当他转过身朝屋子走去时，提姆好奇地喊道："你啊，勒夫说了什么让你这么生气啊？"

"生什么气？"彼得咕哝着。

提姆笑着说："虽然你努力装作很镇静，不过天杀的，你的双眼泛着杀机。你肯定不会那么在乎毛皮酒吧。他说了什么？"

彼得缓慢地呼吸着，但他手上的杯子咔咔作响。他极度不情愿地承认道："他……提到了蜜拉。"

提姆发出一阵胜利般的低沉笑声，它持续的时长远比彼得所希望听到的还要久。随后这个混混对这位前任体育总监说："完美先生，虽然人们不相信你有这种特质，不过不管怎么说，你还是被狗附身了哟。"

37. 驴子

强尼打着哈欠，恼怒地看看时间。他站在屋外，对着破晓的晨光咒骂，因为那名答应送他去熊镇取回迷你巴士的同事迟到了。泰德早已将自己的所有东西收拾好，站在门厅里等着。他的哥哥托比自然还没醒。特丝协助最年幼的弟弟图尔收拾好他的溜冰鞋，把盒装果汁与玉米片装进包里，强迫他承诺：在训练完毕以前，绝不打开它们。在他的哥哥们练球时，他得在冰球馆等上好几个小时。特丝自己要针对花样滑冰指导几个来自赫德镇的年龄较小的孩子。作为某个在冰上时间长于在冰球场外时间的家庭的一分子，这是常见的情景。

"你们东西带齐了吗？医院打电话来，我得……"妈妈在她背后说道。

特丝不安地看着她："妈妈，你看起来简直累死了。你难道不待在家吗？"

"我们那边病人太多了，风暴过后，有些人得留在家里清理。我得……"

"妈妈，今晚你得睡觉。保证！"

妈妈对女儿耳语道："亲爱的，我保证。现在，你要照顾好你的弟弟们……你知道，熊镇那边会是什么样子……"

"你不必担心，妈妈。那就只是练习冰球而已。"

"当然了，当然了。'只是'。对不起，这并不是你的工作，亲爱的。你只要……上帝啊，你本来只需要担心你自己的事情就好。我甚至都忘了问你的数学考试考得怎么样！"

"我考了满分。"

"你当然会考满分，这真是太不可思议了，我记得我不曾在考试中答对所有问题。你是我的女儿吗？你确定？"

这已经是个老笑话了，可是特丝每次的笑声听起来都是那么真诚。哈娜心想，她真的是太优秀了，这个家庭配不上她。在所有科目上都拿到最高分，不曾惹上任何麻烦，照顾自己的弟弟们，她小时候甚至都不曾把衣服弄脏过。就哈娜所知，她是唯一穿着白净衣服上学，回家时衣服仍一尘不染的孩子。当其他小鬼头爬树、在泥洼里打架时，她窝在家里读书。就连她的头发，也始终都像是刚梳过，完全不同于她妈妈那看起来像是将防烫套垫塞进碎纸机的发型。

"看着你长大，我感到非常高兴。而同时，我非常痛恨你长大。"妈妈耳语道。

"别傻啦。"女儿微笑道。

"你应该……你知道的，你本来不应该一直这样认真地处理一切的。你应该去参加派对，跟男生约会，还有……"

"男生？在赫德镇？要敢在这里跟某人约会，你得先花三个月进行族谱调查。"特丝哼了一声。

"别傻啦。"妈妈面露微笑。

"说真的，这里的所有男生都太幼稚了！"特丝坚持道。就在此时，图尔和泰德奔上楼，用水枪弄醒托比。托比在卧室里怒吼着，声音传遍整间屋子。此时特丝对妈妈耸了耸肩，像是在对她说"来反驳我啊"。不过哈娜没注意到她的动作。她望向窗外，凝视着。

"天哪……"她开口。

"天哪？"爸爸在庭院里补上这么一句。

在屋外的路面上，他们那辆迷你巴士高速驶来。哈娜和特丝才刚奔下楼梯，它就已经在篱笆前停住，一名疯疯癫癫的十八岁少女跳下车。

"安娜！"哈娜的叫声里充满了喜悦，引得特丝为之一惊。

"什么情况？"强尼再度问道。

哈娜抱住那名陌生的十八岁少女，向大家介绍她："这是安娜！在风暴肆虐的时候，她在森林里帮了我！"

强尼的表情变得柔和起来，说道："噢，我认识你老爸。他一切都好吗？"

安娜没有回答，只管将迷你巴士的钥匙扔给他。

"我觉得应该将你们的车开来这里，毕竟我们家的院子可不是停车场。今天早上我检查过引擎，你早就该将它送进汽车修理厂……"

"是啊！谢谢！"强尼打断她。他的口吻充满受辱感，这让哈娜高声大笑起来。

"安娜，请进！你要喝咖啡吗？"

不过安娜瞄了特丝一眼，看出了她眼中的怀疑。这种女生从来不喜欢像安娜这样的女生，所以她简短地回答："不了，我得回家陪狗狗们。"

"我们可以……送你回家。你等一下，我去把那些小子都叫出来。"强尼以一种礼貌但仍自觉有点被冒犯的口吻说。

"没事的。我跑回去就行了。"安娜说。

"跑回去？！跑到熊镇？"他惊讶道。

"天杀的，这又没那么远。我得好好练练我的膝盖，我之前受过伤。"她点点头。

"你的膝盖怎么啦？"哈娜问道。

"我撞了一下。"

"撞了什么？"

"一个男生的额头。"

"你做了什么？"强尼喊道。

"他太烦人了，是他活该！"安娜自我辩护着。

哈娜又笑了起来，再拥抱了她一次，坚持说她该另外挑一天晚上来拜访，一起吃顿晚饭。安娜不太真诚地做了保证，同时再次瞄了特丝一眼。特丝比她小一岁，穿着像是动画片里才会出现的白色长裤，而安娜的牛仔裤已经破烂到不像是长裤，而且她已经两天没冲过澡了。她感觉自己像是宫殿里的流浪汉，所以转过身跑步离开。

哈娜凝视着她的背影许久，而特丝则凝视着自己的妈妈许久。她本该拥有这样一个女儿。

* * *

　　波博敲了敲札克尔家的门。这名甲级联赛代表队的教练在一片雪茄烟雾中打开门，她身上的家居袍已经太过破旧，在她走动时竟然已经不再随之飘动。她厨房里的三台电视上正播放着三场不同的冰球比赛，桌面上则堆满了笔记簿。波博从未遇见像她这样的人，对某种体育活动拥有他人无法企及的知识，但对从事这种运动的选手所知甚少。在任命他为助理教练时，她明确表达自己用得到他的地方："人事问题，跟人们说话，类似这样的。"她只对和冰球有关的东西感兴趣。

　　"今天早上，亚马打电话给我。我跟他在森林里跑步。我觉得他想回来参加练球……"波博开口。

　　"他有多重？"札克尔不带任何情感地问。

　　"太重了。"波博承认道。

　　"他呕吐了吗？"

　　"像头小牛般呕吐。"

　　她点点头，抽着雪茄，突然面露惊讶之色。

　　"嗯？"

　　"什么？"波博问道。

　　"还有什么别的吗？"她问。

　　"没，没，没有什么别的，我只是……"

　　"这不就得了嘛！我听说所有来自赫德镇的球队要在我们的场馆练球。所以我要你将我们的练球时间改到今晚的最后一轮。"

　　"最后？队上这些男生对于这么晚才练球肯定会不高兴的……"波博开口。不过他察觉到，这就是她的意图。她不愿意收高兴的男生，当队上收新选手时，她的最初几个问题当中，有一个就是："你是希望舒服地过日子，还是赢得冰球比赛？"

"今晚见！"札克尔说着，就准备关门送客了。

波博赶紧说道："也许你可以打电话给亚马？他觉得很不好意思！他或许不敢亲自打电话，我……"

看札克尔的表情，她似乎将这句话倒过来听了。

"打电话？"

"哎呀，我知道你并不认同'激励球员'这种事情，你也说过，所有人都得自己做选择。好像跟驴子有关？你能将驴子牵到水边，却不能强迫它喝水？这我懂！可是，亚马是……他就是亚马！他所需要的一切，就是一点鼓励……所以，你也许可以……"

札克尔抽着烟，似乎在等着他继续说下去。波博嘴巴张合着，却不知道说什么了。所以札克尔尽可能耐心地向他解释，并且将重点放在"我们"上："我们不训练球员，我们训练球队。亚马不需要证明他能打冰球，他需要证明：他不笨。我们能凭借着才华平庸但头脑睿智的球员赢球，而才华横溢但脑子愚蠢的球员是永远不会赢球的。因为睿智的球员可能会做蠢事，但愚蠢的球员永远做不出睿智的事。"

"我……"波博嗫嚅道。当她用这种方式讲话的时候，他就会感到头痛。

"任何人都可以学会成为白痴，但白痴永远学不会任何东西。"札克尔总结道。其实，她绝少像这样尝试着略加说明。

"亚马并不是白痴。"波博的语气听起来像是受到了伤害。

札克尔将那根雪茄摁熄在家居袍的口袋上。如果那件家居袍还称得上干净，它本该燃烧起来，但现在它已因一层又一层的破损和污渍变得坚硬，似乎因此具备了防火功能。随后，她说道："这一点还有待评估。首先，我们还得看看他是哪种驴子。"

随后她关上门，都没有说再见。她根本不觉得，这样做是不礼貌的。

* * *

强尼尝试着发动那辆迷你巴士，前后试了十二次。他咕哝着："那个安娜肯定对它动了什么手脚。"所有孩子都将自己的背包放到了车上，最后就连托比都准备好了。他们开向熊镇。沿路强尼因为自己的座位没有调到适当高度，以及安娜改动了他对车内广播频道的设定而生着闷气。

"拜托，爸爸，我们难道还得听老头摇滚乐吗？"当他终于调整到正确的频道时，特丝问道。

当然了，她坐在前座——目的在于不让托比和泰德为了抢夺这个座位而打架。

"我不敢说斯普林斯汀[1]的坏话，在我的生活中就只剩下他不会埋怨我。"爸爸咕哝道。

特丝叹了一口气道："你真是爱大惊小怪。"

爸爸将音量调高："布鲁斯理解我。"

特丝朝天翻了个白眼，转身面向后座。"泰德，你的英文短文写完没有？"

"嗯。"泰德应道。

"我可以看看吗？"

他从装着冰球装备的提袋里翻出电脑。他们共用一台电脑，借此在

---

1 布鲁斯·斯普林斯汀（Bruce Springsteen，1949—　），美国摇滚歌手、作词作曲家。

冰球馆的看台上写作业，同时等待着彼此的练习时间结束。

"你能不能……帮我修改一下语法，还有类似的狗屎蛋？"他要求道。

"这你得自己学。"他姐姐抱怨道。不过很显然，她会修改语法的。

而后他们开始接近熊镇的边界。这时爸爸清了清嗓子，对此，作为优秀的哥哥姐姐，泰德、托比和特丝马上开始笑闹起来，他们开玩笑，甚至唱歌，发出各种噪声，目的就是分散图尔的注意力，不让他通过窗口向外望，纳闷着告示牌上究竟写的什么。

这倒像是，他今天不会听到"婊子"这个词似的。

* * *

伊丽莎白·札克尔在自家厨房里重新点燃一根雪茄，吃着直接从汤锅里取出的水煮土豆，观看着三个屏幕上播放的冰球赛。那些赞誉她具有教练才华的人总会谈到她的策略与分析能力，但她最主要的才华其实就是独具慧眼，因为她总是客观地解读信息，不会根据自己的意愿去解读信息。她已经看过太多教练根据他们认为可能发生的情况而给某名选手过多的机会，或者完全不给某名选手机会，他们还会根据"本能"和"直觉"来行事。札克尔唯一担忧的直觉就是腹泻[1]，她将与冰球有关的一切全保存在脑海里。即使某些球员是相当善良的人，她仍会将他们从球队名单中剔除，原因就在这里。她甚至不需要思考他们是不是优秀的冰球员。对她而言唯一重要的是，他们是不是对的冰球员。

人们说她"愤世嫉俗"，她不太理解：如果不这么做，要怎么赢得冰

---

[1] 瑞典语的"直觉"（magkänsla）字面意思是"腹部的感觉"。

球比赛。你想获得胜利吗？你能通过引用能说服人的论点、正义或讲道理来赢得胜利吗？她坚信：绝大多数赛季的结局在真正开打以前就已经注定了。打造冠军队伍的是阵容的配置与部署，而不是某个站在板凳区高声喊叫直到中风的教练。当熊镇在今年春季风头正盛时，记者们突然把这个俱乐部称为"培育人才的工厂"，把札克尔称为"天才"。她觉得他们可以做个界定，这究竟是人才建立的功勋，还是她的功勋？她实际上做了什么？她没有将亚马变为巨星，只是将他部署在他比较少犯错的情境中。小镇里的人们总是瞎扯说她会"测试"自己的球员，她让他们接受"心理学实验"。不过事实并非如此。她只是试图弄清楚，她手边这群驴子属于哪种类型，以便知道她可以直接放弃对哪些人的希望。

因此，当波博那天去她家谈论到亚马以后，她便坐在厨房里抽烟，同时在屏幕前做笔记。她的情感或许不像其他人那么丰富，但她不缺同理心。她知道波博心胸宽大，希望满足所有选手的最佳利益，尤其是亚马的最佳利益。追根究底，教练的工作并不是教养他人。俱乐部在媒体上展示的公关手册数量和措辞华丽的"价值语文件"再怎么众多，教练的工作还是在于赢得冰球比赛的胜利。衡量结果的是计分板，不是情感。因此，札克尔此刻在一个屏幕上播放亚马上一季球赛的影片，在另外两个屏幕上则播放其他球队选手比赛的影片，借此做比较。她通常借此观察对手，努力预测哪些球员会在对阵时给亚马造成麻烦。但是，她现在这么做，是想找到能够取代他的人。

这样做或许很不近人情，也许根本就是冷漠无情。但根据了解到的信息，她只能这么做。波博是亚马最要好的朋友之一，没有人比波博更信任自己的朋友，要是连他都认为亚马已经脆弱到必须由教练打电话去激励他，他才会想打冰球（而不是闷在家里买醉），那就太迟啦。札克尔知道，波博来这里的目的是想给自己的朋友争取最后一次机会，但他最终却适得其反。

*　　*　　*

当你成为父母时，没有人会告诉你这是个陷阱、一个恶意的玩笑、一道难题。因为你做得永远都不够，而且你永远不会赢。

强尼将那辆迷你巴士停在熊镇的冰球馆外。他的手机响个不停，他的同事们都等在森林里，但他仍然决定陪着孩子们走完最后一小段路，送他们进去。

女儿看出爸爸的担心，说道："没事的，爸爸。那只不过是书呆子般的小屁孩在告示牌上的胡乱涂鸦，我们没问题的。我会盯住托比，不让他跟人争吵。"

"你确定？这感觉不……我是说，我可以跟进去，待一会儿……"爸爸开口说道。

托比和泰德将箱子从后座的行李箱里拖出来。虽然两人有着相同的父母，年龄只相差两岁，但简直就像两个不同的物种。强尼担心自己对其中一个要求太多，对另一个要求太少。他在今年春天观看过泰德的一场比赛，一如往常，他无数次被要求坐下，却从不听话。泰德打得并不尽如人意，尽管他打得很好。他在冰面上的表现是最好的，但他没有拿出他可以拿出的表现。"是尖叫声。"最后特丝指出。当然，强尼一如往常地误解了她的意思，恶狠狠地瞪着敌队球员的家长们，说："是啊，是啊，是啊，他们天杀的可真能叫，可是泰德得学会排除这些干扰，专心打球！"特丝沉静地叹了一口气，说出事实："爸爸，他们的尖叫声影响不了他。是你的尖叫声。"强尼没有迎视她的目光，只是站在看台上，双手狠狠地插在裤子口袋里，简直要将口袋插出洞来，而后他才喃喃自语："我同样对托比大声喊叫，那又没怎么样……"特丝诚实地摇摇头，低声道："没有。你很清楚你并没有那么做。"

在比赛剩余的时间里，强尼坐了下来。特丝说的是事实。他更常对泰德喊叫，因为他看出这个十三岁少年的潜力，而由于他看出托比已经达到了极限，所以他不常对托比喊叫。

"爸爸，没事的。我保证！"现在，特丝坚持着。

她帮图尔解开安全带。这个家中年纪最小的孩子笑了，对于将要见到自己的朋友们，他感觉兴奋极了。他外表看起来可爱、温和，实际上则是一道龙卷风。最近一次，强尼对他惹出的烂摊子大发脾气。哈娜问他为什么这样，强尼绝望地喊道："因为他是我们的第四个孩子，我理应能好好处理的！！！""哎呀、哎呀、哎呀，"哈娜那时笑了起来，而后亲吻他道，"亲爱的，如果你哪一天自认是个好爸爸，那你其实就是个糟糕透顶的爸爸。"强尼一想到这事就很生气。这是什么意思？他没有准备好应付图尔。他以为他已经准备好了，但他依然坚持他们本该将这个孩子取名为"惊讶"。当他在单位将这件事情告诉班特时，班特露出那种家中子女已经成年的男人才会露出的微笑，说："强尼，不用担心，只要孩子们还活着，有足够干净的内衣裤可穿，你就是个够好的爸爸了。"说得容易，但感觉做起来很困难。

"确定？我可以跟你们进去，待一会儿……"现在他开口。

但是特丝打断道："确定！爸爸，你现在可以离开了！他们在你后面按喇叭！"

"天杀的，我才不在乎他们按喇叭……"

"可是，爸爸，我在乎！那很丢人！"

她将图尔从后座拉出来，关上车门，然后走到驾驶座，亲吻爸爸的脸颊。

"在我们的人生中，你无法分分秒秒都紧盯我们。我们会过得很好的。小伙子们的教练在这里，而且里面有一堆成年人。现在，走吧，在森林里时，要注意安全！"

"你不用担心我！"他受辱般地答道。

她模仿着他的动作说："你甭担心我我我我！"

"我可没发出这种……声音。"他咕哝着。

"爸爸，你就小心一点吧，好吗？布鲁斯·斯普林斯汀需要你活着，这样才有人听他唱歌。"

他笑了起来。对于她，他最感到良心不安。他从来就不觉得自己够好，能够教养这些孩子。但对于女儿，他的这种感觉最为明显。从她九岁以来，他就无法再指导她写任何作业。现在她是高中生了，梦想着进入大学读法律，那对他来说是个陌生的世界。因此，当她讲到她想搬去定居的城市名称以及在那里学习时，他用最愚蠢的情感来自我防卫。她为什么想要搬家？赫德镇还不够吗？她的成长历程难道这么糟糕，让她一心只想离开这里？想想看：要是她选错学校呢？想想看：这是他的错吗？假如她的爸妈换成其他人，换成跟她更相像的爸妈，会怎么样？要是这样，她是否会更有成就，走得更远，变得更快乐？托比、泰德或图尔会不会更有成就？他是否太常吼叫了？还是他吼叫得还不够？他是否已经"尽了一切努力"？

"现在，爸爸，走吧。"特丝小声道。

爸爸镇静下来："我会尽快来接你们，你要盯住托比，这样他才不

·

会，你知道的，太像⋯⋯我。"

女儿露出微笑，做了保证。他对后方猛按喇叭的车辆置之不理，就在停车场上看着，直到他家所有的小孩都走进门，而后才开走。对于他们的长大，他感到痛恨，痛恨。

＊　　＊　　＊

对所有的青春期男女而言，一个简单、痛苦的事实是：他们的人生鲜少由他们所做的事情决定，真正有意义的是那些他们要做但没做的事情。

当亚马离开家时，地面上有积雪。时序几乎进入冬天，天几乎全暗了，他无数次地想打电话给札克尔。他几乎就要战胜自己脑中的声音了。他从"洼地"出发，几乎一路走到冰球馆，但在停车场前一两百米处停下脚步。停车场上满是小孩子，他们的双亲送他们来练球，他们跳下车，大呼小叫着，为自己的朋友们加油。亚马认得他们当中的许多人，每次他为甲级联赛代表队进球时，他总会看见他们隔着亚克力隔板发出狂喜的吼叫声。他知道，他们当中的许多人在住家附近的街道上打球时仍然假扮他，因为他们只记得他身手最矫健、最美好的时光，那时他是超级巨星，是他们的偶像。现在呢？假如他今天进入冰球场，然后失败了，表现出自己的身材如何欠缺锻炼，动作如何迟缓，他又是谁呢？不过就只是另一个"几乎"要成功的人，一个几乎跟着熊镇冰球队在春季赢下整个联赛的人，一个几乎进军美国国家冰球联盟的人。他差点要打电话给波博。他差点要穿越停车场。他差点走进冰球馆，请求札克尔让他再度随队练球。绝大多数的青春期男女并不知道，他们的一辈子就由这个微不足道的词决定。但在亚马回家的路上，这个词在他脑中轰鸣着。"差点，差点，差点。"他最希望获得的就是孤独，但此刻，他脑海中的这些声音不曾静止下来："你被高估了。名不副实的家伙，尽人皆知啦。你最好还是回家，再一次买醉吧。这样，你就不必感受到这一切啦。不必再尝试啦。不必再失败啦。不会再把自己弄痛啦。"

他在公寓房中衣橱的最深处找到了最后一瓶没被开启的酒。他向上走，走进森林，没有跑，坐在那块能够眺望整座冰球馆的林间空地上，把酒瓶搁在膝盖上。他余生所发生的一切，将以他差点打开这瓶酒或差点没打开这瓶酒为起点。

38. 激进化

当安娜拿起那些资源回收袋时，即使她努力将牛奶纸盒塞到中间，它们仍然发出哐啷声。她消耗的牛奶量不够多，使得牛奶纸盒无法掩盖爸爸留下的空酒瓶所发出的杂音。就算她直接将牛奶全倒进水槽，她还是无法消除这些杂音。她打开大门，走进庭院。玛雅肩上背着装有吉他的吉他包，沿路走过来。这两个孩提时代的朋友同时看见了彼此。就玛雅所知，安娜身上最好、最棒的特质之一是，她不见外。

"来帮我处理这些袋子！"安娜只是哼了一声，将一个袋子递给玛雅。她的神态看起来像是她们几小时前才见过面，而实际上她俩已经几个月没见了。

"我好想你。"玛雅微笑道。

"那是什么鞋子？你要去舞会吗？"安娜回答。

"那你呢？你是在流浪，还是干吗？"

安娜扬了扬眉毛:"我的衣着一直都是这样。变得这么时髦的人是你。"

"时髦?就因为我看起来不像是僵尸电影里的临时演员?"

"你看起来就像是在地震中化的妆!"

她们咧嘴大笑。噢,上帝啊,她们笑得多么开心啊。只要两分钟,一切就恢复如常。同样的挖苦,同样的欢笑,手臂上相同的文身——吉他和猎枪。音乐家和猎人。从来没有哪两个女生有着这么少的共同点,关系却如此亲密。她俩会异口同声地说话,这是属于姐妹俩的默契,她俩当中不需要有人保持安静才能听到对方在说什么。直到玛雅打开安娜塞给她的袋子,看到所有酒瓶,她才哑然无语。

"由于葬礼在明天举行,他今天很清醒。不过他想必不会错过葬礼后的酒会。"安娜说。玛雅是唯一她永远不需要道歉、找借口的谈话对象。

玛雅决绝地点点头,开始将那些空酒瓶塞进资源回收筒。人们在葬礼之前保持清醒,"以示尊敬"。拉蒙娜一旦入土为安,他们就会以相同的理由一连数天喝得烂醉。

"我还以为你爸爸好多了。"她低声说。

"有一阵子是好多了。可是之后我赢了一场比赛,打电话回家告诉他。当他感到高兴的时候,他唯一知道的庆祝方式就是喝酒。"安娜回答的口吻似乎暗示这是她的错。

"我觉得很难过……我……"玛雅开口。但是安娜叹息一声道:"不必啦。事情就是这样。我们能不能聊点别的?"

玛雅心想,她变得比较强硬了,或者说她只是成年了。因为成年人会将通往所有情感的门窗全封锁起来,只有小孩有余力活在情感的波动之中。

"不管怎么说,我对没有更常打电话来感到很难过。学校的事情太多了，但我至少本该更常到这里来拜访的。我……"

"你现在不就来了嘛。"安娜表示。

"是的，但是你懂我的意思。"

安娜放声大笑，突然搂住她的脖子："我爱你，你这该死的小蠢驴！在我认识的人当中，你是唯一为自己已经现身而当面道歉的人！说真的，你都已经在这里了，你还能怎么样吗？"

玛雅用力紧抱着自己最要好的朋友，紧到肺部发疼。

"天杀的，我真想你。"

"你这小蠢驴，你现在不就抱着我嘛！"

"闭嘴！"

玛雅心想，有些人的生活中完全没有像安娜这样的人，他们要怎么活下去呢？人们会怎么做？她俩臂挽臂，沿着道路往回走。路面上仍到处散布着被吹断的树木，各个庭院里仍可见到风暴所留下的破坏痕迹。暴风能够轻易地吹烂我们自以为能做主的错觉。

"要重建这一切，需要花多少钱哪？"玛雅内心激动地想着。

"我在想，你是把我跟你那些经济学教授或其他什么新朋友混在一起啦。"安娜微笑道。

玛雅也微笑起来，摩挲着嘴角。

"可是，这里还不是最糟糕的。你看过赫德镇成了什么样子吗？"

安娜变得严肃起来："看过。我今天大清早在那里。我听到爸爸跟猎队的那些老头谈话。那里的冰球馆显然被风吹垮了，所以赫德镇的所有球队现在都在我们的冰球馆。天杀的，所有人都气疯了。爸爸说，情况只会更糟糕。"

玛雅注意到，她说是"我们的冰球馆"。这也是安娜身上出现的另一个改变：在维达死后，她更加憎恨赫德镇了。

"我今天早上看到我爸爸跟提姆……"玛雅说道，她想看看她的朋友对此会有什么反应。

"他们想必是在商量拉蒙娜的葬礼。"安娜耸耸肩若无其事地回答道。

"是吧。"玛雅说着，似乎在努力说服自己。

她不知道该怎么将这段对话延续下去，因为当她搬离这里的时候，她就已经放弃自己评定安娜的权利。那时候没人能跟安娜谈论关于维达的事情，所以她有时候会跟"那群人"里的男生讲到这件事，因为他们懂得她的经历。现在他们会去观看安娜的比赛，身穿黑色夹克，待在看台上，而玛雅则忙于自己的新生活。

"我可以想象，提姆也希望跟你爸爸谈论那些关于俱乐部的谣言。我爸爸说，猎队里那些老头一直在闲聊，说区政府要裁掉赫德镇冰球俱乐部，只保留熊镇冰球俱乐部。"

"什么？"

"嗯，没错，你知道的，赫德镇那边好像已经没有什么天杀的赞助商了，没有钱了，得仰赖区政府的照顾。现在，难道他们还要用我们的税金重建一座冰球馆吗？省省吧。这样的话，只留一个俱乐部比较好！"

玛雅听得出，这些话并非发自她内心，这些话是她爸爸与其他男人向她灌输的。但她无法反驳，因为这已经不再是她的小镇。

"就在不久前，熊镇也没有任何赞助商……"她只能低声说。

"确实。不过以前是以前，现在是现在。"安娜说着，再度耸耸肩。

"是啊。"玛雅说。

这时，安娜突然以充满罪恶感的眼神看着她，为避免引起争吵而开口说："你是打算将这把吉他像装饰品一样带着到处转，还是要为我演奏

261

一曲？"

她们走进屋，进了安娜的房间。玛雅在那里为自己最要好的朋友与小狗们演奏，仿佛一切都一如往常。演奏完毕后，她俩并肩躺在床上，凝视着天花板。

安娜问玛雅在想什么。除了真相，玛雅找不到其他可说的话题。

"我们在学校读到宗教的教派，读到激进化。这就跟恐怖分子是同一回事，你知道的，'坠落中的飞机'。没有人从一开始就是疯子，没有人一生下来就滥用暴力，他们只是做了一件小事，然后又做了一件。一切病态的行为缓慢地变成常态，这就是激进化。所有人都变得有点危险，每次都变得比之前更加危险。这座小镇就是这个样子，所有人都以为自己是为了对的事情而奋战。每个人都认为自己的动作是……自我防卫。"

安娜沉默地躺着，凝视天花板许久。随后她握住玛雅的手，但没有转身面向她，接着小声道："天杀的，如果这到处都在发生，我们对此还能做什么吗？"

"我不知道。"

"那就别再想啦。"

"你比我更擅长不去想这些事情。"

"这还不是因为我冰雪聪明，我已经想清楚了。"

"确实！确实！太合情合理啦！"

安娜咯咯笑着说："我喜欢你的那些新歌，你的布偶。"

玛雅也用咯咯的笑声回应她："谢谢，你这个流浪者。"

她俩睡着了，她们已经很久没有睡得这么安稳了。一如过往，她们贴着彼此的背部而睡。

39. 弹孔

这天早上，位于熊镇的汽车修理厂没什么要忙活的，因此老板在车库里喝咖啡、看报纸的时间要比平时来得长。他被称为"雄猪"，原因在于，许多年前他曾是冰球选手，而他打球的方式就像一头发疯的野猪。但在修理东西的时候，他那双大如水井盖子的手掌极为温柔、细腻，使人感到惊讶不已。所以人们不只会把汽车送来这里修理，还会将一切需要修理的东西都送来，包括雪上摩托车、割草机、浓缩咖啡机，不时还有蒸馏家酿酒的机器。最近这两年，在他的妻子死后，人们来得格外频繁。对于一个并不怎么希望被别人告知自己需要受到照顾的男人，人们就是用这种方式说明他们在乎他。

他的儿子波博此刻正在冰球馆里。波博是甲级联赛代表队的助理教练。有时候爸爸得深深地将身体凑到汽车的引擎盖上，这样才不会被看出，他脑海中强烈地想着波博的妈妈对此将会如何感到骄傲。波博的弟弟妹妹们在伤痛过后，也适当地调整了情绪。如今他们再度露出欢笑，不再像先前那样提出那么多问题。今天他们在朋友家里玩耍。

提姆对这些了然于心。他非常敬重"雄猪"，因此不会当着孩子们的面来找他。他们可以坚信：他们的爸爸跟他这种男子一点瓜葛都没有。

"你是在度假，还是怎么回事？"他在屋外的院子里喊叫着。

"雄猪"抬起头来，两人握了握手。"雄猪"是一名中年男子，他始终不是提姆领导的团体的一分子，然而他也不以他俩之间的友情为耻。当他的妻子过世时，当然了，他童年时期的朋友彼得是第一个出现在这里提供帮助的人。紧接着，那些身穿黑色夹克的男人也来了。他们帮"雄猪"修补屋顶，重新粉刷他的房屋。当他和孩子们的关系陷入最紧绷的状态时，他们甚至一连数周轮流到这里来，在车库里免费帮他工作。这种事情是不会被遗忘的。他对提姆露出微笑，朝着停车量只达到总容量一半的停车场点点头。

"这一带的人们都不会在驼鹿狩猎季的前一周修车，这你是知道的。这段时间过后，这当中有一半人的车顶上仍然会出现弹孔，因为他们喝醉酒以后就会开车在林间道路上转来转去，同时忘记自己手上有枪……"

提姆咧嘴大笑道："他们不小心开枪打到的鸟，比在森林里刻意猎到的驼鹿还多呢。"

"雄猪"也咧嘴大笑起来。这个地方的猎人非常乐意跟彼此开这种玩笑，但他们永远不会容忍外人开这种玩笑。"雄猪"或提姆永远不会跟一个无法使用武器的人到森林里去。猎人必须能够盲目地信赖自己身边的人，最主要的是，能够盲目地信任自己背后的那个人。

"你要来点咖啡吗？"

"好啊。"

他们喝着咖啡，闲聊起冰球和雪上摩托车。"雄猪"等到喝完两轮咖啡才说道："所以，你需要什么帮助？"

提姆看起来几乎面露羞耻之色，但也只是"几乎"而已。

"算是一项服务。如果你不愿意，你不需要提供这个服务……"

"是你的朋友们要求你做点什么，还是你自己有需要？"

"是我。"

"那我可以帮忙，这你是知道的。"

提姆赞赏地点点头。其实此时修车厂外停着少数几辆车，他指了指其中一辆道："我需要那个。"

40. 威胁

勒夫租了一栋位于废车处理厂高耸的围栏外一小段距离处的小屋子。那些为他工作的男人则住在废车处理厂里的多功能休旅车里。他是他们的老板，他不能成为他们的朋友，因此他们需要这一小段距离，以便在宣泄不满时不被他听到一切。他提供的并不是什么简单的工作，而来应征这种工作的男人也不是简单的人物。

一个男人敲打着屋子的门板。勒夫恼怒地开门。

"干什么？"

"门口有个穿西装的家伙！看起来像警察！"勒夫熟悉多种语言，这名男子以其中一种语言说道。

勒夫眯起双眼，朝门缝里望去。他望向废车处理厂的入口处。那里确实站着一名穿着西装的男子，不过他看起来怕得要死。

"那个不是警察。"勒夫咕哝道，起身取来夹克。

勒夫将屋子上了锁，慢腾腾地走过去。当他接近时，那名穿西装的男子紧张地等着。

"有事？"勒夫在极其接近对方时开口。

"是的……嗯，我想我的车应该就在这里吧……它之前在熊镇的汽车修理厂，我今天大清早打电话过去询问它修理好没有，修理厂的人却表示已经有人把它领走了，并且打招呼说它会被送到……这里。"

勒夫警戒地环顾四周道："'有人'领走了你的车，把它送到这里？"

"是的，他就是这么说的。"

"谁？"

"汽车修理厂的人。"

"在熊镇？"

"是的。"

勒夫牢牢地盯住西装男："是什么车？"

"是一辆……黑色的车。"西装男轻咳一声。

勒夫面无表情地点点头。"好。我们去找找看，是吧。"他一边说，一边向对方示意，要引他进入大门。

"不……不用了，没事，没事。我之后可以再回来，我……"那名男子喘息着。

但是勒夫坚持道："来吧，没事的。就算你听说过我们是凶手和贼，但我们并不是，是吧。"

废车处理厂只有一处入口。它的护栏相当高，最高处则安装了监控摄像头。处理厂内散发出焦煳味。勒夫踏着刚落在地面上的雪前进，西装男亦步亦趋地跟在后面。他们遇上一名蓄着浓密胡须、身穿单薄 T 恤的高大男子，勒夫用一种西装男无法辨识的语言对他下指令。T 恤男闪进一辆多功能休旅车，没再出来。勒夫领着西装男继续在废车处理厂的外围走动。它的空间比从外面望去还要大，但西装男看到的仍只是内部实际空间的一小部分。

"它在这里吗？"当他们顺着围栏而行，经过成排的汽车残骸和一摞摞无法辨识的金属废弃物直到围栏的末端时，勒夫问道。

西装男焦虑地摇摇头。此时勒夫的双眼变得更加细长，脖子变得更加僵硬。这时，T 恤男从那辆休旅车里走了出来。

"夜里有人进入这里吗？警报器响过吗？"勒夫问他。

T 恤男严肃地摇摇头。

勒夫转向西装男："你是做什么工作的？"

"什么？"

"你的工作！"

这名男子用力地咽了一口口水道："我在熊镇经营殡仪馆。"

勒夫朝他走近："告诉我他说了什么，那个打电话给你的人。他说你要在这里取车吗？"

这名男子的身体随着每一个字抽搐着，摇摇头："不，不，不，他说……你的名字。他说：'它在勒夫那边。'"

勒夫已经作势要离开："在这里等着，好吗？"

西装男按照指示等着。勒夫离开废车处理厂，走了一小段路，回到自己的屋子。大门是敞开的，但他很确定他离开前已经锁了门。厨房的餐桌上摆着一个印有毛皮酒吧徽标的空啤酒杯，旁边则是一把汽车钥匙。勒夫望向窗外，目光扫向位于房屋背面的那一小块庭院。围栏的一排厚木板已经被拆开，这肯定是许多男人一起干的，而且动作肯定非常迅速。他们就是通过这种方式告诉他：他们无所不在，他们可以在任何地方逮到他，只要他们有意愿，他们就会灭了他。这并不是什么隐晦的威胁，提姆的行事风格并不隐晦。

他将运尸车直接停在勒夫的庭院里。

41. 争吵

过后，对于现在发生的事情，你当然会听到一百种不同的说法，这取决于你询问哪些人。一如往常，绝大多数的说辞与实际发生的事情无关，但和描述者感觉发生了什么事情有关。五十年来，这两座小镇经历的每次冲突感觉上似乎都是直接爆发的，因此我们将无法判定哪些事情是有预谋的，哪些是报复，哪些是随机事件。最后，历史就会非常紧密地纠缠在一起，当你拉扯最细微的一根线的一端时，它的另一端就会松动，扯裂我们所有人伤口的缝合处。然而无论叙述者是谁，无论你站在哪一边，所有人都会认同一件事情：假如赫德镇与熊镇真的曾经存在任何停火，它绝对会在今天告一段落。

当特丝与弟弟们准备进入场馆时，入口处已经很拥挤了。里面已经弥漫着一股预示着争吵的嗡嗡声，所以她在内心最深处害怕会爆发争吵。但说实话，她觉得如果她爸爸坚持跟进来，那样肯定会一团混乱。因此特丝心想，她能够独自撑过去。这想法其实挺笨的。

她带着弟弟们朝更衣室走去。一支来自熊镇的男童冰球队才刚结束练球，正走下冰面，来到侧边的防撞挡板旁；另一支来自赫德镇的球队则正在离场，双方球员的爸爸们和妈妈们一把拉住自己的小孩与装备。特丝和弟弟们得用手肘顶出一条路来，这倒不是因为人们针对什么事情在排队，而是因为一大堆人必须在今天展示：这是他们的地盘。一如往常，青少年们其实还不是最恶劣的，最可恶的是他们的家长。他们到处聚集着，拿着热水保温瓶和装着茶点的篮子，即便明知这样会挡住赫德镇孩子们的路，但他们仍然假装什么都不知道。"自己家里有小孩的人，怎么能用这种方式对待小孩？"特丝才刚这么想，就听到有人发出叫声，某个东西砸到图尔的头，他哭了起来。下一秒钟，一群来自赫德镇的球员开始唱起歌来，而所有来自熊镇的家长则歇斯底里地咧嘴大笑。

"图尔，怎么了？发生了什么事？"特丝的尖叫盖过了一切噪声，她牢牢地抓住托比和泰德，这样才不至于把他们弄丢。

突然间，拥挤的情况变得更加恶劣，家长们变得具有攻击性，图尔怕得不得了。特丝试着将他抱起来，但由于她还拖着他们的装备箱，实在做不到这一点。一个成年人将她绊倒。当她的腿弯曲时，她尖叫起来，瞬间感到极度而全面的恐慌。这时她看到一只像雪铲一样大的拳头在一堆人的肢体当中向下探，将她、图尔以及装备箱一并拉了起来。

"随我来！"那个出拳相助的人说道。他有着一张看起来无忧无虑的圆脸。他先是将这四个姐弟带离，然后将他视线里所有身穿红色衣服的小孩集合起来。

他直接从拥挤的家长们当中切出一条路，仿佛他们只是由人肉构成的帘幕。随后，他引导他们进入更衣室。特丝在更衣室里气喘吁吁，相当愤怒。她凝视着他，从而确认两件事：首先，这个男生块头巨大；其次，他身上穿着一件绿色的训练服。

"你们还好吗？"她问她的弟弟们。

他们点点头。图尔很害怕，托比很生气，但泰德只是以仰慕的眼神望着这名巨人。

"我认得你！你叫波博，不是吗？"

这名巨人或许以为自己在冰球选手时期的表现让他的名声流传到了赫德镇，因而骄傲地脸红了。"是的，是……"

"你认识亚马，对不对？他在这里吗？你们要练球吗？"泰德打断道，兴奋地跳了起来。

特丝觉得这个巨人真可怜。他失望地搔搔头，偷瞄了她一眼，说道："没有。应该说，我还不知道，我觉得亚马今天不会来练球。而且，甲级联赛代表队修改了练球时间，我们要到今天晚上才会练球……"

"我们能留下来看吗？"泰德很想知道。

"你有病吗？在这里留到晚上，就为了看熊镇冰球队打球？"托比喊道。

特丝带着歉意瞄了波博一眼，道："谢谢你在外面帮助了我们。我的弟弟们也很感谢，不幸的是，他们太不明智，不会表达自己的谢意。可是，你……你救了我们。"

这名巨人的脸迅速地红了起来，他得蹲坐在图尔面前，这样就不需要再次直视特丝的双眼，否则他很担心他的头部或许会因此灼烧起来。

"你还好吗？外面是有一些白痴，但我会把他们赶出去，好吗？并不是所有住在熊镇的人都是这样，我保证：冰球馆里有很多很善良的人，他们会照料你，让你不需要感到害怕。你知道吗？"他问那名小男孩。

"那些白痴都下地狱去！"图尔立刻回答，并且跟波博击掌。

"图尔！"特丝咆哮道。

波博忍俊不禁。他站起身来，瞄了她一眼，说道："我也有弟弟妹妹。"

"看得出来。"她的口吻里夹杂着等量的赞赏和指责。

他慌神般地搔了搔胡楂儿。虽然他比特丝年长三岁，但他感觉自己更为稚嫩。她那双眼睛，他前所未见。她凝视着他，似乎就要开始责骂，却又像是要笑出声来。当波博开口时，他的声音显得断断续续的。"如果……我是说，如果亚马出现，我会去把你弟弟找来，这样他就能跟他见面。另外，如果你，或是你们需要什么帮助的话，就喊我一声。我就在附近。或者我也许在咖啡屋里，这之类的地方。总之我……我都在……"他结结巴巴地说。

"你应该……很容易找到吧？你看起来有五米高，你的身体有七米宽？"托比应和着，语气听起来有点轻蔑。他的小腿被姐姐踢了一下。

"再次谢谢你！真的！"她说道。

波博露出微笑，低头望着自己的鞋尖。

"我觉得很难过，这里有一部分人脑袋坏掉了。但我们并不都是……这种人。"他保证。

"我们也不是这样的。"她回答。

两人都觉得自己像骗子。

更衣室外的冰球馆里仍逗留着许多人，但在接下来的数小时中，大家都平静下来。青少年们首先平静下来，接着是他们的家长。来自各个俱乐部的不同年龄层小队员共用冰面：泰德跟自己所属的球队在其中一个半场练球，来自熊镇的男孩们则在另一个半场练球。接着，图尔跟其他年龄同为七岁的男孩练球。最后，托比跟其他同为十五岁的男生练球。在他们之后，就该轮到花样滑冰的选手们练习了。特丝在走向冰面前对托比说："你带着图尔和泰德在更衣室里待着，现在别陷入争吵！我练习完以后，我们马上就回家！"

一两分钟以后，当波博正在楼上的咖啡屋里付钱买一球冰激凌时，有人走了进来号叫道："天杀的，波博，下面整个吵成一团！就是那个神经病妹子惹出来的！"

一切发生得太快了。

关于这一天在冰球馆里发生的事情，你将会听到众多不同的说法。在这些说法中，没有一个真正提及完整的真相。例如，熊镇许多人会避而不谈的一个细节是，当那姐弟四个走进冰球馆时，有人扔了一个瓶盖，命中图尔的头部，另一人则在特丝后方用"赫德镇的婊子"喊她。她抓住图尔，使他不至于被踩踏。她努力将托比抓住，不让他跟人打架。她费尽全力才勉强抓住他俩，但由于走廊上满是其他同样来自赫德镇的青少年，此举无济于事。这伙人当中，有人开始高声哼唱着某一支旋律。很快地，所有人都跟着唱起来。当赫德镇的人们描述这段故事时，遗漏下列这个细节的频率也是高得惊人：他们现在哼唱的旋律，跟两年前有关凯文的真相被曝光、这两个俱乐部之间的仇恨情绪最浓烈时，赫德镇球迷高唱的歌曲（《熊镇：强奸犯！》）旋律是相同的。

赫德镇的许多人甚至也会"忘记"描述：更衣室外的走道上挂着一张拉蒙娜的照片，照片下方摆着点亮的蜡烛，一名来自赫德镇的男孩在最初于入口处爆发争吵的一两个小时后一脚踹翻了那些蜡烛。作为回报，熊镇的许多人也将略过故事的下列环节：当一名来自赫德镇的十七岁花样滑冰助理教练要将自己指导的小女生们带上冰面时，一名熊镇男童冰球队球员的妈妈一把抓住她，宣称花样滑冰选手无权在这个时段使用冰面。赫德镇的人们将会笑着表示：如果她想要狠，挑一个十七岁少女发难，那她真是挑错人了，因为这人名叫特丝，是哈娜和强尼的女儿，她的"导火索"或许比她弟弟们的都要长，但它的末端可是天杀的连着一堆炸药。熊镇的人们将会故作惊惶，宣称那个特丝肘击了那个妈妈。赫德镇的人们将会指出：是那个妈妈先抓住她，特丝只是甩开她，而那个妈妈因为失去平衡才一屁股滑倒在冰面上。熊镇的人们会说：特丝十五岁的弟弟托比在此时从更衣室里冲出来，将摆在拉蒙娜照片下方的所有蜡烛一脚踹翻。赫德镇的居民将会说：他只是听到有人攻击了他的姐姐，急于冲出来保护她，而没有看到那些蜡烛。

人们经常说：历史是由赢家写的。然而，这里没有任何赢家。

当听到发生什么事时，波博连忙冲出咖啡屋，奔下楼去，把疯狂地打成一团的十五岁青少年们从走廊上赶出去，尽自己最大的努力将穿绿色衣服的人与穿红色衣服的人分隔开。但是，最让他不安的还不是他们。

272

今天，在冰球馆里最初的口角爆发后，有人离开现场，打了一两通电话。过了一会儿，一群身穿黑色夹克的人便来到现场，站在其中一侧短边的看台上。到目前为止，出现的只有"那群人"中最为年轻的男子，也就是跑腿的小跟班们。但波博很清楚，只要再有人发一条短信，那些比较年长也更危险的成员就会出现。如果提姆和他的亲卫队在这一团混乱中出现，波博并不确定冰球馆里的所有人都能毫发无伤地走出去。

"走吧，我们最好离开。"他迅速地对特丝说。她从他的眼中看出，他并不是为了自身的缘故而感到害怕。

"托比！泰德！图尔！"她立刻对弟弟们叫喊着，拉着他穿过冰球馆，走到停车场，同时发了一条短信给爸爸："训练时间提早结束了。你能立刻来接我们吗？"

她很清楚：千万别在短信里写到爆发冲突。在她十二岁的时候，她这么写过，事发的场合是一次庆生会。那时他带着六名消防员赶到现场，表情看起来像是要把每个看着她的男孩打死。她气喘吁吁地转向波博。他面露羞赧之色，仿佛一切全是他的错。她几乎笑出声来。

"我很……喜欢你的做法，从他们之中穿过，而不动手打人。"她说。

"我不那么擅长打架，我只是个头儿比较大。"波博害羞地微笑。

"很好。我不喜欢擅长打架的人。"她说。

波博根本不知道自己该把目光往哪里摆，他视线几乎转了一整圈，就是想避免正视她。他转而望着托比。托比一只眼睛的眼圈被打得发青，肿胀得厉害。因此波博便把手中的冰激凌递给他，让他能用它贴住肿胀处。波博成功地遏阻了冰球馆里的争吵，而没将手里的冰激凌弄丢。这充分说明他的喜好：他是个非常喜欢吃冷饮的人。但是，他又准备将一球冰激凌递给特丝的弟弟，而这则充分地说明了他的为人。

"你的眼睛还好吗？"他问道。

"还行。"托比恼怒地答道。

"你的手指关节还好吗？"波博带着一抹微笑问道。当特丝恶狠狠地瞪着他时，他顿时收起了微笑。

"痛得要死。"托比虚弱地笑着说。

"我早就告诉过你，不要打架！"特丝嘶吼道。

"先卷进冲突的人是你，我冲出来是要帮助你！"托比反驳道。

在这段时间，泰德只是一声不吭地站着，目光瞄向冰球馆的入口处。其他所有来自赫德镇的青少年与孩子涌进停车场。门口处挤满了身穿绿色衣服、叫喊着"来自赫德镇的婊子"及其他更难听字眼的青少年。很明显，他们非常乐于冲向托比，亲手将他解决掉。不过，只要波博还站在那里，他们就不会有动作。

"你现在应该进去了。"当特丝看到强尼像个偷车贼一般将那辆迷你巴士开来时，她这么说道。

"你确定？我可以……"波博开口。

"请你相信我：当爸爸来的时候，我就不再害怕我们会出什么事情了。我害怕的是，如果我们没有立刻把他从这里弄走，他会在冰球馆里干出什么事情来。"特丝回答。

她说得对。在她费尽口舌的劝说下，以及图尔惊恐目光的瞪视下，她爸爸才没有抓起手边最理想的武器，把冰球馆里每个欺负他家小孩的人处理掉。他的体重是特丝的三倍，但女儿仍旧劝阻了他。从他的双眼中，她看出某些男性具有的特质：当他暴怒的时候，他不再能够把其他人当成人看。所以，她通过唤起他内心（据她所知）唯一比暴力还要强烈的特质来说服他。这个特质就是他作为保护者的本能。

"爸爸！听着，爸爸！！！我们得把所有的孩子都弄回赫德镇，我们得在出更多事情以前把大家弄回家。你听到我说的吗？你得照顾这里所有的孩子！"

最后，强尼的双肩松懈下来。他对着所有身穿红色衣服，既恐慌又困惑的青少年扫视一眼，他们一群一群地聚集在停车场里。那里也有几个成年人，包括教练与少数几个家长，但他们的表情就像孩子们一样害怕。强尼侦察了一下冰球馆的入口处。一名二十岁出头的熊镇男子正挡在入口的中央，他有着一张友善的圆脸，体形非常厚实，使得他似乎能够凭一己之力将一整票暴怒的绿衣白痴挡在里面。强尼掏出电话，拨打给自己所有的同事。没过多久，一辆接一辆汽车就从赫德镇出发，而后驶出森林。

到了那一步，一切本可能完全失控。但车里的那些男子跳下车，打算挑衅之前，特丝和强尼便将来自赫德镇的青少年们塞进所有车辆的后座，逼迫他们走开。他们迅速清空了停车场。强尼和自己的孩子们等到最后才离开。特丝打开汽车音响，播放起斯普林斯汀的音乐，将自己的手贴在爸爸的胳膊上。她通过后视镜看到仍挡在冰球馆入口处的波博。没有人能成功突破他的阻挡夺门而出，但就连他也无法阻止他们打电话。

在驶向熊镇与森林交界处的一路上，强尼、特丝和男孩们一言不发。今天天才亮了没多久，就再度昏暗了下来。现在，日照时间急剧缩减。然而，那些人影在昏暗的天色中仍清晰可见。一打身穿黑色夹克的男子站在道路两侧的告示牌旁，除了提姆，所有人都蒙着面。当那辆迷你巴士驶过时，他向车内窥探。强尼不曾与他说过话，但当然非常清楚他是谁。赫德镇的所有人都知道他是谁，如果有小孩想去观看两队对抗的赛事，大人就会警告他们，要他们提防提姆。现在，提姆也知道强尼是谁了。

当那辆车驶入森林时，提姆身旁的一名男子扔出一个玻璃酒瓶，砸中了车子后部的行李箱盖，算是最后的问候。图尔哭了起来。那三个小孩被碎裂声吓得惊跳起来，只有托比连眉头都没皱一下。

"我不是说过了吗？这里的所有人都痛恨我们！"他只是这么说道。随后他将头部贴在头枕上，合上双眼。两分钟后，他开始打鼾。他们的妈妈经常说，这是托比人生中最实用的技能。他随时随地都能入睡，就像他爸爸一样。

42.守门员

在听见从冰球馆下层传来的争吵声时，"尾巴"正坐着跟区政府里的政客通电话。当他打完电话，急忙冲向下方的冰面时，那里已经几近人去楼空。所有来自赫德镇的人已经全部滚回家。这场冲突爆发得很突然，也很快就落幕了。熊镇男童冰球队其中几名球员的爸爸们仍在到处游走着，告诉彼此，要是"他们那些人"胆敢再度出现在这里，看在上帝的分上，他们将会怎么处理。不过这就跟平常一样：在这里，需要让你担心害怕的并非那些说个不停的男人。当甲级联赛代表队练球的时间接近时，工友就将他们赶了出去。他们得回家去，继续对着阴影与记忆耍狠。"尾巴"焦躁不安地绕着冰球馆走了一圈，却不知道自己真正在找些什么。他在看台的最高处坐定，观看甲级联赛代表队练球，不断地想、想、想。他双眼下方的皱纹看起来就像是有人将汽水洒在一件麂皮外套上。通常他很擅长掩饰自己的不安，但今天他的不安太过明显，连工友都同情他。工友走上看台，递给他一只盛着极为劣质的咖啡的纸杯，说道："斑比，振作起来！你看起来真是天杀的难过啊。不是吗？人们在这座场馆里打架也不是第一次了吧？"

"尾巴"将领结弄松，让自己的脖子能感到舒服一些。

"不，的确不是。可是现在不一样，风险更大了。"

"啊哈，所以那些谣言是真的，这算是个例外啦？这真是纸包不住火。总之，政客们现在要努力再度将俱乐部合并起来？"

"尾巴"对此已经不再否认，因为这样做已经不再有任何意义。

"这可不是将两个俱乐部合并在一起，而是要将其中一个裁撤掉，不是赫德镇，就是熊镇。"

"那总不会是我们被裁掉吧？他们那里连个球馆都没有。"

"的确。最主要的是，我们有所有的赞助商，以及一座好得多的球馆。""尾巴"虽然点点头，却毫无信心可言。

"可是……"工友补上一句。

"尾巴"犹疑道："可是政客们涉足其中。而且他们没办法分辨一坨屎和煎饼！以前他们会抱怨，说我们没有钱。现在我们有钱了，他们又唉声叹气，抱怨'流氓行径'。他们害怕的是：如果我们接管所有本属于赫德镇的资源，那这两个俱乐部的支持者之间就会爆发暴力冲突。因此，他们现在已经委任一家广告宣传公司，想出一个点子，将这两个俱乐部都裁撤掉，然后在熊镇成立一个新的俱乐部，给它起一个新的名字！"

工友差点没将嘴里的咖啡吐出来。"所以……没有熊镇冰球俱乐部，也没有赫德镇冰球俱乐部了？这是我听过的最蠢的事情！"

"你以为我在说笑吗？我已经跟这些白痴在区政府办公楼里开了无数次的会，就是要让他们讲道理，拯救这个俱乐部。我已经跟他们保证过：

绝不会再有暴力事件！可是我今天听到了什么？里面陷入一团暴动，提姆跟他那支天杀的农民兵就站在森林里，对载着小家庭的汽车扔酒瓶！这让我要怎么解释啊？啊？"

工友沉默良久，随后笑出声来，说："你是让我回答吗？"

不，"尾巴"当然无意让他回答，他只是尝试思考。有时候，在思考的同时跟人谈话，他的思绪会比较顺畅。所以，他举起那只纸杯，说道："这件事情不该让你来烦恼。谢谢你用咖啡招待我。一如往常，它糟透了。球队的状态怎么样？"

工友摇头晃脑，咕哝道："没有亚马？嘿，札克尔得设法找到能够取代他的人，要不然我们就得为拥有一个优秀的守门员而感到开心，因为守门员可有的忙啦！"

"尾巴"的目光投向位于下方的冰球场，认同这种说法。

在上个球季中，如果要在亚马之外在队上再找出一个球星，那就是站在门柱之间现年十九岁的守门员。由于大家都习惯地称他为"闭嘴"，所以大半个小镇里的人根本不知道他的本名叫什么。当然了，如果他不喜欢这个外号，恐怕也没人会知道，不过他看起来至少不排斥这个外号。他的沉默和才华都让熊镇的观众们更加喜欢他，由于他接替的守门员是跟着哥哥提姆一同在看台站位区长大的维达，这可称得上是一件功绩。更加了不起的功绩是，"闭嘴"来自赫德镇。当维达死于车祸时，他得到了转会的机会。那时赫德镇嫌他不够好，但现在他们反而希望用甲级联赛代表队名单上的一半球员来将他换回。对于他们犯下的这个错误，"尾巴"极为幸灾乐祸。总是会有一些极度自负的男人以为：自己从小时候起就能判断出哪些是最杰出的人才。但是只要这项体育活动想让我们感到震惊，它仍能做到这一点。

"是的，只要他待在哪个球门前，哪支球队就有机会。他有赢家的头脑！""尾巴"点点头。

工友吸起一块鼻烟。它块头很大，让你很难相信，它居然能被装进鼻烟盒。

"是啊，这些年来我们确实看过一些怪人站在球门前面，不过天晓得这家伙是不是真的登峰造极了。一个字都不说，就连赢球的时候都不说话，他看起来甚至并不开心。他打球的时候，内心似乎有着……一大片的阴影。"

"所有最优秀的球员，内心都是很阴暗的。""尾巴"以一种理所当然的口吻回答。

"是吗？"工友回道。

"尾巴"的视线紧盯着待在下方冰球场上的守门员。

"彼得在家里的时候，因为打翻牛奶这种小事被毒打一顿。亚马是女清洁工的儿子，身处属于富家子弟的体育界。所有最优秀的球员心中都有着一片阴影，这就是他们登峰造极的原因，他们认为：只要自己赢得够多，那片阴影就会消失无踪……"

工友纳闷着："尾巴"最后那句话究竟是在暗指那些球员，还是指他自己。不过他没多说什么。他纳闷着："尾巴"是否会在主张同样的论点时也一并提到凯文。不过，他对此也没多说什么，反而只是拍了拍"尾巴"的肩膀，说道："斑比，你现在该抬头挺胸啦，你总会找到办法来解决那些政客的。你总是能够搞定他们！"

"尾巴"孤独地坐着，肩上扛着整个行政区。他相当善于表现出自信，但今天他摇摆着，犹豫着。在这座森林里，关于资源的斗争从未停止。数十年来，政客们一直说着要裁掉其中一个冰球俱乐部，但将两个俱乐部都裁掉，另外成立一个新俱乐部的想法，则使人更加难以接受。"这难道不就是你想要的吗？"今天稍早，一名政客惊讶地问道。"尾巴"差点没将手机往墙壁砸去。"我是要求你们把赫德镇裁掉！不是裁掉我们！"他咆哮道。不过他得到的回应是："有什么问题吗？不过就是一个新的俱乐部而已，你难道不能转而为它加油吗？我还以为你没有那么感伤呢。"幸运的是，"尾巴"并非与这名政客共处一室谈话，否则将会是他被砸到墙壁上，而不是手机。没有那么感伤？"尾巴"在这里生活了一辈子，为这个俱乐部打球，为建设这座小镇出力。如果你对世界上的一个地方毫无感情，天杀的，那你住在哪里都行。感伤？他在人生中创造的真正使他感到骄傲的一切，或多或少与熊镇冰球俱乐部有关。如果他们将他的俱乐部改名，他们就是抹杀了他的身份。这是他不容许的，他必须竭力斗争到底，由于他没时间制订出一个明智的计划，他转而制订了一个简单的计划。

练球时间结束后，他往下走到防撞挡板旁边，等着"闭嘴"出来。这时，他整张脸堆出一个大得夸张的笑容，向这个男生表示，他可以送他回赫德镇。

"我只是要确保你平安回家！"他强调。

"闭嘴"一语未发。不过那时他想必就已经知道：这不是实话。

43. 兄弟

强尼和哈娜整夜都坐在厨房里，以一种只有家中有年幼子女的父母所特有的方式吵架：极度地生气，也极度地沉默。

对于托比在冰球馆里打架，哈娜当然是气疯了。对于强尼不像她那样生儿子的气，她同样感到愤怒。他反而将全盘怒火指向熊镇，并宣称托比纯粹是出于自我防卫才动手的，仿佛这样就能将一切合理化。哈娜在内心最深处感到最愤怒的或许是，她感觉他或许是对的。

在强尼和其他消防员从熊镇回来以后，他们待在车库里喝啤酒，花了两小时打量着迷你巴士引擎盖下方的空间。当然了，他们没有进行任何修补，但他们以严厉的目光盯着引擎，仿佛能够通过谈话将它修理好。假如哈娜没有听到他们的讨论，她对此恐怕会一笑置之。因为她过去就听过类似的讨论。人们经常会开玩笑说，赫德镇的消防队是直接从冰球馆里招聘来的。但这不只是玩笑话。他们绝大多数人曾经在一起打球，消防队只不过是另一间更衣室。你若是跟他们当中的一人吵架，你就是在跟所有人吵架。哈娜时常逗弄强尼，表示他对任何类型的变化都害怕得不得了。他想要同样的食物、同一个牌子的啤酒、一辈子坐在同一张扶手椅上。而他对于被逗弄一事总是咕哝着，她应该感到高兴，因为那些痛恨改变的人不会换老婆。而她对此当然嗤之以鼻："我们要不要去'谷仓'瞧瞧，谁收到的邀约最多？"这时他就会闭嘴了。但事实在于：她同样痛恨改变，因为当事情不需要被改变时，人们就知道它行得通。她需要信任医院里的同事们；同理，强尼也需要信任自己的同事。他们需要信任邻居，因为他们会帮他们照料小孩。他们也需要信任自己童年时期的老朋友们，因为当人生乱成一团时，你会打电话给他们，如果他们保护你，你就得保护他们。哈娜并非白痴，她自己也承认强尼有时候就是个反动、保守、充满偏见的死老头，不过他有时候其实是对的。有时候，他守护着正确的事物。

因此，这是最糟糕的一种争吵，也是他们了解彼此的时候。

"你得确保，你的那些朋友现在不会做出蠢事⋯⋯"哈娜隔着餐桌小声道。

他恶狠狠地迅速瞪了她一眼，就连她都吓得往后退。

"我们？不能做蠢事的难道只是我们？今天冲突爆发时，托比球队里一个球员的爸爸打电话报警，你可知道他们说了什么？只要没人受伤，他们没有人手能派到这里来！哈娜，挑起冲突的是成年人。成年人！假如森林里出现了一个盗猎者，五十个警察马上会配备全自动武器赶过来，然而他们完全可以欺负我们的孩子，而绝对不受处罚！"

她看出，他根本无法安稳地将手摆在咖啡杯旁边。她老是说，他童年时期的老友当中，有百分之九十九是绝对的疯子，而他们当中绝大多数人的小孩也在冰球队里打球。如果这些疯子不信任这个社会能保护他们的家庭，那他们会自己动手。但是，上帝会在另一端救助所有人的。

"你感到很生气，我理解。我也很生气。你以为我真的不想冲到那里去，把每个熊镇小孩的老妈的下巴打掉？可是我们得为孩子们着想！"她嘶吼道。

"这么做的人是我！"他抗议道。

"是吗？托比并不会按照你说的去做，你怎么做，他就怎么做！你是他的英雄！如果你自己都打架，那你要怎么教导他打架是错误的？"

当他们回到家时，哈娜大声地责骂着托比，声音大到连窗棂都要跟着共振起来。强尼只是安静地坐在一旁，而那时候，她再怎么高声尖叫都无济于事了。

"天杀的，我怎么能够告诉他，保护自己的姐姐是个错误⋯⋯"

"我可没有这么说！但是我们当然得处罚他，这你总该知道吧？我们不能让他觉得，他跟人吵架，甚至动手打架，是合理的！"

"我们不都已经骂过他了……"

"没有。只有我骂过他！"

"亲爱的，他会被赶出冰球队的！我们拿不出比这还要严重的惩罚方式。"强尼回答道。他的眼神变得越来越悲戚，咖啡杯也变得越来越凉。

他们沉默地坐着，至少坐了二十分钟。随后强尼面色阴沉地拿起电话，让她听到他打电话给同事们和冰球队其他球员的爸爸们，在这些通话中要大家保持冷静。他说："大家先静观其变，别挑起不必要的争端。"他挂上电话，对着她将双手一摊，似乎在说"现在你满意了吗"。她则不胜恼怒地哼了一声："天杀的，我要养五个小孩，我好累！"随后她便上床就寝。半个小时以后，他也跟了过来。她从他的脚步声中听出，他很是懊悔。当她入睡时，时间早已过了半夜，而她离他也很远。然而，当她在黎明时分醒过来时，他强壮的双臂将她紧抱着。她希望，她至少教导了孩子们这一点：我们会吵架，但我们团结一心。我们是团结的，而且会坚持、坚持、再坚持。

*　　*　　*

那天晚上，亚马不曾在甲级联赛代表队的练球时间现身。札克尔并不惊讶。波博对此感到很沮丧，但仍踏着轻快的脚步从冰球馆回家。他手里抓着手机，手机上是一条由特丝发过来的短信。他无数次地读着那条短信："我在网上找到你的号码。以今天这样的方式遇见你是挺遗憾的，可是遇见你，我很开心。如果你愿意，你可以打给我。"

他打了电话。她坐在床上小声地讲电话，以免把家人吵醒。他逗得她发笑。这是他这一生所经历的最美妙的通话。

　　　　　　*　　*　　*

　　夜已经深了。当托比的房门被小心地推开一小道缝时，屋里已经完全寂静无声。泰德站在门口低声唤着哥哥的名字，却没有得到回应。最后他蹑手蹑脚地走进去，拉了拉托比的大脚趾，吓得他惊跳起来。

　　"干什么？"托比昏昏沉沉地问道。

　　"我只是想……你知道的……为了你所做的，跟你道个谢。"泰德小声道。

　　托比打了个哈欠，靠着墙壁将身子撑起来，给弟弟匀出床位。泰德的身体比他的实际年龄（十三岁）要成熟，但他的双眼看起来远比他的实际年龄显得稚嫩。那是一对属于充满恐惧的小屁孩的双眼。托比轻轻地在他的肩上捶了一拳。

　　"不用客气，泰迪熊。现在，回去睡觉吧。"

　　"你本来不需要那么做的。"泰德低声说道，并且惭愧地瞄了眼哥哥那只被揍得发青的眼眶。

　　"不对，我需要那么做。"托比打着哈欠说。

　　当他回到家时，他被妈妈劈头盖脸地臭骂了一顿。只有她会以这种方式教训人。不过这还是值得的。所有人都以为争吵是托比挑起的。在一般的情况下确实是如此，但这次则不然。当他听见特丝在看台上陷入争吵时，在盲目的怒火中从更衣室里冲出的人并不是他。事实上，他完全遵照姐姐的指导：保持冷静，确保图尔的安全。反而是泰德失去理智，直接冲到走廊上，撞倒两名来自熊镇的男生。托比在他后方尖叫着，要他冷静，但是泰德——有如泰迪熊一般温和、善良、笨拙——全凭自己的本能竭尽全力狠狠地肘击了其中一名来自熊镇的男生的胸口。当然了，

284

那男生以更强的力道回击。泰德踉跄着倒向后方，不小心踢翻了摆在拉蒙娜遗照下方地板上的蜡烛。他站起身来，虽然他连食物的酱料都调配不好，但还是企图直接攻击一名来自熊镇的男生的脸。另一名男生当然立刻欺向泰德，但还没来得及攻击就倒在了地板上。此时托比已经冲出更衣室，而他与弟弟的不同之处在于，他不仅精于调配食物的酱料，打人的技术更是一流的。[1] 他将下一个冲来的男生也一拳击倒，而且在那时就已经知道：他最好还是忘了这件事，别跟他们的妈妈提起。"你去更衣室，把门锁上，照顾图尔！我去把特丝弄来！"他对泰德喊道。

泰德照着他的话做，而托比则在走廊外遭到攻击，眼圈被揍得发青，指关节被打碎。随后一切变得不可收拾起来。

"你本来不需要这么做的。"泰德躺在他身边重复道。

"我需要这么做。如果他们知道是你最先动手的，你会被踢出球队。"托比打了一个哈欠，说道。

"可是现在你会被踢出你所属的球队。"泰德绝望地坚持。

"管他的。没有我，他们还过得下去。你很重要，全队最重要的球员就是你。我只是个……我就像爸爸那样。"托比平静地说，将自己的一只枕头推到地板上，仿佛他们已经将这个话题讨论完了。

"那我就不是吗？"泰德伤心地小声道。他以为托比的意思是，他不像他们的爸爸那样有勇气。

此时托比严肃地盯着自己的弟弟，伸出一只手，用力但充满慈爱地捏住他的耳朵："泰德，我只是说，我就像爸爸那样，我会再打上几年冰球，然后找一份普通的工作。我会跟某个在这里成长的对象结婚，然后

1　在瑞典语中，"调配酱料"（slå en sås）和"打人"（slå människor）使用同一个动词。

当个房屋装修工、汽车修理工之类的，每个周末在'谷仓'畅饮着啤酒，尽情地撒谎。对我来说，那样就够了。"

"那我又是什么？"泰德问道。

托比躺到地板上，像过去无数个夜晚那样，让弟弟睡在自己的床上。这位哥哥也一如往常地在一秒钟后入睡，但就在他坠入梦乡以前，他打着哈欠，说出了事实："你想成为什么，你就能成为什么，泰迪熊。你会如愿以偿。"

44. 狼群

我们这些热爱体育活动的人，并不总是热爱其运动员。我们爱他们的条件是，他们得站在我们这边，为我们的球队效力，穿着属于我们颜色的球衣出赛。我们可以赞叹对手，但我们永远不会喜爱他们。我们永远不会像热爱那些代表我们出赛的选手那样热爱这些对手。原因就在于，当那些属于"我们的"阵营的选手成为赢家时，我们也感觉自己是赢家。他们象征了我们自己想要成为的一切。

问题只在于：运动员想要有自己的选择权，但他们始终没有得到这样的权利。

*　　*　　*

事实上，"闭嘴"宁可搭乘公交车回赫德镇。然而，"尾巴"在这个俱乐部里的分量与重要性大到让这个男孩子不敢谢绝他的搭便车的提议。

他们驶过熊镇的镇中心——在这个词现在还能用来形容熊镇的前提下。

"现在这里看起来是很破败，可是你得看到潜能哪！我跟你保证，在这里投资房地产的人赚到了！这里在几年内将会变成黄金地段！""尾巴"欢快地描述着，说得倒像是"闭嘴"有钱对任何东西进行投资似的。

这名十九岁的男子谨慎地点点头，希望这就是他被预期要做出的反应。"尾巴"对此的解读是：对方很有兴趣。所以他开心地指着窗外说："那边，我们会在我经营的店面旁边兴建'熊镇商业园区'。你有没有听说呢？它将由办公室组成，不过我们也会兴建公寓房。我可以帮你和你妈妈安排，让你们获得一间非常别致的公寓房。你觉得如何？是时候搬出赫德镇了吧，嗯？现在，你可是我们的一员啊！"

"闭嘴"没法抗拒，于是"尾巴"就急切地继续说下去："你可知道，当我说服位于赫德镇的企业，让他们转而在熊镇设置办公室的时候，我会用你作为范例。'熊镇的一切都变得更美好了，'我会这么说，'瞧瞧我们的守门员！'在赫德镇，没有人看出你的才华。然而，你在我们这边成为超级巨星。我们有时候就是需要一个机会，不是吗？自信一点嘛！我们能创造的成就，实在是不可思议啊。看看熊镇！几年前，我们濒临破产；而现在，我们的冰球馆经过了重新装修，我们很快就会迎来这个地区规模最大的办公楼与公寓房的营建！你就等着瞧吧，总有一天我们还要盖机场与大型购物中心，举办大型滑雪竞赛，设立一所货真价实的大型冰球高中。人们都不相信我，不过你知道我怎么说吗？我们早就应该寿终正寝啦！我们本来就不该存在！可是我们挺了下来。而且你知道吗，只有自大的小镇才能存活下来！"

"闭嘴"听队上其他球员拿这名赞助商开过许多玩笑，然而他也察觉到，许多人对他心怀仰慕。"尾巴"说了很多废话，但他也做了很多事情。他有一个受到所有人尊敬的特质——成为赢家。

因此"闭嘴"心想，他关于自大的看法也许是对的。如果你用不同的方式来思考你所处的世界，它就会有所不同。"闭嘴"感到好奇的是，这个道理是否也适用于过往。你是否能够以最坚定的意志力将往事抹杀掉，他很想向"尾巴"提出这个问题，但就是说不出口。"尾巴"一阵滔滔不绝后，问道："你听说今天冰球馆里的斗殴事件没有？"

"闭嘴"警觉地点点头。"尾巴"微笑着，他的双下巴随之抖动着。"所以我觉得，还是由我来送你，这样最安稳。这样我们才能确保，我们的镇队之宝平安回家！"

"闭嘴"心想，对他来说，搭乘公交车回到赫德镇，恐怕比搭乘一辆在后备厢盖上贴有"熊镇冰球俱乐部"字样贴纸的车回到赫德镇要来得安全。

"球员们是否在更衣室里聊到俱乐部将被合并的谣言？"随后，"尾巴"再问道。

"闭嘴"简短地点点头，他想不到撒谎的理由。"尾巴"的手指略微施力，抓紧方向盘，他说话的语速变慢了。或者至少以他的标准来说，他放慢了说话的速度。

"对于作为球员的你们来说，这也许难以理解。不过如果我们团结在一起，也许我们会变得更强大。你理解吗？"

尽管"闭嘴"实际上觉得自己并不真正地完全理解，但他仍然点了点头。他只想打冰球，希望事情不要搞得这么复杂。

"尾巴"突然兴奋不已地用双手手掌拍了拍方向盘，道："现在他们将会再度对我们感到害怕，你知道吗？那些大城市里的豪门俱乐部！当我自己还在打球的时候，我们对于他们憎恨我们，是相当开心的。他们说我们是该死的乡巴佬，我们乐于接受这个称号。我们的打法比他们所能想象的还要强硬，还要难看。我们使用我们能想到的每个小动作，当他们坐进球队巴士，在这条位于树木之间的道路上行驶的时候……在黑暗中行驶……的时候，他们怕得要死。他们感到自己在地球上孤立无援，所以我们就赢了。而且你知道吗，我们要回到那个年代！想想看：我们手上最棒的球员与赫德镇最优秀的球员整合在一起，这将是一件多么美妙的事。而且区政府会全力给予资金援助！我们可以重新回到豪门的行列！"

"闭嘴"点点头。实际上，他怕得要死。因为他根本还不知道自己是否属于这样的一支球队。他曾经几乎失去冰球，他知道这当中的差距有多么微小。他的成长始终缓慢。他是自己所住的那条街上最后一个学会骑自行车的小孩，也是班上最后一个学会阅读的学童。感觉起来，他似乎是全赫德镇最后一个学会溜冰的年轻人。因此，他才会被安排在球门前面。两年前，他的表现非常糟糕，从而连那里都待不下去了。因此，当札克尔为他提供了在熊镇打球的机会时，他还以为她在捉弄他。最重要的一点是，他以为大家会因为他接替维达的位置而痛恨他。他在最初几场比赛中表现得非常紧张，甚至连完全无法触碰到球门的射门都没能守住。有一次，札克尔做了一个手势，他解读的是，她要将他换下场。而当他走向板凳席的时候，她惊讶地喷着鼻息说："在你拿出这种表现的时候把你换掉？不，不，不。你就给我待在那里，继续丢脸！"事后，"闭嘴"心想：她或许就是因为深知绝大多数俱乐部太不知廉耻，所以才调教出了那些伟大的冰球选手。

第二天，只有亚马比"闭嘴"还早到达冰球馆练球，也只有他比"闭嘴"还晚离开。不久后，两人就达到同样的训练强度，两人练习时的激烈程度也不相上下。"闭嘴"从来不敢问亚马要不要一起练球，反而是亚马提出了这个建议。每天早上和晚上，他从各个角度射门无数次。在这种练习下，哪怕"闭嘴"压根儿不想成为一名优秀的守门员，也还是会成长为一名优秀的守门员。很快地，球迷们就高呼他的名字。最初为他喝彩的是座位席上的老球迷们，但最后，那些待在站位区（也就是由维达的哥哥所控制的看台区域）的年轻球迷也叫喊着他的名字。札克尔提议让"闭嘴"用维达过去使用的号码出赛，但"闭嘴"拒绝了。这个消息很快就传到了"那群人"耳中。因为这件事情，以及他一场接一场让对手挂零的事实，他们喜爱他。在他去年过十八岁生日时，他们送了他一个面罩。面罩的一边是手绘的大熊图案，另一边则绘有维达姓名首字母的缩写。在"闭嘴"这一生中，从来没有其他男子送过他礼物。在他们的看台前，除非你事先做了万全准备、全副武装，否则你是攻不破由他把守的球门的。

"不是吗？""尾巴"在他身旁大呼小叫着。"闭嘴"完全不知道自己对此应该要作何反应。所以他碰碰运气，点点头。看起来，这个决策是对的。

"就是说嘛！""尾巴"斩钉截铁地说。

他们驶入森林区。他开始谈到这一带森林的哪些区域是由哪些人拥有的。不过他随后指出，一切几乎都属于国家。

"我们甚至不能拥有我们居住地的森林！所以，如果我们不照顾自己，谁会来照顾我们？什么？往那个方向再开发几千米，政客们就是在胡扯，说要盖风力发电厂！两百米高！你知道那些丑八怪有多么吵吗？你以为销售电力的利润中，会有哪怕一克朗留在这个行政区吗？天杀的，我们根本就得不到那些电力！中央政府超级推崇绿色能源，可是你知道他们不愿意在哪里盖风力发电厂吗？他们住的地方！所以我们必须在这里兴建属于自己的基础设施，我们必须成长，创造工作机会与资本，这样我们才能对抗那些决议！人们说我是资本家，但我不是资本家。我只是个现实主义者，资本主义就像狼一样，你知道吗？"

"闭嘴"真的什么都不知道，但无所谓，"尾巴"已经自顾自地说了下去。

"你知道对于狼的误解中，最糟糕的一个是什么吗？它只取走它所需要的东西。如果你相信这种说法，这意味着你从来没看过一匹狼在闯进保护区或围栏时的行为。它才不会只取走它需要的东西，它会把一切都杀光，除非有人将它赶走，否则它绝对不停手。中央政府不懂这个。因为他们不理解，对我们来说最糟糕的还不是狼，而是政府！保护食肉动物？很好啊，但是这么做要由谁来承受损失呢？天杀的，反正不是那些大城市。兴建风力发电厂？很好，但是要把它盖在哪里？我提到将俱乐部合并起来，就是这个意思。如果我们团结起来，就有机会！我们的行政区里，其中一边是公牛，另一边则是大熊，而且听清楚啦，狼群到处都是！"

"闭嘴"望向窗外。当他在小时候搭乘公交车行经这个路段时，常会尝试着数树木的总数。当时他觉得这个动作本身能够带给他安全感。那时候树木的数量繁多，多到他数不清，多到无法用数字表达。如果他不识趣，不懂得闭嘴，他或许就会将自己成长于赫德镇，但在熊镇的冰球队效力时所真正学到的经验告诉"尾巴"：对赫德镇的人们来说，"尾巴"就是那匹狼。在赫德镇的人们眼中，现在的熊镇就是大城市。

"尾巴"继续说着，但都是在重复他自己说过的那些话。"闭嘴"仍然不知道，为什么他要主动提议送他一程。他不知道的是，事实上，"尾巴"那么做根本与他无关。"尾巴"只是需要一个开车到赫德镇的借口。

林木的分布变得越来越稀疏，森林在这条道路的尽头裂开了一道口子。"尾巴"的座车驶进赫德镇。实际上，他是在沉默中开完这最后一段路程的。长达数分钟的沉默。这一定是他个人的最佳纪录。街道相当阴暗，不见人迹。"闭嘴"对此感到一种解脱。他可不希望让这一带那些错误的人瞥见这辆车的后备厢盖上贴着绘有熊镇徽标的贴纸。"尾巴"在"闭嘴"的妈妈所住的房屋外放慢车速，完全没有表现出急迫的样子。不仅如此，他还转身面向"闭嘴"，再次提出他的邀约：要为他们在熊镇安排一间又大又华美的公寓房。

"谢谢。""闭嘴"说。这是他在整个车程中第一次说话。

"尾巴"露出灿烂的微笑："进去睡觉吧。明天还要练球！"

"闭嘴"点点头，拿起自己的提袋下了车，随后发现几个邻居正躲在窗帘后方朝街道窥探着。他真希望"尾巴"赶快离开这里。

＊　　＊　　＊

当然了，"尾巴"并没有尽快离开，反而绕道而行，选了一条极其不寻常的道路，在整个赫德镇的周围及各处处理一些琐事。他在一家小店前停车，买了一份报纸；又在一家比萨店门前停下，借用卫生间。他甚至去拜访了一名他认识的企业家，两人一起喝了杯咖啡。他俩是老朋友了，也一起做过许多笔生意。其实就在最近，拜这位好朋友所赐，这名企业家凑巧得到一份关于位于熊镇的办公楼的条件相当优渥的租赁合同。现在"尾巴"需要得到回报。他将自己的车停在离企业家住所有一小段路的某条阴暗巷子的最深处。他们在厨房里喝了一会儿咖啡，直到确定这个街区陷入沉睡，街道上空无一人。随后他俩一同从后门溜出，拿着一块大石头。这名企业家负责把风，"尾巴"负责扔石头。过了一会儿，"尾巴"打电话报警，表示自己的车被砸烂了。当然了，警方没有时间也没有警力到现场查看，不过他们接下了他的报案书。过了一个小时，地方报社才获悉此事，开始打电话。这比"尾巴"预计的晚了至少四十五分钟。

45. 马蜂窝

拉蒙娜葬礼举行的前一晚，是今年第一个真正寒冷的秋夜。它并非今年首次出现零摄氏度以下气温的秋夜，也根本不是今年首度出现降雪的秋夜。无论你经历过多少个秋季，那是你首次无法以任何言语形容的秋夜。它是你习惯秋季以后，感觉寒冷已经成为常态，不再是异常状态的第一个夜晚。虽然夏天已经过去很久了，但我们是在这一夜失去了对它的记忆。最后的微光摇曳着，而后熄灭，整座小镇像是被一只袋子罩住。若是没有了连指手套，明天你的手指头将不再灵活。你的双耳将不再能清晰地辨识出鸟儿的啼叫声。你的双脚也将会忘记，原来某些水洼并不会被靴底一脚踩碎。

地方报社的总编辑感受过其他许多地方的酷寒，但在某一方面，森林里的严寒更残酷，更使人无法忍受。它穿透你的皮肤，使你永远无法真正解冻。要不是她如此讨厌陈词滥调，她或许会用同样的话来形容人们。她那些住在更远处南方地区的老同事都认为：接下这份工作，简直是疯了。实际上，她对此说法也无法反驳。位于荒地中心的最精简的编辑部门，没有什么可见的资源，围绕在周边的居民们似乎对她所属的职业群体抱着一种根深蒂固的仇恨。所以，她为什么要这么做呢？嘿，人类为什么要做事情呢？因为挑战。这很困难。当新闻记者意味着你的完整身份时，你或许将在人生中自然地达到一种境界：只有那些不可能赢下的战役，才真正值得努力投入。

她放下电话。空荡荡的办公室里，灯火已然熄灭。除了她自己，唯一还在办公室里的人就是她的爸爸。他坐在窗台旁边的一张高脚板凳上，手里握着签字笔，面前是一沓沓文件。他已经在这里坐了一整天。

"是关于什么事的啊？"他好奇地问道。

"警方接到报案，一辆停在赫德镇的车被砸烂了。它显然是属于'尾巴'的。"她答道。

他没问她，她是怎么知道这一点的。人们会闲聊，谣言在各处传播着。只不过，它在这里传播的速度更快一些。

"那个赞助商？"因此他只问了这么一句。

"是的。"

他充满讥讽地吹了一声口哨，眉头皱成一团："这个巧合实在是太不可思议了，他这个人就在今天遭遇到这种事？"

她将头一偏，这个姿势透露出她的烦躁："爸爸！你是在指控这个善良、高贵、充满热忱且贡献了许多税金的'尾巴'在撒谎吗？"

爸爸对此嗤之以鼻："谎话，谎话。如果你到他家里瞧瞧，我猜想那辆车的确被砸烂了。至于这是怎么发生的，就是另外一回事了。不过，小老太婆，你并不是在问我这是不是谎言，你是在问我你该不该刊登这则信息吧？"

她的微笑中夹杂着一声叹息。在他遇过的人当中，没人比她更能驾驭这种声音。

"这是一则新闻。我们是一家报社。"

"你说话听起来像我。"

她不知道他是出于骄傲才这么说，还是这就只是一个理由。

"是'跟我很像'，不是'像我'。"

"现在你说话听起来很像你妈妈。"

她再次露出夹杂着叹息的微笑："所以，你教导我：'新闻业的唯一责任在于报道真相。'你觉得我应该刊登一则我相当确信并非实情的信息吗？"

"少胡扯，不要再往我嘴里乱塞一堆废话！你有没有打电话给那个'尾巴'？"

"还没。"

"那你就打电话吧。这么一来，你刊登的就是他对事情的说法，而不是刊登发生的事情本身。"

她向后靠在椅背上，敲了敲键盘，激活电脑屏幕。屏幕的一个角落里贴着一张黄色贴纸，上面写着："我并非在水上行走，我是要走到办公室去。"几年前，她带着讽刺的意味将它贴在屏幕上，算是跟那些老同事开的内部玩笑。"我并非在水上行走"，这样拙劣的语言居然还能被当成座右铭。而后，那张纸条随着她搬来这里。某一天，一名负责采访体育新闻的记者不带丝毫讽刺地提到，他看到熊镇冰球俱乐部与赫德镇冰球俱乐部的更衣室里居然也写着这句话。这位体育新闻记者以充满乡愁与怀旧的声音，颤抖地说："它也很适合这里！我的一位老主管提到，从事新闻业就像在兴建一座教堂，看起来像是一种艺术，感觉起来仿佛是一种使命，但绝大多数时候只是在挖石块！是很粗重的工作！"他始终不知道，轻轻蹙起眉头的总编辑对他的花言巧语一点都不感兴趣，努力克制着自己内心那股想要马上将他开除的冲动。他仍然在这里上班，而那张纸条也仍然贴在屏幕上。这或许是因为总编辑有幽默感。这或许只是因为，讽刺就是自己的敌人。当它存续得够久的时候，它就成了使人感伤的话题。

"爸爸，我真不知道该不该接受你那些关于道德的建议。"她叹息道。

她的爸爸只是笑着。即使她对他在火车上操控玛雅·安德森，让她跟他谈话的手段仍然感到恼火，她还是理解他的意图。他也并非在水上行走。当她还小的时候，她就曾听闻他如何挖掘出丑闻，裂解权贵与显赫人士的职业生涯，而那些人的人生，以及他们的家人和小孩的人生也被裂解了。他的工作就是监督权贵。然而，他实在太精于此道，导致无辜的人也承受着极为惨烈的后果。她常会纳闷：他晚上怎能睡得着觉？这个答案既简单又复杂：他只效忠于往后将会被讲述的历史。忠于真实的残酷，总是需要某种更崇高的目的作为出发点。坦白地说，她不知道自己身上是否能唤醒这种信念。

当她年龄还小的时候，如果她的妈妈想让女儿伤心，她就会说："你就跟你爸一样。"但随着岁月的流逝，这句话变得越来越像恭维。她的老师们常会告诉她："你就是那种总是引起口角的人！"随着时间过去，她不再因这番话感到羞耻。当她在女子足球队效力时，某次队上一名女生手球犯规却拒绝承认时，她和这个女生大打出手，结果因此被赶出球队。事后，她的妈妈只是叹息道："你无法忍受作弊。这是你的问题。你拒绝接受：这个世界是由灰色地带组成的。"针对一个长大后成为一家新闻报社总编辑的女孩，再没有比这更好的结论了。

"当我打电话给'尾巴'的时候，我是否该直接问他关于簿记的事情，像你经常说的那样，'稍微踢马蜂窝一下'？我们想必不会拥有比这更好的机会了吧？"现在，她询问爸爸。

从他进来以后，他们每一秒都在来回讨论这个问题。他已经阅读过熊镇冰球俱乐部每一份年度财务报表里的每一行内容，而他唯一重复的话是："这里少了些什么，这里，还有这里……"假如你想对付一个冰球俱乐部，光是找到细微的不一致还不够，你得证明这是赤裸裸的犯罪，因此他们必须采取的第一步是：列举出哪些人实际上负有责任。区政府拥有冰球馆，俱乐部的会员们拥有俱乐部，但赞助商拥有金钱。罪责就隐藏在其中的某个环节里。

"你最后再问这个。先让那个可怜虫说说自己那辆被砸烂的车！"爸爸点点头。

她拨打了"尾巴"的号码。他显然正在等这个电话。当他报警时，他已经意识到自己造成了什么样的影响，但在听到她的声音时，却感到了惊讶。

"是总编辑本人？"

过去他俩打过几次交道。"尾巴"并不羞于定期打电话给这家报社，要求报社针对他认为他们"报道错误"的新闻做"更正"。

"我只是要查核一下这个谣言。"她回答道。

"哪个谣言？""尾巴"的辞令堪称一种艺术，他非常善于装作一无所知，声音中还夹杂着轻微的紧张，但是这在她面前无所遁形。他本来希望打电话来的是某个没经验的记者。

"关于你的车被赫德镇的混混们破坏了。"

她的爸爸在听到第一个问题后露出了微笑。她开启了电话的扬声器，让他听听"尾巴"是如何以前所未闻的谦卑、宽宏大量的口吻回答的。

"有人……嗯，是的，有人对着车窗扔进一块石头，是的。不过我觉得猜测这件事情是谁做的，是不负责任的。"

"可是你汽车的后备厢盖上贴着一张绘有熊镇冰球俱乐部徽标的贴

纸，而你又送了一名效力于熊镇但居住在赫德镇的球员回家？"她逼问道。

"尾巴"假装沉思良久，才回答道："是的，的确是这样。我担心的是，如果我不这么做，我们这位极为年轻的球员，也就是我们的守门员，会在公交车上遭到攻击。"

"为什么你会这么觉得？"

"当赫德镇的青少年在位于熊镇的冰球馆练球的时候，很不幸，我们场馆的一部分设备遭到了破坏。我们青少年代表队里的两名小男生其实还被揍了！"

她做了记录，并向爸爸瞄了一眼，而后继续问："你的意思是，熊镇的家长们有理由担心自己孩子们的人身安危？"

"尾巴"戏剧性地压低声音："我不希望任何家长为自己子女的人身安全担心，无论家长们住在哪里。我也不希望任何公民因为一张贴纸而担心自己的爱车会被砸烂。住在熊镇的我们不相信暴力与威胁，我们坚信合作与团结。无论是在地方上的产业经济领域，还是在运动领域，都是如此。我希望赫德镇的居民们也是这么想的。你可以把这些话写下来！"

总编辑接着提出下一个问题，她知道，他正在等这个问题。

"某些正在扩散的谣言指出，区政府的政客们有意裁撤赫德镇冰球俱乐部和熊镇冰球俱乐部，转而成立一个新的俱乐部。你认为这些攻击事件是否与此有关？"

"尾巴"假装沉思良久，然后答道："区政府不能裁撤掉体育俱乐部，它是属于会员们的。"

她假意提出一个关键性问题，这个问题只是给他一个感觉自己很重要的机会。

"所以你的意思是，冰球馆归区政府所有，且熊镇冰球俱乐部不再需要区政府的资金援助了？我相信很多纳税人听到这一点，会很高兴的！"

"尾巴"装出哀痛的语气，声调变得深沉起来。

"你我都很清楚，冰球为这个行政区带来的价值，远远超出它的花费。你看看我们的青少年培训项目！看看我们对打造女子冰球队所做的种种努力！他们难道要受这件事影响吗？不，我唯一能够说的是：我真心希望地方政府的掌权者们不要任由施暴者影响与我们体育活动有关的决议。我们是威胁与破坏行径的受害者。如果我们的民选公职人员现在惩罚熊镇，这与黑帮所用的手法无异。我不认为这一带的人们会接受这种事情。"

他认为他们的谈话到这里就应该结束了。他认为他已经把她引到他所希冀的方向，然而她只是忙着做记录，然后再次瞄了爸爸一眼。爸爸对她点点头，示意：现在是时候了。

"'尾巴'！趁你还在线，我们想顺便了解点情况。我们看了熊镇冰球俱乐部近几年的年度财务报表……"

"尾巴"那边陷入一片死寂，她不得不"喂"了一声，以确保他并没有从椅子上掉下去。

"这样啊……这是……什么……你们为什么要这么做？如果我可以提问的话。"

"我们是一家报社，报道新闻是我们的职责。"

"是是，是……可是你们以为你们能在那里找到什么？我可以跟你保证，一切都是正当且合法的！"

正是通过这种方式，她开始用他亲口说的话，将他颈子上的绳圈收紧。

"这样啊，可是你又是怎么知道的呢？你总不是理事会的成员吧？你们是赞助商，理应无权过问一个由会员拥有的俱乐部的经济情况，是吗？尤其不应该是你，你最近才遭到税务局的调查，嗯？"

"尾巴"在瞬间失去理智，这并不常发生。

"你听好！首先，我从来没有因为逃税而被定罪。其次，我跟这个俱乐部的财务与簿记一点关系都没有！"

"那你干吗那么生气？"

"我并没有生气……但是我……是的，天杀的，我听得出来你们到处挖掘，准备泼脏水！当我们做了正面的事情的时候，你们为什么一次都不报道？我们对女子冰球队的栽培！社会融合！我们全新的价值宣传口号！"

"那些我们全都报道过了。过去这几个月来，我们写的每一篇报道都是正面的。现在我就只是想问问财务与簿记。"

"尾巴"沉默不语。在她的印象中，他不曾在这么长一段时间里一言不发。随后他嘶吼道："我对这个一无所知，我只是赞助商，这还是你自己说的！"

她声音温和，但毫无妥协的余地。

"既然这样，你是否能跟理事会联系一下，问问我应该找谁谈。假如这个传言属实，区政府打算借由熊镇目前在联赛系统里的排名位置建立一个全新的俱乐部，那我相当确定，外部会计师必须对所有涉及经济的活动做深入调查……"

"好！好！我会去问问！""尾巴"叫道。

她听出他当场就后悔了，他的大发雷霆表明他被扎到了痛处。

她露出微笑。

"对此我非常感谢。关于你的座车的事情，真是太遗憾了。我会亲自撰写这篇文章，它明天清晨应该就会在网上登出。因此，你若是对此还有什么要补充的，也可以直接联系我。"

"尾巴"只简短地回了一句"当然"，便将手机一扔。她挂断电话。

"好一个浑球儿！"爸爸咕哝道。

"哦，他没那么危险，还挺有魅力的。在这些与冰球圈有关的老头当中，其实挺多人还挺有魅力的，令人惊讶。我几乎还有点喜欢他们。"

"你是认真的？"

"是啊。他们挺像你。"她笑了出来。

当然，这番话带有开玩笑的成分。其实她打从心里尊敬"尾巴"，就像她同样真心尊敬彼得·安德森那样。他们为了某种无形的事物而奋斗，为自己的俱乐部和小镇做出了奉献。对此，她无法不感到认同。无论是好是坏，她始终无法认同另一种人——不会对任何事物产生激情的人。

"浑球儿！"爸爸重复道。

"那你怎么看呢？"她问道。

"你针对哪件事情？"

"我是否应该就他的车写一篇报道？"

"当然。那是新闻。"

她思绪重重地用拇指揉了揉太阳穴："那你对'尾巴'有什么看法？"

爸爸将手掌放在肚子上，十指交叉着。

"我认为他被困住了。我认为，他很不习惯失败。到了那时候，像他这样的浑球儿会具有危险性。但是你现在已经踢了马蜂窝，所以我们现在就来瞧瞧会发生什么……"

"是你要我踢的！"

"那你又为什么要听我的？我可不聪明！"

她咧嘴大笑。他也跟着大笑。

"簿记里缺了多少？"她询问道。

他将眼镜向上推，使它固定在前额，一挥手扫过自己眼前成堆的文件。

"一大堆东西！如果你不非常仔细地找，你什么东西都看不出来。他们还是挺擅长湮灭证据的。但是……就我目前找到的资料来看，我会说，熊镇冰球俱乐部最近这两年花掉的几十万克朗，来源不清不楚。那家工厂当然扮演着赞助商的角色，提供了资金援助，但我同时查阅了银行的付款记录，其金额远低于出现在簿记里的数字。所以钱流了进来，但是来自某个其他地方。你懂吗？"

"你认为那是黑钱？"

"该死的，至少我认为它们处于模糊地带！这当中的一部分看起来完全就是在洗钱，因为在区政府拥有的物业公司理事会当中，有好几个人身兼熊镇冰球俱乐部的理事，他们现在在一起做生意。这一堆文件里还牵涉到一个那里的顾问公司，它归当地一家建筑企业所有。这家建筑企业又与区政府做生意，而他们突然间以一种看起来诡异到了极点的方法把钱转入熊镇冰球俱乐部。我还要更深入地挖掘这一切……不过，看过来……这里，我认为最大的目标出现了。你是否听说过这个'训练场馆'？"

"哪个训练场馆？"

"我也想知道！区政府在一两年前将它从熊镇冰球俱乐部手中买下，我掌握了一封由一名区政府公职人员就此事寄给俱乐部的电子邮件，但我没有掌握与这笔交易有关的其他细节。所有的文件都消失了。"

总编辑的眉头越蹙越深。

"洗钱……贪污……你现在说的事情当中，只要有一半属实，这个俱乐部就会被联盟降级，或许还会破产……"

爸爸以非常、非常严肃的目光盯住她。

"小老太婆，如果这些东西属实，有人就要去坐牢了。第一个要去坐牢的是彼得·安德森，因为所有文件上都有他的签名。而且，他恰好又是那个'尾巴'童年时期的好朋友。天杀的，这可真巧啊，是不是？你需要看到多少烟雾，才会相信已经失火了？嗯？"

她向后靠到椅背上，凝视着天花板。随后，她呢喃道："我们要继续往深处挖。"

此时，爸爸做了一个极为不寻常的动作，他犹豫了。

"首先我得问，小老太婆……你是否确定，你是出于正确的理由才做这件事情？"

"你要问我这个问题啊？"

他缓缓点头。自从来到这里后，他没再喝酒，整个人十分清醒。他已经做了决定，他得把自己拥有的一切都给她，而这将是最后一次。

"你跟我不一样，你无法直接将自己的良知封闭起来。因此，如果你只是为了赢才这么做，那还是别做了。因为如果我继续挖掘这件事情，在所有人当中，彼得和'尾巴'将会最先倒大霉。我想你刚才说过，你挺喜欢他们的？"

她的声音哽咽起来，她对此感到羞耻。当她将一切说出口时，她感觉自己的声音听起来很像一个在一场足球赛后握紧双拳的小孩子。

"我喜欢他们！我……喜欢他们。他们当然为这项体育活动、为了这座小镇做出了很多令人称道的奉献……可是，爸爸，如果没有公义，体育活动又算得了什么呢？这个社会又将变成什么样呢？如果他们将俱乐部建立在谎言和不法手段之上，那一切都是……都是……作弊，爸爸！如果我们让他们这样继续下去，我们又会变成什么样呢？"

46. 仆从

正义是不存在的。至少适用于所有人的正义是不存在的。至少正义在这里是不存在的。马特奥在人生的初期就认识到了这一点。

他现年十四岁。姐姐总是告诉他：这个年龄是最糟糕的年龄，这里出现的所有人都是最卑劣的人。她说他就是得活过这几年。但是，没撑过这几年的人是她。她曾说，他想成为什么，就能成为什么。但现在，他再也做不到这一点，因为他想感到高兴。

以前他很喜欢画画，因此他在过去这几天里努力想要描摹她的样子。但他已经记不得她身上的细节，在他眼中，她仿佛是由陶瓷制成的，头发像是用木片刻出来的，眼睛则和布娃娃的一样。他描绘她的方式，就仿佛有人为他描述她一般。

在葬礼举行的前一天深夜，他的双亲很晚才到家。他们一语不发，神色自若地进门，仿佛刚刚从超市或教堂回来。他的姐姐就安息在门厅里置物箱上的一个盒子内。他偷偷溜进门厅，小心地将它举起。不过它实在太轻了，绝对装不下她。她身材高大，笑声响彻整条长廊。她发脾气时，屋顶都会被掀翻。厨房里传来母亲的喊声，马特奥差点就将盒子摔在地上。

"马特奥，你不打电话给同学，到外面骑一骑自行车吗？"

马特奥吞了吞口水，觉得双肺仿佛塞满了冰块。姐姐常说，他们的妈妈活在由遐想构成的天地里。有些人喜欢站在一块立牌后面，然后从立牌上的一个洞里探出头来，让自己的脸出现在一个电视剧人物、一头狮子或一个肥胖大婶的身躯上，接着进行拍照。妈妈的人生就像这样一张荒谬的照片。"对她来说，这就是人生的全貌。她只是将我们的脸安插在她梦想的、以为我们能够成为的事物之上。"姐姐说。那时，马特奥常会感到愤怒。他不是生姐姐的气，而是为了不公不义感到愤怒。他从来就没有什么朋友，也不曾打电话给任何同学。他的妈妈只是看到其他小孩在街道上骑自行车，就以为他也是这样生活的。

"好的，妈妈。"他喊道。

户外正下着雪，而室内也一片冰冷，因为马特奥的妈妈不时会感觉空气很污浊，于是一连数天敞开屋子里所有的窗户。她似乎觉得这样做就能让所有的错误消散、蒸发。她站在厨房里，烘焙着面包。当她不愿意跟任何人产生目光接触时，她总会这样做。爸爸坐在另一个房间里读书。他活在另一种遐想之中，他在那片遐想天地中可以封闭自己，不再感受任何事物。"你们说我们要担任上帝的仆从，但那只是用别的字眼来表达'奴才'！"马特奥的姐姐某次就这样对他们说。这话让妈妈感到心神不宁，她全身不断颤抖，甚至捂住自己的双耳，厉声尖叫。一整夜，马特奥都抱紧姐姐。姐姐在第二天早上向他道歉。她在那天夜里低语道："马特奥，他们从来就不曾拒绝过任何人。不敢拒绝自己的老板，不敢拒绝教堂里的人，不敢拒绝上帝！他们只会臣服，乖乖听话，接受我们现在这样的生活！所有那些该死的规则、禁令，从来就没有报酬，你想过这种生活吗？你难道不想过得比这好一点吗？"

那时候的马特奥不知该如何回答这番话，他从没想过是否存在其他替代选项，但他理解姐姐为什么开始酗酒，这正是逃避此地的一种方式。妈妈在那之后不久在她的房间里发现了酒类饮品和丁字裤。那是马特奥第一次在这间屋子里听见"婊子"这个词。每天晚上妈妈都会为了女儿的灵魂祈祷，声音大到能让她听见，因此女儿不再回家。

那时候马特奥年龄还太小，无法理解最后那几个月发生的所有事情和姐姐遭遇的一切。但当她远走海外消失无踪时，他就走进她的衣柜，待在那里面，吸入属于她的气息，直到入睡。当他在衣柜最深处的角落醒过来时，他的脸颊蹭到衣柜底板上的某个尖锐物体。那正是她日记簿的一角。他正是从那里得知了一切。因此他知道，她或许死在了另一个国家，警方或许会声明她的死因是毒品。但那都不是事实。她是在熊镇被谋杀的，这里的男生们谋杀了她。她的心裂成无数的碎片，散落到世界的各个角落。

双亲常访问的那座教堂，离此地有数小时的车程。现在，他们甚至不打算将她埋葬在那里。他们打算将她埋葬在这座位于熊镇，总是被他们嗤之以鼻的教堂旁边。如此一来，他们就永远不需要对造访这座教堂的人们说明，女儿在海外死于嗑药过量。他们只能假装她仍然活着，在外地到处旅行，假装她仍然会寄明信片来。

马特奥将她的日记簿和自己的电脑藏在同一个地方，也就是地下室里那台已经出故障的烘衣机后面。他只读过她的日记一次，但对里面的每个字母、每个惊叹号，以及每处滴落在文字间的泪水被风干后遗留下的隆起，都记得清清楚楚。"没有人相信我，因为只要在这里跟一个男生上床，你就有义务跟所有人上床！熊镇就好像在施行'上床式民主'似的！在这里只有处女会被强奸！！当我自己的妈妈都不相信我的时候，警察又怎么会相信我？！婊子婊子婊子婊子。我对她和其他所有人来说就只是个婊子婊子婊子婊子，所以我是不会被强奸的，因为强迫一个婊子就不算强奸啊！在这里不算！！"

距离她收拾行李谎称要前往教堂，并就此销声匿迹，已经过了两年半。她离开熊镇的时间，其实就在玛雅·安德森被凯文·恩达尔强奸后不久。但就算整个熊镇忽然间开始讨论性暴力，而且日复一日、每时每刻地讨论时，马特奥从没听到过自己的双亲对此说过任何一句话。在一段相当短的时间里，他纳闷着：他们是否感到可耻？他们是否后悔当初没有相信自己的女儿？但当他看到发生在玛雅身上的事情时，这种疑惑就消失了。她总该获得平反、正义，进行报复吧？她要的应该不多吧？的确，一点都不多。只不过有个名叫亚马的目击证人最后勇敢说出发生在这座小镇里的事情，而此举意味着他立刻遭到强奸犯的朋友们的袭击、施暴。安德森一家人只能在整座小镇都背弃他们时，勉力将自己的生活稳定下来。玛雅只得到医院去，接受令人感到恶心的检测。她报了警，但报案书只招来各种羞辱性的揣测——她是否因吸毒而昏了头，她是否发送了暧昧不明的信号，她是否真正了解此举其实可能毁掉凯文的职业生涯！网络上只不过流传着数百条匿名评论：她铁定在撒谎；她只是在寻求关注；大家都知道是她对凯文起了色心，而不是凯文对她起了色心；她那时已经醉晕了；她是个天杀的婊子；她被强奸只是活该，本来应该有人将她谋杀掉的。这就是人们所要求的一切！玛雅的爸爸只不过差点丢了工作，整个冰球俱乐部只不过差点破产。她妈妈是律师，疯狂到敢于挺身对抗全世界。一切只需要证据、证人、金钱、有权有势的朋友，以及庭审。在这一切之后，在经历了所有这一切之后，凯文仍然没有被定罪！他的家人只不过搬离这里，而后人家全假装什么事情都不曾发生，甚至在某方面就将此视为正义得到了伸张，一点微不足道的平反。玛雅只能接受这种事实，而这还意味着付出一切。

就只能付出一切。

所以马特奥的姐姐有多少机会呢？一点机会都没有。马特奥直到找到她的日记簿，才知道她为什么要搬离这里。如今他多么希望自己不曾翻到她的日记簿，这样他就能免于活在她的阴影之下。他在内心深处深切地渴望她在远方能够获得自由，但他现在已经知道，这座小镇里的男生们就是一座监狱，他们在她内心留下种种枷锁，使她再也无法翱翔。虽然马特奥只有十四岁，但是由于他的双亲是上帝的仆从，他们永远不会为她复仇。因此，他现在得复仇。

他从书包里取出一支钢笔，谨慎、小心地在她安息的小盒子上画了一只蝴蝶。随后他就去了户外，在雪地上骑自行车，街灯映照着他的身影。当他的妈妈透过窗户发现他时，他招了招手，她也招了招手。

47. 战士

星期天到了。拉蒙娜的葬礼完全没有为与她有关的记忆带来荣耀。当她还在人世的时候，她就清楚明白地告诉过这些浑球儿：在她尘归尘、土归土以后，他们完全可以拿她的骨灰或遗骸来喂猪或当作花肥，只要他们别装模作样，不要邀集一大群其他浑球儿必须站在葬礼会场假装哭丧着脸就行。一如往常，没有人听从她的话。全镇的人都将出席这场葬礼。

*　　*　　*

班杰很早就被爱德莉摇醒。小狗们先获得食物，然后才轮到人们进食。他们站在厨房的长凳旁边，安静地吃着东西。班杰几乎什么都吃不下。他的身体不习惯在黎明时分醒来，这通常是他的就寝时间。爱德莉强逼他喝下咖啡，还弄来了他唯一的一套西装。在他两年前离开熊镇时，这套西装的上衣肩膀太窄，衣身太瘦，装不下他；对现在的他来说，它则显得过大了。爱德莉已经将他们的爸爸留下的那双旧时装皮鞋擦亮，摆在门厅地板上。她将自己购买的一个白色领结递给班杰，他没有费力去抗议。在葬礼上，只有死者家人可以佩戴白色领结，不过爱德莉才不管班杰对这一点以及其他事情的看法。当他回到家时，姐姐们压根儿没问他要住在哪里，直接就给他做主了。他最后留宿在爱德莉家里，因为凯特雅的家太小，而他们的母亲因为病重，现在正住在佳比家里，所以佳比现在没有地方收留他。她们当然不会让他独居——虽然他可以自由地环游世界，但要知道，如果你有三个姐姐，你在她们眼里就永远是孩子。

当阳光照耀在树冠上时，佳比和凯特雅开车来接他们。他们的妈妈坐在后座，于是爱德莉和班杰一左一右挤坐在她的身边。妈妈不顾班杰的抗议，在整趟车程中，一直在梳理班杰的头发。姐姐们哄笑着，笑得连车身都震荡起来。这个男孩确实能够承受许多痛苦，但就连给马匹装马鞍都要比这个来得小心。

*　　*　　*

当我们和我们所爱的人们相处时，时间是充满弹性的。当他们离开我们时，那种感觉就像经历了一辈子；但在他们回到家后的第一个早晨，我们又感觉他们似乎不曾离开。对班杰来说，问题就只在于：现在，许多人将会在这么长时间后再次见到他。他们当中许多人的反应，仍是他无法预料的。

他和妈妈及姐姐们一同来到墓园。此时到场的人还寥寥无几。妈妈将一打用锡箔纸包着的碗从汽车的后备厢里取出。对她来说，到哪里去并不重要，重要的是总要随身携带食物。她和姐姐们走向大门口，开始做起她们一直以来持续在做的事情：帮助别人，找点事做。在那几秒钟内，她们遗忘了班杰，遗忘了其他所有人向他投来的目光，遗忘了他过去在这座小镇里是什么样的人物，而他在那之后又成了什么样的角色。因此，他独自站在车身旁，不知道自己该做些什么。他感到所有经过他身边的人都会偷瞄他，并低声耳语。他那双冒着汗的手掌焦急地想找点事做，但他连一根香烟都点不着。他顿时希望，自己当初没有选择回家。天杀的，他可没准备好面对这一切。他看到了远端大门口旁的一众黑衣男子，包括"蜘蛛"和提姆身边几个最亲近的手下。他们站在那里，确保没有任何不速之客闯入葬礼，而班杰不知道自己是该被列为不速之客，还是被算成其他人的一分子。他过去比较善于隐藏，不让他人看出他的犹疑，但他在远走高飞的这两年里，失去的可不仅仅是好几千克的体重而已。那根香烟在他的手指间熄灭。

"那个不是班杰吗？"一小段距离外，某个乳臭未干的小鬼头对另一个小鬼耳语。"狗屎蛋，他变得真瘦，他是得了艾滋病，还是怎么回事？"这个小鬼小声回应着自己的同伴，随后两人歇斯底里地咯咯笑起来。一名成年人恼怒地要他们闭嘴。两个小鬼头双手一摊，低声嘶吼道："怎么啦？他不就是娘炮吗？你不是都说了……"

班杰没等他们把话讲完就转过身往反方向走去。他穿着爸爸那双时装皮鞋，在轻薄的雪地上绊了一下。他不知道自己该往何处去，只想去一个没有人的地方。"你是否在找寻什么，在逃避着什么？"这番话在他的脑海里回响。在他刚开始踏上这段旅程的时候，地球另一端的某个酒保如此询问他。当时他不知道该如何回答，就说"两者都有"。他邂逅过一名女子，是个潜水教练员。某个早上，她发现他睡在一座浮动式码头上。他无法根据她那蹩脚的英语口音辨识出她来自何处，不过他俩成了好朋友。他们的友谊很深厚，因此某天晚上，在他的目光牢牢盯着瓶底良久以后，她微笑着说道："人们很容易爱上你，并且变得郁郁寡欢，因为你不会爱上别人，总是郁郁寡欢。"这是好几个月以来，班杰头一次听到自己的母语。事实显示，这名女子成长的地方距离熊镇差不多有五百千米，但那实际上已经极为接近熊镇了。"你一开始为什么不说你是从家乡来的？"他问。"要是那样的话，你就永远不会跟我攀谈，因为你不愿去想与家乡有关的事情。"她回答。这倒是真的。整个晚上，他俩就以这种他差一点忘记的语言喋喋不休地聊着，翻唱乐队在台上演唱，而她跟着歌曲一起唱。已经喝得够醉的班杰闭上双眼，以为自己又进入了森林，而不是身处海滨。这并非他第一次想家，这只是他第一次承认自己想家。这名女子要他做出承诺，会在她身边多待一阵子。班杰做出了保证，然而他还是收拾起行李，比以往每次收拾的动作还要利落，最后离开了那里。

"班杰！"此时，愤恨的叫喊声在停车场上回荡。

班杰继续走着。

"班杰！"这个声音再度号叫起来。这个名字像一颗冰雹砸在他的脖子上。

他像只被困在角落里的老鼠一般停下脚步，转过身来，准备应付所有可能的变化。那些身穿黑色夹克的男子已经离开大门，径直地朝他走来。他曾经深受他们的喜爱，但当他们获知他所有的秘密时，他们就也憎恨起他来。这种恨意，是只有你由爱生恨的对象才可能感受到的。他曾经象征着这票人希望熊镇能够成为的一切：所有人都怕他，而他谁都不怕。虽然那时候他只是个小男孩，但在冰面上他是他们倚重的男人。他们的战士。他们的。班杰不曾在其他任何地方体验过那种整个观众席上的黑衣人齐声吼叫、体内的肾上腺素飙升到让人直扑向亚克力防撞玻璃的感觉，因为它不存在于其他地方。有多少次，他多么希望自己能够留在那里啊，多么希望真相别曝光啊。班杰本来以为自己熟悉地球表面所有类型的沉默，但是当他第一次走进一个房间，发现整个房间里专拿娘娘腔开玩笑的男人在看到他时陡然陷入一片死寂时，他才改观。他本来以为自己已经体验过所有类型的恨意，但是直到赫德镇的球迷们在他出赛时将人造阴茎扔到冰面上，他从熊镇最忠实的球迷眼中看出他们因为他而感到丢人现眼且升起恨意时，他才知道这不算完。他们为此事厌恶他，但他并不责怪他们。他理解：他们永远不能宽恕这件事。"你是我们的一分子。"这是提姆在两年前对他说的最后一句话。可是，现在这有什么意义呢？没有任何意义。那时的班杰还是个冰球员，他对他们仍然有用处，他是特别的。现在他什么都不是。他本该永远不再回家的。

"班杰！""蜘蛛"高声号叫道，那伙人中就数他最疯狂。那并非一种呼唤，而是一个命令，叫他别动弹。

班杰一动不动地站着，任由这群男人接近。第一个上前的男人高举起双手，第二个人也举起双手。当他们拥抱他时，他感到非常错愕，同时觉得痛得要死，因为他身上仍然满是在去机场的路上被痛揍一顿时留下的瘀伤。

"天杀的，你好吗？看到你回家真好！见鬼了，你怎么变得这么瘦，你是得了厌食症还是怎么回事？""蜘蛛"大声叫嚷着，而其他男子则用各种言语羞辱他，但这些羞辱实际上是一种恭维。因为这是除了明褒暗贬外，这伙人唯一的沟通方式。

然后他们谈论起驼鹿狩猎季，聊到枪械、车辆，以及天气。班杰还在半信半疑地等着被揍一顿，但在他们始终没动粗之后，他肩膀一沉，低声说："我……觉得很遗憾……"他朝着墓园点点头。

不过"蜘蛛"只是面露微笑道："你现在要哭啦？你以为拉蒙娜会允许你哭啊？她会把你那瘦巴巴的屁眼敲碎，再放一把火，让整个小镇都弥漫着屎味！"

然而他的眼中有股难以想象的思念。当然，所有在场的男人都是如此。他们的脸因酒精而肿胀着。他们用酒将自己的内心世界淹没，这样才不会让人看到自己泪流满面的样子。他们是拉蒙娜的人，拉蒙娜也是他们的人。对他们当中绝大多数人而言，这老太婆对他们可比他们的亲生父母还要亲。所以此刻，幽默已经不是一种防卫机制，而成了一种纯粹的反抗动作。忧伤鬼，你是动不了我们的。

其中一个男人的女朋友在车旁叫喊着，表示需要人手帮忙搬椅子（因为教堂里将会人满为患）。所以这伙男人便开始走动起来，同时继续跟班杰交谈，仿佛他跟过去是理所当然的事情。班杰跟着他们走。他们谈论着冰球，但没人谈论班杰与冰球。没人询问他往后是否还要打球。倒是有人提到，区政府要尝试将两个俱乐部合并成一个。"蜘蛛"说："他们可以去试试看，等他们被埋掉以后，我们就再也不需要更多的椅子啦！"那人的女朋友朝自己男友的腿踢了一脚，于是他也朝"蜘蛛"的腿踢了一脚。当"蜘蛛"大喊"我是又说错什么话了吗"的时候，那人的女朋友吼道："说话放尊重点，天杀的，我们现在可是在教堂里！"当然了，"蜘蛛"对此报以大笑，说："玛德莲，别在教堂里骂脏话！"哦，天啊，大家乐不可支，都在咧着嘴笑，就连班杰也笑了。他们将更多的椅子搬进教堂，讨论起女孩和雪上摩托车。在这群身穿黑色夹克的男子当中，想必没人知道自己到底在做什么。但此时此地，他们送给了班杰一个礼物：他们以对待一个普通人的方式来对待他。对于一个过去总是显得很特别的人来说，这是最美好的礼物。

48. 群贼

星期天大清早，一名消防员打电话给另一名消防员请求帮助。话筒的两端分别是班特与强尼。后者仍因冰球馆里爆发的冲突而激动，而他那年长许多的主管则让他保持平静。

"他们那边正因为那个拉蒙娜的葬礼而群情激动。若是你，你会有什么感觉？等个一两天吧。熊镇那边也有够清醒、讲道理的人。现在给他们机会，让他们跟那些最糟糕、最爱吵架的人讲道理，让我们看看：在你抓起球棒冲到那里寻仇以前，一切会怎么收尾。"

强尼不情愿地做出保证。随后他们谈到驼鹿的狩猎季，几乎所有消防员今年都会错失狩猎季，因为风暴过后道路清理工作太过繁重，他们无法请假。班特笑了起来，这正是现在急需的：一大群毛毛躁躁的疯子才刚买进枪械，却没有目标可以射击！

"我会再跟我儿子谈谈，尽可能让他们冷静下来。"强尼保证道。

"很好，很好，哈娜和孩子们是怎么面对这一切的？"

"孩子们回家的时候很生气，憎恨熊镇的所有人，不过最让哈娜不爽的人是我。这怎么会是我的错呢？不过一切就跟平常一样。"

班特笑到咳嗽起来："听起来就跟我家那位一样。每天早上我一起床，我在她心中只能从负分开始打分。在最好的情况下，假如我那天一切事情都做对了，我只能归零。第二天早上我醒过来时，我又得从负分开始被打分，真是气死人。但是说到我家那位，我是否能请你帮一个忙呢？"

"你才刚请我帮过一次忙，嗯？"强尼指出。

"是的，是的，可是我打了石膏，不能开车，而我家那位新订的冬季轮胎到货了，你可否帮我取下货？"

"当然可以。在哪里？"

"在山里人那边。"

"山里人？"强尼狐疑地问道。自从废车处理厂换了新的主人以后，他还从未去过那里。但消防局里的同事们当然已经详尽地讨论过它。"假如我嘴巴里有黄金做的假牙，我绝对不敢在那里张开嘴，因为在我舌头有感觉以前，我的假牙就不见了。"一个同事如是总结了自己的感受。

但班特平静地回道："他们的轮胎很便宜，我看不出这样有什么不对。"

"我该跟他们要收据吗？"

"你别跟他们要收据！"班特笑了起来。

不过强尼答应去将轮胎取来。他驾驶着那辆迷你巴士，穿越赫德镇，将车停在山下的废车处理厂旁。坦白讲，这里与其说是山，不如说是一座丘陵。但当各种事情已经在赫德镇被贴上标签以后，就难以改变了。他在大门外下了车，没有锁上车门，而他的手机还放在副驾驶座上。一名身穿皮夹克的肥胖男子站在一两米外，若有所思地微笑起来。

"你不打算锁车吗？"

强尼的眉毛挑起来，说："我为什么要锁车？"

那名男子目不转睛地盯着他，脸上仍然挂着微笑，而且是那种近乎期待的微笑。

"大部分像你这样的人到这里来都会锁车。人们谣传我们是贼，你没听说过吗？也许有人会拿走你的手机，是吧。"

强尼看了看自己的汽车，再张望一下废车处理厂周围的情况，而后再度将目光锁定在那名男子身上，平静地回答："你去告诉你手下随便哪个小弟，让他来试试看，我们走着瞧。"

那名男子咧嘴大笑，笑声绵长而真诚。他伸出手，说："勒夫。"

"强尼。"强尼回道，并紧紧握住对方的手。

勒夫对着他穿在夹克里胸口绣有消防员协会徽标的 T 恤点点头。

"消防员，是吧？不怕大火，不怕贼。我能为你效劳吗？"

"我来帮我的主管领取轮胎。"强尼回答道。

"班特，是吧，太好了。我们就把它们拿来。他的腿还好吗？"

"谢谢……很好，他感觉很好。"强尼有点惊讶地回答。

勒夫将双手手掌向上翻。

"人们很爱聊天的，是吧。我们听闻了这起意外事件。我们希望他……这要怎么说？早日康复。还有别的事情需要帮忙吗？"

强尼坐立难安，深深地吸了一口气，朝着迷你巴士比画了一个简短的手势："这辆车的性能不太好，我老婆不断地抱怨。你们是否能检查一下，同时看看你们是否有备用零件卖？"

他并没说他需要有人帮他修车。他仍然需要那种"自己能把某个东西修好"的感觉，但既然他已经到这里了，他其实大可以买一些备用零部件。勒夫似乎在打量着他和那辆迷你巴士。过了好一会儿，他才说道："我的技工来检查一下，会花半个小时。你喝咖啡，是吧。"

强尼点点头。天杀的，难道有人不喝咖啡吗？勒夫领着他离开废车处理厂，走向一栋位于较远处的小屋。他领着强尼走进厨房，启动咖啡机。强尼谨慎地跟在后面，走进屋子，里面几乎没有任何家具。勒夫已经在这里住了好几个月，但这栋屋子看起来给人的印象仍然是：住在这里的人似乎准备好在一秒钟内就搬走。

"黑的？"

强尼误解了他的意思，立刻呢喃着："是，是，可以，我跟班特都不需要收据。"

勒夫露出灿烂的微笑，说："咖啡，黑的？"

强尼脸红着接过杯子。他想道歉，却不知道该从哪里开口，所以他就照自己的习惯行事，四下张望，找寻某个能让他变换话题的东西。他将目光投向窗外，看见后方那小小的庭院，而后叫了出来。

"那里发生了什么？"

围栏上的木板少了好几块，即使不久前有过些微的降雪，但仍能看出，整座院子里满是泥泞不堪的车轮印痕。

勒夫在自己的咖啡里加了一大堆糖，强尼觉得它已经不再是一杯饮料，倒更像一份甜点。随后勒夫才答道："是提姆·雷诺斯，'那群人'。你认得他们，是吧？"

强尼猜疑但充满好奇地点点头。

"提姆发了一条信息给我。我想，他不喜欢打电话。所以他就把一辆车开进这里，那要怎么说啊？运尸车！"

勒夫朝着庭院里呈现出的破坏比画了一个意味深长的手势。强尼眯着眼，望着他。

"一辆运尸车？'那群人'真的这么干了？天杀的，你把他们怎么样了？"

勒夫无奈地耸耸肩膀。

"跟拉蒙娜做生意。"

"刚过世的人就是她。"

"是的，是的，她欠我钱。因此我说，我可以买下毛皮酒吧，这样债务就可以一笔勾销。而提姆就是这样回答的。"

"把毛皮酒吧买下？你是这样告诉提姆的？"强尼直接笑出声来。他还真想付钱看看这白痴面对这个提议时，脸上露出的表情。

"不是，不是。我是……那个怎么说？外交家，是吧。我去找彼得·安德森。"

"噢。"强尼咕哝道。他的腔调已经清楚地表露出他对这个名字的看法。

"你们是朋友？"勒夫露出无辜的微笑，问道。

"当我们还年轻的时候，我们是冰球员，彼此对抗过。"

"是吗？在他进入美国国家冰球联盟以前？"

强尼一边喝着咖啡，一边舔了舔嘴唇，试图不表达出自己的苦闷，但效果实在不太理想。

"比那还要早得多。当时我们都只是青少年，我不曾达到他的水平。关于提姆做的这件事情，你报警没有？"

勒夫看起来很生气，鼻翼扇动着。"警察？不，不，警察跟律师不会为像我这样的人工作。他们只为像彼得·安德森这样的人工作。我像个男人一样走向他，而他和提姆用运尸车回答我。"

强尼望向窗外。老实说，他很难想象彼得·安德森（不管他对这个人有什么想法）会做出这种事情。但是人们正在改变，这是变化的时代。在这两座小镇里，情况均是如此。

"当我们对上熊镇的时候，我们常称彼得是'耶稣'，因为他们那边的所有人都把他当成救世主。他总是比我们其他人更棒，也更文雅一些。现在，你准备拿他和提姆怎么办？"

强尼对他刚说出口的一切，尤其是最后那个问题感到后悔不已。勒夫又将一块方糖放到舌头上，随后才说："不拿他怎么办。"

当然，强尼并不相信他。两人在沉默中将咖啡喝完，勒夫甚至动用了一根茶匙，才将杯中的东西都吃完。在废车处理厂工作的其中一名男子走了过来，敲了敲门。他描述那辆车哪里出了问题，但强尼并没有真正听懂，而且也没有勇气承认他听不懂对方的描述。

"班特的轮胎放在车后面的行李箱里，你要的备用零件也在那里。"勒夫翻译道。

"多少钱？"强尼问道。

"为一个消防员提供服务，不用钱！只是些小东西罢了！"勒夫回以平静的微笑。强尼弄不懂他的意思是指那些零部件是些小东西，还是指强尼现在积欠他一些小东西。

"你真该打电话报警的。"强尼向着户外的庭院点点头。他之所以这么说，主要是因为不知还能说些什么。

"不用担心，我已经多次在赫德镇和熊镇这样的地方生活过。"勒夫回答。

强尼搔了搔头皮，问："你这是什么意思？"

勒夫露出宽容的微笑，找寻着字眼道："这要怎么说啊？像你们这样的小镇？我以前在像你们这样的小镇里住过，在许多国家。这里的人们似乎都以为所有的移民全出生在大城市里，是吧。可是，我出生在一座像赫德镇的小镇里。我跟你们一样，也是森林的子民。到处都有一个提姆，到处都有一个像'那群人'的团体。他们想对我们说：'我们才是老大，你们全给我听话，你们给我滚。'是吧。"

"那你想这样做吗？"强尼问道。他的口吻听起来更加好奇，甚至超出了他的骄傲感。

勒夫将头微微一偏："你们这里有一句俗话：'我每一次后退，都是为了要加速！'是吧。"

"我每一次下蹲，都是为了要跳得更高！"强尼面露温和的微笑纠正他。

"正是，正是！"勒夫点点头。

他伸出手来，强尼握紧他的手。勒夫将对方的手多握紧一秒钟，正视他的双眼。

"要是闹火灾了，我就打电话给你。好吗？"

"当然啦，要是发生火灾，你就打电话给我。"强尼笑了起来。

"如果你需要我帮忙，你就打电话给我，好吗？你们都是怎么说的？'守望相助'，是吗？"勒夫继续说道，同时紧盯住他的眼睛。

强尼知道自己本该会迟疑的，但他反而相当郑重地点点头。当他从那里走出来的时候，他才回过神来，发自内心地希望：提姆·雷诺斯、彼得·安德森，以及其他住在熊镇的那些杀千刀的浑球儿，能和一个危险性超出他们应付范围的对手吵架。

他开着那辆迷你巴士来到班特家里，把轮胎卸下，随后他再开回自己家，对哈娜撒谎称自己在某个别的地方买到了备用零部件。否则，天杀的，她会为此再狠狠地骂他一顿。

49.暗地里抽烟的人

"婚姻"。

在人们已经结婚多年的时候，本应出现另一个词来指代这个概念。也就是说，你在很久以前就已经通过一个节点感到婚姻不再是一种选择。我每天早上只是不再选择你。我们在婚礼上说得可好听了：现在，我无法想象没有你的人生。我们不是新绽放的花朵，我们成了两棵根部紧紧地交缠在一起的树，我们就在彼此身边逐渐老去。

在还年轻的时候，人们相信爱情就是迷恋。然而，迷恋很简单，随便哪个孩子都能够感到迷恋。可是，爱情呢？对成年人而言，爱情是一项工作。爱情预设的条件是你作为个体的全面投入，包括你最良善的特质和最恶劣的特质。婚姻跟浪漫毫无关系，因为一段婚姻的难处并不在于我得与你所有的缺陷共存，而在于你必须与我能看到你所有的缺陷的事实共存。也就是说，你得与我现在对你了若指掌的事实共存。绝大多数人不具备与秘密共存的勇气。大家有时候希望自己能够隐身，但没人希望自己变得透明，被人看透。

"婚姻"？是该发明一个别的词来取代它了。因为所谓的"永恒的迷恋"并不存在，只有爱情能够如此长久，而它从来就不单纯。它预设的条件是：你作为一个个体，全身心地投入——你所拥有的一切，以及缘分。

孩子们今天自己前往葬礼的现场，将爸妈与他们之间所有无法谈论的话题全留在家里。蜜拉站在卧室门外，但不敢大声呼吸，原因在于彼得正坐在卧室的床上，一边哭泣，一边努力将自己那条黑色领带系好。她一路退回到楼梯间，假装自己刚刚上楼，然后才喊道："亲爱的，你要喝咖啡吗？"这样一来，他就来得及擦干泪水，让声音平顺下来，而后喊回去："好的，亲爱的，谢谢。我马上就来！"

他走下楼，领带显得有点长。她并没有挡到路，他一如往常地从她身边经过，但突然间，两人还是撞上了。她的手指顺势摸索到他的身上，帮他把西装外套的纽扣扣好，借此假装他们并不是在追寻亲密感。他停下脚步，几乎感到头晕目眩。他们都在回避彼此的目光。此时此刻，如果他俩直视对方的眼睛，两人想必都会裂成碎片。两人已经许久不曾有肢体接触，因此她用手指触碰他就已经足够，对他来说，这种触碰就像电击疗法。她谨慎地用指尖调整他的领结，不敢将手掌直接贴在他的胸膛上。上帝啊，你必须经历那种几乎就要放弃彼此的感觉，才能记住为彼此奋战的必要性。

她耳语道："拉蒙娜对你感到非常骄傲。"

他低声回答道："那你呢？"

她垂着沉重的眼皮点点头。此时此地，她在想什么呢？或许她永远不会再记住这样的情景，或许她会永远地否认这一点，甚至对自己否认这一点。我们真的有必要发明一个能取代"婚姻"的其他词语，但我们或许也需要用别的词来指代"离婚"。一个形容你几乎已经进入那种状态的词语。那时候我们会耳语："我不知道我想要什么，我只是不希望继续这样下去。"一个能够讲述"我受不了了"的词语。如果我们跟对方相处时一再忍气吞声，那我们终究是会爆发的。

"我……彼得，我……"她开口道，感觉房间里的氧气快耗尽了。

她说的是"彼得"，而不是"亲爱的"。她犹豫的时间恰巧够久，而他不敢让她把话讲完，于是立刻将额头凑近她的前额，说道："我爱你！"

她露出一个非常仓促的微笑。她被他深情、灼热的目光打动，他的鼻息就围绕着她，于是她随后以一种自然而然的口吻说了同样的话："我也爱你。"这样，他们两人就都能假装她不曾想说出别的话语。

他们很久没说这句话了。但现在，他们刚对彼此讲了这句话。在所有与爱情有关的词语中，最应该出现的是某个针对这种情境的词：一个讲述我们多次差点失去彼此但转过身重新开始的词；一个能够形容那些最微小的事物的词，就像当我们在厨房经过彼此身边时真正触摸彼此，而不仅仅是"差点"这么做时，形容这微妙差别的词；某个说明"我受不了了"的单词。如果你受不了我，我就受不了了。没有你，我受不了了。

他们一同驾车前往葬礼会场。一路上，他紧握着她的手不放。

＊　　＊　　＊

安娜的爸爸清醒着。他有点宿醉，但没有再度变得烂醉。猎队的那些老头站在庭院里，等着跟他一同前往墓园。他们也是因为这场葬礼才保持清醒，滴酒不沾。然而，这一切只是通向葬礼后第一杯啤酒的倒计时。

安娜和玛雅独自先行前往会场，玛雅仍然背着那把吉他。她已经先回家换了衣服，而安娜因为她"盛装打扮"顿时感到吃醋。玛雅指出，出席葬礼的人盛装打扮很正常。安娜回答道："天杀的，你这么漂亮，我真是恨透了。这就是你最烦人的地方！我需要比我丑的朋友！"她们取道"高地"外围，穿过那片离别墅区有一小段路的森林，将那些男子的声音远远抛在脑后。直到她们走上那条慢跑小径时，玛雅才意识到自己在什么地方。她那时正是在这里，握着枪等待着凯文。安娜似乎也觉察到了这一点，正要从这条路上拐开，但玛雅抓住她的手臂，领着她继续向前走。她们经过她扣下扳机的地点。当那个武器发出咔嚓声时，凯文正是在这里吓到尿裤子。当时她扔下那个从未装填进枪械的弹夹，它落在他面前的地面上。这两名年轻女子踏过自己的回忆，两个隐形的小女孩则蹑手蹑脚地跟在她们后面。她们永远跟在我们的后面：在最恶劣的事情发生在我们身上前，我们都还只是孩子。

"我不知道，我会有这种感觉……"在她们往前走了数百米以后，玛雅低声说。此时她们可以放慢脚步，向下俯视那座湖，几乎将整座小镇尽收眼底。

"什么感觉？"

"我仍然这么生气。"玛雅用鞋子刮擦着地面那层薄薄的积雪，承认道，"我仍然会梦见杀死凯文的景象。"

"我多么希望你没有梦见这种景象。他不值得被你梦见。"安娜更用力地刮擦着地面，"我也会梦见维达。不过现在的梦境变得比较好了。以前我只会梦见他死掉的样子。但现在，他在我梦中有时活着。他真的超级烦人，脑袋完全坏掉了，不过他……是的，你知道的……他活着。"

玛雅握住她的手，安娜紧紧地握着她的手。两人沉默无语地走了至少一刻钟，对于绕远路，她们默契地达成了共识。然而，她们最后还是不可避免地接近一个地方。当她们从一段距离外看见那座墓园时，玛雅说："我好想念这里的光线。当白天时间最短的时候，它仿佛发生了变化。你似乎能够从空气中看出那时候有多寒冷。"

　　安娜皱了皱鼻子，哼了一声道："你听起来就像个游客。"

　　"我确实也是游客。"

　　这番话没能把安娜逗笑，所以玛雅得在她身上挠痒痒，让她发笑。当她们接近墓园的大门时，看见一个男生孤独地站在那里抽着烟，安娜才止住笑声。整个早上他都在忙着搬椅子，即使天气寒冷，此时的他也只穿着西装长裤和一件浸满汗水的衬衫。他变得比她们记忆里的样子还要消瘦。玛雅和安娜都得克制住自己，才不至于过度急切地拥抱他，让彼此有被羞辱的感觉。所以玛雅最后只是笨拙地作势要抱他，而班杰看着她的表情似乎在说她的脑袋已经坏掉了。她很想念这个眼神。他现在二十岁，无论是内在还是外在，都饱受摧残，但只要一露出微笑，他看起来就像是个爬到最高的树上、身上背负着最重大秘密的青少年。他是冰面上最危险的人，也是地球表面最孤独的人。

　　"你看起来很清新。"当玛雅松开他的时候，他夸奖她。

　　"你看起来其实真是天杀的糟糕。"玛雅笑着回答道。

　　他转身面向安娜。她先是像个远亲一般拥抱他，随后又变得像一根在巨浪上颤抖的船桅。对她来说，"折中选项"始终不存在。

　　他笑起来："你在住了人的村庄里走动，竟然没带武器啊？我的姐姐们说，你现在只管打猎，所以我本以为你会把猎枪带到这里来。现在如果打起架来，谁来保护我啊？"

"你不用担心。如果他们欺负你，我可以对付这里的任何人。"安娜回他一个大笑，挥了挥双拳。

玛雅将自己的双拳收进风衣口袋。她努力不为自己的朋友们感到担忧，但他们让她很难不感到忧心。

"你都跑到哪儿去了？我是说……你到哪里旅行了？"她问道，并朝着班杰饱经日晒的皮肤点点头，对于他皮肤上所有新增的疤痕则不置一词。

"到处跑。但现在我在这里啦。"他无忧无虑地答道。

"我为拉蒙娜感到难过。"玛雅难过地说。

他缓缓地点头，但无法控制自己的声音以流畅的方式答话，因此他转身面向大门的门柱，他的西装外套就挂在那里。他从西装外套的口袋里掏出一个白色领结，将它递给玛雅，说道："这是给你老爸的。"

"你在说笑吗？他刚学会自己打领结！"她露出微笑。

"他应该使用这个。"班杰坚持道。

"不是只有家人才能用白色领结吗？"安娜问道。

"他就是家人。"班杰说。

玛雅接过那个领结，用力地握着它，都把它弄皱了。这时她看到更远一段距离外的某人，突然间笑了起来，喊道："老天爷……站在那边偷偷抽烟的，难不成是我弟吗？"

安娜眯着眼望向远处的那个十四岁少年。他站在远处墓碑旁的那几棵光秃秃的大树旁，想必希望将自己妥当地隐藏起来，但这个藏身处选得真的并不理想。她兴奋地吹了一声口哨，目的就只在于逗弄自己最要好的朋友，让她气疯。

"那个是里欧吗？你在说笑吗？他看起来挺酷哟！"

"闭嘴！"玛雅咆哮着。安娜笑得前仰后合。

"安娜，我不认为他是你喜欢的类型。不过对我来说……"班杰漫不经心地说着。玛雅使尽全力，揍了他的胳膊一下。

这一下并不是特别疼，但安娜出于同情，随即揍了他的另一边胳膊一下。他的膝盖微微弯曲，低声说道："该死的神经病，你是吃了兴奋剂吗？"

"你这个小嬉皮，你在某个杀千刀的沙滩上失去了所有的肌肉。"安娜露出坏笑。

"我们里面见，我得骂骂我弟弟！"玛雅喊道，然后朝着树丛走去。

安娜和班杰站在原地。他装出惊吓的样子，哀声告饶："好了，好了！别再打我了！别打我的脸！"她此时只是亲昵地推了一下他的侧身，哼了一声道："那你呢？你不戴领结吗？"

他轻蔑地噘着嘴唇，说："不要，戴领结真是够娘的。"

安娜笑到喷出鼻涕。见此，班杰也高声大笑起来，直笑到喘不过气来。

＊　　＊　　＊

露丝。

露丝。露丝。露丝。

在这里，没有人知道她叫什么名字。他们当中，没有人见到她的墓碑，也没人知道她是谁。露丝。露丝。露丝。她的名字叫露丝。马特奥痛恨对此浑然不知的所有人，痛恨所有不记得的人。每一个人。

这天早上，他藏身于衣柜里，目的在于不让双亲看见他的电脑。他连上邻居家的网络，观看一个关于如何打领结的视频。如果露丝还在这里，她肯定会帮他的。除了姐姐，他不曾找到任何能够帮忙的人：爸爸深深地陷入自我的世界之中，而妈妈则活在别人都看不见的明信片之中。他们甚至不曾给他任何领结。他取来爸爸的一个领结，他们将不会察觉到他戴上了那个领结——他们必须专心注视着他，或者跟他说话，才有可能发现这一点。在他们带着露丝回家以前，屋里一片寂静，但是现在变得更加寂静。沉默比孤独还要糟糕。

马特奥纳闷着，他双亲的信仰是否太过虔诚，使得他们相信他们的女儿现在已经入了地狱。他纳闷着，这样的话，他们是否也希望到那里去，这样一来他们就能再度见到她了。他纳闷着，他们是否感到害怕。他纳闷着，他们是否跟他一样，在前一晚整夜无声地悲泣着。

露丝过去经常说："马特奥太柔弱了。"但她立刻就后悔这么说，转而保证说："这是他身上最美好的特质。"她是个好姐姐，假如今天躺在门厅抽屉里的人是他，她一定会跟随他进入地狱。某次她说她恨这个世界，因为它强迫像他这样的小孩变得凶狠，目的就是能够存活。不过她随后发现他面露惧色，因此抚摸着他的头发，说道："柔软一点想必还是比较好的，这样一来，你跌倒的时候就不会碎裂，就像花瓣一样。"这或许就是发生在她身上的事情，她变得强硬而凶狠，宛如一朵被冻成冰的玫瑰，可以被锤子敲成碎片。

在开往墓园的车里，马特奥的妈妈探头望向窗外。这个家庭中仅存的三个成员在接下来这一整天当中，唯一的一段对话是这样的——

"看，他们在冰球馆前方降半旗。"妈妈说。听起来她很惊讶，几乎显得骄傲。这种举动狠狠地刮蚀着马特奥的心。当姐姐还活着的时候，她就只是希望妈妈能以她为傲。

"这不是为了露丝，而是为了那间酒吧的主人。"他不假思索地脱口而出。

他顿时感到一种恐惧，害怕妈妈焦虑症又将发作，用手堵住耳朵，全身开始颤抖。然而她的目光只是缩到自己美好幻想的背后，她开心地说："那一定是为了她们两个人。"

实情当然不是如此。马特奥心想："他们甚至都不知道她叫什么名字。"不过他只能从后座小声道："是的，妈妈，这一定是为了她们两个人。"

当他们抵达墓园时，已经有人在停车场上到处跑来跑去。他们搬动着纸箱和柜子，仿佛即将举办的活动是摇滚音乐会，而不是入土仪式。马特奥认得他们当中的许多人，也就是那些来自冰球俱乐部的男子，他们甚至不知道今天将举行两场葬礼，而且根本毫不在乎。那位牧师充满内疚地与他们在大门口见面，并询问马特奥的双亲，他们是否能考虑下在礼拜堂里而不是在教堂里举行丧礼。

"是的，正如你们看到的，教堂里正在准备一场大型丧礼，他们现在正在将椅子搬进去。所以我想，我们在礼拜堂里应该会比较清静，我们的人数这么少，为了……是的，为了……"

就连牧师都记不得了。

"露丝，我姐姐叫露丝。"马特奥小声道，不过牧师没听见他的话。

"那没关系。就在礼拜堂吧，这挺好。"马特奥的爸爸低垂着头，温顺地回答。

马特奥的妈妈似乎根本没有听，一切进行得很快。牧师朗读《圣经》经文，马特奥不需要翻开手中的《圣经》就知道牧师在念哪一段。对于

《圣经》里的所有段落，他几乎到了如数家珍的地步。其间，牧师在朗读一首诗篇时使用的翻译版本比较现代化，妈妈认为这不太正确——在整个过程中，她就只有这么一次表达了情绪。当时妈妈皱了皱鼻子，对着马特奥哼了一声。他以清楚的表情告诉她：是啊，天哪，他也觉得这真是太糟糕了。

在一切流程都结束以后，他的双亲和牧师在礼拜堂内相处片刻。马特奥则再度走进晨曦之中。

"你死掉了，我真是痛恨这一点。这样一来，我就只能跟你谈论死亡，而不能跟别人谈这个。"他直视着天空，心想。直到此时，他的泪水才全数涌出。他抽噎着，几乎无法呼吸。他弯下腰来，开始磕磕绊绊、跌跌撞撞地跑动，远离所有人声。他跑到墓碑旁边，一棵树的后方，重重地跌坐在地面上，狠狠地敲击着自己的大腿，直到它们被捶得又青又肿，直到它们完全失去触觉。他闭上眼睛，哭了起来，直到他闻到烟味，才再度睁开双眼。

一个和马特奥同龄的男孩躲在离他有几棵树远的地方，但躲藏技术很拙劣。他拿烟的姿势挺像某个还在思索该怎样拿烟的人，尝试在手指间以不同的角度抓握它，从嘴巴将烟吸入，从鼻子里把烟雾呼出。马特奥在学校见过这个男孩，也认出了他，但这男孩不曾看见马特奥。他俩的藏身技术不在一个水平上，练习这种技术的时间也不一样长。

某人从一小段距离外喊了一声"里欧"，这男孩立刻骂了一声脏话，扔掉那根香烟，甚至忘了将它踩熄。他从那几棵树后走出去，在墓碑间行进着。一个比他年长几岁的女生走向他。

"里欧，你抽烟呢！"她欢愉地吼道。

"嘘！玛雅，现在你就别再鬼叫了，不要告诉爸爸和妈妈，好吗？"

"小弟弟，那你得送我两根烟！"她咯咯直笑。他咒骂了一声，将整包烟都递给她。他们紧贴着彼此走着，俨然是一对姐弟，走向墓园的另一端，最后消失无踪。他俩轻推对方的侧身，开对方的玩笑，惹毛对方。

马特奥在他们后方的树丛里弯下腰来，捡起被里欧扔在地上的那根香烟，它仍在燃烧。没有人看见，这个孤独的男孩正在抽着这根烟。

50. 家庭

当彼得驾车拐向教堂的时候，蜜拉注意到停车场上已经没空位了。他正要倒车，试图掉头去大路上寻找停车位的时候，两名位于前方身着黑衣的十多岁青少年恶作剧般地对他吹起口哨，向他打手势。其中一人将一个摆在最接近大门口的停车格上的三只锥形路标搬开，向彼得招手，作势要他把车停到那里。

"提姆交代过，要我们把最好的位子留给你！"当彼得惊讶不已地从车里钻出时，那些年轻男子郑重地告诉他。

他们不收取小费，也不想被称赞，他们只想让提姆知道，他们是可信赖的。当蜜拉绕着车身走动时，彼得尝试要握住她的手。最后他终于握住了她的手，不过他察觉到她有些不情愿。

"提姆的小弟？"她说话的口吻更像是在指控，而不是在提出问题。

"不是……这样子的……这只是……"彼得开口道，但他实在不知道自己要说服谁。

"爸爸！"

玛雅救了他。她和里欧从另一个方向走了过来，拥抱了他，并将一个白色领结递给他。

"这是班杰给你的。"

"我觉得只有家人才能佩戴白色领结，我……"彼得温柔地解释道。

"你就是家人。"墓园园区大门口传来一个声音。

那人是提姆，站在牧师身旁。

"只有在这座小镇里，只有在这座杀千刀的小镇里，你才会看到混混和牧师站在一起。"蜜拉暗自想着。但是，当彼得偷偷地瞄她一眼时，她便装出鼓励般的表情，点点头："亲爱的，你先过去吧！我看看这边有什么是我可以帮忙的！"

他转身离开。她站在原地，凝视着自己的丈夫、那名牧师和混混，内心涌现一种寒意和被遗弃的感觉。随后她闻到从自己近旁一件夹克上散发出的烟味，接着她的手掌就感受到某个温暖的物体。玛雅的手指握住她的手指。

"妈妈，我好想念你。"

老天爷。蜜拉差一点就要走回车子旁，坐进车内。我们的子女完全不知道，他们对我们做了什么样的事情。

* * *

彼得和提姆在与牧师谈完话以后，便留在了教堂内。包围他们的是炼狱般的噪声：门被拉开又砰地关上的声音、沿着各面墙壁摆放椅子以及椅脚刮擦地板发出的吱吱声响。这种声音像极了在冰球馆里能听到的那种声音。

"勒夫的事情……怎么样啦？你们谈过了？"彼得问道。他既担心周围的噪声掩盖了他的问题，其实又担心对方听到自己的问题。

提姆看着他，表情像是在问："你真想知道？"彼得其实并不想知道，但他感觉他得知道。

"我们留了一条信息给他。"提姆说。

"在哪里？"彼得问。

提姆搔了搔自己那刚刮得干干净净的下巴。他的发型很完美，头发向后梳，将几撮头发理平。他的领结也打得一丝不苟，他和彼得一样，戴上了白色领结。别人可能会误认为他们是父子。

"在他的院子里。"

当然了，彼得后悔自己这样问。他仍记得自己在听到勒夫在美国国家冰球联盟选秀会上对亚马所做的事情以后感到的愤怒，他记得昨天勒夫出现在他家时那种毫不掩饰的威胁，不过他也记得，当"那群人"几年前对他在俱乐部的工作感到不满时，他们是怎样对付他的。当时他们的别墅被放到拍卖网站上，蜜拉接到一家搬家公司的电话，而他们对此事一无所知。当时"尾巴"打电话来告知，有人在报上刊登了彼得的讣闻。宽恕与遗忘之间，是有差异的。蜜拉或许可以自降格调，接受与提姆这种人达成停火协议，但彼得现在做的是另一回事。他已经把提姆变成了盟友。一个人迟早得问自己：假如我过去害怕的人现在成了我的守护者，是他改变立场了，还是我改变立场了呢？

当人群开始涌进教堂时，彼得感到自己很像啤酒杯里的一只马蜂。他站在提姆的旁边，那些男人和女人一个接一个走上前来与他握手。在他还担任体育总监的时候，他们就是这样与他握手的。一部分人担忧地朝他的同伴瞥了一眼，但许多人其实面不改色。一部分人甚至也与提姆握手。他们或许是出于对拉蒙娜的尊敬才这样做的，不过也可能是出于他们对这座小镇当前政治局势的理解。所有人都听闻过冰球馆里的斗殴，没有人会认为这能为某件事画上句号。大家都知道：这只是开始。一星期后，熊镇与赫德镇的甲级联赛代表队将在本季开幕战中对垒。有些时候，你会想与像提姆这样的人保持距离，不过在眼前这个时间点是难以与他保持距离的。

教堂在二十分钟后人满为患。向所有站在门外的人说明，不让他们入内，则花了双倍的时间。拉蒙娜下葬时，教堂的门是敞开的。

＊　　＊　　＊

玛雅坐在妈妈和弟弟后面的那张教堂长凳上，她的身旁则是安娜。当他们看到彼得缓慢地走向最前方的麦克风时，他们发现：他的双腿是如此不稳，他害怕自己会崩溃。他曾在数以千计的人面前打过几百场冰球赛，但冰面上的任何事情都无法像必须做演说这样，将他吓得屁滚尿流。他将自己的白色领结理平，觉得它实在像一块他不配得到的奖牌，让他很不自在。

教堂里安静下来。他清喉咙的声音比他预想的还要响亮。他抽搐了一下。群众发出短暂的笑声，而后再度沉默，这几乎让他陷入瘫痪。不过他到最后还是从口袋里掏出一张皱巴巴的纸，将其展开，说道："我……我简短说两句。我……我无法决定今天要说什么。我不愿意站在这里，假装我跟拉蒙娜很熟，假装我比在座的各位跟她还要熟。其实，我几乎完全不认识她。但我还是很想念她，就像人们想念……是的，就像人们想念爸爸或妈妈一样。我……抱歉……"

他低头看着那张纸。它剧烈地抖动着，坐在最后一排的人似乎都能听见它发出的沙沙声。他用鼻子吸气，用嘴巴吐气，嘴唇痉挛着试图照本宣科地读稿子。

"我们唯一能够谈论且不起争执的话题就是冰球。有一次我对她说，运动项目真是奇怪，我们将生命中的一切投注在它身上，但是在最理想的情况下，我们又希望能够得到什么呢？几个难忘的时刻……就只有这样。几场胜仗，我们在几秒钟内觉得自己比实际上还要伟大，我们在那少数几个场合中可以梦想：我是永生不死的。"

他必须让自己镇静下来。他把纸塞在手里折好，再将它塞进口袋。他颤抖得太厉害，他知道自己表现得太拙劣了。他不知道最让他感到胆怯的是教堂里的听众还是在天国的听众，不过他做了自己过去常在更衣室里做的事情——紧紧地咬住嘴唇，让痛苦与血的味道逼迫他集中精神。

"我告诉她：体育项目带给我们的，就只有几个难忘的时刻。那时拉蒙娜取来一大杯威士忌，对我嗤之以鼻，回答道：'杀千刀的，彼得，要不然人生还是什么，除了几个时刻？'"

提姆坐在最前排，面无表情，但他那握紧了的双拳在膝盖上微微颤抖着。班杰则独自坐在教堂最后方的一排座位上，尽可能地靠近门边，泪水已经轻轻地滴下，落在石质地板上。彼得努力让自己的声音保持平稳。假如你想知道拉蒙娜是谁，以及她对地球上的这个地方究竟有什么意义，你只需要瞧瞧他们这三个失去了父亲的男孩子脸上的悲痛就行了。

彼得抬起头来，奋力地挤出下列这番话："拉蒙娜，这就是你留给我们的，几个片刻、几段历史、一些趣闻。没有人能够像你这样诉说这些故事。你是这座小镇。你就是这座小镇，现在整座小镇都思念你。请代我们向霍格致意。永……永别了。"

他朝着棺木鞠了个躬，努力以平稳的脚步走回自己的座位。他几乎就要成功了。当他跌坐在蜜拉身边的座位上时，她朝他伸出手，动作很谨慎，非常谨慎。

就在她几乎要触及他的皮肤时，提姆那夹杂着哀痛的牢骚声打破了沉默："杀千刀的！这下子天堂的啤酒会变得够贵啦！"

当时数百人大笑起来，这笑声既突然又整齐划一，简直像是从同一张嘴里发出的。它是如此响亮，如此整齐划一，如此酷似某种溶剂，激活了教堂里的每个人。它让人们挺直后背，让他们回归现实。它好比在一场冰球比赛中，大家在破门得分前屏住呼吸，但在真正得分之后随即爆发欢呼。蜜拉想搭着彼得的手，但他开心地笑到流泪，不得不抬手去擦，因而错过了她的触碰。她一动不动地静坐着。

*　　*　　*

葬礼结束后，就在数百名眼含泪水但仍面带微笑的访客涌向教堂出口时，玛雅坐在教堂外的墙上，膝盖上放着那把吉他。她正在手机上书写着自己所有的情绪。或许，它有一天会被谱写成一首歌。不过，她将永远无法唱起这首歌。

我们从海外搬出

来到了内陆

你们说这里的生活比较容易

它也许比较不费力

只要你别那么投入

别那么繁复

或者以正确的方式繁复

以恰好、正确的方式繁复

只要你们同样地努力去爱

同样努力地表达恨意

只要你假装，你顶得住压力

只要你不再是你自己

这样，这里的生活也许比较容易

它也许比较不费力

　　随后她见到自己的妈妈独自从教堂里走出来。爸爸还待在里面，人们将他围住，想跟他握手。这时玛雅写道：

我是个浪漫主义者，但不曾恋爱

因为，孩子会有样学样

我总是相信永恒的爱，即使它不曾发生

因为你们有着真爱

可是现在

他和你，是否还在一起

妈妈，你变得如此渺小

爸爸，你几乎已经消失

如此受惊、脆弱、纤细

你们已经将自己磋磨成某些会随风而逝的东西

你们只需要说：我永远不会超越你

三个渺小的单词[1]足以拯救这一切：

我需要你

我需要你

我需要你

安娜一手拿着一杯啤酒，绕过拐角，走上前来，打断了玛雅的写作。玛雅不知道她是从哪里弄来这些啤酒的，不过如果真有人能够从墓园里弄来酒精类饮品，这人肯定就是她了。

"你在写给谁啊？你最好的朋友？"安娜露出坏笑。

"是，但是你的大肥脑挡住手机信号了！"玛雅回答道，并将手机塞进口袋。

随后这两名年轻女子坐在墙上喝起啤酒，打趣着彼此。在她们两边，一边坐着她们的过往（那两个现在已经隐身的小女孩），而几乎可以完全确定的是，拉蒙娜就坐在另外一边。

51. 真相

对任何一个人来说，"真相"的概念是很灵活的，但对一家地方报社来说，要想活用这个概念，有时候几乎是不可能的。

总编辑带着一定程度的厌恶情绪察觉到，她越来越常想到她爸爸在她小时候教导她时提到的一句很有哲学意味的话："最简单的说明，通常

1　瑞典语的"我需要你"（jag behöver dig）由三个单词构成。

就是真的。"

她没有参加那场葬礼,她在那里不受欢迎。这一带的人们能够容忍新闻记者,但也仅止于此。熊镇的人们只因为编辑部设在赫德镇就抱怨这家报社是"赫德镇的传声筒",同时,赫德镇的人们则抱怨这家报社的所作所为都是在"舔舐熊镇的屁眼"。无冲突的中间地带是不存在的。你只能支持或者反对这些人,你找不到双赢的办法。因此她得提醒自己:总编辑的工作,并不在于赢取任何一边的支持。

她爸爸提议由他独自去参加这场葬礼,因为没人认得他是谁。经过一番深思熟虑,她同意了。"不过请你别跟任何人讲话,你只管拍照就好!"她如此要求,而他很轻易地就答应了这个要求。当时她狐疑地眯起眼睛。他看起来并不像往常那样生气、紧张,反而像她童年时他在对一个掌权者或名人的新闻追踪工作取得重大突破,并确切知道自己已经逮到这个死浑球儿时那样平静。"你找到了什么?"她充满好奇地问道。直到那时,他才露出满意的微笑,将一沓文件搁在她面前的书桌上。她从来没看过的合同复印件。现在他在葬礼上,而她则在这里,一边惊异地阅读着这些文件一边想着:你可以将这个天杀的糟老头锁进一个空房间,但他仍能在那里挖出国家机密。

头几份合同从表面上看完全没有破绽,它们涉及两年前的一宗土地交易,卖方是区政府,买方则是地方上的工厂。这并无任何诡异之处,这家工厂有意扩建,而区政府想造就更多的就业机会,成交价格完全符合市场价值,没人会有怨言。但她爸爸在头几份合同下方还放了他找到的其他几份合同,其中一份是同一块土地在不久后被转卖的合同,这回的卖方是那家工厂,而买家则是熊镇冰球俱乐部,但那时的成交价格则低得多。假如这笔交易真有其事,那就意味着同一块土地在短短的一两个月内的贬值幅度超过百分之九十。在总编辑看到下一份合同前，她当然觉得这笔交易对工厂来说真是糟糕透了。其后一两天签订的下一份合同中，那家工厂买进了另一块位于工厂旁边的土地，众所周知那是它多年来一直想弄到手的土地。卖方是谁？区政府。总之，这位总编辑推定，这就是条件：如果区政府以低价将那块地卖给冰球俱乐部，一定会招惹别人的抗议，因此那家工厂愿意充当白手套，条件是让他们买到他们真正想要的那块地。

这已经够糟糕了，但事情还没有完。那沓文件中的下一份合同显示，区政府如何在一段时间以后从这块土地一开始的买方——也就是熊镇冰球俱乐部——手里买回了冰球馆旁边的那块土地，但这回的成交价则高得多。现在这份合同上写的已经不再只是"土地"，甚至还包括了"场馆"。突然间，这笔交易的重点变成了冰球俱乐部的"训练场馆"。购买费用是在一段长时间内分批进行小金额付款完成支付的，合计金额多达数百万。事情还没完，这一堆文件中的下一份合同由同一批人在同一个日期签署，现在的区政府在合同中做出承诺，让熊镇冰球俱乐部租回他们刚刚售出的训练场馆，以近乎免费的价格继续无限期地使用场馆。

总编辑阴沉地叹了一口气。区政府秘密将税金输入冰球俱乐部的方式真是再明显不过，超乎了她的想象。但她仍然知道，这起丑闻还不够大，不足以使任何人认罪。它太过复杂，大多数读报人无法理解；它也不够刺激，不像她爸爸常说的那样，是一个足够"好的故事"。所以，当他把那沓文件递给她的时候，为什么看起来这么满意呢？

她得翻到最下面才能得知答案。那下面没有合同，只有一张打印的照片。它很模糊，但她能看出它拍摄的是冰球馆旁边的那个停车场。爸爸在最上方注明了今天的日期，同时在背面注明道："根本就没有什么训练场馆！"

她只是凝视着那张照片。那可是数百万的税金，但那里什么东西也没有，连一架起重机或一道封条都没有。他们甚至没有尝试着让这件事看起来像是真的，这群老头是如此确信自己永远不会被逮到。他们又凭什么认为自己会被逮到呢？到目前为止，他们如此轻易地规避了一切。

总编辑靠在椅背上，尝试通过所有新闻学的训练来确实地质问此刻的自己：我是否客观？我是否公正？她在这所有文件中都看到了彼得·安德森的签名，但他真的是这一切背后的策划者吗？这件事情是在他辞去体育总监职务以后发生的，他为什么要签署这些文件呢？或许他只是签名了，而没有考虑到后果？或许他被欺骗了？

不过，不对，她已经知道爸爸会怎么说："小老太婆，鱼都是从头部开始腐烂的。这种类型的经济欺诈已经行之有年，而且是上行下效。彼得或许是凑巧在这笔涉及训练场馆的交易前卸下体育总监的职务，目的在于湮灭证据。我平常都是怎么教你的？如果看起来有好几种说法，你就选那个最简单的。"

52. 时刻

所有人都需要被需要。对一部分人来说，渴望、仰慕与爱情同等重要。对某些人来说，尤其是对那些将毕生心血投注在一项团队运动上的人来说，渴望、仰慕比任何东西都重要。

"说得好！"一位伯父在葬礼结束之后，紧紧握着彼得的手说道。

其他几位伯父则在他背后站成一列，也想说同样的话。大家都想跟他握手，聊些关于冰球的事，还有好几个人想说，他们多么希望他能重回熊镇冰球俱乐部的领导层，他们希望他接替拉蒙娜在董事会留下的席位。对此，彼得不知道该如何应对，只能一笑置之。这真是太荒谬了。不过这就像其他荒谬的事物一样，具有某种狡猾的倾向：你每多听到它们一次，就感觉它们听起来没那么荒谬。

"现在的冰球界只剩下分数魔人、分析师和类似这样的狗屎，没有了你和拉蒙娜这样的人，就没有热情可言！冰球赛应该像你那个时代一样，是在冰面上赢下来的，而不是像现在这样用数据算出来！"最后离开的几个老头当中，有人斩钉截铁地这么说。随后，当彼得独自待着时，他很难不感到渴望。

这并非对未来、对夏天或对假期的那种渴望，而是对自己的渴望。那是一种对"我的时代"的渴望——虽然那个时期其实只存在于经过我们筛选的记忆之中。你对想象中的自己心生渴望，你会在以某种形式存在的青春期中幻想：生命一点都不复杂。或者你也可能会这么想：假如你获得让一切重新来过的机会，你就能达成自己的愿望。对几乎所有人来说，不心生渴望是很困难的。但对某些人来说，不心生渴望几乎是不可能的。

现在整座教堂几乎空了。彼得收拾自己带来的少量随身物品，厘清自己庞杂而纷乱的情绪，最后一次将手贴在拉蒙娜的照片上。那张照片是别人偷拍的，因为没人敢在她准备好的时候尝试拍照。照片中的她相当年轻，站在吧台区，贴在霍格身边，高举着双臂——肯定是有人进球了。搞不好进球的就是彼得。

"不过就是几个时刻，啊，拉蒙娜，是这样吗？我觉得，你确实能给我们多带来几个这样的时刻。我现在该跟谁……聊冰球啊？"

当他说到最后几个字时，声音哽咽、双眼刺痛起来。他随后转过身，这才发现这里并非只有他自己，顿时羞红了脸。伊丽莎白·札克尔仍坐在教堂里，离他大约有十排座位那么远，她仿佛在等着轮到自己跟拉蒙娜说话。这位冰球教练和酒吧老板之间的关系或许永远不能被称为"友情"，但对札克尔来说，这应该极为接近友情。她常会到毛皮酒吧吃水煮土豆、喝温啤酒，并尽可能和拉蒙娜交谈（如果那种交流还能被称为"交谈"）。她和拉蒙娜的交谈，比她和小镇里任何人的交谈都多。当然了，拉蒙娜认为札克尔是个"该死的女人、纯素食主义者、戒酒者，以及其他天杀的什么东西"，就算她成功地诱导札克尔喝下一点点比尔森啤酒，她对札克尔的其他方面仍是一点办法也没有。不过札克尔擅长两件事情：赢球和保密。这些特质能够细水长流。因此，当酒吧里的那些老头开始努力教训她，对她应该如何训练冰球员指指点点时，拉蒙娜总会嘶吼着："你们想学点关于冰球的东西吗？真的想学点东西吗？那你们就别跟札克尔说话，因为你们真是天杀地笨，不能理解她懂的东西！"对于札克尔的情感，大家一无所知，要么她的情感不像我们其他人这么多，要么她认为表达情感是没有必要的。然而，当毛皮酒吧在两年前被人放火烧着时，她跟在拉蒙娜后面，直接冲进火场。在那件事情之后，她获得了免费的土豆招待，不过还是得付酒钱。就算是做慈善，也还是有个限度的。

"对不起……我不应该打扰你们的……"彼得向她表示歉意，走在椅子之间的那条通道上。

"你在说哪些人啊？"当他距离她只有几步远时，札克尔真诚地问道，并环顾四周。

"你，还有……我以为你在等……"彼得开口说道，但是这位冰球教练的脸部表情就像闪闪发亮的内陆湖泊一样。

"很多人似乎都很喜欢你的演说。"她转而说道。她看起来真的真的在十分费劲地找着某个能跟他谈的话题，就像一个真的真的不喜欢小孩的成年人在跟一个小孩说话。

"谢谢。"彼得说道，然后意识到自己说错话了——她可从没说她喜欢他的演讲。

他从没弄懂自己该如何跟她说话，即使在他任职于俱乐部的时候，他也是一筹莫展。不过他学会了尊重她的执着。某次拉蒙娜这样跟他说："也许札克尔并不适合熊镇，可是天杀的，这里恐怕就是最适合她的地方了，否则你该将这样一个教练往哪里摆呢？在这样一座小镇、这样一支球队里，你要人们想象自己人生中还有比冰球更重要的事情？"

"我听说，你已经辞掉体育总监的工作了。"此时札克尔突然说。

彼得忍不住笑出来，笑声在教堂内部回荡着。

"在……两年前，是的。"

"哦？"对方这样回答他。

"你是认真的吗？你现在才听说吗？伊丽莎白，不管怎么说，我可是你的老板啊。"他露出微笑。

她完全不为所动地答道："通常直到某些人被替换的时候，我才会察觉到他们离职了。不过他们可没找人来替换你，所以我以为你在度假。"

彼得羞愧不已，很快收住笑声。这个俱乐部已经不再有体育总监了，理事会和札克尔共同瓜分了原属于他的职务。考虑到札克尔还是完全不屑于自己对她的工作所提的意见，彼得认为人们很容易忘记他缺席了。他试图换个话题，于是说道："我听说你的教练职务获得续约了，恭喜哟！"

"这有什么好恭喜的，所有教练迟早都会被开除的。"札克尔回答。

假如她是个知道如何跟别人开玩笑的人，他恐怕会认为她在开玩笑。

"你对新合同的反应挺有趣的。"彼得露出微笑。

几名身穿黑色夹克的年轻男子开始收起教堂最后面的椅子，但札克尔仍不为所动地坐在自己的椅子上。

"如果你是冰球队的教练，你认为最棒的工作是什么？"她问道。如果她是个知道如何耍弄别人的人，他恐怕会认为她在耍人。

"训练国家冰球联盟的某支球队。"他说。

"在国家冰球联盟，哪支球队是最好的？"

"赢得斯坦利杯的那一队。"他稍微更谨慎地回答。

札克尔以一种非常不符合她个性的耐心点了点头。

"最近的二十年来，有十六名不同的教练执教过赢得斯坦利杯的球队。在这十六人当中，有三个人在五年后还保有这份工作，两个人自愿离职，一人退休，一人生病，另外的九个人则被开除了，其中五个人则在两年内就被开除了。也就是说，在全世界最棒的十六名教练当中，只有三个人在赢得现有最重大的奖杯的五年后还能留任原职。你可知道，假如我顺利撑过刚签下的这份合同的完整有效期，我会在熊镇待多久？"

"五年？"彼得猜道。

"五年！到那时候我肯定已经卷铺盖走人了。要么我们今年赢不下这个系列赛，我被开除；要么我们赢下这个系列赛，顺利晋升到更高一级的联赛，然后没能赢下那个联赛，到那时候我再被解雇。要开除一个教练，你总是可以找到理由的。这你总该知道吧，你之所以开除苏恩，聘任我，不就是因为我是个女人。"

"这个……等等……其实不是这样的……"彼得抗议，但她只是耸耸肩。

345

"这是个错误。当人们因为政治正确而聘任一个女人的时候，问题在于：要开除一个女人，就显得政治不正确了。"

"开除你？俱乐部已经很多年没这么成功过了！"彼得嗫嚅道。他开始理解拉蒙娜在毛皮酒吧跟札克尔谈话的时候，为什么总是烂醉如泥。

这时札克尔突然起身，准备离开。她貌似不经意地丢出一句："我明天要去观察一个球员练球。你想一起吗？"

彼得努力同时消化掉所有的信息。

"什么？明天？你明天不跟着球队练球？"

"他们自己没问题的，教练都被高估了。所有球队都能赢下三分之一的比赛，也都会输掉三分之一的比赛，而能拿下最后那三分之一赛事的球队就能赢得联赛。你知道是哪一队吗？"

"不知道。"

"拥有最强球员的那一队。因此，我要去看某个球员练球。另外，我的职务被暂停了，所以我也不能随队练球。"

"你说什么，职务被暂停？"

"董事会收到一份关于违反所谓反歧视规定的举报信。我违反了新制价值守则当中的某一条规定。如果是球员违规，他们会在一场练习赛中被禁赛。因此我要求他们也将我的职务暂停。你明天是要一起去，还是不去？"

"什么……等一下……你因为什么事情被检举违反反歧视规定？"

札克尔百无聊赖地叹了一口气。

"一名妇女联系我，投诉说：男童冰球队的一个教练说她儿子所属球队里的所有球员都是废物，而如果他们的家长群里至少能出几个外形亮眼的妈咪，或许还可原谅，但所有球员的母亲都丑毙了。我那时候说：

他绝对不会说这种话，因为其实并非所有球员都是废物！"

"我猜她的反应一定跟你想的不一样。"彼得无奈地表示。

"的确，她气疯了。她接着说：那个男童冰球队的训练员说，由于她丑毙了，导致她太久没有跟人上床，她才会这么生气。这时候我说，这或许不仅仅跟她的外表有关，可能也因为她的个性。因此，我现在正在接受董事会的'调查'，因为这显然违反了'价值守则'。当然啦，如果我是个男的，情况又会不一样了。"

彼得真想吃一片止痛药。

"等一下……你是说，如果你是男的，你就不会被调查？"

"我的意思是，如果我是个男人，我早就被开除了。他们直接开除了那个男童冰球队的教练。"

"我不知道该说些什么。"

"我该把这个解读为你答应了？"

"答应什么？"

"答应明天跟我去观察那个球员练球。"

她以一个并不真正需要赶时间的人所表现出的不耐烦神情，看了看时间。

"为什么偏要找我呢？你底下还有波博，还有……"彼得问道。

但她的回答几乎令所有人难以抗辩，他对此更是难以抗辩。

"我需要你的帮忙。"

*   *   *

"如果你可以选择，你是希望自己是个重要的人物，还是希望自己被爱？"就在不久以前，心理医师这么询问蜜拉。这个问题啮咬着她的内心，以至她直到现在还为此感到错乱。她坐在停在墓园旁停车场上的车里，心想她本该如此回答："如果你可以选择，你是希望我支付你的账单，还是希望我将它扔到暗处去？"

里欧从葬礼现场骑自行车回家，玛雅和安娜一起走，因此蜜拉独自坐在车里等着彼得。与此同时，全城的人都待在教堂里，想跟他讲讲话。她仿佛在虫洞里跌跌撞撞地走着，回到从前的时光。现在的他再度成为大人物，而她就只能等他。她已经忘记，她曾经因为自己多么厌恶这一点，而对自己深恶痛绝。

她端详着汽车车窗外的人们。许多人身穿熊镇冰球俱乐部的球衣，看起来像是在参加示威，而不是出席葬礼。她心想，真是该死的农夫。就算她没有大声说出这番话，但还是立刻感到可耻。因为她知道她妈妈总是把这个形容为："最恶劣的疾病：忌妒。没救啦！"蜜拉多么希望自己能像这些人一样，能够迅速地被取悦。当某人在所有规则均属虚构的比赛中推进一球时，这些人会因为狂喜而大声欢呼。她总是那么希望自己能够不可理喻地爱上某一件事物，能够生活在一个可爱的泡泡里，相信自己属于某个比自己还要伟大的事物。说得倒像是冰球在乎你似的。它才不管我们呢，它才不管大家呢。它就是它。

使她对冰球球迷产生忌妒的事物，和使她对具有高度宗教情操的人产生忌妒的因素是一样的：那种盲目的信仰。每当这伙人挤在看台上时，他们对彼此就显得非常重要。不管对什么事物，蜜拉永远不会具有这样的重要性。

"蜜拉？"

车外一名男子突然叫喊她的名字，她吓得惊跳起来，头撞到车窗上。

"'尾巴'？见鬼去……"她大声吼回去。那名男子将此视为一种邀请，将自己的身躯挤进车里，塞到乘客座上。

"嗨！"他说道，仿佛这是个再自然不过的举动。

"嗨？"她说。与此同时，他关上车门，充满警觉地盯着后视镜，以确认是否有人看见他。

"我觉得很遗憾。"他难过地说。

她误会了他的意思，神色凝重地说："是……是……对不起，我真的感到很难过，'尾巴'。"

他惊讶地转过身："难过什么？"

她有点挫败地眨眨眼睛："我很难过的是……你失去了拉蒙娜。我知道你们两个关系相当亲密。"

"尾巴"摇着头道："噢，这我可说不好，她恐怕总把我当成个该死的小丑，以及乱讲话的长舌公。"

蜜拉忍不住露出微笑。

"弗拉克，我们大家都这么觉得，但这并不意味着我们的关系不亲密。"

他容光焕发。中央政府想在这附近的每座小山丘上都安装一架风力发电机，而他此刻产生的电量，能够替代一百架这样的风力发电机。没有人称呼他的本名，所有人都称他为"尾巴"，只有极少数人称呼他"弗拉克"。他最喜欢这一点了。是固定冠词的形态，仿佛就只有这么一件燕尾服[1]。

---

1 Fracken 在瑞典语中意指燕尾服，字尾的 n 标示单数定冠词。

"是的，是的，我想跟你谈谈！"他接着说道。他的语气介于集全世界的焦虑于一身和毫无焦虑之间。

"跟你想为我们提供的那间办公室有关吗？上帝啊，弗拉克，我现在没力气唠叨这个……我的同事因为办公室不在一座规模大得多、距离也远得多的城市里而烦得要命，彼得则因为我们的办公室不在熊镇而烦得要命，赫德镇就是一个折中方案，我得……"

但弗拉克已经开始自我防卫般地直摇头。

"不，不，这跟办公室无关，或者应该说……你们还是可以取得那间办公室的！一切都搞定啦！不过这不是我现在想谈的。这件事关于……是的，这有点敏感，当然……我不想让自己听起来那么无情。不过拉蒙娜过去是熊镇冰球俱乐部董事会的会员，而且……嗯，你知道的。"

蜜拉一声长叹，她的胸腔似乎已经被塞得满满的。当然啦，当然啦！一切总是跟冰球俱乐部有关系，就连现在也一样。拉蒙娜都还没入土为安，就必须被替换掉。

"我了解。不过，如果你希望彼得接管她的席位，你就别来跟我谈。你得亲自去跟他本人谈。我没办法……"

在她说话时，众多的影像从她的脑海中一闪而过，这些影像由上千张微小时刻的照片构成，是她和自己的丈夫共同打造的一生。自己的丈夫。自己的丈夫。他还剩下多少东西能够与她分享呢？如果她将他放回冰球世界，她还剩下什么呢？这段婚姻还能再承受一次这种打击存活下来吗？她真想在车里直接大叫，把这一切全宣泄出来，但"尾巴"只是再度摇头。

"不，不，不是这样的，或者应该说，就是这样，但也不完全是这样。总而言之，董事会有一席空缺，但我们不希望由彼得来接。我们希望由你来接。"

先是一阵沉默，接着蜜拉感到一阵彻底的震惊，差点直接动手打"尾巴"的耳光。在那之后，她才大叫起来。

"什么……说真的……见鬼去……你在说什么鬼话？你们凭什么把我塞进董事会？"

他近乎狂躁地要她闭嘴，这引起了她的疑心。当他说出下列这番话的时候，她的疑心并未减少。

"有何不可呢？还有谁比你更熟悉这座小镇和这个俱乐部呢？"

她眯眼凝视他许久，感到困惑不已。随后，她硬撑住的门面坍塌下来，只觉得自己真蠢。

"你们干了一件蠢事。你们需要专业的法律人士。因此你才来找我。"

当"尾巴"喷着气说话时，他的下巴因激愤而左右晃动着。

"不要羞辱我，更不要这样羞辱你自己，蜜拉。专业法律人士？要是我需要法律人士，我可以自己去聘请一百个律师啊！但是我们不需要他们。我们需要最好的律师。就我所知，你是不二人选。"

和风暴相比，奉承的话语使人更难以坚持原则。当蜜拉听见自己没要求他闭嘴，反而说出下列这番话时，她脸红了："为什么？"

"媒体在查我们的财会文件。"他低声下气地坦承，并望了望后视镜。

"媒体？为什么要这样？"

"毫无理由，毫无理由！不过就是那家地方报社新上任的总编辑，她有那种大城市居民的自负感，以为只要能够揭穿'冰球城市的秘密'，自己就可以得到该死的什么奖项，或是其他有的没的。你知道这是怎么回事吧？"

他安静下来，在那么一瞬间面露羞愧之色，但蜜拉几乎仍听出他差一点就要说出口的话。在她和彼得一起搬到这里以后，这么多年来，她一直听到镇上的这些糟老头抱怨，为什么这家地方报社"只刊登关于冰球的负面新闻"，实际上呢，这家报社几乎总是充当啦啦队的角色。而这些老头仍然在质疑，"为什么冰球总是被写成最糟糕的"，说得好像他们是受迫害的少数民族一样——"马术有导致死亡的事故，田径比赛出过恋童癖的丑闻，独裁者是足球俱乐部的老板……可是在媒体眼里，冰球永远都是最恶劣的！"这些糟老头总是受害者，总是遭到迫害，也总是遭到阴谋所害。说得好像随处随时制定这场游戏规则的人不是他们。从两年前开始，"尾巴"就不再说这些话了，或者应该说，他至少不再当着蜜拉的面讲这种话了。不过他肯定仍然唉声叹气，净讲自己最喜欢的话。例如，当这些老头齐聚一堂，谈论俱乐部的会员们阻止赞助商根据自己的意愿掌控俱乐部的事务时，他就会说"体育项目中实在有太多运动了"。他们最衷心希望的一点是，冰球赛季尾声时的战绩表必须由流水账表来决定。拉蒙娜过去总是这么说："你必须直捣他们的痛处——荷包。"其实，这是蜜拉对拉蒙娜印象最淡薄的事情之一。因此，她现在本应该极度蔑视"尾巴"，直接拒绝他。

但是，他说："行行好，蜜拉，能在董事会安插一名专业法律人士对我们是有好处的。我就说到这里。总之，我们没有问题，但现在区政府正在讨论要将两个俱乐部整合，甚至要重新建立另一个俱乐部，那些杀千刀的新闻记者就会到处乱挖，你知道那是什么样子：他们只要找到一点点线，就会弄出一整团毛线球！我们觉得，如果董事会里有一名专业法律人士，对我们只会有好处。你只需要检查所有的文件，确保我们是安全的。俱乐部不能直接聘任你，这样做给人的观感不太好，不过针对钱的问题，我已经准备好。我准备跟其他几位赞助商一起，把未来几年一切牵涉'熊镇商业园区'营建案法律事务的案子，委任给你的事务所。我保证，这是有利可图的！不过我们或许可以明天在你家见个面，再多谈谈？也就是说，我到你家去。这样比在你的办公室里谈要好。换句话说，我们就只是两个见面聊天的朋友，要是有人看到我们的话。"

蜜拉并没有迎视他的目光，对于她努力说服自己，对他所说的一切——也就是说，在另一边等待着她的是律师事务所的一份肥约——感兴趣，她觉得羞耻。不，这不是真的。真正让她感兴趣的，是他接下来的这句话："当然了，蜜拉，这件事只有我们两人知道。请你不要告诉任何人，也请你千万别告诉彼得。"

当然了，蜜拉感到羞耻。但对于自己有机会知道冰球俱乐部最深层的秘密，她感到一丝沉醉。也就这么一次，她能抢在其他人的前面率先知道这座小镇的秘密。或许她只是想在一小段时间内稍微享受这种感觉。这有什么不对吗？她有这么糟糕吗？她甚至不愿意去想起这个。她反而问道：

"'要是有人看到我们'，你这话是什么意思？谁会看到我们？"

53. 照片

总编辑搁在书桌上的电话嗡嗡响起，是她爸爸发来的短信。她倾身向前，看到他没有写下任何文字，只是发送了三张在葬礼上拍的照片。第一张照片正是跟着熊镇冰球俱乐部当中最为臭名昭著的流氓一同走进教堂的彼得·安德森。第二张照片则是跟着熊镇冰球俱乐部教练一同走出教堂的彼得·安德森。第三张照片则是从蜜拉·安德森车内走出的

"尾巴"弗拉克。

这位爸爸再也不需要在照片底下注明任何东西了，因为他女儿已经知道他想说什么：现在安德森一家怎么还能够宣称他们跟熊镇冰球俱乐部无关呢？

安德森一家就是熊镇冰球俱乐部。

54. 谎言

"你明天在家吗？"蜜拉随意地问道。

她事后将会想起，她和彼得吵架时所犯的最大错误，总是那些相同的错误。当他们本该凑向彼此的时候，他们却退开；当他们应该降低防卫的时候，他们选择提高音量；他们擅长记恨，而不善于聆听。但他们最糟糕也最残忍的错误在于：他们并没有说出全部事实，却又说服自己，说这样并不是撒谎。

"怎么啦？你已经有计划啦？"彼得以同样随意的方式问道。

他们沉默着，驾车从葬礼的现场返家。在车里时，他们并未握着彼此的手。他的十根手指全贴在方向盘上，她则忙着拨弄手机。现在，她忙着打理客厅里的植物，而他则忙着在厨房里烤面包。如果她将这些告诉精神科医师，那老头会兴奋到动脉瘤破裂。彼得沉醉于创造出某些东西，蜜拉则绝望地努力去维持住某个东西的生命。当她走到厨房取水时，他们在水槽边与彼此错身而过，他的手指上沾满了发酵粉，她的手指上则满是泥土。他们随意提出问题，接受随意给出的答案。以谎圆谎的过

354

程，竟是如此容易。

"没有，没有，我只是问问。我想……在家上班。所以，如果你有什么事情要忙，我可以开车送里欧去学校！"她说。

"哦？是，嗯，这样挺好的。我其实有件事情，或者说，我实际上是想拒绝的，不过……哎呀，这真是太蠢了，没什么大不了的事情……不过是伊丽莎白·札克尔问我要不要跟她去观察某个球员练球……"他拐弯抹角地说。

"哦？"

"是啊，这样是不是很蠢？"

"不，不，我可完全没有这个意思！我只是觉得惊讶而已。"

彼得将更多的面粉倒在料理台上。

"就像我刚说的，这件事情无关紧要。这甚至不是俱乐部提出的要求，只是札克尔自己这样问，她把我们说得像是……好朋友一样。"

蜜拉将一个玻璃罐放在水龙头下方。在假装无动于衷方面，她可是高手。

"哦，好呀，我觉得你应该去看看。"

他揉着面团。他假装的技术简直跟她一样高明。

"你这么觉得？"

"对呀，如果她需要你的帮助，你总该挺身而出吧？"

"是啊，嗯。也许吧。我们就只是白天开车来回，我明天晚上就会回到家啦！这样可以吗？还是说，办公室其实需要我？"

他很急着想取得许可。她也有点太轻易地给了他这个许可。

"没事，没事，我们没问题的。你就去吧，不必觉得有压力。"

他犹豫地点点头。

"那好吧。"

"那好吧。"她点点头。

彼得说服自己说真话，即使他没有说出全部事实。因为他并没有说出，他有多么希望这是一条重回俱乐部的路。他并没有说出，他再度梦想着冰球，因为现在这样的生活算什么生活啊，根本满足不了他。他无法承认，他需要那种自己被需要的感觉；也不能承认，他必须是个重要人物，因为这很重要。因此，他沉默地烤着面包。他将烤盘推进烤箱，烤箱传出砰砰砰的声音。

蜜拉也知道，她本来应该将"尾巴"所说的一切告诉他，她受邀成为董事会的会员。但她努力说服自己，她在现在这种情景下，主要身份仍然是个律师，而不是他的妻子。因此，她只是注视着流进水槽里的泥土，随后才取来一个新的玻璃罐，将罐子里的东西清空、重新装填，并沉默地挖掘着。

55. 咆哮

这一带的所有人都被联结在了一起，而将他们最紧密地联结在一起的，则是那些我们永不会看见的绳线。当我们事后忆起那些日子的时候，我们或许会记住这个阴沉又讽刺的事实：拉蒙娜生前认识这么多人，还影响了许多人，但在她的葬礼上，受她影响最大的则是那些跟她素未谋面的人。因为，今天所有的熊镇居民都在那里悼念她，这导致没有人上班，这就意味着工厂必须打电话给定居在赫德镇的员工，叫他们过来轮班。其中一人是个年轻女子，短短几个小时前才下班的她直接被召回。她的妈妈在电话中要她别答应，但周日上班的非正常工作时间的补贴金实在太优渥了，让人无法拒绝。

"尤其是现在，妈，我们有这么多要买的东西。"这名年轻女子说。

"那你可要小心一点，不要把自己累坏了，现在你得好好照顾自己的身体，这太重要了！"她的妈妈劝道。这名年轻女子朝天翻了个白眼，但还是保证会这样做。

今天她在工厂负责的机器已经很老旧了，在她前一班上工的人已经报修，不过没人来得及通知她这件事情。她很累，觉得不舒服，甚至感到头晕。工厂的调查员事后对此将会提出无数个问题，想让这件事情看起来是她咎由自取。但真相是，维修工人在风暴之后还赶不过来，而工厂的领导层拒绝暂停生产，因此他们伪造了维修记录，让那台机器继续运行。

事实上，那台机器始终必须由两个人来操作，但由于今天工厂的劳动力短缺，这名年轻女子得独自上工。由于在其他很多方面保安官和雇主之间存在着利益冲突，因此所有人都忽略了一个重要问题，那就是万一有人在独自上工时，机器的某个地方被卡住了，而紧急暂停按钮离得又太远根本就按不到时，该怎么办。

那是一声令人永生难忘的咆哮。

56.队友们

葬礼结束之后，两名自始至终不曾亲临现场的冰球员此时仍然在道路另一边逗留。两人都想以某种方式表达对拉蒙娜的敬意，可是其中一人很害羞，而另一人则感到羞耻。这导致他们不敢自己走进教堂。直到教堂的门再度被打开，人们蜂拥而出时，那名对自己感到可耻的冰球员才注意到那个害羞的冰球员站在二十米之外。他便走了过去。

"嗨！"亚马说。

"闭嘴"轻轻点点头，算是一种回应。他的双唇微微地动了动，做出某种回答，不过他没有说出任何话。他俩肩并肩站在一块儿，双手塞在裤袋里，凝视着教堂。

"我……我不敢走进去，所有人都只会问我要不要继续打冰球。"亚马低声说道。他突然间觉得，自己可以对"闭嘴"畅所欲言。

"闭嘴"只是缓缓地点头，但从他的双眼里可以看出，他真的能够理解亚马。这导致亚马提出下面这个提议时，就不再觉得那么丢脸了。

"我们也许可以找一天一起练球，就像我们去年常做的那样？我得保持体态才行。我不知道札克尔会不会让我回到球队，可是我得找到某个能让我打球的地方。我得……我得重新开始打球，你明白吗？"

"闭嘴"点点头。他点头是因为他明白，也是因为他真的想再次跟亚马练球。他通常很痛恨他那双闪电般迅捷的手腕，他那双能够在空中变换行进方向的溜冰鞋与冷不防从边线上杀出的射门，但现在的他渴望接受挑战。冰球运动本来就应该是充满困难的挑战。

"我们也许可以问问工友，看能不能让我们在某个晚上借用冰球场。或者，如果湖面结冰了，我们干脆就在那上面练球吧。"亚马说。

"闭嘴"此时更加急切地点着头。这也算是一种语言。

＊　　＊　　＊

班杰绕着教堂走在后面。他将夹克的兜帽拉高，盖住头部，就像一只壮着胆子轻手轻脚、抢在被发现以前赶快远离现场的猫。他希望没有人拦阻他，跟他谈论关于冰球的事情。因此，他能够及时地在数百名致哀者低沉、滞闷、咕哝般的谈话声中辨识出那穿着四十八码运动鞋、急速奔来的脚步声，还真是万幸。这么一来，他至少来得及弯曲双膝，将脚跟立稳，确保自己在波博以大狗欺小狗的架势向他扑来，并一把将他抱住时，脊背不会直接被折断。

"班杰！班杰！！狗屎蛋，我都不知道你回来了！你好吗？"这个异常兴奋的大块头还没来得及松开对他的拥抱，就咆哮起来。

班杰先是温和地挣脱他的拥抱，示意他闭嘴，接着却笑了起来。

"说真的，波博，在我离开以后，你除了不断地吃东西，还做了什么？"

"你真的吃东西了吗？亚洲那边是没有食物，还是怎么回事？"波博笑着说，踮着脚跳来跳去。接着，他忍不住再次将班杰一把抱住。

"我也很想念你，"班杰叹了一口气，"这话或许听起来很讽刺，但可是真的。"

有一种特别的爱是你不能从朋友身上获得的，只能从你的队友身上获得。

＊ ＊ ＊

"亚马！'闭嘴'！你们瞧瞧，谁来啦！"

当波博看到站在道路另一端的两名队友时，就叫喊起来，声音穿透人群。他立刻拉住班杰，拖着他往那里走去。班杰、亚马和"闭嘴"不约而同地示意他安静，因为他们最不希望的就是引来大众的注意。但是，如果你带着波博，那你根本就不可能不招来别人的注意。

"见鬼去吧，波博，要不要再给你个麦克风？死人都要被你吵醒了！"班杰一声叹息，波博则用一种完全听不懂这番话但仍然为此感到高兴的表情望着他。

"我们也许可以……到别的地方去？"当亚马察觉墓园里的人们开始好奇地望向他们所在的位置时，他建议道。

班杰迅速地点点头，他也迫不及待地想离开那里。只要能走上一百米，一切就感觉正常了。四个年龄相仿、谈论着冰球的小伙子。班杰向亚马的腹部点点头，询问他"最近是否认真地锻炼"。亚马则面露微笑，说道"这件事情很复杂"。接着他询问班杰，他有没有在练球。对此班杰回答道："我的为人，你是知道的，我靠着休息来保持身材。"四个人笑了起来。接着波博收到一条短信，随即又收到两条短信。班杰与亚马开始嘲笑他，问他是不是已经交了女朋友啦。此时的他们其实并未准备好接受一个事实：他真的交到女朋友了。

特丝写道，她的双亲不在家，如果波博想见她，可以到她家来。"我们得制订一个计划，让我的弟弟们忙个不停。"她这么写道。因此，波博转身面向亚马、班杰与和"闭嘴"，睁着整座森林里最大、最天真无邪的眼睛，问道："你们可以帮我一个忙吗？"

只要是他的队友，怎么会拒绝他呢？

*　　*　　*

波博表示，他会去弄一辆"车"过来。他们的预期是，他会弄一辆稀松平常的车。因此，当他回来接班杰、亚马与"闭嘴"的时候，他们全傻眼了。

"这个是什么？一辆……休旅车？"亚马说着，将那块特别长、看起来像是有着百年历史的方形坐垫从头到尾打量了一番。

波博快乐地点点头："是啊！这是我爸给我的！他所属的猎队里，有人将这个送给了他。大家都觉得它玩完了，但是我一点一点将它修好了。"

"一点一点？你今天晚上的'一点'可真多，嗯？"班杰在上车后露出了微笑。

那辆休旅车非常破旧，且凹凸不平，在整个车程中，班杰和亚马都乐此不疲地不断翻找着车内设备里仍完整无缺的物品。在一小段时间里，他们以为乘客座位前的置物箱仍是完整的，但在下一秒钟，班杰的手上就抓着置物箱的盖子以及大半个仪表板。

"你老爸难道不能给你比较坚固的东西吗，比如一个有三个轮子的滑板车？"班杰笑道。

"说真的，波博，你是得罪你老爸了还是怎么回事？你惹他生气了吗？你是又偷喝他的烈酒了还是怎么回事？"亚马笑了起来，接着对班杰和"闭嘴"转述那次的情形。波博喝光了"雄猪"的伏特加，也被告知事后得在瓶子里装水，以免被发现。一切本来都很顺利，波博将酒瓶放回"雄猪"平常放酒的冷冻区。结果第二天早上，他就被迫对自己的老爸说明，伏特加为什么会结冰。

除了波博，所有人都笑成一团。他的表情看起来反而特别专注，使得班杰最后提出一个他们几乎永远不会想听到答案的问题："你在想什么，波博？"

波博只能够照实回答："我在想，冰库还真是太厉害了。想想看，你把一块标示保质期到明天的肉放进去，让它在里面放上一个月，当你再将它拿出来的时候，它居然还能吃！简直就像让时间静止一样！冰库简直就是一部时光机！"

班杰乐得大笑，笑到双眉几乎要被自己的头发掩盖。

"在你想到的事情当中……你想到的就是这种事情？"

"你难道没想这些事情吗？不是所有人都一直在想这种事情吗？这一点我真是不理解！"波博极为严肃地回答。

班杰和亚马笑了起来。"闭嘴"默不作声，这倒不是因为他没有幽默感，而是因为只有他真正在反思他们将往何处去。波博正在谈恋爱，亚马还不理解这两座小镇之间冲突的严重程度，而班杰当然是一如往常，天不怕地不怕，但是"闭嘴"感到非常不安。他们正直接驶向赫德镇，当他们这几个男子出现在那里时，他知道会发生什么事情。

那里将会爆发争吵。

57. 地狱

强尼和哈娜几乎在同一时间下班，他们正在享受这难得的幸福时刻。他们每次都真应该去买乐透。他到医院来接她，他俩像年轻时那样在车内爱抚，当他企图更进一步的时候，她笑他真是个大傻瓜。她对他说："先把我弄回家吧，请表现得像个该死的大人一样。"然而那辆迷你巴士却无法发动，对这时的他来说，她对他的爱意味着他十分幸运。要是她不爱他，那他听到的话可就不仅是"大傻瓜"了。

他走到车外，察看那辆车出了什么问题，接着发现手机上有四个未接来电。才几分钟啊？他打电话给消防局，将手机贴近耳边。与此同时，他听见车门拉开的声音，接着哈娜高声喊道："亲爱的，他们打电话给我！我得回去帮忙！"

"强尼？我们这边需要你来上工！"同时，这位消防员的手机里传来叫喊声。

强尼叹了一口气，哈娜也叹了一口气，他俩隔着那辆迷你巴士的引擎盖，对彼此露出微笑。不管怎样，至少在这一两分钟里，他们可以像两个白痴的青年一样调情。这总比什么都没有要好。

接着他们跑动起来。

*　　*　　*

熊镇这家工厂生产区的地板，始终是政治炸药，它完全能够左右区政府的选举。就在两年以前，一个名叫理查德·提奥的地方政客推动一项表面上关注失业率，实际上只关注将"熊镇居民享有熊镇的工作"这几个字深植于人们内心的活动。当然，这个口号是在熊镇的工厂无法提供就业机会时喊出的，但是现在他们反而缺少员工了。不过一句好听的口号仍然适用。每次当熊镇人而不是赫德镇人被安排主管职务，或被分派到比较理想的轮班时段时，来自赫德镇的职员就会怀疑遭了差别待遇。今天发生在这名年轻女子身上的事情，非常轻易地被解读为其他事情，而不是一起意外事故。

这名年轻女子来自赫德镇，而平时操作这台机器的女性职员则来自熊镇。那名女职员正在放育儿假，而她的代班职员也来自熊镇，她们都出席了拉蒙娜的葬礼。因此，这名来自赫德镇的年轻女子是来代替一个代班者工作的。那部机器其实已经报修，但被一个背负沉重压力的工头标识为"可运行"——好巧不巧，这个工头同样来自熊镇。

这时你会很容易地想起理查德·提奥的话——熊镇居民享有熊镇的工作。

当那台机器卡住的时候，那名年轻女子不知道原因何在。她向同事们求援，要他们来帮忙将材料弄开，不过没人有时间。这家工厂使用全新的数字化绩效测量工具，要是她等得太久，她担心自己在测量器上的生产绩效会毁于一旦，因此她尝试自己解决。就在她还没准备好的时候，机器突然劈下，再度开始运转，就在那恐怖的一瞬间，她被吸入钢铁与齿轮下，听见腿部被撕碎的声音。在那之后，她终于喘过气来，失声尖叫起来。感觉上，这是一种永不止息的尖叫声。

* * *

事过境迁以后，我们会经常谈论到那场争吵，而不是那起安全生产意外事故；我们会经常谈起那伙男子在事发后干下的事情，而不是那名年轻女子的遭遇。消防队队员必须锯断机器和链条才能将那名年轻女子弄出来，而她由于疼痛几乎完全失去意识，但从一切迹象来看，她的伤势并未危及生命。她的兄弟们也在那家工厂里上班，当他们费力地穿过人墙，硬挤到强尼面前时，强尼才明白为什么哈娜又被召回了医院。

"她怀孕了！她肚子里有胎儿啊！"她的兄弟们歇斯底里地大叫着。

救护车一路横冲直撞，不受任何阻拦，而当事人的兄弟们则驾车紧随其后。警笛声穿透森林，简直震耳欲聋。当他们轰鸣着驶进赫德镇时，整个小镇都随之震动了。

"退开！让开！让开！"哈娜吼叫着从医院入口狂奔出来，为救护人员清出一条路。强尼则急匆匆地从消防车里冲出来，亲自动手将当事人的兄弟们推开，他们才会克制一点。

当救护人员将那名年轻女子安置在担架上，把她推进医院时，沥青路面上留下了一长条血迹。她的兄弟们手足无措地站在那里，只能呆呆地望着那道血迹。大约同时，两名年轻男子开着一辆车驶进了停车场。他们简直都还是孩子，有着天真的眼神，以及都没有毛巾织料强韧的新软胡须。他们对这里发生的事情一无所知，他们甚至都不是医院的职员，只是在旁边的建筑工地上工作。但是他们播放的音乐实在太开心了，而且他们汽车的后视镜上还挂着一个穿着绿色球衣的小熊玩偶。这样就够了。当事人的兄弟们将此视为挑衅，因为他们如此急切地需要一次挑衅。不管是什么都好。

斗殴事件直接爆发，以致强尼都来不及阻拦。在其他几名消防员赶到现场前，那两名来自熊镇的建筑工人已经被揍得鼻青脸肿，倒在他们那辆车旁边的地面上，怕得要死。消防人员将他们拉起来，拍掉他们身上的灰尘，但此时要让他们冷静下来已经来不及了。他们跳进自己的车，在恐慌中离开那里。在开往熊镇的途中，他们打电话给自己的朋友们，描述了当事人的兄弟们的所作所为。其中一两个朋友也在那家工厂上班。过了一会儿，这几名兄弟当中一人的女朋友停在停车场上的车就被砸烂了，其后座车窗上还贴着一张赫德镇冰球俱乐部徽标的小贴纸。

当一切急转直下奔入地狱的时候，总是如此迅疾。

＊　＊　＊

当你抱住一个刚出生的婴儿时，你不曾感到世界竟是如此广大。当你意识到自己突然成了某人的父母，而且没有人打算阻止你的时候，你体验到以前不曾感受过的无力感。当助产士表示你们已经可以回家的时候，你会脱口而出道："我？我自己不知道该怎么做啊！难道你们要让我照顾一个人吗？"

几乎所有的父母都记得在第一个孩子刚出生后的一段时间里，自己抱着孩子的情景。你慢慢地开着车回到家。当你纹丝不动地坐在黑暗里就只是为了完全确保这团皱巴巴、羸弱不堪的小生命仍然在呼吸时，一切简直是不可理喻的。他小小胸膛每一次的微微起伏，不时从梦境的地平线上发出短促的啼哭或者一声哀鸣般的叹息，都足以让你独自在婴儿床边跳起芭蕾舞，忙得团团转。当五根细小的手指握住你的一根手指时，你的心肺就仿佛被抓握住，无法再松开。

担任助产士职务的奇异之处就在于：即使你完美地完成了自己的工作，你还是得再次从头做起，挥手向前一个家庭道别，随即迎来另一家人，而你完全不认识任何人。或许这就是这份工作最深沉的不公义：那些你花了很多时间、能够真正多加认识的母亲和婴幼儿，总是以悲剧收场。

就在短短几天前，哈娜在森林里对安娜说了什么呢？"只要你一有机会，你就得好好享受一下快乐的结局。"哈娜希望自己做到了这一点，让自己的灵魂能够在喜悦的泪水与新生儿的呼吸声中休息，而且次数够多——否则她不知道自己该如何撑过这一天。

这家医院走廊的两头各摆着一张床，两个女人各自躺在这两张床上。

366

其中一人在被风暴侵袭的森林里生产，而且即将与自己的儿子维达回到位于熊镇的小屋。在她儿子的记忆中，这间小屋将是他童年时期的家，他将会记得自己玩耍的那片草坪，自己学会骑自行车的那几条小街道。他将记得自己参与过的雪球大混战、冰球比赛、第一次心碎以及自己人生中真正的初恋。这是一辈子的事情。另一名女子将会被飞机运送到一家规模较大的医院，由于她身上多处骨折，她将需要在那里动手术。当她获准回到自己位于赫德镇的小屋时，她原本怀着的那个孩子已经不在了。她的同居伴侣认为贵得要死，而她认为自己可以用周日的加班费支付的婴幼儿推车现在就放在门厅里，她一见到它，就因绝望而痛哭失声。几个星期后，她的同居伴侣会在储藏室里找到装着婴儿床的纸箱。她一直对他唠叨，要他动手把它组装起来。他大哭起来，感觉这一阵阵抽噎简直要拆散他的肋骨。终其一生，他们每次经过运动用品店的橱窗前总会想着：摆在那里的自行车是不必要的，摆在那里的溜冰鞋是不必要的，无数次的探险、爬树、可以踩踏与蹦跳的完美水坑以及无数没有被吃完的冰激凌全都是不必要的。他们永远不会在周末的大清早被吵醒，永远不会在讲电话时用耳语厉声说"安静"，也永远不会将小小的连指手套放在暖气设备上烘干。他们将永难感受到人生中最沉重的惊吓，也就是他们的第一个孩子带来的体验。

工厂会在第二天的报纸上指称，这一切都是"意外"。但这其实是错误的。赫德镇的居民们会口径一致地说："只有在那里才会采信这种说法。"赫德镇的居民会按照事实来描述它："导致死亡的意外。"很快，围坐在餐桌前和公共休息室里的人们会开始议论纷纷：要不是那个来自熊镇的女人，也就是那个本来应该去操作那台机器的女人，那个产下健康快乐的小宝宝，还以熊镇冰球俱乐部史上最恶劣的流氓之一的球员的名字为他命名的女人……这时候，政客们就会在工厂内部大肆翻找，想查出这究竟是谁的责任。

也许这并不是真的。只不过，附和他人的意见实在太容易了。

* * *

这一天，强尼和哈娜都会留在自己的工作岗位上，因此特丝便到自己年纪最小的弟弟图尔的朋友家去把他给接回来。他先是喋喋不休地说着各个不同的超级英雄之间的差别，接着迅速转向一个极为深沉的哲学问题："当你只穿着袜子的时候，所有人都认定你没穿衣服；可是当你只穿着内裤的时候，大家就不这么想了，为什么呢？你穿在身上的布料，不是一样多吗？"特丝忙于操作自己的手机，没有仔细听他说。路上，托比和泰德跟他们会合，这四姐弟便开始规划晚餐。事实上，爸爸告诉过托比他们可以叫外卖比萨，而他铁定会被妈妈臭骂一顿，因为她早已告诉过特丝，他们绝对不可以叫比萨。但特丝表示，泰德说托比说爸爸说过他们可以叫外卖比萨，而妈妈太累，没有精力为这种二手甚至三手的信息来源争吵，所以就吃比萨吧。有时候，家里有姐弟四个真是好事一件，你可以利用彼此，借此转移或分散注意力。

特丝走动着，用手机打着字，但似乎没有记录托比点餐时提出的极为明确的要求：加量的奶酪，比萨底部必须烘烤得够厚，不要加橄榄，只能加红椒，绝对不能放黄椒，以及其他一些没完没了的要求。因此，他问道："你在听吗？"

"嗯。"她随意地应着。

但图尔成功地偷瞄到她手机的边缘，吼道："你在发短信！你发信息给谁？你为什么要发爱心？"

托比和泰德睁大了双眼，仿佛看到姐姐不小心露出了藏在人皮底下的蜥蜴皮。

"你发爱心？天杀的，你在给谁发信息？！"

在全家人中，就大家所知，特丝并非那种在发信息时特别注意保密的人。但此时她羞愤交加，脸色变得通红。

"你们如果想活命，就少管闲事！"

如果托比和泰德真有胆子，他们会试图一把从她手上抢过手机。即便如此，托比也不会鲁莽地无视自己的人身安全。然而图尔毕竟还太年幼，还不理解自己的大姐在真正生气时，尤其是盛怒时，其表现是不可想象的。因此他顺着她的腿爬到她的背上，瞄到了屏幕，大声叫喊起来："波博！她把爱心发给他了，波博！！！"

当特丝一把将他扯下，准备将他扔进灌木丛的时候，泰德及时救了他。当她看起来要狂怒地到处乱踢的时候，托比赶忙跳到一边。她急促而沉重地呼吸着，她的三个弟弟全部高举双手向后退。

"对不起，对不起……"图尔低声说。

"我们只是在开玩笑……"托比和泰德点点头。

被她握在手上的手机振动着。一次振动，两次振动，直到她低下头看到波博写了些什么。就算在这个时候——仍然暴跳如雷，恨不得把蛇藏在弟弟们放内衣裤的柜子里，她还是忍不住露出微笑。

"你们能保守秘密吗？"她询问他们。

他们显然没有保守秘密的能力，但他们真心诚意、十分诚恳地保证，会努力保守秘密。即使表面上一团混乱，手足间的捉弄与恶作剧不断，但他们还是打从心底爱自己的姐姐。这是他们第一次看到她坠入爱河。

58. 枪声

波博将那辆休旅车停在特丝家的屋子外，他太紧张了，在熄火时不小心按到了喇叭。

"干得好，波博！你可真是超级谨慎！"班杰露出微笑。波博满脸通红。

今天是星期天，但这个别墅区却静得出奇。现在的气温已经低于零摄氏度，所以没有人在户外割草，但是也没有人将自己的旋转式清雪机拖出来。绝大多数人都待在室内，为驼鹿狩猎季做准备。就连狗狗们今天似乎都在休息。

托比和泰德正待在屋子旁边那座小小的庭院里，朝一块射门区击打橡皮圆盘，那块射门区是他们在小时候跟爸爸一同制作的。泰德射门的神情仿佛自己在参加世界杯决赛；托比射门的表情则像在说，他其实已经厌倦了这狗屎蛋，他只是不能让弟弟赢。泰德根本没有注意到那辆休旅车，但他的哥哥大老远就瞥见了它。当班杰第一个跳下车时，托比僵住了。他不再将冰球杆作为工具抓在手上，而是将它作为武器牢牢地握住。

"他来这里干吗？"他说出这句话。他先是感到愤怒，随之而来的则是恐惧。

他同意姐姐请波博到他们家来，但她可没有提到其他人，尤其没有提到班杰明·欧维奇这个精神病。赫德镇冰球俱乐部甲级联赛代表队的每场比赛，观众席上总会有托比的身影，所以他非常清楚这个人是谁。赫德镇的居民将他称为"十六号"，说得他像是一种基因实验的产物。当这个家伙在两年前放弃冰球、远走高飞的时候，赫德镇全体居民可谓欢欣鼓舞，托比当然也不例外。作为冰球的支持者，他们对他这种精神病的情感不是对敌队球员的恨则欲其死，就是对同队球员的爱则欲其生。现在托比首先想到的是，这一切都是个圈套，班杰要来这里打死他，作为对昨天熊镇冰球馆内斗殴事件的报复。

班杰在葬礼结束后就脱掉了白衬衫，而波博车内唯一的球衣当然就是那件绣着大熊的绿色球衣，他身上穿的就是这件球衣，这也正是托比最先看到的景象。他才十五岁，而班杰已经二十岁了。班杰看到了对方的身形，意识到，一旦冲突爆发，对方绝不会坐以待毙。就班杰的身形来说，面对相同情况时，他也会做出同样的反应。就在那一两秒钟里，这名成年男子和这个男孩子仔细地打量着彼此。就算跟同龄的青少年比起来，托比也显得更加高壮，肌肉也更为结实，但他抓握着冰球杆的方式仍然说明一点，他知道一旦爆发冲突，自己打赢的机会将很渺茫。

波博打开车门，从驾驶座跃下。此时身在厨房窗边的特丝大喜过望，竟直接喊叫起来。托比从未在自己姐姐的声音中听到过这样的喜悦。他稍微松开手中的冰球杆。接着"闭嘴"和亚马从那辆休旅车的侧门跳下。直到这时，泰德才抬起头来，双眼闪闪发亮，眼神里依稀透着仰慕。

"托比！托比！那是……那个是……你看到没？那是……他是……亚马！是亚马！"他的音量恰到好处，绝对足以使所有人都听出他有多么困窘。

托比难堪地轻声哼了一下，对着自己的弟弟呼出一口气，感觉脉搏稍微放慢了些，但他仍然牢牢盯着班杰不放。班杰的神情看起来很愉悦，点燃了一根香烟。

波博从那辆摇摇欲坠的休旅车尾部行李箱里取出一个用布包好的大型野餐篮，接着行李箱的门就关不上了，但他对此显然不以为意。特丝从屋里奔出来，仿佛在竭力控制自己的双足，使它不至于离开地面，与她一起飞走。他们真的尽了自己最大的努力，才没有在她的弟弟们与他的朋友们面前直接热情地紧紧相拥。她将他请进厨房，他立刻提出无数与她的家庭、她本人以及这栋房子有关的问题。她并不习惯这一点。她习惯的是，男人就只想做一件事。因此，她最后询问他的野餐篮里装了些什么。那里面有意大利面、肉、蔬菜、清汤与奶油。她笑了起来，心想自己的猜测果然还是对的。不管怎样，男人还就真的只想做一件事。

他们想要准备晚餐。

＊　＊　＊

当然了，亚马看见了泰德注视他的目光，那是一个孩子望着自己心目中偶像的目光。亚马通常很痛恨这一点。就在没多久以前，他还走到车前，要求别人直接送他回家。但是现在他已经不再是超级巨星了。自负是一种奢侈。

"你想打球吗？"因此，他这样问道。

他会试着说服自己：这么问，是为了这个十三岁的少年。但坦白说，他只想打球，而不愿意交谈。

泰德除了点头，无法给出其他的回答，于是他开始跟他的偶像练球。"闭嘴"则开始无语地指导年幼的图尔该如何站在球门前，这对七岁的他来说可是一件好事，这种沟通并不需要对话。泰德以手腕射门，亚马以轻柔的动作指导他该如何弯曲膝盖，集中力量。当他射门时，泰德、图尔和"闭嘴"只是站在原地凝视着。

"你是怎么做到这一点的？就像雷劈一样！"泰德喘着气。

亚马无法直视他的目光，小声道："这个需要的是练习。我在你这个年龄的时候，射门时还没有你做得好。"

哦，天哪，泰德的胸口没有因这句话炸开可真是个奇迹。他站在这片冰球场上练习过无数个小时，这个街区一位好斗而莽撞的邻居曾威胁要向有关部门举报强尼——她痛恨噪声，而且以为是家长强迫自己的儿子站在户外，在六月暴雨不断的夜晚不断地射击橡皮圆盘。这导致哈娜被迫到那个邻居家里解释，她是多么希望强尼能逼迫这个小鬼头做点其他事情，这样的话，他或许就能逼迫这个小鬼头回家吃饭！然而，泰德的狂热是发自内心的。这是无法被挡住的。

现在，要是这个邻居探头向窗外张望，她或许会感到后悔。因为有朝一日，她将能够向他人夸口自己有过这样的邻居。亚马和泰德挑战着彼此，哈哈大笑起来。在绝大多数的回合里，亚马都是赢家。不过泰德只要赢下一个回合，就会高举着双臂，冲过庭院。图尔则跟在他后面跑着，两人的表情就像是刚赢下了全世界。当泰德转了一圈跑回来时，亚马和他击掌庆祝。有朝一日，他俩或许能够在国家冰球联盟会师呢。

特丝和波博则在厨房里咯咯笑着，一段爱情故事就这样展开了。其他人则开始在外面练球，他们并不是那么笨嘛，至少他们当中的几个人并不是那么笨。

* * *

就在其他人在冰球场上射门的时候，班杰靠着房屋的外墙，点燃自己在五分钟内抽的第二根香烟。

"你是想用这根冰球杆揍我吗？如果不是，那你可以把它放下来了，因为你可能会打到自己的眼睛，这让我很紧张。"他指着远处的托比，用很友善的口吻说道。

直到这时，这个十五岁的青少年才发现自己仍然像握住棒球棍一样牢牢抓着冰球杆。他很快将它放下，颈部抽动了一下，像是在表达歉意。

"对不起，对不起。最近这段时间以来，跟来自熊镇的人爆发的冲突实在太多了。当你穿着这件球衣从车上走下来的时候，我就想着这下子完了……"

"我今天感觉不舒服，不能打架。"班杰承认道。

"你喝醉了吗？"托比谨慎地问道，因为就算班杰只穿着 T 恤，在当前零摄氏度的气温下他仍然不断地冒着汗。

"我喝醉的时候还是很能打架的，不过清醒的时候就不行啦。"班杰咯咯笑了起来。打从这次回到熊镇以来，他就再没喝过酒。他真正开始感到自己的身体濒临崩溃，这也算是某种抗议。

就在他说出这番话的时候，从厨房窗口那边传来特丝的大笑。托比诧异地抬起头来，活像一只从窝里探头的猫鼬。

"我老姐在笑吗？"

"难道她不常笑吗？"班杰问道。

"她只有在我或泰德弄伤自己的时候，才会笑成这样。"

当屋内的特丝再度笑得前仰后合的时候，班杰面露微笑道："我猜想，波博刚刚告诉她，他实在觉得冰库超像时光机。你好像就得跟着他一起笑，或者取笑他。总之，你就是得笑。"

"时光机？"托比重复道。

班杰无奈地摇摇头。"这个故事说来话长，就当我没说过吧。你弟弟几岁？"他朝着远端的泰德点点头。

"他十三岁，小我两岁。"托比回答。

"十三岁？你们家给这小子吃了什么？罗威纳[1]吗？嘿，他就像一栋房子般强壮！"

托比骄傲地点点头道："他的冰球技术很厉害。他会比亚马厉害。"

"所以他打得比他的哥哥还要好啰？"班杰用戏谑的口吻问道。

托比立刻喊道："他已经比我好了，只是他现在还不知道。"

听到这番话，班杰惊讶不已。他将烟灰拍掉，看起来几乎像是要拍拍这个男孩的肩膀。

"你应该来为札克尔效力，她是我们熊镇冰球队的教练。"

"该为她效力的人是泰德，不是我。"

"不，你才该为她效力。她喜欢对自己的极限有所认知的球员。"

托比能听出这是一番称赞的话语，只不过他对熊镇的仇恨心理实在太强烈，加上他还是个十五岁的青少年，因而无法接受这番话，甚至不假思索条件反射般地喊道："你们整支球队都是一堆臭婊子和死娘炮，这样实在太可惜啦！"随后他就想立刻打断自己嘴里的每一颗牙齿，就算班杰没这样做。

然而班杰不动声色地回答："我们可不是臭婊子。不过，你说的其他的或许是对的。"

"对不起……我不是故意的。"托比结结巴巴地说。

就在两年前，熊镇与赫德镇上的所有人都知道了班杰的性取向。那时两支球队在球场相遇，而托比就在属于赫德镇球迷的看台区看球。他们对班杰叫嚣的内容，他可都还记得。他们将人造的假阳具扔进冰球场。

---

1 罗威纳，原产德国大型狗品种，身体强壮，动作迅猛，气势强悍，是世界上最具勇气和力量的犬种之一。

事后托比和其他人可以很轻易地为自己开脱，说冰球就是这样运作的，你只需要找到对手的软肋，而这其实从来就不是什么人身攻击。这可不是种族主义，不是性别歧视，不是对不同性向的攻击。这就只是想赢而已。但此刻，当初沦为他叫嚣对象的那名男子就站在他眼前，他感觉这种借口变得更无力了。这个十五岁的青少年因惭愧而缩成一团，而班杰只是笑着回答道："你们啊，你们也有臭婊子和死娘炮，只是你们现在还不知道罢了。"

托比放松地笑了，当他鼓起勇气提出下面这个问题时，他对自己的牙齿都还在的事实充满感激之情。

"听说你某次凭一人之力打倒敌队的四个球员，这事是真的吗？"

"这是谁说的？"

"我老爸说的。我想，你是他唯一看着顺眼的熊镇球员，只不过他永远不会承认这一点。"

班杰又点燃一根香烟："他们那时候应该只有三个人，而他们当中没有人擅长在冰面上打架。这样就不算数啦。"

"你可以教教我怎么在冰面上打架吗？"

班杰抽着烟。有那么几秒钟的光景，他因为自己重新回到森林，被问及自己的本性与特质——人见人怕、以暴制暴地对待施暴者而痛恨自己。

"所以你觉得你老弟以后的表现可以跟亚马一样好？那你觉得你自己能走多远呢？"他提出这个问题，并借此回避托比提出的问题。

"不会太远，也许可以打到赫德镇的甲级联赛代表队，要是他们获得了晋级，那我应该不会被选中。而且你知道的，前提是他们不把这个俱乐部给裁掉。"

"那你为什么不继续打球呢？"

"因为我跟泰德不一样，我就像你一样。"

"像我？"

血液直冲向托比的颈部，让他的皮肤变得斑点密布。

"不是像……娘炮，总之，我才不是……那样。总之，那样也没有什么错，但我的意思是……从球员的角度来看。对于冰球，我不愿意做出必要的投入来达到出类拔萃的水平。我不是为了它而活的，而泰德就不一样了。"

班杰笑了起来，因此被烟给呛到了。

"那你真以为我是这个样子吗？"

托比点点头。他仍感到羞愧，但他确实完全相信这番话。

"如果不是这样，你现在铁定会继续打球，不管我们在看台上用什么字眼骂你。如果你真心热爱冰球，没有什么东西能阻止你。"

班杰朝天翻了个白眼，捻熄手中的香烟，又开始在自己身上翻找香烟。

"杀千刀的，札克尔真的会超级喜欢你的……"

托比努力将这番话当成一种恭维，他真的努力在这样做。

波博在厨房里准备晚餐，提出问题。他的妈妈指导过他，这是追求女生最理想的两种方法。"因为女生并不习惯这两种方式。"波博深知，自己能提供给特丝的选项并不多，所以他希望这两种方式能够管用。它们也真的管用。

当特丝的笑声再度传入庭院时，托比端详班杰的面孔良久，此时他仍有着一些心防。接着他相当严肃地问道："那个波博，他还好吗？我知道他是你的朋友。可是他……真是个好男人吗？"

班杰家里也有姐姐，所以他理解这个问题。因此他回答道："当然，你铁定能找到几个比他好的男人，不过杀千刀的，你会找到一大堆比他糟糕的男人。就我所知，他是最善良也最忠诚的人。不过老实说，我怎么知道你家老姐究竟看上了他哪一点！"

托比沉思良久，接着低下头回答道："她大概觉得他很平常。"

"这是好事情吗？"班杰真诚地问道。

托比吸了吸鼻子，用冰球杆轻轻地戳了戳自己的鞋带。

"她不想过多么特别的生活，她只想……过平常的生活。我们的老爸是消防员，我们的妈妈是助产士，我们从小到大一直听到人家说：我们都是被英雄带大的，就是那种奔向火窟的人。但是波博不是什么英雄，我老姐想必看出了这一点。他不会冲向火窟，他会冲向她。"

当托比察觉到这话听起来也许很荒谬时，立刻安静下来。班杰的手指拂过自己凌乱的长发，面露不自在的微笑。在随之而来的一阵沉默中，他们两人都无法感到放松，因此班杰观望了一下四周，发现车库前方入口处一根水管因故障而漏了水，水再结成冰，那块冰面大约有一平方米。他往那里走去，托比则跟在后面。当他们走到那里的时候，班杰冷不防地抓住他的球衣。这个动作非常突然，托比的身体顿时失去平衡，摔向地面。班杰在最后一刻扶住他，说道："你必须想想双脚应该往哪里摆，用我的重量来抵御我。"

随后班杰教他如何在冰面上打架。在这方面，你找不到比他更好的老师了。

* * *

最后，冰球场上的泰德终于鼓起勇气问亚马："国家冰球联盟的选秀怎么样啊？"

378

"闭嘴"指导图尔站位，向他示范作为守门员所必须具备的移动能力。当他听到这个问题时，他不安地瞄了亚马一眼。他相当确定，除了这个胸怀大志的十三岁少年，没有人敢这么直接、这么单刀直入地询问。

亚马发起一次射门，同时谨慎地回答道："所有人都是最优秀的。你在自己的家乡会遇到特别好的球员，在联赛、训练营或别的什么地方会遇到一两个高手。但是你在那里见到的所有人，他们可都是顶尖高手。经过这一辈子的努力，他们已经准备好迎接选秀会了。他们有……压力……这种压力是病态的。我就只能用这种方法来解释。这比我过去的任何感觉都还要沉重，就好像要窒息了。"

泰德射出一枚橡皮圆盘，接着倚着自己手中的冰球杆说："我老爸说，压力是一种特权。如果你感受不到压力，原因就在于你从来没有做过任何有价值的事情，使得人们对你没有期待。"

"如果我可以参加下一次的选秀会，我可以招募你，让你当我的经纪人吗？"亚马露出微笑道。

"过几年，你就可以当我的经纪人了！"泰德脱口而出。他这一辈子都不曾对别人说过这么不客气的话。

他对说出这番话感到极为丢脸，而亚马忍不住赞赏这一点，因为他从对方身上看到了自己的影子。他回想起自己最初打冰球的动机和表现，回想起自己又是如何只为了其他人而打球。他的下一记射门嗖的一声射出，橡皮圆盘几乎将球门网撕裂。

"不管怎么练习，我永远都没办法用这么强的力道射门。"泰德不胜钦佩地说。

"你不需要再增加锻炼，你只需要少胡思乱想就行啦。"亚马回答道。

＊　　＊　　＊

当大伙儿离开这座位于赫德镇的房屋时，来自熊镇的队友们情绪都相当高昂。波博极其谨慎地轻吻了特丝。

班杰咕哝道："波博，你那也叫吻吗？还不如别人添信封呢！"

波博的脸几乎变成了深紫色，此时就连"闭嘴"都高声大笑起来。他不曾真正属于某个朋友圈，也不曾体验过这样的一天：大家一起闲晃好几个小时，但实际上什么事情也没做。对他来说，这种咧嘴大笑与无拘无束都是全新的现象。当波博提议送他回家的时候，他点头答应了，这或许是因为他的心防已经相当放松了。

"我们明天练球时见！"当他们放下他的时候，波博喊道。不幸的是，他的音量实在太高，导致整条街上的每间房子都亮起了灯。

这辆休旅车掉头开回熊镇。"闭嘴"走进自己的房子。不过一切都太迟了：大家已经看到是谁将他送回来的。没过多久，有人用一块石头砸烂了他和他妈妈所在公寓房的窗户。这个社区的冰球球迷用红色签字笔在石头上写下的信息极其无趣，但也因此简洁有力——

"叛徒，去死！"

59. 小孩子

今天，有个孩子在医院里死了。总是会有人这样辩称：没有真正被生下来的胎儿，不能算一个孩子。然而哈娜打心里永远无法接受这种想法。悲痛与罪恶感都是一样的：假如所有的孩子都是你的孩子，那一切都是你的错。

这天深夜，她坐在赫德镇家中厨房的餐桌前，已经哭得声嘶力竭，极其疲倦，最后只感到无尽的空虚。一位同事开车送她回家，一路上两人一言不发。当时哈娜脑中唯一一想的就是图尔在四岁或五岁时向她提出的一个问题："妈妈，人老了以后会上天堂吗？"哈娜不理解这个问题。因此她年幼的小儿子不胜挫败地重新描述了这个问题："当一个人死掉的时候，他还有生日吗？"当哈娜承认自己不知道答案时，他绝望地小声道："那些在妈妈肚子里就死掉、永远都不会长大的孩子，会怎么样呢？他们难道永远都不能玩耍吗？就连在天堂里都不行吗？"

她在某些时刻感到心情特别悲痛、特别沉重，而现在就是这样一个时刻。与图尔有关的一切，对她来说都将是最后一次了。她的最后一个孩子。她已经生育过四个小孩，这样真的已经足够了，哎呀，哎呀，哎哟，这真的已经足够了，可是……当你意识到你已经没有选择时，你的内心会发生一些变化。孩子总是不让你忘记一个事实：你老了。现在图尔七岁，特丝十七岁。与图尔有关的一切事情在于，哈娜在他之后就不会再生育子女了；与女儿有关的一切事情则在于，这是她头一次身为人母。当特丝刚出生时，一位同事如此告诉过她："小孩子有小问题，大孩子有大问题。"然而，这实在是不对的。这些错误越来越重大。而且这还是哈娜自己的错误。

她的额头贴在厨房的餐桌桌面上。她刚经历过漫长的一天，不过很不幸，这并不足以作为借口，因为她总是对孩子们说："在这个家里，我们不会推卸自己的责任。"只不过，我们自己的规范就是那些最不可能被遵守的规范。自从特丝狠狠地将大门甩上、消失无踪，已经过了好几个小时。争吵爆发得极为迅速，一切都是哈娜的错，她也知道这一点。她从医院下班回到家，双肺和双脚都疲惫无比，皮肤还隐隐作痛，那时候情绪很容易爆发。首先，她在车库入口发现一块疑似从一辆汽车上脱落的橡胶条。她那位无礼的邻居（也就是那位总是抱怨泰德在冰球场练习的长舌妇）又急匆匆地从自己的庭院里奔出来告知：老天爷，哈娜的孩子们一整个下午都在开"派对"——如果不是因为这样，她恐怕根本不会想起那块脱落的橡胶条。由于泰德和托比对这一切全都矢口否认，她本来或许会忘记这件事情。但是，即使图尔的年龄已经大到够懂事，知道不应该乱说话，可他毕竟仍然是个可以被巧克力收买的小孩子。当哈娜从他口中套出哪些人来过这里、为什么来这里、特丝交了个男朋友、两人在屋子里独处、一众兄弟则窝在庭院里时，这位母亲已经冲上了楼。愤怒、恐惧和遭到背叛的感觉，已经使她变得盲目。

这漫长的一天不应该成为借口。然而，有三个兄弟姐妹就意味着你受到管教的方式始终建立在各种期望之上，这是其中最不公平的一点。特丝已经让她的双亲习惯了一点：她就是那个守规矩、可靠的大姐姐，妈妈永远不需要为她的事情操心——结果她却因此而受了处罚。因此哈娜冲进她的房间，说出为人父母所能说出的最糟糕的一句台词："特丝，你实在辜负了我对你的期望！"

这其实只是以另外一种方式告诉一个少女，要她守规矩，并在下次发生类似情况时降低期望。哈娜知道这一点，她在内心最深处知道这一点。但是，几乎所有父母都体验过那种一旦大声吼叫就停不下来的场合。此时就是这种场合。我们对孩子感到失望，归根结底是对我们自己失望。这样的怒火最难以止息，因此哈娜臭骂了女儿一顿，而完全没有料想到自己竟然会遭到反驳。

"你甚至都没有问发生了什么事情！"女儿大声吼道。话才刚出口，她马上就后悔没把自己实际想的说出来：妈妈没有问她的感受如何。

因为妈妈本该知道这一点的。女儿所学到的与真正的爱有关的一切，可都是在家里受到的熏陶。

"我不用问！你本该照顾好你的弟弟们，结果你却将一个男生带到家里！而且是个来自熊镇的男生！你知道今天发生了什么事情吗？今天医院里爆发了群架，你们本来可能……"妈妈吼了回去。然而女儿迅速地反唇相讥："如果泰德和托比把女孩带回家，你只会感到很开心。我这么做，你就会骂我。你觉得我是属于你的吗？"

哈娜会为自己开脱，说她当时实在太累，不愿意退让、道歉。但不幸的是，当时她恐怕只是太骄傲了。母亲和女儿可以用完全不同的方式伤害彼此，这或许是因为女儿经常得为妈妈的罪恶感承担责任，弄到最后，她们竟然会为了不曾犯下的罪过争吵起来。

"托比和泰德又不会怀孕！"哈娜厉声斥责道。妈妈们搜集过无数个事后会让她们自己后悔许多年的时刻，而现在，这样的一个时刻就发生了。

孩子的尖叫声从来就不是他们最管用的武器，他们最有效的武器始终在于他们的沉默。在孩子们切身理解到这一点以前的那些年，是父母们唯一能占有优势的时间段。

"你对我的期望，难道这么低吗？"特丝小声道。

随后她绕开母亲，走下楼梯。妈妈已经习惯这个孩子永远不需要她操心，因此当位于楼下的大门被重重甩上的时候，她在第一时间甚至没有任何反应。她并不知道究竟发生了什么事情。但大门并未再度被推开，她的女儿并没有回家。当哈娜疾奔下楼，冲向车库入口的时候，女儿已经消失无踪了。

因此此刻哈娜独自坐在厨房里，脑中充满了懊悔之意。强尼还没有回家。泰德和图尔甚至都不敢走下楼梯，所以托比就这么做了。那当然啦。他就是最让她担心的那个孩子，她最不抱期望的那个孩子。

"你有没有打电话给爸爸，告诉他特丝跑掉了？"

哈娜的额头仍然顶着厨房的餐桌，喃喃自语道："没有，没有，你疯了吗？要是她在波博家里，他就会到这里来，然后……"

她在自己将要说出某些蠢话前及时打住，但儿子仍完全知道她想说什么。他沉默良久，随后叹息道："妈妈，那个波博人很好的，他很善良，他崇拜她。"

"那个跟这个一点关系都没有……"妈妈自我辩护。然而她听出自己的声音与自己的妈妈极其相似，因此她的话语卡在喉间发不出来。

托比并没有在餐桌旁坐下，而只是用手指尖轻轻触碰她的肩膀，说道："爸爸通常都是怎么评论冰球员的，那个关于链条的狗屎蛋比喻？"

哈娜咬牙切齿地小声道："对于那些最优秀的人，你得放手，相信他们。因为如果你阻挡他们，他们就会将链条咬碎，然后永远消失……"

"这就是特丝的情况。"儿子说道。

哈娜将自己的手放在他的手上，他紧紧地拥抱住她的肩膀。随后她小声道："你的意思是，我现在要失去我的女儿啦？"

托比虽然还没有聪明到能够知道这个问题的答案，但也足够聪明，知道自己不该撒谎。因此妈妈得到的所有答案就只有沉默，以及儿子凑在她颈项上的鼻尖。

*　　　*　　　*

　　青春期的生活与初恋，都是独一无二、失不再来的。

　　那辆休旅车开进了"洼地"，波博与班杰在亚马家的门外放他下车。在成长过程中、在他们一同待过的所有冰球队更衣室里，他们总是听到"以自己的战术进行比赛"和"掌控赛局"是多么重要。不要等待某件事情发生，你必须亲自动手做点什么才行。

　　亚马清楚地意识到，现在他应该将这番话应用到自己的骄傲感之上。他站在停车场上，希望波博询问他是否想跟着球队练习，而不是自己亲口询问他。这样的时机倏忽即逝，就好比初吻，或者介于说出最后一句"对不起"与即将失去一切之间的距离。要是你没能把握住这样的机会，也许你终其一生都得纳闷：当初本来可能会发生什么。

　　然而亚马没能将这番话说出口。波博望着他，这一次次下来，他的双眼变得越来越感伤，也越来越不抱希望。很快，他们就是真正的成年人了，他们畅谈的一切也将更加局限于回忆，不再涉及梦想。那个怀抱着无限可能的年龄，就要结束了。

　　波博举起手伤感地向对方道别。班杰将两根手指放在自己的眉梢，算是一种敬礼。亚马简短地点点头。这真是欢乐的一天，极为欢乐的一天，也是他们仅有的最后少数几个真正无忧无虑的日子之一。

*　　　*　　　*

　　那辆休旅车掉转车头，驶上路面。几个手里拿着冰球杆和网球的小

385

孩子在园子里跑来跑去，当波博的车子驶过时，他们对他招手，叫喊着：

"你是卖冰激凌的吗？"

"死混混，去买奔驰啊！"

"恋童癖开的车都比你的好！"

波博只是笑着。住在"洼地"的青少年总是比其他地方的孩子爱逗口舌之快。班杰摇下自己座位那侧的车窗，探出头。这时那些小孩子突然就安静下来。他只是用力地拉动一下门把，作势要从车子里出来，那些小鬼头就跳得老高。过了一秒钟，他们那幼小的心脏才再度开始跳动。班杰与波博咧嘴大笑起来，这时他们已经从那里驶离。那些小鬼头的嘴巴又立刻在他们后方动了起来，所有人都开始对彼此大呼小叫：我才不害怕呢，害怕的人是你！

"你还记得我们在他们这么小的时候，是什么样子吗？"波博笑道。

"杀千刀的，你的体积可不曾那么小过！"班杰也笑着回答道。

波博不得不承认，这番话确实不假。当他拐上大路的时候，他的手机响了。当他看到屏幕上显示的姓名时，即使他努力遮掩自己的欣喜，他的脸上仍突然容光焕发起来——这导致他差点把车子开进水沟。

"喂！喂！没事！现在？到我家里？好啊，那当然……可是你爸妈怎么办？不，我就来，我就来！"他语无伦次地说着。

当波博挂断电话时，班杰一声长叹。

"如果你要去接特丝，我可以跟你去。如果你打算跟赫德镇的一个女孩上床，你最好别一个人去……"

"你怎么知道是她？"波博问道。班杰笑了起来，笑得整个车身都随之摇晃。

"看到你谈恋爱真好啊，波博。太美妙了。你值得被爱。"

"真的吗？"波博犹疑地小声道。

"真的。"班杰保证道。

他们沿着两座城镇之间的道路行驶，前去接特丝。她就在森林尽头的交界地段等着，这里还没进入住宅区。对于离开赫德镇，她已经迫不及待了。她只提到，她跟自己的妈妈吵架了。波博对此并没有提出什么问题。她就喜欢他这一点：他总是让她将想要解释的话说完，绝对不说废话。班杰在回程中驾驶着那辆休旅车。波博坐在后座，她的头则靠在他的肩膀上。他的骨骼咯吱咯吱作响，他被一种极为强烈的情感包围着。

"这对你来说，会不会太快了？"她小声道。

"对我来说，一切都太快了。我的动作本来就没那么快。"他小声道。

"当我生你的气的时候，你是否会原谅我？"她问道。

"我做了什么错事吗？"他不安地问道。

"没事。至少现在还没有。但是，如果我现在跟你在一起，你恐怕迟早会犯错的。"

隔着脸颊，她感到他的心脏像混凝土试验锤一样剧烈地搏动着。

"你怎么生气都没关系，但请别离开我。"

"一言为定。"她小声道。

随后，他们进入了亲密关系中最开始也是最美好的沉默期，这是一段意味着稳定的沉默。他们始终陪伴在彼此身边，并会在未来某一天，走进婚姻殿堂，生儿育女。特丝听妈妈对爸爸讲过下面这番话："如果我们有一天分离了，我希望我们不是以朋友的身份分手。我很讨厌听到别人这么说。如果我们以朋友的身份分手，这就意味着我们对彼此不够恩爱，因而无法再伤害彼此了。所以，如果你爱我，真心诚意地爱我，那你就得全心全意地爱我，而我将会使你陷入疯狂。"特丝将会对波博说出同样的话。他将永远不会停止对她的爱。

"波博？"当他们驶过那块写着"熊镇"字样的路牌时，坐在前座的班杰问道。

"怎么啦？"

"我可以买下这辆休旅车吗？"

"不行。"

"你行行好，虽然这辆车真是糟透了，可是天杀的，我已经开始爱上它啦，我感觉它就跟我一样！"

特丝笑了起来。波博面露微笑，回答道："班杰，你不能买下它。不过，我可以把它送给你。"

"真的？"

"真的。"

青少年的人生，以及真正的初恋，都是独一无二、失不再来的。同理，队友之间的情谊亦非一般的朋友可比。

60. 人才

星期一大清早，札克尔就来接彼得。她的吉普车车身已经生锈，而他身上的那件旧运动夹克已经显得很紧，自从他最近一次动身参加与冰球有关的活动以来，整个世界已经老化了。

"这个是什么？"札克尔问道，朝他抓在手里的袋子点点头。

"面包！"

"面包？"她说道，仿佛这是个外语单词。

他将一块面包递给她，但她反而点燃一根香烟。他等着她就他们的去处做出解释，但她显然认为不需要说明。他们开车上路。在她抽完一根半雪茄之后，他终于失去了耐心。

"说真的，伊丽莎白，难道你都不打算告诉我，我们要去观察的球员的名字，就让我干坐在这里吗？如果我要对你的工作提供任何帮助，那我总得先做准备啊！"

"你不用担心，你提供的帮助并没有那么重大。"她吐出两大串长长的烟圈，回答道。

他蹙了蹙眉头："你不是才说，你需要我的帮助？"

"有吗？我或许真这么说过吧。不过，我并不需要你的协助，有你在场就够了。你现在可以好好睡一觉，车程需要六个小时。"

"六个小时？"

"单程。"

"我还赶着回家呢！"彼得撒了谎，但对此觉得很丢脸——因为他要是真的得赶回家，他从一开始就不会坐在这里。

"文件就放在后座，如果你有兴趣，可以看看。"札克尔说出这个提议时的口吻，听起来就像彼得的意见完全无关紧要。

彼得盘算着自己是不是应该表现得硬气一点，要求她往回开，不过这样做当然徒劳无益。因此他叹了一口气，伸手够着放在吉普车后座上的一个文件夹，翻开后看见一张照片。他扬了扬眉毛道："等等，我认得这个小伙子。我好几年前就看过他练球，他是……不对，等等……这个小伙子叫'亚历山大'，那就不是他了。另外那个小伙子名叫……"

"是同一个人，他改名啦。"札克尔告诉他。

彼得翻阅着文件。她说的没错，的确是同一个人。就在五年前，也就是那个小伙子十五岁的时候，他可是全国最引人注目的明日之星之一。他的年龄与以凯文为首的"熊镇黄金一代"相仿，当时彼得对每一个竞争对手的情形可谓了如指掌。他和"尾巴"还制订了一个宏伟的计划，打算努力说服这个小伙子跟他的父亲一同搬到熊镇来。因此，他们动身前往一场锦标赛的现场，观察他打球的情形。由于这个小伙子那时完全没有登场，他们当时的努力形同浪费时间。他所属的球队表示他受伤了，但彼得从另一个俱乐部的体育总监那边得知，这根本是谎言。"他们把他搁在家里。他可真是天赐英才，他壮得像头牛，可以承受住无数次的打击！但是要想指导他是不可能的。那小子无理取闹，还有纪律方面的问题。练球缺席，跟教练们起冲突，拒绝传球，拒绝接受指示，没办法在团队里打球。真是太可惜了，也真是可耻哟，他会白白浪费自己的职业生涯。"这位体育总监说的没错，在接下来的数年间，这个男孩子先后被三支不同的青少年代表队扫地出门，他不断地与各方争吵、抱怨、引发冲突，破坏所有机会，到最后没人打电话给他。现在二十岁的他，已成了过气球星。彼得从自己的经验中得知：很不幸，每一代总会出现几个这样的球员，他们凭借与生俱来的天赋撑到青春期，但人们一旦对他们施加要求，他们简直一触即溃。

"我记得他，他就是个……逞勇斗狠的家伙。"彼得谨慎地对札克尔说。

"再过一星期，新球季就开始了。如果他不再那么好斗，他肯定会有的忙。"她回答道。

札克尔从来不会打造一支球队，她始终聚集一众强盗般的游兵散勇。在彼得还担任体育总监的时候，他每天都为此感到头痛，而现在他也开始感到头疼。这对他来说并不陌生。

因此他不胜疲倦地说："我会建议你别招揽他入队。不过，你肯定不会听取我的建议。所以，你也许可以说说你从他身上看到了什么特质。"他预想着札克尔会一如往常地给予一些充满讽刺性的答案，因此当她说出下面这番话时，他感到惊讶不已。

"冰球选手会追随领袖的想法，是一种误解。他们不会追随领袖。他们会追随赢家。"

"那这个……亚历山大？他会是个赢家？他甚至不曾在一支俱乐部里待得够久，也不曾赢下过什么东西啊。他似乎被每一支球队踢出来，不过你认为我们能够改变他？"

在说出"我们"的时候，彼得感到羞耻，因为他从自己的声音里听出了希望。

"不，球员是不能被改变的。但这个亚历山大并没有什么问题，他只是被误解了。"札克尔回答。

"怎么个被误解法？"

"他接触过的所有教练都企图欺骗他，告诉他冰球是一种团队运动。"

*　　*　　*

"尾巴"总是确保自己的所有职员在每天早上看到他来到工作单位。他穿过库房，提出问题，谈笑风生，与人们握手，拍拍他们的后背。他高声说话，而他的笑声比他的说话声还要高亢。他或许是老板，但他绝对不属于能让人们发自内心地自动跟随的那种人。就此，冰球已经无情地给了他教训。他是冰球队队长最要好的朋友，但他本人永远不会成为队长。因此他必须为了自己的权威奋斗，不断地保持存在感与话语权，持续提醒大家注意他的身份。就算某些职员可能会在私下里嘲笑他，他仍得这样做。重点在于：他们知道他就在这里。

他走进自己的办公室，等了一个小时。当他最后终于去开会时，他走后门，偷偷溜了出去。他房间里的灯仍然亮着，西装外套仍挂在门后的衣钩上，他的手机仍放在书桌上，看起来就只是去了一下卫生间。他的车仍停在停车场上，那片位于熊镇冰球俱乐部贴纸上方的玻璃仍然是破碎的。他更加急切地希望，它足以构成当地居民议论的话题，从而能够引开当地报社的注意力。如果他能在一小段时间内让大家谈论赫德镇的流氓，而不关注熊镇冰球俱乐部的会计报表和账本，他或许就来得及解决自己的所有问题。

他卷起衬衫袖口，跨上自己那辆老旧的自行车，骑向别墅区。最近这几年，商店与库房迅速建造起来，因此他不得不多花几分钟，才能真正脱离由它们构成的阴影。过去他总是以此为乐，但最近这段时间以来，他始终无法欣赏自己毕生辛勤劳动的成果，反而只关注它可能会变成什么样子。他关注的，主要在于自己可能很快就会失去它。直到目前为止，他拥有的唯一商业机密就是乐观。但今天，他动摇了。他在区政府的一个熟人已经打电话来告知，那个总编辑的爸爸现已取得哪些文件。"尾巴"并非白痴，他知道这种事可能会发生。不过他可没有料到，这一带居然会有这么精明——或者说，如此死缠烂打——的新闻记者。

几乎没有人真正理解"贪腐"的意义是什么，所以"尾巴"亲自查询了它的定义：滥用权力，借此牟取私利的堕落行为。在那之后，他就经常重复这句话，在心里对自己默念着。人们经常指控他"泯灭良心"，但他本人感觉：杀千刀的，我明明就很有良心啊。当然了，他或许"滥用权力"规避了各式各样的规定，但他借此牟取私利了吗？没有。实情完全相反，他对熊镇冰球俱乐部的赞助，事实上意味着每天都在赔钱。他的所作所为都是为了俱乐部乃至于社会的最佳利益。他可以借此在道德上为自己开脱，这种说法简单而有效。

同样地，也几乎没有人知道"成功"一词代表什么意思。人们认为，它就像山顶一样，能够被攀登。不过"尾巴"可比他们聪明多了。山顶根本就不存在，你能见到的只有一片永无止境的峭壁。你要么继续挣扎着往上爬行，要么就是被拉扯住、被一脚踹下。哪怕你只是停下一秒钟，想欣赏一下风景，一个更强硬也更饥渴的家伙就会从下方攻上来，占据你的位置。企业与商业就是这么运作的。社会的建构，乃至冰球运动，都是这样运作的。一场新的比赛、一个新球季、一场决定晋级或降级的全新战役，也是如此。战斗永远不会停止，你必须持续不断、千方百计地跑在他人的前面。

所以，究竟什么时候才能停止呢？你什么时候才能功德圆满呢？为什么要这样下去呢？你也许永远无法停止，也许一切直到你的葬礼结束才能画上句号。又或许，你只是希望自己的人生有意义，而放眼全世界，这是你自己真正感觉到能够有所作为、发挥影响力的唯一的事。

"那些死鬼，他们不曾真正热爱过任何东西。"某次他们在电视上看到显然更热衷于吃爆米花和热狗，而不在意下方冰球场上赛况的大城市球迷时，拉蒙娜如是说。"他们才不在乎呢，他们永远不会失去自制力，因为任何东西对他们来说都不重要，对他们来说，唯一神圣的东西就是自己在镜中的身影。"她这么说着。"尾巴"当然知道，熊镇上的许多人也正是如此看待他的。或许拉蒙娜也是这样看待他的。在绝大多数日子里，他接受这一点。总得有人将坏蛋的角色一肩扛下。这就跟他打冰球的时候一样：他在角落的隔板边跟人打架，借此让彼得和其他球星能在开放的冰面上发光发热。但在某些日子里，当他觉得自己的工作只换来不知感恩时，他多么希望有人来问：他个人为了拯救熊镇冰球俱乐部，承受了多少风险？这样一来他就能够回答："我赌上了一切。"

他自行车后座的置物架上放着冰球俱乐部的两份账本与会计报表，其中一份跟交给税务局的一样，但只有"尾巴"和其他少数几个人才知道另一份账本与会计报表的存在。现在，他将首次向一个局外人展示这份账本与会计报表。当她看到这一切时，她将有能力使公职人员失业，让俱乐部濒临破产，让有权有势的人锒铛入狱。

其中第一人，就是她的丈夫。

* * *

"好吧，我们有的是时间，现在请跟我说明一下：为什么冰球不是团队运动？"彼得咯咯笑着说。

札克尔又点燃了一根雪茄。她回答的神态似乎在说，他不懂这一点，简直是不可理喻的。

"直到球员长大，为甲级联赛效力以前，冰球都不能算是团队运动。直到那时候，比赛才有意义。但是，在这之前呢？在青少年代表队的时候呢？那时候，谁赢球有什么差别？在那个年纪，唯一重要的事情是：最优秀的球员必须能发挥到极致。亚历山大以前的那些教练，有的曾对他大吼，让他别那么自私，让他多传球。可是，这是为什么呢？让一个资质平庸的队友射门？让一个资质平庸的教练能够赢下一场毫无意义的锦标赛？"

彼得被迫承认，他过去从来不曾以这种方式思考过冰球。

"所以你的意思是，如果某个青少年代表队里有个巨星，教练和其他所有队友都只能是他的陪衬，只能让他发挥到极致，就算输球都没关系？"

"当然！"

彼得笑了起来，他不知道自己该如何对她解释，她是他遇见过的最不具有同理心，也是最具有同理心的教练。

"那个小子为什么要改名为亚历山大？我根本不知道他是俄国人。"

"他算是半个俄国人。这意味着他双亲中的一个是……"札克尔开口道，她说话的口吻似乎暗示着彼得是个非常年幼、极其白痴的小孩。

"谢谢！我知道'半个俄国人'是什么意思！"彼得叹了一口气。

"你先是要我解释一切，接着在我解释时你又有意见了……"札克尔不胜惊异地咕哝着。

彼得用手揉搓一下自己的眉毛。

"要是亚历山大现在不愿意帮任何人打球，是什么因素让你认为他会想要为熊镇效力？"

"你。"

"我？你刚刚才说过，你不需要我的帮助。"

"我没这么说吧。我说的是，我不需要你的建议。"

彼得沉重地叹息着，他的唾沫都喷到了前面的挡风玻璃上。

"我怎么觉得我妈妈投胎转世，变成了冰球教练……"

"你是什么意思？"她问。

他翻了个白眼。

"没什么，没什么，什么意思都没有……"

"你说话有时候就像在讲谜语一样，以前没人告诉过你这一点吗？"她指出。

"我怎么会说谜语……噢，天啊。你是认真的吗？我该说什么才能让这个小伙子为熊镇效力呢，你想过吗？"

札克尔并没有回答这个问题，反而猜测道："你跟你太太在家里相处的情形，一定非常不愉快。"

"你说什么？"

她点点头。

"你到现在才来问这个问题，那说明你肯定在找一个理由，从而借机从家里溜出来。"

这时彼得再也沉不住气了，他直接问道："你今天为什么要我跟着出来？"

她以一种理所当然的口吻回答："因为你不是赢家。"

他凝视着她。与此同时，她又抽了大半根雪茄。

"那我在这里又算什么？"

札克尔花费了自己最大的耐性，回答道："我想招聘一个赢家，因为冰球员会接受一个赢家的领导。但是，你知道赢家会怎么做吗？"

"不知道。"

"赢家会追随领袖。所以，你才会来到这里。"

* * *

当蜜拉打开露台的门时，她的手指上还沾着泥土。彼得跟着札克尔出门了，里欧去了学校。由于玛雅就读学校的校长认为熊镇位于另一个国家境内，因此她获得的事假天数多于她参加葬礼实际所需的天数，所以她现在跟安娜待在一块儿。整栋房子空荡荡的，但"尾巴"仍然从庭院里进来，而没有选择从正门进入。他们在厨房里吃着彼得刚烤好的面包，厨房窗口的百叶窗已经被拉上。

"一切都好吗？孩子们过得如何啊？""尾巴"开口说道。

蜜拉朝天翻了个白眼。"行行好，'尾巴'，我们认识彼此已经够久了，你像个间谍一样偷偷摸摸溜进这里，用这种方式开启一段对话，表示你关心孩子们，根本就是谎话连篇。"

"谎话？我何时对你撒过谎？"他惊惶地喊道。

"大约二十年前我第一次见到你，在那之后我们每次见面时，你总是不断地、持续地说谎……"她露出微笑。他则笑出声来。

这就是他主要的专长，随时都能咧嘴高声大笑，笑声很有感染力。而且，他总是能勇往直前。

"好了，好了，蜜拉。废话少说！就像我说的，我们需要在董事会里安插一名法律专业人士。我们现在在应付一家地方报社，遭遇了一点问题。我还不知道他们已经挖出了多少材料，但我需要……是的，你需要……针对可能出现的最恶劣情形，为我们先做点准备。我需要知道，要是某些事情浮出了水面，我们会在麻烦里陷得多深……"

蜜拉疲倦地搔搔头，倒了一杯咖啡。

"'尾巴'，你想听诚实的答案吗？你并不代表俱乐部，你并不是董事会成员，你只是赞助商，你不能代表他们委任我。"

他漫不经心地挥了挥手，差一点打翻咖啡杯，不过他完全没有注意到。

"这个就让我去操心吧。我给你看什么，你就看什么。好吗？"

他将财务报表与簿记文件摆在桌面上，蜜拉内心充满了各种不好的预感。当对话开始时，她对于自己和"尾巴"对世界的看法如此不同感到很生气；在对话的尾声，她为他俩之间实际的差异竟是如此微小而痛恨自己。

61. 烟雾

报社编辑部所在的那栋房子的顶层很脏乱，但摆放着几张廉价的帆布折叠椅。总编辑与她的爸爸就坐在折叠椅上。这栋房子本身并不是特别高，但它坐落在一座山丘上，因此你从这里能看见的社区景象远比你预想的要多。这一天过了还不到一半，但日照已经开始放弃属于自己的阵地，酷寒坚定而顽强地将人体内那一点点因日照而生成的暖热啃噬殆尽。

"你在笑什么？"总编辑问道。

"在你还小的时候，我问过你你想住在哪里，那时你回答纽约。小老太婆，这里跟纽约比可差多了。"爸爸回答道。

房屋内部的灯光开始亮起，少数几辆车沿着街道行驶，森林中仍然传出电锯的声音，像是在追忆着这场风暴。但是大自然已经开始复原，人们也是如此，总编辑很难抗拒对这两者身上强硬特质的遐想。她瞄了自己的爸爸一眼，他正抽着烟斗。她忆起这股从她小时候起就存在的气味，想起它总是意味着这是美好的一天。他只会在不打算喝得烂醉时才抽烟斗。

"爸爸，谢谢你不喝酒。"她低声说。

他的嘴角艰难地弯了一下。

"我已经没办法一边喝得烂醉一边工作了，至少没办法好好工作。我年纪已经大了，没办法喝得烂醉如泥。这你是知道的吧？"

她露出微笑。

"我知道，你以为我身上一切最糟糕的特质都是从你身上传承的……"

"你妈妈想必是这么认为的，不管怎样。"他咕哝道。

"不，她知道我也传承了一部分最好的特质。这是你对她做过的最糟糕的事情。"

他发出嘶哑的笑声。

"小老太婆，你真是个该死的足够棒的总编辑，我永远做不到这一点，要想做到这一点，你就得真正在乎他人。你从她的身上传承了这一切。"

她闭上双眼，吸入烟斗散发出的烟气。他错过了她成长历程中的大半时光。当时，他们始终无法理解彼此；现在，他们已经能互相理解。小时候，她很想念自己的爸爸；成年以后，她仿佛获得了一个朋友、一名友伴。她纳闷着，假如一切都能重新来过，她是否会将这两者对调。

他不胜恼怒地坐在折叠椅上，抓着身子。

"什么东西一直在撞来撞去？听起来像是一只陷在通风井里的海鸥……"他一边咕哝着，一边半站起身来，想看看究竟是怎么回事。但那张椅子实在太不牢靠，而他的身体已经太过衰老，经不起这种蠢事的考验，所以他只能无奈地跌坐回椅子上。

"那不过是一些青少年用球对着车库射门罢了。"他的女儿习以为常地说。

他竖起耳朵仔细听，终于听清了他们的声音。他猜想，他们的年龄大概介于四到六年级。其中一人尖叫着："四比四！"另一人则气急败坏地高声大吼着："哪有！你作弊！！是四比三！！！"通过接下来的撞击声，可以听出他们开始打起架来。随着一阵打闹，他们幼小的身体挤进车库。

"我说啊，这个地方，我还真不知道自己有没有去过像这里一样、所有人无时无刻不在比赛的地方……"他咕哝着。

他女儿露出微笑。

"我看到了。他们这些人，这一带的人，就跟你一样，不打架就活不下去。"

他发出赞同的笑声，又以咳嗽遮掩这阵笑声。

"我不知道你在说什么，我的个性超级平和的啊。"

她伸出手来，极为迅速地拍了拍他的胳膊。对于一个自认为已经毁掉所有机会、不配再当爸爸的人来说，这个举动就意味着一切。随后她将手掌往外伸向位于房屋下方的社区，忧伤地说道："你记得吗，这个还是你教我的。你说要找到一座城市的最高点，通过立刻观察到全景，学到某些教训。"

"那么，关于赫德镇，你学到了什么？"

她指了指："那边有一所学校。通常，我在早上会从那里经过，它很像我以前上过的那所学校，你记得吗，就在市中心。家里住别墅的小孩，跟住在公租房的小孩混在一起。有些人骑着破破烂烂的自行车去上学，有些人则由家长开着昂贵的四轮驱动越野车送去上学。"

"你的意思是说你骑自行车，所以你很穷吗？只要五分钟，我们就……"

"不是，不是，你现在先安静！你误会了！我想说的是，你跟妈妈为我做了一件相当美好的事情：我的朋友们来自社会上的各个阶层。但现在的情况已经不再如此，有钱的家庭打破了它，我的母校现在收的学生全是穿名牌服装、家里有钱去滑雪胜地度假的青少年。他们尝试在这里如法炮制。熊镇那边有个名叫'高地'的别墅区，整个行政区最昂贵的房子都在那里，那里的家长们正在尝试自己成立一所学校，让他们家的小孩不必再跟穷人家的小孩一起上学。他们要是在那里成功了，赫德镇这边很快就会发生同样的情形。"

"你想表达什么？"

"你问我：关于赫德镇，我学到了什么？我最近读到，那些规模最大的冰球俱乐部正在努力关闭全国最高水平的联盟，这牵涉几百万元的电视转播权利金，他们冒不起遭到降级的风险。因此他们想阻止包括熊镇与赫德镇在内的所有小型俱乐部一路打上来且获得晋级。那些有钱人总是想封闭穷人的出路，这在哪里都一样。这并不是借口，可是……是的，我有时候在想，这些城市里的人之所以是这副德行，应该就是这个原因。他们必须不断地斗争，或许还得作弊，否则他们根本没机会。"

烟雾环绕着爸爸的身躯。

"这里的景致很美。但是，小老太婆，可别让你的良心蒙蔽了理智。当你刊出已经为我们所知、关于熊镇训练场馆的一切时，熊镇那边肯定会有人挖掘出与赫德镇有关且性质相同的事情。当这里的一切都结束以后，你很可能已将这两个俱乐部都搞死了。不过这就是你的工作。"

他的女儿并未睁开双眼，即使不愿意听到答案，但她还是提出了这个问题："是什么因素让你相信，赫德镇舞弊的情形和熊镇一样严重？"

他回答的口吻更趋近于沮丧，而非讽刺："小老太婆，每个人都在舞弊。你看到现在球员的薪资没？你看到这个国家的税制规定没？如果一切统统照规定走，没人会有机会。当南部的一个冰球俱乐部濒临破产的时候，区政府就以几百万元的代价买下冰球馆里的'仓储物资'，借此挽救其会计报表和账本。而那些堆放在冰球馆里的仓储物资明明原本就是区政府的。某家全国最大的俱乐部将当地的公交车公司称为'银行'，就是因为这个俱乐部从来不必为出发到客场比赛的车程付钱，公交车公司也不催债，他们知道区政府在年底会进场，使用一切手段护盘，让俱乐部不至于破产。有些精英俱乐部公开的财务情况太过恶劣，不得不进行重组，从而使得所有薪资都根据中央政府的工资保障条款支付，但他们还是继续招聘球员，让一名赞助商买单并在所有文件上签字。而且，他们可以继续比赛！遵守规定的人，怎么可能与他们竞争呢？"

她缓缓地吸入他那即将熄灭的烟斗散发的最后一缕烟味。

"爸爸，现在听起来，你倒像是站在他们那边的……"

他叹了一口气。

"天杀的，我当然是站在他们那边的。我已经老了，情感也很丰富。而且我喝的烈酒太少，因此我已经没那么坏了。但是，你现在千万不能退让！我们得讲出关于熊镇冰球俱乐部的真相，哪怕这个真相会打碎这里的所有人、事、物。"

女儿的呼吸声听起来就像她正站在峭壁上，作势即将跳下去。

"你是否认为，我的良心会让我成为一个糟糕的新闻记者？"

爸爸挣扎着从椅子上起身。

"不，你的良心会让你成为最优秀的那种新闻记者，小老太婆。不过天杀的，我们现在进去吧，外面冷得要死，还有那该死的撞击声，真要把我搞疯了！下回你可得杀千刀地锁定一家位于夏威夷的冰球俱乐部，然后把它整死！"

62. 白痴们

冰球最艰难的一点，究竟是什么呢？假如你询问一百名教练，你将会得到一百个不同的答案。所有人都回答得斩钉截铁，甚至完全不会去设想一下他们也许会说错。原因就在于：他们其实就是错的。

冰球最艰难、最难以克服的一点，就在于改变自己的解读。

＊　　＊　　＊

"尾巴"那件昂贵的白色衬衫被汗水浸湿，而他那只表盘像量杯口一样大的手表则刮擦着桌沿并发出咔咔声。他的鞋子非常昂贵，它的价钱就算将一整只短吻鳄鱼身上的皮全买下来都还绰绰有余。"尾巴"唯一能理解的回收就是对笑话的回收和"重复利用"，蜜拉深知这一点。过去这二十年来，每次彼得烤肉且询问"尾巴"希望他分到的肉块要烤到几分熟时，"尾巴"总是说："只要把车子的前大灯打开，吓吓他，就可以把肉直接送上餐盘啦！"每次听到这番话，彼得都会发笑。友谊的门槛，还有比这个更低的吗？在"尾巴"骑车到这里来的路上，他的一只鳄鱼皮皮鞋的鞋带卷进自行车的链条而被扯掉了。当他试图把鞋带从链条里取出来时，他的手指被弄脏了，还受了伤。真的，他自始至终就是一个大猪头。蜜拉的妈妈在蜜拉年纪还小的时候常用"大猪头"[1]一词来羞辱人，蜜拉常被这个词给逗笑。但在她成年以后见到"尾巴"的时候，她算是完全理解这个词的意思了。他就是一个货真价实且血统纯正的大猪头。

不过，他的头脑并不笨。事实上，他一点都不笨，这太不幸了。在他喝完咖啡，蜜拉询问他为什么他们非得私底下见面的时候，他从公文

1　在瑞典语中，"大猪头"指愚笨且无自知之明者。

包里取出自己的电脑，开始播放一段影片。这是他亲自在冰球馆下方的冰面上拍摄的。在影片里，学龄前的孩童在冰球训练结束后接受采访。"尾巴"本人没出现在屏幕上，但他的声音清晰可闻。蜜拉不得不佩服他，他对小孩真的很有一手。大人们对他的观感是好斗且桀骜不驯，但孩子们经常将这些特质解读为诚实。

"你最喜欢冰球的哪一点？"他询问一帮小男孩。他们的答案虽然五花八门，但都回答在点子上：射门得分的时候，跟朋友们在一起的时候，高速溜冰的时候，赢球的时候。一个六七岁的女孩出现在画面中，她的身材在所有孩子当中最为单薄，她那件练习用球衣的下摆垂到了膝盖上，但她的目光在所有孩子当中最为深沉。当"尾巴"对她提出同一个问题时，她面露不解之色。"什么叫最喜欢？"她问道。"尾巴"按下暂停键，骄傲地向蜜拉露出微笑。

"这个小女孩非常厉害，因此我们让她跟男生们一起练球。但是你知道吗，我们不得不停止这样做，因为当她狠狠痛打这些小男孩的时候，他们的家长简直气疯了。痛打他们欸，蜜拉！她简直就是个怪物。一棵樱桃树。你可知道，我们通常就用这个来称呼那些最优秀的人才，就像处于她现在这个年纪时的彼得一样！"

他继续播放这段视频。"可否请你对着镜头，告诉大家你的名字？"画面中的他问道。"爱丽莎！"冰面上的那个小女孩，像是在展开围城前对敌军占据的城堡叫阵般地吼着。"好的，爱丽莎，我想问问，你觉得冰球最好玩、最有趣的一点是什么？什么都可以说。你最喜欢什么？""尾巴"询问道。爱丽莎先是凝视着镜头良久，随后用微弱但无比真诚的声音回答："一切。我最喜欢一切。"

蜜拉实在不知道，任何有小孩的母亲在看完这段视频之后，怎么能够忍住不想走进电视屏幕拥抱她，并告诉她一切都会好转。当"尾巴"继续提出下面这个问题时，她的回答就更令人动容了。"尾巴"问："那你最不喜欢冰球的哪一点？"此时小女孩突然泪如泉涌，并回答道："当我必须回家的时候。"

"尾巴"关掉这段视频。蜜拉在一旁的椅子上摇晃着身子，嘶吼道："'尾巴'，我有两个正处于青春期的孩子，而且杀千刀的，我已经迈入更年期了！你觉得我会这么无情吗？"

"尾巴"喃喃自语，说了声抱歉。接着，他以一种使她惊讶、听起来完全真诚的口吻回答道："对不起。我只是想……在我向你说明俱乐部所有的问题以前……提醒我们两个，我们在这里奋斗究竟是为了什么，以及我们所承受的赌注。"

他的确是个猪头，然而他并不笨。

*　　*　　*

这座冰球馆位于一座大城市睡意最为浓重的外围区域，它前方则是一个空荡荡的停车场。彼得过去从未去过那里，不过这也没关系，他仍然有种回到家的感觉。他能辨识出所有的声音、每一个回声和每一股气味，甚至每一道光线。最重要的一点是，他辨识出了那种属于……现在的感觉。在他人生中的其他时刻，在现实之中，他无时无刻不意识到过去和未来。然而，冰球馆可不让他有空思考未来和过去。一旦进入冰球馆，一切就只跟现在有关。现在，就是现在。

"你准备好没有？"札克尔问道。

"准备什么？"彼得问道，随即希望自己没问过这个问题。

他看到了在下方冰面上的亚历山大，他的体形非常标准，就像实验室里冰球运动员的模型。他身材高大，双肩宽阔而厚实，显然极为孔武有力，但他的动作竟又如此灵活，简直就是个怪物。他每一处肌肉的运动都极为到位，溜冰的技能堪称完美，就连那波浪般的鬈发发型都堪称无懈可击。然而，某个细节看起来仍然怪怪的。他看起来不止二十岁，无论是双眼的目光还是移动的方式，都显示了这一点。他迟钝地在冰面上绕着"8"字形，在冰上的每一个动作都经过事先预练，精雕细琢，却缺乏青春的急切。他活像马戏团豢养的一匹马，被一根绳子绑住，只能绕着圆圈跑动。他爸爸就站在冰面的正中央，大声吼叫着喊出指令，但亚历山大似乎充耳不闻。当彼得走近边线的护栏区时，这位父亲的叫喊声更加高亢，频率也变得密集。然而，这位二十岁的选手完全没有加快节奏。

"当他看到你的时候，他觉得紧张。你是他的偶像。"札克尔指出。

"算了吧，伊丽莎白，这个小男孩的年龄还没有大到知道我是谁呢。"彼得露出羞赧的微笑。

她的眼皮抽动了一下。对于他的理解力竟然如此迟缓，她感觉身体似乎都疼痛起来了。

"我不是在说他。我是在说他爸！"

直到这时彼得才搞懂。真的，他的反应速度也就仅止于此，不能再快了。他来这里并不是因为札克尔需要他帮忙说服亚历山大搬到熊镇来，她需要有人帮忙说服他的爸爸。就算彼得先前没见过这名男子，他还是能认出对方。他曾出现在每一座冰球馆里。这种人在冰球员生涯中没那么成功，每天只能说服自己，如果当初得到正确而适当的训练，结果一定不一样。因此，他现在将理想的生活强加在儿子身上。一个被宠坏且穷极无聊的超级巨星意味着，即使理想生活需要的一切都被盛在银盘子里为他拱手奉上，他甚至都不愿意伸手去拿。亚历山大想必从小学低年级开始就接受私人教练的指导，他的爸爸绝对赞助过他所属的男童冰球队，送他前往全国各地参加那些花费不菲的训练营与声名卓著的锦标赛。但是，结果又如何呢？这孩子没有意愿。所有的青少年都有一扇能促使他们发挥自己所有潜能的窗口，但没人能事先预想到它关闭的速度是如此之快。

"我猜想熊镇不会是他们的首选目标，在我们之前，有多少支球队来过这里呢？"彼得低声询问。

"至少十支。"札克尔轻松地说。

"结果没人愿意招聘他？这对你而言，难道不是一种警告吗？"

"谁说他们不愿意招聘他？也许是他本人不愿意呢！"

"他凭什么不愿意接受招聘？"

"因为没人能给他提供一个跟一名国家冰球联盟职业球员对决的机会。"

"什么？"

札克尔将一个提袋从肩头甩过来，随后将提袋拉开，从里面掏出一双符合彼得身材和尺寸的手套及溜冰鞋。

"你在跟我开玩笑吗？"他问道。

"我可不热衷于开玩笑。"札克尔如此回答，并走向边线的护栏区。

亚历山大的爸爸立刻直奔过来。他睁大双眼，目光充满了热忱，而亚历山大连打声招呼都不肯。

"你好，你好！久仰，久仰啦！"这位爸爸对着彼得大呼小叫起来。彼得点头回礼，感到极度不快。

"彼得想下场打打球。"札克尔提醒道。

"哇！真是太荣幸啦！你听到没有？"这位爸爸欣喜地对着儿子喊道。儿子的脸部表情看起来一点都不感到荣幸。

"所以你或许可以休息一会儿？"札克尔提议。

这位爸爸先是面露不解之色，接着看起来像是受辱了，最后则面露无奈。

"我通常都会在冰面上陪练，我……"

"面对上过国家冰球联盟的职业老兵，或许你可以破例一次。"札克尔以不带有任何疑问的口吻说道。

这位爸爸向彼得投去臣服般的一瞥，但仍然无法真正离开冰面。实际上，他感到自己被羞辱了，但他努力让自己的声音听起来不带有怒意。

"那当然，那当然……但是，这可是我儿子的肢体动作，而这才是他的强项啊！你有没有看到他多么高大、多么强壮？他在球门前的表现真是棒极了，无所畏惧！我完全按照精英和豪门俱乐部的指导方式来教他打球。对于如何在冰面上摆放圆锥形的路障，我建立了一整套系统，如果我不加入且让你瞧瞧，你又怎么能看到呢？我认为……"

就像所有的爸爸一样，他完全没有预料到，札克尔压根儿就不管他想什么。

"系统？我到这里来不是为了要看什么系统。"

这位爸爸张开嘴巴要抗议，但她已经转过身去。直到最后，他才极度不情愿地拖着脚步朝观众席走去。与此同时，彼得同样不情愿且极其缓慢地穿上溜冰鞋。要不是札克尔极度讨厌触碰他人的身体，她恐怕会因为他迟缓的动作而狠狠一脚将他踢到冰球场上。

"亚历山大？这位是彼得·安德森！他在国家冰球联盟打过球，是你爸爸的偶像！如果你能够突破他的防守，我就把我的车子送给你！"她对这个二十岁的小伙子喊道。

彼得和那位爸爸都张大了嘴巴，亚历山大倒是转过身来，第一次露出了感兴趣的表情。

"你在说笑吗？"

"我几乎从来不说笑。"她强调着，并且将汽车的钥匙放在护栏边上。

这个二十岁的小伙子换过无数教练，但几乎没有人能够使他感到惊讶。

"要是我失败了，会怎么样呢？"他狐疑地问道。

"你为什么会失败呢？"札克尔真诚地问道。

亚历山大露出犹豫不决的微笑，仿佛已经忘记自己该怎么做了。他的爸爸则缩成一团，坐在观众席上。与在冰面上的他相比，这时候的他仿佛瞬间老了十岁。当两人的目光相遇时，这个二十岁的小伙子的眼神是无情的，这匹马戏团里豢养的马似乎意识到：绳索被割断了。彼得犹豫地跟在他后面，滑上了冰面，他已经预感到这将导致什么样的下场：鼠蹊部拉伤，让他明天在如厕时会感到极度痛楚。亚历山大多拿了一根冰球杆，给他。当他看到这个老头笨拙地绕了一两圈并煞有介事地进行暖身时，他问道："你在国家冰球联盟打球是什么时候的事？"

他的口吻中不含轻蔑之意，相反，他是真的感到很好奇。然而，这种迂回的说法点燃了彼得内心的某种情绪，这是某种他实在无法感到骄傲的情绪。所以他反而回嘴道："如果你过得了我，我就告诉你！"

这个二十岁的小伙子嘴角抽动一下，接着毫不费力地转过身，就像能用意念操纵溜冰鞋似的。当彼得向前俯身的时候，他听见自己的后背发出像气泡布一样的声音。当二十岁的小伙子从中线上的圆圈启动并加速冲刺时，这个在国家冰球联盟打过球的老将似乎根本没准备好。看起来结局应该只有一个。但就在蓝线上，彼得迅速地闪了一下，将对方的橡皮圆盘拨掉，连他本人都对此感到惊讶。他或许已经老了，身材发胖了，但某些直觉永远不会消失。亚历山大迅速止步，两眼发黑。彼得同样两眼发黑。亚历山大取来橡皮圆盘并且重新冲刺，他的态度像刚才一样自负，但明显被激怒了。他这一轮冲刺速度与力度兼备，当他认为自己已经顺利摆脱防守者时，彼得的冰球杆又不知从何处伸出，再度将橡皮圆盘打掉。他再度起步，不过彼得已经看穿了他的步法与动作。当他逼近时，他感到亚历山大转过身去。这名二十岁的球员拥有一切技能，接受过无数次训练，但他竟然害怕失败。此时他爸爸的叫喊声从观众席上传来，那些话彼得过去曾经在其他无数个冰球场馆里听过无数次。

"别逃啊！站起来！杀千刀的，像个男子汉一样面对铲球啊！"

亚历山大理了理自己的头盔，重新冲刺。但现在，彼得相当轻易地进场，将橡皮圆盘一杆打掉，这种情形重复了三次。接着，札克尔从边线的护栏上喊道："亚历山大，你可真是个傻瓜，你知道吗？"

这个二十岁的青年猛然止步，这给了彼得喘息的机会。他将戴着手套的双手贴在膝盖上，双眼因渗入的汗水而感到刺痛，他相当确定自己此刻有种心肌梗死的感觉。亚历山大滑向札克尔。

"你说什么？"

"你知道猫鼬是什么吗？"她问道。

"你刚刚说我是什么？"

札克尔叹了一口气，她的表情似乎暗示着，她刚刚向他展示了一座图书馆，他却尝试着把书本吃掉。

"那是一种动物，它们追逐眼镜蛇，这么做可真够傻的。你知道吗，眼镜蛇的动作更快，而且它的毒液可以杀死任何动物。但猫鼬还是找上了眼镜蛇，因为它完完全全就是个傻瓜。你知道最后发生了什么事情

410

吗？猫鼬赢啦。你知道为什么吗？"

"你是生物老师还是冰球教练？"亚历山大哼了一声。

"这跟生物学没关系，这涉及物理学。"札克尔指出。

亚历山大又理了理自己的头盔，努力保持自负的姿态，不过这一招越来越不奏效。他瞄了瞄自己的爸爸，札克尔立刻说："别看你老爸啦，他不在这里，现在这里就是你跟我的世界。"

此时，这个二十岁的青年才微微地呼出一口气，轻到几乎让人无法察觉。他的表情只是稍微变得柔和了些。

"好吧……那你说说看……那个猫鼬，还是什么东西来着，它为什么能赢？"

札克尔指了指自己的鬓角。

"猫鼬会赢，是因为它在成长。蛇每次只是攻击，不具备思考能力，因此什么都没有学到，但猫鼬的攻击都是在过往所有攻击的基础上做出的。它进行测试，并且测量，接着向后跳，吸引蛇继续深入攻击，将蛇越引越远。当蛇的身体完全伸展开的时候，它的动作最为缓慢，也最没有防守能力。猫鼬就等着自己的机会出现，继续佯攻着，然后进行反击，直接咬穿眼镜蛇的头。每一次看来，这似乎都只是走好运，但这并不只是运气好。你懂吗？"

"嗯……不懂……"亚历山大说道，并揉搓一下额头。

札克尔用自己的手在空中比画出一张咬动的小嘴形状。

"你的打法就像眼镜蛇一样，非常好预测。原因在于，你遇到的所有教练都以为你值得信赖，但实际上并没有人信任你。就算我的啤酒已经喝光了，我还是不会让你看管它。这么一来，我们就不能将你放进一个'系统'中，也不能跟你谈论'位置'，因为你的头脑实在太笨啦，弄不

411

懂这些东西。你跟所有教练闹掰，并且被所有球队踢出去的原因就在这里。但是，让你具有聪明才智的，也正是这一点：由于你的脑袋瓜实在太笨，没有人能想象你的能耐。如果你像一条眼镜蛇那样打球，彼得每次都能从你手里断球。因此，你应该以猫鼬的方式打球，像个彻头彻尾的白痴那样打球。"

亚历山大的表情看起来并未完全被说服。在她说明的过程中，他注视着她的表情越来越像是在说：她刚好对自己喷出的一个屁感到很满意，并且请他来闻闻。但是他重新回到冰面上，取来橡皮圆盘，谨慎且比先前更缓慢地朝中场的圆圈滑去。在冰球世界里，最困难的一点在于改变观感。其中最难以改变的，就是你自己的观感。

他加速冲刺，彼得则守在蓝线上。事后，这位前任体育总监将会这么形容：感觉起来，札克尔好像换了一名球员上阵。就在他们即将对抗，彼得准备迎接正面冲撞时，亚历山大突然消失无踪。从表面上看，他似乎跟跄着推着橡皮圆盘前进。看起来，他只是运气好。

彼得疯狂地在空中扑抓着，接着在端点上摔倒，因鼠蹊部的疼痛而发出尖叫。随后他缩成一团，在冰面上躺了好几分钟，场面很是尴尬。当亚历山大将橡皮圆盘送到网中时，他转过身来，听见冰上传来一阵哗啦哗啦的声音，是那串汽车钥匙。札克尔已经起身朝冰球馆的出口走去。

很久以来，这是亚历山大第一次喜欢与冰球有关的事物。

63. 屠宰场

"尾巴"将那两份账本与会计报表推上餐桌的桌面，以一种他通常只会用蠢笑话掩盖过去的不确定口吻说："蜜拉，我在这里给予你的，是最高度的信任。如果你成了董事会成员……"

"'尾巴'，董事会并不归你所有，董事会属于俱乐部的会员……"她打断他。

"你不用担心会员们的事情，那让我去处理就好！"他打断她。

"你汗流浃背、充满恐惧地来到这里的原因，难道就是你到目前为止将一切都打理得万无一失吗？"她以讽刺的口吻问道。这时他的自信心开始摇晃起来，天花板上的吊灯也随风摇曳起来。

"我只是必须知道，现在你主要的身份是律师。也就是说，你有……保持缄默的义务。"

蜜拉端详他许久。

"你担心我会将自己在这些文件夹里看到的东西告诉这栋房子外面以及房子里面的任何人？"

"没错，就是这样。"

"好的。那么请允许我以律师的身份询问你：在你让我看过所有的问题以后，我开始工作时，你希望达到什么样的结果？"

"尾巴"迅速地讲出自己事先早已预练好的答案。

"我要让熊镇冰球俱乐部再度成为精英俱乐部！要达成这一点，最符合逻辑的做法是让区政府将赫德镇冰球俱乐部裁撤掉。将他们那座老旧的冰球馆拆掉，转而全面支持熊镇的冰球事业。我们将在这里兴建一座高度现代化的训练场馆，它将是'熊镇商业园区'的一部分！双倍的收益，减半的成本。这个行政区将获得一支甲级联赛代表队，而不是两支球队，以及一支青少年代表队、一个行政……"

蜜拉缓缓点头，内心愤懑地补充着："一名体育总监，而不是两名；

一个工友，一个女清洁工。"像"尾巴"这样的男人就是会有这种想法：不惜一切代价换取收益与成长。他们从没想过，万一他们的梦想破灭了，会发生什么事情。如果有需要，就解雇职员；招聘从外地空降过来的球星，让本地的子弟兵在球队里一位难求；提高门票价格，好让那些最忠诚的支持者没钱进场观赛。"尾巴"自己都没想过：有朝一日，这个俱乐部会变得非常优秀，优秀到会将"尾巴"本人一脚踢走。

不过她还是从律师的角度回答道："要实现这一点，你得向区政府证明：无论在经济上还是在体育表现上，熊镇都是无与伦比的。这个品牌足够强势，使得在另一个名称下成立一个新俱乐部的尝试可谓完全徒劳无功。"

"尾巴"大笑着，高声说道："所以我不是说过了嘛，我本来可以去找其他律师，但我需要最好的！"

她满耳都是这些恭维话。她俯身向前，眯着眼睛盯着他瞧。

"'尾巴'，你们做了什么？"

他的大笑，简直就像在自动驾驶模式下开启的。

"总而言之，我又没有……杀人！可是新闻记者的作风你是知道的，他们已经开始挖掘我们的财务会计信息，可是谁的财会记录是完美无瑕的呢？恐怕你的财会记录也没有那么完美吧。"

这番话刺痛了她的心，但他并没有意识到。关于她自己公司的经济问题，她可从没告诉过任何人，就连彼得也一样。当她重复这个问题时，她的目光在他脸上逡巡起来。

"'尾巴'，你们做了什么？"

他脸上的笑容消失了，他对着那几个文件夹点点头。她翻开第一个文件夹，才翻了寥寥几页，她就抬起头来，摇着头，用半是同情半是怪罪般的语气说："老天爷……这是真的吗？你们就要破产了呀。我的意思是，我知道在彼得还是体育总监的时候，俱乐部的经济情况就已经很艰难了。可是，工厂不是以赞助商的身份介入，解决这一切问题了吗？"

"尾巴"无奈地点点头。

"是啊，是啊。可是如果接受了他们的钱，随之而来的就是一些要求啊。我们要为他们的品牌和形象做好公关工作。但你知道经营一个冰球俱乐部，尤其是一个拥有一支像我们这样的冰球队的俱乐部，要花多少钱吗？"

"这话是什么意思？"

"尾巴"两手一摊，变得心烦意乱起来。

"就像你在那个视频上看到的，女童冰球队。对青少年冰球事务的充分投入，并且注重性别平等。我们全新的价值语，以及将它们印出来所带来的支出。在我们所有与社会投入有关的项目中，大家都只看到甲级联赛代表队。但是，蜜拉！看在上帝的分上，我们将幼儿园设在冰球馆里。整个区的孩子们都在我们这里学溜冰！现在监督我们的那些媒体，也正是当年对我们施压，要我们盖起这座政治正确的空中楼阁的同一班媒体。他们唯一提到我们的内容，就是我们不够'包容'。但是，让所有人加入所有事情的费用，要由谁来买单呢？没有人愿意承认，除了对精英的培训和投资外，我们所做的一切实际上全是奢侈品！我们要是想负担起女童冰球队的支出，我们的甲级联赛代表队就得先开始赢球。我们必须从赞助商手上募到款。让一切能够流通的，就是这些钱。就像我爸爸常说的：大家都想吃肉，但没人愿意在屠宰场上班。"

蜜拉将目光投向最靠近"尾巴"的那个文件夹："那里面是什么？"

他清了清嗓子，道："除了我们，其他任何人都无权看到的东西。"

"屠宰场？"

"是的。"

"让我看看。让我看看所有文件。"

他照办了。

*　　*　　*

直到彼得拖曳着脚步走下冰球场时，他才看到那名女子，她孤独地坐在观众席的最高处。亚历山大也看见了她。他突然露出微笑。想必只有在看到她时，他才会露出这种微笑。

"妈妈？"他困惑地呢喃着。

她在上方笨拙地挥了挥手，他也对她招了招手，仿佛他俩并不习惯——并非对彼此的不习惯，而是对所在环境的不习惯。那位爸爸则恶狠狠地瞪着她，眼神惊怒参半。彼得以前见过类似的景象：冰球馆很容易成为双亲之一的专属世界，另一半在最理想的情况下只能作壁上观，而在最坏的情况下，则可能变成入侵者。彼得认识到，如果亚历山大与这位父亲对于看到妈妈出现在此地都感到惊讶，那么打电话给她并邀她到这里来的，只可能是一个人。事实上，彼得意识到这一点所花的时间，已经微微超出他的自尊所容许的范围。

妈妈向儿子打了个手势，示意他们可以在外面见。亚历山大点点头，立刻朝更衣室走去。爸爸叫喊着他，但由于太过急于赢回自己的权威而喊错了名字，喊出了儿子以前的名字，因此儿子干脆假装没听见。这位爸爸更高声地喊叫着，并开始跟在后面。然而彼得拉住他的手臂。

"让我……对不起……我是否可以跟他谈谈？"

这位爸爸以绝望和盛怒参半的语气嘶吼道："当然，当然！你去跟他谈吧！但是没人能跟他讲道理！完全没有人！当他老妈在这里的时候，就更不可能了！"

彼得像一个遭到不公平待遇的小孩一样，踩着沉重的步伐，走向观众席。

"亚历山大！"当球员通道上只剩下他们两人时，彼得喊道。

这个二十岁的球员以柔软且近乎脆弱的动作转过身。

"什么事？"

"打得好。"彼得一边说，一边伸出仍戴着手套的手。

亚历山大握紧拳头。两人的拳头相触时发出沉闷的咚的一声。

"谢谢，你也是。"

"我已经老了，承受不起这种冲撞。接下来几个星期，我恐怕不能走路啦。"彼得露出微笑。

亚历山大紧张地用舌尖顶了顶上颚。"我本来还不知道我这么容易被看穿。你轻轻松松就断球了。"

"最后一次就不是这样了。那时候，我一点取胜的机会都没有！"

亚历山大的表情几近于害羞。

"我尝试了一个……新的招数，我不知道它是否管用。当我过去测试新招数的时候，我以前的教练就很痛恨这一点。但现在已经在外面的那个女的，她讲了一个跟杀千刀的猫鼬有关的故事，我甚至都不知道它是什么……"

"我想它大概就是一只蒙哥。"

"蒙哥是什么？"

彼得咧嘴大笑，朝着观众席及冰面瞄了一眼。

"来这里看你练球的球队有几支啊？"

"也许有十五支吧。"

"那么，你为什么没有加入其中的任何一支呢？"

"他们不愿意录用我。"亚历山大避重就轻地低声说。

彼得露出微笑。

"现在，你又变得这么容易被看穿啦。我觉得是你拒绝了他们，或者说，是你妈妈拒绝了他们。"

这位二十岁的球员弹了一下舌头。

"好吧。你要我老实说吗？我只是因为她的意愿才这样练球！我实在不想打冰球了！可是杀千刀的，我一辈子当中的所有事情都是由我爸爸做主，而现在我妈妈央求我给她一次机会，让她可以做决定，就这么一次……"

"你是为了你妈，才做这一切的？"

亚历山大点点头："她为我付出过一切。"

"但是，她并不常到冰球馆来吧？"

这位二十岁的球员低头望着地板，摇了摇头："不常来，这里就像是我和我爸爸专属的世界，或者说，过去始终是这样。"

"所以，你妈妈是俄罗斯人吗？你改名字就是因为这个吗？"

对方的回答透着倔强和脆弱："我一直都叫亚历山大，但我爸爸只允许她把这个作为我的中间名，他不希望人们以看待外国人的眼光来看待我。"

彼得挂着自己的冰球杆，很想将溜冰鞋甩开。

"他对你妈妈做了什么？"他低声问。

"他出轨了！"亚历山大回答的速度快到连他本人都觉得震惊不已。

彼得怜悯地点点头。

"那我可以了解你生气的……"

"生气？生气？他跟一个该死的女孩在一起，她才比我大七岁，她本来应该算是我的姐姐。他让我妈伤心透了！"

彼得点点头，但他的神情看起来已经不再是怜悯，而更趋近于哀伤。

"你知道吗，亚历山大，我觉得你小时候喜欢打冰球，因为你让爸爸感到骄傲。我也觉得你今天很高兴在冰面上羞辱了我，因为你同时也羞辱了你爸爸。但是我认为，你应该为某个别人而战，而不是为你爸爸而战。"

即使他们已经在原地站了好几分钟，亚历山大仍有些气喘吁吁。

"所以我要为你而战，为熊镇而战？"

彼得笑了："不是为我而战。我现在甚至都不在熊镇冰球俱乐部工作啦。"

"那你为什么来这里？"

在真正衡量过这番话有多蠢以后，彼得回答道："我想，我就只是想要有点意义吧。因为我想做一个善良的人，做点好事情。据我所知，冰球是我能力范围内能让这个世界变好一点的唯一办法。我之所以无法抛下冰球，原因就在这里。你的妈妈或许看出你的情况跟我类似，或许正是因为如此，她才不愿意让你彻底放弃。"

在那一瞬间，亚历山大牢牢抓握住冰球杆，似乎想将它砸在墙上，砸个稀烂。但他没有这么做，反而深吸了一口气，凝视着彼得低声问道："这个教练，她好吗？"

"札克尔？她蠢透了。"彼得真诚地回答。

亚历山大笑出声："听起来，她超级会推销的啊！"

"不过她会将你身上最好的一面激发出来。"彼得以同样真诚的口吻说。

这个大男孩的眼神游移着："你这么觉得？"

彼得点点头："在所有来到这里的教练中，只有她知道：决定你要在哪里打球的并不是你爸爸，也不是你。"

这是亚历山大第一次看起来比二十岁年轻，而且要年轻得多，他谨慎甚至几近于充满期待地微笑着。

在场馆外的停车场上，他那位先前拒绝过每个教练邀约的妈妈此刻正在与伊丽莎白·札克尔握手。这倒不是因为这位教练允诺要让她儿子成为赢家（其他每个教练都允诺过这一点），而是因为这个教练允诺会让他自由发挥。

＊　　＊　　＊

蜜拉担心的并非"贪污"一词的意义，这可不是她的工作。她反而对"侵吞"一词琢磨了良久。这个词就像犯下它的那些人一样诡谲多变，因为它总是由某些鸡毛蒜皮的小事情引发。某些被绕开的角落成了一条捷径，一个微小的缝隙变成了徇私舞弊，不诚实最终演变成犯罪行为。通常最初的那些事情甚至都不是违法的，只是反馈和礼尚往来罢了，就像相互帮助的朋友们那样。例如，熊镇冰球俱乐部青少年代表队的教练几乎领不到薪水，原因在于俱乐部希望省掉税款和社会保险金。因此他们转而让俱乐部的其中一名赞助商整修教练的夏季度假小屋，借此让教练领到钱。这样是不合法的吗？或许不是。然而这是一扇半开着的门。在甲级联赛代表队中，俱乐部在四月就和所有选手同时签下了新合同，但这些合同直到八月才正式生效，因此球员一整个夏天都能领取失业救济金，俱乐部也省得支付薪水。其中几个球员开的车从未被征过税，因为当地的车行将它们登记为"展示用车"，而它们几乎一整个冰球季都在外地"试驾"。其他几个球员则免费住在归区政府的房地产公司所有的公寓房里，而就算俱乐部正式"支付"房租，金钱始终不曾流动过。作为一种回馈，在每场冰球赛中，区政府房地产公司的董事会成员总被安排在最佳的座位区。这算不算侵吞？有没有逾越界线？或许没有吧。但不管怎样，这扇门不再只是微微地"开一条缝"了。

在每年年底，俱乐部会为"熊镇冰球之友"举办一次晚宴，球员们与董事会成员们和赞助商、地方上的政客，以及他们的家人干杯，孩子们在城堡造型的充气蹦床上跳来跳去，所有人在回到家以后都针对"社区团结与互助"夸夸而谈。没过多久，地方上的公职人员就做出决议：所有当地的体育俱乐部都可在明年以"零费率"的基准继续租用冰球馆。官方将此事形容为"为促进社会大众身心健康所做的广泛补助"。但好巧不巧，因此受益的其实只有一个俱乐部。这个冰球俱乐部定下了所有的时间段，突然间指称"可用时间过剩"，然后他们再将某些时间段转卖给想租用冰球馆以便举办"各类活动"的当地企业。在举办"各类活动"的同时，这些企业甚至从一家归俱乐部所有的股份公司租用像工友和清洁工这类的"专业人才"。他们几乎不曾举办过什么真正的"各类活动"，但账单看来是如此真切，而这些企业在拿到这些他们并不总是愿意进行申报的收入以后，就能将钱转进一个冰球俱乐部，而且没人会过问冰球俱乐部的会计报表和账本。有时同一批赞助商会在某间狩猎小屋里喝着啤酒，提出建议：与其进行单纯的赞助，不妨为俱乐部购买一些让赞助商之后能在自己经营的业务中报销的"材料"。这简直就是在变魔术：一家工厂机器的备用零部件变成了冰球队的一个设备，赤字成了灰色地带，黑钱得以被洗白。实际上这样当然没有违法，或者说，不管如何，感觉起来，这样并没有违法。在一个充斥着情感激昂者的冰球俱乐部里，只要感觉对了就可以啦。

然而，每一次决议、每一份合同都越来越接近一项"犯罪定义"。俱乐部负有债务，因而向区政府索取更多的金钱，区政府却担心选民的想法与感受。因此，俱乐部转而找上一个新赞助商，也就是一家注册在海外的顾问公司，它出于某种神秘的因素，居然同意付清所有债务。这家顾问公司实际归一家位于熊镇的本地建筑公司所有，巧合的是，它最大的单独委任客户居然就是区政府。在接下来的一年，这家建筑公司在所有涉及区政府公共营建项目的账单上都追加了几条额外的"不特定支出"，区政府借这种方式突然间为熊镇冰球俱乐部赞助了来路清晰且单纯的税款，且不留痕迹。区政府中那名批准该建筑公司开立的所有账单且不多追问的雇员同时收到了一大笔优渥的外快：他因"与可持续性工作有关业务方面的广泛经验"被一家家电用品企业委任为董事会的"环保问题顾问"，而家电用品企业的老板刚好是建筑公司老板的远亲。

蜜拉一行接一行地阅读文件里的内容，随后暂停了一下，用手掌揉搓了一下眼皮。

"让我猜猜看吧，'尾巴'，你曾经不断地唠叨着的'熊镇商业园区'，就是要由这家建筑公司负责建造吧？所有的小偷，全都上了同一条船？"

"尾巴"清了清嗓子，道："情况如何你是知道的，我们就只是一座小镇，我们必须团结一致……这可不是……"

她抬头直视他，他猛然噤声。这些文件夹最糟糕且最恶劣的一点在于：蜜拉察觉到这一切简直是巧夺天工。那些在冰球俱乐部、建筑公司和区政府里的老头非常清楚，这些事情不可能被完全掩盖住。因此，他们甚至没有尝试去掩盖这些事情。他们所做的只是让一切变得极为庞杂且难以解释，而又极为容易开脱，以致就算有记者想努力挖掘真相，也没人会耐心地听下去。这又不是一起重大犯罪，只不过是无数小罪的加总罢了。只要大家能够怪罪于所有人，这一切自然会成为公案，没人会因此受罚。

就在蜜拉翻页的时候，她的怒火突然剧烈地爆发出来。这一切是如此突然，以致"尾巴"不小心将咖啡杯砸在自己的鼻梁上。

"这是在搞什么，我的公司怎么会被列为赞助商？"

"现在……在你生气以前……""尾巴"开口说道。不过当然，一切都太迟了。

"你脑袋坏掉了吗？我们已经清楚并明确地拒绝赞助俱乐部！"

"不是，不是，你误会了，你们根本不用支付什么费用，将你们列在名单上，就只是比较好看罢了。你知道的，你加入……"

蜜拉最后才察觉到：这就是原因所在。"尾巴"从来就不需要一名律师，他只需要一个具有圣者形象的人物，借此将自己的品牌给洗白。蜜拉是前任体育总监的妻子，更主要的一点是，她的女儿被冰球明星强奸过。假如连她都能够赞助俱乐部，连她都能够在董事会占有一席之地，那么那些记者又怎么能指控俱乐部"不道德"呢？

"你就是这样看待我和我的家人啊？某个你可以利用的东西？"她用受伤般的口吻问道，但她其实不愿表露出这一点。

"尾巴"的声音因罪责而变得嘶哑。

"你的公司是一家大型律师事务所，很受业界的尊敬，这能吸引到其他赞助商。你根本就不需要付钱，你只要……"

"你们是在造金字塔吗？"

"不……不，可是你现在总能答应了吧？我不会把这个……"

她在他的面前摇了摇那些文件。

"你们就是在搞这个！你们列举出可信度够高但不支付任何赞助金的'赞助商'，就只是要吸引其他赞助商，让他们去支付所有的账单。现在你希望将我送进董事会，让我成为台面人物，让所有人都相信：你们已经搞定了一切，你们现在就是个政治正确，兼具'基本价值'与'性别平等'的俱乐部啰！"

"尾巴"在桌子的另一边缩成一团，他相当不快地用手指刮擦着陶瓷咖啡杯的杯缘。接着，他用一种预示着灾难的口吻小声道："不是，不是，不是这样的。不管怎样，不只是这样的。我……我需要你作为律师提供一些帮助。需要帮助的不只是我，还包括……彼得。"

"你在说什么？"蜜拉咆哮道。

此时"尾巴"从公文包里掏出最后一个文件夹，将它搁在桌面上。

"这里，我们准备盖一座训练场馆，由熊镇冰球俱乐部与区政府合作。它和'熊镇商业园区'的整体规划是合而为一的，但我们在资金筹措上遇到了问题，因此我们把它卖了……"

"什么叫把它卖了，你们都还没盖好啊！"

"不，情况的确如你所说。换句话说，区政府……预先……就将它从冰球俱乐部手上买了下来……"

蜜拉先是充满挫折感地翻动着文件，随后她慢慢变得惊慌起来。她看出了这一系列贪腐行为中的每一条支线：区政府将土地卖给工厂，工厂接着将它廉价卖给冰球俱乐部，而俱乐部随后再以数百万元的金额将它卖给区政府——只不过，它的名称突然变成了"训练场馆"。同时，这家工厂还得以从区政府手上买进一块具有高价值的土地，而且没有遭遇到任何问题。这就是服务与回馈。

"这真是……我甚至不知道该说什么……对于你让我看的其他那些文件，我或许还能救你们，可是这个……有人会为此坐牢的。"她挤出这么一句话来。

"尾巴"露出极为艰难的微笑。他摆好架势，似乎想扭动一下自己的背，最后一次努力用乐观的口吻说道："是的，是的，可是，蜜拉，现在听我说！如果现在一切被发现了，这件事才是违法的！我们就要兴建这座练习场馆了，很快！你还记得我让你看的那个视频中的爱丽莎吗？你可知道，自从那场风暴过后，她就没机会练球了，因为我们的冰球馆里现在挤满了各级球队，导致那些球员年龄很小的队伍没地方练球。所以我们只需要一点时间！只要再对新闻记者掩盖一小段时间，就成了！当训练场馆落成的时候，当赫德镇冰球俱乐部遭到裁撤，这里就只剩下熊镇冰球俱乐部的时候，就不会有人在乎这一切最后怎么样了！"

"现在先等一下，为什么……彼得为什么签了这份文件……"她喘着气。

"尾巴"此刻的微笑显得有些费劲而艰难，他得拉开自己衬衫的领口才不会感到窒息。

"他当时是体育总监嘛，所以……"

蜜拉迅速地握紧双拳，直接狠狠地捶了桌面一下。"尾巴"被吓了一跳。

"你这个死浑蛋，签署这份文件的时候，他已经不是总监了！他那时候已经离职了！杀千刀的，你们到底做了些什么？！"

此时从"尾巴"双颊蜿蜒流下的可不仅是汗水。他用力地眨了眨眼。

"在我的央求下，彼得签了字，这个……当时就需要某个像他这样的

425

人。那家建筑公司的董事会，区政府那一帮公职人员，乃至工厂的老板们——当我们要卖掉训练场馆的时候，他们全都心里没底。因此得找某个他们信得过的人来签字，而大家都信得过彼得。当时他已经开始在你这边工作了，但我们那时候还没有聘任新的体育总监，而我……我知道他良心不安……他总觉得自己背弃了俱乐部。你知道他的为人，他就想挽救全世界。"

蜜拉的双颊颤抖着。

"所以你明知这东西是违法的，还找他签字，而他也笨得要死，就这样签了字？"

"尾巴"低头望向自己的膝盖，眨眨眼。

"他是在我的央求下签字的，因为他信任我。"

"所以你利用了他！"

"你行行好，蜜拉，我之所以尝试这么做，只是为了这座小镇的最佳利益。但是，这件事要是出了乱子，整个俱乐部就可能……"

她整个人贴在桌面上，他吓得差一点从椅子上跌下来。

"俱乐部？我才不管你家俱乐部的死活呢？你难道不知道，彼得可能会坐牢？！"

"我……"当她猛力拉扯他的衬衫领口，使得缝线处发出撕裂声时，"尾巴"就只能挤出这么一个字。

"要是我丈夫因为你进了监狱，我将会因为杀人罪进监狱，你给我听清楚了！"她吼道。

接着她松开对方的领口，不等对方回话，直接狂冲向门厅。过了一会儿，大门被重重地甩上，接着屋内陷入一片死寂。"尾巴"不知道自己该怎么做，因此他给自己煮了咖啡，并继续坐在原地。

64. 敲门声

星期一，亚马独自在森林里慢跑了数个小时。下午，当他走进那座位于高楼之间的庭院时，第一批放学的小孩已经回到家了。正如昨天一样，他们已经拿着冰球杆和网球，直接在户外练球了。亚马将双手插在夹克的口袋里，将兜帽盖住头部。这已经是他长期以来的习惯，目的在于不让他们认出他，进而喊叫他的名字。他走回家，并将门关上，双手又遵照习惯开始在提袋里摸索着酒瓶，然后他才意识到一件极度奇怪的事情：他并不忧虑，或者说，至少他不像往常那样焦虑。长期以来，他的胸口总是太过沉重，以致他几乎已经忘记——嗯，那个叫什么来着？——"平静"是什么感觉了。那一刻的感觉很像是一条断掉的腿在好几个月以来痛得要命，然后在某天早上突然变得不那么痛了，呼吸也变得比较顺畅了。窗户紧闭着，但他仍能听到从下方院子里传来的笑闹声，他并未像往常那样对他们感到恼怒。相反，其中几个声音充斥着他的脑海，遏阻了一部分犹疑，燃起了一点点希望。就只有一点点。打球的喜悦，绝对是最具有感染力的喜悦。

"我可以加入吗？"他再度走到门外，手上拿着一根老旧的冰球杆，询问道。

"跟……我们？"那群孩子结结巴巴地说。

他点点头："是的，来嘛，我们来打球吧。我和你们两个，来对抗其他人。"

孩子们的欢呼声响彻了整个"洼地"，冰球杆敲击着被一层薄雪覆盖着的沥青路面，其中一个人大喊"作弊"，另一个人则喊着"厉害"。大家相互击掌庆贺，直到某人的妈妈从阳台上露脸，叫喊着："该回家吃饭啦。"

这时候其中一个小孩转身面向亚马，尖叫着："我们明天继续打球吧？"

亚马再度将夹克上的兜帽拉高，将双手插进口袋，微微露出苦笑："我希望我明天没有时间。"

他们不理解他在说什么，只是带着自己崭新的梦想回到家里。亚马则站在原地，将自己旧日的梦想从内心最深处拖了出来。

随后他格外用力地绑紧自己运动鞋的鞋带，跑过整座小镇，一直跑到札克尔的家门外才停下脚步。

砰砰砰。

他敲门的节拍与自己的心跳一致，但是没有人开门。他在房子周边绕了一圈，发现屋里毫无灯光，一片死寂。他朝下方跑到冰球馆前，她的车子也没有停在停车场上。他气喘吁吁地站在那里，各式各样的想法逆流而行，脑海里无数个声音一同尖叫："放弃吧！"但是这回，他对这些声音充耳不闻。他反而转过身，朝反方向跑去。现在他只有可能到一个人家里去，向这个人寻求建议。只有在这个人面前，他才可能考虑承认一切。除了他的妈妈（不管他干什么事情，她始终相信他的潜力），他就只剩下这个倾诉对象了。

*　　*　　*

午餐时间刚过，玛雅就回到家了。她将安娜带回了家，因为她家里已经没有食物了，而安娜又听说玛雅的爸爸烤了面包。安娜超爱面包。当她们穿过位于"高地"的那条慢跑小径时，玛雅这位朋友朝前方点点头，脱口而出道："嘿，那个不是你妈妈吗？"

玛雅笑了起来。

"我妈妈？你在开什么玩笑，就算火山爆发，她也没力气跑的！"

她朝树丛间眯了眯眼睛，那个身影真的很像她妈妈。玛雅揉搓一下双眼，但那个身影已然消失不见。她和安娜继续往家里走，大门没有上锁，她的家人们都不在家，而"尾巴"弗拉克则独自坐在厨房里喝咖啡。

"你们好，你们好！"他开心地说。

玛雅只是无奈地点点头，将冰箱里的面包和各种配料搜刮殆尽。安娜小声道："既然家里都没有人在，那'尾巴'……在这里干吗？"

玛雅用英雄史诗般的深度沉重地长叹一声。

"你啊，我已经下定决心不再对这间屋子里发生的任何事情提出问题。如果你试图了解任何事情，你会闹偏头痛的。"

*　*　*

亚马握紧了拳头，将手举高，摆好架势。

砰砰砰。

敲门声，心跳声，屋内传来了脚步声，门被打开，已经准备好的亚马将会马上承认："原谅我，彼得！原谅我吧！是我搞砸了！请帮助我吧！"他童年的所有情景在脑海中一闪而过，第一次溜冰，第一次破门得分，第一次输球，而彼得的声音总会从冰面上或从看台的某个位置传来。他会将一只手轻轻地贴在亚马肩上，迅速说上一句"没事的"或"干得好"。这正是他现在需要的。他已经将自己的台词事先演练好，就是希望能达到这个目的。

门被向内拉开，他的嘴巴僵住了。站在门口的并非彼得，而是玛雅。

"嗨，亚马！"她又惊又喜地喊道。

"嗨……对不起……"他既茫然又无力地咕哝道。

"好久不见！你还好吗？"她欢快地说。

"什么？"他心不在焉地咕哝着。

他为自己疲惫不堪、迷茫不已的形象感到丢脸，与此同时，站在门口处的玛雅仍一如往常，完美无缺。

"你没事吧？"她略有不安地问道。

他缓缓地点了几下头，然后更加迅速地重复这个动作，似乎是想说服自己，努力地从鼻子吸气，从嘴巴吐气。他再次摆好架势，企图赢回原本属于自己的人生。

"你……你爸爸在家吗？"

玛雅摇摇头。

"不在，他跟札克尔出去了。我觉得，他们应该是去考察某个新球员了！"

亚马只是凝视着她，他的耳朵里轰鸣着，太阳穴突突地跳，心脏也狂跳着。"新球员。"他们已经找人取代他了。他直线坠入这道由无数个错失的机会组成的万丈深渊，只有十八岁的青少年才会这样浪掷机会。

"噢……好，那这样……这……没事了。"他小声道，勉力压抑住涌上喉头的哽咽。

"你确定你真的没事吗？要不要进来坐一下？"玛雅问道。

但亚马早已转过身，朝着家走去。

65. 大城市的居民

亚历山大将自己刚赢来的那辆吉普车停在一个加油站。就在他起身去卫生间时，彼得转身面向坐在后座的札克尔。

"我可以问你一件事吗？"

"我能阻止你问吗？"

彼得叹了一口气道："你跟亚马谈过没有？"

她面露惊讶之色："你指什么时候？"

"从……夏天开始，从他没能在选秀会被选中以后。"

"没有。"

"为什么没有？"

她摇摇头，觉得这个问题简直荒谬到了极点："他没来练球，既然这样，我要怎么跟他谈？"

"也许可以打个电话给他？"

"打电话给他？为什么？"

"了解一下他是否想打球。"

"如果他想打球，他可以直接来参加练习啊。"

彼得的脖子因挫折感而咔咔作响。

"所以你没有问过亚马，反而大老远地将我带到这里来招募亚历山大，取代亚马？"

札克尔歪着头，显然在极力克制着不要将彼得称为"大白痴"。

"喂，你这个小白痴，亚历山大不会取代亚马。"

"那他来干吗？"

"他会让亚马气急败坏。"

接着札克尔直接在后座躺平，沉沉地睡去，直到车子驶达熊镇为止。此举让彼得觉得，她或许就只是想将车子脱手，借此省掉开车回熊镇的麻烦。

一路上，彼得和亚历山大不断地聊着冰球。只聊冰球。当天深夜，这辆吉普车才抵达了熊镇。现年二十岁的这名球员小时候叫一个名字，在青春期时选择了另一个名字，而在这座小镇里他将获得自己的第三个名字。当亚历山大突然提出下列问题时，有点意外的是，彼得其实想到了这一点。

"这边就像人们想的那样，位于乡间的小镇之类的？"

"乡间小镇有些什么特色？"彼得问道。

"你知道的，就是那种人们恨透了一切的地方。痛恨野狼，痛恨政府机关，痛恨社会上的弃儿……"

这时彼得意识到，自己身上居然有着这里的特质，而且表现得极其明显，因为他其实相当讨厌这番话。不过，他并没有反唇相讥，反而露出微笑。

"嗯哼，但是你知道这一带的人们最痛恨什么吗？"

"不知道。"

"那些颐指气使的该死的大城市居民。"

极少有人听到伊丽莎白·札克尔直接放声大笑，这样的场合极其稀少，但这时她就躺在后座上哈哈大笑。在那件事情之后，熊镇的所有人都以"大城市"来称呼亚历山大。非常诡异的是，他居然学乖了，学会对此不加排斥。

当车子开到札克尔家门前时，她从吉普车上一跃而下，丢下简短的一句话："明天记得来练球，'大城市'！准时到！"

这位二十岁的球员仍坐在驾驶座上，但彼得也从车上跃下，跟在她后方走了几步。她面露惊讶之色，彼得的表情看起来也有点惊讶，他的双脚似乎比头脑动得还要快。

"你啊……伊丽莎白……我只是想跟你道个谢。"

"谢什么？"

"谢谢你今天带我过来，这让我感觉自己是俱乐部的一员，这一点……真的意义重大。"

"那我得为自己辩护一下，在那之前我还不知道你已经卸下了俱乐部的职务。"札克尔指出这一点。

彼得咧嘴大笑："是啊，是啊，那当然啦。但是，我还是想谢谢你，今天真是太有趣了。另外，你想错啦！"

"想错了什么？"

"拥有最佳球员的那支球队总能赢球。光那样是不够的，一定要有人能够理解这些球员才行。也就是说，某个看出他们身上最佳特质的人。"

他踢了踢积雪，她将钥匙插入锁孔。他朝着吉普车走去，而她在说出下面这番话时，甚至连头都没回。

"拉蒙娜几乎没喜欢过任何一个活人，可是啊，彼得，她挺喜欢你。我呢，我也几乎完全不喜欢人类。"

当这番话的意义缓缓地沉入他心坎时，她早已关上门了。直到他在吉普车上坐定，"大城市"问他要去哪里时，彼得才意识到，札克尔甚至好像没有为这位球员安排住处呢。

当然啦，他不需要为此感到担心。札克尔针对这一点做了计划，"大城市"会住在彼得家。

*　　*　　*

　　蜜拉回到家时，内心已经做了一个决定。当"尾巴"离开安德森家的屋子时，他俩就两件事情达成了协议："尾巴"将会开始打电话，而蜜拉将会做出某件恐怖的事情。因此她走进女儿的卧室，坐到她的床上，以极为凝重的神情望着安娜与玛雅。

　　"你们得帮我一个忙。"

　　"什么忙？"女孩们异口同声地问。

　　"请不要告诉任何人'尾巴'今天来过这里，也不要跟……爸爸说，我得自己说……"

　　就算用比较温和的措辞来形容，房间里的气氛仍十分凝重。玛雅沉默地坐着，她的沉默持续了很久，最终使安娜觉得自己有义务直接说出两人内心所想的事情。

　　"蜜拉，不好意思，但我真得说，如果你现在一定要红杏出墙，你值得一个比'尾巴'好得多的对象。你很有魅力！肯定有很多男人会想跟你……"

　　起先蜜拉感到一头雾水，接着一下子反应过来了，顿时以既惊惶又厌恶的眼神望着安娜，而玛雅则笑到不能自已。自从玛雅的弟弟在六岁时成功地将自己关进冰箱以来，在玛雅的记忆中，她还不曾在这间房子里笑得这么开心过。

*　　*　　*

　　彼得回到家，站在门厅里。蜜拉从厨房里走出来。她将会无数次地

434

询问自己：为什么不在那里、在那时就直接将真相全说出来，说出"尾巴"刚来过这里，她已经知道关于合同和关于训练场馆的一切。但是，彼得当时的脸部表情是她非常怀念的——他看起来兴致勃勃，这令人无法抗拒。

"亲爱的！我和札克尔招聘到了一个球员！我的意思是……札克尔招募了他，但是……我们相互帮助！他很特别！我是说，是那种正面又积极的特别！他的潜力……无法想象！"

蜜拉几乎无法想象当时自己的喉咙里冒出了什么样的声音，不过她笑了。在她所能做出的一切事情中，她笑了。她笑了又笑，不停地笑，因为他看来是那么稚气、那么快乐，她都已经忘记自己当初爱上的，就是这个小男孩。因此，她对当天发生的事情只字未提。她只是想着，她得保护自己的丈夫，她得确保他不会被送进监狱，因为要是没有了他，她就无法呼吸了。

"让我猜猜看，他没地方住，所以需要住在这里？"她面露微笑。

彼得睁大了双眼："你是怎么知道的？"

"在你还是体育总监的时候，总是这样处理事情的。我去将客房收拾一下。"

她走上楼去拿床单。好几次，她停下来喘息。

"也就几个晚上！"彼得在她背后喊道。

就在这时候，"大城市"从大门走了进来，站在他家的门厅里。与此同时，玛雅从自己的房间里走出来，纳闷为什么大家都张大着嘴巴。"大城市"与玛雅目光交会，他俩对此都没说什么，然而她爸爸顿时面无血色。他的目光在这两人的身上游移着，意识到自己犯了一个恐怖的、极其重大的错误。蜜拉突然间听见他从楼下发出的咆哮："蜜拉，就一晚！

绝对，最多只有一晚！"

安娜也在那里过夜，她在入睡前对玛雅说的最后一番话是："呵呵呵，真是美妙！你妈妈先是要你保守秘密，而当你爸爸意识到你想跟那个男生上床的时候，你爸就成了精神病。这么久以来，这是我看到的你父母做的最正常的事情。"

"我才不想跟那个男的上床！"玛雅否认得极快，安娜朝天翻了个白眼，整颗头规律地转来转去，活像一只猫头鹰。

"是啊，是啊，当然不啦。天杀的，你用眼神就能将他给吃掉……"

"我才没有！"

安娜爬向她，背对着她躺下来，接着小声对她道："你又想跟男生上床了，对此我甚感欣慰。"

"见鬼去吧……"玛雅小声道，紧紧握住她的手，就此沉沉睡去。

66. 失望

周一是强尼和哈娜这辈子度过的最漫长的日子之一，特丝将"受伤害的女儿"的游戏诠释得极其完美、恰到好处。她离家时间长到足以使他们感到恐慌，但又没长到让他们有权扮演殉道者的角色。她就在波博家过的夜，她睡在他的床上，而他则睡在床边的地板上；他那些年幼的弟妹则像一群小狗那样，睡在她床脚边的地板上。"雄猪"还真是天杀的不知道这到底是在干吗，这栋房子过去从没迎接过任何女朋友，所以他谨慎地询问特丝，她早餐爱吃什么。接着"雄猪"又强迫她保证，要是波博胆敢不善待她，她得告诉他，他准会把那个死小子揍死。特丝微笑着做出保证。她睡着时，双手伸出，悬挂在床头板上，这样一来，她手部的皮肤就能感受到波博的鼻息。隔天早上她起床时，闻到了茶水、烤面包和炒蛋的气味。

她搭乘公交车回到了赫德镇，接着若无其事地走到学校。她完全知道，她的爸妈准会打电话到那里询问，她有没有来上学。与她的消失相比，对他们来说，她仍然去上学的事实是更严酷的惩罚。如今他们只能无助地待着，在一整天的上课时间中等待着她回家或不回家。在她让他们经受的待遇中，还真没有比这个更邪恶的了。

晚餐时，她将钥匙插入锁孔，她爸妈从厨房里的椅子上惊跳起来，在臭骂与互拥之中跌跌撞撞地走进门厅。她从来就不给他们选择的机会。站在她身边的波博手里提着一个篮子，他脸上的表情看起来就跟哈娜和强尼一样不自在，不过或许特丝就是要借此测试他——他若能为她做到这一点，他就能为她赴汤蹈火。

"波博带了点食物过来，要做晚餐！二十分钟后我们就可以坐下来，像个正常的家庭那样一起吃晚饭啦！"她说着，完全不给对方协商的余地。

她说到做到。她的弟弟们从楼上被拖了下来，全家人吃着通心粉，这顿晚餐吃得犹如人质遭到绑架。强尼一言不发，而哈娜则没机会发言，因为波博不断地对她提出问题，关于她的工作、她的成长过程、她的房子。当他们用完餐时，托比和泰德崩溃地直奔向各自的房间，逃离那沉闷且显得笨拙的对话。强尼则假装要上卫生间，接着又在车库里处理一件极为重要的事情。特丝看出老爸快气疯了。她爸爸只是不知道该如何表达，作为女儿，她则不知道该如何在不道歉的情况下道歉。她该如何说明，她对于让他感到难过而难过，但对于让他失望则不感到难过呢？

感到失望，是他自己的错误啊。

即使没人要求他这么做，波博仍然将餐桌收拾干净，把碗盘洗净。图尔则自愿走进厨房来帮忙。哈娜一声不吭地坐在桌旁，瞄着自己的女儿，寻找着话题。最后她选定了最简单的出口，转而跟波博谈话。

"波博，你是家中的长子吗？"

"是的。"他点点头，同时向图尔示范该如何更有效率地将碗盘装进洗碗机。

"看得出来，你很擅长跟小朋友们互动。这么美味的饭，是谁教你做的？"哈娜问道。

"我妈妈。"波博回答道。

"请代我向她致意，你的家教真的很好。我说的不仅仅是做饭而已，我说的是……跟你有关的一切。"

哈娜瞄着自己的女儿，想借此确认自己已经表达了歉意，她应该可以被谅解了。特丝反而惊惶地从桌前抬起头，双眼泛泪地望着波博。这名站在厨房里的年轻男子不胜悲戚地笑了一下，回答道："我妈妈已经去世了。但是，她很厉害，我所会的一切都是从她那里学来的。"

这栋屋子陷入前所未有的沉默，哈娜从未感到自己像现在这么愚蠢，她感觉声带竟变得如绳索一样绷紧，全身缩成一团，似乎已经预期会被女儿狠狠痛骂一顿。但她女儿并没有臭骂她，特丝只是看起来如同波博一样悲戚。

"波博，对不起，我本来应该先告诉我妈妈的……"她小声道。

她妈妈双颊发烫。

"不，不，波博，这是我的错！我根本没有想到……"

波博只是不以为意地朝哈娜摇摇头，他的表情看起来近乎不安。

"没事，没事，请你不要难过。她会很喜欢你的！要是我让你感到难过，她肯定会生我的气！"

哈娜感觉自己得喝下九杯葡萄酒，才能应付这种场面。她最终找了个借口，表示自己需要上卫生间。她在里面将脸用水冲干净，并咒骂了自己十分钟，然后才走进车库，转而咒骂起自己的丈夫。

"你真是该死，没有用的废物，只会躲在外面，你女儿可还在厨房里跟她的……"

"别把那个词说出来！"强尼咆哮着，作为一种警告。但他已经开始环顾四周，想确保身边没有她可以拿来砸在他身上的物品。

"男朋友！他是她的男朋友！他可是个好样的！你得接纳他！"她尽可能地以坚定的口吻说完这番话，但效果实在不怎么样。

强尼本来有无数个选项来回应这番话，但非常神奇的是，他居然成功地选中那个最糟糕的答案："一个来自熊镇的杀千刀的肥仔，特丝难道只配得上这种人？她居然还来胁迫我们接纳他？我真是……"

哈娜挺直了背，这从来就不是个好兆头。

"特丝已经选择了他。过去你选择了我，你全家人对此也都感到不满意，你或许还记得这件事情吧？"

他仍抗议着，但此刻的口吻变得比较谨慎："哈娜，他们几乎都不认识彼此……"

她对此嗤之以鼻："我们第一次认识的时候，彼此又有多熟悉……"

他嘶吼道："那天杀的当然有差别，我……你是……这是有区别的！"

"有什么区别？"

强尼犯下的最大错误，就是根据自己青春期最卑劣的一面去评估一名年轻男子的意图："你考察过那个家伙的为人吗？就凭他那种人，你以为我不知道他在想什么？他就只想跟一个来自赫德镇的姑娘上床，这样他就可以跟朋友们炫耀，说他干过来自赫德镇的婊……"

哈娜双唇抿紧，她的手指深深陷入手掌，指关节咔咔作响。

"所以，在他这个年纪的时候，你跟你的死党们就是这样谈论来自熊镇的姑娘们的？你难道都没有察觉，并非每个人都像你们这些蠢猪一样？"

强尼的双肩深深地塌下去，以致锁骨几乎无法承受双肩的重量。

"我不是这个意思……"

她不给他道歉的机会，用一种沉静而愤恨的口吻打断他："特丝有什么样的特质，你知道吗？她有某种美妙的特质，一种使我感到忌妒的特质。除了她，全家没人具有这项特质。她有识人之明！"

她极其用力地甩上车库的门，声音响彻整栋房屋。感到无比挫败的强尼将一整罐钥匙扔在地板上。你不知道这种挫折会引向什么，而所有的爸爸似乎都无数次经历过它。在世界上的某处，这些钥匙能够解开所有的锁。关于你应该怎么做才能不在家人心中留下负面形象的一切答案，或许就在另一端。

最后，当波博离开这栋房子时，特丝留了下来。她与自己的妈妈尚未缔结和平协定，目前她们只是处于某种停火状态。哈娜务实且认命。特丝走回自己的房里，没有重重地甩门。当波博走向自己那辆生锈的绿色小型标致汽车时，强尼走上车库入口的通道。这个行政区内身材比强尼还要高壮的男子屈指可数，而波博是其中之一，但他还是停下脚步，以为自己即将被暴打一顿。

强尼的鼻息变得像个孩子一样兴奋而雀跃，最后他问道："这是你的车吗？"

要成为大人，并不是那么容易的，但让其他人也成为大人，就比较无关痛痒了。

"是……是的，这是我爸爸给我的！或者应该说……他先给了我一辆休旅车，但我将休旅车转手给了一个朋友。我们有个客户想将这辆车报废，但我把它修好了。它的外观的确不怎么样，但里面可是好得很！"波博点点头，努力让自己的语气听起来没那么急切、炫耀或谄媚。

强尼搔了搔胡须，朝自己那辆迷你巴士点点头。

"我那辆车的引擎出了点问题。"他承认道，这对他来说就等于举起了白旗。

波博兴奋地点点头："我们的修理厂有一辆跟它一样的车！我想，我能帮你修好它！"

"你以为我会因为你修好我的车，就同意我女儿跟你在一起？"强尼狐疑地问。

"我觉得决定她要不要跟我在一起的人不是你。我觉得，她会自己决定。"

"答得好。"这名消防员很不情愿地咕哝道。波博的直率使他感到震惊不已。

"对不起。"波博说。他平时太常说这个词，因此一不小心就会因习惯脱口而出。

强尼抓着自己的胡须许久："说真的，你觉得你能将这辆迷你巴士修好？"

波博点点头："是的。我在行的事情，就是修车。"

"这是你爸爸教你的吧？你就是'雄猪'的儿子，没错吧？"

"是啊！你认识他？"

"我打冰球的时候跟他对上过，当我们都还是青少年代表队球员的时候，他打断过我的鼻梁。"

波博等到强尼露出微笑，才面露微笑地说："他一定是不小心撞到你的。我爸爸溜冰的时候，就只能往一个方向前进。"

直到这时强尼才第一次高声大笑，他听出自己的声音有多么恐怖。现在，这是一名年迈男子咧嘴而笑的声音。因光阴流逝而感到内心沉重的他，开口说道："特丝很聪明，波博。非常非常聪明，她在学校里所有科目的成绩都是最高分⋯⋯"

"我知道。"波博喃喃道，他知道这番对话会走向何处。

"如果她要继续学习，她就得搬离这里，她在这里没有任何机会。"

"我了解。"

"波博，我不是在针对你个人。你肯定是个好男人。但是，我不希望你阻挡她。如果可以让我老实说，我觉得她妈妈内心最深处是希望她留在这里，平平凡凡地过完一生。因为哈娜不能没有特丝，可是⋯⋯波博，她想成为什么，就能成为什么。我们家的女儿，她可以出人头地。你理解我的意思吗？她可不像是⋯⋯"

波博弯着腰，点了点头。他眨眼眨得太过频繁、力道太猛，就是为了不被看出他的内心正在碎裂。

"我知道我配不上特丝，你不认为她很特别，而我只是个凡夫俗子吗？我是没那么聪明，但我也没那么蠢！除了修车以及冰球的一些技术，我基本上什么都不会。我知道我给不了她什么，但我永远不会⋯⋯永远不会⋯⋯试图拦阻她，我⋯⋯我永远不会对她发脾气。或许我没办法像她一样去念大学，但我对于修理东西还是很在行的。我体形很强壮，我的朋友们都挺喜欢我，特丝也喜欢我。我努力要成为一个好男人，而我

442

认为，有朝一日，我将会是一个好爸爸。我绝对不会拦阻她！如果她想搬离这里，我就跟她走。如果我能跟她住在一起，那我住哪里都没有关系。需要修理的破车到处都有。最后，如果你要努力让她不再喜欢我，那你请便，但是我不会放弃的……我可不能……"

强尼呆站在原地，目光如炬地凝视雪地许久。最后，波博终于停止了这番长篇大论，他甚至无法判断对方到底有没有在听。

"不，事情的确如你所说：我无法替特丝做主。"在经过一阵犹如永恒的沉默以后，强尼说。

他被迫扪心自问，自己到底为什么这么生气。他想到的答案，还真的并未使他内心感到抚慰。他并不是生气，而只是感到失落。他的女儿昨天离家出走，事先一句话都没跟他说。她背地里交了个男朋友。她现在已经完全建立了自己的人生，而且没告诉他。他这样算是哪门子的爸爸？

波博回答时，声如蚊蚋："当我们谈到你的时候，她哭了起来，我真的不希望她哭。所以，要么她不再喜欢我，要么就让你开始喜欢我。"

强尼疲倦不堪地抬起头："你知道吗？波博，除了修车，有件事情你也很在行。"

"我不知道。"波博小声道。

强尼摇了摇头，露出释然的微笑。

"其实，你饭也做得挺好的。"

67. 恋爱史

在下了一整夜雪后，星期二早晨是如此寒冷，以致"大城市"顶着刚洗好的头发到车上取自己的盥洗用品、再走回来的时候，他那刚做好的发型竟变得像乐高人偶一样支离破碎。由于"大城市"带的冬季御寒的衣服实际上都是一般的夹克，彼得索性借给他一件冬季御寒大衣。

"喂，现在还是秋天哪，这里十二月的时候会有多冷？"他不安地问道。

"冷到会让你想念秋天。"彼得露出微笑。

他们结伴前往冰球馆。当然，彼得本来应该去上班，但他假装自己得为这个大男孩带路，这一切就是给自己找个借口，来瞧瞧这个二十岁球员的首次练球。安娜和里欧得去上学，因此玛雅决定也跟着他们去冰球馆，主要是为了逗弄自己的爸爸，而这一招实在非常有效。一路上，他像是示威般地走在"大城市"和她之间，玛雅则煞费苦心且毫不间断地恭维"大城市"，说他的发型超帅，说他穿上新夹克有多么亮眼，直到她爸爸像所有的爸爸那样，发出父亲们惯有的咕哝声为止。来到冰球馆入口时，工友来和"大城市"会合，与他们核对各式装备清单，然后就消失无踪了。彼得还是无法改掉自己的习惯，一整天都抓握着玛雅的夹克袖口，仿佛她还是个四岁的孩子，他担心她会跌进游泳池。她任由他抓着，直到他俩单独待在观众席上时，她才说："爸爸，对于你又开始为正常的事情担心起来，我好开心啊。"

他搞不懂她在说些什么，但对于一个爸爸来说，这再正常不过了。接着他们走进咖啡厅，买了巧克力球。

*　　*　　*

蜜拉来到公司，将自己与同事锁在办公室里，花上一整天检查过去的案例与新的会计报表和账本，为最坏的结果做准备。当她还年轻，在大学上课时，一位讲师就给过这个建议："永远冀望和平的到来，但永不停止备战。"如今这些话变得非常有分量。她全身随着这几个词隐隐作痛。

"谢谢你这么做。"她疲倦不堪地说。

"如果你不把我这样做视为理所当然，那对我可就是一种羞辱啦。"这位同事回答。

蜜拉勉力挤出一丝微笑："我知道你会为了我赴汤蹈火，但你为了彼得这么做……"

"我是为了你这么做的。"

"你知道我的意思。"

这位顶着刘海的同事瞟了她一眼，叹了一口气。

"你要我说真相吗？我这么做是为了你们两个。我从来就不觉得彼得配得上你，可是啊，你知道吗，你其实也并不总是配得上彼得。我曾经多次想：现在这两个人总该离婚了吧。但你们又离不了婚。你们一旦失去了彼此，是完全活不下去的。所以，你们现在不能失去彼此，而我也不容许这种事情发生。你们一起经历过太多事情了，如果你们现在守不住自己的恋爱史，我们其他人也就没有希望了！"

蜜拉用毛线衣的袖口擦干双颊。

"听你说的，这像是一场漫长的斗争。"

"啊，爱情不就是这样？爱上某人是一回事，可是，谁能忍受二十年来一直被爱？"

她的毛线衣袖被染黑了。

"我是真心爱他……"

这位同事面露微笑："我知道，这点大家都知道。天哪，蜜拉，这一点真的尽人皆知啊。你们俩，你跟他都在搏斗。你们总能在某个地方找到某个东西，然后你们就开始奋斗，直到为它而死。这想必就是我仍然为你工作的原因吧，你让我感觉到自己站在良善的一边。"

蜜拉抽噎起来："你不是为我工作，你是跟我一起工作……"

这位同事拍拍她的头："不不，我是真心诚意地崇拜你，但大家都是为你工作，就连你丈夫也是如此。"

蜜拉用力地眨眨眼，感觉太阳穴跳着疼。

"我……我知道彼得太天真了，而且容易上当，可是他……他永远不会刻意做出不合法的事情，他永远不会将我和孩子们暴露在这样的风险中。天哪，他甚至不敢将车停在太靠近路口的地方！可结果还是……"

这位同事抱住她的头，将它贴向自己的肩膀，以手拂过她的头发，接着对她耳语道："可是，蜜拉，说真的，为一个没有罪的人辩护有啥好玩的，这种事根本不能算是挑战！"

*　　*　　*

所有体育赛事都建立在最微小的差距之上——毫秒、毫米、克。在体育史上所有最著名的表现背后都藏着难以计数、不为人所见的"假如""要不是"以及"差一点"。

班杰驾驶着那辆休旅车，开过熊镇。他叼着烟，任由烟雾从摇下的车窗散出，并在接近冰球馆时减速。他得在车里坐上好长一段时间，顶着塞满整个心窝的童年回忆，就只是为了测试自己是否真心想要回来，他是否真的想念这里。但是没有，什么事都没发生。他纳闷着，如果他在两年前在冰球馆前停下脚步，而不是远走高飞，那么他是否仍能继续保持对冰球的热爱。他越来越频繁地扪心自问，要是他的人生没有在如此大的程度上被他人的决定左右，他本来或许可以成为一个什么样的人。如果他的爸爸没干出他后来所干的事情，如果凯文没有犯下他后来所犯的事情，如果其他人没有做出他们后来所做的事情，如果当初没人得知与他有关的真相……他的人生又会怎么样呢？假如他现在有一部时光机，他会不会使用它呢？

他深深地吸进几口烟，掏出自己的手机，拨打同一个号码三次，然而均无人接听。一切体育活动都建立在最微小的差距之上，某些时候，关键就在于某个仍然没有对你失去希望的朋友。

他继续开着休旅车，一路开到了"洼地"，在那些公租住房楼下方的停车场上转了一圈，接着看了看手表。外面没有小孩在活动。每年的这种日子，户外就像实施戒严一样，突发的大量降雪让人无法掏出冰球杆在院子里打球。然而，这积雪偏偏又不够厚，你无法取来溜冰鞋到湖面上打冰球。休旅车在其中一栋房屋前缓慢行驶着，直到到达地下室的门口才停下来。班杰在那里再度拨打同一个电话号码，听见一阵铃声在黑影里回响着。

体育赛事和差距：一道宽度为五厘米的终点线可以决定某人一辈子将会以何种方式被记住。一场决赛的结果可能在最后一秒确定，进而导致一座位于森林深处的小镇在二十多年后仍然以"差一点"这个词来定义自己。一个出生地离那里有数千千米的男孩，有朝一日终究仍能让这些镇民感到得意。

亚马紧绷地站在房子前的阴影处，背上则背着练球用的背包。班杰像是搭乘一部时光机般在他身旁刹车。

"快要开始练球了，要不要我送你一程？"

亚马努力想露出微笑，但他的下巴因寒冷和恐惧而颤抖着。

"我不知道。"他承认道。

班杰的身体靠近方向盘，鼻孔中喷出烟雾。

"你在这里站了多久？"

"我……不知道。"

他双唇发紫，双眼因担心再度让所有人失望的那种恐惧而显得无神。

"你为什么不直接去练球的地方，跟札克尔聊聊？"班杰问道。

"因为我不知道他们会不会欢迎我回来。"亚马喷着气说。

班杰一边抽着烟，一边有欠谨慎地用手拂过自己的头发，差点烧到自己的眉毛。这让亚马忍不住咯咯笑了起来。此举或许让他俩都感到温暖。班杰将火在裤管上抹掉，咕哝起来："如果你以为我会发表一篇演讲来激励你，那你就错啦……"

冷得打哆嗦的亚马努力挤出一声充满讽刺的叹息。

"你不会这么做啊？我还以为你会吼叫'痛苦代表身体不再软弱'，或者'赢家从不冀望成功，他们创造成功'。"

班杰很有节制地大笑着，他用手指尖卷上一张新的香烟纸，小心翼翼地将它填满，然后摸找着打火机。

"不，我来这里并不是为了你，我是为了我自己。"

亚马在雪地上跺着脚，借此让血液能在体内流通。

"是吗？"

班杰神情肃穆地点点头："朋友，我从来没看过有人能够像你这样打球。要一直活下去，而且不断地想着，如果你当初没有放弃，现在能够到达什么境界，我实在忍受不了。"

虽然这不算是激励士气的话，但还是很有激励作用。亚马的鼻息哽住了，他将永远无法忘记班杰当时的样子：睁着一双充满好奇的眼睛，顶着一头乱发坐在一辆老旧的休旅车里。一颗温和的心，一只伸出的手，当他凑上座位时，车子发出咔的一声。他按开乘客座的门，犹豫地将练球用的背包塞进去，但没有直接跳进车里。他最后说道："好吧。那你把我的背包送过去吧，我自己跑过去。以目前的情况来看，要让札克尔重新收我入队本就挺难的，我不能再顶着一身烟味到那里去……"

班杰咧嘴大笑，结果不小心被烟呛到，不断地大声咳嗽着，引得邻屋阳台上有人探头大骂"闭嘴"。他就是喜欢"洼地"的这一点，人们总是不经等待就勇于表达自己的意见。他将背包拉到座位上，驾驶着那辆休旅车，狠狠地拐了一个大弯。

当休旅车追上亚马并超越他时，亚马已经奔上大路。班杰充满喜悦地按了按喇叭，亚马眼睛紧盯着它的尾灯，直到它们消失在通往小镇的方向。这是今年最初真正称得上酷寒的日子之一，也是今年最后几个称得上欢乐的日子之一。亚马将在今天晚上重新寻回冰球，但班杰将永远都不知道他会变得多么出色。

68. 敌人

我们要如何评估一个社会是否良善？我们要如何判定一座城市是不是腐败？这取决于我们是否考虑到那些被揭穿的丑闻或那些仍然被保密的丑事。衡量正义的落脚点并不在于最有权有势的居民，而在于最弱势的群体。针对贪腐最确切的指标并不是我们被逮到做了些什么，而是我们有能力隐藏些什么。

＊　　＊　　＊

"尾巴"很习惯处理复杂的事务，他通过模糊不清的忠诚心和游走在灰色地带的合作伙伴进行诡异的协商，建立自己当前的大部分基业。然而对他来说，这个星期二绝对称得上光怪陆离。一连几个月来，他一直在有权势的男人们之间寻求共识，希望能够裁撤掉位于赫德镇的冰球俱乐部，但现在他居然反其道而行，努力地想要挽救它。他通过谋求和平来开战。由于他需要朋友，因此他打电话给敌人。

他的第一个电话打给一名政治人物。第二个电话则打给一名冰球支持者。除了几乎没有人会用这些字面上的定义来称呼这两个人，这两人之间几乎毫无共同点可言。大多数人用来形容理查德·提奥与提姆·雷诺斯的字眼，可都比这个要难听多了。

"你为什么偏要打电话给我？"当这两名男子听到"尾巴"想要谈论的话题时，他们都狐疑地问。

"因为我们想要的东西是一样的。""尾巴"如此回答这两人。

"想要什么？"这两名男子都这样问。

"尾巴"则回答："赢。"

＊　　＊　　＊

理查德·提奥坐在自己位于区政府大楼的办公室里，高声大笑起来。

"'尾巴'，我听说你不喜欢我推动的政策，那你为什么要帮助我？"

"理查德，我也并不觉得你喜欢你的政策，我只是觉得，你所做的事情只是为了打败反对者。"坐在自己超市办公室里的"尾巴"沉静地

450

回答。

　　理查德·提奥咂了咂嘴，道："如果你需要帮助，你应该请求你那些在区政府执政党内真正有权的朋友。我听闻，我所属的政党只是一个由不满人士组成的地位很低的小党。跟真正的掌权者谈，对你来说也许比较好？"

　　"尾巴"隔着话筒叹息道："下一次选举后，你会主导区政府，这一点你我皆知。"

　　这位政客在彼端满足地露出微笑："别这样说！我觉得，我似乎更适合担任反对党，因为这一带的人们真的很喜欢顶嘴。"

　　"我求助的事情，是其他那些政客无法达成的。""尾巴"承认道。

　　提奥将身子倾向办公桌，用微微的轻蔑来掩盖自己内心的急切。

　　"好啦。我洗耳恭听，你到底要什么？"

　　因此"尾巴"进行了说明。他表示，他改变了自己对冰球俱乐部整合问题的意见。也就是说，他突然意识到，这两座小镇需要各有一支球队，这不仅仅是为了公众的健康，更是为了孩子们。

　　"是啊，就是说啊，'孩子们'。"这位政客嘲讽地笑了，但"尾巴"假装没听见。

　　"我会建立一个由本地企业家组成的利益团体，他们会在区政府推动这个问题，要求对赫德镇冰球馆进行整修，并纳入'熊镇商业园区'的同一份预算之下！我们要彰显，区政府的投资能让整个行政区获益！"

　　理查德·提奥沉思片刻，道："我猜想，你很快就会说，这样对我也……有好处？"

　　"尾巴"深深吸了一口气。

　　"区政府内几乎所有的公职人员都已经决定只保留一个冰球俱乐部，

而不是两个……"

"是啊，正是你和你那些'利益团体'说服他们认同这个的。一直推动裁撤赫德镇冰球俱乐部并声称这样能节省税金的，不就是你们嘛！"这名政客在彼端咯咯笑着。但现在，他开始感到好奇：这个电话将会导致什么样的结果？

"如果所有政客都站在其中一边，而你敢于站在对立面，你就会捞到许多选票。""尾巴"神秘兮兮地说。

这位政客假装失望地叹息着。

"我的一整套政治方案，其精髓与用意都在于减少区政府对税金的浪费，而现在你竟然想要说服我支持拯救赫德镇冰球俱乐部，让数百万税金被用来整修赫德镇的冰球馆？我凭什么要这么做？"

"尾巴"的胸口剧烈起伏，他的胸骨甚至因此发出咔咔声。接着他认识到，对提奥撒谎是没用的，这家伙像条蛇一样精明。所以他便承认道："当那些外籍老板在几年前买下工厂时，我知道是你在背后操控着整件事情。你诱使他们赞助熊镇冰球俱乐部，挽救了俱乐部的经济。所以你很清楚人脉和资本的价值。不过你也知道，要是这些俱乐部被合并了，那些来自外部的会计师就会检查所有的账本。然后，某些……嗯……是的，有碍'公众观瞻'的东西就会被挖出来。"

这位政客坐在椅子上，前后摇晃着身体。他将电话固定在肩膀与下巴之间，开始敲打自己的电脑。最近这几天来，他并未像往常那样狂热地阅读地方报。但他现在已经找到那篇关于"尾巴"的车被砸烂的报道。这时他露出微笑："尾巴"不怕会计，但他怕新闻记者。

"'尾巴'，我可以问你一件事吗？最近这段时间以来，你似乎尽了全力要将赫德镇冰球俱乐部描述成一个濒临破产、充满专门将车子砸烂的流氓的俱乐部，可是现在你突然想要拯救它，为什么？"

"尾巴"努力控制自己的脉搏。

"情况已经变了，我们可以这么说。我很乐于相信我自己，就算我再怎么糟糕，我总还是可以改变自己的成见的。"

理查德·提奥继续敲着电脑。

"哼哼，让我猜猜看，你改变意见，应该是由于你想要销毁跟那宗'训练场馆'生意有关的证据，也就是区政府买下的那间场馆？你们这些人，以为我不知道吗？"

"尾巴"在话筒彼端沉重地呼吸着。

"我不希望你知道的事情可多啦，理查德。不过我觉得，很少有什么东西能瞒过你。"

这位政客努力排拒这番阿谀奉承的话。

"所以，现在你又努力想要写新的故事了？用区政府将对赫德镇投资的事情来掩埋关于熊镇的丑闻？就因为你希望假如支持冰球俱乐部的意见够强烈，也许这些新闻记者就会停止挖丑闻？'尾巴'，这一招不会永远管用的，迟早会有人将这些挖出来。"

"尾巴"松开自己的领带，他汗如雨下，不得不一再地将电话听筒从其中一只耳朵换到另一只耳朵上。

"我不需要永远，我只需要一小段时间。在这一小段时间里，我就来得及将所有文件弄好。你知道的，事后的丑闻对人们来说就不那么有趣了。当训练场馆落成以后，没有人会在乎这是怎么回事。到了那个时候，新闻记者就会转头去追逐其他的丑闻。这就跟冰球一样：只有你被发现的时候，才算是作弊。"

理查德·提奥并没有取笑他最后这句话。虽然他对体育竞赛始终不怎么入迷，但他能听出"尾巴"这番话所蕴含的逻辑。提奥知道，这座森林里的一切人、事、物都联结在一起，他就是最能善加利用这一点的人。因为在一个小社区里，没有人是客观独立的，就连新闻记者也不例外。

"所以你要我怎么做？"他问道。

"尾巴"的回答显然经过事先演练："让我老实说吧，我需要你政治上的支持，但赫德镇需要的不仅是区政府的钱，他们还需要赞助商，就像工厂赞助熊镇那样。要是让我来为这支我所憎恨的俱乐部招募赞助商，这看起来就很可疑了，但是我认为你能做到这一点。所以……是的……如果你帮助我挽救赫德镇，那我就能挽救熊镇。"

"那我能得到什么样的回报？"

"尾巴"闭上双眼，为自己所说的这番话感到羞耻："我将会确保大家都知道，是你挽救了这两个俱乐部。"

提奥哼了一声："这样当然是不够的，这你也知道。"

"尾巴"迅速地吸气，接着缓慢又深沉地吐气："那你还想多要些什么？"

"你们正在盖的那个'熊镇商业园区'，必须算上我一份。"

"我还以为你没兴趣赚钱……""尾巴"脱口而出，语气里充满希望。他突然间以为，提奥是可以被收买的。这是个错误。

提奥的回应听起来颇令人愉悦："不，'尾巴'，我的钱已经够用啦。我唯一感兴趣的是资本，是政治上的资本。但是这个行政区必须成长才能存活下来，而你得兴建一些东西才能成长。像你这样的男人负责盖东西，像我这样的男人则决定盖在哪里，以及怎么盖。"

"所以你希望对外宣称，'熊镇商业园区'完全是你一人的功劳？""尾巴"猜道。

"不，不，拜托你，我没打算全盘接受，差不多就是比画两下铲子罢了。在社区地方报上刊登一两张照片，等到时机成熟，我还会再开出一个额外条件。"

"什么样的条件？"

这名政客敲了敲电脑，表示："我现在还不知道，但我会再跟你联系的。现在，我要上班了。"

* * *

提姆将自己的车子停在森林里的一条小路上，站在雪地上，身子凑向引擎盖，一边抽烟，一边极度不耐烦地聆听着"尾巴"的胡扯。

"提姆，你知道吗，我们追求的东西是一致的！我们俱乐部的最佳利益！我需……"

"那又不是你的俱乐部。它永远不会是你的俱乐部。"提姆用一种极为险恶且阴沉的声音纠正他。就算两人之间隔着好几千米，这种阴沉的语气仍让坐在办公室里的"尾巴"喘息起来。

"好，好，对不起，我……我可以说老实话吗，提姆？"

"说啊。"

"我非常清楚，如果不是观众席站位区的支持者们的支持，俱乐部无法存活。但是，如果不是因为几个像我们这种坐在座位上的人，它就不会……"

"你是说，你们跟区政府之间那些杀千刀的肮脏交易？这我听说啦，打从一开始，合并赫德镇与熊镇冰球俱乐部就是你的主意！你现在突然又变卦了，为什么？"

"尾巴"吞了一口口水，字斟句酌道："那些在区政府掌权的政客不愿意合并俱乐部，他们想将它们都裁撤掉，另外成立一个新的。提姆，他们以为冰球就是一种'产品'，他们想除掉像你这种待在观众席上的人。不用多久，他们也会想要除掉像我这种人。他们不想看到真心的支持者，他们只需要消费者。他们以为，只要能够抹灭我们的历史，他们就能将我们赶出观众席。没有熊镇球队，也没有赫德镇球队，只有一个由杀千刀的公关公司瞎掰出来的该死的新球队……"

"你最好还是别拿你跟我比较。"提姆建议他，然而他的口吻已经不再具有威胁性，因此"尾巴"鼓起勇气补充道："有新闻记者在挖掘关于熊镇冰球俱乐部经济情况的问题。你知道新闻记者是什么德行，他们专门寻找丑闻，而丑闻最需要替罪羊，他们选定的替罪羊是彼得。"

在接下来近一分钟的时间里，彼端的听筒里只传来提姆那根香烟轻微的刮擦声。接着，他低声说："好，你需要什么？"

"尾巴"呼出一口气，将额头上的汗水擦干。

"我并不要求你做些什么，我只希望你别做些什么：你跟你底下那票小弟，现在千万不能制造冲突。要是发生更多暴力事件，区政府那群掌权的政客就会把这个当成将两个俱乐部全部裁撤掉的又一个重大借口。要是那样，我们大家都会完蛋，我实在不愿意给新闻记者更多挖掘熊镇冰球俱乐部内幕的理由……"

"要是新闻记者挖掘下去，你到底害怕他们找到什么？"

"这不用你担心。"

"我不担心，我感兴趣。"

提姆的语气虽不善，但听不出强烈的威胁性，所以"尾巴"并没有直接说出他究竟在害怕什么，而只是说："总编辑搞到了俱乐部的财会文件。"

"你是要我盯住她？"

"什么？不是，不是，你现在可别犯傻！"

对于他们在说什么，提姆当然心知肚明。这么多年以来，他已经非常擅长听出哪些人想要请他帮忙却又不能说出他们要他帮什么忙。

"我永远不会犯傻。但是，'尾巴'，我也需要从你这里得到某些东西，你得帮助我挽救毛皮酒吧。"

"从谁手上挽救毛皮酒吧？"

"你知道勒夫是谁吧？"

"尾巴"当然知道他是谁。到了最后，所有的人、事、物全都纠结在一起，而且越来越激烈。提姆说明了关于拉蒙娜欠债的情况，以及勒夫的威胁。"尾巴"保证会与他在政坛的熟人谈谈，看看他能够做些什么。在挂断电话以前，"尾巴"谨慎地说："提姆，谢谢你。我知道，你本来满心希望看到赫德镇冰球俱乐部迈向破产。我甚至怀疑，你完全和我一样，从很久以前就希望亲手弄死这个俱乐部……"

提姆短促地一笑。他有时候会忘记，其实"尾巴"内心也带有一种仇恨，这几乎让他变得富有同情心。

"哎呀，'尾巴'，不然我还能怎么样呢？如果我们不能对上赫德镇，我们就不能将他们揍得屁滚尿流。如果他们没有自己的冰球队，他们家那些小屁孩也许就会开始支持我们的球队。那可是我的看台，难道我得在那里被他们牵着鼻子走？门都没有！"

他们挂断了电话。一个社会的贪腐程度，就是以这种方式来测量的。如果你不被抓现行，如果某个丑闻永远不被揭露，这样就不算作弊。在被揭穿以前，一切就只是秘密。所有的森林里都充满这种秘密。

下午，地方报社的总编辑在停车场停了车，打算去超市采购点食材。她打算做点爸爸最喜欢的饭菜，给他来个惊喜。在她寻找食材的时候，她数次注意到两名年轻男子。他们不曾真正凑到她的身旁，但始终紧盯着她不放。在她结账付款时，他们就排在她所在那队的更后方。当她走过停车场时，眼角似乎瞥到他们的身影。但当她转过身去看时，他们就不见了。当她坐进车里时，一辆车便从旁边开过，它的速度有点太快，而且距离也太接近了，她为此吓得惊跳起来。她来不及看清楚对方的车牌号，但她几乎可以发誓，开车的人身穿黑色夹克。

当她回到家的时候，天色已变得昏暗，她看到散布各处的阴影。半夜里，疑似有人在拉动大门门把手，看它是否锁上，这声音将她吓醒。第二天早上，一名骑着摩托车的年轻男子在她上班时一路尾随。起先她以为这是自己的幻觉，不久以后，她便希望这是幻觉。

69. 领袖

札克尔坐在冰球馆的观众席上，工友则坐在她的身旁。工友瞥了自己的腕表一眼，笑着说："让整支甲级联赛代表队这么晚练球，摆明了就是要惹毛他们。"

她没有答话，工友勉强挤出一个介于咳嗽与咯咯笑之间的声音。在赫德镇球队开始借用冰球馆以后，她调整了冰球场的使用时程表，导致熊镇冰球俱乐部的甲级联赛代表队是所有队伍中最晚练球的一队。当然了，其他所有人对此都做出了正面解读，比如她想以身作则，表示所有球队的价值都是相等的。但是工友看出札克尔实际上在做什么。她始终如一：她在测试自己的球队。

"你决定这个球季让谁当队长了吗？"他问道。当然了，她对此也没有回答。但由于他在季前的每一天都提出相同的问题，他觉得自己瞥见对方嘴角的一抹微笑。

一支冰球队经常会重复许多伟大而崇高的字眼，然而最常被混淆的，也许就是"领导力"。问题就在于，它在不同的地方有着不同的意义，因为并非所有的领袖都能领导所有球队，要将一群人凝聚在自己手下的方法有很多种，但绝大多数领袖只会一种。工友很喜欢下面这则故事："如果一名男子走进森林，而其他男子也跟随他走进森林，这就叫领导力；如果同一名男子独自走进森林，这就叫散步。"某次他向札克尔提起这则故事时，她也露出了微笑，但似乎并不觉得它很有趣。至于这是因为她没能弄清楚笑点在哪里，还是因为她觉得是他弄不清楚笑点，工友永远搞不清楚。

"我要把大门锁上吗？"他问道。由于札克尔想让球员们学会准时到场——她最近一直想这样做，所以她摇摇头："不，我们再等一个人。"

她起身下楼，走进更衣室。甲级联赛代表队的球员当中，只有半数已经换装完毕。对于这么晚练球，他们持续不断地打哈欠，哀鸣不断。要让一群成年男子失去平衡，你只需要打乱他们的生活规律就行了，这真是简单得出奇。札克尔始终能够轻易地理解，为什么所有战争都是由男人发动的，而这些男人当中若是出现一个赢家，那就只能算是奇迹了。

当她走进更衣室的时候，波博正在大声斥骂这些球员，要他们闭嘴。他们适时地安静下来，这足以让她无须提高音量就可以告诉他们这条信息："我们今天跟青少年代表队共用冰球场。"

"噢，见鬼去……"这些球员开口道，这群自怨自艾的年轻男子发出的杂音持续回荡着。

整支球队开始以一种极其慵懒的方式适应札克尔这诡异的练球时间安排，或者说至少接受了这种安排。如果它们管用，所有球员都会接受的。胜利能够说服一切。但这种半场练球模式仍将他们逼疯了。不久前，札克尔在报纸上读到一篇关于南部某个大城市的一个小型冰球俱乐部的文章。尽管这个俱乐部冰球场使用时间不足，而且资源不丰富，却能年复一年地栽培出被国家冰球联盟选走的球员。当这个俱乐部的主席被问到他觉得这背后有什么原因时，他说：缺少冰球场使用时间不仅不是阻力，反而还促成了这种结果。两到三支青少年代表队总得在同一时间练球，这导致所有人都得适应在狭小的平面上打球，事实证明这让他们变得更好。"冰球其实并非五打五。"这位主席说。在札克尔让波博阅读这篇报道以前，波博可从来没以这种方式对冰球进行过思考。一场比赛中，冰面上有十名球员，但在每一个特定的时刻，冰球赛进行的场地其实仅限于橡皮圆盘所在地周围的一平方米范围内。在狭窄的空间内练球是一种优势，这就是冰球的精髓：某种些微的优势，几厘米的差距。

所以，札克尔对于抱怨声充耳不闻，自顾自地离开更衣室。波博则站在原地，任凭所有人在接下来的一分钟里不断地叹息、呻吟、咒骂，接着，他露出神秘的微笑。

"我知道你们很讨厌和别人共用冰球场，但是，今天我们跟青少年代表队共用场地可不只是练球，我们要打……练习赛！"

气氛在转眼间产生了剧变，一阵震耳欲聋的欢呼声随之爆开，因为某些事情是永远不会改变的：更衣室里的所有人都曾经是弱不禁风的青少年代表队员，都曾在与甲级联赛代表队那些成年男子的练习赛中遭到痛打，而由此得到的奖励是：如果你打球的时间够久，你有朝一日将会成为甲级联赛代表队队员，就有机会"虐杀"下一代新血。

"我们能不能穿旧的球衣比赛？"一名球员急切地问。

波博遗憾地摇摇头。"不行，不好意思，你们得穿那些绣有名字的白色新球衣。"他说。那些球员一如往常，失望地发着牢骚。

去年冬天，赞助商们为每名球员提供了两套全新的训练用球衣，一件是白色的，另一件则是绿色的。过去，俱乐部练球用的球衣上从来不会绣名字和号码，但现在这突然变得重要起来。某次练球时，"尾巴"带着一名摄影师来到练球场。当摄影师站到中线的圆圈内，直接在练球时间开拍时，所有人才明白这是为什么。"尾巴"需要为他的广告手册拍摄一些冰面上的照片，但他不能在正式比赛进行中拍照，因此这就成了他的解决方案。球员们也不傻，他们看到摄影师只对其中一名球员进行拍照，因此其中一名球员就对着"尾巴"咆哮："你干吗不直接在所有球衣上都印'亚马'，让摄影师想拍谁就拍谁？"

"尾巴"似乎都不清楚这番嘲讽的道理何在，他实在是让所有人恨透了这些球衣。札克尔逼迫所有人今天穿这套球衣比赛，也正是这个原因。她就是要让他们气疯。波博望了望墙面上的挂钟，走进长廊，接着又往回走，再度望了望时钟，就在他准备放弃希望的时候，大门"咯吱"一声被拉开，满脸通红、气喘吁吁的亚马跌跌撞撞地走进来。波博一时间心跳似乎都漏了一拍，他的双脚也绊在一起。他好不容易才控制住自己，没有冲上前去拥抱自己的朋友。这也是一种考验。

亚马心想，要是一个拥抱能够解决所有的问题，那就太好了。他朝靠在边线护栏旁的札克尔走去，她忽略他的存在。他就站在那里，身形过重，脸色发白，甚至没有勇气正视她的双眼。她保持沉默，逼他不得不先开口。

"我……我可以一起练球吗？"他挤出这么一句。

"我们今天人都齐了。"她冷漠地回答，朝着刚刚滑上冰面的亚历山大点点头。

亚马望着他，他的体形高大而强壮，至少比亚马高出一个头，动作带有某种与生俱来的自信心，以及优越的自负感——一直以来，他始终缺少这些特质。城里的那些老头总将这种才华称为"一整包"，他们就是这样形容凯文的。

"好的……那我……我是说，我可以到健身房锻炼吗，如果我不会打扰到任何人的话？"亚马问道，察觉到自己的无助，这导致他得努力地抑制住自己的泪水。

札克尔回答时，连看都不看他一眼："我们要跟青少年代表队打内部练习赛，如果你想打球，他们那队有个空缺。"

亚马的头垂得非常低，他在这种情况下竟然还能保持站立，简直是个奇迹。

"好的，谢谢。"他小声道。

"你去我们的更衣室拿上你那件绿色的练球用球衣，到青少年代表队的更衣室换上。"札克尔完全不带感情地命令道。

所以，亚马得先到甲级联赛代表队的更衣室去。他一踏进更衣室，里面顿时一片死寂，因为从今年春天开始，他们就不曾看到他在这里出现。他取来自己的绿色球衣，接着他得穿越一整条长廊，走进青少年代表队的更衣室。他一踏进去，里面顿时也陷入一片死寂，但原因则截然不同。青少年代表队的球员只比他小几岁，这都无关痛痒。但在冰球的环境下，他们就只是孩子，而他则是偶像。其中一人跳起来，将自己的位子（最好、空间也最大的那张板凳）让给他。但亚马哀伤地摇摇头，径自坐在卫生间旁边的角落里。大伙儿平时总会让"蚯蚓"（也就是队上最年轻、球技最糟糕的球员）待在那里。当他第一次在青少年代表队出赛时，他就曾经坐在那里。

"你要跟我们打球吗？"最后，其他男生中的一人鼓起勇气问道。

亚马点点头。一阵轻微、快乐的呢喃声传遍整间更衣室。接着，所有人再次陷入一片死寂。当亚马意识到所有人都在打量他时，他觉得恐惧感一路从胃部延伸到了喉咙。他非常不愿意脱衣服，也不想讲话，但这伙男生显然期待他说点什么。他突然希望班杰在场，因为他肯定会直接起身，说"来吧，我们到外面把他们打趴下吧"或者类似的话。如此一来，大伙儿就会群情激昂、欢声雷动，乖乖地跟他走。但不幸的是，班杰是班杰，亚马是亚马。

他旁边的一名球员正要将溜冰鞋的鞋带绑好时，手指滑了一下，打到了亚马的腿。亚马刚想要说些什么，对方就脱口而出："对不起！"

亚马看到这个男生的双手颤抖着。

"紧张吗？"他低声问。

这个男生点点头："我们要跟甲级联赛代表队比赛啊！他们会痛打我们的！"

亚马对此没有异议，因此他没有回应。他脱下衣服，他周围的死寂就像皮内爬动的昆虫。当他拿起自己那件练球用的球衣时，他看到自己身边那个男生正羡慕地偷瞄着。青少年代表队练球用的球衣样式相同，但他们的球衣背部不会印上名字。印上名字对甲级联赛代表队来说或许只是公关手段，但对青少年代表队而言，这象征了地位。如果你练球用的球衣上印着你的名字，这意味着俱乐部不准备将你换掉。

"这里有人带了刀吗？"亚马低声问道。

其他人面露困惑之色。

"刀？"有人重复道。

亚马点点头。

"我这里有一把……"对面角落的一个小男生说。在熊镇这种地方的更衣室，你总是可以预期：里面至少会有一个猎人，而猎人都会随身带刀。

它就在各张板凳之间徒手传递着。当它传到亚马手上时，他立刻接过它，开始用它刮掉印在自己球衣上的名字。他一个字母接一个字母地将它刮掉，直到他的球衣变得与其他人的一样为止。随后他站起身来，将刀子传回去，说道："我不擅长发表演说，或做一些类似的垃圾事情，而且你们说的对：甲级联赛代表队今天将会痛打你们，他们更高大，也更强壮。"

他清了清嗓子，安静下来。他安静的间隙恰好足以让某人说出以下这句话："太振奋人心啦！"

这时整间更衣室爆笑起来，就连亚马都笑了，他内心的某个结松开了，那个心结存在他心中已久。因此，他开始侃侃而谈，不知道自己会把话题带到哪里。

"我……我是说，我读到关于一个花样滑冰选手的故事。我不记得她叫什么名字了，不过她打进了世界杯，还是夺冠的大热门。因此她的教练告诉她：将第一轮项目中所有困难的弹跳动作全部拿掉，只保留那些简单的动作——但是必须将它们做到完美。要是能做到，她就能赢。所以她就上场了，然后……大败而归。过去从来没让她摔倒的招式，这回居然让她摔倒了。她到头来功败垂成。当她终于完成所有动作时，她的比分在所有选手中垫底，这是她人生中最悲惨的一刻。所以，她走进更衣室，独自坐在那里，心里应该在想着……'我搞砸了'，对吧？然后她就走出去，开始做第二轮的项目，做出所有难度最高的动作，也就是其他选手都做不到的动作。最后，她将自己从最后一名提高到第三名。你们懂吗？我是说……我……我居然不知道我到底想要说什么，我对这个不是很在行，可是……"

整个房间鸦雀无声，所有人都在等他讲出某个"重点"，但他找不到重点。这感觉就像你在学校里发表演说，然后意识到自己误解了整个主题。

亚马正想找个地缝钻下去的时候，他旁边那个男生开口道："我也读过关于她的故事，那个花样滑冰选手。我想，她在那之后是说：她没法做那些简单的招式，因为那样会让她想太多。当她自我挑战的时候，她才能表现出优异……"

另外一个男生脱口而出道："我小时候，当我们遇上的敌队太强时，我就开始抱怨，这时我老妈总是会告诉我：'人生就是要充满困难！'"

其他好几名球员咧嘴大笑起来。

"我老妈也是这样！这就是该死的、典型的熊镇老妈惯用句！"

当亚马坐下时，他也笑了起来。他将自己的溜冰鞋绑好，再度站起身，而没有再多想可能的后果。这时，所有人都站起身来。当他走向长廊时，所有人都跟随他。当他们像风暴般大步踏上冰面时，他后方的每个青少年代表队球员都将记得这一刻，并且终其一生都会吹捧这一刻：那天，他们跟亚马一起打球。

他的名字则被遗留在更衣室里的那张板凳上，如此一来，所有人都会知道，他这次可不是为了自己而打球。

　　　　　　＊　　　＊　　　＊

　　熊镇冰球俱乐部的甲级联赛代表队球员并不是自由教会的牧师，但他们已经很久没有在一场练习赛中这么频繁地咒骂了。他们得流血流汗，死斗到底，才能勉强撑住局面。被换上场的青少年代表队球员一个比一个狠，他们为了亚马死缠烂打，而他本人则仿佛无所不在。他的身形或许确实过重，动作也比往常来得缓慢，但在甲级联赛代表队中，根本没人赶得上他。因此他们做出唯一符合逻辑的事情：对他又扯又打，并且执行铲球。有那么一两次，他挨揍、被人暗地里使绊子，他们的动作是那样粗暴和丑陋，使得他猛然跌倒在地。但当波博望向札克尔，想要知道自己是否应该吹哨时，她摇了摇头。她正是希望激怒亚马，她想知道：当亚马处于盛怒时，会怎么做。有那么几次，亚马跳起来，似乎想打架，但他成功地控制了自己，即使他听见甲级联赛代表队球员的讪笑声也是如此。一根冰球杆从他后方伸来，他已经看到了它，他退开，挣脱重围并夺回橡皮圆盘，以一种他在去年冬天达到极盛时期以后就没人曾在这座球馆里见到的狂怒践踏过两名对方球员。他发胖的腹部把球衣绷得很紧，但随着赛事的进行，他看起来越来越像过去的那个亚马，那个无人能敌的家伙。他最后没能攻进十球的唯一原因在于：札克尔有系统地让他和亚历山大落单。亚历山大动作或许比较慢，但他打球的方式更为精明。不管亚马出什么招式，亚历山大每次总能在最后一刻伸出冰球杆，一把打掉橡皮圆盘。打到最后，他俩几乎完全在单挑。两人形影不离地在冰面上追逐着，亚历山大好几次在比赛中断时用双手撑膝，大口喘着气，而亚马至少两次在板凳区呕吐起来。这真是一场该死的恶仗，真的是一场恶仗，波博为那些不在场没机会看到这场球的人感到惋惜。青少年代表队攻进四球，亚马包揽了其中三球。亚历山大仅仅攻进两球，但甲级联赛代表队总共攻进六球，因而赢下比赛。这也没有关系。当波博在终场一刻吹哨时，甲级联赛代表队球员留在原地，为青少年代表队的球员鼓掌。大家在冰面上迅速地用冰球杆互触一下，虽然这几乎倏忽即逝，但对这些青少年来说，这就等于全世界。

他们在各自的更衣室里集合。然而，亚马没力气走到那里，直接瘫倒在长廊上。亚历山大是最后一个经过他身旁的球员。他驻足片刻，用冰球杆敲了敲亚马的溜冰鞋，说道："等你恢复状态，我期望再对上你。"

亚马露出微笑道："我也是。"

他俩都需要一点小小的挑战。札克尔可不笨。亚历山大走进甲级联赛代表队的更衣室，亚马则强迫自己撑起身子，脚步不稳地走进青少年代表队的更衣室。他听见自己背后传来的一阵闷笑声，他不用回头就知道是谁在笑。

"闭嘴，波博，我知道我走路的样子像个老太婆……"

"喂，我什么都没说啊！"

"是啊，不过我知道你正准备说，所以我现在就叫你给我闭嘴！还有，你别碰我，现在我感觉全身都疼……"

波博咧嘴大笑，无情地用厚实的双臂抱住他。

"我不都说了嘛！你就像羽扇豆！"

"谢谢你，朋友。"亚马嗫嚅着说。

虽然这念头现在已经极少让他震惊，但他当时仍然想：绝大多数人真的是永不改变，但有些人会完全改变。当他们在青少年代表队打球的时候，波博通常是最坏的恶霸，让人苦不堪言，但现在没人会这么认为。也许以下这个想法同样让人不可置信：亚马过去曾经是顶尖运动员。

"对于你今天的表现，你觉得她会怎么说？"波博咯咯笑着，并朝悬挂在长廊上的拉蒙娜的照片点点头。

"她恐怕会说我是个肥仔。"亚马露出微笑。

波博满意地拍拍自己的肚皮。

"她想必会盯着我说：这下子大胖子又生出小胖子啰！"

亚马笑了起来，笑到身体直发疼。随后，他缓慢无声地朝待在长廊末端那群不断发出噪声的青少年代表队球员走去。

"你走错了！"波博吼道，他的声音比较像是助理教练，而不像是朋友。

亚马转过身来，似乎以为对方跟他开了个大玩笑。

"真的？"他勉力挤出这么一句。

"真的！这个周末对赫德镇的第一场比赛，札克尔把你算在了里面！所以，跑吧！胖子，跑吧！"

亚马努力抑制住涌出的泪水。波博已经将他的私人物品移到甲级联赛代表队的更衣室里。这一次，当亚马走进更衣室的时候，没有人突然安静下来，也没有人抬起头来，或者移动到别的地方去。大家只是继续闲聊，仿佛什么事情都没发生过，仿佛他本来就是这里的一分子。他过去享有的位置现在是空的，今年春季曾经拿勒夫的事情开玩笑的那个队友现在已经离队，他的位置给了亚历山大。亚马永远不知道这人是因为那个笑话还是因为球技太低劣才离队的。

他脱下衣服，感觉大伙儿全在偷瞄他。他独自走向淋浴间，没有人跟着他。他独自冲着热水澡，他的肌肉酸痛，而他的自我更是感到酸痛。

当他从淋浴间出来时，板凳上摆着一把刀。所有队友都将他们训练用的球衣上的名字割下来。没有人对此说过一句话，他们只是将绣着名字的布扔进垃圾箱，一个接一个地去冲澡，直到亚马独自一人，喘息着坐在角落的板凳上。这就是他输掉一场球赛但赢下一整间更衣室的经过。

*   *   *

通常来观看甲级联赛代表队练球的观众并不多，然而今天的观众席上可是挤满了熟面孔。玛雅和彼得留在观众席上，吃着巧克力球，体育馆的那位工友陪着他们。过了一会儿，彼得在甲级联赛代表队时的前教练苏恩也牵着自己养的狗来到了现场。练球时间进行到一半时，他们听见轻巧而谨慎的脚步声，以及一声耳语："坐到我前面吧！我不想让他看到我！"

是法提玛。她太渴望看亚马练球，却又生怕他看到她，让他觉得压力很大。她害怕自己会破坏这股魔法。彼得与苏恩咯咯轻笑着表示，她将会变成一个迷信老妈，在比赛日弄出的诡异习俗会比自己的儿子弄出的习俗还要多。

"如果他的进球数不够多，你很快就会开始烧香，说要将恶灵驱散……"苏恩露出坏笑。

当然了，他怎么笑都没有关系，反正她对此充耳不闻。她家的小男孩正在下方的冰面上打球，其他一切事物在她眼里完全不存在。玛雅在她的前方坐定。当亚马进球时，法提玛用力抓住了玛雅的肩膀，力气大得连法提玛本人都觉得很不好意思。玛雅笑了起来，向她表示没关系。但是，当她接着转身望向别处看到某个东西时，反倒大力握住法提玛的手。冰球馆的大门被打开了，一个孤单的身影偷偷地溜进来，坐到看台最上一层最远端的角落里。

"才说到恶灵哟……"当工友看到来人是班杰时，露出了微笑。

苏恩与彼得转过身，他们的神态看起来就像看到自己的儿子终于回到家似的。他们当中没人开口说话，苏恩的那条狗则充满热情地吠叫着，似乎在代表他们表达欢迎之意。札克尔坐在下方的板凳席上，她也看到了班杰。尽管她看起来冷漠无情，但在班杰远走高飞以后，她仍然没让任何人使用队上背号十六号的球衣。在她执教过的每一支球队里，她都会保留这个号码。因为她在内心最深处始终希望这件事情能够发生：冰球馆大门就如此刻一样被推开，班杰若无其事地走进来。她会担任更有才华、动作更快、球技更精湛的选手的教练，但在她执教过的任何一支球队里，她都会毫不犹豫地拿任何一个人来换这个留着长头发的疯子。班杰迎视着札克尔从冰面另一端投来的目光，简短地朝她点点头。她也对他点点头，仅止于此。班杰害怕的是，如果他太过接近，她或许会询问他想不想打球，而他又绝对不忍心让她失望。因此，他选择保持距离。札克尔并不怎么懊悔自己做过的事情，但日后她将会后悔自己当时没有立刻走到他的面前，告诉他她想念他，正如她始终懊悔自己当初不曾将某些话告诉拉蒙娜。

练球持续着。冰面上的球员自顾不暇，没有注意到观众席上的动静，所以班杰躲在最高处的阴影之中，只顾聆听着声音——溜冰鞋冰刀的声音、回音、喘息声，还有砰砰砰。就在好一会儿以前，他在冰球馆外将亚马的提袋交给他，并且因为他的紧张而嘲笑他。不过当然了，接着就轮到班杰本人站在户外的酷寒中全身发抖，在练习时间过了一大半才战胜与自己过往有关的一切心魔，开门钻了进去。此时他们当中的一个人站起身来，缓缓地绕着冰面行走，在他的身旁坐定，而没有事先询问。那人挽着他的胳膊，将脸颊贴向他的肩膀。

"玛雅·安德森竟然来看冰球队练习？波博提到的那个新入队的男生一定超级帅！"班杰脱口而出。玛雅使尽全力打了一下他的手臂，笑了起来。

"你就是这么一个怪兽布偶，哎哟，你们这票人全都是布偶！"

班杰只顾着笑，朝冰面点了点头。

"就是他吧，嗯？"

玛雅嘶吼着："是。他叫亚历山大，可是我爸爸跟札克尔都叫他'大城市'。他们这票人全都是该死的怪兽布偶，所以我受不了！"

班杰皱了皱眉头。

"玛雅，杀千刀的，他可是挺帅的……"

"我知——道……"她无奈地叹了一口气。

他咧嘴大笑。她的口袋里还有巧克力球，而他已经抽了一整天烟，因此他将每颗巧克力球一口咬下。

"不管怎么说，你并没有完全改变，这样还是挺好的。"她露出微笑。

班杰迅速地闭上双眼，然后缓缓睁眼。他望向天花板，似乎能够将它看穿。

"回到家后，你有没有很奇怪的感觉？对我来说，这感觉真够怪的。就拿这座冰球馆来说吧，我感觉它现在变得好小，但是在我们还小的时候，它可是……很庞大的。"

"是啊，感觉一切都怪怪的。就连待在我自己的房间里，我都不再有在家的感觉。当我要来这里的时候，我甚至都不说'回家'……"她承认道。

他先是沉默良久，接着才问道："你是否想过，如果凯文完全不曾存在，你的人生将会是什么样子？"

她小声道："我一直都在想。你想过这件事吗？"对这个问题以及对自己回答得如此迅速，她自己都感到震惊。

班杰的下巴极其轻微地动了一下。

"你是否认为，你可能会留在这里？"

经过一番永恒般漫长的思考后，她回答："是的。我可能仍然会是个天真又开心的小姑娘，参加聚会，喝下那些恶心的酒，在学校里闲聊八卦，讨论谁又跟谁上床了。可能会熬夜，听安娜在电话里碎碎念：哇，那个班杰实在是好性感……"

"我现在仍然很性感！"班杰坚定地打断她的话。

"对啊，对啊，你这个死鬼，你确实很性感。但是，由于你知道这一点，你稍微变得有点难看了。"她微笑着说。

他似乎先犹豫了一下，接着才问道："然后呢？当你在熊镇读到高中毕业以后，如果没有发生凯文那件事，那时你是否还会住在这里？"

她极其凝重地思索着。

"会的……也许吧。我或许会跟某个蠢笨的冰球男在一起，买下一间附有小庭院的小屋子，生两个小孩，养一只名叫'辛巴'的猫和一条名叫'莫莉'的狗……"

"你都已经为你将来的宠物取好了名字，却没有给你未来的小孩取名，我喜欢这一点。"班杰笑着道。

"到目前为止，我对宠物更着迷。"她回了他一个笑容。

"那你会快乐吗，住在那间屋子里？"

她再度将脸颊贴向他的肩膀。

"会的，会的，我应该会觉得快乐。不过我写的歌词会非常烂。"

他笑了。

"如果你的丈夫离开你，我会跟你一起住在那里。"

"要是我的丈夫离开了我，那想必就是因为你，你这个死鬼。"

"是这样的，没错。"他承认道。

"我为你感到骄傲。"她贴在他的球衣上，小声道。

"我也为你感到骄傲。"他凑在她的发梢，耳语道。

坐在他们下方一两排座位上的某个人喘着气，开口大喊："那我呢？都没有人为我感到骄傲吗？你们这些朋友真的是糟糕透了，你们两个都是，你们真是糟糕透顶！我还得靠着搜索之前帮你在电话里安装的跟踪程序来寻找你，获知你们原来在这里。"

安娜阴沉着脸跨过椅子，朝他们走过来。玛雅羞愧地发现，自己有九个未接来电。

"等等……你在我的手机里安装了某个跟踪应用程序，这样你就能看出我在哪里？为什么？"玛雅用指控般的口吻喊道。

对此，安娜两手一摊，面露不解之色，道："不就是因为这种事情嘛！"

70. 竞技者

甲级联赛代表队的所有球员都已经换洗完毕，回家了。更衣室里只剩下亚马、"闭嘴"和"大城市"三人，他们也快换好衣服了。这时，亚马终于鼓足了勇气，问道："'闭嘴'，你明天大清早想不想多练一会儿球？就像我们之前做的那样……就只是到这里来，射几次门……我可以请工友帮我们开门。"

"闭嘴"充满热忱地点点头。

"大城市"扬了扬一侧的眉毛，谨慎地问道："我可以加入吗？"

亚马快乐地点点头，他在自己的提袋旁站了一两秒钟，随后再度鼓足了勇气，提议道："那个，你们……现在想练球吗？"

这根本无须讨论，他们再次换上训练服。原本待在看台上的那一小群人都已经起身走向出口了，但当这几名球员再度出现时，包括工友、法提玛、苏恩、彼得、班杰、玛雅和安娜在内的所有人都转过身来。这个时候，冰球馆其实早该熄灯锁门了，但现在根本不会有人建议这样做。亚马滑出一道弧线，将橡皮圆盘送进"闭嘴"的右侧防线。橡皮圆盘唰的一声入网，这声音打动了整座冰球馆里的每个灵魂。他大笑出声，欢呼着，这是法提玛几个月来第一次听到自己的孩子发出快乐的笑声。

"冰球馆里的欢笑声。这样的话，这个世界还没有真正下地狱，它还没有……"工友咕哝着走向储藏室，借此平复自己内心所有的情感。

苏恩笑了起来，他养的那条狗舔舐着他的脸。彼得从未体验过比这个更像"回到家"的感觉。另外一边的看台上坐着班杰、玛雅和安娜。亚马在他们下方停下，用充满戏谑的口吻对着"大城市"喊道："嘿，你听着！你有没有见过班杰明·欧维奇？他在这座城市里可是传奇！他过去的冰球技术是很强的！我的意思是说，虽然不像你那么强，但还是挺厉害的……"

班杰已经抗拒许久，比任何人所能想象的都还要久。但他随后咒骂一声，站起身来，咕哝道："给我一双该死的溜冰鞋，我要把这个笨蛋的腿打断……"

玛雅与安娜咧嘴大笑，笑声如歌声般传向冰球馆的天花板。亚马也笑了起来。站在他旁边的"大城市"对他耳语道："他是在说你，是吧？他是说要把你的腿打断，是吧？"

班杰冲进工友的储藏室，当他回来时，脚上已经套了溜冰鞋。这位工友已经在这座冰球馆里干了一辈子的粗活，他的见识远广于绝大多数人的想象，但在他的记忆中，没有比这一幕更美好的时刻。札克尔和波博正在楼上的办公室里安排下一次的练球时间，不过在听到下方传来的笑闹声时，他们重新走回观众席。波博看到了班杰，表情看起来就像一条听见钥匙在锁孔里转动而发出嚓嚓声的拉布拉多犬。札克尔则无动于衷地点点头，说："我可以到楼上把事情弄完。你呢，就去跟你的朋友们打球吧。"

　　波博兴高采烈、踉踉跄跄地走下观众席，但札克尔并未回办公室。她站在原地，望着班杰在冰面上追逐亚马，望着亚马跳开并哈哈大笑，望着波博套上溜冰鞋投入这世上能够发生的最为美好的景象。这些人几乎都已经是成年人，但他们已然忘记自己是成年人。

　　他们分好队伍：班杰、波博和"闭嘴"组成一队，亚马和"大城市"组成另一队。由于有一个空缺，他们便对着彼得大呼小叫，将他从观众席上喊下来，说服他去拿一双溜冰鞋，加入这场赛局。玛雅简直不敢相信自己的双眼所见：她爸爸走上冰面，而且看起来真的玩得很开心。

　　"大城市"从一个看起来不可能完成传导的死角，成功地将橡皮圆盘传给亚马。这种事情，每次看起来都只像是运气好。亚马一击将橡皮圆盘送进网内。当他往回滑动经过波博身旁的时候，他喘着气说："你看到那次传球没有？赫德镇真是可怜，第一场就要对上我们。赫德镇可怜，真是可怜。这小子能够解读我的心思……"

　　事实上"大城市"只犯了一个错误：他拉扯了一下，将班杰甩开。这让班杰的身子失去平衡，所有人哈哈大笑。在那之后，不管他在冰面上的哪个角落，班杰都像一只暴怒的獾，如影随形地盯住他。

"有人强迫你们笑吗？他会把我打死的！"当彼得站在球门边时，"大城市"对彼得小声道。但彼得只是咯咯直笑，说："不会，不会，你别担心，班杰不会在这里把你弄死，这里的证人太多啦。你只是会在我们最难以想象的时候，突然'消失'不见。你知道吗，这一带有很多森林，什么东西都可以埋在里面！"

"大城市"凝视着彼得，他似乎真的、真的在努力搞懂这个地方的幽默感是否真的如此愚蠢，抑或彼得其实是认真的。就在他的后方，班杰追着亚马跑动，从一端的边线护栏追逐到另一端。当他们冲到远端时，两人的脸色都因疲倦而成了淡紫色。波博滑了过去，想看看他们是否还好，就在他正准备建议大家暂停一下的时候，班杰呕吐起来，他弯下腰，将他先前吃下肚的巧克力球吐得整个球门区到处都是，还吐到了波博的溜冰鞋上。

"噢，不……该死……不要，见鬼去……不！不！恶心死了，我踩到它啦！"波博恐慌不已地尖叫起来，努力想从那一摊呕吐物中跳开，结果可想而知。他滑倒在地，啪的一声一屁股砸在呕吐物的正中央。

冰球馆里的人一连笑了好几分钟，笑得差点断气，他们的笑声想必已经直通赫德镇。法提玛抓着拖地用的水桶与抹布赶过来，然而亚马滑向边线护栏拦下了她，并接过这些打扫工具，将冰面擦干净。班杰感到良心非常不安，甚至差点动手揍他。

"我以前给比你还要糟糕的家伙打扫过。"亚马露出大笑。

"都是半斤八两！"波博不胜恶心地指出。当他看到污斑在冰面上结冻的时候，也差点呕吐。

"波博，你很熟悉这种气味吧？很麻烦吧？"亚马逗弄着他。他和班杰咧嘴而笑，笑声相当嘶哑。

波博那结实而粗壮的身躯因恶心而颤抖不止。到了最后，班杰不得不蹲坐着，因为不住地咯咯笑，他感到肋骨直发疼。感到严重受辱的波博靠在边线护栏上，向亚马神圣且郑重地担保，看在上帝的分上，他一定会说服札克尔，让她重新评估球员的编制名单。这时班杰又笑了起来，直接尖叫着祈求波博，要他别再说话了，因为他现在实在撑不住了。

因为波博，最后他们转移到冰面的另外那个半场，将它弄成一个比较小的球场，用水瓶与棒球帽标示门柱。就这样，他们再度开始竞技，就像他们小时候在湖面上做的那样：全速冲刺，不受规则限制，纯粹而不复杂，我们来对抗你们。

在亚马日后的记忆中，这一夜是某件事情的开端。在波博的记忆中，今夜是某件事情的终点。彼得觉得，这一夜他仿佛重新属于某种事物。"闭嘴"则觉得，他有生以来头一次属于某种事物。对"大城市"而言，这就好比获得了第二次当小孩子的机会，彻底且重新地和冰球好好谈上一场恋爱。至于班杰怎么想，就没有人知道了——这是他们最后一次看到他在冰面上竞技。

有一天，玛雅会在被泪水浸湿的笔记本上如是记录这一夜的情景：

> 我记得这一夜
>
> 巨变前夕最后的一夜
>
> 就在那吉光片羽之际，你到了这个境界
>
> 我们梦想着能够再见
>
> 你的身体在竞技
>
> 你的心则已经安息
>
> 你已成为你想成为的一切

你安适、自由且喜悦

我的朋友：我不知道你现在在哪里

但我希望，你仍身处冰面

71. 凶手

所有小孩都是自己父母亲童年的受害者，原因在于，所有成年人都在努力地把他们自己所有或者所欠缺的东西带给他们的子女。到了最后，一切要么变成对我们所遇到的成年人的反叛，要么成为复制他人人生的努力。痛恨自己成长历程的人经常比热爱自己成长历程的人更有同理心，原因就在于此。处境艰难的人对其他的实境抱有梦想，但那些生活得一帆风顺的人根本难以设想，原来生活还可以具有另外一种面貌。如果我们从一开始就拥有了快乐，那我们很容易就将它视为理所当然。

向一个完全不懂冰球的人解释冰球，其困难之处也许就是这个。因为冰球要么占据了你人生的全部时光，要么完全无足轻重。如果你没有及时爱上它，那么在你年纪够大时，你将认为：这不过就是种体育项目。在第一次参与比赛并获得内心的满足时，你必须是个孩子，这样你才能真正认识到：这只是一场游戏。如果你运气好，如果你的运气真的够好，这场游戏就永远不会结束。

像布套一样大的雪片在熊镇落下，从冰球馆里发出的笑声一路传到停车场。这样要么听起来完全合乎逻辑，要么根本是丧心病狂，这取决于你是谁。不过在某些地方，一场游戏确实可以挽救一整段成长历程。假如你总是身处游戏的正中央，你不会感觉到不安和害怕，因为你没有空间感到不安和害怕。游戏的表征，就是急切的叫喊和气喘吁吁的咯咯笑声。当你所有的伙伴都是队友时，你永远不会真正感到寂寞。你不会在夜里入睡，你会直接累瘫。你倒在床上，你的爸妈得小心地将比赛用的球衣从你身上剥掉。你在第二天早上醒来时饿得要死，狼吞虎咽地吃下早餐，然后疾奔出门，因为街上已经有好几个人在比赛了。总是会有新的比赛，总是会出现最后一次射门，一球定江山。要是你喜欢一场游戏，真心喜欢一场游戏，你对自己小时候的记忆将只限于这场游戏，几乎不会出现其他事物。你最快乐的所有时刻，都是手里握着冰球杆的时刻，和自己最要好的朋友并肩而战的时刻，两座球门之间的几平方米的空间简直相当于全世界，你们就是世界冠军。你能带给孩子最美好的礼物，就是某种脉络。你能收到的最美好的礼物，就是加入这种脉络。

正是因为如此，作为另一类孩子是极为痛苦的。当大家回过头来看学校团体照的时候，由于这孩子在童年时不曾与另一人的童年发生过任何交集，没有人记得这孩子的名字。由于其他人的外围是如此寒冷，以致他在内心竟将自己活活冻死。

马特奥站在冰球馆旁停车场外围那阴暗的树丛间。他小心地抬起脚，踏在一个已然结冻的小水池上，聆听着薄冰碎裂时发出的咔嚓声。他纳闷着湖面是否已开始结冰。对这些冰球男而言，湖面结冰的日子可是比圣诞夜还重要。某几年的冬天，这些家伙因在湖面结冰时醉心于自己热爱的游戏，而在一段很短的时间内忘记要继续霸凌别人，连马特奥都为此感到开心。不幸的是，这种好日子总是不会太长久。

露丝总是说："你只要撑过这几年就行了！你只要将这座小镇拖死就行了！然后你就自由了。我们将要到全世界闯荡，就你和我，好吗？你只管在学校里保持默默无闻，而且要远离冰球男。"但当整座小镇塞满冰球男的时候，要做到这一点可不容易。三年前的此时，也就是马特奥十一岁的时候，他在下方的湖边骑自行车，被几个年龄比他大的男生拦下。他们最初骗他，表示他可以加入他们，这总是如此简单又残忍。接着他们又说服他，要他在冰面上走动，测试一下冰面是否够结实。"走远一点！再走得远一点！"他们尖叫着。起先他们还用充满鼓励的口吻叫喊，但很快就变得具有威胁性："继续走！不然等你回来，我们一定打断你的腿！"

最后，马特奥走了那么一大段距离。当冰层开始咯吱作响时，他才知道，如果他现在开始跑动，就等于直接被判死刑。当他全身的重量都集中在一只脚上时，他将会直接坠入寒冷和黑暗之中，永远无法回到冰面上。在那之后，他无数次做过与此有关的噩梦：他已经看见光线，在冰层下方用小小的双拳敲打着，但冰层仍然纹丝不动。他努力想打开一条通道却徒劳无功，只能缓缓地淹死。因此，他做了一个十一岁小男孩唯一想到的事。他趴在冰面上，努力让自己全身的重量摊平。他想爬回陆地，但不敢这样做。因此，他只是趴在湖面上，哭泣着。

他不知道，那时那些待在陆地上的男孩子是否感到懊悔。对这些浑蛋来说，所有的事情最初都只是一场玩笑。事后，他们的父母亲也总是用这种理由为他们开脱——"小男生嘛，难免比较顽皮。""你知道的，小孩子总是这样。""哎呀，就只是好玩嘛。"由于马特奥哭得太凶，双唇几乎都贴在冰面上，他没能听出他们是在尖叫，还是在狂笑。直到一声咆哮传来，他才有所反应。

"你们在干吗？"

马特奥慎而又慎地抬高自己颤抖的下巴，眯着眼，望向内陆。两个与他姐姐年龄相仿的青少年将他们所骑乘的摩托车停在路面上，正向下坡处走来。陆地上的那些小男生惊恐地四散逃跑。其中一个青少年高举着双拳要前去追打他们，不过另一个青少年阻止了他，并且朝马特奥的方向指了指。冰面发出咯吱咯吱的声音，此时马特奥第一次真正尖叫出声。这两个青少年绝望地四下张望着，想找找看有没有什么东西能够当成绳子来用。当他们找不到绳子时，他们索性将夹克和球衣脱掉，并把它们绑在一起。两人当中体重比较轻的那个蜿蜒地行进着，尽可能地接近马特奥，抛出那条临时由衣服拼凑出来的绳索，极为缓慢地将这个小孩拉到安全处。

马特奥几乎已经记不得他们对他说了些什么，他的牙齿咯咯作响，而双耳内的轰鸣声又实在太剧烈了。不过他们问他住在哪里时，他成功地指出了方向。其中一个青少年跨上自己的自行车，另一人则用摩托车送他。他们的双亲前去参加由其教会举办的一场慈善活动，因此当时只有露丝在家。当她看到他们的时候，她便从屋内狂奔出来。她先是紧紧地抱住马特奥，然后才问那两个青少年发生了什么事情。他们说明了事情的经过。当时的马特奥并不知道，这些青少年来自赫德镇，也不知道他们的红色夹克就来自那里的冰球队。其中一人对露丝伸出手，自我介绍了一番。

她正是在这样的情形下遇见了"杀死"她的凶手。

72. 露营者

所有的成年人都先往家的方向走。他们知道，只要另一代的人稍微太过靠近，一座挤满欢笑青少年的冰球馆所发出的魔法立刻就会烟消云散——这好比你一拉开棺盖，里面的宝藏立刻就会化成灰烬。玛雅、安娜与波博站在停车场上，等待着班杰、亚马、"大城市"和"闭嘴"换衣服，跟他们会合。苏恩养的那条狗磨蹭着他们的脚。当它还是条幼犬的时候，它就已经很习惯这里，把这里当成自己的王国。在苏恩退休以后，它几乎天天待在冰球馆里，在甲级联赛代表队最近一张团体照里，竟然还能找到它的身影。"闭嘴"逗弄着这条狗，所有动物都很喜欢他。这或许是因为它们感觉到，即使他非常想让自己被了解，但他仍然做不到。

"要不要我送你回家？"波博问道。不过"闭嘴"摇摇头，走向公交车的站台。

"明天来练球吧，大清早？！"亚马叫喊着。

"闭嘴"没有说话，只是点点头，但他露出的一抹微笑，使所有的话语都变得多余。他们就此告别。随后波博将亚马练球用的提袋送到"洼地"，接着直接开回家，就为了打电话给特丝。亚马跑动起来。他今晚将会沉沉睡去，明天一早醒来时，他将感到饥肠辘辘。

"那你呢？要不要我送你一程？"班杰看似不经意地问道，瞄了"大城市"一眼。

"不用……不用……""大城市"刻意回避地说。

"你还需要点别的什么吗？不管是什么，我都可以略尽绵薄之力！"班杰坏笑着，还促狭地眨眨眼。

"大城市"瞄了玛雅一眼，羞赧地说："我……我可能需要有个住的地方，彼得似乎并不希望我继续住在他家。我是说，他主动提议帮助我是蛮好的，可是这感觉有点怪怪的。我觉得他昨天晚上从外面把我的房门给锁上了……"

他的双颊成了粉红色。当着玛雅的面讨论这件事情，可真让人困窘。安娜的在场则让这种困窘雪上加霜。

"他是怕玛雅昨天夜里钻进你的房间，贴到你的身上！"

"安娜，你真是个大白……"玛雅咆哮道，还想揍安娜一拳。安娜踩着轻巧的舞步躲开，满脸笑嘻嘻的。

"哎哟，玛雅·安德森竟然打架啦？你新交到的好朋友就教你这些东西啊？来吧！用力地打吧！"她刻意以那种武术练习者特有的沉静与自信激怒她。当然了，玛雅的打架技巧很可能落后她十年，而且绝无迎头赶上的可能。

"大城市"有点震惊地望着她们，班杰则饶有兴味地望着他。

"我有一辆休旅车。"他说。

"你说什么？""大城市"脱口而出。

"一辆休旅车，如果你需要找个地方住的话。"

"喂……你是说忍（认）真的？"

"喂喂喂……你是说忍真的？"班杰模仿他的方言腔调。

"大城市"笨拙地在雪地上刮擦着鞋底，将彼得借给他的那件夹克裹得更紧。

"你是说那种人家……用来……露营的车？"

班杰笑了起来，他全身上下都像在冒泡。

"'大城市'，虽然我的猜测可能很大胆，但我还是想说，你是不是从来没露营过？"

"你们要露营啦！算我们一份哟！"站在几米外的安娜立刻大呼小叫起来，轻松地将疯狂地挥舞着拳头的玛雅拨开，仿佛玛雅只是个小孩子。

"现在外面可是零摄氏度以下啊。""大城市"指出。

"所以呢？"安娜大惑不解地问道。

"我带了啤酒。"班杰补充说明。

所以他们就去露营了。

在车辆几乎无法行驶的林间小径上，班杰驾驶着这辆休旅车，一路开到水畔，尽管途中差一点翻车，但最终车子保持住了平衡，这可以说是奇迹了。从停车的地方，他们能够一直望见玛雅和安娜的那座小岛。过去，那座岛本来属于凯文和班杰，是这两个男生在整个宇宙中最为隐秘的地方，更是他们每年夏季的避风港，但在很久以前，那些夏季就已经一去不复返了。当凯文远走高飞时，班杰就将这座岛让给了这些女孩子。如今她们已经是女人了。玛雅极为迅速地将自己的手搭在班杰的肩膀上，对他耳语道："这里实在是太浪漫了。所以我直说了，如果你胆敢尝试将我未来的丈夫带到这里，试图跟他做点什么，我会打死你的。"

班杰咧嘴大笑。他和安娜试图一同生火，但他随后犯了错，安娜用一根粗大的树枝打了他一下，算是一种惩罚。这么一来，她只能自己生火。被吹断的树木散落各处，那场风暴像逃亡中的土匪一样迅速地扫过，这些树木沦为风暴的受害者。现在，风暴在这里留下的伤口与裂痕已经被雪和遗忘掩盖过去。到了春天，大自然就会像上周的这个夜晚一样，将人们与暴风的咆哮声掩盖过去。这些年轻人缩在营火前的睡袋里，喝着啤酒，凝视着星空，随后滑入迷雾之中。这真是一个美好的夜晚，算得上最美好的夜晚之一。遇到这样的夜晚，你会努力让自己几乎一整夜都保持清醒，你的灵魂被纯净而全面的宁静紧紧拥抱着。你仿佛已经针对一切找到了答案。我们当然也知道：这一切到了明天就会再度消失。

这就是你永远不想去睡觉的原因。不过到了最后，玛雅还是打起了哈欠，颤颤巍巍地从折叠椅上起身，钻进自己的睡袋，嘟哝着说："噢，我好久没有喝得这么醉了。我实在得锯睡[1]了。哦，不是，我得锯睡……不对，不对，我得锯……天哪，你们知道我在说什么吧！"

其他人笑成一团，笑到双颊直发疼。

"去睡吧，你这个酒鬼。如果你这么容易就喝醉，你在音乐学校新交的那个最好的朋友铁定是一喝就醉！"安娜喷着鼻息说。

"新交的最好的朋友？谁啊？"班杰问道。

"玛雅就跟着她走，把我给甩啦！"安娜醉醺醺地说着，眼神迷离。

"就为了这一点，我绝对要跟她未来的丈夫做点什么！"班杰做出承诺。安娜与他想来个击掌庆贺，却完全没拍到对方的手掌。

玛雅保证：等到她明天恢复清醒，可以清楚地说话时，她一定郑重地请他们直接下地狱。玛雅头一接触到休旅车内的枕头，就睡着了。安娜仍坐在原地，她最初只是表示，玛雅已经一睡不起。接着她很有礼貌但郑重其事地要求这些男生下地狱去，然后就进入休旅车，跟她最要好的朋友背对背一起睡。

班杰与"大城市"仍坐在原地，班杰凝视着他，他则凝视着夜空。

"你现在该不会变得像个游客那样，说你这辈子从没看过这么多星星吧？"班杰嘲笑道。

"我的家乡也有星星啊。""大城市"露出微笑。

班杰用受辱般的口吻说："没有像我们这里的这么漂亮吧？这道理就跟冰球员一样。"

1　瑞典语的动词"锯"（Såga）与"去睡"（sova）音近。

当然了，这是个谎言。他今天已经见识过"大城市"的手腕与传导能力，也完全知道他有多么厉害。"大城市"凝视他的双眼，知道对方知道自己的资质，因此他对此不必再多说什么。相反地，他若有所思地问道："我在网上查了一下关于彼得的消息，他在二十年前是熊镇冰球队的队长，嗯？他们在他的领导下，差点赢下最高级的联赛？"

班杰闭上双眼，深深地吸了几口烟。

"是啊，这就是熊镇。差一点成为最好的，一直都是差一点。"

"大城市"按摩起自己的手指，仿佛在转着戴在手指上的隐形的结婚戒指。

"彼得和札克尔来看我练球，那时候他说了一句话。我问他，他都已经不再为俱乐部工作了，为什么还要过来。他说了一句什么……他想做个善良的人，他想通过冰球，让这个世界变得更好。"

"他挺特别的。"班杰说道。他的这种说辞，可以概括一个人最良善和最恶劣的一面。

"大城市"缓缓地吸了几口烟，回答道："要成为这样一支球队的一分子……你知道的……看起来真是太特别了。一支让所有人感到震惊的球队。这一定就像兄弟歃血为盟一样，你知道吗，就为了让大家都超越自己的潜能。这就像国家冰球联盟里的那些全盛时代一样，它们不会永远存在，那些球员只能在那短短几年里战无不胜、攻无不克，然后所有人都老了，整支球队土崩瓦解。我不知道，当一个人身处其中的时候，他是否知道这本身有多么稀奇。"

班杰半张开眼，迎视着对方的目光。照亮他的，仅是舞动着的焰火。

"你来到这里，就是为了这个吗？为了要与众不同？"

"大城市"露出羞赧的微笑。

"也许吧。"

班杰凝视他许久，接着迅速又诚实地提出一个问题："你以前发生过几次脑震荡？"

"大城市"顿时被烟给呛到了，咳嗽着问道："你为……什么要……问这个？"

班杰沉静地耸耸肩。

"在我们今天比赛的时候，当我盯上橡皮圆盘的时候，你简直无懈可击，我根本没机会捞到橡皮圆盘。但当我进行肢体对抗的时候，你每一次都退开。我曾经跟一个男生打球。他的球技也非常厉害，但在我们十四岁时，他遭受了一次脑震荡。在那之后的一段时间，他就变得像你这样。一连好几个月，只要一有可能出现肢体碰撞的情况，他都会跳开。"

"大城市"停止咳嗽，将一两根树枝推进火里，还一不小心烧到了自己。他嘟囔道："你说的是不是凯文·恩达尔？"

班杰面露惊讶之色，这是他这整夜来头一次露出惊讶的表情。

"你是怎么知道的？"

这回轮到"大城市"耸耸肩："当我们处在那个年纪的时候，我爸非常关注全国所有的精英，他在我房间的墙壁上挂了一个排行榜。其实我看过你们打球，那回我爸开了四个小时的车送我到那边去，就只是为了让我看看我的竞争对手是谁。我还记得，当时我对凯文可是羡慕得要命。"

"天杀的，他好到没话说。"

"是啊，但这并不是真正的原因，我羡慕他的原因是，他有你，没有人敢动他一根汗毛。"

班杰沉默了几分钟，接着再次问道："你受过几次脑震荡？"

"大城市"叹了一口气道："六次。我第一次脑震荡是在六岁的时候，最近一次则在去年。那次是有人从我背后用冰球杆抢断，我直接飞向边线的护栏。抢断我的那个男的只花了两分钟就起身了，而我整整九个月不能打球。最初的那七十二个小时里，我只是不断地呕吐，无法思考，难受到想结束自己的生命。我甚至都不能到户外去，因为太阳光会让我感到头部刺痛。这是我经历过的最悲惨的事情。对于那一整个周末的事情，我已经失去记忆了。我到现在仍然会不时出现偏头痛，我的双耳会嗡嗡作响，从来就静不下来。有时候，脑子里突然就一片空白。我在电视上看到，有个男生也被人以这种方式狠狠揍了一下，然后你知道播报员说了什么吗？'被铲球的那一方得负责，他得抬起头来才行！'"

他敲了敲自己的太阳穴。班杰看出他双眼流露出的苦痛，他点点头。

"是的，我读到过关于国家冰球联盟球员性格剧变以及其他乱七八糟事情的文章。永久的脑部伤害，但直到他死掉，他们对他进行验尸的时候，他们才查知……"

"大城市"闭上双眼。

"当我回到那支球队的时候，教练要我再加强肢体碰撞，就在球门前面碰撞，在这里'作战'，也在那里'作战'。他对于在肢体冲撞中获胜的心态，简直已经丧心病狂了。你知道的，'占据护栏'，还有这一切的狗屎蛋……"

"'把橡皮圆盘吃下去！咀嚼铁丝！'"班杰模仿着。过去，他遇到过无数个这种教练。

"就是这样。""大城市"凄苦地笑了起来。

"那之后发生了什么事情？"

"我不敢这样做。他看出来了。我就此不再适合在他的体系内打球，所以他因为我'缺少脑袋'而让我坐板凳。当我不爽的时候，他就去找俱乐部，说我'不遵守纪律'。"

"你有这种问题吗？"

"我恐怕只在那个俱乐部里，才不曾不遵守纪律。我的心智年龄可能比别人小很多，是个桀骜不驯的小屁孩，可是我真心喜欢那个俱乐部……我多么希望它能够茁壮成长起来。可是，我没办法再按照那些教练要求的方式打球……"

"那在这里呢？"

"大城市"缓缓地吸了吸鼻子。

"札克尔，她……有点特别。"

"这一点，你可真没说错。"班杰露出微笑。

"所以她或许能容许我以不同的方式打球？"

"对于她，我唯一能够说的一点是：有些与你有关但你自己不知道的垃圾事情，她恐怕已经知道啦。这一点有时候是好的。"班杰表示。

"那什么时候是不好的呢？"

"绝大多数人，不想知道与自己有关的真相。"

"大城市"花了片刻琢磨、消化这番话。他打开自己的最后一瓶啤酒。

"我挺喜欢彼得。我本以为他会像其他那些上过大联盟、喜欢掌权的老屁股那样，不过他……"

"挺特别？"

"你们这整座小镇都挺特别的。这是培养教育使然，还是怎么回事？""大城市"笑了起来。

"别忘了烟。"班杰咳嗽道。

他们两人在星空下咧嘴大笑许久。这真是个福至心灵的美好夜晚。

"彼得的球技好不好？""大城市"接着问道。

班杰直接回答："他是最棒的。总之，说真的……他非常拼命。那些关于他如何练球的事迹，简直就是丧心病狂。你知道的，当我们还小的时候，我们总以为这种事是神话。我看过旧的录影带，我的天，他简直无与伦比。尽管他看起来慢得要死，但就是没人能赶上他，没有人！"

"他看起来好像能让时间减速。当札克尔让他跟我单练的时候，我注意到了这一点。"

班杰严肃地点点头。

"所有人都认为这是天赋，但这其实是苦练得到的，也就是执着。他这辈子除了这个，什么都没有了。要是你能做到跟他一样，你觉得你的球技会有多好？"

"你凭什么认为我不比他好？""大城市"微笑道。

"你在这周末有比赛，但你现在却窝在森林里的一辆休旅车里抽着烟，喝着啤酒。"班杰指出。

"大城市"既放松又沉重地笑了。

"不管怎么说，我并不能变得跟那个亚马一样好。他实在太厉害了。我觉得，我不曾遇见比他更快的家伙，他肯定可以进入国家冰球联盟。我呢？不成。我爸爸总是这么认为，但他不知道这背后需要什么条件。你总得在某方面真正做到出类拔萃，而我就只是'好'而已。我爸爸看到，我在这个小小的泡泡里是最棒的。你知道的，每个破村子里总会出现一个亚马。但是国家冰球联盟？他们每年要打上百场比赛……你想想看，他们牺牲了什么？他们每天二十四小时，全年无休地练球。我觉得我挺不住。你知道的，我老爸可是不惜一切代价。为了换来在国家冰球联盟打上一个球季，他宁肯砍断自己的一条手臂。他有意志，但没有天赋。我或许有天赋，但缺乏意志……"

"意志就是一种天赋。"班杰说。

当"大城市"听到这番话的时候，他的心差点裂开。

"那你呢？为什么不再打球了？"他低声道。

"我不再爱它了。"班杰答道。

"大城市"先是沉默良久，然后才鼓起勇气问道："你觉得，你还能再找回这种爱吗？"

班杰直视着他的目光。这真是一个万事似乎皆有可能发生的夜晚，因此他回答道："也许吧。"

他们走进休旅车，在玛雅和安娜的另一侧躺下。车里冷得要命。"大城市"熟睡了一整夜，一次都没有醒来过。这种情况已经很久没有发生了。第二天清晨，他很早就起来，走进森林，独自坐着聆听某种他过去不曾真正听见的东西——至少他过去不曾这么完整、这么彻底地听见它。

寂静。

73. 刮痕

夜幕已经笼罩了熊镇。在好几个小时以前，天色就已经变得昏暗，以致人们几乎察觉不到夜晚的到来。教堂的一道边门被拉开，一道孤独的身影谨慎地穿越重重阴影，轻巧地钻进雪中——仿佛雪堆是冰激凌，而他正打着赤脚。他仅能凭借墓前寥寥几盏摇曳不定的烛火辨明方向，不过他似乎仍然很清楚自己该往何处去。

墓园的作用，乃在于标示终点。对于我们当中的许多人来说，所有的墓碑都是问号。为什么？为什么偏偏是你？为什么这么快？你现在在哪里？如果一切都能有所不同，你现在又能成为一个什么样的人呢？或者说……如果只是出现最微小的差别呢？如果你有着不同的父母，有着另一个名字，住在某个其他地方呢？

几乎不会有任何人记得她的名字，他们将会说："哦，对呀，她跟我们同年级，她几年前就消失了，不是这样吗？我听说她离家出走啦。她的爸妈就是那种狂热的宗教分子，不是吗？那个教会真奇怪，它叫什么名字？我还听说她嗑药。她跑到国外去，嗑药过度，最后死掉了。可是看在上帝的分上，她叫什么名字来着？我真记不得了！"

露丝。她名叫露丝。这标示在墓碑上。名字下方除了生卒年份，没有其他任何信息——没有诗句，连对她的任何描述都没有。然而有人在墓碑最上方的其中一个角落，精巧而真挚地用刮痕画出一个小小的图案。你必须非常靠近它，才能看出那是一只蝴蝶。

那道身影在黑暗中环顾四周。有朝一日，他的名字也会被刻在一块墓碑上。相当多的人将会说："那是谁啊？我记不得他是谁啦……"必须得有人提醒，大家才会记起他平常为人熟知的那个名字。他正是因为几乎从来不说话，才被冠上这个称号——"闭嘴"。

他走到露丝的墓碑前，跪了下来，将手指尖贴在那几个字母上。接着他在茫然与绝望中喘着粗气，在整个夜晚重复着同一句话：

"对不起。对不起。对不起。对不起。"

74.机会

玛雅、班杰与"闭嘴"在冰球馆外站了一段时间，逗弄着苏恩养的那条狗。一切是如此美好，这个世界是如此良善。这时候，马特奥正站在暗处，观察着他们。他看到波博和亚马向其他人说再见，波博开车送亚马的妈妈回家，亚马则一路跑回家。班杰、玛雅、安娜和马特奥记不起来叫什么名字的新球员则走向一辆老旧的休旅车。"闭嘴"独自走向公交车站，似乎准备回到位于赫德镇的家。当他自认为没有人在观察他时，他便拐了个弯，转而朝墓园走去。马特奥蹑手蹑脚地尾随在后。现在，他隐藏在各块墓碑之间，坐在那儿听着"闭嘴"在露丝墓前的抽泣声。

马特奥不知道，"闭嘴"此举究竟是让他更痛恨"闭嘴"，还是让他不那么讨厌此人。他总以为，那些谋杀他姐姐的男生一点都不在意，完全不会悼念她，他们甚至不将她当人看。但他内心下了定论：自己眼前所见的景象反而更糟糕。"闭嘴"将她当成人看的事实更显得糟糕。因为如果她只是某个别的东西，只是一个可以用过即丢的物体，那这一切至少还能够理解。但是他们对一个活人，对一个活生生、真正的人，做出这种事情，那做这种事的必然是恶人，这种人只配下地狱去。

马特奥要是手中有武器，他当时当地就会让"闭嘴"下地狱。但现在，他还得再等上几天，属于他的机会才会出现。

75. 果酱三明治

砰!

砰!

砰!

在苏恩退休的时候，镇上有些人担心他会整天孤独地待在家里无事可做。但现在，他简直已经没时间工作。不管他对他养的那条狗如何大吼大叫，要它别再撕咬家具，天杀的，它就是不理他，而且，有个现年将满七岁的小女孩站在他家的庭院里，将橡皮圆盘射向房屋正面的墙壁。

"他们还真是合作无间啊，打算从各自的方向将这个贫民窟给拆了。"当苏恩站在厨房里为屋里的这个混混准备鸡肝酱三明治、为屋外的另一个混混准备果酱三明治的时候，他经常这样咕哝着。他最近一次去看医生时，被问到是否觉得比往常更疲倦，他回答道："我又怎么会知道呢？"他没多说。当时爱丽莎被赋予待在候诊室，将那条狗管好的责任。随着一声碎裂声，爱丽莎将头探进医生的看诊间，询问那些室内盆栽是否昂贵。"这是你的孙女吗？"医生微笑着问道。苏恩不知道该如何解释，他们连亲戚都不算。三十五年前，同样的情景就发生在一家超市里。当时一个小男孩手里拿着一根冰球杆，不耐烦地追在苏恩后面。有人就说："这是你儿子吗？好可爱哟。"当时的苏恩同样无言以对。那个小男孩名叫彼得·安德森。没有人教过他在比赛中的正式射门，而他又从来没吃过真正的果酱三明治。所以苏恩承担了责任，将这两个经验传承给

494

他，从而造就了一段一辈子的友谊。彼得是苏恩见过的、熊镇有过的最美好的樱桃树，他就是用这样的角度来看待所有最具才华的球星：在冰冻的庭院里，那粉红色的鲜花仍克服万难，绽放开来。

他从来不曾有过自己的孩子。在他职业生涯的尾声，他只指导成年男子，没有指导儿童。当那时才四岁半的爱丽莎第一次参加冰球训练时，苏恩已经不再想起樱桃树。在这一群人当中，爱丽莎年纪最小，在冰面上个头最小，但打从一开始，她的技术简直无人能及。现在她即将七岁，球技已经非常精湛，因此俱乐部让她跟男孩子们一起打球，而那些家长对此则纷纷表示不满。当她问到她为什么不能继续跟他们一同打球时，苏恩只能以遗憾的口吻说："有些大人脑袋坏掉了。"他并不需要就这件事跟她说明什么，她已经知道与成年人有关的一切。自从提姆到她所住的房屋里通知在场所有人，这个小女孩现在置身于哪些人的保护下以后，她身上的确少了很多瘀伤的疤痕，但她仍处在一个没人注意到她是否回来吃晚餐的家庭环境中，而据评估，这样的日子还不在少数。因此，她放学后若需要练球，就直接到冰球馆去；如果不需要练球，就会到苏恩的家里去。其他的小孩或许会给苏恩画素描，让他将这些图画挂在自己家的冰箱上，但爱丽莎不怎么会画画，因此他家房屋正面由橡皮圆盘留下的印痕具有相同的意义：这些属于时间的刻痕，描述了一个受到喜爱的人曾经在这里长大。

起先，苏恩只是指导她打冰球。随后，他就继续指导她人生中所必须学会的一切：系鞋带、背诵九九乘法表、聆听"猫王"埃尔维斯·普雷斯利的音乐。她开始跟着他和那条狗进入森林，这位老人将他掌握的关于植物的知识传授给她，而且在他气喘吁吁、感到胸痛时还会中断，简短地补上一句："你先带狗跑一小段路吧，我会赶上你们的。"现在这样的场景越来越常出现，频率高到他就是以这种方式教导这个小女孩学会骑自行车的。在街道上，他双手抓着自行车后座的行李架，跟在她的后面跑动。当他气力耗尽、跑不动的时候，他就对她说："你自己先骑吧！"她就会照做。

在她刚开始上学的某一天，她来到他家里，告诉他说，由于他不得不跟着参加一场郊游活动，他得制作野餐盒。当苏恩表示他听不懂她在说什么的时候，她不胜恼怒地叹了一口气，表示他是"额外的成年人"。当苏恩仍然搞不懂她的意思时，爱丽莎拿起自己的冰球杆，表示她没时间跟他啰唆，如果他这么迟钝，他就得自己打电话去问老师。苏恩就在庭院里传来的砰砰砰中打电话询问老师。听筒彼端的老师只得跟他解释，她对全班的孩子们说，他们"在郊游活动中另需要一名成年人陪同"，当时爱丽莎便举手表示她恰好认识这么一个人。

因此，现在苏恩与他所养的狗便参加了所有的郊游活动。当苏恩听见这个小女孩以"苏恩的狗"来向自己的同学们介绍这条狗时，他感觉自己被迫用一句简短的"这条狗也是你的"来纠正她。那天下午，她站在那里，不断地射击着橡皮圆盘。她至少长高了十厘米，因此她似乎需要一根更长的冰球杆。

这天，她很早（在她去上学以前）就来敲苏恩家的大门。这是一个周三的早晨，一星期刚过一半，而此时也正是月中。这个时候，家中并不见得总能供应早餐。所以，她和苏恩就到超市购买面包、牛奶、果酱与鸡肝酱。在回程的路上，苏恩的脚步相当缓慢。爱丽莎问她到底要几岁才能够被选进国家队，他回答："这个跟你的年龄无关，而跟你的技术好坏有关。"

"当我被选进国家队的时候，你觉得你那时已经几岁了？"

苏恩露出微笑："你觉得我现在几岁了？"

"一百岁？"

"是啊，一切有时感觉就是如此。"苏恩一声叹息。

"让我来提袋子吧？"她问道。

他拍了拍她的头："没事，没事，我好得很。你啊，现在就先跟着狗跑一小段路吧。我马上就跟过来！"

她照着他说的话做。她在庭院里松开了那条狗的链条，摆好架势，在开始上课前的最后一刻，对着房屋正面的墙壁猛射。

砰。砰。砰。

76. 绕道

星期三一大早，班杰打电话给自己的姐姐们，随后爱德莉就一路咒骂着来到了湖边。这头蠢驴刚获得了一辆休旅车，而他竟然顺理成章地将它开到湖边，车身在夜里陷进雪堆，动弹不得。

"你这头蠢驴，它是休旅车，不是越野车！它当然会动弹不得！"当爱德莉从自己车上跃下时，她这样告诉他。不过对于这头蠢驴的举动，她并不真正在意。

"如果你问我，它现在就是一栋夏季的度假屋，而不是休旅车。怎么样？够天才吧！"班杰笑着道。

他和"大城市"、玛雅、安娜一同挤进爱德莉的车。她被迫将车窗摇下——他们身上散发的宿醉酒臭与属于青少年特有的气味，足以将狐狸给吓跑。当他们回到犬舍时，班杰的大笑声充满了整间厨房，他的妈妈和姐姐们已经多年不曾听到这个声音。要是爱德莉不识趣，她准会说：你又谈起恋爱了。她为此也几乎无法对他发脾气，但也只是"几乎"而已。

安娜逃课，没去上学。玛雅显然还不准备返回学校。所以，她们在吃完早餐以后，就再度前往森林深处。她们自己也不知道该往何处去，但如果这是她们能够装成小孩子，假装人生一点都不复杂的最后一段时光，那么天上的众神将会知道，她们一定会把握机会的。

爱德莉和班杰将"大城市"送到冰球馆。当他向他们挥挥手走进冰球馆时，班杰凝视着他的背影，而爱德莉则注视着班杰。

"你身上的气味可真是难闻。"她以充满慈爱的口吻说。

"我可以冲澡，不过你那张脸又该怎么办呢？"他以同样充满慈爱的口吻回答道。她当即相当迅速地朝他胸口打了一拳，这让他喘不过气来。

他们不急不慢地绕着小镇走了一大圈，一边听音乐，一边闲聊，但并没有说太多话。当他们的爸爸提着猎枪走进森林时，爱德莉作为家中的大姐，承担了相当一部分被她视为应该由老爸承担的义务。她教班杰打架，或许她更应该教他如何忍耐。她告诉他，他可以选择不使用暴力。而他将只会假装照办，并以为她的意思就是要他别跟别人打架。其实，她只是想让他对自己别再那么粗暴。其实，他今天发出的笑声以某种方式使她相信，他也许会停止这种自残的倾向。

"你这该死的蠢驴，我爱你。"她一边说一边拉动他的耳朵，直到他咧嘴大笑，尖叫起来。

"老姐，我爱你。谢谢你在我每次被困住的时候，总是来接我。"随后，他微笑着说。

她将永远不会忘记此情此景。

77. 脊背

周三上午，当总编辑来到地方报社的编辑部时，整栋建筑物似乎都坐立不安。当她经过时，半数职员甚至不敢从自己的座位上抬起头来看她。当她抵达自己的办公桌，发现那个坐在办公桌旁椅子上正在恭候她的人时，她就弄清原因了。

"您好！我们之前没有见过，但我久仰您的大名！我叫理查德·提奥！"这名政治人物站起身来说道。他表现出一种充满自信、认知到所有的自我介绍均属多余的体悟。

"你是来找工作的吗？"她直接问道。

理查德·提奥暗地里对她迅速对这个情景做出反应的能力感到赞赏不已。绝大多数人只敢在他背后用这么羞辱人的口气说到他。他们羞辱他时，都只敢躲在远处。

"谢啦，我有工作。不过我们还得看看下一次选举的结果，到时候也许我会联系您！"他露出微笑。

她回他一个极为拘谨、几乎难以察觉的微笑。

"那我可以猜想，你到这里来就只是想说明，我们这家地方报社的工作绩效实在太棒了吗？"

"差不多吧，你知不知道人们在我背后会用哪些最难听的字眼来形容我？"

"你说什么？"她没能掩盖住自己的困惑，脱口而出道。这显然符合他的意图。

随后，提奥便以一种看似受到侮辱的口气，说出了下列这番话："他们先是引述一位首相的话，'政治就是勇于梦想'，接着他们极为轻蔑地说，我的版本是'政治就是要赢'。非常谦卑地说，我当然觉得这一点都不属实。对我来说，政治就是奉献，要执行与付出，而不是空口说白话。你了解我的意思吗？"

"我实在不这么认为。"她狐疑地说。对此他露出一个大而灿烂的笑容，好像他说的一切都只是随性闲聊和废话，但他的每个字显然都精挑细选过。

"你觉得，人们在你背后用来形容你的最难听的字眼是什么？"他好奇地问道。

她眯着眼望着他，在顷刻间希望：要是爸爸在这里就好了。但他昨晚熬夜研究、挖掘熊镇冰球俱乐部的财会文件，此刻仍然在家里睡觉。换作他，他会怎么形容理查德·提奥？总编辑判定，政客可以分为两种：煽动者与操控着。前者会随机施压，借此找出对方的弱点，而后者完全知道自己要找什么。

"我从来不揣测别人怎么形容我。"她犀利地回答。

"这样啊，我还以为你们这些办报纸的人，主要工作就是解读民意呢。"

他露出微笑，她也尝试露出微笑，然而她撒谎的技能比他差得多。她留意到他膝盖上摊开着一份今天的报纸，翻开的那一页是读者投稿栏。总编辑非常清楚上面登载的内容，因为就是她决定登载这些文章的。一名青少年代表队球员的母亲匿名投稿，严词抨击了熊镇冰球俱乐部的"沙猪文化"。很显然，她之前已经举报过男童冰球队的一名训练员和俱乐部的甲级联赛代表队教练，指控他们侮辱他人。这位妈妈获得的承诺是，男童冰球队的那名训练员将会被解聘，甲级联赛代表队的教练将遭到停赛。然而事后她获悉，这位甲级联赛代表队的教练只不过错失了一次练球机会，男童冰球队的训练员仅仅是被"冻结"了一个月职务，而且这人即将接掌一支新队伍。这位妈妈写道：这极其明显地证实了，冰球俱乐部就是"糟老头们的天下"。

"如果你想谈的就是这篇文章，它是匿名寄发的。"总编辑提醒道。

理查德·提奥愉悦地扬了扬一侧眉毛："这个？不，不，那根本就不关我的事。现在人们勇于表达自己的意见，我觉得俱乐部度大能容，反而是比较健康、有益的。"

"是啊，匿名的。"总编辑插话道。

这位政客将双手的手掌伸向天花板。

"保护信息来源就是民主的基石，我一直都这么说！可是'糟老头们的天下'这种字眼，挺奇怪的吧？甲级联赛代表队的教练不是个女人吗？"

总编辑叹息了一下，就像听到某个完全不知道"保护消息来源"真正内涵的人将这个词当成修辞的装饰品一样耍弄。接着，她说道："我觉得在这个案例中，'老头'所指涉的是一种心理状态，而不是性别。"

"哦？这真是太新潮啦！"这个政客愉悦地喊道。

"不过，这想必不是你的来意吧？"总编辑问道，她声音中的一丝颤抖透露出她的不耐烦。

而理查德·提奥慢条斯理、不慌不忙地瞎扯着室内的装潢与外面的风景，然后切入正题。

"我只是以一个忧心的小市民的身份来到这里的。最近这几天，我听到一大堆流言。这些流言提到熊镇与赫德镇产生了一种紧绷的气氛，而且开始升级成……我们该怎么形容才对呢……一种'挫折'？我想针对如何确保情势不再继续升级和你谈一谈。"

总编辑凝视他许久，却没能真正确定他的意图是什么。因此她选择装傻，争取一点时间。

"哦？请你说明一下。"

提奥想必非常清楚她在做什么，但他和绝大多数有权有势的男子一样，无法抗拒一个可以驾驭女人的机会。所以他说道："先是熊镇冰球馆里爆发了一场男童冰球队球员之间的全面斗殴，然后熊镇冰球俱乐部的一个赞助商的车子在赫德镇被砸烂了，再然后工厂里又发生了一起极为不幸的悲剧，进而引发了医院外停车场上的暴行，并再次导致熊镇的另一辆车被砸烂。如果我们不试着做点什么让情势稳定下来，我担心这一切只是个开始。"

"所以就我的理解，你把油[1]带来了这里？"总编辑狐疑地问。

他刻意缓慢地吸了一口气："我听说，你手下的一个记者在挖掘其中一个冰球俱乐部的财会文件。实际上就是你老爸，对吧？他的大名，我们这些公职人员可全都知道。他简直算得上是个传奇！所以我想让你知道，对于独立媒体监督当权者的权利，我绝对抱持最高度的尊重。事实上，我甚至希望你们增加对这个区政府当权者的监督，需要被挖掘出来的事情还真是很多呢……"

"麻烦你有话直说。"总编辑要求。

"我只是要确保你们不会进行不必要的'猎巫行动'，不会挑动人们的情绪，导致无端的暴力。就算是新闻从业者，你们也是有社会责任的，不是吗？"

总编辑靠回到椅背上。如果这段对话是在一两天以前发生的，她的反应可能会更尖酸刻薄，但现在，她感觉自己已经到了一种白天见到鬼、

1　瑞典语的"让情势稳定下来"一词，字面上的意思为"在风浪上浇油"。

在黄昏时感觉黑衣男子无所不在的程度。到了最后，这些事情足以影响一个死硬派。

"我对我手下的记者正在进行的监督工作不予置评，但我可以跟你保证：不管进行监督的记者是我爸爸还是别人，这些监督一定公正且精准……"

这位政客装出一副自己被误解的惊惶状，差点从椅子上跳了起来。

"当然！当然！我永远不会建议你要登载什么，或者不登载什么。永不！我来这里，就只是想告诉你……时机的重要性。在一个这么多人担忧他们的冰球俱乐部会出事的时候，你或报社的老板想必都不希望自己被解读为……选边站吧？"

她留意到，他强调"报社的老板"的方式隐含着威胁，但她对此不予置评。

"不管我们怎么做，总有一边会认为不公平。如果我们用正面的方式写到关于赫德镇的事情，熊镇那边就会打来一百通愤怒的电话，反之亦然。但是，正如我所说的，我们所做的一切都将是公正且精准的。除了这些，我不会就监督工作向一个公职人员做任何进一步评论，因为这样真的会被人认定，我是在选边站，不是吗？"

理查德·提奥满足地微笑着，他似乎还没有拿定主意，他们将会成为最要好的朋友，还是最险恶的敌人。

"你并不是在这边出生的，对吧？"

"的确不是，这点你早就知道了。"

"其实我是在熊镇这一带长大的，不过很难从我的口音里听出来吧？当我住在国外的时候，我的方言腔就消失了。也就是说，当我回到这里的时候，我已经学会从当地人和外来者的角度来看待事情。我可以给你一个建议吗？"

"我能阻止你吗？"她装出强硬的语气问道。但是，当看到他说话时的眼神突然间变得严厉时，她实际上感到相当震撼。

"你可别以为自己是无所不能的。我们在这里的生活贴近大自然。在森林里，在湖面上，你都需要朋友，意想不到的事情太多了。比如现在这场风暴，你还真的不能独自待在外面。这样做真是鲁莽至极，而且很危险。"

在她答话以前，他就已经站起身。他相当迅速地伸出手，使她没有拒绝握手的余地。

"谢谢你抽空过来！"她高声说，努力表现出自信的口吻。

他用力地握住她的手良久。接着，他朝着书桌上那份摊开的报纸的读者投稿栏点点头，面带微笑地宣布道："要是彼得·安德森还担任熊镇冰球俱乐部的体育总监，我敢说，这种事根本不会发生。他是个诚实的人，我和与我共事的许多人都非常敬重他，是那种至高无上的敬重。"

总编辑听后目瞪口呆，对于自己的这种表现，以及他看出她眼神中的惊愕而表现出的沾沾自喜，她感到嫌恶不已。对于牵涉熊镇冰球俱乐部监督工作的信息可能会走漏，她有心理准备，但她将永远不会弄清楚，理查德·提奥是如何得知她已经把彼得·安德森选定为标靶。或许是因为区政府的某人看到她爸爸要求调阅的文件，也有可能是她编辑部里的某个人走漏了风声。他们都是记者，但最重要的一点是：其中有几个人来自熊镇。她或许将永远无法真正弄懂，所有的人、事、物是如何牵扯在一起的。就这一点来说，很不幸的是，理查德·提奥是对的。

你必须来自这里，才能说中这一点。

78.队犬

爱德莉和班杰开着车，在苏恩的家门前晃了一圈。爱德莉要来取一个用老旧档案袋装着的连身运动服，她想让女童冰球队的球员试穿看看。她的人生目标绝对不是成为训练员，然而人生中的"目标"事实上也寥寥无几。过去她没有计划养小狗，但由于精通此道，她也就这么做了。在几年前苏恩退休时，她送给他一条幼犬。班杰亲自为这位前任冰球教练挑了这条幼犬，"理由只有一个，就是它很难搞"。这是实话。所以，现在爱德莉指导苏恩应该如何训练一条狗，苏恩则指导她应该如何训练即将满七岁的女童冰球队球员。他们两人联手投入一个针对一支女童冰球队的培训项目，他们就是在这样的情形下找到了爱丽莎。他们在全镇挨家挨户地敲门，询问是否有想打冰球的小女孩。说到打球，没有人比爱丽莎有着更强烈的动力。爱德莉成为这个项目的一部分，在她内心深处，这可是最让她感到骄傲的事。

"来杯咖啡吧？"苏恩按照惯例问道。

"是跟往常一样的那种炭烧的咖啡吗？"爱德莉问道。

"哎呀，真是抱歉啊，女皇陛下，我不知道今天的访客这么有品位，不然我就会把香槟冷藏起来啦！"苏恩回答。

爱德莉拥抱他。她几乎从不拥抱任何人。他在这个世界上已经没有家人了，但现在他在这座城市里的家人太过众多，让他没空将他们全数斥骂一轮。

"你读过报纸没？"他问道，并朝着摊开在厨房桌上的那份报纸点点头。在这颗行星上，在最后一批仍然拒绝用平板电脑和其他狗屎蛋来阅读新闻的人当中，他和爱德莉绝对有份。

"读者投稿专栏？不就跟往常一样？匿名的胆小鬼。"爱德莉哼了一声。

是啊，她当然已经读过那篇文章。

"你常挂在嘴上的那句话是怎么说的？一个人如果是白痴，并不代表他是错的？"苏恩露出微笑。

爱德莉也露出一抹无奈的微笑。那篇读者投稿所写的一切，其实是真的：针对资源永无止境的争吵、企图干预球队名单的家长们、那些表达方式犹如石器时代人类的训练员。爱德莉很清楚这一点。即使没人敢在她面前议论对女童冰球队的付出，她还是知道大家在议论些什么。当她和苏恩开始执行这个项目时，对于能获得的赞助和设备，他们简直可以不必多想。他们得跟整个俱乐部争抢冰面的使用时间。但当熊镇即将进行宣传时，突然间，在每一份具有宣传性质的手册上摆上小女孩们的照片就变得非常合适。这种伪善虽然让她感到极度厌倦，但她还是同等愤恨地咕哝着："我不喜欢'糟老头们的天下'这种字眼。"

这些读者投稿都忘记了一点：有些糟老头就像苏恩这样。一开始，俱乐部就是在他们的双肩上建立的。

"即使你是糟老头，这也不代表你并不是白痴。"苏恩微笑道。

整栋屋子安静得出奇。爱德莉朝门厅里张望，才察觉到屋内寂静无声的原因是那条狗已经跑到户外，班杰已经坐在一张扶手椅上呼呼大睡。他周边的墙壁上悬挂着各类照片，那些年代久远、记录为冰球奉献的老头的照片不得不龟缩到各个角落，这样才摆得下所有关于爱丽莎和那条狗的照片。墙上还贴着一张关于那条狗的剪报，它和甲级联赛代表队的队员一起拍照，这张照片被登在地方报上，它被称为"队犬"。

"要加糖吗？"苏恩从厨房里喊道。

"不用啦。"她回答道。

"'尾巴'的车在赫德镇被砸得稀烂的事情,你听说没有?"

"听说了。冰球馆里的斗殴,我也听说了。打群架的是男童冰球队球员。他们居然让赫德镇的球队在我们这里练球,我真不知道他们期望看到什么。"

"工厂发生意外事故以后,那边也爆发了冲突。"

"是啊,是啊。"

"明天,熊镇这些十三岁的冰球员将会对上赫德镇那些十三岁的冰球员。"

"我听说啦。"

"我听说,提姆那票爪牙也许会现身。在这一切发生以后,他们跟赫德镇那帮小伙子之间的关系很紧张。"虽然苏恩在说这番话时的表情似乎暗示着他已经暗自想了很久,但爱德莉对他的了解足够深入,因而能够认识到,这段交谈会引到这一点上实在是凑巧。

爱德莉从咖啡杯上抬头,扬了扬眉毛。

"难道那群白痴打算在……十三岁球员比赛的时候打群架?"

苏恩无奈地耸耸肩:"这想必就跟往常一样,关乎年轻男子,以及他们的势力范围。哎哟,或许这只是我这个年迈的糟老头在瞎担心,但不管怎样,我还是想说一下,如果你能跟他们当中的某个人稍微讲讲道理,或者说,或许你至少想让……某人远离那种地方。"

爱德莉心事重重地点点头。她从小就认识提姆·雷诺斯,他从不跟人讲什么道理。然而,苏恩指的不是他。他要她多加留意,确保班杰不会陷进这一团乱局。他是一头蠢驴,他有陷进一团乱局里的倾向。

砰。

砰。

砰砰砰。

苏恩总是会记些东西。多年以来，他主要记的当然还是与冰球有关的内容，也就是那些夹杂着圆圈、三角形以及纵横交错的线条的颇有价值的文字。直到他迈入老年，他才开始记些别的东西，也就是他过去以及现在所认知的事物。由于医生要他针对这些病痛写一本日记，他开始记一些偏向于生理的、形体的内容。然而，这些文字正在往内伸展着。最近这段时间以来，他对死亡多有着墨。现在的他，已经到了某种视死如归的年龄，既不像极力否定死亡的青春期，也不像努力压抑死亡概念的中年时期。苏恩所写的，主要是一列列的清单——关于屋里所有用品如何操作的说明，天气剧变时应该紧闭哪几扇窗户，要想避免令人永生难忘的触电经验就得避免使用哪几个插座，庭院的哪一侧春天会淹水，露台上的哪几块隔板最近才更换过，当然还有关于这条狗的事情。光是爱犬的看诊记录、爱犬最喜欢的鸡肝酱品牌，以及在他死亡之日该由谁及如何照顾他的爱犬的那些极为详细的说明，苏恩就用掉了一整本笔记簿。在不久以前，他努力地试图将笔记簿塞给爱德莉，但她对此可是气坏了。"你这老贼，你不会死的！"她高声咆哮着，一秒钟都不愿多谈这件事。

这是她所能做出的、最重大的爱的宣言。

砰！

苏恩从来不曾尝试书写爱情。也许他早该尝试这么做。写一些关于从来没结婚、从来没有亲生子女的人所能体验的那些东西。属于他的自我当中的一大部分是沉默无语的，他付出了自己的一切，他换得的一切竟然不含任何认可。冰球只是存在，它不会说话。小狗们也不会说话。它们只会爱你。

砰！

那条可恶的畜生，既任性又无法驾驭，既粗野又疯狂，完全不让他有片刻的宁静——苏恩最感谢的就是这一点。关于他从自己的小狗身上所感到的爱意，他事先一点心理准备都没有。他当然是这么说的——"我的狗"，然而当它注视着他时，他所有感觉的基石却是反向的，也就是：他属于它，他是它的人。它对他相当信任，这对他来说有时真是无法承受，他竟不知道自己该如何尽好这种责任。对于自己居然如此被爱着，被需要着，他竟不知道自己是否能承受住。就算他每天早上都被它伸到床缘的脚掌以及舔着他面颊的粗糙舌头给弄醒，对于它如此接纳他，他依旧感到震惊不已。与狗的相处就像与冰球相处一样：你每天早上都会迎来一次新的机会，一切总能重新来过。

当苏恩第一次抱住这条幼犬时，爱德莉问道："你打算给它取什么名字？"当时苏恩沉思良久，他从来没有思考过名字，他顿时感到自己肩负重大责任，而这条狗偏偏又没办法表达自己对各个名字的看法或好恶。因此，苏恩最后没有给它选定任何名字。原因在于：他感受到的爱都不是言语能形容的。他选择了一个声音作为它的名字。那可是他最爱听的声音。他在冰球馆里听了一辈子的这个声音，现在在每天下午冲击着他房屋正面的墙壁。这个声音说明：这里仍然充满生命力，他就在这里，某人正需要他。

"'砰'，"他说，"或许我会给它取名为'砰'。"

砰。

此刻他绕着屋子走着，叫喊着它。他气喘吁吁，并用一只手捂住胸口。现在，他不断感觉到自己的喉咙似乎在灼烧着。但是，这条狗并未现身。过了一会儿，爱德莉发现事态不对，也跟了过来，叫喊着那条狗的名字。叫声高亢，屋里的班杰连带着被吵醒了，从里面跑了出来。"砰"或许是一只顽固的动物，但现在可是吃饭时间，这小胖子可从来不会错过吃饭时间。

砰？砰？砰？

它躺在树丛的最深处，就在它最喜欢的那棵树后方。它看起来只是在睡觉，但当苏恩在草地上走动时，它那对小耳朵并没有什么反应，那小巧的脚掌一动也不动，那颗小小的心脏不再跳动。它没把他的家居拖鞋咬得稀烂。它更没有高声吠叫，使得苏恩不得不叫它闭嘴。它没有舔他的脸颊。它已经不在了。

79. 哭声

兽医沉默地站在厨房里，待在苏恩身边足足有一个小时以上。爱德莉将屋子里的玻璃杯和餐盘全洗了一遍，即使此举并不必要 —— 她总得找点事来做，否则她会把自己眼前所见的一切全都砸个稀巴烂。班杰双眼发黑地走进森林，当他回来时，他的指关节流着血，手里抓着一颗够大、可以被当成小块墓碑使用的石头。一位邻居取来工具，让他们能够在石头上刻上名字和生卒年份。苏恩央请这位邻居在石块的下缘刻上他唯一能说出的祝福语。

你就先跑一步吧。

当爱丽莎放学时，班杰和爱德莉就在学校的操场上等她。她一连哭了好几个小时，哭到自己那幼小的身体简直已经不剩下任何泪水。她一直哭到日光消失。在黑暗中，她龟缩在"砰"最喜欢的那棵树旁边，不管别人怎么劝说，她就是不肯移动。哭到最后，她累倒在雪地上。班杰不得不走到屋外，将她弄进来，否则她会被活活冻死。他知道死亡对一个小孩来说有着什么样的意蕴，他知道这就像被一股无以名状的空虚感痛击，因此他没说什么安慰人心的话。他不对苍天许诺，更不对极乐的天堂撒谎。他只做了就他所知唯一会有帮助的事情。他将一根冰球杆塞到她手里，小声道："来吧，我们去打球吧。"

他们在半夜来到冰球馆。爱德莉事先已经打过电话，工友因而得以微微拉开一扇窗户，让他们能够爬进去。班杰和爱丽莎不断地练球，直到几乎喘不过气来为止。接着他俩仰面朝天地躺在中场的圆圈线上，躺在那用油漆绘成的大熊图案上。这个即将年满七岁的小女孩问这个还不到二十岁的男孩子："你痛恨上帝吗？"

"恨。"班杰据实以告。

"我也是。"她小声道。

他思考着，如果告诉这个七岁的孩子，等到她年纪大到可以抽质量真正够好的烟，从而可以比较容易调适这些情绪，那到底会有多么不负责任。不过他料想得到，要是他真这样做了，那么爱德莉一定会缓慢地将他所有的手指全部掰断。所以，他没提这件事。相反地，他说道："爱丽莎，在之后一段漫长的时间里，你的心会痛得要死。一部分大人会对你说：时间能够疗愈所有伤口。但是，杀千刀的，它是永远不会被疗愈的。你只会变得越来越强硬。去他的，只有这样才会比较不痛。"

"你好喜欢说脏话哟。"她露出了微笑。这一整天下来，她的嘴角第一次现出笑容。

"去他的，你这个天杀的小死鬼，我难道不是一直这样嘛！"他笑着回道。

此时她笑出声来，笑声在冰球馆里回荡着。如此一来，至少对生命的希望还存在。他俩仰面朝天地躺在冰面上。班杰对她说爱德莉家犬舍里的一条母狗刚生下幼犬，但没说爱丽莎将能获得其中一只，反而只是询问她，她觉得它们应该起什么名字才好。因此，她不但没有发脾气，尖叫着表示自己除了"砰"，完全不想要任何幼犬，反而开始沉思。他们想到无数个名字，而且一个比一个笨。他们为此不住地笑，笑到咳嗽。他们想到的最后五十个名字全都跟大便有关，爱丽莎最喜欢的是"大便三明治"，因为这是她听过的最恶心也最可爱的说法。班杰真心期待着，当这个小鬼头在下次练球当中喊出这个名字时，自己被爱德莉臭骂一顿的情景。

"在打比赛的时候，你会害怕吗？"过了一会儿，爱丽莎问道。

"总是很怕。"班杰承认道。

"我有时候会呕吐。我好紧张。"她说。

他谨慎地伸出自己的大拳头，盖住冰面上的大熊图案，握住她的小手。

"要不要我教你一个小技巧？当我还小的时候，我通常就像我们现在这样，躺在这里。在我要打比赛的前一天晚上，我总是会从那扇窗户偷偷爬进来。不过你可千万别跟工友提起这件事哟！"

爱丽莎点点头，做了承诺。

"那然后呢？"她问。

"然后我就躺在这里，向上凝视着天花板，心里想着'现在全世界只剩下我一个人'，就好像要把这股沉默给记忆下来。当我独自待着的时候，我从来不觉得害怕。只有在人群中，我才会害怕。"

"我也是。"

对于这孩子完全知道这种感受，班杰感到痛恨，毕竟她年纪还这么小。不过，他说了实话："当你独自待着的时候，没人可以伤害你。"

此刻，她的手指更紧地掐着他的手。大熊位于他们的下方，而他们的上方即是永恒。疲倦的她用单薄的声音问道："那然后呢？"

他缓缓地答道："当我打比赛、在比赛中觉得紧张的时候，我就再度望着天花板，心里想着'现在冰球馆里又只剩下我一个人了'，这时我的脑海里就会变得一片沉寂。我仿佛能够突然屏蔽所有声音。我感到绝对而彻底的孤独，这样就感觉不到什么危险了。一切都会好转的。"

在几分钟的时间里，爱丽莎沉默不语。她体内多处疼痛难忍，但在当下、在当场，她一点感觉都没有，因为班杰就躺在她身边，而现在又是秋天，全新的冰球季即将开始，一切都仍是美好的。她上方是无边无际的天花板，任何危险都不存在了。直到班杰感到她的手指在他的掌心里放松下来，他才意识到，她已经睡着了。他一路将她抱回苏恩家，将她放在沙发上，替她把被子盖好，然后睡在她身旁的地板上。

爱德莉在第二天早上告诉他，他们在苏恩家的空地上找到了散落各处、藏在鸡肝酱里的灭鼠药。其他邻居家的空地上完全没有这些东西，它们只出现在了这里。当下，欧维奇姐弟完全无法用语言来表达自己最阴暗的念头。不过，他们根本就不需要什么富有哲理性的解释，他们只是知道，最简单的解释通常也是最真实的解释。熊镇和赫德镇的支持者已经对彼此开战，一切都成了以牙还牙，而尽人皆知的一点是："砰"堪称整个绿色俱乐部的吉祥物，它甚至出现在地方报上一篇标题为"队犬"的报道所配的照片中。如果真有人想伤害熊镇但又胆小到不敢对活人动手，那他们就会这样干。

班杰的声音不具有任何威胁性，他也没有气急败坏，只是冰冷地扔下一句："我要杀光他们，全杀光。"

在任何其他场合里，爱德莉都会劝阻他，但现在，她没多说什么。当欧维奇姐弟俩坐进车子开车回家时，苏恩站在厨房的窗边，心想：现在有人把这两个人变成了自己的死敌，在这座森林里，再没有比这个更糟糕的决定了。

他感到自己裤腿边有个东西在动弹。在那一秒钟里，他差点就要弯下腰来，拍拍"砰"的头部，接着才回过神来。内心所有的绝望和思念，让他差点哭出来。此时，爱丽莎再次拉扯他的裤腿，将自己的小拳头塞到他的大手里，问道："我们可以做果酱三明治吗？"

他们当然可以。

她想做几个，就做几个。

80. 敲击声

在周二深夜、周三凌晨之际，"闭嘴"离开了露丝位于熊镇墓园里的坟墓，接着若无其事地搭乘公交车回到赫德镇。马特奥仍然躲藏在暗处，他多么希望自己能够假装若无其事。他内心真切地盼望着自己能够徒手打死"闭嘴"，但马特奥只有十四岁，而"闭嘴"则是一名成年男子，他毫无取胜的机会。关于马特奥，我们事后会这么说：像他这样的男孩子犯罪，目的是想感受权力。不过事实并非如此——他只是想避免无力感。

他开始骑着自行车穿越市区，往家的方向骑，但车胎在雪地上侧滑着，他因此摔倒了好几次。链条再一次松脱，当他试图将链条固定时剐伤了手，鲜血顺着手背滴下。因为又湿又冷，他起先对此浑然不觉。他在挫折与愤恨中不住地抱怨，但这又有什么用呢？他推着自行车行走。他太过疲倦，因而没有注意到自己所选的是哪一条路。当他走到那排连栋式透天住房时，他听见一个老人在喊他养的狗，他们在例行傍晚时的散步，把整条街当成自己的领土，而且对此习以为常。马特奥并没有躲藏起来，但他们仍不曾留意到他的存在。

"'砰'！来吧！对啊，来吧！真是个好孩子！现在我们回家去，去吃鸡肝酱吧！"老人满心雀跃地大呼小叫着。

马特奥知道他是谁。他叫苏恩，曾经担任熊镇甲级联赛代表队的教练。他也知道这条狗的身份：它甚至上过报纸，在熊镇简直是人见人爱。

马特奥感受不到任何权力，他只是想避免无力感，哪怕片刻都好。他想起出现在墓园里的"闭嘴"身上穿的绿色夹克，苏恩也有件一模一样的夹克。他就是想从他们手上夺走某个东西，这样就可以让他们感受一下，这是什么滋味。因为他们对这条狗的哀悼，肯定远比对露丝的哀悼强烈。在这座群熊聚集的城镇上，女孩们竟然比不上这条狗。

马特奥一路将自行车推回家。他蹑手蹑脚地来到那对老夫妻居住的邻屋，思考着是否该尝试再度打开他们的武器柜。不过，他最终放弃了这个念头，转而探索起他们的储藏室。他并不知道自己到底要找什么——直到他看到某个架子顶层的两个小盒子上所贴的警告标签。

当他再度走向那排连栋式透天住房、搜索着苏恩家的庭院时，已经是周三凌晨了。他在回程的路上与爱丽莎擦肩而过，当时她正敲打着苏恩家的门，想把他叫醒，因为她要吃早餐了。他们一同到超市去。当他们回到家时，她用全身紧紧拥抱着"砰"，将它放进庭院。这是她这辈子最后一次见到这条狗。

81. 警告

周四的早晨，熊镇和赫德镇的所有人在醒来时都感到很愤怒。距离那场风暴已经过了一个星期，然而这感觉竟像好几个月那么漫长。打从上次这两座小镇间爆发正面冲突乃至于闹出人命以来，已经过了两年，然而血腥的暴行即将卷土重来。我们将会有着无数的借口，我们总是不乏借口，我们会说：这两座小镇间的冲突极其复杂，在这种情况下，没有那种非黑即白的事情。我们会略带贬义地叹一口气，说明道：两个社会之间的仇恨、两个冰球俱乐部之间的仇恨，乃至于两个民族之间的仇恨，不是什么新鲜事，这些可以追溯到好几代人以前。我们将会说：这个跟冰球无关，这跟文化上的差异、跟不同的传统、跟这两座小镇打从一开始赖以维生的不同基础有关。我们将会谈论到区政府的预算分配顺序，谈到经济资源，乃至于谈到这个区域实际上能够赖以维生的产业。我们会提到工作与税金，以及政府机关如何不理解：在这种地方的普通人实际上唯一想要的，就是清静地过日子。自己管理自己，在和平中生活，在自己的森林中打猎，在属于自己的水系里钓鱼，保留在这里所生产的东西，而不是让它们全部被运到南部去。我们将会详尽地说明：地方上的冲突，实际上不知有多少是由不曾涉足森林的大城市的人来决定政策所导致的。熊镇的人们会说：大路另一端的那些混账东西就只是忌妒我们。赫德镇的居民们会说：森林那一带的死鬼们是自以为是的伪善者，以为自己比其他所有人都优秀。有人将会提到冰球馆里那帮男童之间的争吵，另一人会提到那辆在赫德镇被砸烂的车，接着那起在工厂的意外事故将会被提起，这时连本来最理性的声音都会拉高而变得激动，超出合理的界限。最初与劳动环境和工厂安全性有关的讨论很快就会扯上各式政治口号，当其中一边宣称自己受到歧视时，另一边就会大吼大叫："不爽别来这里工作！回你们那座该死的烂小镇抢工作啊！"大家都认识那名陷进机器的年轻女子，或者那名本该轮班而实际上正在休育儿假的年轻女子。大家都认识那些在医院旁的停车场上打倒那些年轻男子的兄弟或者那些被打倒的男子本人。赫德镇的所有人都曾在某场婚礼上或一场冰球比赛里遇见某个来自熊镇的猪头，熊镇的所有人都曾在一座冰球馆里或工作场所遇见某个来自赫德镇的垃圾。我们所相信的与彼此有关的最恶劣的一切，总是能够通过我们从某人口中听来的故事证实，而这个"某人"其实又是从其他地方听来这个故事的。

我们将会说：这些事件有着绵长的历史支脉，深层的文化原因，好几代人一路传承了这些对立，如果你不是这里的人，你就不会理解。我们会说：这太复杂了，哎哟，这真是太过复杂了。实际上，这一点都不复杂。因为要是拉蒙娜还在这里，她准会说出下列这番话："去他的，在我看来，这个一点都不复杂。只要你们这些杀千刀的猪头别再打死彼此就好！"

但现在，我们竟然不知道该如何控制住我们自己。

*　　*　　*

"不过就是一条狗嘛。"

当然了，没有人这么说，但苏恩感觉所有邻居都是这么想的。户外街道上的每一天依旧继续着，而他则坐在自己的厨房里，内心碎成无数片。当他打开邮箱收信时，路过的人会对他说："请节哀，我感到很遗憾。"然而，这并不是苏恩希望他们感到遗憾的东西。他希望他们对生命感到遗憾，他现在没有了这条没教养、不可理喻的破坏狂的陪伴，还得将人生走完。没有了伸到床沿的脚掌与手腕上的咬痕，该怎么办呢？冰箱里剩下的鸡肝酱，要由谁来吃掉呢？冰球俱乐部的理事会与青少年代表队的一两个教练发来好几条短信，给他打了好几个电话，所有人都感到很遗憾，但这种遗憾并非针对一个人的逝去。当然了，因为苏恩感到难过，他们也感到难过，但是他们并不真正理解这个损失。因为不过就是一条狗嘛。当这个人属于这动物时，要想说清楚它并不只是一个动物，是极其困难的。这需要比常人所能表现出的更多的同理心，甚至是想象力。

当门铃响起时，提姆带着满脸的泪水站在门外。正是出于上述这个原因，这个情景既出人意料又完全合乎逻辑。他背后站着一群穿着黑色夹克的男子，他们还递上一个大花环，就是那种可以摆放在死者棺材上的花环。

提姆说道："这些小伙子想表达他们和你感同身受。我们能够帮你什么吗？"

"你们人真好，只是一条狗罢了。"苏恩小声道。

提姆用力地拍了拍他的肩膀。

"它可永远不只是一条狗而已。它可是家人。你如何关爱它，这是大家都知道的。我们也爱它。杀千刀的，它可是熊镇冰球队的队犬……"

站在他背后的其中一名男子脖子上、双手上都有着刺青，而在他身上这两处之间的大部分区域，想必都刺了刺青。他用颤抖的声音说："我知道我跟它没那么熟，可是我真的会很想念它。我感觉，它就是俱乐部的一分子！"

苏恩站在原地，手上拿着那个花环，双颊上充满思念之情，他实在不知道该如何回答才好。要是真的有些人能够理解人能对一个动物感受到的那种毫无限制、几近于不合理的爱，那想必也有某些人终其一生都会被告知，他们爱上了自己本来不应该爱上的东西："这不过就是冰球而已。"

"那群人"也知道一切，而且自始至终都知道。他们知道，哀痛的程度并不取决于你失去了什么，而取决于你是谁。他们具有想象力。其实他们的想象力非常丰富，因此只要一想到失去某个对他们来说不可或缺的东西，这种想象力就会让他们变得极其危险。

"咖啡。"苏恩不带疑问地说，带头走进屋里。

那群身穿黑色夹克的男子尾随在后，他们喝起咖啡。其中一名男子注意到淋浴间的水龙头滴着水，动手将它修好了。另一人将杯子刷干净。第三个人负责把它们擦干。当他们离开时，提姆将一个装有现金的信封放在厨房长凳上。

"这是我们的一点心意。"他低声为自己找理由。

"请把你的钱留着吧，我……"

苏恩才刚开口，提姆就友善地高举手掌："这可不是给你的，是给爱丽莎的。我们知道，它也是她的狗。"

在他离开时，苏恩追在他后面说："提姆……我们之间并没有那么熟悉，而且我知道你很生气……请你务必了解，虽然我气得要死，可是……为了这条狗，请不要为这条狗报仇，可以吗？它不喜欢打架的人。我也不希望爱丽莎喜欢打架的人。"

"报仇？要给谁报仇？"提姆问道。他显然完全不理解。

光凭这一点，苏恩就知道，赫德镇的某人将为此付出惨重的代价。

*　　*　　*

班杰与爱德莉·欧维奇在上方的犬舍里喂过了小狗，现在他们沉默地在料理台旁用餐。在接下来的一整天，他们都在爱德莉建在谷仓里的健身房里进行重量训练。他的姐姐察觉到，他比往常还要虚弱。但她也注意到了其他事情。上个星期，当他游毕归来时，他的双眸显得比较闪亮，它们仿佛在阳光映照的沙滩上被漂白了。现在，它们再度变得阴暗。他看起来变得比较强壮，但也更加凶狠。在他昨天不得不到学校操场上接爱丽莎，告诉她她的爱犬发生了什么事情以前，班杰一直在爱德莉的屋子里走动着，那样子在她眼中酷似一只受了伤的鸟。今天，他则活像一头受了伤的熊走动着。昨日的他不堪摧折，今天的他杀气腾腾。

82. 溜冰鞋

彼得整个上午都在忙活着烤面包，同时盼望着电话响起。他每隔五分钟就将手伸向手机，确定电池仍然有电。但它安静依旧，这真是太岂有此理了。对于他不在办公室里，蜜拉似乎浑然不觉。他对这家公司的重要性，原来不过如此。他难以找到言语来形容自己的心情：受伤？生气？不堪用？

他烤了好多面包，看在上帝的分上，这些面包可真多。弄到最后，整条厨房的长凳上全摆满了面包。接着，他取来自己那件绿色夹克，步行前往冰球馆。他完全可以这样做，反正现在也没有人需要他。十三岁的球员们要打比赛，而据他所知，对冰球来说，这正是最有趣的年纪。在那里，一切都还只是最原始的天赋与潜能，所有的梦想都还存在。

当他来到冰球馆时，时间还很早，馆内没几个人。但当他走进去的时候，几个闲晃着的老头抬起头来，说道："嘿，彼得！我们听说了那个新球员……亚历山大？他是叫这个名字吧？他行不行啊？"

彼得微笑着说："我们称呼他'大城市'，而且，是的，他很行，你们就等着看吧。"

当然了，这很合老头们的胃口。

"'大城市'？嗯，这个名字还挺好记的。还有，亚马回来了？他们也许可以成为雷达二人组呢。"

彼得满意地点点头："札克尔知道她在做什么。"

有那么一会儿的工夫，这感觉几乎就像旧日的时光。一众老头拍拍他的背，斩钉截铁地说："去他的，彼得，不必那么谦卑，你跟着札克尔去招聘这个新球员的事情，大伙儿全都听说啦！还有亚马的归队，肯定也有你在背后运作！大家多么希望你回来接手体育总监的职务，当你已经感到厌倦，不愿再为你老婆倒咖啡，或已经不想在赫德镇那个什么律师事务所干活的时候，你很快就会认知到这一点的……"

当彼得努力将此当成一个风趣的笑话而一笑置之的时候，他表演得很好，他的演技真的非常非常好。

当他在看台上坐定时，工友走了过来，坐到他的身旁。彼得直到这时才获悉：苏恩家的狗出事了，而那票黑衣人正要到这里来看比赛。

"我们最好做好准备，要打架啦。"工友忧心地喃喃自语。此时的情景，真的酷似往昔的时光。

实在是有点太像了。

*　　*　　*

蜜拉和她的那位同事坐在办公室里，面对着一沓沓摊开的、摇晃不稳的卷宗和档案夹。

"你怎么看？"蜜拉疲倦地问道。

"我想，我们的一个重大优势在于：这一切简直无比复杂，一个神智正常的人根本无法弄清彼得实际上到底犯了什么错。"这位同事试图用鼓励的口吻回答，但这一招并不真正见效，因为蜜拉很清楚彼得做了什么。

"在罪行发生时往别的地方看，就像真正犯下罪行一样糟糕。"她说。

这位同事是对的，在俱乐部所做的事情当中，有许多可以被一个干练的律师驳斥为司法上无关痛痒的细枝末节。也正是因为这一点，蜜拉才会对彼得签署与训练场馆有关的那些文件感到如此气愤。此举等同于在凶器上留下指纹。所有人都能理解这一点：你不能窃取数以百万计的税款，然后什么都没卖出，接着还让区政府购进一座不存在的建筑物。如此一来，你不仅不符合道德标准，甚至还犯了罪。

"你有没有告诉彼得，你已经知道这一切了？"这位同事问道。

蜜拉摇摇头："还没。他只会说，他不清楚他签署了什么东西，而我会相信他的。我将会……选择相信他的。"

这位同事露出无奈的微笑："我也会相信他的。你那个老公或许是个傻瓜，但还没有那么笨。"

蜜拉叹息一声道："他笨就笨在没有先阅读自己签署的东西，这样又有多聪明呢？我不知道是否能够通过宣称他太过天真来辩解他并没有犯罪……"

这位同事缓缓地点头："你想知道我的想法吗？我不认为报纸敢刊出这个东西。要是他们尝试这么做，是会引发众怒的。人们可是把彼得当成圣人一般的存在……而且，如果那些新闻记者刊登了这东西，他们也许不需要替罪羊？他们或许会将更多的抨击指向董事会和那些政客，而不是针对某个特定的人……"

"但是，假如他们需要替罪羊呢？"蜜拉虽然提出了这个问题，但是似乎并不想听到答案。

这位同事面露不悦之色，道："那彼得就再完美不过了。绝对完美。"

蜜拉努力想说点什么，但她几乎就要哭出来。她希望"尾巴"真能找到某种挽救赫德镇冰球俱乐部的办法，期望他能找到数量够多的盟友，借此阻止这家地方报社。她更是真心希望，此举足以掩盖彼得做过的事情，因为就连她也无法掩盖这些事情。

＊　　＊　　＊

一支男童冰球队在下方的冰面上练球。在十三岁球员们展开比赛以前，工友前去更换闪光灯泡，检查各扇窗户和紧急逃生出口。彼得跟着他行动，并从旁协助。当他仍然担任体育总监时，对于自己不仅知道关于球队的一切，甚至还对冰球馆的一切了如指掌，他感到非常骄傲。这包括哪些部件需要保养并涂抹润滑油，哪些需要替换或修理。在一个小小的冰球俱乐部里，每个人都身兼至少三份工作——而不是只有一份。

"该死……"当彼得正要脱掉夹克而拉链竟然松脱时，他咕哝道。

"是夹克缩水了，还是你的肚子变大了？"工友露出坏笑。

"两者都有。"彼得承认。

"我的储藏室里有一把钳子，我来帮你把它修好。小朋友，你总不能穿成这样到处走来走去。"工友嘀咕着。即使彼得活到八十岁，对这名男子来说，他仍然是个"小朋友"。

当他们来到储藏室时，亚马手里提着溜冰鞋，站在储藏室外。当他看到彼得时，他的神情变得极度不自在。他的手指不安地动着，使得其中一只溜冰鞋掉到了地上。

"它们需要磨一磨吗？"工友以一种特有的阴沉口气问道。只有在跟他最欣赏的球员说话时，他才会使用这种口吻。

"只要……我的意思是，如果你有时间……我并不需要……"亚马硬挤出这番话。当他那天到彼得家时，他有许多话想对彼得说，但当他什么话都没能说出口时，这些话仿佛就在他的内心生了根，并茁壮成长。

"我要先修理一件夹克。"工友告诉他。

524

彼得弯下腰来，捡起地板上的那只溜冰鞋，说道："亚马，我可以帮你将它们磨一磨。你跟我进来，告诉我你希望怎么磨尖。"

在磨床发出的咯吱咯吱和嗡嗡声中，这三个象征了各自时代的男子并肩而站，为溜冰鞋冰刃的厚度而争吵着。工友指出，此刻亚马的体重似乎增加了十千克，他们得少磨一点。彼得则对亚马眨眨眼，说道："他只是在装聪明，他甚至不知道该怎么修改机器的设定。已经不知多少年过去了，他磨溜冰鞋的方式还是跟以前一模一样。"

"只要抓起一把砾石就可以磨你的溜冰鞋了，反正不管怎样，你一整场比赛还滑不到五米……"工友回答道，起身去找一把比较好的钳子。

彼得和亚马仍站在磨床边。在机器咯吱咯吱的转动声中，彼得问道："你要不要留下来看这些十三岁球员打球？感觉起来，你本人昨天好像还只是个十三岁的孩子。我的意思是，我知道这已经是很久以前的事了，但有时一切感觉起来就像……"

亚马的目光牢牢地盯着那双溜冰鞋。

"我懂你的意思。有时候，我也这么感觉。"

彼得温柔地用手指头滑过溜冰鞋的冰刀。

"这就是为什么整座小镇这么爱看小孩打球，在那个年龄，一切希望无穷。"

当亚马回答时，他的声音几乎碎裂开来："今年春天的时候，我本来应该听你的。"

彼得温和地摇摇头："不，不，你是对的。现在的你，是个成年男子了。关于你该做什么，我没有资格说教……"

"如果我当初听你的，现在我应该已经在国家冰球联盟打球了。"亚马挤出这么一句。

这时彼得转过身来，逼迫亚马正视他的目光。

"总有一天，你会打进国家冰球联盟，不过不是因为我或是其他任何人，而是因为你是个极其厉害的冰球球员。"

他将那双溜冰鞋递上。亚马接过溜冰鞋，低下头说道："没有你的帮助，我到不了那里。"

"不要这么说，你的才华可是上帝的恩赐，你有……"彼得反驳道。

然而亚马以既谦恭又坚定的语气打断他："光凭才华是不够的。或者说，无论如何，我只靠才华是不够的。我还得有个信任我的战友才行。受益的不只是我……你为班杰和波博做了同样的付出，现在面对亚历山大，你依旧做出相同的付出……我们并不是你的小孩，但你始终让我们觉得我们是你的孩子。你对我们的信任，总是超过我们对自己的信任。"

工友回来了，门应声开启。冰鞋的磨床咯吱咯吱响着。亚马羞赧地点点头，嘟囔了一句"谢谢"就溜开了。彼得站在原地，不敢穿上那件夹克——因为那件夹克将会被他起伏的胸膛撑开。工友不胜恼怒地瞄着他，咕哝道："我这里还有二十双溜冰鞋要磨，你居然只是呆站在……"

因此，彼得便在那里待了几个小时。他已经很久不曾感到自己是如此有用。

*　　*　　*

当亚马从储藏室里走出来的时候，冰球馆里已经人满为患。拥挤的人群使他感到恐慌，因此他并没有停下来看比赛。他在停车场上看见了"闭嘴"，他肩上背着提袋，面对那意外的人群，他脸上也是一副紧绷的表情。外面又开始下雪了。

"'闭嘴'！你想不想去某个地方打球啊？我们可以去湖边瞧瞧，看结冰了没有。"亚马高声喊着。"闭嘴"当然点点头。

马特奥站在较远处的树木之间，看着他们离开。

83. 挑衅

这是星期四的下午。赫德镇的这栋别墅因在咯吱咯吱作响的楼梯上上下走动着的躯体而震动着。泰德正在收拾自己的提袋。他今天要打比赛，对手是熊镇的十三岁青少年选手们。托比仍然被禁赛，不过正是因为如此，他这次得以跟去观看泰德的比赛。之前这些年，他俩的比赛时间几乎总是重叠的。特丝也会跟去，她将图尔托付给邻居们，对此图尔当然是气得要死。即使当时还没人知道当天的事态会变得如何恶劣，强尼仍在那天大清早凭着直觉决定，他最年幼的儿子不能跟着到冰球馆去。强尼和哈娜努力压制住自己的情绪，但是效果不甚显著。发生在工厂的那起意外让他们深受打击，他们都还没来得及跟彼此谈谈这件事情，或许他们在尽力避免去讨论这件事情。强尼参与了锯断机械，将那名年轻女子解救出来的过程；哈娜则在医院里接待她。现在哈娜很敏感，强尼则很伤感。她对外发泄，他则将情绪隐藏在内心。她仓皇地想逃出去，而他将会爆发出来。

"我去车上打包东西。"就算没有什么需要打包或收拾的东西，强尼还是会这么说。他只是走到外面，独自坐在车子前座上，低声播放着斯普林斯汀的音乐。

哈娜任由他走到户外，消失无踪，然后独自走向泰德的房间。这个十三岁的少年已经穿上了自己的红色练球用球衣。他已经一如往常地做好准备，要走得比谁都远。这和十五岁的托比构成了对比。托比一如往常，刚刚才醒过来，仍然找不到一双合适的袜子。哈娜在帮他找。她不假思索地喃喃自语："这是你的袜子啊？它们看起来像是你爸爸的！你的脚到底有多大？你们每次要打球的时候，我都还得坐下来帮你系好溜冰鞋的鞋带，这似乎都还是最近的事情……"

"妈妈，你帮我们系溜冰鞋的鞋带已经是差不多十年前的事情啦。"泰德和托比异口同声地笑着道。

"不，这只是五分钟以前的事情！最多是上星期的事情！"他们的妈妈悻然反驳。

"这并不是因为你们长大了，而是因为我的整个世界小到就围绕在你们的身边。"她一边想着，一边拥抱自己的儿子们。如今她膝下仅剩下一个仍然需要她帮忙系溜冰鞋鞋带的孩子，但图尔几乎已经不需要她帮忙了。对她来说，被剥夺这项权利是很悲惨的，因为只有在孩子刚踏上冰面的那一秒钟、在他在比赛或练球时首次滑过冰面的那一秒钟，她才能感到自己是个好妈妈，是个能掌握局势的妈妈，而这种时刻在他一生中极少。现在他们自己所做的一切，正是她在他们还小、吵吵闹闹时希望他们能做的。然而，当他们现在已经长大，能够独立自主时，她的愿望又反了过来。

在开往熊镇的一路上，托比和泰德为了听哪种音乐而吵个不停。特丝单纯为了跟他们斗气而播放起斯普林斯汀的歌曲，但强尼当然认为特丝此举是因为他，因而沉浸在良好的自我感觉中。直到驶出森林区，他们才惊觉通往冰球馆的路上塞满了车辆。

"天哪，这些人是怎么回事？发生了什么事？"托比脱口而出。

"这些人都是来看我们比赛的吗？"泰德喘着气。

强尼和哈娜安静地坐着，警觉地打量着人群，目光从停车场的一端移到另一端。人群中散布着几小群身穿黑色夹克的男子，他们当然不常去观看十三岁球员的比赛，但今天情况不同。即将来临的暴力将成为一种证明。"那群人"听到关于赫德镇的男子将要来到此地打群架的所有传言，因而认定自己得保护熊镇的子弟兵。赫德镇的男子们由此认定，他们现在得到这里来，保护自己的子弟兵。这样一来，任何形式的挑衅都不必了。仇恨不胫而走。

"这种事情永远不会善终。"哈娜心里这么想，嘴上却说："这场比赛这么有气氛，真是太棒啦！瞧瞧这么多来自赫德镇的球迷，这简直变成了主场比赛！"

"这本来就是主场比赛。"强尼不满地咕哝。

不管怎么说，它本来的确应该是主场比赛。要不是赫德镇冰球馆的屋顶塌陷，它本该在周末于赫德镇举行，现在却移师此地。而且，由于冰球场其他能用的时间全被占用了，它只能在周四举行。在冰球馆的大门口关于今天赛事的看板上，熊镇有些人肯定已经先摆好了熊镇冰球俱乐部的队徽，把这场比赛弄得像是他们的主场。

"亲爱的，这或许并不是那么重要吧。"哈娜表示。强尼愤懑地保持着沉默。

他们紧随着其他车辆，开进那些旗杆之间，绿色的大旗在旗杆顶端飘扬着。冰球馆那座崭新而华美的屋顶被雪覆盖，在日照下熠熠发光。最靠近冰球馆的所有停车位都被一些极其昂贵的城市越野车占据着。这些越野车属于那些热爱冰球的长辈，外观看起来一模一样，而且后座的车窗上都贴满了熊镇冰球俱乐部徽标的贴纸。强尼开着那辆迷你巴士经过它们旁边，引擎咔咔作响——它就像一个在行政局接待柜台工作四十年、每天都从黄色烟盒里掏烟、抽了太多香烟的服务生。它的钢板也哐当哐当作响，斯普林斯汀的音乐轰鸣着。在一小段距离之外的某个地方，一群青少年正用震耳欲聋的声音高歌："我们是熊！我们是熊！我们是熊！来自熊熊熊熊镇的熊熊熊！"在另一个地方，一小群身穿红衣的孩子回应道："赫德！赫德！赫德！"于是，第一群青少年立刻报之以一阵如风暴般席卷整座停车场的嘘声与吼叫声："赫德镇的婊子！赫德镇的婊子！赫德镇的婊子！"

"熊镇冰球俱乐部真是很棒，可太棒啦。他们的'基本伦理价值'可真够'美妙'的……"强尼低声地喃喃自语。这时连哈娜都已经没力气要他住口。

托比和泰德从车上跃下。托比一言不发地取来弟弟的提袋，帮他提着，这样一来，万一人群中发生争吵，他就不会随着提袋一同被困在人群中。他们看到泰德的教练和全队其他球员聚集在冰球馆入口处。他们朝那里走去，哈娜的叮嘱在两人耳畔回响："从现在开始，专心打球！从现在开始，不要惹是生非！你们听清楚没有？"

特丝站在哈娜身旁，朝同一处入口的一小段距离外瞄了一眼。哈娜望着她，再朝入口处张望，接着叹息道："你看到波博了？"

特丝开心地点点头："我可不可以……"

妈妈点点头："可以，你现在就跑过去吧，不过请你紧跟着他行动！一旦爆发冲突，这样至少你可以确保是他被痛揍。不管怎么说，他块头那么大，一定会被揍……"

特丝无忧无虑地跑动起来，像是置身于一座主题游乐园之中。现在，她几乎完全有理由把这个场合当成游乐场看待。她的笑是如此急切，以至于连哈娜都几乎放松下来。她得承认，除了一两声激烈又刺耳的加油声，人们的心情似乎很高昂，空气中弥漫着一股期待。孩子们背着沉重的提袋，敞开的后备厢里摆着装满咖啡的热水壶和一袋袋小圆面包。最近这一个星期以来，这两座小镇对彼此的仇恨是无以名状的，但这里的氛围就好像所有人都在酷寒中摩擦着双手，转而忆起这项运动赛事所蕴含的暖热。他们拥抱着自春季以来就未曾见过面的老友们。整个漫长的夏天，所有人都飞到外地去露营或者到小屋去度假。然而真实的生活就从现在开始。现在他们的日常生活将完全被接送孩子所主导，数百个家庭在每天晚上都有了可以谈论的东西，都有了某个共同的话题，原因就在于：如果这些孩子没打球，他们的双亲就永远不会在他们的人生中占有这么多的空间。在最理想的情况下，哈娜还能再过几年这样的时光呢？这种日子很快就会结束了。孩子们很快就会长大了。妈妈们没有什么能带领自己走过人生的装备，因为她们将自己毫不保留地奉献给了子女。到了孩子们青春期的尾声，她们能放弃的东西几乎都已经被放弃了，而她们似乎已遍体鳞伤。因此，每一次的失落感都是直接扎到她们的肉里。

"我打算去买一根热狗，你要在这里待着吗？"站在她身旁的强尼全然心不在焉地问道。哦，上帝啊，她多么希望雷电此刻能够将他劈开，虽然她不想让他死，但或许可以给他点教训。

"一根热狗？现在？"哈娜哼了一声。不过她或许不该对此感到惊讶的，这个男人就是一座活生生的垃圾场。她大半辈子都用来将便宜的巧克力"藏在"橱柜的最上层，这么一来，他在喝了啤酒以后很快就能找到这些便宜货，从而不会在烂醉之中继续翻找那些被她藏得更深的、价格昂贵的巧克力。

她看见泰德两个队友的家人出现在一小段距离外，便朝那边走去。强尼走向卖热狗的摊位。全家人迅速被人潮给冲散。

84.律师们

这个下午，安德森一家全都到了冰球馆。在他们当中，没人能真正解释这是为什么。玛雅和安娜路过这栋房子，想吃点面包。"大城市"在那里取行李，他正准备永久搬进那栋本来是一辆休旅车的夏季度假小屋。他昨夜就独自睡在那里，班杰则出于"大城市"目前还没能真正理解的原因搬到他姐姐的屋子里，但"大城市"因为非常享受水畔的森林景致而就此留了下来。

"你今天要去看比赛吗？"当他们在厨房的长凳旁不期而遇时，玛雅随意地问道。

"哪场比赛？""大城市"问道。

"赫德镇和熊镇的十三岁球员之间的比赛。"

"十三岁？这个……在这里算是大事吗？"他讶异地问。

"是熊镇对上赫德镇。只要是这样，一切都会被这里的人当成大事。"玛雅说。

"你们要……到那里去吗？"他问。

"我们现在就去！"安娜斩钉截铁地说。

他们说服里欧一起跟来，他假装不情不愿地答应了。在去冰球馆的路上，他分别给了玛雅和安娜一根烟，现在的他觉得自己真的是个成年人了。当他们来到冰球馆时，玛雅给妈妈发了一条短信，写道："我们要去看比赛，你要来吗？"

蜜拉正和自己的那位同事坐在办公室里，埋首于文件堆中。她惊讶地回道："十三岁球员的比赛吗？我觉得你对这个没兴趣吧。"

她收到的回复是："妈妈，谁管是谁对谁，你只管过来就是了。"

如果你是青少年的妈妈，又想抗拒这番邀约，那就只能祝你好运，加油。

* * *

强尼其实并不想吃热狗。当他从大路上向下拐进停车场时，他看到了那辆卖热狗的餐车，而且认得那名摊贩——一名年轻而瘦削、留着蜘蛛网般细长胡须的男子。强尼在废车处理厂见过这个人，他是勒夫的一个小弟。他周边围了四名身穿绿色夹克的中年男子，其中一名中年男子几乎是紧贴着他的脸，高声叫骂、吵闹着，另一名中年男子则暴怒地拉扯着卖热狗的餐车。勒夫的小弟牢牢抓住那辆餐车，但没有动手反击（即使他看起来似乎有能力还击）。就算那些中年人身体超重，都因为发际线越来越高而开始留起一模一样的、透露出绝望心理的发型，但被绿色夹克团团围住的他在这里还是处于劣势的。

强尼一边拉下夹克的拉链，一边走近那里。他在一两米的距离外停下，轻咳了几声。

"怎么回事，这里出什么问题了吗？"

身穿绿色夹克的中年男子们愤怒地转头一望，随即压下了自己的怒火。这当然与强尼的体形有关，更重要的是，在他那件被拉开的夹克下，是一件印有消防局徽标的 T 恤。倒不是说这群男子尊重消防人员，事实上，这群男子目空一切。真正让他们有所顾忌的是，一旦杠上其中一名消防员，那么整个消防局的人想必都会出来助阵。强尼或许是独自站在那里，但是杀千刀的，他背后可是有一大票人。

"这里禁止贩卖热狗！"最后那名男子喊叫着，口气比他实际上的态度还要坚定。

"禁止？卖热狗？你是认真的？"强尼笑了起来。

"男童冰球队在冰球馆的咖啡厅里卖热狗！这个家伙站在外面，用我们售价的一半贩卖热狗！这样搞的话，我们的人在咖啡厅里要怎么做生意？"

勒夫的小弟转身面向强尼，口气里带着几乎压制不住的怒火道："难道这里不是一个自由的国家、一座自由的小镇吗？"

"不管怎样，这里不是你那座该死的烂小镇，所以你或许应该滚回你的老家去！你那些热狗用的都是什么肉来着？老鼠肉？蝙蝠肉？还是什么烂肉？"其中一名男子嘶吼道。

这时强尼盯着那名男子不放，直到对方退缩为止 —— 那种讲话超大声，但是不敢动手打架的男人，到最后总是会退缩。另一名男子挽住同伴的胳膊，咕哝着向强尼赔不是："那是……对不起……现在，别让这种不必要的事情闹大。我们在咖啡厅里的人就只是想卖点热狗，为球队的账户赚点零头罢了。家长们只是很生气……"

强尼哼了一声，向勒夫的小弟点点头。

"生什么气？你们以为这座停车场是你们的？这座停车场是区政府的！他就跟你们一样，都是区政府的一部分！"

"好了，好了，对不起……"这名男子说着，双手向外一摊。

"你这个烂猪头，不要跟我说对不起！跟他说对不起！"强尼吼道，再度向勒夫的小弟点点头。

那些男子盯着他，仿佛在确认他是不是认真的。接着，他们当中的一人拉住其他人的胳膊，咕哝道："现在，走吧，我们进去吧，比赛要开打了，我们之后再来收拾他。"

强尼和勒夫的小弟站在原地，盯着他们离开，强尼能感到自己脉搏跳动的频率在飙升。这几个男子都不是彼得·安德森，但当他站在那里的时候，他认知到，他们当中的每个人都让他想起了彼得·安德森。单是这一点，显然就已经足够了。

"谢谢。"勒夫的小弟说。

强尼转过身，简短地点点头："如果他们再来找你麻烦，就跟我说一声。停车场不是他们的，就算他们认定整个区都属于熊镇冰球俱乐部，但事情并不是这样的。"

勒夫的小弟将手放在胸口，鞠了一个躬，算是表达自己的谢意。强尼对此则完全不知道该如何回应，所以到最后，他只是一边拨弄着自己夹克的拉链，一边以某种方式挥挥手，算是某种不太正式的敬礼。勒夫的小弟给他烤了一根热狗，将它递到他的面前。强尼将手伸进牛仔裤的后口袋，想要掏钱，但对方摇手制止了他。

"消防员免费！"

强尼赞赏地点点头。他一边吃，一边走。这根热狗还真是天杀地可口，他可以做证：它绝对比熊镇咖啡馆里卖的热狗要好吃得多。

*   *   *

安娜、玛雅、里欧和"大城市"在冰球馆旁钻来钻去，在各个不同的群体中穿梭。安娜从他们的视线中消失。不消一分钟，她就回来了，还提着一只装着八罐高度数啤酒的塑料袋。

"你是……怎么办到的？"里欧喘着气说。

"我只是问了一个男生。"安娜以再自然不过的口吻说。

"不管在哪儿，她都能弄到啤酒，她甚至可以在一场葬礼上弄到啤酒！"玛雅指出道。

"这应该是能最简单地弄到啤酒的地方了吧？"安娜喊道。

他们在停车场的最远端各自找了块石头坐下，开始喝起啤酒。玛雅让里欧喝下一罐，自己则喝下两罐，安娜喝下三罐。"大城市"则谢绝了，他晚上还要练球。

"你是怕被教练臭骂吗？"安娜故意激他。

"不是，我只是不愿意让她失望。"他还没来得及编造一个谎言，就直接脱口而出。

玛雅充满鼓励地拍了拍他的肩膀，刻意用自己最明显的林间城镇口音说道："你要是不想让人失望，那还是离开这座小镇吧。你可要知道，如果我们在这里没有一丝一毫的不满，我们是不会满意的。"

"大城市"露出笨拙的微笑。玛雅从没见过像他这样的人，明明没有理由害羞，却害羞成这副德行。

"我很擅长让人失望。我努力不让人感到那么失望。"

玛雅相当迅速地灌下了自己的两罐啤酒，啤酒的酒力超出了她的预想。当她正要说出一些极不体面的回答时，里欧的喃喃自语打断了她。

"我不太舒服……"

"你这个小浑蛋，你把所有的啤酒都喝光啦？"安娜咆哮起来，上下抖动着那只已然空空如也的袋子。

里欧的头实在太晕，因而无法回答。

*   *   *

就这么一回，对于零摄氏度以下的气温，蜜拉心怀感激。这让她有机会将自己裹进一件高领口的厚重大衣，戴上一顶帽檐压得很低、几乎盖住双眼的厚实毛线帽。她在冰球馆外的人潮中穿梭着，没被人认出来。她发送短信给自己的女儿，当她见到女儿和安娜待在咖啡厅的收银机旁时，心中微微一惊。她们和男童冰球队一票身穿绿色夹克的球员站在一起，卖着热狗和巧克力球。

"嗨，妈妈！"玛雅惊讶地叫道。她仿佛已经忘记，是她邀请妈妈到这里来的。

"我们是实习生哟！"安娜开心地提醒她。

蜜拉俯身凑向桌面，透过她们的鼻息低声道："你们……喝酒了？"

"就一点点！"安娜咆哮的同时，似乎还坚信自己只是在窃窃私语。

"里欧到哪里去啦？"蜜拉问。

"在卫生间！"安娜坚定地咯咯轻笑，玛雅则歇斯底里地咯咯笑着。蜜拉尝试真正对她们发脾气。她真的在尝试。但她俩实在太开心了，而她实在太疲倦，而且实在太需要不必让她操心的家庭成员了。所以，她在吧台桌边走动，强迫女孩子们喝水，接着就亲自站在那里，开始卖起热狗和巧克力球，就像过往的时光那样。

*　　*　　*

特丝和波博走到位于楼上的咖啡厅，他俩并未手牵手，但仍尽可能地贴近彼此。他们的手晃荡着，他们的手指不时似乎一不小心就钩缠在一起。迅捷的眼神接触、闪躲着的微笑，到处都是微小的、如触电般的爱意。

"大城市"站在角落，啃着巧克力球。波博停下来跟他交谈。当特丝忽然间转过身时，她脸上的表情就像她的弟弟那天看到亚马时的表情。

"那个……是蜜拉·安德森吗？那位律师？"她对波博咆哮着，拉扯他的手臂。

"嗯？蜜拉！嗨，蜜拉！"波博一边大呼小叫，一边挥挥手。特丝脸上冒出某种表情——直到他们白头偕老，每当他在公众场合吓到她时，她的脸上都会出现这种表情。蜜拉抬头张望，也向他们挥挥手。当她迎视特丝的目光时，这个女生的脸变得通红，波博不由得以为她喉咙里卡住了某个异物，从而准备给她实施海姆立克急救法。直到他被自己的女朋友高声、尖锐地臭骂一顿（这是第一次，但绝不会是最后一次），他才作罢。蜜拉走了过来。她先是拥抱了波博，然后伸出手来："嗨，我叫蜜拉……"

"我知道，我知道，你就是那位律师！"特丝叽叽喳喳地说。

"是啊，你怎么知道的？"蜜拉惊讶地笑着说。

"我到学校接我弟弟的时候，曾从你的办公室前经过。我看到招牌，所以我……在网上查了一下关于你的信息……"特丝脸红地承认。

"特丝也想成为律师！"波博插嘴道。他还没有学到，面对这种情况，他本该闭嘴的。

538

不过一切将会水到渠成，他还有许多年的时间来训练这一点。

"我……这个还不确定……不过我想读法律，可是大家都说这很困难。"特丝羞赧地说。

"是很难，没错，所以才值得一试。"蜜拉露出友善的微笑。她从对方身上看出了自己在对方这个年龄时所有的犹疑心理。当时她每天晚上都在自己双亲经营的餐厅里洗盘子，纳闷着自己是否真的有机会与大学里那些富家子弟一较长短。

"你觉得我行吗？"特丝直截了当地问道，这种坦率让她本人和蜜拉都感到震惊。

她开始结结巴巴地赔不是，表示这真是个愚蠢的问题，但蜜拉温和地挽住她的手臂，回答道："我想对你说当时我妈妈对我说过的话：要弄清楚这一点，只有一种办法。"

特丝的双眼闪闪发亮，她不假思索地小声道："我想帮助其他女孩，就是那些被强暴或受到虐待，以及……总之，这不曾发生在我身上，但是我知道发生在你女儿身上的事情！我想……伸出援手，就像你一样！"

在今天直接走进咖啡厅以前，蜜拉没有喘不过气来的心理准备，因此此刻她花上片刻，调整了一下自己的呼吸。

"这种工作，有时很沉重。"她低声说。

"我全家人做的工作都很沉重。"特丝耳语般地回答她。

看着这女孩闪闪发亮的双眸，蜜拉内心想着，彼得这些年来的感想铁定也是如此。一棵盛开着、怒放着的樱桃树，看起来就应该像这个样子。所以，她露出微笑，缓缓地点头，将手伸进内侧口袋，摸找着皮夹。

"这是我的名片，背面印着我的电话号码。当你想打给我的时候，就打给我。当你想到办公室来拜访的时候，你就过来。如果你真的想这么做……真的想……那我保证，我一定帮助你。"

特丝拿着那张名片，就像拿着一张通往巧克力工厂的门票。随后，特丝脱口而出道："我听说你的女儿搬去了外地，在另一座城市的某所学校就读，你会不会因此觉得很难过？"这番话一出口，特丝就意识到自己就像个发疯的跟踪狂，然而已经太迟了。

蜜拉嘴角颤抖着，说道："是很难过，但也很骄傲。"

"所有开设法律系的学校离这里都够远的，但是我妈妈又不希望我离家太远。"特丝脱口说道，就像这些话已经在她嘴边徘徊了太久。

"妈妈们永远都不希望孩子离家太远。"蜜拉承认道。

当时，特丝还有很多事情想要询问，但她没机会问了，因为突然有人在向下通往冰球馆的楼梯间叫喊起来："打架啦！打架啦！"

然后她听见从下方传来的咆哮声。有些男子惊恐地叫喊着自己儿子们的名字，另一些男子则愤怒地对彼此大吼大叫。接着，当所有人争相逃离某个恐怖的处境时，一阵阵脚步声纷至沓来。

85. 心

赫德镇的十三岁球员们走进客队的更衣室，随即又迅速地逃了出来，而且一个个脸色发绿。那里面臭气熏天——那是一种令人感到眩晕、恶心，能够迅速填满鼻孔，让你的呕吐反射神经来不及遏阻的具有腐蚀性的异味。一票刚进入青春期、身穿绿色球衣、将棒球帽前后反戴着的青少年歇斯底里地咯咯直笑。接着工友才察觉到发生了什么事情，于是握着一把锤子将他们赶到停车场上。赫德镇的这批十三岁球员则站在原地，打着哆嗦。更衣室里散发出异味的或许是丁酸，或许是腐肉或陈旧的虾壳。自古以来，熊镇就用这一招在精神上恫吓来访的客队。美好，无比美好的熊镇冰球俱乐部在其公共关系宣传手册上宣称，赞助他们就是一种正义，但他们的行为永远是如此不成熟。赫德镇的所有人对此习以为常，甚至没人感到惊讶。但这一招通常针对的是成年人，而不是一群十三岁的球员。这场比赛很不一样。

"我们是熊！"看台的站位区传来震耳欲聋的吼叫声。"我们是熊！"如海一般的黑色夹克重复道。泰德和他的队友们正站在位于下方的那条长廊上，他们能感觉到长廊的墙壁随着吼叫声震动不止。教练试图给他们指示，告诉他们应该去哪里换装，但他的声音被一片噪声淹没。"赫德镇的婊子，赫德镇的婊子，我们要杀死你们——赫德镇的婊子！"一阵阵吼叫声传来。托比站在旁边，看出了当时这批球员眼神中的恐惧。他们都只是孩子，将他们送上今晚的冰球场，就形同送他们去打仗。托比抓住自己的弟弟。

"泰德！"

"嗯？"

托比抓着弟弟的手臂，喊道："专心想着蛋糕！"

泰德惊讶地爆出一声笑，在哥哥的抓握下，他全身逐渐放松下来。

"什么？"

"你最爱蛋糕啦！想着蛋糕，你就会放松了！"

"你脑袋坏掉……"

托比严肃地点点头。

"不管他们在外面怎么鬼叫，你都不要怕。知道吗？你要心存感激！你想上国家冰球联盟打球吗？那你就得顶住压力，在一群发疯的观众面前打球。所有的观众之中，再没有比那些精神病患者更无可救药的了。如果你能在那里存活下来，往后你就能打遍天下无敌手。你就到场上去，打你的比赛，让所有鬼吼鬼叫的人闭嘴。他们每叫一声，你就进一球，把他们彻底打烂，剥夺他们所爱的一切。"

这个弟弟用前额顶住哥哥的前额，挤出这么一句："谢啦，托比。"

这个哥哥吼道："不要道谢。赢！到外面去，赢。将他们的心打烂吧。"

他俩的目光迅速交会，为人兄长的他在冰球场外总是极为强硬，但在冰球场上则经常退缩；弟弟则恰好相反。只要托比能够在边线护栏的彼端将泰德保护好，护栏的另一端就不会有人能够阻挡泰德的发挥。他们一个是十五岁，一个是十三岁。他们当中，一人的冰球生涯即将告终，而另一人的冰球生涯才刚开始。当泰德随队走向通往停车场的那几扇门、准备到自己双亲的车内换装时，托比仍然驻留在长廊上，双手插在口袋里。当他的弟弟准备好出赛时，哥哥便转身向上走，来到看台的站位区，置身于赫德镇的支持者中。几个比较年长的男生认出了他，过去他们在同一所学校上课。现在他们招呼他，对他招手，要他站到他们那边去。

"几天前在这里把熊镇那些同性恋打倒，然后被球队禁赛的人就是你，对吧？"其中一人问道。

托比有点不情愿地点点头。他们用力拍拍他的背。

"杀千刀的，你不应该被禁赛！你应该获得一块奖牌！"

托比当然知道这伙人是谁，他爸爸总是对他耳提面命，要他跟这类人保持距离。"托比，这些白痴成天就只想找人打架。等到你年纪大了，你就会明白，就算你不主动到外面惹是生非，你这辈子陷进去的争吵和冲突就已经够多啦……"但是，当这票男生此刻高声吟唱，在观众席上跳来跳去的时候，托比胸中仿佛响起一道道雷鸣。他的双耳内嗡嗡作响，肾上腺素飙升，因此他也跟着吟唱、跳动起来。

当泰德的球队换装完毕，再次走进冰球馆时，好几名球员的老爸跟在他们后面，一路走到球员专用的通道。对于更衣室里那股将球员逼到在停车场上以极其羞辱的方式换装的恶臭味，他们怒不可遏。他们大吼大叫着，说此举"缺乏运动精神"。熊镇的某个十三岁球员含糊地顶了一句不知所云的话，有人便一把抓住他——而这当然导致熊镇冰球队所有球员的老爸为了保护自己的儿子，也冲进球员专用的通道。一切冲突就这么轻易地被点燃了，堪称迅疾之至。

* * *

班杰和爱德莉在比赛即将开打前来到冰球馆。苏恩仍然很伤心，因而没有一道跟来。现在，他循着往常的习惯散着步，这与他养狗时的习惯完全相同——在往后很长一段时间里，他一直保持着这个习惯。当他气喘吁吁、必须停下脚步且用手捂住胸口时，他仍然会习以为常地低声说："你先跑吧。"

班杰和爱德莉走到属于熊镇球迷的看台站位区，那些身穿黑色夹克的男子沉默地从各个方向包围住他们。爱德莉知道，他们当中的许多人这个星期曾经去猎过驼鹿，他们中途折返回家就只是为了观看几个十三岁青少年的比赛。这可不是什么好现象。对任何人来说，这都不是什么好现象。

提姆就站在她和班杰的身边。属于赫德镇球迷的看台站位区传来吼叫声："熊镇的娘炮们！"熊镇的观众席则还以颜色："赫德镇的婊子们！"到目前为止，一切都还止于话语。提姆瞄了瞄班杰和爱德莉，想瞧瞧他们的反应。他看不出班杰有什么反应，只看到对方冷漠的双眼和缓慢的呼吸。班杰似乎将自己的鼻息放缓，可能在为某件事情做准备。提姆从爱德莉那里得到的则是一瞥，以及充满惊讶的一句话："你这么冷静，真是让我感到惊讶。"

提姆神秘兮兮地点点头："我做出过保证，我们今天晚上会很安静。"

"向谁保证？"

"俱乐部。"他回答。

他甚至不曾告诉自己最亲近的小弟，他已经和"尾巴"弗拉克谈过。他只是告诉所有人，除非他给予直接的信号，否则所有人都必须保持冷静。他们也都乖乖听话，这并非出于害怕，而是因为他们都敬爱他。这座小镇里没有一个死鬼能够理解这种兄弟情谊，这一点他心知肚明。但是，若说有人能接近这种境界，那人非爱德莉莫属。现在他仍然难以判读她的脸部表情，这想必是因为连她本人都无法真切地知道自己的感觉——既对提姆和他的手下们到现在还没有发起冲突感到骄傲，又渴望他们发起冲突。爱德莉这辈子已经看过太多人伤害其他人，因而已变得麻木。然而，当一个动物被人伤害时，她脑袋里的所有保险丝就被熔断了。这种时候，她的脑海陷入一片黑暗；这种时候，她比平常都更加理解提姆。

"熊镇的娘炮们。"另一端的看台上传来吼叫声。

"赫德镇的婊子们。"另一边则吼了回去。

这些吼叫声透过冰面，来回传递着。一般情况下，十三岁球员们进行比赛时，观众席几乎空空如也，但这个星期六非比寻常。这个星期六，这两座小镇的甲级联赛代表队将迎来本球季第一次交手。爱德莉不禁想到，见鬼去吧，到时候这些男人要用什么交通工具到这里来呢？搭乘装甲车吗？

"杀，抢，奸，烧！如果你们不把自己的姐姐们干翻，我们来帮你们干！"赫德镇球迷看台区的几个人大吼起来。

"你们想来逮我们？来抓我们呀！赫德镇的人都不敢打架哟！"提姆的小弟们在他周围高声喊回去。

赫德镇球迷看台区那些身穿红色衣鞋的支持者并不像绿色球衣的支持者那么多。主要一点在于，他们的组织性欠佳。当他们高喊时，你能听到数百个分散的声音。当提姆的小弟们拉高音量时，你听到的是一个男人的声音，而且是个令人恐怖、无所不用其极的男人。赫德镇球迷看台区的所有人当然都知道这一点，他们知道自己处于劣势。因此他们所做的，也正是面临这种处境的球迷会做的：他们搜索着对手最软弱的一点。不管叫喊些什么都好，反正就是要逮到他们，让他们不舒服，伤害他们的自傲感。他们要找的就是最简单也最恶劣的手段。

泰德和其他十三岁球员的老爸们先前已经在下方的球员专用通道上开启了一场肘击式的肉搏战。当这些球员勉强从肉搏战中脱身，来到冰面上准备做热身运动时，某个传言开始在赫德镇球迷所在的看台区散播开来，那个传言和苏恩这位甲级联赛前总教练有关。那个传言，与曾经在熊镇冰球俱乐部团队合照里出现过的那条狗有关。传言还指出，就连"那群人"当中最令人恐惧的成员都为这条狗命感到哀痛不已。

接下来，托比斜后方的一名男子开始学狗叫。这件事情发生得如此简单，如此有效，如此突然，又是如此自然，如此愚不可及，如此具有毁灭性。

他只是"汪汪汪"地叫着。最初只有他周围几个男子在笑。接着，另一人大声叫着："汪！汪！汪！"

突然间，整个看台的站位区都吠叫起来。最初这还带有一点开玩笑的性质，但立刻就变得具有威胁性。这就是在裂开的伤口上撒盐。这就是直接挑衅。熊镇支持者对此的回答并非大吼大叫，也并非高歌。他们的反应比这些都要糟糕得多，他们陷入一片死寂。接着，这一切的性质都发生了变化。

如果你不曾在一个座无虚席的观众席上待过，是很难描述它的声音的。但是，就连最稀松平常、吃着爆米花、家里有着年幼小孩的双亲和咀嚼着软热香肠的退休老人，都有能力在一段时间以后关闭消音板。特别是在熊镇。对于两边的看台站位区以"婊子""娘炮"的高歌声互诋，所有人早已习以为常，因此即便他们用一种外语互骂也几乎没有问题。那些吃着爆米花与拒绝软热香肠的人对此甚至已经到了听而不闻的地步。他们靠在椅子上，毫不在乎地闲谈着自己家里的孙辈、天气和分期付款的房贷。或许他们实在有点被宠坏了，毕竟上次在这里爆发真正的暴力，已经是两年多以前的事情。所有人都已经忘记"那群人"蜂拥而上时发出的声音，所有人都觉得自己很安全，就像把鼻子凑上玻璃窗，隔窗观看狮笼的小孩。黑衣男子们的吼叫声宛如一台嗡嗡作响的电风扇，直到有人将它关掉，你才会察觉到它的存在。

当这种情况发生时，那股密不透风的沉默立刻波及每一个人。那里只有恐怖与惊惧。这种情况最近一次发生是在两年多以前，但现在它已经迫在眉睫。

"汪！"赫德镇球迷所在的看台区，一名男子大声叫着。他肾上腺素激增，当所有人都闭嘴时，他就偏想充好汉。有人吼了一句"安静"，还有人试图唱起另一首完全不同的歌曲。不过一切都太迟啦。

"你打算怎么办？"提姆下方的一名男子询问道。

提姆站着，目光牢牢盯住赫德镇球迷的看台区。该区位于整座体育馆的短边，处在他们的正对面。他的双眼中一片空洞，没有同理心，没有原谅，没有宽恕。他或许正在想着自己对"尾巴"弗拉克做过的保证，承诺这个星期绝对不会闹事。但是，眼前这些事情其实并不是他惹起来的。总而言之，这群来自赫德镇的男子对他侵门踏户，冲到这座属于他的体育馆，就为了炫耀他们杀掉了苏恩的狗。他还不动手吗？天杀的，这简直不可想象。他用毫无情感可言的声音说道："去他的，给他们点厉害瞧瞧。"

那些黑衣男子跳过护栏，动作一致地冲了出去。看台座位区的所有人似乎都先吸了一口气，接着噪声大作，起身逃命。带着小孩前来的家庭与退休的老人跌跌撞撞，争相推挤，只想赶快逃出这里。那群黑衣男子宛如一道阴暗的波浪，将散落各处的软热香肠和爆米花踩得稀巴烂。

爱德莉抓住提姆的手臂，尖叫起来："你不是才说过，你们跟俱乐部保证过，会相安无事吗？"

提姆凝视着她。他的目光毫无后悔之意，但几乎泛有一丝怜悯："俱乐部？我们就是俱乐部。"

接着他也冲了过去，班杰跟在他的身边。爱德莉试图阻止她弟弟，但随即意识到，她毫无机会，她在内心最深处或许也并不愿意阻止他。对面看台上的狗叫声早已被一阵激烈的抱怨声取代，然而爱德莉的手掌仍然记得将那只小动物的遗体埋入坟内时所感受到的重量。或许她本人并不热切期待暴力，但她再也无法责备那些动用暴力的人。

位于下方球员专用通道上的球员们的老爸们感受到了危险，就像听见一道即将袭来的巨浪发出的轰鸣声。他们朝着冰面上的十三岁的球员们大吼，要他们快点下来。恐慌情绪迅速扩散，在一秒钟内，整座场馆就陷入了一片混乱。

＊　　＊　　＊

托比看到那群黑衣人从冰球馆对面的观众席上冲下来，他察觉到己方的看台区立刻分作两大阵营，一部分人推开别人，另一部分人则冲上前去，与逼近的威胁对干。托比的双亲总是教导他，要直冲向火堆。所以，他不假思索地从面前数米高的栏杆前跃下，落在混凝土地面上，接着拼命地冲向冰面。他脑中唯有一念：得把弟弟从这里弄出去。

从看台狂奔而下的哈娜和强尼脑中也充满着相同的想法，但人潮实在太过庞大，混乱也过于激烈，他们被人流挤向冰球馆的角落，挤到球员更衣室旁。波博正是在那里伸出手来，搭住强尼的肩膀，对他喊道："特丝跟我在一起，你别担心！你去把托比与泰德弄出来，我们在停车场见！"

听到波博的喊话，强尼的内心已经支离破碎，从所有你能想到的方面来说。

在另外一个方向，哈娜没能抓牢强尼的手。于是在一秒钟内，他俩就被无情又残酷的暗流给冲散了。一眨眼的工夫，两人之间的距离就达到十米。托比和泰德则不知从哪里冒了出来，泰德仍穿着溜冰鞋和全套冰球装备，托比则是一阵狂挥乱打，试图杀出一条路来。就在他们的后方，提姆和第一批黑衣人已经到达赫德镇支持者所在的看台区。几名留在原地防守的红衣男子已经从看台区的地板上硬掰下几大块木板，并在黑衣人企图向上攻时无情地猛力挥击。有些人的鼻梁被打断，有些人的下巴被捣烂，但是那群黑衣男子依旧继续往上冲击。

这会闹出人命的。强尼想。但是，哈娜在一片人海中猛力扑打、撕抓着，总算抓住了他，因此他没时间多想。

"我们的儿子！你去把我们的儿子弄出来！"

在她的后方，泰德的一名队友的爸爸正和两名熊镇球员的爸爸激烈打斗。她的太阳穴挨了一肘，导致她差点失去平衡。强尼看到这一幕，立刻将每个挡在前方的人直接扔到半空中。就在他触及她的时候，托比也从另一个方向触及她。强尼几乎已经认不出他来了，这个十五岁的少年看起来就像个成年人，脸上毫无惧色。他一只手将泰德往前拉，并用另一只手将自己的妈妈扶起来。人潮中出现一道小缝隙，全家人同时看到了这道缝隙，便拼了命地冲向出口。儿子们冲在最前头，哈娜紧随其后，强尼则在最后方。在奔跑的同时，他向后一瞥。这么做可真是大错特错——他没能看见那名绕过转角、从靠近更衣室一端的储藏室冲出的男子。两人出于疏忽而当头对撞，力道极其猛烈。在那短短的数秒内，强尼脑中陷入一片死寂。接着他感到自己的前额湿湿黏黏的，不过并未感到任何疼痛。他困惑地眨动着被水浸湿的双眼，看到自己前方的那名男子瘫倒并跪坐下来，血液从其中一边被撞裂的眉间喷出。那人是彼得·安德森。

86. 血液

自助餐厅很快就挤满了恐慌不堪、逃离这场骚乱、带着小孩来看球的家庭。蜜拉始终来不及思考究竟该怎么做才对。因此，她只是叉开双腿，站在门口。她想必有个极其天真的念头：守住这里。她猜想，下方冰面上的那群男子很有可能决定冲进这里。尽管如此，她当时已经萌生出这样的想法："要怎么做啊，蜜拉？你该如何阻止他们啊？"

她旋即感到有人从她的左手边扫过，接着另一人从她右手边掠过。是安娜和玛雅。玛雅在那里是为了保护自己的妈妈，安娜在那里则是为了保护全世界。也就是这么一次，两名年轻男子冲上阶梯，蜜拉甚至分不清他们究竟是赫德镇的支持者还是熊镇的支持者。但他们手上都提着铁棒。这就足以让安娜守在那里，等到第一个人距离她刚好够近时，直接朝他当胸一脚踹下——这一踢让他永生难忘。他向后摔倒，他的朋友骤然停下脚步，双眼睁得斗大，然后他做出了自己这辈子最棒的抉择：拔腿开溜。

安娜尖叫一声，向后单脚跳上一步。她感觉，她现在再度弄断了自己这条烂腿。她踢男生时，他们的身躯居然这么坚硬。这真的是太恶劣了，真是杀千刀的。

蜜拉将她和玛雅拉进自助餐厅，将餐厅的门锁上。一两分钟后，外面的炼狱忽然间平息了下来，就好像有人突然将扬声器的电线拔掉一样。当她们再度打开门时，整座冰球馆几乎已经人去楼空。

* * *

彼得跪坐在地板上，因疼痛而呻吟着，血不住地流入他的双眼。强尼弯着腰站在他的身旁，他实际上是试图帮助他，而不是要揍他。但是从远处看，情况并非如此。提姆从上方的观众席看到他们。接着，地狱之门随之大开。

*　　*　　*

爱德莉仍然站在属于熊镇球迷的看台区，她甚至没有余力跑到其他地方。她不想打架，但也不打算逃跑。她并没有满怀恨意，也没有满怀恐惧，她只是感到空虚。直到听见有人叫喊着她的名字，她才被拉回现实，并且回头张望。是班杰，他抱着爱丽莎。爱德莉将永远无法弄明白，他到底是如何找到她的。班杰在介于熊镇支持者和赫德镇支持者看台区之间的某个位置听到这孩子的叫喊声。当其他黑衣人仍猛力向前冲的时候，他猝然折返。

"你这个小疯子，你在这里干吗？"他吼道。

"我想看比赛，可是苏恩不愿意过来！所以我就自己过来了！"爱丽莎喊道。她努力摆出生气的口吻，但实际上怕得要死。

班杰弯下腰，将她从这一团骚乱中扶起，像抱着自己的孩子那样抱住她。她张开双臂紧抱住他，仿佛自己一直以来都是他的孩子。她紧紧地抱住他，就像溺水的人抓住最后一根稻草那样。爱德莉的暴怒顿时消失无踪，最后她只感到疲倦。她挺直背，仿佛需要找回所有关节上的触觉一般，接着将这个小女孩和自己的弟弟迅疾地带往一个紧急逃生门。当他们来到停车场时，所有的紧张情绪顿时消散。爱丽莎哭了起来，而欧维奇姐弟俩甚至没有转身看冰球馆那边的骚乱，只是继续朝林区走着。他们一路走回苏恩家，转身背对那一大团混乱，而不是迎向它。他们照顾某个人，而不是剥夺某个人的一切。一路上，爱丽莎都紧抓着班杰不放。这天夜里，她睡在沙发上，睡在爱德莉身旁。在所有政府机关开具的一切文件上，他们或许永远不会被定义为一家人，但多年后的某一天，这个女生将第一次代表国家队出赛。当她被问到自己希望在球衣背部绣上哪个姓氏时，她说出了他们的姓氏。

*   *   *

彼得抬起头来，眨了眨浸在血中的双眼。他看到强尼伸出手，也看到提姆从看台上跳下，手里提着类似铁棒的东西。彼得使尽全身的力气才挤出一声咆哮，但那其实只是一声羸弱、抽搐般的叫喊："当心！"

他提醒的对象是强尼，而不是提姆。这名消防员察觉到了逼近的危险，在铁棒挥过来的前一秒钟跳开。提姆失去立足点，跟跄着跌倒在彼得身上。这让强尼多争取到向后退所需的一两秒钟。当提姆站起身来，正要再度盲目地冲向他时，有人挡在中间。那人身材相当矮胖，但那人的夹克拉链是拉开的，提姆先是看到对方腰带附近的手枪，接着才看到勒夫的脸。

"过来！"勒夫咬牙切齿地说，将强尼推到自己后方。

现在他手上持枪，将它半隐藏在掌心里。枪管对着地面，而他的目光牢牢盯住提姆不放。

哈娜、托比和泰德则站在数米远的地方。他们都在勒夫后方，并且向后退。提姆则一动不动地站着，这使得他周围一切的人、事、物似乎也跟着慢了下来。当"那群人"中的某几个人看到他们的老大发生了什么事而立刻停手时，接连好几个人也随之停手，就像某种连锁反应一般。当不再动手揍人的黑衣人达到一定数量后，其他所有人也都停了下来。拥挤的人潮仍密不透风，但气氛已经不再那样具有攻击性。人们开始涌向停车场，但已经不再那样恐慌。最后几个人实际上就像离开电影院一般，缓步走出。除了最靠近勒夫的那几个人，几乎没有其他人看到那把枪。一切进展得很迅速。不知怎的，整场冲突戛然而止。

"邻里间的守望相助，是吧。"当勒夫和强尼踏在雪地上时，勒夫用一种透着轻微愉悦感的声音说。

强尼由于过于震惊而没有答话。对于他的孩子可能遭到危险的恐惧感使他变得盲目，因而他对勒夫将他们从那里弄出来感激不已，甚至没有想到那把被那名男子收进皮带的手枪。最后，勒夫似乎直接消失在停车场上的车阵之中。

＊　　＊　　＊

提姆从来没有面露恐惧，他看起来最多只是相当讶异，甚至有点如痴如醉。勒夫一消失，他似乎就将刚才发生的一切抛到脑后，仿佛这只是小孩子之间的玩耍，而打打闹闹是必须考虑在内的。他弯下腰来，问道："你还好吗？"

"不知道。"彼得诚实地答道。

"彼得！！！"一声足以划破耳膜的尖叫传来。

"哎哟，杀千刀的，现在你可要被骂惨了。"提姆大笑着道。

对于他是如此平静，彼得将永远感到惊讶不已。他似乎已经对飙升的肾上腺素产生了免疫。

"爸爸！"玛雅尖叫起来。她在自己妈妈的身旁跑动着，里欧则跌跌撞撞地跟在她们后方。他这个儿子看起来似乎刚刚才呕吐过一阵，但在这种情况下，这段故事明显太过冗长，没人有余力再跟彼得说明。

"发生了什么事？"蜜拉的声音宛如狼嚎一般。这声音是如此疯狂，就连提姆都跳到一旁。不过他仍然忍俊不禁，脱口而出道："哎呀，你知道的，那些流氓，当彼得开始打架的时候，就会变成这样！我们努力想拦阻他，但你也知道，他一生起气来会变成什么样子……"

说真的，他相当确信，若非彼得起身挡在他俩之间，在那种情形下，蜜拉保准会打死他。

"亲爱的，我只是撞到一根栏杆罢了，这只是一场很单纯的意外。"当彼得脱口说出这个谎言时，他自己都感到震惊。

87. 获利

今天所有出现在冰球馆的男士中，只有两人穿着西装并打着领带。他们的座位相距甚远，两人或许都没有意识到对方也在场。其中一人是食品经销商"尾巴"弗拉克，另一人则是政客理查德·提奥。他们在各自的领域同样声名狼藉，原因在于他们的竞争者认定他们不守规矩。他们本人则辩称，他们真的很守规矩，他们只是比其他人更了解游戏规则。两人因为不同的事务来到冰球馆。"尾巴"希望能够主导事态的发展，提奥则只想分析当前情况。"尾巴"紧盯着冰面上那些现年十三岁的球员，提奥只盯着观众群体。其中一人关注球员，另一人则盯着选民。

这一整天，"尾巴"发自内心地希望自己能够在一段够长的时间里维系住熊镇与赫德镇之间的某种和平，让他能够同时挽救这两座小镇的冰球俱乐部。但当他见到观众人数是如此众多，听到赫德镇球迷所属看台区发出的第一声"汪"时，他就知道大势已去。就算提姆事先跟他保证过不会惹是生非，那也没什么用了。没人有机会挽回局面。

然而，当争执爆发时，理查德·提奥则表现得无动于衷，反而仔细端详着这一团骚乱。那位食品经销商宛如鬼迷心窍一般冲向冰面，努力阻止大伙儿将彼此殴打致死。这位政客则心想，或许这正是他们需要的。能挽救这两个俱乐部的或许是一场战争，而不是和平，他只需想想该如何善加利用这一点。

事实也证明，彼得·安德森就是答案所在。提奥面露一抹微笑，心想，在这座小镇里，无论通过什么样的方式，他总是问题的答案所在。他坐在整个观众席的最高处，最终使他成为唯一真正将下方整团混乱尽收眼底的人。他总是说，他在政坛成功的诀窍在于，当其他所有人都跑往某个方向时，他偏要反向而行。但是这回，他只需要作壁上观就行。他看见彼得·安德森从储藏室里狂奔出来，然后与一名年龄相仿、身穿印有消防局徽标T恤的大块头男子撞个正着。他看见彼得的眉梢被撞裂，顿时血如泉涌，也看到提姆立刻做出反应，扑向事发地点，仿佛他有义务保护彼得似的，接着他又看到勒夫如何现身保护那名消防员。这些盟友关系或许挺出人意料，但绝对不会毫无逻辑。不管怎么样，对一个将整个职业生涯建立在各式诡异友谊之上的政客来说，这不会不合逻辑。

就在转瞬之间，一切顿时平静下来；下一刻，整场斗殴就结束了。人们像从水槽里溢出的水一样，逐渐从冰球馆里走出。这时"尾巴"汗流不止，理查德·提奥则显得冷肃。其中一人心想着自己即将失去的一切；另一人则已拟定了策略，准备赢下自己想要的一切。

就在"尾巴"弗拉克在停车场上漫无目的地游走，查看现场是否有人受重伤时，理查德·提奥慢条斯理地走进自己的办公室。这是一个飘着雪的美好夜晚。人们从鼻孔呼出的气体结成了冰，鞋底持续发出刮擦声。他真是喜爱这个地方。如果人们听到他这番宣言，铁定不会相信他。但他闯荡了大半个地球，还从没见过像这里一样的地方。森林与湖泊相伴，荒野与白雪作陪，这里真是无与伦比。

对于这座小镇将人们逼向暴力之路，他并不感到讶异。要是他认定有人企图从他手里夺走这座小镇，他势必也会走上施暴一途。由于这层认知，他打算解决所有人的问题。这就是他的制胜之道。

88. 流氓们

波博和特丝守在那辆迷你巴士旁边。强尼和哈娜将两个儿子托付给他们，自己则往回走，查看是否有人受伤或需要帮助。令人感到惊讶的是，答案是否定的。当然了，准备进行比赛的那些十三岁球员都毫发无伤。他们一路走出来时，身上都穿着整套冰球装备，而在家长们与其他背景的观众群体中，强尼和哈娜只见到零星的擦伤与压伤。这些伤口并非由斗殴而来，而是人多推挤造成的。那些处于看台站位区的男子，也就只是彼此开干而已。据强尼所知，消防局里其中几个比较年轻的消防员通常把这个称为"流氓的荣誉感"。其中几个人身上刺有红色公牛的刺青，而且比他自己身上的刺青大得多。他们是消防员，但主要的一点是，他们来自赫德镇，而且他们跟他不一样，他们更容易动怒。或者说，强尼只是变老了。他有时会想：现在，在他家乡成长的青少年们与他当年的情形相比，能用于自我认同的象征物变少了。所有人都需要感觉到自己的重要性，所有人都在追寻某种脉络，但在赫德镇，这种能够凝聚人心的场合或脉络已经变得越来越少。"我们只跟'那群人'对着干，我们从来不会对平民动粗。"某次，其中一人这么说。强尼心想，这就是问题所在，他们就像军人那样使用"平民"这种词。

汽车的引擎发动声陆续响起，停车场很快就空了。要是换作其他城市、其他人，这可能会引起更广泛的恐慌，但在这里，人们似乎在一两分钟内就离开了。几乎所有人都看过流氓打群架的场面，一旦戏剧性的场面告终，一切立刻就回到正轨上，到了第二天，大部分情节都已经被淡忘。

强尼认知到，这次事件感觉上唯一的差异，也许就在于这种事已经很久没发生了。打从那次真正重大的斗殴事件以来，已经过了两年多。那次斗殴最终导致某个来自赫德镇的帮派一把火烧掉了毛皮酒吧，而熊镇的"那群人"穿越一整座森林追杀他们，汽车沿途追撞，最后还死了一个来自熊镇的青少年。从那件事之后，大家仿佛都察觉到这一切真是太过分了，如果冲突继续升级，下一步就是战争啦。就连赫德镇那些最恶劣的男子也因此沉淀下来，甚至在下一场球赛中现身时，还唱起熊镇专属的加油歌曲："我们是熊。"那形同竖起一面白旗，而提姆与他那票小弟接受了它，大家都各退一步。两年多的时光过去了。可是现在呢？就算今天的斗殴很快就落幕了，强尼还是知道，这要么是一次小冲突的结尾，要么就是一次规模大得多的冲突的开端。

道路上传来警笛声，被压抑的孩童哭泣声此起彼伏，但众人之间也有些放松的对话，甚至不时发出笑声。强尼走在哈娜的前方，走向那辆迷你巴士，但托比并没有看到他们，他转身面向自己的姐姐和弟弟，急切地对他们大喊："你们看到那把手枪没有？你们看到熊镇那些大白痴的表情没有？他们差点直接拉在裤子里，你们看到没有？现在他们得弄清楚了，我们不是好惹的！"

特丝站在一米外的地方，就在波博的身旁。她只是哀伤地摇摇头，低声说道："不。现在大家都以为自己得去弄一把手枪了。"

哈娜始终没有听见她这番话，强尼则假装自己没听见，但他希望特丝是错的。上帝啊，他真心希望她是错的。

89. 真相

此时是周四的深夜，所有来自熊镇的黑衣人全都坐在赫德镇医院的急诊处。提姆被某人的下巴撞断了两根手指，他的一两个手下则被人用拳头或手肘打断了鼻梁。尽管如此（或者说，也许正是因为如此），他们的心情异常地亢奋，高声谈笑着，吟唱着一些有碍风化的歌谣。主要的一点是，他们拿彼得寻开心。由于眉骨被撞裂，这位前任体育总监不得不前来此地求诊。护士很快做了决定，将所有来自熊镇的候诊者集中到同一间候诊室去，这样才不会再跟来自赫德镇的患者起冲突。每当一名护士走进来喊着某个名字时，"那群人"中每个成员都会哀求她："先帮总监看诊呗！"他们还会睁大双眼，朝彼得点点头，小声道："行行好，别理我们这些无名小卒，请帮助教父吧！发号施令的人是他！"彼得要求提姆勒令他们全部闭嘴，但提姆笑得实在太开心，绝对不可能要他们闭嘴。

"你们对任何事情都不能认真看待，对于人生中的一切，你们真的很不认真看待……"彼得喃喃自语。

"不管怎么说，跟消防员打架、被手枪威胁的人不是我们。所以，你也许可以比较轻松地看待人生？"提姆笑着回答。

对彼得来说，要反驳这个论点并不那么简单，真的并不那么简单。"那群人"当中的一名男子接到一个电话，向提姆点点头。提姆随即陪着他走到另一个角落，两人低声交谈起来。那个电话或许与赫德镇球迷所在看台区的那些男子有关，或许与勒夫有关，彼得对此将永远无从得知，因为这时一名护士走出来喊着他的名字，将他引进医护室，把他的眉梢缝合起来。医生问他发生了什么事情。彼得说他"撞上了一根栏杆"。考虑到那名消防员的肢体是如何坚硬，这句话并不全然是个谎言。医生替他缝合完毕后，没有多加叮嘱就让他回家了。这天晚上排队候诊的人很多，因此没有闲聊的时间。

当彼得回到候诊室时，提姆笑着道："教父，欢迎回归！感觉如何？"

"就像撞到栏杆一样。"彼得露出微笑。

提姆相当亲近地将手搭在他的肩膀上，低声说道："你啊……为了这些小伙子，我今天晚上想让毛皮酒吧开门，就只对和我最亲近的那几个家伙开放。喝几杯酒，然后……是的，你知道的……就像旧日时光一样。这样的话，你能接受吗？我们事后一定打扫干净，这我保证！"

"你手上应该有毛皮酒吧的钥匙吧？"彼得不解地问道。

"我有。不过，如果你不答应，我就不愿意这样做，我……没有人可以征询意见。"

对于提姆的这番话，彼得竟不知道该如何回应，因此他点点头。提姆也向他点点头，露出感谢的神情。接着，站在提姆后方的一名男子递上一束花。提姆将那束花传给彼得。

"给我的？哎哟，你们实在不必这……"彼得开口。

"这个不是给你的，是给你太太的。"提姆立刻小声说道，让他得以避免太过尴尬。

"给……蜜拉的？"

提姆点点头："小伙子们听说，她现在以律师的身份在协助俱乐部。

据说有些记者来找麻烦，蜜拉出面帮助我们。小伙子们只是想跟她道个谢。"

彼得困惑地眨眨眼："蜜拉？帮助俱乐部？你们是从哪里听来这些的？"

"你知道的，人们爱聊天嘛。"

这个答案太过明显，他本来就不该提出这个问题。

＊　　＊　　＊

蜜拉坐在停在医院外停车场上的车里，等着彼得出来。他们先在熊镇放下安娜、里欧、玛雅，让他们回家。这么做一方面是因为里欧在车子里吐了、另一方面则是因为安娜针对"下次遇到打架的场合该怎么办"给了彼得无数个建议，导致他们实在忍受不了让她一路跟到赫德镇。现在，蜜拉对此感到很高兴。那些身穿黑色夹克的年轻男子将自己的车停在她的车子的周边，形成一种屏障，不让赫德镇的支持者们有机会冲进来。对于能够免于向孩子们解释这一点，她感到很高兴。当彼得还担任体育总监时，"那群人"恨他入骨，巴不得他死。蜜拉本人曾经用滴着血的手指强行拉下套在里欧身上的黑色夹克，不让他成为这伙人的一员，而现在，他们居然成了她的保护者！她甚至无法对自己解释这一点。但是这真是诡异的年代、恐怖的日子。

她的手机响起，当她看到自己那位同事的名字时，她近乎放心地接听了。

"我听说了这场暴动！你在冰球馆吗？你还好吗？"那位同事大声嚷嚷起来，显然喝了差不多十二杯葡萄酒。

"还好，还好。不过彼得的眉梢被撞裂了，所以我们现在在医院。"

"眉梢撞裂了？"

"他说，他撞到了一根栏杆。"

这位同事沉默许久。

"发生在你们身上各种光怪陆离的事情，实在是够多的。"

蜜拉叹了一口气："别再说了。你怎么样？"

"很好！我现在在家里！喝得相当醉！我找到了一个东西，如果彼得被起诉，我们可以利用这个东西！"

蜜拉在座位上坐直身体："什么？"

"我们可以说，有人伪造了他的签名！说真的，你看过你丈夫的签名吗？它看起来就像个小孩子的签名。"

她说得对。在彼得即将前往国家冰球联盟前的最后一小段日子里，他得在球队主场的比赛中给太多人签名，因而学会了一种极其简单的签名，这样才能飞快地签完。不管是谁，只要经过无数次的演练，想必都能模仿这种笔迹。

"你真是个天才！"

这位同事咯咯直笑："可不是嘛！不过，你知道的，要针对这种事情撒谎，当然是完全不合法的。如果我们尝试这样做，你跟我都可能要吃牢饭。但这是……最后一招，如果一切手段都没奏效的话。"

蜜拉眼中泛着泪，点点头："谢谢。"

"我会为了你们付出一切，这你是知道的。"

蜜拉突然颤抖着吸了一口气："纯粹从道德角度来看，你是否觉得我用这种方式来帮彼得辩护是错误的？"

这位同事在彼端的听筒前缓缓地呼吸着。她不太像是在犹豫，反而真的像是在找寻某种正确的措辞。

"蜜拉，你知道的，我对道德和伦理的所有理解只能被简化为一点：如果事涉你的家人，这些统统不适用。你可以坚持无数个原则，但这些对你的家人完全不适用。最重要的一点是：你保护你的家庭，它比道德重要，甚至比法律重要。家庭永远摆在第一位。你可以顶着一大堆头衔，但追根究底，你是个妈妈，追根究底，你是个妻子。"

蜜拉将额头抵在方向盘上，它很快就变湿了。

"再次谢谢你，我知道我之前已经跟你道过谢，不过还是想再次谢谢你。"

"你们也是我的家人。"

这位同事的口吻，听起来几乎像是受到了冒犯。

*　　*　　*

彼得头晕目眩地从医院里走出来，两度直接从蜜拉的车边走过，然后才认出它来。当他试图坐进驾驶座的时候，蜜拉嗤之以鼻道："我要是让你开车，那就太危险了！你身上贴的创可贴比木乃伊还多！"

因此，他半走半跑地绕到另一边，钻进了乘客座。蜜拉当然气得要死，但事情就是这样。当她感到害怕时，她就会生气。她属于那种会在子女弄伤自己时臭骂他们的人，他们凭着这一点就会知道，她是爱他们的。

"那根栏杆真是鬼见愁地硬。"彼得试着打趣道，用手碰了碰自己的眉毛。

蜜拉斜瞄了他一眼，没有发动汽车。

"你并不总是告诉我所有的真相，这一点我觉得没关系。但是，请你

562

不要企图撒谎。你的撒谎技术非常烂,因为你从来没有做过练习,而我爱你就是因为这一点。也正因如此,你是我在这个地球上唯一能信任的人。"她说,虽然语气柔和,但字字句句足以划破皮肤。

彼得眯起眼,整张脸因此感到疼痛:"那是一起……意外事故,我跟一个来自赫德镇的男子对撞,我对此不想多说什么,因为我不希望你对此做出错误解读……"

她的愤怒宛如在高压下被灌注二氧化碳的水一样迅速爆开:"错误解读?看看你周围吧!现在,这些人难道是我们的朋友吗?"说着,她朝坐在他们左边以及右边车里的那些黑衣人指了指。坦白地说,这个问题既是她对自己提的,也是对他提的。长期以来,她一直痛恨这群流氓,但就在此刻,她却对他们站在彼得这一边而感到开心,因为此举或许能将新闻记者吓走。作为一名律师,她又如何能与此进行和解呢?

彼得的表情看起来既羞赧又决绝,当他递上那束花时,他说话的口吻既充满指控,又像是在道歉。

"我从提姆和他的小弟那边收到这个。他们说,你现在正以律师身份为熊镇冰球俱乐部工作,他们为此想向你致谢。或许,你会跟我谈谈这到底是怎么回事。"

其实,蜜拉直到那时才搞懂,那群黑衣男子群聚在停车场上并非要保护彼得,他们在那里的目的是要保护她。

"我……"她正想使出浑身解数编借口,但一开口就止住了。如果她拥有某种足以让她本人感到羞耻的特质,那就是,她撒谎的技术高超无比。

她正视着自己丈夫的双眼。他此时的表情,看起来就像二十多年前他头一次踏进她双亲经营的餐厅时一样。当时他刚以一种愚蠢的方式输掉自己人生中最重大的一场冰球赛。对于她爱上的一切，她记得清清楚楚：一个追寻中的男孩，一个好爸爸，一个好男人。所以，她现在说出了真相。和盘托出，毫不保留。

"前几天，'尾巴'来过我们家，就是你跟着札克尔去观察亚历山大练球的那天。我觉得，他或许一直都有着这样的计划，他需要将你从镇上弄走，才能跟我谈话……"

她深深地吸了一口气，这使她感到眩晕。接着，她谈到自己受邀成为理事会的成员。她说到自己的公司将在熊镇商业园区获得的任务，这将如何成为"尾巴"与其他赞助商贿赂她的一种方式，将她更紧密地与俱乐部联结起来，让她变得跟其他所有人一样，高度依赖这座小镇里各种回馈服务和礼尚往来所构成的黏稠网络，逼迫她在拯救彼得的同时挽救整个俱乐部。

"拯救……我？"彼得的声音细微到几乎听不见。他是如此羸弱，如此震惊，以致他的声带根本无法应付。

蜜拉客观、沉静地对他描述她见到的所有合同，财会文件中所有的漏洞，那座实际上不存在的训练场馆，以及所有与它相关且由彼得在页面的最下方签署大名的文件。

"亲爱的，你们最近这几年在那个俱乐部里所做的事情，是……我不知道我该使用哪个字眼……大致上来说，这是洗钱、贪污。单纯从司法的角度来看，这样绝对是侵占与背信罪。那家地方报社已经从外面召来一名记者到这座小镇来，目的就是要把这一切全挖出来，你们所隐藏的一切迟早都会被他找到。考虑到这件事牵涉到区政府大量的税金……见鬼，亲爱的……你可能会坐牢！"

她先是完全无法呼吸，接着才讲完这番话。即使汽车的发动机仍未启动，她的手指仍紧贴在方向盘上，并且颤抖着。坐在她身旁的彼得脸色如同死尸一般惨白，仿佛往下坠落，掉进一个永无止境的黑洞。他整个人的形象和身份顿时化为齑粉。他冒着汗，剧烈地喘着气。他急切地想摇下车窗，但又害怕要是他这么做了，这里的所有秘密将会全数振翅飞出。弄到最后，他感觉极为不舒服，只能将额头抵在放手套的置物柜上。过了好几分钟，他的声音才渗透出来："训练用场馆？我……我不知道自己签署了什么东西，亲爱的。我知道现在这种话听起来像是在撒谎，可是当初我要是知道这不合法，我永远不……永远不会这样做！我还以为，我只是帮'尾巴'一个忙……当我在俱乐部工作的时候，我签过的文件数以百计，当他在我离职以后打电话过来的时候，我觉得良心不安，就想……看在上帝的分上，亲爱的，我根本没多想。我真是个白痴。我真是个白痴！他说区政府那边一切都搞定了，他们只是需要一个'台面上的名字'。我居然就相信他……"

"我知道。"蜜拉耳语着，但他并没有听，他正忙于质疑自己做过的每一个决定。

她觉得他和"尾巴"最令人无法理解的一点在于，他们对于新闻记者挖掘出这件事情居然如此惊讶。他们就像那些玩耍到一半的小孩子，转过身来发现有人竟然自始至终都站在后方盯着他们，因此感到无比震惊。他们以为自己是谁啊？他们以为新闻记者是干什么吃的？难道俱乐部里完全没有人针对一切东窗事发做过行动预案，进行过规划吗？

彼得喘着粗气说："我实在无法理解，我竟然会是这么一个白痴。我实在无法理解。我只是……我先前已经知道，关于那些球员合同的一部分操作方式游走在灰色地带。董事会和赞助商们或许在进行什么规避行为，但我假装自己什么都没看到。我说服自己：我对经济事务一无所知，我只要专心处理冰球就好。可是亲爱的，我……我永远不会做出任何不法的事情……"

"我知道！我知道！我知道你是无辜的！"蜜拉顿时用更强硬的口气打断他。

他的声音成了一阵喘息。

"怎么……你是怎么知道的？这就连我都不知道！"

她的双眼相当疲倦，她的双颊潮湿，双唇干燥。

"因为我懂你。我对你隐瞒了很多的秘密，但你几乎没有对我隐瞒任何东西。我又去找心理医生看诊了，我没有跟你提过这回事，因为我想，我能够自己搞定这一切。就在前一阵子，心理医生询问我，我自己感觉怎么样。我说，我好像就要淹死了。他紧接着问我，在这种情况下有什么因素能阻止我。我说'我先生'。我说……是你。因为亲爱的，从你身上，我看到了陆地，我从你身上获得了空气。就我所知，你的说谎技术比任何人都差。我就凭这些，确知你并没有蓄意犯罪。"

"我爱你，而且只爱你……你，还有孩子们……我只爱你们……"

"我知道。"

现在无论他们再怎么努力地眨眼，都已经无法看清彼此。

"我们该怎么办？我得到警察局去，承认所有事情，我得……"他绝望地开口。

然而她摇摇头："不，我已经跟'尾巴'谈过了，他现在正在跟他所有能掌握的人脉游说，所有的政客与赞助商。我们能够处理这件事的。"

"怎么处理？"彼得打着哆嗦。

她的目光或许已经变得软弱，但当她回答时，她的声音没有丝毫颤抖。

"这我还不知道，但是你得信任我，我会找到办法的。"

"你阻止不了那些新闻记者的，如果他们……"他小声道。

蜜拉朝窗外张望，看着那伙穿着黑色夹克的男子，沉静地扪心自问：我能够干出什么事来？我准备付出多大的代价？接着她听到自己说："我们将会说服那家报社，要他们别写这件事。或者，我们可以创造出一个让他们不再想报道这件事的情境。"

"报社应该要报道这件事情的，我做了错事……他们是对的……"彼得回答。

"这跟对不对无关。"蜜拉说。

"那跟什么有关？"彼得抽噎着说。

她对此根本没有答案，因为这又跟什么有关呢？站在正确的一边？想象自己为正确的事业战斗？或者说，弄到最后，这只跟生存有关？当一切都被做完、说完以后，我们人类所能干出的莫非就只是：企图不计一切代价地获胜？她不知道。终其一生，她将会不断地仔细思索这个问题。但她现在只是说："保护自己的家庭，这比其他的一切都重要。你、我以及孩子们，这是现在唯一重要的。我会针对这个找到解决的办法，你得信任我才行。"

"我信任你。"他耳语道。

她极其缓慢地移动着自己的手，仿佛这个动作足以折断她的胳膊。她伸长手指，直到它们触及他的手指为止。她露出一抹既脆弱又桀骜不驯的微笑。面对眼前的混乱，这是一个微小的反叛动作。

"等到这件事情结束了，亲爱的……去他的，我要好好度个假。不要再有人来拜托我做这个做那个，就算只有一个早上都好，好吗？我要酒店的自助式早餐，还有那些超级小杯的柳橙汁和牛角面包。杀千刀的，我要牛角面包，亲爱的，好吗？"

他总算极其艰难地硬挤出一抹微笑，但全心全意地对她做出了承诺。她开车回到位于熊镇的家，一路上，她都紧紧地握着他的手。

90. 传承

赫德镇球迷的车队穿越森林，回到家。原本坐在观众席座位区、育有年幼子女的家庭转向其中一边，开向别墅区；那些本来待在看台站位区的年轻男子拐往另一个方向，朝"谷仓"开去。他们身上有几处瘀伤，某几个人的鼻梁被打断，必须在医院里包扎好，但绝大多数的伤口都不算太严重，可以用酒精予以化解。那座单纯被他们称为"谷仓"的酒吧居然在风暴中毫发无伤，这一点与赫德镇冰球馆的屋顶构成鲜明对比。上帝仿佛被迫在让他的子民观看冰球赛和在赛后喝得烂醉之间做出抉择。假如你今晚强迫那里的酒客们做选择，他们也将难以做出抉择。

*　　*　　*

如今已经成年的哈娜不再到"谷仓"买醉，她在自家的厨房里喝得烂醉。强尼坐在她的正对面。她用咖啡杯来装葡萄酒，他则在一只玻璃杯里倒了威士忌。她已无力对他说明，他那只玻璃杯实际上是用来装茶蜡的容器。特丝上楼去哄图尔入睡，结果也在他的床上睡着了。托比熄灯就寝时，身上还穿着外衣。他的身体承受的压力越多，他仿佛就能睡得越香。这时已近深夜，窗外一片漆黑，然而庭院里仍然传出敲击声。泰德正站在外面，通过他能搜到的手电筒灯光，持续地练习射门。邻居们铁定从大老远处就能听见橡皮圆盘的撞击声，但就连最好斗的邻居今晚都没有上门来抗议。他们或许有更重要的事要操心，或许只是对一个比赛遭到取消、现在不得不用其他方式发泄肾上腺素的十三岁少年表现出宽宏大量。

"我本来应该能预知这一切的。我们打从一开始就不该去看这场比赛。"强尼责备自己。

"谁能预知情况会像这样失控呢？"哈娜决绝地说。但是强尼听到了她咬牙切齿的声音，那简直就像保险丝被熔断时发出的微小爆裂声。

"如果你打算问我认不认识勒夫，我只能说我不认识。我到他那边去领取班特的轮胎，我们聊了一下，也就仅止于此。提姆曾经针对某一笔债务威胁过他，因此勒夫才保护我们。"

"保护？你是这样看待这件事的？"她挑战他。

"那你怎么看？"虽然他很清楚这是一个陷阱，但还是恼怒地问。

"他让一切变得更糟糕！这只是一场小孩子之间的比赛，结果他带手枪进来！你觉得我们现在住在哪里？战区里？"

强尼叹了一口气，转动着那只玻璃杯。他现在已经看出，那是一个装茶蜡的容器，不过她最好别指望他会承认这一点。他喝的毕竟是廉价的威士忌，所以就算酒里掺了一点蜡油，也不会有什么影响。

"我会跟他谈谈……"

"你应该去跟托比谈谈！你看到他的眼睛没有？他看起来就像……"哈娜大骂起来，但在即将以"就像你"一词收尾之前及时打住。

他们的长子的确很像他父亲。当他暴怒的时候，他看起来就像他父亲一样。强尼低头望着那只玻璃杯，任由杯中的威士忌从其中一侧流到另一侧。

"他很守规矩啊，他做的第一件事情，就是将自己的弟弟弄出来。我们不正是这样教他的吗？"

哈娜低下头去，深深地叹了一口气。是啊，事情是这样没错，这正是他们教导他的。所以，她为什么如此生气呢？她自己是否又知道自己为何生气？她既无奈又疲惫地脱口而出，仿佛她想要高声测试一下这个念头："一想到特丝有意搬到另外一座城市，并且开始念书，我就难过得不行。不过今天，我还真是第一次希望她这样做，离开这一切，越远越好。我希望她面对的世界更……宽广。"

"外面的大千世界里一样有暴力，打架的智障到处都是。"强尼哼了一声。

"对。但是在外面的世界里，她至少就能避免那种传承不断的暴力。"哈娜回答。这时强尼立刻抬起下巴，内心受伤害似的小声道："就因为我是个想要打死人的家伙？"

哈娜摇摇头："不是。这是因为，最近这个星期以来，在某些时候，我自己就想打死人。"

随之而来的沉默压缩着厨房，将仅存的氧气全吸走，强尼考虑着自己是否该说个轻松的笑话，比如特丝无法从自己的妈妈身上传承到任何暴力因子，因为哈娜真的非常不会打架。但是，现在并不是开这种玩笑的时机。他理解她的意思。他将自己的威士忌喝完，亲吻自己妻子的头发，接着走上楼去，将特丝和图尔安置好，然后走进房间，坐在托比那张床铺旁边的地板上。他的儿子高声打鼾，但他的心跳缓慢。窗边新积了一层雪，强尼感觉自己真是太苍老了。就像其他所有的父亲一样，他唯一的梦想是，他的孩子们能过得比他好一点，过得稍微轻松一点，但他没有办法或能力保护他们，使他们不必去面对大千世界。

我们甚至无法保护孩子们，让他们不必自己去面对一切。所以强尼闭上双眼，心想，如果哈娜是对的，如果躺在床上的这个男孩子真的会变得跟他老爸一样，那作为老爸的他只有一件事情可做。

变好一点。

*　　*　　*

泰德一次接一次地击打着橡皮圆盘，力道一次比一次猛烈。在内心某处，他感到十分诧异，居然没人走出来，对他大声尖叫，要他别再吵了。当他瞥见自己的妈妈时，便搁下冰球杆，没有大吵大闹。就算这是个极其凛冽的夜晚，他还是汗流浃背。他的妈妈借穿了特丝的毛线帽和托比的夹克，而泰德相当确信，她穿的是他以前穿过的旧鞋子。当他即将对她保证会停止射门，进屋准备睡觉时，她用力地朝他眨眨眼，问道："我可以加入吗？"

她当然可以加入。

91. 轨迹

当我们在事后讲述这一整段故事时，对我们而言显得相当明显的一点是：这是一个连锁反应，这一切是逐步发生的。但对其中几个涉事人来说，他们始终觉得所有重要的事情实际上都是突然爆发、不知从何而来的。事态在几小时内就爆发开来。

这是相当凛冽的一夜。这时已经是星期五的清晨。在路面的积雪被铲清以前，总编辑就来到户外了。她穿着状态已经十分糟糕的鞋子，在黑暗中踏着雪泥，走向办公室。她对自己承诺，如果她往后还要在这里继续住上一整个冬天，她会去买一双新鞋。在最初的一小段路上，她不时回头张望，仍然有一点点偏执狂的倾向，觉得自己最近这几天来举目所见全是无所不在的黑衣人，但此时她独自走在街上。除了新闻记者，没有人是清醒的。这是冰球馆发生暴力事件后的第二天，她知道她手下的两名记者已经在编辑部工作，撰写针对此事的报道。当她接掌这份职务、第一次见到他们时，他们在自我介绍时提及自己是体育新闻记者。往后的事实显示，他们当中的一人负责新闻中心，另一人则负责家庭版。但这个玩笑想要戏弄她的一点是：在这里，每个人都是体育新闻记者，你最好还是入乡随俗。她想必还没有入乡随俗。

当她大清早起床时，她的爸爸仍然没有上床就寝。他们就像工厂厂房里两个班次的工人一样，彼此轮替着。他一整夜都凑在她厨房的桌前，身边是堆积如山的文件与卷宗，其中绝大部分她之前都没见过。

"这是什么？我还以为你正在努力调查与昨天比赛时的暴力事件有关的细节。"她问道。但爸爸不耐烦地挥挥手，她在他眼中仿佛一夕间再度成了一个小女孩。

"这个更重要。看这边！这些文件，全都显示他们在最近十年来如何借着区政府各个不同的营建项目，用税金来支付伪造的补助款和非法贷款。这里的区政府曾经自大到申请主办世界杯滑雪锦标赛，你记得吗？瞧瞧这里那些有钱的企业主向这家营建公司支付的所有款项，我认为这是向政客行贿。主要是对这个政客行贿，区政府最大党的那个女领导！而且看这边，是谁在为这家营建公司工作？她的丈夫，还有她的兄弟！"

总编辑煮着咖啡，努力将爸爸做的笔记整理出头绪。

"爸爸……你说得对，这或许是一场大型丑闻……可是，这个跟我们对熊镇冰球俱乐部和那间训练场馆的监督工作有什么关联？"

"这个比熊镇冰球俱乐部重要得多！跟这个比起来，对那件事的监督根本不算什么！"

她错愕地凝视着他。

"我能否问问，你从哪里调来这所有的新文件的？"

"我做了我的工作，找到信息来源，你别管是否……"

他的双眼因疲倦而变得模糊。从他口中已经无法套出任何有连贯性的答案，因此她要求他上床就寝。

现在她走在雪地上，不断地思考着他说的话："这个比熊镇冰球俱乐部重要得多。"他们整个星期都在挖掘关于熊镇冰球俱乐部和彼得·安德森的事情，但现在他突然在一夜之间就变换了轨道？这些推敲使她变得心不在焉，一直低着头走路，而没有注意到周遭的情况。当她来到报社的编辑部时，她没看到站在编辑部外的那群男子。等她发现时，双方距离已经太近，她逃不掉了。她仍出于本能转过身，试图闪躲，直到她看到他们身上穿着红色夹克，而非黑色夹克。

"你好！"他们其中一人说道，并伸出一只偌大的拳头。她看到对方夹克下方、刺在下臂皮肤上的公牛刺青。

她并未与对方握手，但也没有将那只手推开。另一名男子友善地微笑着，他身上有着一大块瘀伤，想必是昨天在冰球馆的斗殴中留下的。

"我们待在这里，只是要保护你的安全！我们已经听说，该死的熊镇'那群人'威胁你和编辑部。不过别担心，你不必担忧，我们现在就在这里守着。"

总编辑困惑地望着其中一人，接着再看着另一人，喊道："我不知道你们在讲些什么，什么威胁？"

最初对她发话的那名男子眨眨眼，仿佛他们之间共享着某个重大的秘密。

"我们理解你不能表态，但是我们收到了情报，你们正在进行一项针对熊镇冰球俱乐部的监督工作，而属于'那群人'的白痴们正在努力封杀你们。不要让他们得逞！大家都知道，他们一整群人都是贼，希望你们严查他们，把他们送进大牢！我们会在这里安排一些小弟，确保你平安无事。"

总编辑甚至不知道自己该说什么才好，该死的，她甚至还没有完全从睡梦中清醒过来。在太阳升起以前，还有多少更光怪陆离的事情要发生呢？事实证明，一大堆诡异的事情将会发生。

"你一定是在跟我开玩笑……"当她踏进办公室看见舒服地靠在椅背上、坐在她办公桌前的人是谁时，她咕哝道。

"早安！"理查德·提奥愉快地站起身来。

总编辑叹了一口气："哎哟，关于找工作，你是否已经改变主意了？我或许可以赏你一份漫画家的工作。"

提奥露出微笑，对于她立刻找寻冲突的企图感到一丝佩服。许多人第一次见到他的时候，当然会想制造冲突，但绝大多数人比其他一些人来得更谨慎。

"我向你保证，我不会占用你的时间。关于昨天那起事件，你想必会有的忙。"

她露出一丝微笑："'事件'？你的用词真是有趣，那就是一场流氓导致的暴动。"

他看起来很惊讶："哦，不是，我完全不会用这个词来形容它。我在场，但我不曾为我自己或其他在场人士的安全担心。双方阵营当中的几个年轻人被挫折感冲昏了头，但也仅止于此。这种事情到处都会发生。我想，这种事情甚至也会在大城市里发生。"

最后这句话显得太过讽刺和刻薄，因此总编辑再说话时，语气稍微软化了一些。

"你最近一次到这里来的时候，说到你对俱乐部支持者之间的暴力行为感到害怕。现在你又说，大家统统成了好朋友了？"

提奥立刻摆出一副无辜状，双手向外一摊。

"我只是希望，事情不会被错误地解读。也就是说，人们在报纸上读到某一篇文章，然后误解它。因为这样是会制造暴力的，你不这么觉得吗？"

"我们会报道已经发生的事情……"她开口。

"彼得·安德森的眉梢昨天被撞裂了，你听说没有？"他迅速插嘴。

"没有……没有……这我并不知道。"她承认。

"这完全是一起意外事故，我可以保证！他在人潮中推挤时，与另一名男子撞在一起。但熊镇铁定会有一些人乐于把这件事情解读成：他遭到了攻击。彼得·安德森在熊镇受群众欢迎的程度，你是知道的，很多人想保护他。对了，说到这件事……显然也有很多人想保护你，我看到你那几位站在门外的朋友了！"

他将那条挂在烫得平整挺括的衬衫上的领带理直。对于他大清早的形象看起来是如此英气勃发，这位总编辑感到极为恼怒。

"如果你是说站在门边的那些男子，我不认识他们……"她开口。

"那是当然，但他们似乎认定你需要保护，我也不希望这件事情受到错误解读。"他点点头。

当总编辑意识到正在发生的事情时，一阵寒意顺着她的脊椎涌上。是谁散布流言，导致这伙人出现在门边？

"你到底想说什么？"她嘶吼着，委实痛恨他那轻松的微笑。

"根据某些流言，彼得·安德森受到了赫德镇冰球支持者的攻击，遭到了暴力对待。那些人就是现在守在你们门边的同一批赫德镇冰球支持者。如果你们立刻写到关于彼得·安德森的事情，你不觉得，这样会让你看起来已经……选边站了？"

"理查德·提奥，你少威胁我，你这是个馊主意。"

"威胁你？这实在不是我的本意！哎哟，请你原谅我！"他大喊一声，露出一副困惑到近乎真诚的表情。

他站起身来。

她将头歪向一边："说完啦？你大清早到这里来，就为了这么一点破事啊？"

他佯装思考，仿佛遗漏了某件事情。接着他轻轻地、仿佛演戏般地拍拍自己的前额，补充道："现在经过你这一番提醒，我其实可以给你提供一条新闻！你是否已经听说，赫德镇冰球俱乐部获得了一名新的赞助商？你也许很清楚，工厂的老板们在赞助熊镇冰球俱乐部，现在有另一个老板已经在给赫德镇冰球俱乐部提供资金援助啦！"

总编辑的好奇心终究战胜了她的警觉心。

"哪个老板？"

"你的老板。"

当他说出这番话时，他就像一个在玩"大富翁"游戏时一举将银行清盘的爸爸那样，看起来极为满意。他说出了那家企业的名称。总编辑当然知道他说的是哪家企业。他们拥有那家拥有她报社的企业。

"他们为什么要赞助一个这么偏远的冰球俱乐部呢？"她问道，并在从窗户透进来的、寒冷的微风中不自在地理了理自己的衣服。

"我在学生时代认识的一位老朋友是董事会成员。我打电话告诉他赫德镇冰球俱乐部面临的经济问题，而地方报社的老板如果能帮助他们，这将是一件善举。在这一带，我们都这么做，互相帮助，不是吗？"

她咬牙切齿地回答："你那位老友是否知道，这家报纸一半的订户住在熊镇？"

提奥摇摇头："不，不，他对冰球一无所知。他认为，这不过就是一种体育项目。"

她既无奈又不满地抿了抿嘴唇。

"所以你以为，我现在不敢监督熊镇冰球俱乐部，就只是因为报社对赫德镇的赞助？"

他表现出某种令人作呕的自信。

"不是，不是，你误会啦。我认为你会搁置对熊镇冰球俱乐部的监督工作，原因在于你现在手边就有一个比这个好得多的故事可以刊登出来。"

"哪个故事？"

提奥披上自己那件优雅的风衣，扬起一边的眉毛。

"你爸爸都没跟你提过吗？"

他走出门，在她做出回应之前，他就离开了。当她跑回家时，那些身上有着公牛刺青的男子仍站在原地。当她爸爸最后终于起床时，她已经在脑海中无数次演练过与他的争吵，这使得她无力在现实中跟他大吵一架。

"所以你出卖了我们对彼得·安德森的一切监督工作，来换取别的故事？"她只是沮丧地说。

"一个……好得多的故事。"他睡眼惺忪地反驳道。不过她看出他感到羞愧。

"爸爸，我不相信你会做出这种事，我认为你不会从一场战斗中退缩。"

她爸爸凝视她良久。她看到他眼中涌出泪水，这使她陷入彻底的震惊，以致她不得不坐下。

他小声道："小老太婆，我选择了一场我们能赢的战斗。我针对理查德·提奥的事情打电话给一个老同事，然后……他是危险人物，真的很危险。他为了自己的享受，把人们的职业生涯给毁掉。我并不是那种容易被吓倒的人，但是看在上帝的分上，小老太婆，当我离开这里，而你又有他这种敌人时，你会发生什么事呢？他跟这一带的那些老家伙不同，他更精明，他的人脉完全是另一个等级的。他不会派流氓来吓唬你，他会派律师把你的人生毁掉。像他这种人，会竭尽全力盯住你，直到夺走你所爱的一切……"

她的声音因失望而颤抖。他将永远无法真正摆脱这幕情景。

"爸爸，在我小的时候，你总是说：一个没有敌人的新闻记者，是一个不称职的新闻记者。"

他点点头："但是对于敌人来说，小老太婆，你还太年轻了。对于这样的敌人来说，你还太年轻了，你还有大好的前途。而我……去他的……我或许已经太老，不能再打斗了，至少不能再跟理查德·提奥这样的男子作对了。小老太婆，他寄给我的那些文件可不是小东西。他到处称心如意。你可知道，他只需要动几根手指，就能为赫德镇冰球俱乐部弄来多少钱吗……你想象一下他能对你做的事情……你行行好，别让自己的职业生涯因为骄傲而毁在这种鸟不拉屎的地方。别弄得跟我一样，别同时跟全世界作战。如果你有意愿，等到你待在一间更大的编辑部，背后获得更多的支持，再来对付他吧。我到这里来是要帮助你的，而这就是我能帮助你的最好的方式。所以，你要采纳我的建议吗？就用他给你的这个故事吧。这个故事，比跟彼得·安德森有关的故事还要好。彼得·安德森只有一个人，没有特别大的权力，但理查德·提奥给我们的材料牵扯到广泛的贪腐，而且一路延伸到区政府的最上层……"

"如果事实证明一切都是谎言，怎么办？"

"那我们就继续挖掘关于熊镇冰球俱乐部的事情，我们可以……"

女儿将脸埋进手掌。

"不行，不行，我们不能这样做，爸爸。到那时，他们就已经销毁了所有证据，一切都太迟了。"

她失去了一切动力，趴到桌面上，这就是失败的感觉。

92. 岛屿

夜幕降临，属于周五的时光即将走到尽头。当班杰在树丛间走动时，他几乎没有在雪地上留下任何足迹。这种兼具灵活与力量的组合，总是让在冰面上遭遇他的人感到诧异。爱德莉经常说，一个身体这么灵活的人居然不会跳舞，真是太不可思议了。他通常会回嘴，说像她这样一个厨艺这么差劲的人，身材居然还能这么胖，真是太不可思议啦。这种情况下，她通常会狠狠揍他。往后，在所有的事情当中，这或许就是她最怀念的。现在，她和苏恩、爱丽莎一同待在位于高处的犬舍里，看着那对刚出生的幼犬。班杰从家里走出去，但对于自己要去哪里毫无规划，因此他向下走到湖边。他已经不再有任何梦想或渴望。因此，只要能找到人陪他，他就感到满足。"大城市"正坐在休旅车外的一张折叠椅上，身上裹着睡袋，而且刚刚学会生火。正是因为这个，他对班杰的到来感到欣喜若狂——这样一来，他就能向对方展示成果了。

"你的做法跟安娜一模一样。"班杰阴沉地指出。

"她的方法有效，这个跟你的不一样。""大城市"露出微笑。

对于班杰出现在这里，他看起来一点都不惊讶。他俩之间的关系已经定型了：他们已经熟悉了彼此移动的模式。假如他们在冰球场上并肩作战，一定战无不胜。班杰一屁股坐进那张比较不牢固的折叠椅，懒得使用睡袋，不无敬佩地点点头。

"我本来以为，如果放你一个人待在这里，你一个晚上都活不过。不过，你现在可是森林之子啦。"

"直到一两天前，我这辈子都还没真正见过一座森林呢。""大城市"说。

"不管你是或不是，这都跟森林本身无关。"班杰回答。

他俩抬头望向夜空。班杰想起拉蒙娜某次说过的话："男人们都挺害怕望远镜的。在望着星星时，你们一定得把身外的一切抛开，因为你们必须以自己的渺小作为比较的基准，然后才能真正意识到宇宙的浩瀚无穷。对于男人们来说，没有什么比'我们所做的一切或许都缺乏意义'的想法更骇人的。"湖面冻结着，坐落在湖畔一小段距离之外的小岛被即将到来的严冬隔离，从这里看过去，它似乎显得平凡无奇。但是，在班杰人生里最快乐的那几个夏天，只要冰球训练营一结束，他跟凯文就会到那里去，像海难生还者一般在岛上度过几个星期。在那里，一切都无须明说，也不存在秘密。班杰不曾与其他任何人去过那座小岛。

"大城市"抬头凝视星空许久，然后说道："你说得对，你们这边的星星比我们那边的要漂亮，这里的废气比较少。"

班杰缓缓地点点头："但是这里的风力发电厂比较多。那可真是狗屎蛋，糟透了，会把野生动物给吓跑。"

"大城市"笑了起来，模仿他的方言口音道："'野森动物'，这是猎人聊天的用语吗？"

班杰露出他那特有的微笑，那种暗示他已经看破一切人、事、物的微笑。

"假如我可以说老实话，我比较偏好钓鱼。"

"你们这边几时才能钓鱼呢？八月当中的一刻钟吗？""大城市"问道，并且朝着远端的水面点点头。在"大城市"的世界里，现在还只是初秋，然而此时这里的水面已然开始结冰。

"一整年。夏天，你可以坐在一条船上，足足撒上九个小时的谎，然后一条鱼都没钓到。冬天，你可以在冰面上凿出一个洞，将一张椅子放进去，再撒上九个小时的谎，然后还是一条鱼都没钓到。"

"哎哟，这样要说很多谎啊。""大城市"指出。

"远超乎你的想象。有时候我们实在已经被压进了地狱，因此不得不说实话。"班杰回答。

他到休旅车里取来啤酒，给"大城市"递上一罐，但"大城市"只是摇摇头："明天有比赛。"

班杰点点头。要是"大城市"不知好歹，他几乎就要说出一点：他看起来很羡慕。

"是对赫德镇的比赛，没错吧？这意义有多么重大，你不会理解的。

这样反而好，装得若无其事一般，上场打球去。"

"大城市"用手背蹭了蹭自己的胡楂。每天早上，他一般来说都会刮胡子。他以严谨的细节和习惯驾驭自己的生活，而这是其中的一个习惯。不过在这里，他就不那么在乎了。他转身面向班杰，以一种纯粹好奇、毫无贬义的口吻问道："我听说，赫德镇的人会在比赛时高唱'熊镇的娘炮们'，这会困扰你吗？"

"你从哪里听说的？"

"大城市"清了清嗓子："在更衣室里，我听一个队友稍微提过这件事。"

班杰拘谨地点点头："这为什么会困扰我？"

"大城市"在自己内心深处寻找着可以使用的词。他用嘶哑而紧绷的声音说："我只是感到好奇，你到底是怎么做的，才能承受……与众不同的压力。"

班杰抽着烟，沉默了许久，这甚至让"大城市"觉得对方没听到自己的问题。但是，班杰随后就回答道："就我个人来说，我通常会感到暴怒，想将别人的牙齿打断。但是，铁定有其他的发泄方式。也许是冥想吧。我听说过许多关于冥想的好处，可是要在冥想的同时抽烟，真的是够困难的……"

"大城市"用微笑掩盖了挖苦的意味。

"当你旅行的时候，你觉得表现你的本性变得比较容易了，还是更难了？"

班杰哼了一声。

"当没人知道你是谁的时候，你比较能够为所欲为。如果你来自熊镇，当你离这里越远，你就越敢为所欲为。"

"大城市"向后靠在椅背上。他想继续追问，却又不敢这么做，所以他缓缓地放开这个话题，承认道："你们真是个难缠的民族。但是对于你们这边的日落，我只能说，我真是服了你们，我从没有看过这样的景象。"

"那只是因为你从来没看过太阳在午餐过后立刻下山的景象。"

"是啊，的确如此。""大城市"笑了起来。

班杰忽然以低沉但自然的嗓音说："你会融入这里的，而且会比你想象的还要顺利。"

"大城市"表面上虽不动声色，实际上却感到这番话意义重大。他不曾融入过任何地方。

"不然的话，我该怎么办？难道我要继续往北方走，直到找到比你们还要疯狂的人？"

"在我们北面，比我们还要疯癫的，就是圣诞老公公。"

他们咧嘴大笑。班杰喝着啤酒，抽着烟。"大城市"则闭上双眼，聆听着周遭的空寂。

"你是从什么时候开始打冰球的？"接着，他问道。

"两岁刚过的时候。"班杰回答。

"除了这个，你还做过什么？"

"旅行、抽烟、跳舞。"

"在哪里？"

"主要在亚洲。"

"为什么选中那里？"

"在那里，几乎没有人知道冰球是什么。"

"你是否找到了自己所追寻的东西？"

"你这话是什么意思？"

"大城市"的声音柔和但坚定。

"如果不是在追寻某个东西，没有人会跑那么远。"

班杰从鼻孔中喷出烟气。

"我要是真找到了什么，我想必已经忘记要回家了。你是否已经找到了你所追寻的东西？"

"在哪里？"

"在这里。"

这时，"大城市"口音中的确切感突然消失无踪。

"如果我能说老实话，我还不知道自己要找什么。"

班杰又拉开一罐啤酒。

"追寻的意义，或许就在于此。"

在一段很长的时间里，"大城市"陷入沉默。然后他小声道："我……我想付房租，继续住在这辆休旅车里。"

"门儿都没有，要是这样，我岂不成了你的房东？"

"那你现在又是什么？"

班杰转身面向他："你的朋友。"

他能辨识出那种不曾有过朋友的人表现的眼神。"大城市"成长历程中一大半的时光都被用来撒谎，他心头一紧，真话脱口而出。

"如果我能爱上男生，那我会爱上你，而且无可救药。这你应该知道，嗯？"

他当然知道。不过班杰仍然只是笑着，他这种令人感到无比憎恨的微笑，让他既像一头熊，又像一只小鸟。然后，他说道："你已经爱上我啦，只是你还没理解罢了。"

"大城市"笑了起来，班杰跟着笑了起来。森林中传出歌声，歌声飘过湖面，一路来到那座岛上。

93. 替罪羊

"尾巴"弗拉克坐在食品超市的办公室里，在第一遍电话铃声彻底响完以前，他就已经接听了。

"我已经解决了你的问题。"理查德·提奥简短地告知。

"什么……已经？怎么……""尾巴"开口说道。当这名政客开始说明时，他感到既佩服，又有点惊吓。

这个无比简单的解决之道，就在于赫德镇的新赞助商。这对"尾巴"来说是个解脱，但对那家地方报社来说却是毁灭性的噩耗。

"那些新闻记者将永远不再构成任何问题。但我们仍然必须说服区政府，让他们保留这两个俱乐部。因此，你的朋友蜜拉·安德森必须再为我们提供一项服务。"这名政客继续说道。

"蜜拉？你希望她做什么？""尾巴"问道。他觉得肚子一紧，这并不是个好兆头。

"就我听说的，她最大的专长是说服别人，你只需要先说服她就行了。"

"针对什么说服她？"

"火炬游行队伍。"

"尾巴"正要提出一堆愚蠢的问题，但这名政客既没有时间，也没有耐心。所以他描述了自己全盘的计划，但也仅此一次。当他描述完以后，"尾巴"喊道："这真是……聪明，这行得通。但是，如果蜜拉在熊镇组

585

织这个活动，赫德镇想必也得有人出来组织这个活动吧？"

"我要告诉你某人的名字和某个地址，请将它写下来……"这名政客回答。

"好的，好的，你刚才说的街道和门牌号是哪个？""尾巴"一边呢喃着，一边用黑色墨水笔记录在手臂上。

"另外你或许还记得，要完成这一切，我还开出了一个额外条件。"当他记录完毕时，提奥指出。

"你要什么？""尾巴"不安地说。

"近期内，那家报纸还将刊登另一则有关监督的报道。它事关另一种类型的贪腐，每则美妙的故事里，都需要几只替罪羊。"

"尾巴"吞了吞口水，但口腔里一片干燥。

"然后呢？"

"我要亲自挑选出那些替罪羊，你要帮助我。"

*　　*　　*

当蜜拉来到自己的办公室时，"尾巴"就坐在办公室外的长凳上，他的领带已经松开，风衣下衬衫最上方的那颗纽扣也解开了。

"那家报社已经终止了对彼得和熊镇冰球俱乐部的调查。"他毫不拐弯抹角地说。

她只是凝望着她，这些话语让她感到迷眩不已。这难道会是真的？她真不知道自己是该单脚跳起来，还是扑到地上像雪天使那样挥动双臂和双腿。在某个瞬间，她甚至想拥抱"尾巴"，不过幸好这种冲动很快就消失了。

"'尾巴'！哦，弗拉克，你是认真的？我们……我……你是怎么办到的？"她激动地说。

"许多项服务，应该说，许多的回馈。""尾巴"毫无骄傲感地承认。

她解脱般地一屁股坐到长凳上，坐在他的旁边。

"但是你确定，彼得已经……安全啦？现在，他不会再出什么问题了吗？"

"尾巴"点点头："完全确定。但是，我得请你帮忙做件事。"

"要我做什么都可以！"

"在我向你提出要求以前，请不要说这种话。"

她眯着眼望着他："是什么非法的事吗？"

他笑了起来，那是一阵发自肺腑的、真挚的、呼哧呼哧作响的笑声，声音大到似乎响彻了整座停车场。

"不是，不是，不是这样的。但是天杀的，搞不好你反而会希望我拜托你去做一件违法的事情呢……"

他说明了他的需求，也就是理查德·提奥对他提出的要求。她为之一震。

"一支火炬游行队伍？这就是你们用来拯救两个冰球俱乐部的宏伟计划？一支火炬游行队伍？"

"尾巴"缓缓地摇头，对她伸出食指和中指。

"不是一支火炬游行队伍，是两支，两支。"

接着他递给她一张纸条。

"这是谁？"

"你得设法将这个人拉拢到我们这边来，这样这件事情才行得通。"

　　　　　　　* 　 * 　 *

　　"你是个无比简单但又复杂到极点的人。"某次，心理医生这样告诉蜜拉。那是一段来自他所读过的某本书中的引言，随之而来的是一段冗长的说明，他很喜欢某个关于脑部功能如何运作的理论。但蜜拉始终没注意听剩余的部分，她对那几个词念念不忘：简单得复杂、复杂得简单。还有其他类型的人吗？

　　在见过"尾巴"之后，蜜拉直接从办公室开车回家。她和彼得面对面坐在厨房的餐桌前，他们的手指摊在桌面上，摸找着对方的手指。她将"尾巴"所讲的一切都告诉他，彼得随之吸了一大口气，这是她见过他呼吸得最缓慢的一次。当时他们还没有感觉到自己有多么疲惫、多么残破。当他们最终总算放松下来时，他们感到了肌肉的疼痛。当压力松脱时，泪水就从他们的眼皮后方涌出。从现在开始的许多年里，他们将会与自己的良心搏斗，一而再，再而三地问自己：如果你本人没有犯罪，但在罪行发生时安静地待在旁边，你该负什么责任呢？当罪行发生时，你有能力阻止却无所作为，你有机会抗拒却不作为，你这样能算无辜吗？能算善良吗？

　　他俩都不说话，但他俩内心都在想着艾萨克。当他死去的时候，他们学会了如何在内心哭泣。这么多年来，他们沉默地、安静地、无声地哭泣着，这样才不会让其他子女听见。他们想起，他们付出了怎样艰苦的努力才不至于想到别的事情，如果他们不这样做，他们就撑不住，连空气都会让他们感到疼痛难耐。他们是如何地想躺下，将脸颊贴在土地上，对着草地耳语，希望在地下的他能够听见。他们是多么想跳进墓中，随他而去。他是这么幼小，极其幼小，他们怎么能忍心让一个如此无助

588

的人独自进入黑暗？他的年龄还没有大到足以独自留在厨房，但突然间，大家都认为他们能够将他留在墓园里，在墓园里过夜。如果他做了噩梦，他该喊谁呢？他该钻进谁的被窝呢？他该贴着谁的锁骨入睡呢？作为家长，他们因为自己没有跟他一起死，因为他们还继续活着，而无比痛恨自己。

在那之后，他们所做的事情，有多少只是他们为某件重要而伟大的事情、某件值得但为时已晚的事情，也就是那件使他们终于跟他在天堂相会时能低声说"爸爸和妈妈只是被迫要拯救整个世界"的事情，而做出的努力？几乎一切。

现在，他是否会为他们感到骄傲？他们是否活得有尊严？他们是足够善良的人吗？

他们在内心哭泣着，沉默地、静寂地哭着。随后彼得站起身来，将双手洗净，将烤箱的按钮转开，开始烤牛角面包。蜜拉亲吻了自己的丈夫，披上自己的风衣，驱车前往赫德镇。

他们是既简单又复杂的人。"你们总是能在某个地方找到某件事情，接着你们就不顾一切地为它奋战，直到战死。"她的同事如是告诉她。所以，现在蜜拉就这么做了。

94. 女人

哈娜将车库入口通道上的积雪铲掉，把庭院清理干净。强尼在上班。孩子们都在学校里，他们的东西散落得到处都是。通常，是由强尼这个顽固不化的人在各处巡视咕哝着，将这些东西收拾好，但今天由她亲手处理这些事情。当你成家时，你最怀念的一种感觉就是无聊，因为你再也不会感到无聊。就在前一阵子，哈娜听到医院里其他几位比较年轻的护士讨论一位出轨的同事，当时她唯一想到的是：老天啊，怎么会有人有时间出轨呢？难道他们都不用睡觉？

她将堆在花床上的那些橡皮圆盘捡起来，将被遗落的手套挂起来晒干，接着再将所有的冰球杆收齐，把它们靠在屋墙的正面。她从眼角瞥见那辆自远处驶来的车，它比这条街道上的居民平时所开的车要名贵一些，是那种真的能作为地位的象征且让你自我感觉良好的车。开车的那名女子将车停下，走到车外，核对写在一张纸条上的地址，望了望那排房屋，透过那低矮的篱笆迎视着哈娜的目光，顿时面露迟疑之色。

"不好意思……请问您是哈娜吗？"

当她走向院子的篱笆边时，手中仍然握着泰德常用的一根冰球杆。她知道蜜拉·安德森是谁，但蜜拉还不知道她是谁，所以哈娜索性装傻。

"你是谁？"

蜜拉差点露出微笑。当赫德镇的女人们已经做好随时开始打架的准备时，她们也会开口说话。

"我叫蜜拉，我和彼得·安德森是夫妻。我想说，他和你丈夫昨天在冰球馆里对撞了，两人当头撞在一起，彼得的眉骨裂开……"

"那是意外事件！"哈娜回答。她的声音太过犀利，蜜拉不禁为之一颤。

"我知道，我知道！不好意思，我的表达方式比较笨拙。我知道那是一起意外事件，这并不是我来这里的原因，或者说，这是我来这里的原因，不过这……说来话长。我是否可以……从头说起？"

她痉挛般地微笑着，搓着自己潮湿的手掌。哈娜靠在自己儿子的冰球杆上，表情看起来就像蜜拉来到这里是要逼迫她改信一个新宗教。

"请便。"

蜜拉深吸了一口气,深思熟虑后再进行一次新的尝试:"好的。我丈夫和你先生昨天撞在了一起……我想问你一下,你先生还好吗?"

哈娜忍俊不禁,露出微笑:"你说他的脑子吗?打从一开始,他那个脑袋里就没有什么东西,所以还好。你的丈夫还好吗?"

蜜拉也露出谨慎的微笑:"彼得啊?当他还是冰球选手的时候,教练总是说,他那个厚重的脑袋保护了头盔,而不是被头盔保护,所以他会康复的。"

"很好。我有点事情要忙,所以不好意思……"哈娜轻咳一声。

蜜拉充满理解地点点头,望向泰德搭起的冰球球门。

"好的,好的,你请便,我看到了。你们家有几个孩子?"

"四个,你已经见过其中一个了。"哈娜有点恼怒地应道,因为她现在觉得,蜜拉在耍弄她。

"我不明白……"蜜拉挤出这么一句话来。

哈娜将头偏向一边:"你为什么来这里?你想让我做什么?"

"我……不好意思……这当中可能发生了一点误会,我见过……你的哪个子女呢?"

"我的女儿。今天早上,我在她的夹克里找到了你的名片。"

哈娜对最后那句话感到懊悔,她不愿意让自己听起来像个没事偷翻女儿口袋的妈妈。不过蜜拉看起来并没有要对她做任何评判的样子。

"特丝?她是你的女儿?我原本并不知道。对不起,她就只是问了我一些跟我的工作有关的问题。我……"

"然后你今天来这里,谈论我的先生?"

蜜拉将手插进风衣的口袋,决绝地点了点头。

"我能够理解，这看起来是个很奇怪的巧合。"

哈娜端详她良久，想弄清楚对方的神情是否似乎暗示不可信任。她没看出什么，因此她说道："我女儿想读法律，在她认识的人中，没人有法学背景。我想，她正是因此才向你请教的。"

蜜拉听出了这位妈妈声音中的忌妒之意，她能感受到这种心理。她自己说话时，每次也会流露出这种心理。玛雅曾经提到她就读的音乐学校里的一位老师，因此蜜拉知道，自己的孩子生活在一个自己一无所知的世界里是什么样的感觉。

"她只是想就学习问题获得一点建议，我……"

"我是名助产士。我们都读过书，因此才能挣到今天这份工作。"哈娜指出这一点。

蜜拉脸红了："我知道，这并非我的用意。特丝非常聪明，而且很有教养。我知道，这是从你身上传承到的。"

哈娜哼了一声："你不必巴结我，在看到那张名片的时候，我很生气。但强尼说，总有一天，我得放手让孩子们自己去闯天下，我正在努力这样做。你在赫德镇这边有一间办公室，是吗？如果特丝到外地读法律，她是否能够回到这里，去你的公司上班？"

这个问题来势汹汹，使得蜜拉一时间弄不清楚头绪。她心目中的社会运作模式，可真不是这样的。

"当然，当然……我的意思是，如果她够优秀的话。"

哈娜回答的口吻，就像某个对法学一无所知但对自己的女儿了如指掌的人。

"她会首屈一指。"

蜜拉低声轻笑，心想："上帝啊，请赐给我这位赫德镇母亲所拥有的自信心吧。"但在内心最深处，她知道自己也是这副德行。她和哈娜看似共同点非常少，但实际上几乎一模一样。

"假如她有什么疑问，欢迎她随时到办公室来找我。"

哈娜忌妒但不无感激地点点头，随后，她用一种并非完全不好客但又称不上好客的口吻说："你是想喝杯咖啡，还是直接说重点？你为什么来这里？"

其实蜜拉非常想来一杯咖啡，但不敢冒挑衅对方的不必要风险。因此她尽力地将一切长话短说："我的几位朋友昨天在冰球馆里看到你丈夫和我丈夫当头相撞，他们……感到很担忧。彼得是熊镇冰球界的某种象征，我想你丈夫在这一带也是有名望的。我的朋友们担心，外人会以为他们打了架，这会导致一次更恶劣的斗殴。但接着，他们当中的一人有了一个想法：我们的丈夫，实际上或许可以创造……和平。我猜你或许听说过，区政府有意将这两个冰球俱乐部给裁撤掉？"

哈娜将儿子的冰球杆插进积雪，仿佛要把它种植在雪地上。

"我听到的一切说法都指出区政府想裁撤赫德镇冰球俱乐部，他们不愿意花钱整修这里的冰球馆。"

"我的朋友们非常确信，实际的计划是，熊镇冰球俱乐部和赫德镇冰球俱乐部都将被裁掉，然后成立一个全新的运动俱乐部。我们试着施压，逼迫那些政客改变主意。这样的话，我们就能拯救这两个冰球俱乐部。"

哈娜极为怀疑地哼了一声："你为什么要挽救赫德镇？"

蜜拉深深地叹了一口气，身体向前倾，将双手手掌贴在膝盖上，甚至没有看着哈娜。

"我该老实说吗？我甚至不想挽救熊镇！但是现状就是这样。去他的，我只是努力让这里的所有人都满意！"

她的本意并非表达出盛怒的样子，她只是太过劳累了。哈娜露出微笑，这是她听过的、最像一个母亲说话的声音。

"你是南部人吗？"

"嗯。"蜜拉回话的同时，双手仍然贴在膝盖上，目光则盯着地上的积雪。

"只有在你生气的时候才听得出来这一点，要不然，你的口音听起来跟我们没两样。"哈娜说。

这是一番相当重大的恭维，简直是无与伦比的。蜜拉抬头瞄了她一眼。

"你可要谨慎。很快地，当你女儿从大学回家时，她说话的口音就会变了。"

"只要她不坐进一辆这么白痴的车里，一切就都还有救。"哈娜一边回答，一边蔑视地朝蜜拉那辆车点点头。

"下回我来这里以前，一定会先把车窗砸烂，这样我才算入乡随俗。"蜜拉回答。

哈娜高声大笑，随之解除了心防。她靠在篱笆旁，犹豫良久才鼓足勇气问道："熊镇有个名叫安娜的年轻女孩，你是否认识她？"

蜜拉开始咧嘴大笑："你在开玩笑吗？她是我女儿最要好的朋友！"

哈娜的双眼闪闪发亮，努力抑制住自己的情感，不让它泄露、满溢出来。

"在那场风暴中，她在森林里协助我完成了那次接生，我只是想再次表达我的谢意。"

"哪一次接生？"蜜拉问道。

"她没有……提过这件事情？"

"没有，没提过，但是我认识的安娜其实就是这样的。"蜜拉笑着道。

"你是说她在森林里帮女人接生，还是说她不提起这件事？"

"两者都有。"

这两个女人低声笑着。蜜拉挺直背，她的背随之发出的咔咔声，充分说明了她实际的年龄。哈娜低头望着自己的手指。

"如果安娜想到医院来看看，我们随时都欢迎她。假如她对……我的工作有疑问的话。"

蜜拉赞赏地点点头："我保证，我会代你向她转达这一点的。她将会成为一个很称职的助产士。而她……需要坚强而有力的女性模范，而且越多越好。"

最后这两名女子的目光交会，这象征某种形式的停火。

"好的。那么，你希望我的丈夫怎么做，来帮助你们？"哈娜问道。

"这需要的并非我们两个人的丈夫，而是你和我。"蜜拉回答。

95. 歌曲

那辆休旅车旁边的营火在黑暗中跃动着，就像一个不愿意上床就寝的三岁小孩那样好斗而不安分。班杰的手机振动着，他将它举起，是安娜和玛雅。她们现在感到百无聊赖，于是问他，他现在在哪里。他回答他在休旅车旁边。她们只应了一句："我们就来！"即使班杰相当乐意再跟"大城市"多独处一会儿，面对现在这种有人想强行加入他们的情况，他也实在无法适应，甚至有些坐立难安。他可真想念这两个大傻瓜，她们就像两只被购入、游走于世界各地的松鼠，她们仿佛能够时时刻刻地活在当下。他希望她们永远别停止：永远别停止凑在对方的身上大笑，永远别停止背对背睡觉。她们开着安娜爸爸的车，向下开到湖边。她爸爸由于醉酒再度把枪忘在车内，安娜一路上为此咒骂个不停。玛雅打电话给亚马和波博，命令他们也一起过来。即使明天有比赛，他俩显然还是不敢拒绝。波博将自己的车停在位于上方的路旁，从树丛间一路走下来，亚马和"闭嘴"则跟在他的后方。这就好像，如果他们摆脱不掉这件事情，那"闭嘴"也休想置身事外。因此，他们先开了一大段路到赫德镇去接他。这是这伙人最后的一夜。他们笑得如此开心，而且在事后会对此感激莫名。他们每次一回想起这幕情景，就会像班杰和安娜在烟雾里真正腾起、他们开始用寓意极度恶劣的双关语大开玩笑时那样，咯咯笑个没完。到了后来，班杰和亚马走到一边去小便。当他们各自靠着一棵树小便时，班杰对自己的朋友说："请你永远别忘记，你是从'洼地'来的。"

"你已经喝醉了，还嗑了一堆药！我可不听你的。"亚马咧嘴大笑，但是班杰用力地扣住他的肩膀，使他差点在雪地上缩成一团。

"我说，永远别忘记你是从'洼地'来的。在这里，镇上的那些死浑球儿可从来没有让你忘记过这一点。所以，你现在就别让他们忘记这件事。当你进入国家冰球联盟打球，有人问你你从哪里来的时候，你就说：'杀千刀的，我是从洼地来的！'好吗？对那些在你家屋子旁边庭院里打球的小屁孩来说，这就意味着全世界。"

亚马做出了承诺。他俩就在自己刚刚小便过的树旁，紧紧拥抱彼此。亚马永远不会背弃自己所做的承诺。当他走向那辆休旅车时，班杰仍站在原地，眺望着湖上的景色。过了一会儿，波博也下来小便。这时班杰就再小便一次，只是为了陪他。

"去你的，能不能请你别在这里把亚历山大变成一个酒鬼？我和札克尔这个球季还需要他！"波博尽可能用严厉的口吻要求他。

"我不能做出任何承诺，酒精也许能将他从这项体育活动中挽救回来。"班杰回答。

波博咧嘴大笑，笑声震耳欲聋。如果这座森林里还存在这么一点野性的气息，在这一夜过后，它亦将不复存在。

"朋友，我非常思念你，我多么希望你此刻就留在这里。你知道的，有朝一日，你和亚马就会变得像彼得和'尾巴'那样，变得像二十年前那支老球队里的那些老队员那样。到了那个时候，我们都会肥嘟嘟地坐在毛皮酒吧里，而且富得流油，拥有这一整座小镇，闲聊起旧日的美好时光。"

班杰将一小口烟雾咳出来。

"波博，时间是相对的。这个是此刻，但是……此刻就已经是旧日时光啦！其实你已经说出口了：我们此刻已经老去了。"

波博困惑地抓着自己的头发。

"你刚说，你已经抽了多少烟？"

"不多不少刚刚好！"班杰宣布。

"这次就请你留下来，好吗？"波博重复道。

班杰摇摇头："不行，不行，我不会这么做。但我会努力记得回到家的。"

"杀千刀的，我真的很爱你。"波博耳语道。他个性中最善良的一点就在于，他完全不会用"不过你知道的，并不是以这种方式"之类的话来遮掩自己的意思。这个个性善良的巨人，他的爱意可是有起伏和波动的。

班杰露出微笑。

"我也爱你，不过不是以这种方式，所以你现在可别想太多啦。"

波博再度发出震耳欲聋的笑声。他俩朝着休旅车走去。班杰带了一罐啤酒，波博当然也带了一罐啤酒。在当上助理教练，不再只是个选手以后，他总有些优势可以借机利用一下。他俩跟彼此干杯，正视着彼此的双眼。一切堪称完美。

＊　　＊　　＊

安娜觉得，她应该往下走到湖边，借此"确认一下冰面是否够坚固"。她像往常那样焦躁不安。当然啦，其他人也跟了过来，要不然他们还能怎么办呢？班杰和玛雅走在队伍的最后方，同一根香烟在两人之间来回传递着。她将手臂伸到他腋下挽着他。

"你看起来好开心，这让我觉得好高兴。"

"你也是。"他说。

她闭上双眼，深深地吸了几口气，相信他不会放任她坠落。

"你是否认为，我们到最后仍然能够跟这座小镇达成和解？就只是回到这里，若无其事地继续生活？"

"也许吧。"他说。

"我不知道哪里才算是我的家。"

他相当温柔地亲吻她的发梢。

"你的家是一座面向全世界各处、面对几十万名观众的舞台。"

她搭着他胳臂的神情，仿佛担心这是最后一次了。

"你想做什么就做什么，但是，请你永远不要伤害自己。请答应我这件事。"

598

他此时的心跳是如此缓慢，他的血液是如此沉静，仿佛到了最后，这真的变得可能：与一切达成和解。

"假如我真能爱上女生，我或许会爱上你。"他说。

"假如我真能爱上蠢驴，我或许会爱上你！"玛雅回答。笑声如泡泡般从他的身上喷发出来。

"你什么时候回音乐学校？"他接着问道。

她叹息一声："我不知道。在我离开以前，我好像跟那边的所有人都闹掰了。"

"太好啦！"班杰斩钉截铁地说。

"好？"

"是啊。当你既生气又孤独的时候，你才能写出更好的歌曲啊。"

"这是我听过的最糟糕的恭维话！"

"我说得对，这你是知道的。为我唱首歌吧。"他提出要求。

"我没带吉他。"

"我实在不确定你是否真的知道'歌曲'是什么。"他指出这一点。她恼怒地揍了他的肋骨一下。

"不要再像个木偶一样啦！你知道我的意思！如果我不能同时弹吉他，我就没办法唱歌。这是行不通的，这样会变得……很不自然。"

"你全身上下都很不自然呀。"

"嗯哼，敢这么说的，还真的是全宇宙最正常的人呢。"

他露出他那特有的微笑。他俩无忧无虑地走向湖滩的边缘。安娜跟那伙男生比赛，看谁敢在冰面上走得最远。当然啦，她远远胜过其他人。玛雅将自己的头贴靠在班杰肩膀上，做出了承诺："明天我会唱歌给你听。"

在今夜之后的每个夜晚，她都会唱歌给他听。

＊　　＊　　＊

一个孤独的男孩站在远端的冰面上，远离湖滩，被黑暗隐藏着。当安娜和其他人一个接一个陆续走到冰面上测试自己的胆量时，他听见了其他人的笑声。当"闭嘴"在冰面上滑倒而咧嘴大笑时，其他人能够听出，他开心得不得了。马特奥孑然一身地站着、观看着，任由怒火将自己牢牢攫住。他对此几乎到了享受的地步。当远端的那伙青少年消失无踪，再度走向自己的休旅车时，马特奥独自走在湖面的深处。他走了好长一段距离，以致到了最后，每一步都像是踏在奶油块的包装纸上。他在那里停住，单脚站立，尽可能让自己变重。他沉默地在内心想着："如果冰层破裂，那就是我死。如果它能支撑住，那就是你们死。"

它支撑住了。

他走回家，爬进那座属于他的邻居的地下室。今夜，那栋屋子里空荡荡的，而且一片黑暗。那对老夫妻或许是到外地旅行去了。因此，马特奥就在他们家里到处乱转，瞧瞧他们所过的生活。他在内心设想着：如果他在生活中有这些人做伴，他会变成一个什么样的人。他们卧房的柜子上方陈列着一排他们唯一的孙子的照片。那是个金发的小男生，他显然总是十分开心，开心到简直喘不过气来。其中最新的一张照片上，他身穿全套冰球装备。那件绿色的球衣显得太大，他的眼神堪称欣喜若狂。年代最久远的，则是一张他刚刚出生时的照片。出生日期被刻画在相框上。马特奥打量它良久，将它牢牢地记下。接着，他再走回那间地下室，将那组数字输入密码锁。那个武器柜居然应声而开。

96. 火炬

理查德·提奥的主意，道理虽然简单，但做起来并不容易。蜜拉和哈娜隔着那道篱笆握握手，她们一个是律师，另一个则是助产士，且分别来自两座不同的小镇。随后蜜拉便踏上回家的路途，哈娜则依序按了自己邻居家的门铃。她从那些最爱聊天说八卦的邻居开始。她并没有说出这本来是谁的主意。正是通过这种方式，一切看起来都是突发的。

赫德镇上的许多部手机开始叮咚作响。当蜜拉回到家，逐一按下自己邻居家的门铃时，同样的情况发生了。这些话语虽然简单，但产生的效果绝对不容小觑，它们能够启动这一切。

区政府打算将我们的这两个冰球俱乐部都裁撤掉。无论你喜不喜欢冰球，你都必须对此做出抵抗。原因在于，这些俱乐部只是第一步，接着那些政客会对其他的一切事物下手。他们将会开始拆除位于赫德镇的冰球馆，然后用一堆新建的住宅来取代它，在这里成长的本地人都买不起这些新建的住房。很快地，他们就会在整座森林里大兴土木。如此一来，当这两座小镇开始扩张并合二为一时，我们对此将丝毫不察。到了最后，赫德镇和熊镇甚至都将不复存在，因为他们会率先成立一个新的冰球俱乐部，接着再建立一座新的小镇。假如我们任由政客们决定我们观看冰球比赛的方式，他们很快也将会决定我们该怎么活。他们毫不尊重我们和我们的历史，他们唯一希望的，就是这整个行政区能够变成他们的提款机。别让他们得逞！

不会有人记得这番话最初究竟是哈娜、蜜拉还是其他人说的，但这个信息被一再重复，直到所有人都听见为止。理查德·提奥就待在自己的办公室里，等待着。其他所有的公职人员早就下班回家了，但他知道，不消多久，他们就会恐慌莫名地狂奔回来。到了那时候，一切都太迟了，他们已经失去机会了。假如只有十几个人挺身而出，上街游行，这样或许还好处理。但现在，家家户户都上街了。这是整合最近这个星期以来所有社会动态的罕见场合，连锁反应中的每个小细节，用各种不同的方式触动每一户人家。

"尾巴"升起熊镇冰球馆外的那些旗帜，车队占据了那条连通林区之间的道路，一列又一列的同事、队友、童年时期的好友和家庭的车队。短短几个小时以内，这条呼唤似乎就传到了每一个人的灵魂里，从最年老的退休人士到仍窝在婴儿推车里的宝宝，都不例外。就连提姆和他那票手下都挺身而出，这可是人们头一次看到他们穿着黑色以外颜色的夹克。现在，这股人潮已经遍布各个阶层，冰球支持者、公民、选民。这些车辆在森林的尽头停了下来，所有人走下车，站成一列。取出所有的火炬，花费了数小时的时间，弄到最后人们索性用树枝和用来制作鸡栏的细铁丝网自行制作火炬。接着，森林就着火了。

地方报社的总编辑和她的爸爸，一同在报社的顶楼注视着这一切。永远不会有人问总编辑的爸爸，他是如何将所有的拼图全数拼凑起来的。但如果被问到，他就会这么回答："我的经验是，绝大多数的人，一次只能对付一个敌人。"因此，为了避免让这两座城市彼此厮杀，他给他们提供了一个共同的对手——政客群体。"因为所有人都对政客深恶痛绝，就连这些政客本身也是如此。"如果有人询问，他就会这么说。但是，不会有人来询问他。因为这一切看起来是无意之间引燃的，就像一场群众运动，草根的怒吼。所有让这一切看起来像是某种变革的话语，只能是从地面无端产生的。

那条宛如一条不尽燃烧的蛇的火炬队伍从熊镇出发，迈向区政府办公室。同等众多的家庭与邻人、一列列的冰球爱好者和支持者组成了另一支火炬游行队伍并从赫德镇出发，他们站在一两百米以外等候着。他们相会的位置恰巧就在理查德·提奥办公室的窗外，他是此时仍留在办公室的唯一的公务员。因此，他成了第一个能够走到外面、面对群众的人。

"我理解各位的挫折感，请相信我，我感同身受啊！"在队伍最前列的那些人道出自己的诉求前，他就对他们做出承诺。

绝大多数人甚至没意识到，他们实际上始终没能具体陈述任何诉求，不过这些都没有关系，理查德·提奥已经替他们完成了这一点。他爬上一堵墙，做了一场演说。他的用词相当浅白："我听见你们的心声啦！我向各位承诺：其他公职人员很快也会听见各位的心声！他们想要一座城市、一支球队，到最后，他们也只想一党独大。他们的愿望就是：所有人对任何事情的想法，完全一模一样。但我支持各位对两座小镇、两个冰球俱乐部的要求，这倒不是因为我热爱运动项目，而是因为我热爱民主。选择爱谁，这实际上就是一项基本人权；选择痛恨谁，这同样也是一种人权！人们可以被管制，可以被压迫，甚至可以被囚禁，但永远不能通过逼迫获得我们的爱情。对于那些不像我们的人，我们有憎恶的权利，我们有自我定义的权利。所以，我们的情感和我们的界限是不容出卖的。这是我们的城市。这是我们的生活方式。这是……我们的冰球俱乐部。"

他缓慢地说出最后几个字，仿佛他刚刚才想到了这些字。当他说出"冰球俱乐部"时，熊镇队伍的最后，有个人高喊一声。由于天色太阴暗，大伙儿看不出叫喊的人是谁，但那个声音高亢地叫喊着。

"你们想要我们吗？那就来抓我们啊！"

很快地，赫德镇的游行队伍中也发出了同样的叫喊声。以往，这是两座小镇宣战、叫喊时的用词；此刻，它完全指着另外一个截然不同的方向。原因在于：人们每次只能应付一个敌人。当然了，在区政府内其他所有政客理解火炬游行队伍的严重性时，一切已经太晚了。其中几个人甚至完全没有现身，有几个人甚至混进人群，寄望此举能让他们看起来跟寻常的老百姓没两样，而这真是个错误。此举反而让他们看起来里外不是人，什么都不是。他们的权力即将告终，理查德·提奥才刚要开始主掌大权呢。他的全篇讲稿就写在放在他风衣口袋里的一张纸上。现在，他一把将它给揉皱，他根本不需要照稿将它全篇念完。他想说：每一个冰球俱乐部都像是一艘忒修斯之船[1]。它出自古希腊神话故事。故事中，忒修斯之船的木板一片一片地腐烂、遭到替换，直到最后，原始的船已全然不存。这导致一众哲学家扪心自问："这还能算是同一条船吗？"这些冰球馆也是一块木板接一块木板地受到整修，直到一切变得焕然一新。赞助商们消失无踪，教练团被解聘，所有的选手年华老去，被全新的名字取代。一切全变了。在一个冰球俱乐部当中，真正永恒不朽的是它的支持者们。"你们就是那条船。"理查德·提奥本来想用这句话结束自己的演说。但此时有人开始叫喊"你们想要我们吗"，这样其实好多了。好多了，好太多了。到了最后，两座小镇各自组建了专属的火

1　Ship of Theseus，亦作"忒修斯悖论"，是一种同一性的悖论。

炬游行队伍，叫喊着关于他们如何痛恶彼此的同一条宣传语，对全面分裂的权利表达出绝对、毫无保留且一致的支持。不管是哪个政客，都无法想出这么一个解决方案。

*   *   *

在地方报社的编辑部里，总编辑和她的爸爸坐在那里，各自喝着啤酒。再过个一两天，他们就打算刊登揭露行政区内政商勾结和贪污腐败的新闻。这事不仅涉及最大党的首领（此人恰好就是理查德·提奥最有权有势的对手），还涉及她的丈夫和兄弟所任职的一家徇私舞弊的不法建筑公司。这家报社将会写到与申办世界杯滑雪锦标赛有关、被怀疑可能相当确凿的舞弊行径，以及最近几年来一座经过规划、正在兴建中的会议式酒店。然而，他们对那座训练用场馆将会只字不提。显赫的权贵将会失势，当中有些人将会锒铛入狱，只不过他们并非总编辑当初预想的同一批人。

然而，这一系列的报道文章登载将会受到延迟。此时，无论是她本人、她的爸爸还是其他什么人，对此都仍毫不知情。他们将会先收到若干可以报道的其他新闻，而且是更重大也更悲惨的新闻。

*   *   *

在森林中的某处，一部位于那辆休旅车旁边的手机叮咚响了一声。

"是你的吗？"玛雅问道。

"当你跟安娜到这里来的时候，我就关机啦。"班杰说。天杀的，怎

605

么会有人发短信给他呢？这样又有什么好玩的呢？

此时又一声叮咚响起。玛雅叫喊起来："不管怎样，不是我的！我认识的人全都在这里！"

"'火炬游行队伍'？"位于较远处的波博突然叫喊起来。

安娜凑向前去看他的手机，直接在夜幕中大声嚷嚷起来："你们有人听说那个杀千刀的火炬游行队伍吗？我是说，我们离开这座小镇才一个晚上，结果突然就出事情了？"

亚马的手机也叮咚作响。发短信给他的，是他的妈妈。接着玛雅的手机也叮咚响起，短信是里欧发来的："妈妈好像追踪，甚至组织了这一带有史以来最糟糕的示威游行。所有人都拿着火炬！回家吧！！"

因此，安娜和玛雅就开着安娜爸爸的那辆车驶向该地。玛雅握着那把枪。波博则开车跟在她们的后方，他的车上还挤了班杰、亚马、"大城市"和"闭嘴"。当他们来到熊镇时，全镇空荡荡的。但他们及时赶到了赫德镇，从而顺势加入火炬游行队伍。最初他们还弄不清为什么要示威，但随后他们在数以百计火炬的映照之下看清了一块块横幅上那些潦草、仓促写成的标语。"两座小镇，两支球队！"他们看到四周全是绿色球衣，接着他们又看到位于较远处那列身穿红色球服的队伍。玛雅在自己的童年好友中穿梭走动着，就像在一小段时间里，也就是那最后的几分钟里，免于背负身为成年人的沉重感。仅此一夜，她完完全全感觉自己又回到了故里。她知道，她在音乐学校的那些同学几乎都不能理解这一切，但对加入这支队伍的人们来说，一座小镇并不仅仅是他们居住的地方，还是能让他们心有所属的地方。一个冰球俱乐部并不只是一个冰球俱乐部，它是所有你认识的人的俱乐部。它是爷爷和奶奶的俱乐部；它是爸爸和妈妈的俱乐部；它也是位于城镇下端的那家酒吧过去的老板娘和老板的俱乐部，那位老板娘是位疯疯癫癫的大婶，老板是位善良的小老头。它属于邻居们，属于朋友们，属于在超市收银台前结账的女孩们，属于你委托修车的机械工人，属于指导你家小孩的那些老师。它属于律师们，属于体育总监们，属于消防员们，属于助产士们。冰球俱乐部就像童年时那个和你一起在森林里玩耍、背靠着背一同熟睡的女孩，尽管她甚至都不喜欢冰球呢。它就是那个最俊美也最狂野的男孩，他的微笑是如此灿烂，以至于他的内心有空间收纳最艰难也最美丽的回忆。这个冰球俱乐部并不为自己打球，它为我们打球。到这里来与熊镇对决，你们面对的可不只是冰面上的五名选手和一名守门员，你们对上的可是一整座城市。正是因为如此，火炬的数量才会如此庞大。大家齐聚于此。

当他们来到区政府办公室时，某个油头政客高声发表了一段关于"有权利痛恨彼此"的演说。在这一夜的尾声，现场的氛围几乎可以说是欢愉的。安娜不知从何处弄来了啤酒，所以亚马被迫驾驶她老爸的那辆车，这样她才能轻松又舒服地喝酒。当他试图说明自己没有驾照时，她咆哮道："难道你也需要那张该死的证件，才敢开口喝酸奶吗？三个踏板，一个方向盘！我知道你是个男生，但是这很难吗？"啤酒真的没有使她表现出自己最富外交手段的一面，她真的没能做到这一点，但亚马乖乖地照办。波博开车跟在他后方，他车上坐着这一群人，他们让"闭嘴"在他家屋外下车。所有人都差点要以足以响遍整个街区的音量大喊"熊镇加油"，目的纯粹只是要恶搞，但玛雅最后成功地阻止了他们。她卧房的窗户曾经被石头砸碎，她知道这些对一个人足以造成哪些影响。"闭嘴"踏上人行道，凝视着她。突然间，他的双眼中泛起一股深沉的、她无法理解的哀愁，一种或许几近于耻辱的哀愁。

"你没事吧？"玛雅问他。

"闭嘴"害羞地点点头，低头望着雪地。玛雅用自己父亲的那顶绿色毛线帽盖住了双耳，当她透过摇下的车窗伸出手时，她的双眸闪闪发亮。

"明天别让任何人进球，好吗？一球都不可以，你明白吗，朋友？"

他再度点点头。她露出微笑。随后那几辆车掉转方向，准备开回家。"闭嘴"则呆立于原地，对于他内心想要的一切，他竟然只字不提。

＊　　＊　　＊

在火炬游行结束以后，所有的车辆驶回熊镇。此时蜜拉转身面向坐在驾驶座上的彼得，说道："你们啊，我是说你和提姆，你们今夜本来应该让毛皮酒吧开门的，让它对所有人开放，人们需要这个。"

因此，他们就这么做了。结果人们大排长龙，一路排到街道上。就连蜜拉自己也到那里去点了一杯啤酒（这是她唯一点的一杯），并待在"尾巴"的旁边。彼得喝着炭烧咖啡，提姆则赤裸着上半身在桌面上跳起舞来，额头上还绑着一条蓝色的围巾。欧维奇家的姐弟们都泡在酒吧里。班杰将杯子擦干，然后将它们依次递给姐姐凯特雅。她曾经在赫德镇的"谷仓"工作过许多年，似乎她刚懂事就开始为老酒鬼们端酒，她光凭这个就已经足以烂醉了。另一位姐姐佳比则负责收钱。她的小孩们则坐在地板上，用她的手机打游戏。他的第三个姐姐爱德莉则在酒吧里来回走动着，做着她最擅长的事：要求男士们趁她堵住他们的嘴巴以前，自己先闭嘴。

在这一个夜晚的尾声，"尾巴"孤独地坐在酒吧的最深处。他还得信守另一个承诺，也就是他对提姆所做出的承诺。蜜拉已经移交他所需要的文件，他已经变卖了他那只昂贵的腕表，将钱放进一个信封。他等到其他人都回家，在班杰将杯盘全部擦干净并走到户外抽烟以前，走向那三个姐妹，对她们说："我想跟你们提一个商务建议。"

*　*　*

那座位于赫德镇的废车处理厂或许已经破败不堪，但它的耳目极为灵通。其中几辆拖挂式休旅车的窗帘后方闪着微弱的灯光，一条毛色黑白相间的狗孤零零地从大门口爬向位于较深处的那栋小屋。然而它太过苍老了，爬到半路就迷失了方向，不得不折回原点，重新开始。一辆车停在那栋小屋外，爱德莉走下车，敲打着门板，直到勒夫前来应门。

"什么事？"

"你就是勒夫吗？"

勒夫穿着棉质运动长裤，法兰绒衬衫的纽扣还扣错了位置。他一副睡眼惺忪的样子，但面露好奇之色。

"你是？"

"我来这里是要付清拉蒙娜欠下的债务。"爱德莉一边说，一边把那个由"尾巴"交给她、里面装着现金的信封递给他。

她永远不会相信自己竟然会与这个穿着西装的花花公子成为商务伙伴，她更不曾想到，她竟然会与他一同买下这座位于北极圈以南、最为肮脏而破败的酒吧。但我们姑且这么说吧：人生永远充满了惊喜。拉蒙娜并没有立遗嘱，但"尾巴"已经在蜜拉的帮助下和房东及银行弄清楚与房产分配事宜有关的一切法律程序。他们现在唯一需要做的，就是与勒夫达成协议。但不幸的是，他对此不感兴趣。

"我不要钱，我要的是酒吧。"

爱德莉迎视他的目光。她看起来疯疯癫癫的。但勒夫相当喜欢这种特质，她挺像他的侄女们，她们当中的每个人都堪称精神病患。

"如果你要的是我们的酒吧，那你想要的并不是一间酒吧，你只是想找麻烦罢了。"她说。

勒夫若有所思地左右晃动着下巴尖，看起来它就像一个老旧的节拍器。他似乎极为仔细地咀摸着她这番威胁的话，接着他微微拉高自己的棉质运动长裤，使它的松紧带贴在自己的腹部，说道："喝点酒，好吗？"

她迎视他的目光几秒钟，那是冗长、充满戒心的几秒钟。她手上没有武器，而她知道对方是有武器的，但她仍跟着他走进屋里。

他从没有贴任何标签的瓶子里倒酒。她注视着他，问道："你没有比较大的玻璃杯吗？"

他顿时喜欢上她，而且是相当喜欢，这种疯疯癫癫的女人。

"咖啡杯，可以吗？"

"当然。我宁愿用它，也不愿意用这个小杯子。"爱德莉对着那个只能盛一口酒的酒杯喃喃自语。

他们喝起酒来。他们大喝特喝起来。他们谨慎地围绕着自己实际的话题闲聊起来，就像两个测试彼此攻击范围的拳击手。勒夫询问关于这座森林和小镇的事情，爱德莉则问到关于这家废车处理厂和厂内各种机器的事情。他们聊到在这一带定期出没，偷窃包括燃料、工具乃至整间工作坊内一切的盗窃集团。这些集团会将赃物在半夜里拉上自己的大货车。他们两人有许多相似性，两人都痛恨小偷，但他们也多次被他人这样称呼。这两人的属性都不是非黑即白的，与他们有关的一切都在灰色地带游走。他们已经接纳了自己的本质。勒夫询问她，她是否有狩猎的

610

习惯。爱德莉的表情似乎觉得他实际上问的是"你吃东西吗"。她当然有打猎的习惯。勒夫笑了起来，说他在世界各地都打过猎，唯独不曾在这个国家境内打猎。

"这里就只有规定，是吧，只能在这些时节打猎，只能猎这几种动物，只能用这种武器。规定，规定，还是规定……"

爱德莉苦闷地笑了。当然了，围绕着持有武器执照的各种官僚作风能让任何人抓狂。然而，你绝对不能抓狂，你要是抓狂了，就弄不到持有武器的执照了。

"实际情况如何，你是知道的。每次大城市里一有帮派火并，开枪打死人，总会有政客大呼小叫，说应该禁止狩猎用的武器，说得就像那些帮派用的是我们的枪械。杀千刀的，他们那些手枪可都是走私进来的……"她叹了一口气。

坐在桌面另一端的这名男子对最后一句话宽容地笑了笑。

"在这个国家，猎人就是最危险的帮派分子，是吧。"

他倒了更多的酒。她向后靠在椅背上。

"假如你询问政府机关，情况看起来是这样没错。当那些十七岁青少年在他们自己所住的城市里大玩战争游戏时，他们会抱怨警方没资源。但当这一带的人们从事休闲活动，为驼鹿设置盐石的时候，全副武装的警察就冲进我们的狩猎小屋，原因通常只是我们忘记将武器柜上锁，或者见鬼去，羞辱了一头狼……"

他声音嘶哑地咯咯笑。她安静下来，几乎将杯中物一饮而尽，砰的一声搁下咖啡杯。她此时的眼神暗示着：闲聊时间结束了。他接受这一点，因此他说："拉蒙娜亏欠我，这是该还给我的债务，是吧，所以我要这间酒吧。"

爱德莉低头望着那只空空的咖啡杯，她在外交周旋和怒气爆发的边缘徘徊着。她越来越接近后者。但就在她抬起头时，那条毛色黑白相间的狗通过露台的门溜了进来，悄悄地凑上前，将头部贴在勒夫的膝盖上。他温和地拍拍它。关于他的所有流言，关于这座废车处理厂里藏着各种武器、毒品的流言，爱德莉全都听闻过。但现在这名男子爱抚这条狗的方式，就好像它是地球上最后一朵怒放的铃兰。

"它的个性怎么样啊？"她问道。

"它是，嗯，用你们的话要怎么说啊？'血统纯正的杂种'！"勒夫咯咯笑着。

那条狗的头部贴在他的手掌上，似乎就这样坐着睡着了。

"你对它好不好？"爱德莉问道。

"我对它，比我对人类还要好。你也是这样，是吧。"

"是啊。"

他不胜哀戚地拍拍那条狗。

"它在年轻的时候，可是一条优异的看门狗。但是现在呢？它几乎完全瞎了，几乎完全聋了，它剩下的只有乖顺。可是我们该怎么办呢？我不曾有过这么好的朋友。你理解吗？"

爱德莉点点头，她理解。她将杯中最后一点酒喝光。

"我有一条优异的看门狗，是你能找到的、最棒的看门狗。它刚生了几条小狗，我可以将其中的两条带来这里，我也可以替你训练它们。但是，你得收下这笔钱，然后放过这家酒吧，这样我们就算是达成协议了。同意吗？"

勒夫面露微笑，沉思许久。

"那提姆呢？"接着他问道。

"如果我命令提姆别管这件事，他不会动你一根汗毛。"她回答。

勒夫笑出声来。他们继续喝起酒来，并握了握彼此的手。随后，毛皮酒吧便属于欧维奇一家的姐弟们。爱德莉在那之后做的第一件事情就是前往现场，调高酒价。现已身在天堂的拉蒙娜若是见到这番情景，绝对会起身跳舞。

97. 犯人

这些关于熊镇与赫德镇的故事，本来可以在此画上句号，但是关于小镇的历史，是永远说不完的。唯一会终止的那些历史，是与人有关的历史。

打从玛雅被凯文强奸起，已经过了两年半。自从她离开熊镇以来，已经过了两年。她的故事开启了这一切，她的故事改变了这两个冰球俱乐部，影响了政治，动摇了一整座小镇和半座森林的根基。玛雅的肩膀上并没有刺上蝴蝶图案的刺青，她本来完全可以这么做的，因为她本来完全可以成为露丝。在许多方面，她俩竟是如此相似。

唯一将她们区分开的，就是一切。

露丝已死，而玛雅还活着。露丝在玛雅离开熊镇的半年以前，就离开了熊镇。露丝是逃亡，而玛雅则是搬到他处。露丝永远不会在数千人面前演奏吉他，不会在一辆休旅车里与自己最要好的朋友背靠背而睡，她的笑声也不会在一年中最初的某个冬日破晓时分于树林间回荡。露丝被彻底遗忘，她仿佛不曾存在过，她所有的遭遇仿佛完全无关紧要。

"一切总是可以被分为两面，我们能看到的一面和看不到的一面。"过去拉蒙娜总是这么说。她自始至终不知道露丝是谁。几乎完全没人知道露丝是谁。她的故事并没有引发任何事件。但是，她的故事将会终结某件事情。

我们在这座森林里做过的最恶劣的事情之一，就是努力想象着去编织关于我们女儿的幻想，认为像露丝这样的女生只是少数例外。然而实情并非如此，真正的例外是玛雅。事实上，我们的女儿几乎不曾赢过。因此，那些真正获胜过、那些获得最微小的平反或一丝一毫公义的人将自己称为"幸存者"。因为她们知道所有像露丝这类人的真相。

＊　　＊　　＊

许多年以前，有两个在赫德镇成长的小男孩，他们成了彼此唯一的朋友，因为他们没有其他可供比较的对象。其中一人的身材相当魁梧，另一人则相当弱小；其中一人天不怕地不怕，另一人则什么都怕。由于个子小的那个男生是最晚才学会骑自行车、最晚才学会阅读、最晚才学会滑冰的孩子，他当街被其他几个男生霸凌。身材魁梧的那个男孩将他们赶跑。这倒不是因为他最强壮或最危险，而在于他不可信。街头闲晃的那几个男生将那个小个子男孩称为"智障"，将那个大个子男孩称为"精神病"。在那时候，大家就已经知道：他什么事都干得出来。

男孩们开始终日在森林间玩耍。晚间，他们则在小个子男孩家看影片。小个子男孩独自与母亲同住，而大个子男孩挺喜欢这一点。原因在于大个子男孩家共有四个兄弟和性情暴戾的双亲。因此，他家里电视的声音基本上被完全掩盖。小个子男孩内心多么盼望自己家也有四个兄弟，

614

而且双亲都健在。忌妒心理简直是所有小孩在人生中必然要经历的。

两人第一次见面时，那个大个子男孩伸出手，说道："我叫罗德里。"那个小个子男孩握住他的手，但不知道对方期待自己下一步该做些什么，因为以前从来没有别的孩子问他叫啥名字。罗德里笑着说："那我以后就叫你'闭嘴'，因为你总是闭嘴！没关系的！我特别爱讲话！"

教导"闭嘴"溜冰的正是这位罗德里，他们两人一起参加首次在赫德镇的冰球训练，并且想到应该让"闭嘴"担任守门员的也正是罗德里。"这样一来，你就不需要精通滑冰，你也从来不需要担心被人用冰球杆捅，因为在冰球赛里，球员是不能动守门员的，要是那样，全队都会保护你！这是一条秘密的规则，即使他们认定你就是个智障，在冰面上，你就只是个守门员！"这是"闭嘴"收到的最美好的馈赠，他得以在护具和头盔之下隐藏自己，只要被动地参与就行。他们一同打了好几年的球。罗德里有着宏大的梦想，但他的才华极其有限，而"闭嘴"则恰恰相反。

他们每天放学后都会见面，暑假期间，两人简直到了形影不离的地步。筹备或想到他们该玩些什么活动的人，始终是罗德里。他们最常玩战争游戏。他梦想着能成为英雄，能够花上几个小时想象那些剧情——他从燃烧的房屋中救出孩童，或者从嗜血杀人魔的手中解救手无寸铁的女生。他们通常坐在"闭嘴"家的地下室，翻阅着学校通信录和相簿，讨论他最想要拯救哪些女生，以及她们事后应该如何表达"谢意"。那些女孩当然连罗德里和"闭嘴"是谁都不知道，但罗德里极为确信的一点是，不久之后，她们就会认知到，她们的损失可真大。

假如罗德里的冰球球技再好一点，这项体育活动说不定能让他成为英雄，但他始终不曾感觉教练给过他放手竞逐梦想的机会。相反地，能上场打球的总是那些家里有钱、受欢迎、长相俊美的男生。这真是让人无法承受的不公不义，罗德里始终无法接受这一点：那些已经让所有女生着迷的男生，居然还在冰球技术上领先。因此在某次练球时，罗德里和一名队友打起架来。当教练跳进来阻止两人时，罗德里用力揍了教练一拳，让教练下颌骨骨折了。"那个小鬼头会大开杀戒，他一直都是个小精神病，他杀人不眨眼！"另一位和罗德里住在同一条街道上的教练郑重地强调。就这样，罗德里被撵出了冰球俱乐部。"闭嘴"则留在队上。他是如此沉默，占据的空间又是如此小，以至于根本没有人想起，他仍然是"精神病"最好的朋友。毕竟"闭嘴"是守门员，没人可以动守门员一根汗毛。

每个晚上，罗德里仍然会到他家做客。练球时间结束以后，他会在冰球馆外等候"闭嘴"。"闭嘴"的冰球球技大有进步，然而竟然几乎没人察觉到这一点。罗德里则正在成为一个越发危险的人物，然而也几乎完全没人察觉到这一点。他俩进入青春期。某一天，罗德里骑着摩托车来到冰球馆。他说他的一位兄弟帮他弄来了这辆车。他也有香烟。很快地，他就将与毒品有关的一切都教给了"闭嘴"，但"闭嘴"并没有吸食这些毒品。罗德里通常会躺在他的床上，如躁郁狂般滔滔不绝数个小时，讲着自己在网络上看到的东西：政治、阴谋论、色情片、武器、化学。他梦想着能自己制造甲基安非他命，他能凭这个发大财，他还说"你并不需要太多原材料"。他们大可以在"闭嘴"家里制造这些毒品。在罗德里家里是行不通的，因为他的兄弟们会将所有毒品全部吸光。他还是会一如往常地谈论女生。打从这两个男孩子就读小学低年级以来，他就一直谈论女生。罗德里目前还没跟任何女生有过亲密接触，但是他做出承诺：快了。他用来形容女生的字眼缓慢、渐进地改变，以致你几乎无法察觉。"她很可爱"先是变成了"她很漂亮"，再变成"她很性感"。"她的眼睛很漂亮"变成了"她的胸部超大"。"她很坏"变成了"那个该死的小臭婊子"。很快地，他就坐在"闭嘴"的房间里，一个接一个地指出学校通信录和相簿上那些最恶劣的"贱婊子"。他说她们当中的哪些人曾经在派对上跟哪些男生上过床，而他和"闭嘴"不曾受邀参加过任何这样的派对。罗德里认定，那些最恶劣的婊子当然也都是冰球婊。因为她们只会跟冰球选手上床，这就是作弊。他们都已经是最强壮、最受欢迎、最有权势的一票人了，他们本来就已经拥有一切了。某天晚上，他躺在"闭嘴"的床上，给他讲课："女性主义将属于所有男人的一切给毁了！这本来就是生物性质的，你可知道？女人本该待在家里生儿育女，操持家务，男人本就该打造整个社会，保护家庭！女人说她们要的是平等，但是她们追求的不过就是暴政，这你总该懂吧？她们永远不理会我们这样的男生，因为我们就是失败者，所以我们会绝后。因为呢，现在的女生就只想跟猪头上床，她们就只想要那些最恶劣的男人，她们说她们要自由，但她们希望在生物学上受到驾驭，这存在于她们的本质之中，她们希望被男人压到墙边。你知道有多少妹子对抢劫行为抱有幻想吗？我是说，幻想蒙面抢匪袭击她们。她们梦想的可不是英雄，只有电影才这样演，现实中的英雄是永远弄不到妹子的！"

"闭嘴"并没有认真看待这些话。或者说，他不理解罗德里的话。他只是努力地点头，让自己唯一的朋友开心。当那些毒品开始在罗德里身上发挥药效时，他开始冒汗，接着他开始猛打寒战。他得借穿"闭嘴"从冰球队弄来的一套红色运动服的上衣。"闭嘴"的这位朋友就此睡在他床边的地板上。由于他的兄弟们与小镇里的几名男子惹上了麻烦，罗德里第二天晚上也睡在那里。他说，现在他家里恐怕会一团混乱。次日晚上，在他入睡以前，他描述了自己内心的一个新幻想：他跟"闭嘴"将能够阻止这些男生，把他们打趴下，成为英雄。

次日，他们真的成了英雄。

*　　*　　*

露丝在两年半前离开了这个国家，也就是凯文和玛雅之间的事件刚被外界得知的时候。玛雅刚去过警局，全镇的人都反对她。虽然随着时间的流逝，情况最终有所改变，但是当时没人知道会发生变化。露丝并没有留下来看看情况会如何演变，她已在数个月前亲身经历过这一切，她很清楚这座森林会如何对待像她和玛雅这样的女生。

射击。铲。闭嘴。

露丝在世的最后两年半中，已经远离此地，主要因为两件事情怨恨自己：她将弟弟马特奥独自留在那恐怖的屋内与那对恐怖的双亲相处，以及她忘记带走自己的日记本。她不敢联系马特奥，她担心她要是这么做了，她的父母就会借此得知她的去向。直到她远走高飞的那一天，她都一直在写日记。她一旦离开，想再折回来拿走日记本，就已经来不及了。她怀疑是否真的有人能够找到它。要是真的有人找到了，她希望那个人不是她弟弟。她希望他能享有一个真正的童年，可以骑自行车、打电动玩具，而且只需要在连环漫画中见识到邪恶。她每天都在推算，距离马特奥满十八岁的那天还要过多少个星期，还要过几个月。她想在他

618

满十八岁时回来接他，但时间不等人。整整六岁的年龄差距，实在太大了。就算他本来能够跟着她，他或许也不愿意这么做。

姐弟俩在小时候就相亲相爱，但是他俩始终没有多少共同点。此外，马特奥还拥有露丝所不具备的一项条件：妈妈的关爱。无论他在哪儿，她必定跟着他。露丝因为无法忍受她而只能尽可能地躲得远远的，远离妈妈及其所有的神经功能疾病 —— 对腐臭味的恐惧使她保持屋子通风，直到整栋屋子像是经过深度冷冻一样；她坚信邻居像间谍般对他们盯梢；她害怕这个社区里的狗，好像它们是魔鬼所化。这些神经功能疾病没完没了。爸爸则只管坐在另一个房间里看书。单纯就形体上来说，他还待在这里，但在脑海中他和他们的距离已经是海角天涯。他似乎想将自己逼疯，借此逃离这里。对于这种能力，露丝感到妒恨不已。

每个周末，他们都会到他们所属的教会去。教会里挤满了其他的家庭，这些家庭看似不同，但管教方式无异于露丝的家庭。他们有着同等众多的规定、同等众多的禁令，所有人都告诉小孩要敬畏上帝，却没有人提到过爱。某一天，露丝对着妈妈尖叫："你们说，我们要当上帝的仆从，但这只是形容'奴才'的另一个词！"母亲当时发作的歇斯底里症，使露丝在若干年后仍然不敢确定：这些症状的发作究竟是真实的，抑或是妈妈在装病。但露丝对此仍毫不后悔，她只是因为自己让马特奥感到如此难过而懊悔。

她离开那栋房子，重重地摔上门。但在当晚，她又被迫回到家。当时她还没有人可以投奔。她在学校里没有朋友。学校里所有的女生都是完美的小洋娃娃，有着完美的衣服、完美的爸妈、完美的人生。她们在露丝的背后闲聊，"她参加邪教"，以及"她全家人都疯了"。弄到最后，这种话已经变得不再伤人，变成了常态。露丝变得非常善于逃避，让自己隐身，她内心唯有一念：撑过在校的时光，直到她满十八岁。在那之后她就可以远走高飞，选择不同的生活。至少在她遇见自己第一个真正的朋友、一切发生改变以前，她都是这样想的。很讽刺的是，她俩居然是在教会里认识的。当时，一个刚搬到赫德镇的家庭来教会参加活动，他们家的女儿与露丝同龄，名叫碧翠丝。她俩一拍即合。她俩对各类规定和禁令的憎恨同等强烈，两人都感觉：自己实在是生错了星球。露丝只要一逮到机会就搭乘公交车前往赫德镇。当碧翠丝的双亲不在家时，她们就听音乐、化妆打扮，观看那些她们从来不被允许观看的影片。这是露丝一生当中最美好的时光。你在青春期获得的朋友，往后都不会再有。就算你终其一生保有与他们的交情，那还是不一样的。毕竟，今非昔比。

当她们十六岁时，碧翠丝成功地让她俩受邀参加一场在赫德镇举行的派对。她们就像其他青少年那样抽烟喝酒，当时露丝第一次感觉自己几乎是个正常人。她甚至亲吻了一个男生，他俩待在某个阴暗房间里的一张沙发上，他努力地想跟她上床，但竟然没能成功勃起。露丝紧张地对着他笑，这让他暴怒不已。他夺门而出，跑回家去。次日，露丝从碧翠丝口中获悉：他告诉全校所有人他俩上过床，但她的床上功夫奇烂无比。露丝借此学到一点：在男生心中，真相一文不值。她到赫德镇参加派对的流言传到了那所位于熊镇的学校。在一段时间里，那些完美女孩无法决定，她们究竟该称呼她"赫德婊"还是"邪教明灯"。当她满十七岁时，碧翠丝送她的礼物是一副功能相当完善的耳机，这让她不必再听见她们说的话。那天晚上，她们一同在森林里喝着私酿酒，碧翠丝欣喜若狂地贴在她耳畔嘶吼："我特别喜欢喝醉的感觉！哦哦哦，我现在好想尿尿！我要像一头骆驼那样尿尿！"露丝咧嘴大笑，笑到在地面上直打滚。她再也没有交到像碧翠丝这样的朋友，没人能够交到这样的朋友。

第二天，那条短信迅速地发了过来，当时露丝正在放学回家的路上。短信的文字间充满了恐惧，导致她的血液冻结。"我爸妈发现了我偷藏的东西！他们打电话给你爸妈了！！"在最后一小段路途上，露丝冲刺般狂奔起来，不过一切都太晚啦。她的妈妈将她的房间彻底翻遍，找到了所有的东西，三点式内衣裤、香烟、避孕药。她甚至不确定，她妈妈认为哪个东西才是最恶劣的。但是碧翠丝的情况更糟糕，她的爸爸找到了她的电话，以及男生们发来的所有短信。一周以内，碧翠丝就搬离了赫德镇，她搬到了一个几乎在一千千米之外的更小的市镇，住在一个亲戚家里。那时露丝心想，学校里的那些妹子说得可真对，她们真的活在一个杀千刀的邪教里。

* * *

一如往常，这当然是罗德里的点子。"我们骑摩托车杀到熊镇去！找几个熊镇的小婊子！你可知道，熊镇的所有妹子都超想跟赫德镇的男生上床？原因就是啊，熊镇男生的下边都太小了，这是遗传造成的！"

"闭嘴"并不想参加，但他也不愿意说"不"。他的朋友正在兴头上，他不愿意让朋友感到难过。因此，他们穿上红色球衣，这样一来妹子们就能直接看出他们来自赫德镇。接着他们就出发了。当然了，他们没能找到任何妹子。户外实在太冷，因此他们就在湖畔森林里的路旁停下车，罗德里灌起啤酒，讲述着他读到的东西。就在那时候，他开始对宗教感兴趣。他讲了又讲，不停地讲。很久以后，"闭嘴"将会想起，或许罗德里身上最恶劣的特质就在于此，他实在太聪明了。即使如此，他仍能干出自己即将要干的极其可怕的事情。

时候不早了，一阵阴冷的寒气随着暗夜而来，他们正准备掉转摩托车的方向骑回赫德镇。这时"闭嘴"眯了眯双眼，朝下方的湖面望去，看到了那个待在冰上的孩子。他甚至没有站起来，而是无比恐慌地将全身伸展开来，只为了减轻自己在冰面上的重量。几个比较年长的孩子则站在滩头，无比轻蔑地对着他尖叫。"闭嘴"跑了起来。罗德里一开始还没弄清楚是怎么回事，但当他看到这个景象时，他看到了当英雄的机会。

"你们在干吗？"他高声吼叫。当滩头的那几个孩子四散逃命时，他想追上他们，将他们打一顿。不过"闭嘴"阻止了他，指了指那个仍在冰面上的孩子。

罗德里想到一个点子，将他们的夹克和球衣脱下，拧成一根绳索。他俩之中，"闭嘴"的体重比较轻，所以他趴下来向前爬动着，爬到距离那个男孩够近的位置，将绳索抛给对方。他们通过这种方式将马特奥拉到安全处。他又冷又怕，完全说不出话来，不过他们最后总算从他那两排咔咔作响的牙齿间问出了他的名字和他家的位置。"闭嘴"骑着那个男孩的自行车，罗德里则缓慢地骑着摩托车，后座坐着那个男孩。

当时只有马特奥的姐姐在家，她狂奔出来，紧紧抱着自己的弟弟，让他几乎无法呼吸。接着她发自内心地向那两个穿红色球衣的男生致谢。

"露丝！"她自我介绍，伸出手来。

"罗德里！"罗德里露出微笑。

就在三年后，她死在一个数千千米以外的国家，而他甚至都没去过那里。但是，是他杀了她。

98. 石碑

每个社会里总有一些名字相当奇怪、所有人甚至已经忘记其起源的地方。位于熊镇的"高地"与"洼地"最初或许只是因为地理先决条件而出现的名称，但在某一个节点上，它们成了路牌上具有真正意义的概念。弄到最后，始终不会有人真正记得为什么会变成这样，或者这是谁的主意。

周六大清早，安德森家的大门传来用力但不具有侵略性的敲门声。一个差点获胜但最终仍败下阵来的人握住拳头，敲着门板。但她仍感到相当骄傲，尚能在门口抬头挺胸地站着。

彼得打开门，烤牛角面包的香气直接扑向总编辑。她怀里抱着一只搬家用的纸箱，脸上因为面包香气而露出的惊讶表情，就像他看到她时的惊讶神情一样明显。

"你好……我……"彼得开口。

虽然他俩之前没见过面，但他当然知道她是谁。这座森林也就这么大。

"我想把这个交给你。"她无礼地说，将那只箱子推到他的胸前。

它比他想象的还要轻。他透过箱子的封盖望了望，看到箱里装满了纸张。

"我不理解……"

她缓慢地呼吸，借此使自己不至于尖叫出声。

"彼得，你有很要好的朋友，那种有权有势的朋友。这些被上帝遗忘的小镇里的贪腐，我深恶痛绝。但现在，我想必也成了它的一部分。理查德·提奥要我把这个交给你，这样你就可以确信：我们不准备写出那些与你有关的报道。由我们挖出，跟你和熊镇冰球俱乐部有关的一切材料全都在这里。"

他低头望着那只纸箱。她预期他将会装傻，也许会暴跳如雷，她甚至指望他的反应将是后者，这将能让她自我感觉良好。但他反而眨动着潮湿的双眼，问道："所以，我的罪行全都在这里了。"

总编辑很不情愿地摇晃着跨出一步。

"是的……也许你可以这么看待。说到它的价值，我在某种形式上感到庆幸：我不必摧毁你的人生。我知道你的女儿先前经历过一段炼狱般的时光。你看起来是个好爸爸，所以我猜想，你也经历了这么一段炼狱般的时光。我听说你为这个镇上的青少年做过许多正面的事情。这也许……比较重要。"

他从她的双眼中看出，这并非实情。她仍然希望能够亲手将他送进大牢，将他送进监狱。他有舞弊之举，而她属于那种永远无法真正与此共存的人。她转过身，走向自己的车。他突然喊了一声。

"我想问一句……你是否相信，一个人在不坐牢的前提下仍然可以赎罪？"

她回头张望："你这是什么意思？"

彼得绝望地清了清嗓子："我知道自己犯了什么罪。我当时选择了无视，我没有提出问题。我假装没有觉察到这件事情是不对的，我没有拦阻，我……保持沉默。"

总编辑深深地吸了一大口气，几乎沉静下来。这感觉简直像是某种平反，这种承认，她或许可以与这种形式的胜利共存。

"你们俱乐部里的那句话是怎么说的？'无话不谈，大肚能容'？"她问道。

"是啊。我现在是否能做点什么，弥补自己的错误呢？比如，让真相变得比较透明一点？"他真心诚意地问道。

总编辑事先完全没有预料到这段会话将会朝这个方向发展，她被迫思索着各种结论和论点，最后她说："我爸爸对历史十分着迷，主要是中世纪历史。在我小的时候，我们每次去度假，那时候我们就会去参观位于各处的教堂，他会描述那里的每一块石碑。我记得他说过：当一名有钱的男子犯下重大的罪行时，他可以根据牧师们的建议盖一座主教堂，借此来换取上帝对这些罪过的饶恕。当然了，这实际上只是牧师们为自己那些昂贵、蠢笨又无用的建筑物骗取资金的一种方式。与现在冰球俱乐部利用各地区政府，借此营建冰球场馆的方式相比，两者其实挺像。但在我还小的时候……嗯……我不知道……我觉得从某种方面来看，这样其实也挺好的呀。有权有势的男人们在人生的尽头不得不变得谦卑，把自己掌握的一切金钱变成石碑。"

彼得呆站在原地，低头望着纸箱，里面的纸张变得潮湿起来。

"谢谢。"

总编辑咬了咬嘴唇，随后小声道："这是你应得的。"

她开车从那里离开时，双眼中溢满饱含怒意的泪水，而她的乘客座上则放着一袋刚刚烤好的牛角面包。

99.受害者

在碧翠丝消失以后，露丝重新陷入孤独。这次的情况更加难熬，原因在于，她已经知道替代选项能够带来什么样的感受。她的双亲感到非常丢脸，甚至不再强迫她上教堂，或许是因为他们想假装他们已将女儿送走了吧。在这种情况下，你显然就该这么做。当他们参加教会举办的某些慈善工作或活动时，他们甚至将马特奥也留在家里。在那些活动中，来自其他小镇的教会人士将出现，双亲因而担心马特奥会关于自己姐姐的事告诉外人。在他们独自待在家的某一天，露丝跟弟弟借用他那台藏起来的电脑，以便发信息给碧翠丝。当时马特奥才十一岁，他将那台电脑连上邻居家的无线网络。露丝一辈子都弄不懂，他是如何摸透他们家网络密码的。但他只是耸耸肩，表示几乎所有人都用自己的儿女或孙子孙女的名字为密码。所以他只是在网上搜寻了邻居们的名字，将他找到的所有名字进行不同组合和测试，直到其中一个顺利连上为止。"你真是天才！"露丝说。这时他脸红了。随后，他就推着自己的自行车去了户外，让她能够不受打扰地与碧翠丝聊天。他以为这就是她想要的，他总是以为自己碍手碍脚。当他离开时，她甚至都没有察觉。

当她在几个小时后朝窗外张望时，她看到他是如何回到家的：他被冻得像石块一样，坐在某个陌生男生骑的摩托车的后座上，而且吓得要死。她在恐慌之中冲出门，将他紧紧地抱住不放。那些穿着红色夹克的男生描述了事发的经过。他们看起来挺善良，但有点奇怪。其中一个人滔滔不绝地讲个不停，另一个人则什么话都不说。其中一个人说自己名叫罗德里，而他的朋友则被称为"闭嘴"——因为他总是闭嘴。

"你们是冰球运动员吗？"露丝一边问，一边朝那两个穿夹克的男生点点头。"是啊！"罗德里的回答如闪电般迅速。"那太遗憾啦，我对冰球运动员没什么好感。"露丝露出微笑。罗德里当下就迷上了她。

在那之后的好几天里，他从赫德镇骑摩托车经过她住的屋子。他听说过，她的双亲是信奉某个宗教的疯子，因此他不敢按门铃。但是，他在街道上骑来骑去，希望她在家时能够看见他。有一天，她终于不再假装没看到他。她溜到外面，跟他见面。他带着她来到位于赫德镇外围边缘处的一处林地，他和"闭嘴"在那里找到一间废弃的小棚舍，并将它变成他们的游乐园。"闭嘴"阅读着连环漫画册，罗德里将露丝过去从来没尝试过的毒品介绍给她。当她呕吐时，他和"闭嘴"一起照顾她。"你只是这次没有得到好的体验罢了，没事的，这很快就过去了。"罗德里对她耳语道，并小心翼翼地撩起她的头发，使她不至于吐在上面。事后，他送她回家。当她从摩托车后座跳下时，他试图吻她。当她努力抗拒时，他用力扣住她的手腕，她不禁尖叫出声。"你在装贞洁吧，我喜欢这一点。"他说。她不知道自己该说什么，她觉得这一切让她感到作呕。她仍然感到头晕，因此她只管走到屋内，倒头就睡。

他开始给她发送短信，有时一天就发五十条。她不知道自己该怎么办。她发信息给碧翠丝，问她该怎么办。但是碧翠丝回答：男生有时候就是会这样的，有点太好色啦，这没什么奇怪的吧。他看起来挺善良的，他或许只是不知道该怎么样跟女生们互动。

露丝很犹豫。一两天后，天气奇冷无比，因此她放学回家时选择乘坐公交车，而不是步行。其中几个完美女孩站在公交车站，当她们看见她时，就咯咯笑起来。"衣服好漂亮哟，是邪教的制服吗？"其中一人说道，另一人高声大笑。"她们穿成这样，就是因为她们家的老爸们不愿意让其他男生被诱惑到，这样一来老爸们才能自己独享！"另外一人嘶吼着，更低声但也更歇斯底里地咯咯笑着。露丝真想沉入地底下，同时将她们的脸砸向公交车站的玻璃窗。这时候，另一侧的街道上有人在叫喊，当她抬起头时，发现是罗德里。他将自己的摩托车换成了一辆越野摩托车，或者说露丝认为这是它们的名称。他说这是一个兄弟送他的。"你要不要去赫德镇参加派对？"他接着说。露丝望着那些完美女生，看出她们非常害怕：她们认为罗德里是个危险分子。由于她只想瞧瞧她们那蠢笨的面部表情，于是跳上了车。他猛踩油门，扬长而去。

没有人邀请他参加这场派对，但赫德镇冰球队的所有球员都受到了邀请，因为"闭嘴"跟着一起来了，因此当他们现身时，没有人提出质疑。派对在一个阔少爷家的大房子里举行，由于屋里挤满了喝醉酒的人，你一旦挤进屋里，根本就没人在乎你是谁。罗德里递给露丝好几杯调酒，她始终没有看到他在杯子里掺了什么东西。她开始感觉奇怪。他凑在她耳畔低声说她真漂亮，他爱上她啦，他想让她爽。她甚至不知道他们是如何进到那个房间的，或者说，她不知道他们怎会还留在那个派对上，留在那栋房子里。他开始脱她的衣服，她高声尖叫着"不要"。她高声尖叫，要他住手。不过音乐声实在太大了，而他又实在太重了。她失去了意识，她不知道这持续了多久。当她醒来时，她全身赤裸，眼前不断闪动。她感到非常不舒服，于是试图从他身旁爬开。这时，他一把勒住她的喉咙，咆哮着说他要把她和她的弟弟都弄死。她吓得要死，身体都变得僵硬起来。对她而言，这场强奸没完没了。但对他来说，好像什么事都没发生。他在自己剩余的人生中甚至都意识不到他就是个强奸犯，他还以为他是英雄。

当他最后呼出一口气，先是呻吟，接着进入放松状态时，她看到了机会。她绷紧全身，一脚将他踢开，跳了起来。但是毒品的药效还没有退散，她因此无法真正站稳。她跌跌撞撞地走向门边，同时努力想扣上自己衬衣的纽扣，穿上内裤。她听见他从背后发出的声音，她不知道他是在大笑还是怎样。事后她无法说明那个房间里的摆设看起来是什么样子，她在里面待了多久。但她永远不会忘记的是，当她走到房间外楼梯边那条拥挤的走道上时，她看到"闭嘴"就站在那里，她无比清楚地看见了他双眼中的惊恐和耻辱。他听见了她的尖叫，这一点她很确定，但是他什么都不敢做。站在外面的他就像被关在房内的她一样，仿佛被冻成了冰。与此同时，罗德里则在为所欲为。

露丝没命般地跑着，她脑中一片天旋地转，心怦怦直跳，两脚踉踉跄跄。当她跑下楼梯时，派对仍然在进行中。有人在她背后发出口哨声，另一人喊起来："完事啦？好棒棒！要不要再来一次？"她绝望地用手肘又挤又顶，穿过那堵由烂醉青少年组成的人墙。直到跑到外面她才意识到自己半裸着，但那股寒气简直让人感到解脱。它让她变得沉默无语。当她走在回家的路上时，由于冷到牙齿咔咔打战，她甚至无法哭泣。

＊　　＊　　＊

露丝在日记本上写道：

当男生在课间休息时动手打我们这些就读低年级的女生、拉扯我们的头发时，我们走到大人面前求助。结果那些大人说：男生之所以会这么做，就只是因为他们喜欢你们！！你们正是用这种方式教导那些男生，告诉他们：他们有权驾驭我们。然后我们会长大。然后他们就强奸我们，而我们则只是不懂得接受这种赞美且愚蠢至极的小臭婊子，不是吗？他们殴打我们并杀死我们，但这只是因为他们喜欢我们，我们还不理解吗？

日记的下一页是这样写的：

　　我根本没跟来自赫德镇的另外那个男生上床，但他对所有人都这么说，于是我就已经是个婊子了。反正婊子是不会被强奸的。

她在日记本倒数的某一页上写道：

　　如果连我自己的父母都不相信我，那我还有什么机会？既然这样，警察又凭什么要相信我？为什么有人会相信我？直到罗德里杀死我以前，你们都不会相信我。

日记本最后一页上的笔迹是颤抖着的：

　　你们总是认为，你们得跟自己的女儿们谈谈男生，告诉我们不可以穿短裙，不可以落单，不可以喝醉，不可以让男生太喜欢我们。但其实，你们不必跟我们说到男生，我们就已经什么都知道了，他们会强奸我们！！！去跟你们那些该死的儿子说啊！！！让他们学会跟彼此讲话，让他们学会阻止彼此。好好教养某个地方一个该死的小男孩，他可能会成为一个该死的校长，得让他理解：男生拉扯女生头发，这可是男生的错。告诉你们家的儿子：不要跟某个实际上不想上床的女生上床。他们就这样干过！！！如果他们搞不懂女生到底想不想跟他们上床，那他们根本就不曾跟一个想上床的女生上床。不要再跟你们家的女儿啰唆了，我们已经什么都知道了。

　　　　　*　　　*　　　*

　　次日早上，露丝呕吐得特别厉害，她甚至觉得自己要死了。她几乎是这么希望的，她希望她能够将腐蚀性的酸液灌入脑中，将关于前一夜的所有记忆抹掉。他的鼻息，他到处乱摸的双手，他进入她的体内。"我爱你。"他耳语着。"不要再装矜持啦！我知道你想要！我知道你跟其他男生做过！"然后他这样嘶吼道。在那之后，他就威胁要杀掉她和马特奥。那时她只能一动也不动地躺着。她要努力活下来。

　　第二天的午餐前，她收到第一条短信。"小美人，昨天谢谢你！"他写道。她大惑不解。他在耍弄她吗？他在威胁她吗？下一条短信则是这么写的："爱你哟。今晚再见面？亲亲！！"这样一连闹了好几个小时后，因为宿醉而仍然头晕的露丝拿起手机，写道："我不要。我喝醉了。我不要。"他回道："少来！你当然要！！我没有让你感觉很好吗？我可以练习！到小屋来，我们再来一次！"她写道："该死的恶心鬼，想都别想。我要报警。"

　　在几分钟内，手机陷入死寂。接着，一张照片发了过来，随后又发来一张。照片中她穿着衣服，但她知道，在这些照片被拍下以后，她就已经赤裸了。在她收到这些照片后，罗德里就打来电话了。起先她不敢接听，但他一而再，再而三地打来，最后她不敢不接听。他的声音毫无感情，就像等待电话被接听时传来的自动化电子语音："我把你所有的裸照都曝光出来，这样大家都知道你是小臭婊子。"当她在那张床上清醒过来时，她眼前的一阵阵闪光原来就是这么回事——他在她失去意识时拍了那些照片。

　　她无法呼吸，无法思考。她将手机关机，把它藏在床底下，仿佛这样做真能有什么帮助似的。她不敢离开这栋屋子，就怕他守在外面等着。她没法睡觉，没法进食。她只是倒在地板上，一直哭个没完。

夜里，他再度开始发送新的短信。他要求她见他。"你可以取走那些照片，我不会给任何人看，你只管过来！"他写道。她不敢说不。他们在赫德镇外围森林里的那栋棚舍里见面。最为恐怖的一点在于，他突然间变得温柔无比。他几乎表现出害怕之意，低声说他好难过，他好爱她，他当时没弄懂她不想做。他说他当时也喝醉啦，他赔不是，并表示他当时不知道自己做了什么。但他随后又指出这也是她的错。如果她不想要他，她干吗跟着他去参加派对，就只是要利用他吗？她实际上只想跟那里的某个其他人上床吗？他有什么不好吗？他哪里做错了吗？

他触摸她的脸颊，她因害怕而颤抖，他将此解读为"爱"。"我们可以美美地相处。我可以做得漂漂亮亮，我保证。"他说道，接着开始亲吻她的脖子。"我只想把那些照片取回来。"她低声说。他答应了。他答应，一而再，再而三地答应。只要她自愿地再跟他做一次，他就会把所有照片删掉。在他删掉手机里的照片时，她可以在一旁监看。

所以，她就跟他上床了。他删掉了其中几张照片，但并没有全删。在接下来的那几天，他在夜间持续传信息给她，她被迫一而再，再而三地重复这一切。他有毒品，她服用了这些毒品，只是为了承受住这一切，忘记这一切，完事后直接跑回家。他把这个解读为"爱"。

到最后，他反而崩溃了，在她面前大哭，说他做出这一切，错不在他，是她逼他，都是她的错。当他扣住她的手腕时，她将他的手挥开，跑掉了。他在森林里追逐她，但她的动作比较快。当她回到家时，马特奥还躺在床上睡觉。当时她脑中唯有一念：她不管那些照片是否会被曝到网上，她得把罗德里从这里弄出去，她得保护自己的弟弟。次日上午，她就去了警察局。

她坐在一个小房间里，旁边摆着一只水杯。由于她的手指抖得太厉害，她没法喝水。她十七岁。警方建议她打电话给她的爸妈，她不愿意这样做。警察们讲了又讲，不同的警员从这个房间里进进出出。露丝感觉自己在一片虚无缥缈间飘来飘去。有人问她，她是否服用过毒品。他们告诫她，如果她说实话，她将会获得帮助，不会有什么坏处。她相信了他们，这就是个错误。她承认自己吸毒了，承认自己多次跟罗德里上床，甚至承认她在另一场派对上差点就跟另一个当时没能勃起的男生上床。她出示了罗德里发过来的那些短信，出示了他发来的那些照片，但警察们只看到了一个身上明明穿着衣服看起来又醉又开心的十七岁少女，弄得就像是她愿意跟人上床一样。罗德里所写的东西，都没有显示他威胁她。他看起来反而很懊悔。这当中好像有一点误会。

露丝一而再，再而三地抗议，她已经不知道该怎样解释了。对于一切，她甚至都不记得了！她甚至不知道他在她的调酒里灌了些什么东西！警察们问她为什么没有早一点检举这件事。除了感到害怕，她提供不了别的答案。警察们表示他们理解，然后他们说服她，不管怎样，她都要打电话给自己的父母。他们保证他们会跟她的父母谈谈，一切都会"水到渠成"。她再度相信了他们。这又是一个错误。

她记得妈妈在那个房间里露出的面部表情，很受伤，仿佛是露丝让她感到不舒服似的。她记得爸爸当时的反应，他看起来既焦虑又不自在，似乎想不计一切代价逃离那里。"小朋友，我们可没说你撒谎，但你总得理解，这一切听起来是什么样子。"一个声音说。过了好几分钟，露丝才搞清楚，说出这番话的是她的妈妈。她非常清楚，她的妈妈恨她。可是，这股恨意真的有这么强烈吗？她哽咽着，泪水流淌下来。"他强奸了我，妈妈！"她的妈妈意有所指地对警察叹了一口气。"很不幸，我觉得我们得在家跟我们的女儿谈一谈，或许我们明天可以回来。她有点像是在瞎掰。而且你们也了解，她嗑药。家里整个抽屉里装满了三点式内衣裤和避孕小药丸，所以这男的绝对不会是第一个！或许他在完事以后不愿意跟她在一起，她就后悔了，然后胡诌出这些故事。这个年龄的女生是什么样子，你们也是知道的！"

露丝的意识陷入千旋百转，完全失去控制。到最后，她直接呕吐在地板上。她记得有个警员（一名似乎觉得不管怎样，这件事情也许真的有点不对劲的年轻男子）将冷凉的手贴在她的额头上，给她饮水，对她耳语道："在明天感觉好一点以后，你也许可以再到这里来，试着将这一切重新说明一次？现在情况比较难办。但是，明天，等到你稍微……清醒一点，我们也许就可以做出处理。"

露丝不记得自己是如何离开警察局的，对于那趟坐车回家的行程，她也不怎么能记得了。她事后唯一记得的，是她爸爸在将车拐进屋子所在那条街道时说的话："你得想到一点，那个男生可能会告你诽谤，你做的事情非常危险，你会毁掉他的人生。"当他们下车时，露丝的妈妈做出了一个她过去几乎完全没做过的举动，她谨慎而温柔地握住女儿的手，她几乎就像一个真正的母亲："来吧，宝贝，我们进屋去吃点什么。我们向上帝祈祷，祈求他指引你，上帝将会帮助我们的。然后，我们就将这件事忘记。周末，我觉得你可以再跟我们一起到教会去。那样的话，一切就会感觉好多了。"

露丝再也没去警察局，警局里的那名年轻男子空等着。事后他或许会痛恨自己，因为他没有多付出一分心力，或许他已经将这件事情压抑下去。像他这种人，都只想努力工作。大家都会说，他们只是"依法办

634

事"。只不过，法律条文可不是为像露丝这样的女生写的。它们是用来对抗她们的。

在接下来的那几个星期，当露丝身处人群中时，她让自己变得越发渺小，越发不起眼。当她独处时，她更加频繁地颤抖。极不寻常的是，她妈妈待她比平常还要好，弄得亲情仿佛是一种贿赂——如果这个女儿可以闭嘴，不要再做出这些蠢笨的举动，也许他们就可以再次成为一个完美的家庭。说得倒像他们曾经是完美的家庭。除了以下这番话，露丝的爸爸几乎完全不跟她说话："如果警察不联系那个男孩子，我们就要懂得感恩啦。否则他会控告我们的，我们怎么承担得起？"

如果他们有亲戚，她会像碧翠丝那样被他们送走。但当他们加入教会的时候，他们就与所有家庭成员断绝了联系。现在的他们对彼此来说，全都成了囚徒。晚上，罗德里又发来新的短信。他总是写他多么爱她，真是想她。不久以后，他开始写，在那间位于森林的开始被他称作"小屋"的棚舍里，他们过得多么甜蜜。露丝开始理解，他用幻想编织出一个平行时空，所发生的一切在那里全成了爱情故事。某天，她看到他出现在屋外的那条街上。另外一次，他骑车经过她就读的学校。她在社交网站上开始收到匿名账号发过来的信息，说她是个"自命不凡，以为比别人都行的小婊子"。她当然知道这些都是他写的，但她要怎么证明呢？谁会相信她呢？

几个月后，凯文对玛雅做的事情在校内传开，或者更应该说，"玛雅对凯文做的事情"在校内流传开来。露丝在学校食堂里听说了这件事，因为大家都在不断谈论。玛雅比她小几岁，露丝并不认识她。但她在一场派对之后向警方举报了凯文，而凯文正因为这件事不能随队参加关键的冰球赛。所有人都疯了。

露丝很担心有人会看出她所经历的事情，因此她甚至不敢环顾四周。警察们和她的父母都认为她撒谎，这个认知在她脑中已然盘旋了无数次，以致她竟然开始相信他们说得对。也许并没有那么危险吧。或许，她是咎由自取吧。

那天夜里，她在网上读到关于玛雅的所有评论，看到所有把她称作婊子的网友，看到他们说她就是在撒谎。他们希望：有人能出面宰了她。

那一年的春季，露丝即将满十八岁。她突然意识到，她必须离开这里，远走高飞。她也这么做了。

100. 果汁杯

周六上午，蜜拉到办公室去，只是为了待在那里观看窗外的景色。因此，当玛雅突然出现在前台并呼喊她时，她差点吓死。当蜜拉跑出来时，她女儿便恼怒地喊道："喂，你们有必要弄这么大的办公室吗？考虑一下混合式办公室吧。我们简直可以在这里举办摇滚音乐会！"

对于今天被自己的女儿惊吓到，被她宣称自己是个白痴，蜜拉感到非常快乐，她不禁笨拙地扑上去想给女儿一个拥抱。这反而让玛雅感到很恼怒，因为她手上的野餐盒差点掉到地板上。由于安娜开车送她，她得以从彼得那边带上咖啡保温瓶和刚烤好的牛角面包，以及另一件最重要的东西：可以用来装柳橙汁的超级小玻璃杯。她盘腿坐在地板上，和自己的妈妈一同用餐，仿佛回到了自己小时候。由于蜜拉对自己过度工作感到罪恶，她同意女儿在室内搭建帐篷。对于如何利用这一点，玛雅再清楚不过了。

"这个周末过后，我就得回家去……我的意思是……我得回学校去。"玛雅说道，她真恨自己不慎说出"家"这个字。

她的妈妈只能露出充满理解的微笑。

"你是否觉得这样很糟糕？"

玛雅有点凄惨地点点头。一个人只有在面对自己的妈妈时，才会这么做。

"是啊，我感觉糟透了。我在回来前，切断了和所有人的联系。不过我还是得回去，我只能努力奋斗。或许这就像班杰说的：如果我一直都快乐无比，我写的歌曲就会比较低劣。"

"亲爱的，对于情况这么困难，我实在很遗憾。"蜜拉低声说。

"妈妈，人生本来就很艰难。"玛雅露出微笑。

"我知道，我知道。但是我……我希望你一直都快乐！"

"你不用担心。"

"我是你妈妈，你不能阻止我！"

玛雅微笑着，但你实在完全无法通过这种微笑去判定，她到底是准备开玩笑，还是即将开始抽泣。

"我觉得很难过的是，凯文对我做的事情，差点把你和爸爸给毁了。"

这时蜜拉开始抽泣起来："亲爱的，这并没有……"

玛雅既成熟又坚强，既诚实又脆弱地点点头："有的，妈妈。事情确实就是这样。你们之间的爱，就像器官捐赠一样。你、爸爸，还有里欧，你们将你们的心、双肺和骨骼的片片段段交给我，让我可以把自己修复。现在轮到你们自己站不起来，也没法呼吸了。我常常想起这些事情，我也经常想到那些没有你们陪伴的所有女生。我的感觉是，我恰好很勉强地活过了这一次。那些没有你作为母亲陪伴的人遇到这种事情，怎么可能撑下去呢？"

要是你们家有女儿，只能祝你们好运，希望你们别被此压垮。

祝你们好运。

101. 墓地

"闭嘴"听到了一切，也记得一切。当露丝尖叫着说"不"并恳求罗德里停手的时候，他就在那场派对上，就站在那间卧室外。但是，"闭嘴"并没有冲进去。罗德里在这件事情发生前做的最后一件事情，就是邀请"闭嘴"加入。"来嘛！我们一起瓜分她呗！"他欢欣鼓舞地说，但是"闭嘴"无比恐慌地摇摇头。罗德里从他的双眼中看出，他正准备拔腿就跑。因此，他的目光在一秒钟内变得阴沉，迅速并极其用力地用手指在"闭嘴"的喉咙上划了一下，咆哮道："待在这里把风，你要是敢离开这里，我就宰了你。"

"闭嘴"就站在那里，什么话也没说，但是他听到了一切。当露丝冲出来时，他移动身体；她从他的旁边跑过，逃得老远。当罗德里追在后面时，他贴近"闭嘴"，两人的前额相触。他做出保证："如果你敢跟别人打小报告，我就会说你也参与了这件事！"

在那件事情过后的几个月里，"闭嘴"的人生完全处在一种昏睡的状态中。他开始极其努力地锻炼身体，从而得以在晚间因疲倦而崩溃。这是他让自己不胡思乱想，进而能够入睡的唯一办法。他每次醒过来时，都对光线感到怨恨不已。对于所有回到脑海的影像，他同样感到痛恨不已。对于自己虚弱的声带与那颗胆怯的心，他痛恨不已。

罗德里没完没了地打电话、发短信，当"闭嘴"不回应时，罗德里就将自己给露丝拍摄的所有照片全都发过来。"闭嘴"删除了每张照片，但他很清楚罗德里此举的用意。罗德里就是要用这一招，让他变成共犯。

有时候，"闭嘴"会在夜间走到湖畔，希望他脚下的冰层能够崩裂。有那么两次，他想亲手吊死自己，但不敢真动手。唯一能让他遗忘这些的，就只有冰球。所以，他只能不断地练球。他能够出类拔萃，原因就在这里。

当凯文·恩达尔和玛雅·安德森之间的一切发生时，他当然也像其他人一样，听说了这些传言。凯文遭到禁赛，整座熊镇陷入暴乱。"闭嘴"比凯文小几岁，赫德镇与凯文同龄的球员本来要跟熊镇的球队交手，但由于双方教练团担心这将引发冲突，于是取消了那场赛事。一如往常地，所有人这回也都忘记跟"闭嘴"联系，所以他独自站在公交车站的候车亭，准备搭车回到位于赫德镇的家。这时，露丝正好从街对面走过来，两人都感到震惊。他俩之中，没有人能够呼吸。

*　　*　　*

露丝走到那个位于镇中心的邮筒前，当时她已经在互联网上找到一个接纳"遭遇问题与困难的青少年"的教会，因此正要将一封申请信寄出，以便能够参加该教会的活动。她经过冰球场馆，却在公交车站旁被冻成了冰，就像派对那天晚上一样。她在那之后还没见过"闭嘴"。她不知道她究竟该对他说什么。她甚至不知道，他是否认为罗德里的行为是错误的。或许"闭嘴"就像其他人一样，也认定她活该被强奸。

所以，她只能鼓起自己所有的勇气，隔着街道叫喊起来："你能不能告诉罗德里，让他放过我？他赢了！没有人相信我！他能不能放过我？"

"闭嘴"不答话，只是在内心感到一阵碎裂。露丝走回家，将自己反锁在房间里。过了两天，教会的一名女子打电话过来。关于自己的"问题"，露丝编造的一系列谎言实在太巧夺天工，竟让那名女子哭了起来。一切都是捏造的，因为他们这些人永不会相信实情。

因此，露丝离开了这座城市。然而，她并未前往那个教会。当所有人获知她已经远走高飞、前往海外时，她只需要撑到自己年满十八岁的那一天。在那之后，她就自由了。在她离开家门以前，她已经偷拿了自己父母的所有现金。拥有一个相信银行是由无神论者和魔鬼崇拜者所设计的阴谋的妈妈，好处就在这里。现金的金额不大，但足以让她购买火车票和船票、跌跌撞撞地踏进这个大千世界。露丝踏进了另一个国家。最初的几个晚上相当混乱，但她顺利地结交了几个新朋友。事实显示，她在自己的家乡或许有点怪，但在这里则一点都不奇怪。或者应该说，现在，她表现"奇怪"的方式是正确的。她本希望能够联系马特奥，告诉他这件事情，但是她不敢这样做。她只是计算着马特奥要在多少个月后才会年满十八岁，一旦这一天到来，她就能够把他接出来。她和两名在咖啡馆工作的女生相识，并借用了她们的电脑，史无前例地鼓起勇气上网。这才看到碧翠丝发过来的信息。这位老朋友说她已经跟自己的家人讲和，但仍然离开了教会。她认识了一个男生，两人现已订婚，他们将买下一座小屋。她已经度过了这片黑暗地带，抵达彼岸，而且感到快乐不已。露丝心想，假如她俩之中有人做到了这一点，那这一切或许是值得的。她关闭那台电脑，并且再也没有开启它。咖啡馆的那些女生带她参加一场派对，她们跳着舞。她玩得很开心，无拘无束，几近于无耻。经过了无尽的等待，这是她第一次得到这种体验。世界开启了。一切都变得可能。在这两年半的时间里，她展现出无尽的欢笑，就像在一条童话故事般的船上摆脱自己每一寸腐败的过往，直到她成为一个全新的人。她所处的世界变得无限宽广，这让她的童年仿佛是被虚构出来的。她不知多少次想写信给自己的弟弟，但始终不曾下笔。她参加各类派对，纵情地跳着舞。某天晚上，毒品终结了她。一切来得如此迅疾，就在舞步踏动之际发生：心脏就在灯光映照之下、在舞池里停止跳动。在倒地以前，她就已经死了。驾驶救护车的男人告诉她的朋友，她不曾感受到疼痛。

*　　*　　*

不过，马特奥永远不会认定他的姐姐死了。他会认定：他的姐姐被谋杀了。当他翻找到她的日记本，了解到是哪些力量促使她逃离此地，她用毒品麻痹了什么样的苦痛，以及哪些因素导致她过度吸毒，他就已经做了决定。其次，他在教会里听见一个女人对他的父母这么说："如果你计划报复，那就挖两处墓地吧。"这个女人以为这番话出自《圣经》，实际并非如此，而她因此被马特奥的妈妈臭骂了一顿。马特奥或许正是因为这个才记住了这番话。

现在马特奥可不准备挖两座坟墓，他准备挖三座坟墓：第一座献给犯罪的罗德里，第二座献给本来能够帮助露丝却袖手旁观的"闭嘴"，第三座则留给他自己。

＊　＊　＊

玛雅的故事，本来非常有可能变得跟露丝的故事一样。一些非常微小的细节改变了事态的发展。一个努力抗争的妈妈，一个慈爱的爸爸，一个挺身而出的兄弟，一个奋力对抗着整个该死的世界的最要好的朋友。一个经营一家酒吧、女巫般的老太婆进入冰球俱乐部会员大会的会场，为玛雅辩护。还有最后一点：一个看到一切、最后终于敢高声说出真相的证人。

这就是一切。仅止于此。

亚马说出了自己见到的一切。就算凯文不曾因自己的行为被定罪或坐牢，这座小镇最后都无法对此视而不见。

但现在，我们每讲述这个故事一次，我们就又犯下新的罪孽——因为我们假装亚马做的是正常的举动。这当然不是正常的举动，几乎没人做过他做的事情。"闭嘴"才代表常态，他就是我们所有人的写照。

一天早上，有人在敲打他位于赫德镇的家门。是罗德里。当他举起一把刀抵住"闭嘴"的脖子并耳语着下面这番话时，他的双眼中只有杀意。

"你要是敢把发生的事情告诉任何人，我会到这里来，把你妈妈和你都杀死！懂吗？"

简直已经不敢呼吸的"闭嘴"点点头。他老妈就坐在隔壁房间里，玩着填字游戏。罗德里的目光闪动了几下，接着奔向停在街道上的一辆摩托车，骑车扬长而去。当"闭嘴"再一次听到关于罗德里的消息时，是某人说他的兄弟进了监狱，他则利用这个机会逃离了这里。他搬到一个离这里有几小时路程的城镇，住到自己兄弟的公寓里。

他在最后一条发给"闭嘴"的短信中写道："想象一下发生在凯文身上的事情，没人会相信你的。你跟我一样有罪，我们两个都会坐牢，你这辈子再也别想打冰球啦。"

下一个球季开始时，由于熊镇守门员维达的死亡，"闭嘴"得到了由赫德镇转会到熊镇的机会。"闭嘴"几乎不曾感觉到自己活过，在他这辈子当中，札克尔担任他教练的第一次练球堪称最为美好的时刻。札克尔似乎理解他，她看出他的潜力，而不只是看到他过去的表现。"闭嘴"甚至不知道自己真的有天赋，但是她将他调教成了球星。每天早上，他成为第一个到冰球馆的人。每天晚上，他是最后一个离开场馆的人。他持续练球，一练再练。他在这一辈子当中，第一次结交到真正的朋友。

他值得受到这种待遇吗？如果他不能被宽恕，他是否能够被……容许过自己的生活？打冰球，欢笑，或许甚至可以感到快乐，哪怕只有几秒钟都好。他是否能够被宽恕？这样符合正义吗？这样对吗？

他不知道。他永远不会知道。

*　　*　　*

在周五深夜到周六凌晨之间，就在火炬游行队伍已然解散，所有人都各自回家，这两座小镇陷入沉睡之时，马特奥在邻居家的武器柜里找到了三把猎枪。他到处寻找弹匣，但就是找不到。所以他关上武器柜，从窗口爬出地下室，一路跑回家，用姐姐的旧毛衣将那些武器包裹起来，藏进自己的衣柜。然后他在网上搜索，想知道自己该上哪儿去弄到军火。结果他找到一个论坛，论坛上的另一个用户提了一个他本人也在努力推敲的问题："能用猎枪打死人吗？"一个匿名账户迅速地给出答复："如果你是个非常优异的射手，那当然可以。但弄到手枪会好得多，随便哪个混混都可以用手枪打死人。事后如果你想一枪毙了自己，这样也有效得多。你想这样做吗？"马特奥不知道。他真的不知道。他想这样做吗？

经过一阵漫长的犹豫后，他将那卷衣料夹在自己的腋下，偷偷摸摸地溜出家门，骑着自行车穿越森林。他一路骑到赫德镇，虽然一路上滑倒无数次，但他绝不出声咒骂。他再也感受不到疼痛，他甚至不生气，空虚感彻底将他掏空，这算得上是一种幸福。

当他抵达赫德镇时，他的双腿已疲惫不堪。这里的地面上到处都是已然烧尽的火炬，积雪已经基本被踏平，因此他能够比较平稳地骑车，而不至于一直滑倒。这么一来，一切就容易多了。当他抵达那座废车处理厂时，他看到厂内的那些拖挂式休旅车内亮着灯光。因此，他直接走上前，敲起门来。前来开门的是一名二十来岁留着胡须的男子。但在他发话前，马特奥背后就传来一个质问般的声音："我们已经下班了，是吧。"

马特奥转过身，迎视勒夫的目光。那名男子身旁是一条毛色黑白相间的狗，它朝着马特奥眯起眼来，在空中嗅闻着。马特奥强迫自己用平稳的声音说："我有三把猎枪。我想知道，你是否愿意用一把手枪来换它们。"

勒夫的眉毛一沉。他抿了抿双唇，下巴紧绷着。

"手枪？这里没手枪。"

马特奥坚持自己的立场。作为一个小孩，他还认识不到自己置身的危险所在。

"我去看了比赛！我在冰球馆里看过你！我看到你有一把！我只是想……我也想买一把！现在，求你啦！这些猎枪质量很好的！"

勒夫伸手理了理挂在自己脖子上的金链子，看起来若有所思。

"你要一把手枪……干吗？用来伤人，是吧。我的朋友，这是个馊主意。小朋友，孩子，这真是个馊主意，知道吗？骑车回家吧，去睡吧，去上学吧，好好过生活吧。"

马特奥很快就沉不住气了："我不是小屁孩！你到底想不想做生意？"

勒夫极为沉静地站在他面前，但他的目光让这个十四岁的少年不由得跟跄地往后退，随后被自己的自行车绊倒。

"不做生意。我们已经下班了，是吧。"勒夫重复着，朝位于自己后方的门栅比出一个坚定的手势，接着将张开的手掌固定在空中，似乎在暗示：下一个警告，将是一记耳光。

马特奥绝望地吸着鼻涕。他将自行车从雪地上扶起，匆忙地从门栅内走出，但被一小片碎冰绊倒。所有的枪械全掉在地上，他好不容易才克制住自己，没有高声尖叫着直接哭出来。他暗自想着，要不是他有重责大任在身，他也会杀了勒夫，因为他才不是什么该死的小屁孩，所有人都等着瞧吧。接着，他听见从较远处篱笆旁传过来一个比勒夫年轻的声音："等等，朋友，过来。"

或许勒夫会拒绝将手枪卖给一个十四岁少年，但在他的雇员当中，并非人人都能如此坚守原则。马特奥不得不再度折回位于熊镇的家，将自己的电脑和父母的所有现金全部取来。随后，他就用这些东西和三把猎枪换了一把手枪。它能够用来杀人，也能让他自戕。

周六的凌晨，他在某座别墅的庭院里发现了一辆摩托车，某个被惯坏的青少年没能按照父母的要求和自己做出的承诺，把它拖进车库放好。马特奥通过一扇地下室的窗户跳了进去，悄无声息地溜进门厅，找到挂在某个钩子上的钥匙。他骑上数十千米，远离了赫德镇，进入下一个社区和聚落所在地，于黑暗中在冰上拐弯，好几次差点发生撞击。他差点死掉。他那么接近死亡，恐怕没有什么人有过这种经历。

当他骑到一座规模较大的小镇外围时，天色已然破晓。他就在一栋灰色的高楼外守着。他等到自己的手指失去触觉，几乎无法按住扳机。当睡眼惺忪、头发凌乱不堪的罗德里走出来时，马特奥等到他在汽车里坐定。在那么一瞬间，他几乎想观望、跟踪对方，目的就只是想弄清对方要去哪里。他有工作吗？他有朋友吗？他人生中是否有个爱他的人？对于这些，马特奥永远不得而知。他狂野地绞动着手指，好让它们恢复血液循环。然后他踏上停车场，一直等到罗德里通过车窗瞥见他。马特奥想确认害死他姐姐的凶手真的看到他了。接着，他隔着玻璃窗开了三枪。他看着罗德里瘫软着倒下，确定他已经死透。接着，马特奥再度坐上那辆摩托车，往位于熊镇的家骑去。半路上，那辆摩托车发生了故障。他站在路肩，向路过的车辆打起手势，以寻求帮助。但是那些看见他的人不停车，而那些有可能会帮助他的人偏偏又没看到他。其中一辆车迎面开来，是警车。假如那辆警车没有从他面前开过去，继续向前行驶，那么整件事情或许就会变得完全不一样。但是，当时警察正急着赶往城里的一处停车场，有人通报那里发生了枪击案。如果警察在这时停下车，罗德里就会是这整个事件中唯一的死者。

一辆大货车放慢速度并停下，它在路肩的一小段距离外闪着车头的大灯，马特奥便往那里跑去。对于这个只有十四岁的小男孩孤独地站在外面，司机感到十分震惊。当他听到这个孩子要去哪儿时，他纯粹出于善心，绕了一大圈路程。他几乎一路将这孩子送回熊镇。他永远不会知道，他的举动导致了什么样的后果。

马特奥在比赛即将开打以前回到家。他取来自己姐姐的日记本，骑着自行车穿越市区，最后在安德森家的房子前停下。他站在那里，陷入一番深思：是否真的应该将这本日记塞进他们家的邮筒？他知道玛雅的遭遇，他知道她的妈妈是个律师，她们或许能够说出露丝的故事，她或许能够因此得到某种形式的平反。但马特奥始终不敢这样做，他害怕有人会在他动手以前看到这本日记，了解到他正在做的事情，甚至尝试阻止他。

此外，他也不胜绝望地想到，他不能这样对待自己的妈妈。等到她失去自己仅有的两个孩子，她将需要在内心编织出极为冠冕堂皇的幻想才能勉强承受住。他总不能通过强迫她获知实际上所发生的事情来剥夺她编织幻想的机会。

因此，他在这条街道的更下方处的某个院子里，找到一间没有上锁的储藏室。他弄来一把鹤嘴锄，再一路下行，骑到湖边。他在结冰的湖面上敲出了一个洞，把日记本塞到洞里。当他骑回那几栋房屋前方时，他搁下自行车，被动且单纯地跟着人潮走，宛如茫茫人海中的一个小点，跟着其他数千人走向那座冰球馆。秘而不宣。

*   *   *

此时是周六的上午，也是新赛季的第一个比赛日。这两座小镇已经等候多时，整座森林沉浸在某种高亢到诡异的气氛中。空气中毫无暗示着暴力的气息，所有人的肩膀都低垂着，原因就在于：在火炬队伍的游行结束以后，和平再度来临啦。它或许很脆弱，但对大家来说，这至少是某种微小的暂停。今天的我们在某种意义上，可都站在同一边。今天我们只关心冰球。

亚马将装着装备的背包扛在肩上，走出家门。他的妈妈亲吻了他的发梢。他穿过停车场，开始徒步走上这段以"洼地"为起点、以市区内的冰球馆为终点的路程。一切都跟往常没两样。要走多少步呢？要走几十千米呢？当他达成某个梦想时，他是否能够测量出与这个梦想之间的距离呢？

他听见有人在叫喊着他的名字，让他感到惊讶的是，他起先竟然分辨不出那个声音是谁的。他陡然转过身，那个沉甸甸的背包几乎让他失去平衡。

"喂？你在这边干吗呀？"他朝彼得喊道。

彼得将双手插在口袋里，目光聚焦在远处的地平线上。

"我在等你啊，你是否有空来瞧一样东西？"

"现在？现在要比赛了，我得赶去集合……"

"我知道。不过，我可以送你过去。很快的！我们还是来得及的！"

彼得脸上那种单纯、澄澈的热忱点燃了亚马内心的好奇。这位前任体育总监领着他离开由租赁公寓组成的住宅区，沿着老旧矿坑区的外围走向森林，直到来到一处宽敞、平坦的地方才停下脚步。过去人们曾经传言，这里将会建造一家销售食品的超市。之后人们又说，这里可能会建立一家社区医院。在某一段时间内，有人甚至梦想着这里能够被开发成一个小型商业园区。当然了，上述这些最后均未成真。熊镇的这个区域并不是小镇建设的热门区域。这座小镇或许将会变大，但它成长的区域不会位于"洼地"。

"那边！"彼得说道，并朝着一片空无指了指。

"我……我不理解……"亚马说，他眼前只看到积雪与砾石。

彼得看出了别的东西。他看出了赎罪的机会。

"亚马，我多次想过，你一路晋升到甲级联赛代表队的进程，对你来说是多么困难，这简直是不可能的。你本来应该永远做不到这一点，但是你……很独特。你身上的动力，你的毅力，是我从未见过的。我只是不希望：每一个在你之后的孩子，为了获得一个机会，需要像你这么辛苦。我希望，下一个出身于'洼地'的孩子能够……稍微轻松一点点，就只是轻松一点点。"

"这跟这片砾石地有什么关系？"亚马问道。他受了感动，但也困惑不已。

彼得面露微笑。

"我想在那里盖一座冰球馆。它不会很大，就只是一个练球的地方，一个可以……聚会、交流的地方。我们可以把溜冰学校和男童冰球队配置在那里。如果有人想要额外加强练习，他也可以到这个场馆去。区政府将会在现在那座冰球场馆的旁边兴建一座最现代化的训练用场馆，但是我认为，我们仍然可以在这里盖点什么。当然，它的规模会小得多，它就只是一个很经典的……冰柜。但是我将确保，这次所有的文件都完全合规且完善。我会请求我所有的朋友来帮忙。我相信你也有很多朋友。这些屋子里住了不少工匠，而我恰好认识其中几位。我相信，如果我们向他们求助，他们会来帮忙的。我认为我们能做到，也就是你、我以及另外几个人。我不知道，或许哪一天'洼地'会迎来自己的球队。我们也许可以有个梦想，这样会很蠢吗？这样听起来是不是很……愚蠢呢？"

亚马的胸口起起伏伏了至少二十次，随后他才取出自己的手机，将它对着那片砾石地。

"不会，这听起来并不蠢。"

"你在做什么？"彼得问。

"照一张相。这样一来，我就可以向我院子里那些被惯坏了的小屁孩展示，我是从哪里起家的。要不然他们在几年后有了自己的冰球馆，只会把这视为理所当然……"

突然间，亚马看起来变得很高，他似乎在一夜间长高，长得比彼得还高。彼得笑了起来。一切都还只是一场梦。他不知道他是否敢相信，他将会执行这个项目。但是在地球上，熊镇可是个很特别的地方。一座该死的小镇，这里存在着如此众多有着诡异名称的地点和事物，但大家已然忘记了它们的起源。

几年以后，几乎不会再有人记得，那座立于租赁式公寓住宅区和旧矿场外、建立在整个社区最贫困地段之上的冰球馆为什么总是被称为"主教堂"，但是心怀梦想并让梦想成真的那名男子知道其中的原因。那个打进国家冰球联盟，并在那里攻下第一分的男孩知道原因。事后他将会接受采访。

"对于所有在你的家乡观看比赛的父老乡亲，你是否想说些什么？怎么发音的？雄城？"在大西洋的彼岸，记者将会这么询问他。

亚马将会直视摄影机镜头，回答："不对，我来自'洼地'。"

102. 最要好的朋友

蜜拉和玛雅在办公室里举行的野餐活动真是可爱极了，它充满了蠢笨的玩笑和无拘无束的笑声，直到入口某个物体突然发出刺耳的碎裂声，某人不断高声咒骂的声音传来。她俩都惊跳起来，冲向那里。蜜拉那位同事跌跌撞撞地走进门，正站在一摊面积逐渐扩大的红色液体里咆哮道："这可是我最好的酒啊！我们这边的门槛那么高，这是何苦呢？"

蜜拉的声音在不安和困惑间摇摆着。

650

"你在这里做什么？我们今天不是不用上班吗？"

那位同事极为刻意地举高自己那只装了三个酒瓶的袋子，那三个瓶子都还是完好的。

"我又不是要来上班。我常常到这边来，享受独处时光。"

"你不是……一个人住？"蜜拉谨慎地问道。

"就算是这样，我总可以独处一下吧！"这位同事叫道。

玛雅笑了起来："我可以喝点酒吧，啊？"

她的确可以喝点酒。蜜拉因为要开车，所以不能喝酒。这位同事说，这真是算她活该。当她和玛雅将那瓶酒全喝光时，蜜拉低声询问她们："我可以说件事吗？我已经……思考了一下。"

她们抬头望着她，表现出那种"只剩下半瓶"的目光，说："什么？"

蜜拉缓慢地说着，她的这些话语仿佛正在努力挣脱一道链条："我跟一个女孩谈过话。玛雅，她比你小一岁左右，她叫特丝。她想读法律系，她的妈妈询问，在她完成学业后，她是否能到这里来，到我们这边来上班。我说：好啊，当然了。但这是一个谎言，因为特丝想做的工作是帮助那些受虐甚至是遭到强暴的女性，她想为那些完全没有获得他人帮助的人辩护，她想要奋斗的对象，是……是……"

玛雅将手伸向她的胳膊，补充道："下一个跟我有着一样遭遇的女生。"

蜜拉点点头，她的头触碰到女儿的手掌。

"但是，我们不从事这项工作，现在已经不再这么做。我们现在就是为钱工作，为大企业和财阀工作。我……我不愿意再这样做了。"

"你在说什么？"那位同事失声叫道，吓得魂飞天外。

蜜拉正视她的双眼。

"我爱你。没有你，我不知道自己每天该如何才能到办公室来，但是我得做点……别的事情了。你将会得到这家公司。我将所有属于我的部分完全以书面形式让渡给你，'尾巴'已经将所有跟'熊镇商业园区'营建有关的法律项目全都委任给我们……这是……你不会碰到任何经济方面的问题，我保证。"

"那你要干吗？"那位同事沮丧地问。

蜜拉滔滔不绝地说出一切："开一家规模比较小的律师事务所，让像特丝这样的人能够来上班，为下一个与玛雅有着同样遭遇的人奋斗。目的就是不要让所有人在行为上都表现出一种，玛雅是……最后一个遇到这种事情的人的样子。我们不能让所有那些糟老头表现出他们已经解决了所有事情，胡乱地弄出一份新的标语、几份关于歧视行为的检举书、少量的公关手册、外加报刊上的一点花言巧语，一切都已经足够的样子。我要让像特丝这样的人能够来到这里，让她奋斗，使那些糟老头永远不能忘记：这种工作得永远持续下去，不会有尽头。当他们怪罪于'必须让正义伸张'，借此来保护他们的儿子时，我希望有人能够站在这里尖叫：'哪一种正义？谁的正义？'当他们说'我们也得保护小男孩们，这种反方向操作不能太过分'的时候，我希望有人能够叫喊：'过分？怎么样才算过分？'我不希望他们可以……一定要有人站在这里提醒他们，问题不在女生身上！这绝不会是最后一次！凯文绝对不是最后一个男子！"

玛雅和那位同事只能点点头。蜜拉实在无法理解，她俩看起来为什么并不惊讶。

"好的，不过算我一份。"这位同事干脆地说。

蜜拉相当沮丧地摇摇头："不，不，这你就不懂啦。我赚不了多少钱的，请你保住这家公司，只要有了'熊镇商业园区'的项目，你就可以……"

这位同事面露的不解神情，简直到了可爱的程度。

"那我要做什么？坐在这里发大财？我其实根本不喜欢昂贵的葡萄酒。我会跟着你走，不管你在哪里。"

坐在一旁的玛雅望着这两位女士拥抱彼此，想着等到她老去的时候，也就是真的、真的、真的已经很老的时候，她希望自己也能变得跟她们一样愚蠢。蜜拉开始喝起葡萄酒，而没有想到此举将有什么样的后果。到最后，玛雅不得不打电话给安娜，请她开车来接她们三个人。安娜没有多问什么，随传随到。这四名女子都不喜欢冰球，但她们仍然决定一起去看一场冰球赛。

蜜拉将办公室的门锁好。几个月后，她将会交出办公室的钥匙，把整家公司托付给属下的几名雇员，并将自己那辆名贵的车卖掉。那家全新的律师事务所的第一间办公室，就位于她家的厨房。有一天，这个国家境内的所有女性都将知道她们是谁。那里也将成为某种形式的"主教堂"。

*　　*　　*

在赫德镇，强尼正在清洁自己那辆迷你巴士。他永远无法判定，将车内弄得最脏最乱的究竟是孩子们，还是哈娜。与他们相处的每个早晨，都像是经历一场龙卷风以后在垃圾堆的顶端醒来。

哈娜走到屋外，当强尼身体微微向前倾地推着那台小型吸尘器时，她捏了一下他的屁股，凑在他的耳边低声说："你今天要注意点。不要跟人吵架，也别把自己弄伤，因为当你回到家，孩子们也都上床睡觉的时候，我要跟你上床，只有你老婆才能伤你！你听到没有？"

这时他笑了起来。她是个美得出奇的女子，一名既美丽又疯癫的女子。她跳着搞笑的舞步进入屋内，协助孩子们做好出行的准备。他们要跟着他去看冰球赛，而哈娜则要去医院上班。当特丝走出门时，妈妈拦住她，并且递上那张蜜拉·安德森的名片："你把……这个落下了，它从你的夹克里掉出来了。"

特丝面露微笑。她知道她撒谎了，但她原谅了她。

"嗯哼，'掉出来'啦。"

哈娜咬牙切齿地呼吸着。

"现在，你崇拜起除了我以外的其他女性，要我承认这一点是……很难的，这实在是……够困难的。但是蜜拉说，你路过她的办公室时，可以进去坐坐。某一天，你或许能到那边上班。我……"

她没法继续说下去，当她被抱住的时候，声音被窒住，她因而难以继续讲下去。特丝大喊道："妈妈，你这个大傻瓜，我对其他人的崇拜，是永远不能跟对你的崇拜相比的！"

* * *

安娜驾车穿过了森林，将车停靠在位于那辆休旅车上方的坡道上。她把爱丽莎也带来了。小女孩一路往下狂奔，穿越树丛，直接扑到班杰怀里。

"你好，我最要好的朋友。"班杰低声耳语。

"你好，我最要好的朋友。"她咯咯直笑。

他们一同前去观看冰球赛。"大城市"得以搭便车，但他们还没有驶离林间道路时，爱丽莎就已经接连不断地提出无数个问题，这让他有点后悔搭便车。"你很厉害吗？有多厉害？你射门有多用力？你的动作比猫快吗？哎哟，我不是说那种超级英雄。我是说那种一般的猫，农夫养的猫！你有多快？班杰，一只猫有多快？我们可不可以约个时间一起练球？今天怎么样？你今天有空吗？你几岁？五十岁？班杰，赫德镇强吗？我们可以吊打他们吗？能赢多少？喂喂喂，什么叫'不知道'，你说个大概就好！！！"真是没完没了。当他们抵达时，"大城市"简直头疼欲裂。班杰笑了起来，告诫爱丽莎："你还想不想跟进更衣室，跟亚马还有其他人说声'你好'啊？"

爱丽莎张大嘴巴，凝视着他，仿佛他刚刚问她：想不想去跟蜘蛛侠和女超人打招呼。当他们踏进冰球馆时，班杰抓着她的手，一开始她相当骄傲。但是，看台早已人满为患，如雷的怒吼声在她那对幼小的耳朵里轰鸣着。就在甲级联赛代表队的更衣室外，爱丽莎因紧张而僵住了。她低声说："不，我们还是算了吧。我不想去，而且这又不会怎么样！"

班杰稍微用力地抓住她的手，沉静地说："望着天花板。现在，地球上只有你跟我，我们独处着，没人会伤害我们。"

他们站在原地，直到她再也听不见观众的声音。一切都沉静下来。没有什么好害怕的。当他们走进更衣室时，她仍然握着班杰的手。她相当用力地握着，仿佛这是她最后一次握他的手。

*　　*　　*

札克尔坐在办公室里，针对比赛做最后一轮的准备。一阵轻柔的敲门声传来，"大城市"站在门口。她抬起头来："什么事？"

他斟酌着该使用什么样的措辞。

"我只是想说声……谢谢，谢谢你信任我，给了我这个机会，我……是的，我本来还以为自己永远无法适应这样一个地方。但现在，我感觉这里几乎已经比……家还要像家。"

"什么事？"札克尔重复道。对于这种具有情感的表达，她一如往常地以完美的方式展现了理解。

"大城市"清了清嗓子："今晚的比赛，你希望我以某种特定的方式打球吗？单纯就战术上来说？"

她似乎沉思了片刻，随后说："我期待你在赛场上的表现。"

她将永远不会告诉他心里话，她绝非那种会说出心里话的人。但这些年下来，极少有其他球员能像他那样，带给她如此难忘的喜悦。很少有球员能够如此频繁地超出预期，如此与众不同。

"大城市"走向更衣室。一切都还相当生涩，但他将在这座城市效力多年。他会购买一间离班杰休旅车目前停放位置不远的小屋子，他亦将长时间坐在一条船上，却连一条鱼都钓不起来。他将学会完美地撒谎，但永远不会在自己的事情上再撒谎。随着时间流逝，他的妈妈将会搬到这里来，或者应该说搬了又搬，她到这里来探望他，最后索性不回家了。事实显示，就连她也是森林的子民。直到你有机会在一座森林里生活以前，你并不总是能够洞悉这一点。

*　　*　　*

波博站在位于更衣室外的那条长廊上，特丝迅速地吻了他一下，随后才放他去工作。她将会搬到一座位于远方的城市，在那里学习，但会在完成学业后回到这里，并任职于蜜拉的公司。哈娜说得对：她将会出类拔萃。波博将会和爸爸共同经营那家汽车修理厂，在接下来的几年，他继续担任札克尔的助手，但当他和特丝成婚并生下第一个孩子时，波博将会辞去甲级联赛代表队训练员的职务，转而开始训练男童冰球队。原因在于，他们的练球时间比较早，这么一来，他就来得及在妻子下班回家时待在家中，为她准备晚餐。有朝一日，他将会训练自己所有的子女。

＊　　＊　　＊

"雄猪"在看台上坐定，他骄傲的样子宛如一只公鸡。他坐在属于熊镇观众的看台区，但一名来自赫德镇的男子仍然绕了一大圈，走到那里。强尼伸出自己那只偌大的拳头，"雄猪"不无疑虑地握住它。

"你家的公子，波博，他可是好样的。"强尼说。

"雄猪"先是惊讶，随后不胜感激地点点头。

"不管怎样，他还是配不上特丝。"

强尼露出无奈的笑容。

"是啊，他配不上。但是，我们也都配不上自己的女人啊。"

"雄猪"将身子往旁边挪，这两名男子的身材真是太过高大魁梧，相连的三个座位都容纳不下他们。大半辈子下来，两人在冰面上打得你死我活，努力要将对方打倒，但现在他们即将成为亲家。因此，他们必须能通过某种方式变成朋友。这种时候，他们或许需要一点帮助。幸运的是，安娜和玛雅离他们只有一两个座位。因此"雄猪"便凑向她们，问安娜有没有带啤酒。她的确带了。带啤酒进冰球馆当然是被禁止的，但安娜要是始终不能做点被禁止的事情，她将永远无法离开家门。其实，如果真变成这样，她连待在家里也不行。"雄猪"和强尼偷偷摸摸地用咖啡杯喝起酒来，这倒不是因为强尼害怕警卫，他怕的是哈娜。

"那你们可以参加我们的家庭晚宴啰。"他毅然决然地说。

"波博对此一定会很开心的。""雄猪"简短地回答。

"我也这么希望，因为要是这样，煮饭的人就是他啦。"强尼笑着说。

此时"雄猪"咧嘴大笑起来。他俩干杯庆贺。他们坐在彼此身边，真真实实地聊了十分钟的冰球，随后才出现意见不合的情况。有朝一日，他们将会成为小孩子们的爷爷和外公。要是这些孙子孙女胆敢选择自己最支持的球队，那只能祝他们好运了。

*　　*　　*

在更衣室旁的长廊下方，亚马肩上背着装有冰球装备的提袋走了过来。他在波博身旁停下脚步，两人相拥许久。

"这是我们共同奋战的最后一个球季，接下来你就要登上职业联盟啦。"波博哽咽着说。

"往后你每一个球季都会这么说的。"亚马面露微笑。

波博说的其实是对的。全队的其他人都已经在更衣室了。亚马在"大城市"和"闭嘴"之间就座，并在两人换装时询问他们："你们明天想不想多练一会儿球？"

两人都点点头。"大城市"随后问道："或者说，今天晚上？比赛结束以后，你们有别的事情吗？"

他们没别的事情要忙。外面的观众席上，数千人的声音整齐划一地吼叫着："你们想要我们吗？快来抓我们啊！"两边的看台站位区都唱起同一支歌曲来，整座森林陷入一场骚乱。"闭嘴"的表情毫无变化，但他的双膝却不住地弹跳着。

"你紧张吗？""大城市"问道。

"闭嘴"不好意思地点点头。

"别紧张，就算赫德镇想跟我们借用橡皮圆盘，也是门儿都没有。""大城市"笑着说。森林子民们特有的自负，似乎已经传开了。

"跟我们打架！跟我们打架！你们当中没人敢跟我们打架！"外面的看台站位区上传来一阵阵暴吼，这吼声同时针对政客们、掌权者们和全世界。

"我都快忘记他们这样吼叫个不停的场面啦。"亚马说。

"我以前都没听过这种声音。""大城市"承认道。

"等到我们登场，就走着瞧吧，我们会刮起一阵飓风的。"亚马做证。

"对于应付这种场面，你有没有什么诀窍啊？""大城市"问道。

"闭嘴"突然笑着回答道："赢。"

这让大伙儿感到惊讶，但最感到惊讶的，其实是他本人。

大家爆笑开来，就在他们大笑不止的同时，班杰拉着爱丽莎的手走进了更衣室，她想问问题。

许多，许多的问题。

＊　　＊　　＊

　　札克尔从办公室出来，走下阶梯，在更衣室外来回踱着步。她感到紧张，这种情况可不常发生。因此，她抽烟的数量多于往常。工友咒骂着，起身打开紧急逃生出口的门，这样消防警报器才不会响起。他忘记将它关好。

＊　　＊　　＊

　　安娜的爸爸就坐在女儿前面一排的座位上，他很清醒。她给他所属猎队的一票老头打了电话，他们都说，由于他知道自己今天要跟女儿一起去看比赛，他昨天做到了滴酒不沾。"不管怎样，我们希望他在下一轮狩猎前能喝醉一次，因为如果他神志清醒，他可是熊镇最棒的猎人，这对我们其他人来说就不公平了。"老头们咕哝着。

　　现在安娜俯身向前，问道："爸爸，你是开车过来的吗？"

　　他迅速地点点头，但急切地强调："是的，是的，但是我可没有喝酒！我保证！"

　　他非常害怕自己会让她觉得丢脸，非常担心她会认为他很笨拙。但她面露微笑，因此他也以微笑来回应她，他只有在面对她时才会露出这样的微笑。接着，她若有所思地问他："爸爸，你是否记得，别把猎枪留在车子里？"

　　他睁大双眼。

　　"噢，不……我没醉……我只是太紧张了！"

　　她无奈地摇摇头。

"那你至少记得把车子锁上了吧？"

他立刻起身，沿着看台区挤出一条路，狂奔到外面的停车场，准备把车子锁上。她在后面呼喊他。当他对于她可能因为别的某件事情而臭骂他一顿做好心理准备并转过身来时，她的尖叫声响遍整个观众席："爸爸，我爱你！"

这老头绝对不是什么完人，但他是她的。对此，她永远不会感到可耻。

103. 问题

这场即将开打的比赛，将永远不会进行。让我们陷入无尽懊悔的一切，现在反而即将开始。冰球馆里的每个人都会在余生中反复思索着接下来这几分钟，并扪心自问："我本来是否能够做点什么，一点小事，就算再怎么渺小都没关系？我本来是否能够做点什么？我本来是否能够拦阻他？"

我们即将进入一个夜晚，在这一夜，我们将质疑自己所做过的一切、我们所代表的一切，以及我们所打造的整个社会。这是什么？这一切是什么？只是我们所做出选择的总和，只是我们所导致的结果。对于它的后果，我们能承受吗？

这场冰球赛将永远无法进行。对我们当中的许多人来说，我们始终感觉自己不曾真正地离开那座冰球馆，我们被永远地困在那场噩梦中。我们是一个会讲述故事，并努力用故事将我们的经历放在脉络之下，解释我们究竟为何而战的民族，而我们的希望是：这样能够为我们所导致的一切开脱。但是，这些故事揭露了我们最善良也最恶劣的一切，其中一边就真的能够弥补另一边吗？我们的胜利是否大于我们的错误？我们究竟该为什么负起责任？哪些事情是我们的过错？我们明天是否还能坦然地面对自己，或者面对彼此？

不能。

在这件事情过后，不能。

104. 懊悔

勒夫坐在自己位于赫德镇废车处理厂那间小屋外的露台上，那条毛色黑白相间的狗在他脚边休息。这是个空气相当清新的凄冷夜晚，他的胸口因孤独而感到疼痛。他非常擅长在自己雇用的小弟们面前掩饰这一点。要是他透露了情绪，他们可就再也无法被驾驭了。对于那些表现出自身恐惧的成年男性，他总是感到惊异不已：这简直是一种至高无上的奢侈，就像一只因为不曾看到肉食性猛兽而对它们一无所知的兔子那样。在勒夫成长的地方，就算你的心脏崩裂了，你仍然不能表现出恐惧。所以，他选择了赫德镇。他在许多地方住过，但他选定在这座森林里落脚，原因在于这里的人们也都是生还者，并不比他本人来得安全。他心想，与那些将他赶出去的地方相比，他和这里的差异性想必并不那么明显。这里的人们或许会让他和平地待在他们之中，好好地生活，获得打造一点基业所需的时间。

他是一名有暴力倾向的男子，你若问他原因，他会回答，这都是因为他憎恨暴力。他持枪是为了避免打死人，他宁愿将人给吓跑，也不愿意冒着让人太过接近他的风险。这让他能够生存下来，但这也使他变得孤独。他并不那么经常允许自己感受到这一点，但那个来过这里，并且买下毛皮酒吧的爱德莉激活了他内心的某个事物，将位于他胸腔内某处的一扇门一脚端开。她使他想起自己的侄女，他就是为了她们，为了她们的孩子们，才着手打造一些东西的。勒夫不曾有自己的子女，他全家人大都死于一场战争，而世界的其他地方甚至不把它称为一场战争。他见过善良的人有能力干出重大恶行，也看过能创造无限光明的恶人。这个道理放诸四海而皆准：几乎所有人都爱得太多，太容易心生怨恨，更极少宽恕。但绝大多数人想要的，其实跟他本人想要的一致：和平地过生活，在夜幕降临时能让心跳变得缓慢些，赚点钱，借此养活自己所爱的人。

他围绕着这座废车处理厂建立起属于自己的事业，目的在于供养自己的侄女们及其孩子们。有朝一日，他或许可以在这里盖一栋大房子，这样他们就都能够来到这里定居。他是个善人吗？不是，他很清楚这一点。他干过许多本该让他心生懊悔的事情，但对于这些事情，他几乎完全不曾懊悔。这难道不就是对邪恶的定义吗？一个人可以做出一堆坏事，借此保护自己的家人。他是为了她们才建立事业，为了维持这些事业，他已经准备好使用暴力。有朝一日，勒夫侄女们的儿子和女儿们或许会成为律师和主管。他是这么希望的。有朝一日，或许他们也将像彼得·安德森那样，在一个这样的地方安居乐业，正常地生活着，而不需要一直道歉或道谢，不需要偷东西或央求获得救济。但是，在此之前呢？在此之前，勒夫将继续做自己得做的那些事。

但是，懊悔？是的，的确有一件事令他心生懊悔。那个男孩，亚马，也就是在国家冰球联盟选秀会上发生的一切。亚马使勒夫想起自己弟弟小时候的情景，他们在另一座森林里、在另一个时空里打着冰球。所以，不管彼得·安德森和其他那些男子如何声称和指控，推动勒夫帮助亚马的心态绝对不是贪婪，或者退一步说，即便这心态牵涉贪婪，其程度也绝对不比彼得·安德森的贪婪来得深。勒夫帮助他，原因在于他从那个男孩身上看见自己所爱过的某个人的影子。现在，他对自己当初未能如实地看待他——就把他当成一个小男孩来看待——而感到懊悔。在勒夫成长的地方，处于亚马年龄的男孩并不存在，处于这种年龄的他们已经被当成大人对待。在一个充满暴力的地方，童年简直倏忽即逝，但前提是童年真的还存在。勒夫绝非会轻易认错的那种人，但他现在知道，自己当初本该问问亚马，他究竟想要什么：名声还是金钱。勒夫本来毫不怀疑：只有那些本来就已经很富有的人才会在乎名声。但对这个小男孩来说，情况可能不一样，或许他想要的，根本就是勒夫所不能理解的。

懊悔？是的，不管怎么说，勒夫对一部分的过往感到懊悔。他对自己没有倾听而感到懊悔，他对自己现在没有出现在比赛现场感到懊悔。勒夫多么想再看亚马出赛一次，看着亚马就像他的兄弟做过的那样，矫捷地飞向远方。这是一场古怪的游戏，也是一场可爱的游戏。

他闭上双眼，听见从外面砾石路面上传来的脚步声，还有沉重的呼吸声。

这时，一个在废车处理厂工作的男子从一辆拖挂式休旅车里走了出来，眼神狂野。他以自己能达到的最快速度冲进大门，一路狂奔到勒夫所住的屋子前。他发疯般地猛力敲打门板，直到手上仍然拿着一小杯烈酒的勒夫极为恼怒地前来开门。

他正是通过这样的方式得知，他的另一名职员干下了什么事情，以及他将什么东西卖给了那个来过这里想换取一把手枪的十四岁男孩。其中另一名男子今天稍早时在熊镇见过马特奥，他们正要出发前往冰球馆旁贩卖热狗，也正是在那时看到那男孩走向比赛现场。"他看起来阴沉到了极点。"这名男子形容道。勒夫随即开车穿越森林，车速快到堪称前无古人，后无来者。

* * *

当安娜的爸爸走到自己的车前方时，停车场上一片空荡荡。比赛很快就要在体育馆内开打，一辆老旧的美国车从远处上方的道路驶过来，车速实在太快，车主想必急着进入球场。安娜的爸爸触碰到车门。当他发现车门已然打开时，他感到极为可耻，整个人竟瘫软下来。那把猎枪当然还在原处，一如安娜的预测，他竟将它忘在了那里。但这并非他醉酒造成的，这是年龄导致的，这样其实更糟糕。

他正要将它藏到座位下，把车门锁上，重新走进体育馆时，见到一个孤独的人影正沿着建筑物的正面蹑手蹑脚地迅速移动。最初这只是出现在他眼帘边缘的一个人影，就像他在森林里见到某个物体，虽然当下不能确定那是一个动物还是一个人，但他总能信任自己的直觉。当某件事情即将发生或某个事物以不自然的方式出现时，他就有种直觉。在森林里活了一辈子的他已经学到：恐惧、逃亡和追猎的样貌是什么样的。

他在车辆间移动了几步，看清了那个人影。是个男孩，他正通过每扇窗户张望，试图拉开某扇窗户进入体育馆。接着他看到一道开启的门，位于更衣室旁走道尽头的那个紧急逃生门，它原本应该被关闭，只能从里面被拉开才对。然而，工友将它微微开启了一条缝，好让烟味能够飘散。

这个男孩突然冲往那里。安娜的爸爸直到那时才看到他手中的手枪。他还来不及尖叫并警告任何人，那个男孩就已经闪了进去。一切是如此迅速，这种迅速，几近于残暴、恐怖。

那辆美国车伴随着一阵打滑声驶进了停车场。安娜的爸爸拿起枪，冲向冰球馆。

＊　　＊　　＊

"闭嘴"坐在更衣室里的长凳上。马特奥走了进来。一开始没人看到那把手枪，但接着，所有人似乎都同时看到了它。一开始还有人以为这是一场玩笑，它居然会被一个十四岁的小男孩握在手上，这真是太不自然了。接着，他们看到了他的双眼，他的双眼中空无一物，就算那曾经是一个活人的眼睛，那个人现在也死了。第一枪响起。

砰！

然后是第二枪、第三枪。

砰！砰！

所有人都失声尖叫起来，并开始跑动，逃向淋浴间和卫生间——不管往哪里逃都好。他们龟缩在水槽下方，藏在门后面。当时在那里的人永远都不会忘记这种感觉，也就是那种你本来不再相信自己会死但突然开始意识到你将要死的感觉。现在一切都完了。许多人说，人生就像对一场表演剧的回顾。但对我们当中的绝大部分人来说，我们来得及想起的，都是极其微小的事情：一个人，一只握住我们的小手，一声咯咯笑，或者触及我们手掌的鼻息。

砰！

* * *

"闭嘴"知道自己就要死了，马特奥是在瞄准他。在那个小男孩走进来的时候，"闭嘴"就看出：现在，一切都玩完了。所以，他只是安静地坐着，紧闭双眼，希望一切很快就会结束，希望这不会特别痛。这一点也不痛。他等着自己的胸口爆裂，等着自己的身体瘫倒在地板上。但是，什么都没发生。当他睁开双眼时，他看到到处都是血迹，以及两个倒在地板上的人。

* * *

爱丽莎就像一小团屁一样，在整间更衣室里转来转去，提出问题、问题、问题。她有一件想要签名的球衣，想知道关于某种厂牌溜冰鞋的更详尽的信息，要求别人告诉她：某种缠贴冰球杆的方式，背后究竟隐藏了什么样的秘密。她被亚马拥抱的时候，她的表情看起来就像是要昏过去了。班杰坐在更衣室另一端的板凳上。他才刚刚放松下来，背部向后靠，几乎陷入昏睡。当马特奥冲进来时，他甚至来不及察觉。他没有看到爱丽莎站在中央处的地板上，就在"闭嘴"的正前方。

砰!

* * *

哈娜正在医院里忙碌着，因此没有听见长廊上传来的喊叫声，她不知道这通警报正是来自自己家人身处的冰球馆，没有听出同事们的喊叫几乎已经破音了。每个将这个消息传下去的医生和护士，灵魂都像玻璃一样彻底碎裂。哈娜甚至不知道发生了什么事情，因为她此刻正在医院里忙着接生。两次，其实。

这是一场残酷的笑话，上帝似乎在向我们证明：他想把我们怎么样，就把我们怎么样，或者说，这其实是完全相反的：这是他赎罪的行为。

就在两个受人们喜爱的生命在冰球馆里画上句号时，这对双胞胎的心脏开始在哈娜的怀抱里跳动着。两个生命就此展开——躲猫猫、咯咯的笑声和弄到你喘不过气来的挠痒痒；爬树，水池，尺寸太大的雨靴；湖面上的冰；无数的冰激凌；放在暖气上方烘干的连指手套；当孩子们在屋里玩球、爸妈在打电话时，爸妈只能对他们低声尖叫；荡秋千；最要好的朋友；初恋。

不可理喻的暴力和无尽的宽恕，伴随着这一天而来。最剧烈的惊恐，最渺小的人们，这一切都属于我们。

* * *

关于爱丽莎，我们又该说什么呢？

668

我们所有的故事，可都跟她有关。所有在这里结束的故事，所有在这里展开的故事，她就是导致这一切的原因。

砰！

马特奥站在门口，她不理解他手上握的是什么东西。她只看到那股阴沉，它就像一阵烟雾散开，将她团团围住。当物体被掀翻时，她只听见尖叫声和轰鸣声。她四周的成年男子全都拔腿逃命去了。

砰！

第一枪打得太高了，后坐力太强，马特奥的双手抖得太厉害。所以，他将武器压低，再度扣下扳机。第二枪和第三枪正中目标，子弹打穿胸口。在身体还没触及地板以前，他就已经死透了。

砰！

更衣室里的所有男子争相逃命，某几个人逃向卫生间，另外数人奔向淋浴间，还有一些人努力想跳窗逃生。除了班杰的所有人，因为他就是一个偏要冲向火堆的人。

他始终如一。

*　　*　　*

安娜的爸爸猛力冲过停车场，奔到那道紧急逃生门前，气喘吁吁地朝门板内的黑暗望去。他看见马特奥在更衣室里开了第一枪；看见他踏过门槛继续射击，但有人从更衣室里飞扑向他，用全身的力量压住他。马特奥在长廊上跌跌撞撞地向后退，一具比他壮硕得多的身体压在他身上。

砰！砰！

正是这两枪要了班杰的命。两枪都打穿了心脏，除了心脏，那里面还有什么能够被命中的东西呢？他就只有心脏啊。马特奥将他的身体狠狠地推到一边，迅疾地跑起来，疯狂地瞄准，继续射击。

*　　*　　*

我们事后将会说，事情的经过根本不可能像警方和媒体描述的那样。我们将会说，没有人能在那样的距离外、在那种情况下命中目标，就连最优异的神枪手都办不到。我们还会保证：就连整个熊镇最棒的猎人都做不到。不过，这并不是实情。

站在观众席上的安娜听见第一声枪响，就像其他所有人一样，以为是几个小屁孩点燃了爆竹。接着她听见了尖叫声。她站在看台上，以她所处的视角，恰好能够瞥见边线护栏旁的那条长廊，以及通向更衣室的那道门。她看到班杰冲了出去，直接对着枪口，将马特奥扑倒。接下来的两枪打穿他的心脏，子弹打穿他的身体，枪声一路直达天花板。当马特奥再度站起身来时，一颗子弹打穿了他的头。安娜根本不需要看到开枪者，就知道这一枪是由谁击发的——其他任何人都做不到这一点。

她急忙冲向紧急逃生门，因为她知道她的爸爸就站在那里，双手仍然握着枪。在身体触及地板以前，马特奥就已经死透了。

但班杰的结局亦是如此。

*　　*　　*

所有认识班杰明·欧维奇的人，尤其是我们这些跟他够熟悉、有资格称呼他"班杰"的人，内心都特别希望他能享有漫长的生命、宁静的生活，拥有一个美好的结局。我们盼望着。哎呀，我们可是非常殷切地盼望着，但我们内心最深处知道，他永远不会是那种获得美好结局的人。因为他总是那个挡在路中央的人，一个总是会保护他人的人，一个总是会跑起来的人。他以为，在所有的童话故事中，他就是那个反派的坏蛋。真正的英雄总是会这么做。因此，这些关于像他这样的小男孩的故事，结局始终不会是：他们终于老去。关于像他这种男孩的故事，结局始终只会是：我们梦想着得到一部时光机，因为要是它在相当遥远的将来真的被发明出来，某个深爱他的人绝对会使用它回到这里。

我们的人数实在太多了。

　　　　　＊　　　＊　　　＊

　　我们无力与邪恶抗争。关于我们所打造的世界，就数这一点最令人难以忍受。邪恶不能被根除，不能被锁住。当我们以暴制暴时，它将会从门下方、锁孔里轻巧地流出，甚至变得更加强硬。它是永远不会消失的，因为它就在我们的心中滋长着，有时甚至会在我们当中最善良的那些人的心中滋长，有时甚至会在十四岁青少年的心中滋长。面对它，我们没有任何可供使用的武器。我们只能通过自己所获得的爱，来承受住这一切。

　　所有人向四面八方逃命，寻找着可行的逃生路径。安娜和玛雅跟跄着走下观众席，在人潮和堵塞中奋力向前走。当玛雅在某个时刻因脚被某个东西绊到而发出尖叫时，安娜就会将她身旁的一切全部丢开，直到她能自由行动为止。接着，她们拔腿冲向那间更衣室。她们在走道上最先看到的是亚马和波博，他们身上染满了班杰的血。波博将自己的朋友抱在怀里，摇晃着他的身躯，仿佛他只是睡着了。但是他已经走了，他已经不复存在了。

　　就在那时，玛雅的各种直觉对她大吼，要她采取无数个动作，然而她只听见尖叫声。这并非她自己的尖叫声，而是一个小女孩的尖叫声。她站在班杰身体后方三米处的位置，只是不住地尖叫、尖叫、再尖叫。似乎没人听见她的尖叫。所有人都陷入了瘫痪状态，他们只能眼睁睁地盯着那几具尸体和血迹，没人看到那个孩子。玛雅或许从爱丽莎身上看到了自己的影子，她或许就是在那时、在那里成年，而她本人对此却一无所知。她并没有像其他人那样，跪倒在班杰的身边，反而将爱丽莎从这一整团混乱中拉起，跑了起来，从紧急逃生门跑出，从安娜的爸爸身

672

旁跑过，冲上停车场，接着跑进森林。她就坐在那边，将这个小女孩藏在怀里，让她得以哭泣和尖叫，而无须亲眼看到冰球馆里发生的一切。玛雅只是希望让她免于见到血迹、那些影像和记忆，这就是她当时所想的。她甚至不让自己的脑海接收到班杰已死的事实，但这是行不通的。"保护这孩子，保护这孩子，保护这孩子。"这就是她所想的一切。说不定里面还有其他几名持有武器的男子呢，说不定还会开上更多枪，所以要保护这孩子，保护这孩子，保护这孩子。人们狂奔出来，冲上了停车场，尖叫和警笛声在白昼最后几缕光线中轰鸣着。玛雅希望自己能够停止颤抖，希望自己能将这个小女孩抱得更紧一些，希望她能通过拥抱消除所有的震惊和绝望，以及从今以后不会再放过他们当中任何一人的那股恐怖的黑暗。但她不知道该如何做。她不够高大，不够强壮。她无法呼吸，她喘着气，努力将血迹，以及那几具地板上的尸体从自己的想法和思绪中摆脱掉，为了这个孩子，她得坚强起来。可是该怎么做呢？你该到哪里获取这股力量呢？她不具备这股力量。当她感觉到两只胳膊搭着她的肩膀时，她很确定的是，她自己铁定会瘫倒在雪地上。那个人是她的妈妈。蜜拉并没有扑向火窟，她追逐着自己的孩子们。特丝跑在她的后方，很快，其他几名女子也从各个方向跑了过来。她们穿着红色或绿色的夹克，当中甚至有几个人穿着黑色夹克。她们手牵着手围成一个圆圈，一环扣着一环，这个圆圈就像一堵墙，围绕着爱丽莎。

在这个小女孩所经历的一切之中，没有比这个更糟糕的了。但就在这个最恶劣的时刻、在最深沉的恐惧来临时，母亲们和姐姐们从整座森林里冲到这里来，为了保护她。

邪恶是无法对抗的，但它现在若是想带走爱丽莎，就得先通过她们当中的每个人才行。

*　　*　　*

几乎所有人都跑动起来，仿佛他们不理解发生了什么事情。而爱德莉·欧维奇奔跑的方式，就仿佛她已经知道了一切。

语言？没有任何语言能形容这个。

一切只剩下震惊。
一切只剩下黑暗。
一切只剩下空虚。

我们已经习惯如此多类型的暴力，但我们永远无法预知这件事情。我们永远无法理解这件事情。我们永远无法从这件事中平复下来。爱德莉拉起自己的弟弟，他在她的怀中竟变得如此渺小。她将他抱出冰球馆。整座城市竟都无法呼吸了。每颗心都被穿了一个洞。

明天的太阳该如何升起呢？阳光又怎么能够继续存在呢？这一切还有什么意义呢？

*　　*　　*

在车子还没有真正完全停下前，勒夫就已经跳出车外。安娜的爸爸独自站在紧急逃生门的通道处，双手仍握着那把枪。室内的所有人不住地尖叫。当勒夫到达现场时，他没过几秒钟就弄清已经发生的事情：他看到血迹和地板上的尸体。他看到了那把手枪，正要冲上前去将它拿走，因为那是唯一能够将整件事情引向他和废车处理厂的证物。但现在他要懊悔的事情可就太多了，他将面对的是无数个难以成眠的夜晚，马特奥的脸孔甚至会在黑暗中出现。善良的人有能力干出重大的恶行，恶人也有能力创造出无尽的光明。所以，勒夫并没有集中精神思考该怎样挽救自己。相反地，他转过身去，拯救某个他者。他看见安娜冲了过来，所以拉了这个站在自己身边的猎人一把，问道："是你的女儿吗？"

安娜的爸爸困惑地点点头。他仿佛已经失去意识，但他的身体还没有解读这个信息。勒夫歇斯底里地对着她招招手，要她快点过来。安娜冲了过来，跳过那一摊摊血迹。她永远不会忘记这个举动。对此，她将永远不会原谅自己。就算班杰已经死了，就算她是为了拯救生者才这样做，就算他也希望她这样做，她仍不会原谅自己。

她和她爸爸都不知道勒夫究竟是谁，他们就像其他所有人一样，听过关于此人的流言，但也仅止于此。他看起来并不震惊，他或许是唯一没有露出震惊表情的人。他在其他的森林里已经见过太多这类事情。

"你的车？哪一辆是你的车？"他尖叫。

直到此时安娜才理解他的想法，理解她必须帮些什么样的忙，以及要是不这么做，她爸爸的下场将会如何凄惨。她拉着自己的爸爸，将他像一个生长过度的小孩般拖过停车场。他已经哭了出来，但她还不能允许自己跟着哭。她驾着汽车，她的爸爸坐在旁边，而勒夫则开车跟在后方。他们在森林中停下，将车停在下方的湖畔，没有人能够从道路上望见他们。安娜从货架隔板上取来了工具，他们同心协力地在冰面上凿洞。他们凿出了许多个洞，这些洞的间距也够宽广。接着，他们将那把枪拆解，将零碎的部件扔进这个湖里各个不同的角落。

然后他们就来到安娜的爸爸所住的房子，到了那边，勒夫甚至没经屋主同意就直接进了厨房。那几条小狗好奇地嗅闻着，但并没有阻止他。他找遍了各个橱柜，最终找到了那些被藏起来的装有烈酒的酒瓶——安娜的爸爸原本就希望安娜不要倒掉这些酒，这样他在酒瘾复发时，至少还有这些酒可喝。

"喝酒吗？"勒夫一边说，一边开始给三只酒杯倒酒。

"杀千刀的，你脑袋坏掉了吗？现在这个样子，你居然想喝得烂醉……"安娜咆哮起来。但勒夫只管将酒杯递给她，回答道："警察是怎么说的？'不在场证明'，是吧。不在场证明。我们从来没进过冰球馆。我们在这里，是吧。我们喝醉了。你爸爸喝醉的时候，是没法开枪打人的，是吧。不在场证明。"

当安娜的爸爸和她本人接受他的论点时，两人不约而同忧郁地叹了一大口气。他们走投无路。接着，他们将烈酒一扫而空。勒夫又给他们斟上更多的"不在场证明"。他们完全没有交谈，而且没过多久，他们就各自单独开喝。勒夫坐在门厅的地板上，爸爸坐在炉火前方的椅子上，安娜则待在厨房。她哭了又哭，不住地哭。这是她最后一次喝醉。

她一直不知道自己究竟该从事什么工作，但从现在起，她会将这辈子完全花在拯救他人的生命之上。目前她本人对此还不知道，但一切就从这里开始，就是因为她没能挽救班杰的生命。因此在那之后，她就没有喝醉酒的本钱了。她爱自己的爸爸，但她不愿承受这种风险，当有人在风暴肆虐中敲门求助时，她却坐在篝火前的椅子上呼呼大睡。下一次，终将会有人来求助；下一次，她或许能挽救整个世界。

*　　*　　*

"这还真是个不可思议的地方。"玛雅的妈妈曾经这么说。她的爸爸回答:"不可思议的是,它居然还在。这里居然还有人住。"

玛雅将会记得,在班杰死后的第二天,朝阳依旧露脸,这真是不可理喻。她还继续活着。她还有余力活着。她开始理解自己的双亲,这是她第一次深刻地理解他们。当艾萨克去世的时候,他们是如何学会在内心哭泣的。这么多年以来,他们在自己内心深处沉默、无声地哭泣着,借此不让玛雅和里欧听见。想必连空气都会使他们的皮肤感到疼痛。他们铁定想以脸颊贴着地面、贴在草地上耳语,借此让已经在地下的他听见。他们铁定为了自己没有跟他一起死而痛恨自己。

他们在这之后所做的一切当中,又有多少只是他们想要完成某件重要的事情、某件崇高的事情、某件值得在经过延误之后被传达到天国的事情所做的努力呢?几乎一切。

太阳再度升起,在这里的人是玛雅而不是班杰,这真是令人难以忍受。在她的一生中,她将几乎每天停下脚步,心想:"他是否为我感到骄傲?我的人生是否有尊严?我是否成为一个够好的人?"因为这就是她的一切特质,与她一同在熊镇成长的每个人都有这样的特质:极其简单,却又复杂得可怕。一个不平凡到几近平凡的民族,一个平凡到几近不平凡的民族。我们只是努力过着自己的生活,与彼此共存,也与我们自己共存。当我们得到喜悦时,就取用它;当悲痛侵袭我们时,就承受它。对我们子女的快乐感到惊异不已,并且在想到我们实际上不曾保护他们时免于陷入崩溃。

玛雅始终不曾感觉这里是她的家,但到了最后,这个地方归属于她的程度远超出归属于其他人的程度。这座位于广阔森林中的小镇，她将会抬头挺胸用稳健的声音来描述这里的子民。她将会说：我们当中绝大多数人所要的并不多：一份工作；一个家；优质的学校；牵着小狗一起进行长距离散步；猎驼鹿；在一天开始时来上一杯咖啡，在一天结束时来上一罐冰啤酒；欢笑声；善良的邻居；安全无虞、能让人放心骑自行车的街道；一座能让人在冬季练习溜冰、允许人在夏季坐在船上多达九个小时结果一条鱼也钓不起来的湖泊；雪球大战；爬树；一个崭新的冰球赛季。一切。我们所要的就是一切。

她将会说：这一带的人们喜欢一种简单的游戏，哪怕我们当中确实有些人一点都不喜欢这种游戏。人手一支冰球杆，两座球门，我们来对抗你们。她将会说：杀千刀的，我们就只是想要努力活下去。不管彼此过得怎样，都要活下去。为了彼此活下去。

继续活下去。

不久之后，数以百万计的人将会知晓玛雅的名字。但每天晚上，她只会为班杰歌唱，并非所有的歌曲都与他有关，但通过某种方式，这些歌曲（甚至包括那些属于安娜的歌曲）全部成为他的歌曲。几年以后的某个夜晚，玛雅将会变得极富名气，这将使她在全国最大的体育馆之一登台演唱。门票将会售罄。直到她进入体育馆，看到这里举行的并非一场音乐会时，她才发现场馆的用途。这是一座冰球馆。这是她职业生涯中最重大的一刻，她在演唱每首歌曲时，都轻微地哭泣着。

105. 树木

班杰的葬礼并非在一座开放的教堂里举行，而是在大庭广众之下举行。这两座小镇的所有居民都到场了。报纸上刊登的讣闻实际上显得多余，每个人都知道葬礼的时间和地点，就连工厂也关闭了。但这则采用"班杰明"为亡者名字的讣闻，写出了每个人的感受：

这实在令人心痛，无法以言语形容。

殡葬馆的那位负责人将这句诗推荐给欧维奇家的三姐妹。"这是我最喜欢的诗人博迪·马尔斯坦[1]写的。"这名男子用略显羞赧的口吻说出自己这番爱的宣言。现在，她也成了欧维奇家的姐妹们最喜欢的诗人。

她们的弟弟被埋葬在他们爸爸的身旁，那里距离拉蒙娜和维达的墓地也不远。我们在这一带常说：我们会将自己的孩子们葬在最美好的树木下，但就连我们当中那最优秀的人也无法找到一棵足够美丽、足以守护班杰明·欧维奇的树木。因此，我们只能在那块刻有他姓名的墓碑周围栽种新的树木，我们让爱丽莎和其他的孩子将它们栽入土中，使它们能够在他的身旁茁壮成长。直到他不再长眠于墓园之中，转而来到那个总是带给他最深切的安全感和快乐的地方为止。也就是：一座森林。

话语？

---

1 博迪·马尔斯坦（Bodil Malmsten, 1944—2016），瑞典作家、戏剧家。

这真是太令人心痛了。

＊　　＊　　＊

爱丽莎牵着苏恩和爱德莉的手，来到了葬礼的现场。当她看到玛雅时，她便松开他们的手跑了过去。此举并非为了她自己，而是为了玛雅。

"你害怕吗？"这个小女孩问道。

"非常害怕，而且非常难过。"玛雅将自己的双眼凑到小女孩的发梢，回答道。

"你觉得，班杰会害怕吗？地底下，会不会既阴暗又寒冷？"爱丽莎问道。

"不会，不会，班杰不会感到害怕的，他根本就不在这里了。"玛雅回答。

"他不在这里啦？"爱丽莎问道。在这么多次的抽泣以来，她总算第一次露出了微笑。

玛雅又眨了眨眼睛："他现在正在某处冰面上，哈哈大笑着。他在跟自己最要好的朋友们打冰球。他正躺在冰面上，向上凝视着星空。他并不觉得害怕。百年以后，你将会再度见到他，你将会向他描述你所经历的一切，你那美好的、令人艳羡的人生，你所经历的所有冒险故事，这是他所渴望的。"

当爱丽莎跑回爱德莉身旁时，玛雅在教堂的某个角落就座，用一支墨水笔在自己的胳膊上书写着，字迹遍布了整片肌肤。随后她询问班杰的姐姐们和妈妈，能否允许她在葬礼上为班杰献唱一曲。她站在教堂的阶梯上，整座森林不曾如此宁静，她缓慢、极为迟缓地把她想对他说的一切，全部表达出来。

> 一个爱你的人想知道：他是否害怕
>
> 我说：不会，不会，他只是乔装起来
>
> 因为墓园只是一处记忆之地
>
> 你棺木周围的尘土，并非你的长眠之地
>
> 我或许不知你身在何处
>
> 但我知道：你并不在这里
>
> 一辆老旧的休旅车旁，有一张折叠椅
>
> 你坐在那里欢笑，并陷入情网
>
> 你脚上穿着溜冰鞋，你的岛屿旁布满冰层
>
> 一个不死的男孩就在那里滑行
>
> 你玩起一场笨拙的小巧游戏
>
> 一个身心完整的男孩，就在那里玩耍着
>
> 你将能成为你想成为的一切
>
> 你充满喜乐，安适且自由自在
>
> 我的朋友，我不知你此刻在何处
>
> 但百年之后，我们终将再度见面

*　*　*

领导力可以分为许多类型，最容易引起我们仰慕的，无非总是那种勇于领导追随者闯入未知境界，勇敢地前往无人深入之地、往前方与上方冲刺的领导力。但那种与其他所有力量相比能将熊镇带回晨间、使我

们在经历过一切乱象之后仍能正常呼吸的领导力，则更显得低调。波博和亚马带着甲级联赛代表队的所有成员进入镇上，并将散落各处的孩子们一一找到并聚拢起来。他们开始打球，打球，继续打球。在冰球馆打球，在湖面上打球，在位于租赁式公寓楼之间的院子里打球。他们玩耍，再玩耍，不断玩耍。这是他们熟悉的唯一解药，这是他们熟知的、唯一能让世界稍微有所改善的办法。

"大城市"跟着他们一起行动。一开始他十分沉默，但很快，情况有所变化，他正在经历一种全新的体验。他成了发话的人，他有时会用手搭着某人的肩膀，将步履蹒跚的人扶起，抱住那些受了伤的人。随着时间流逝，他将开始察觉到，当他走动时，其他人将开始追随他，而不是反其道而行。在其他所有球队里，他总是以复杂、脾气古怪、极度缺乏忠诚度而著称，然而在这支球队里，他的情况则完全相反。

某个晚上，当他们和孩子们打球的时候，家长们竟驻足观看。第二天晚上，一位爸爸问是否能让他加入。没过多久，大家就开始在各处打起球来。

这座小镇属于那种一切可以有所改变、人们可以获得转型的类型。就算双肺尖声叫喊着，我们仍然有余力玩耍。这或许正是因为我们如此习惯于承受黑暗，包括外在的和来自内心深处的黑暗。这或许是因为我们是如此贴近荒野。主要原因或许是我们就如同其他所有地方的其他所有人一样。如果我们没了明天，那我们还有什么呢？

领导力可以被区分为许多种类型，但"大城市"、波博和亚马在这一年里展现出的领导力并非那种往前扩张的领导力，而是一种内敛型的领导力。回到我们原有的一切。在某些时候，知道回家的路反而是最重要的领导力。

682

*　　*　　*

几个月以后，哈娜怀里将再度抱起一名新生的婴儿。这是美好的一天。这样美好的日子居然能够反复地到来，这真是不可理喻。但是这样的日子确然会重复出现。她回到家，与特丝一同准备好一个野餐篮。强尼在位于下端的消防局里，用勒夫提供的备用零部件、在波博的帮助下修理自己的车。在修理好后，强尼和波博就跟其他消防员一起走到那座位于消防局前方的庭园，跟男孩们一起玩起雪球大战。

托比在那里，他看起来已经像是一个消防员。他将会变得跟自己的爸爸一样，所以他的爸爸正努力好好地表现。特丝将会搬离这里，在外地待上数年，但最后，她仍将回归故里。对其他地方来说，她作为森林子民的本性实在太过鲜明。不过，直到她得以看穿大千世界，她才真正理解到这个现实。

某个晚上，泰德的教练打来电话，告诉强尼与哈娜：较大型俱乐部的训练员、冰球高中的负责人和经纪人们开始联系他，目的就是提出关于泰德的问题。这位教练表示："这小子的人生将发生重大变化，请家长们做好准备。"泰德将是赫德镇有史以来见证过的、最出众的天才之一。有朝一日，他将会成为人上人。

过后，强尼在厨房里一连坐上好几个小时，望着装在一只玻璃杯中的威士忌——那只玻璃杯实际上是用来装茶蜡的容器。他不曾喝下它。相反地，他坐进自己的车，开车前往熊镇。他敲了敲一扇门。他在彼得家的厨房里吃着牛角面包，低声承认道："人们都说，我家这小子将来会大放异彩，也许会登峰造极，因此我想请问你，你是否能给一点……建议。"

彼得不无遗憾地摇摇头："关于他的职业生涯，我不觉得我有能力给你什么建议。对于金钱、合同以及其他类似这样的所有问题，我实在是一窍不通，但我可以给你我的几位老朋友的电话号码，他们可以……"

坐在桌子对面的那位消防员扬起目光，他的双眼因迟疑而闪动，当他小声说出下面这番话时，竟显得那么自卑："不……不是……这不是我的本意，我指的并不是给他的建议，我是说，给我的建议。我需要知道自己该做些什么，才能成为一个好爸爸。我想知道：当你处在他现在这个年龄时，你想获得些什么，也就是说，当你的电话开始响起的时候……"

彼得沉默良久，接着他更深入地聊起自己的童年，比过去跟任何其他男子聊起这一段时都还要深入。过了几年，泰德成为赫德镇冰球俱乐部史上最年轻的队长。再过几年，他成为国家冰球联盟球会的队长。当一名新闻记者询问他，他觉得自己从何处学习到这些领导力时，他只是简短地回答——

"从家里。"

＊　　＊　　＊

提姆和其他一众黑衣人再度前去观看冰球赛，再度歌唱起来。现在他们的歌声总是显得比较沉重，歌声中思念的意味也变得比较明显。当他们在赛后一路走到墓园时，他们总是人手一瓶啤酒。他们就坐在那边，与维达、班杰、拉蒙娜、霍格及其他所有未能一起前来的人交谈起来，让他们知道现实情况究竟如何。每个小细节、每次射门、每次得分，以及每个杀千刀的错误判决。天国的啤酒很昂贵，抱怨声也总是一如往常，几乎什么事都没有改变过，但有朝一日，提姆将会带着自己刚出生的儿子来到这里，向大家介绍他。

他的儿子将会长大成人，下定决心不再喜欢冰球，他喜欢的是足球。哎哟，届时天国将会响起一阵强烈的笑声。哎哟，哎哟，哎哟，那笑声可真是响亮哟。

＊　　＊　　＊

伊丽莎白·札克尔将成为一代名教练，她将会赢下数以百计的赛事。她将赢下联赛，获得奖杯，并取得各种头衔。她始终未能真正赢回的唯一事物，就是那种单纯的、最初的喜悦。对她来说，冰球将永远不再只是一场游戏。在多年以后的某一天，她将负责训练一支国家代表队，成员包括爱丽莎。那时，札克尔将针对自己最严苛的规定做出特别处理。

她再度让某人穿着十六号球衣出赛，但也就仅止于一场比赛。

爱丽莎从更衣室里的长凳上起身，领着自己的球队出场，如风暴般席卷冰面。札克尔望着她的背影，在那一瞬间，她竟忘记了，那人并不是他。

＊　　＊　　＊

在班杰葬礼过后的那几天，里欧始终待在自己的房间里。他戴着耳机，沉溺在游戏世界里。他不断地玩着游戏，也一晚接一晚地等待着：某个特定名字的玩家会再度出现在屏幕上。他不曾在真实世界里见过这

685

个玩家，但他们最近这几个月以来在线上碰头的次数太多了，多到让两人感觉似乎已经认识彼此。那位陌生人每次都会击毙里欧，他每次仿佛就是在寻找他、追杀他。里欧实在无法抗拒那种想还以颜色的欲望，只要他动作再迅速一点，稍微再专心一点，他就很确定：自己能够击毙那个家伙，不管那家伙是谁。

但那位对头不曾再现身，永远不会再出现了。对于原因，里欧始终不得而知。但在许多年以后，当他已经不再玩这款游戏时，他仍不时地登录，就只是为了要瞧瞧使用那个昵称的玩家是否还在。假如他曾在网上搜寻它，他或许就能翻出某个网页，该网页将会指出，在另一种语言里，这个昵称字面上的意思就是"马特奥"，但他始终不曾这样做。

有人在敲他的房门，玛雅提着吉他，走了进来。

"我可以待在这边吗？"她低声问道。他在小时候做过噩梦以后也总是这么做的：蹑手蹑脚地钻进她的房间，然后低声询问。

他当然点点头。她坐在他的床上，弹着吉他；他坐在电脑前，打着游戏。这是她返回自己就读的音乐学校前的最后一个晚上。在南部，她将会经历一小段孤独的时光，她将会感到生气，也将会写下几首自己写过的最棒的歌曲。

"我为你感到骄傲。"她对自己的弟弟耳语道。

"我也为你感到骄傲。"他也以耳语回答她。

里欧将在人生中成就一番大事业，登峰造极，并带给她真正为他感到骄傲的各种理由。她只不过先他一步而已，这可是姐姐们的工作。

当安德森家的姐弟俩各自成家、各自生育子女时，某个晚上，他们将会坐在一间格局类似这间屋子的房子里。那是一个圣诞夜，他们的长辈和晚辈都已经熟睡。此时他们将会谈道：如果他们最初拥有的先决条件比较差，他们或许会成为什么样的人。可能会变得比较糟糕：假如他们当初生在比较贫困的家庭，更早受到人们暴力的侵袭，而且力道更加猛烈；假如他们的爸爸和妈妈没有因为他们而与其他任何外人对抗——当初他们的双亲冲过森林，和流氓们对抗。即使必须与整座小镇对抗，他们也会一往无前，永远不退缩。他们唯一后退的时候，就是他们摆好姿势、蓄势待发的时候。为了保护自己的孩子们，他们不准备预设任何界限。就算他们知道此举实际上永远行不通，但他们也还是会这么做。

此时的里欧将会微笑，轻轻地拍拍姐姐的头发。

"没有妈妈和爸爸，你还是撑得下来的，你是个幸存者。但我呢？我将毫无生还的机会。"

*　　*　　*

警方将永远找不到那把杀死马特奥的武器，同时也没有人能够证明，他用来打死班杰的那把手枪究竟从何而来。警方在熊镇和赫德镇的所有住宅区与聚落里挨家挨户地敲门探访，但所有人均噤声不语。不时会有人在事后向各级政府机关指出：哎哟，天哪，他们可是不知耗费多少心力想找出那把武器，比他们寻找其他任何东西都还要更卖力，仿佛那名用猎枪打死一名杀人犯的男子和那个从一开始就将走私来的非法手枪交给杀人犯的人士相比，才是更为恶劣的罪犯。

那场介于我们和其他并非来自这里的外来者之间的争吵，永远不会止息。我们的小镇正是如此。

*   *   *

勒夫继续定居在赫德镇，经营着自己的废车处理厂。每年冬季，他会前往另一座位于远方的森林，带上装满毛绒玩偶和各种玩具的提袋。他在那里用小巧的酒杯喝起烈酒，与自己的侄女们以及她们的孩子们一起打冰球。

人们所说的与他相关的一切均是事实，这个部分也是事实。他之所以适合定居在树林间的城镇里，也正是出于这个原因。他们也有能力同时表现出自己最善良以及最恶劣的一面。

*   *   *

攫住"尾巴"的情感，或许可以算是哀愁，或者说，他到最后总算良心发现。葬礼结束后的一个星期，理查德·提奥登门拜访，告知关于地方报社即将刊登一系列报道的事情。该系列报道将要揭发一场足以痛击提奥政敌的贪腐丑闻，同时让彼得·安德森和这两个冰球俱乐部幸免于难。提奥已经建立起一个由商人组成的联盟，这些商人会利用提奥以及那些害怕提奥的人牟利。没有人能够撼动提奥，他带着看似极为真诚的怜悯神情说明，他的政治盟友当中并非所有人都接受这两个冰球俱乐部毫发无伤、全身而退。他说，每个人都需要一点小小的胜利，每个人都需要感觉他们"赢"到了一点什么。所以，提奥提出了一个最简单的解决方案：把其中由彼得签字的几份合同交给他们，不是那些关于训练场馆、会招致最恶劣后果的合同，只是那些涉及舞弊、能让他们感到自己在揭露舞弊的合同。既然如此，他们需要一个替罪羊：如果不让彼得成为替罪羊，他们就得将这段故事说成有人骗了他。提奥友善地摊开双手："我建议提拉蒙娜，反正她已经去世了，而根据我听到的与她有关的消息，我认为她不会抗拒自己在这世上最后的价值是解救彼得·安德森。如果我们将罪责算在她的身上，过一两个星期，这个丑闻就会被遗忘。大家到时就可以若无其事地继续生活。"

"尾巴"坐在自己的办公桌前，凝视自己的双手良久。随后，他小声道："在我整个成长过程中，彼得是我最要好的朋友，这你可知道？他在进入国家冰球联盟以前就已经相当出色，那些来到这里比赛的客队球员有时会为自己年幼的弟妹们索取他的签名，因此我学会了模仿他的笔迹，这样一来我就能在他不知情的情况下，销售由他'签署'的球员卡。直到现在，我仍然能完美无缺地模仿他的笔迹。"

提奥扬了扬眉毛，眼神中闪过一抹困惑。对于他来说，这种表情很不寻常。

"你这是什么意思？"

"尾巴"平静地回答："我的意思是，我们就照你说的办。我们给那家地方报社和你在政治上的盟友们带上一份小小的胜利，我们将其中几份合同交给他们，并且说：彼得被骗了。但不是被拉蒙娜骗了，到时我会说：我在那些合同上签署了他的名字。"

理查德·提奥看起来既惊惶又佩服。当这段故事传到地方报社时，消息早已走漏给警方。"尾巴"因诈骗被定罪，被判数个月监禁。他完全不让其他人来分摊罪责。当他一出狱，他就立刻回到位于熊镇的家，着手营建工作——不过他并没有按照自己预先的规划，兴建熊镇商业园区或一座位于冰球馆旁边的超现代化训练用场馆。相反地，他协助自己童年时代最要好的朋友兴建一座"主教堂"。"尾巴"自掏腰包承担了屋顶的营建费用，他甚至亲手将它给铺好。在那之后，他和彼得坐在屋顶上喝起啤酒，而上百名孩童则在下方玩耍着。这将成为一座小而轻便的"冰柜"。它并非奢华的冰球馆，它更像这个俱乐部在四分之三个世纪以前成立时，工厂工人在熊镇盖起的建筑物。当时这一带没有风暴，没有渴盼，没有爱情与梦想，希望和斗争也都还不见踪影。这座"主教堂"本身并无任何特别可观之处，但它总是某种事物的起点。

要是没有"尾巴"的鼎力相助，它永远不会落成。但是，除了彼得，没有人知道他实际上为此做出了多少贡献。对于这件事，"尾巴"始终没向任何人提过，这就是他的赎罪。

*　　*　　*

总编辑和她爸爸度假去了，她带着他前往阳光普照之处。他们享用了美食，进行长距离散步，参观了教堂，在露台上的阴影之中沉沉睡去。而这是他们共度的最后一个假期，在那之后不久，她爸爸就去世了。

这位总编辑回到了熊镇和赫德镇，但她很快就获得由较大型城市的几家大型报社提供的职位，她获得了更多的权势。这当中拖延了一段时间，比她希冀的还要久。但某一天，她得到了修理理查德·提奥的机会，她充分地把握并利用了这个机会。

在那时，他也住在一个更大的城市里，而且跃居高位，也因此摔得更重。到了最后，她挖掘出与他有关的大量丑闻，这不仅摧毁了他的整个职业生涯，还毁灭了他这个人。

她这么做并非出于正义，甚至也不是因为想获得自我满足。因为她有能力这么做，她就这么做。她这么做的原因是：要让像他这样的人无法一直赢下去。

*   *   *

最后，亚马正式进入了国家冰球联盟。在他打进第一球的那个夜晚，即使两地之间存在时差，整个熊镇都是清醒的，赫德镇的全体镇民其实也都是清醒的。即使他们当时并非清醒的，当亚马进球，整座该死的"洼地"欢声雷动之际，他们也还是会醒的。

*   *   *

几年以后，在一个远离此处的地方，一名年轻男子将出席一场派对，坐在一张沙发椅上，所有人在他的身旁和周围舞动着，高声喧闹着，但他的目光则牢牢盯着电视机。那只是一段关于某场音乐会的简短视频剪辑，演出者是全国当前最著名的女性艺术家之一，名叫玛雅·安德森，这名年轻男子始终深爱这一点。这相当寻常，也十分简单。他没想过她的方言口音，更没有反思过为什么他能够辨识它。但现在，他看到她于电视上现身。她演唱着一首与她所爱之人有关的歌曲，因为这天是他的生日，她通过位于自己后方的那个大屏幕，让他的照片闪动了一秒钟。她知道，没人来得及看清这张照片。在那之后，还有数以千计的照片会直接扫过。她就只是为了自己的缘故，才植入了那张照片。

但是，沙发上的那名男子认得它。他记得对方的手指触感和目光，记得摆在一张破旧吧台上的玻璃酒杯，记得一座沉静森林里的烟气。他也记得，当雪片落在你的皮肤上，同时一名有着忧伤双眼与狂野之心的男孩指导你溜冰时的那种感觉。

沙发上的那名男子几乎不需要收拾什么行李。他只是提着一只轻便的提袋，以及装有贝斯的护套，前往玛雅巡回演出的下一个城市。他一路用手肘顶开她近旁的安保人员，这导致他几乎被打倒在地，这时他叫喊起来："我认识他！我认识班杰！我也爱他！"

玛雅陡然停下脚步。他俩迎视彼此的双眼，他俩眼中都只看到他——那个置身于森林中，既忧伤又狂野的男孩。

"你打球吗？"玛雅问道。

"我演奏贝斯。"他说。

在那之后，他就成了为她伴奏的贝斯手。没有人能够像他那样诠释她的歌曲；没有人像他那样，每晚都哭得如此沉痛。

*   *   *

"闭嘴"继续打着冰球。他做过的所有事情之中，实际上也只有这一点将会被人记住。他要么就在冰球馆打球，要么就在家里陪伴自己的妈妈。他不曾告诉任何人：马特奥手枪击发的子弹，实际上针对的到底是谁。他要如何解释呢？谁会让他解释清楚呢？他太害怕了，太渺小了。所以他什么都不说，不干扰任何人，在沉寂之中活着，努力为熊镇冰球俱乐部救下每次扑过来的橡皮圆盘。无论是观众席站位区的观众，还是座位区的观众，都相当喜爱他。从众多方面来说，他成了这个俱乐部真正的传奇之一。他不曾在另一个俱乐部打过球，他就待在这里，比其他任何人都更像一头熊。他出生于赫德镇，但熊镇成为地表上真正给他归属感的地方。当他因伤不得不中断冰球选手的生涯时，他已经年过三十。

打从那件每天都让他努力想要遗忘的事情发生以来，他已经过了大半辈子。他每分钟的出赛，都像是努力在寻求被谅解。仿佛只要他够厉害、够有价值，甚至稍微被人喜爱，他到最后就能通过某种方式过上一种不必总是觉得自己不值得活着的生活。他打球的方式，就像把冰面当成一部时光机。它永远不会成为时光机。在他的最后一场比赛结束以后，俱乐部将他的球衣升上天花板，以一场盛大而隆重的仪式答谢他。第二天，他肩膀上背着一只装着冰球装备的大提袋坐上了公交车。他经历数十千米的车程，来到另外一座城市，步行穿越市区，走到一座小型墓园前。他在墓碑之间走动着，来到位于最远端某个角落一处既小又不显眼的墓碑前。它被安置在一棵美丽的树下，那是一棵在冬季时能提供屏障、在夏季时能提供阴凉的树木。"闭嘴"将它周边的杂草清除掉，将鲜花放在墓碑前。"马特奥"。上面没有写姓氏。就算这里距离熊镇已经有几十千米，他的双亲仍然担心那些永远无法停止憎恨他的人会到这里来，破坏他的坟墓。"闭嘴"将他的手指头塞到那几个字母之间，小声道："请原谅我，你本来应该能过上我的人生，请原谅我……"

之后他拉开自己那只装着冰球球具的提袋，将袋子里的武器进行装填。他擦干泪水，拿起那把猎枪，走进森林。

这样的惩罚是否足够？没人能回答。没人知道。

*　　*　　*

除了几个特定时刻，人生又是什么？除了针对悲痛的一场微小的胜利以外，欢笑又算得了什么？一秒钟，就只有那么一秒钟，我们内心的一切并未碎裂。

露丝和马特奥成长的那栋房子的门上，传来小心翼翼的敲门声。当他们的双亲开门时，邻屋的那对老夫妻就站在门口。那位女士手里拿着一个苹果派，男士手里则提着一只真空保温壶。或许是因为对住在自己篱笆另一侧的人们的了解如此匮乏而感到可耻，他说话的声音很低："假如您想谈谈，我们可以谈谈。假如您想安静地待着，我们可以安安静静地坐着。可是我们觉得，能够不要孤独，还是比较好的。"

他们坐在那小小的客厅内。

"好多美丽的书啊。"住在邻屋的那位年老女士说。

"和生活相比，我更擅长阅读。"露丝和马特奥的爸爸说。

过了一会儿，敲门声再度响起。为他们的女儿举行葬礼的那位牧师站在门外。他们不敢将马特奥埋葬在同一座墓园里。不管怎样，这位牧师还是登门拜访。这是某种类型的工作，这也意味着某种类型的人。他们坐在客厅里，那位牧师的目光缓慢地从书脊之间飘过。

"我看到那边有一本《圣经》，我可以从书中读一小段吗？"

露丝和马特奥的妈妈站起身来，取下它，随后全身颤抖地将它递上。在朗读《马太福音》第五章的同时，这位牧师紧握着她的手：

> 哀恸的人有福了，因为他们必得安慰；
>
> 温柔的人有福了，因为他们必承受地土；
>
> 怜恤人的人有福了，因为他们必蒙怜恤。

在啜泣和抽噎声中，这位牧师继续朗读同一页下方的段落：

你们是世上的光。城造在山上是不能隐藏的。

人点灯，不放在斗底下，

是放在灯台上，

就照亮一家的人。

你们的光也当这样照在人前，

叫他们看见你们的好行为。

马特奥和露丝的双亲，将自己的余生奉献给了慈善和公益活动。他们搬到地球的另一端，在贫困的村庄内努力工作，为其他人奉献着。最重大的一项成果，是一间孤儿院。他俩每天早上醒来时，都觉得自己听见了亲生子女的欢笑声，哪怕只有那么一秒钟。

马特奥和露丝成长的那栋小屋，多年来一直处于空无一人的状态。但随着时间的流逝，它再度充满人迹。一对年轻夫妇对它进行了装修，他们一片隔板接一片隔板地进行装修，直到它看起来几乎像是全新的。那对双胞胎在庭院里玩耍着。邻居们隔着篱笆闲聊着。被射出的橡皮圆盘撞击着房屋正面的墙壁。

*   *   *

班杰的妈妈继续活下去。她活得很艰难，但决不妥协。她得这样做，毕竟岁月不待人。她有孙子和孙女，这拯救了她，因为孙子、孙女的成长也是不等人的。生日、暑假、圣诞夜、擦伤、被蚊子叮咬和咯咯的笑声，他们会大吃冰激凌、滑雪，还会体验许多令人感到毛骨悚然的、魔幻的历险。必须等到足够的时间流逝，我们才会真正体验到：原来心痛的感觉，几乎一直都在。而你已经顶住了，你内心充满思念之情，但不需要每次都尖叫出声。彼此拥抱，而无须一直哭泣。纵声欢笑，而无须持续感到罪责。

生命将继续走下去，它不会带给我们其他任何选择。

*   *   *

爱丽莎有一张可以睡的床，有个可以定居的地方，但她几乎不曾待在那里。她要么待在苏恩家里，要么就待在爱德莉的家里。她在三个家中长大，其中一个家真是糟糕透顶，但另外两个家则棒得不得了。另外，她还有冰球馆，有真心关爱她的人，以及一个敬重她的体育项目。班杰的妈妈和姐姐们最初出于哀悼班杰而给她的拥抱，到后来转化为对她的发自内心的关爱——就像从煤炭中冶炼出的小钻石那样纯净。

某一天，爱丽莎带着一条由爱德莉交给她的小狗来到苏恩家。小女孩相当坚决地说明：这条就是她的狗，不属于其他任何人，但是它得住在苏恩的家里。

"我总得上学，还得练球！这样一来，让这条狗自己独处是行不通的！你真的也得帮帮忙！"她斩钉截铁地说。

"好，好，好。好，好，好。好，那就这么办吧。"这位老人点点头。

"我可以吃果酱三明治吗？"爱丽莎问。

她当然可以吃，而且想吃多少，就可以吃多少。

欧维奇家的姐妹们每天都会探访班杰的墓地。他如果还在这里，想必会说，她们现在对他说的话，比他在世的时候多多了。她们一想到这一点，就真想揍他。此时，她们对他的思念是最为浓烈的。

即使现在所有人都将毛皮酒吧称为"班杰的酒吧"，她们仍继续以这个名称经营下去。建筑物正面的外墙上，没有任何招牌，也不需要什么招牌。至少在一开始的时候，这家店通过口感简单的啤酒和相当低劣的餐点，充分地向拉蒙娜时期的传统表达了敬意。随后，餐点的质量逐渐改善，原因就在于，和拉蒙娜相比，佳比更懂得如何善用食谱。佳比的孩子们在酒吧里写作业，对于自己在多达一半的时间里成了一个相当不称职的妈妈，她感到焦虑。但当孩子们长大成人时，他们将会告诉她，他们的成长历程并没有被牺牲掉。他们的爱德莉姨妈主要负责在每天的不同时段威胁着要打这些男生的嘴巴，或者真的打他们的嘴巴。某一天，提姆和其他数名黑衣人走进店里，向姐妹们提供了一台"从货车上滑落下来的"台球桌。他们将它扛了进来，"那群人"当中几个最无可救药的白痴试着打上几轮台球，但这显然毫无价值可言，所以爱德莉斟酌着是否只能将它烧掉，以避免看到他们的身体蠕动着。但某天的午后，当她独自在店内打扫时，一阵敲门声响起。一群青少年站在门外，他们的神情既急切又天真，询问是否能让他们打一会儿台球。她放他们进来，直到她把他们硬推出门，他们才准备回家。第二天，她才刚打开店门，他们就再度前来。她为他们递上用微波炉加热过的比萨，他们不断地打着台球，一打再打，球技越来越好。她极为确定的是，他们当中的某人有朝一日将会成为世界冠军。

这座小镇，便属于这种类型。

＊　　＊　　＊

安娜的生日到了，她并没有预期别人会记得。她的爸爸神志清醒，一整夜都站在楼下，用胶带将气球固定在整层楼里。小狗们将每个气球都扯下。安娜不曾感到自己如此受人喜爱。

门口传来按铃声，哈娜站在门外。特丝不胜害羞地站在她后方一小段距离处。那辆迷你巴士则停靠在篱笆旁边。

"这个是给你的。"哈娜说。她必须眨动双眼，才能摆脱掉目光中的柔情。

那是一家驾校提供的礼券。安娜大笑良久。随后哈娜问她，她和她爸爸是否想一起参加"考察之旅"。所以，他们就这么做了。她爸爸甚至没忘记车内的枪械。他们开了好几个小时的车，来到一个规模较大的都市。这段距离遥远到足以在此地找到一所学院，但这段距离也恰好够近，安娜如果考取驾照，或许就能住在家里，借由通勤的方式到此地上学。

哈娜清了清嗓子，说道："这是……一所挺小的学校，或许大家所梦想的，并不是这种学校。由于这里没有够好的法律系，特丝不愿意在这里上学，但对你来说，或许……嗯……我的意思是，这里开设了助产士课程。首先，你必须先成为护士，我可以帮助你。我可以……我想帮助你。如果你愿意。"

特丝站在一旁，对着自己的妈妈翻了翻白眼。安娜不知道自己究竟该怎么回答，她并不像玛雅，她不知道该如何使用言语让自己听起来像是愿意接受。所以，她走到车前，取出一个大信封，在笨拙的动作和四处飘动但就是不直视哈娜双眼的目光中，把它递给哈娜："这其实挺蠢的。在我妈妈走后，每年我都会在学校里写好母亲节卡片，就因为其他所有小孩都这样做，但我不曾有可以送卡片的对象。但是我在想，你帮助了所有妈妈。所以……嗯，天杀的，这样做会不会很笨，还是显得很奇怪啊？"

哈娜完全无言以对，此时特丝不得不站到两人之间，说道："不会，安娜，这并不蠢，这相当好，你真的很善良！"

安娜的目光瞥向一个方向，哈娜则盯着另一方向。她们当中，没有人知道该在哪里能把自己一生遭遇、经历过的事情全数甩开，而又不被人看见。在这所学院的一小段距离外，就设有一家医院，当某人在医院入口突然开始高声叫骂时，两人对此都感激不已。

"立刻把它开走！它挡到救护车了！"

那是一名护士，她和哈娜相比并没有多大的不同，就像一整个蜂窝里的蜜蜂一样愤怒。入口外停着一辆连接拖车的大货车，事实证明，一路将它开到这里来的那名男子得了急性盲肠炎。叫救护车当然是不可能的，他们以为他的钱多到花不完吗？当他到达目的地，在疲惫和痛楚中从驾驶座上滑落时，他没有能力将这辆大货车停好。所以，它就挡在那里。护士对着一名警卫破口大骂。警卫回答道："你觉得我会驾驶挂有拖车的大货车吗？你是白痴吗？谁会开这种东西？"

因此安娜走上前，说道："我会开。"

警卫是一名正值壮年但已秃头的男子，他轻蔑地转过身来："你会？一辆挂了拖车的大货车，你会开这玩意儿？"

安娜只是无动于衷地耸耸肩，但她的爸爸在她后方坚定地回答道："我女儿什么都能开，把钥匙给她。"

一开始，这名警卫挠了挠下巴，接着他差点惊掉下巴。哈娜和特丝站在一旁，她俩以前都没看过有人能将一辆挂有拖车的大型货车停进缝隙。当安娜从车里跳出时，警卫开口大喊，赞美了她一句，但他的声音被一道轰鸣声给掩盖了，所以没人听见他说了什么。一股轰鸣着、砍劈般的噪声填满了空气，朝每块草坪散布振动波。安娜直接抬起头来，接着奔向哈娜，拉扯住她的胳膊，吼叫着："哈娜，我该学什么课程，才能开那玩意儿？"

哈娜将自己的目光转向天际，凝视着救护用直升机，面露微笑。它飞向那些需要它救助的人，那些受了伤、尖声呼救、其他人无法前去救助的人。它飞向无人敢前往的地方。如果有需要，它甚至会直直冲入火堆。

*　　*　　*

在成年以后，玛雅曾在数以百计的场馆内向数以千计的人们演唱，但她主要还是为自己和她小时候那些最要好的朋友而唱。有一天，安娜会拉着她坐进直升机直接飞入空中。她们俨然成为自己的过往，也就是那两个充满欢笑的小女孩——她们多么希望能够回到从前的时光，保护这两个小女孩。她们将她们从森林里的地面上拉起，把她们藏在自己的夹克里，螺旋桨拍击着，载她们飞离地表，飞往远方。振翅高飞，无忧无虑。

在强奸案发生的十年后，玛雅再度见到凯文，但也仅此一次。那时，她从一辆停在体育馆旁停车场上的巡回演出巴士上走下，他则和自己的妻子在旁边的购物中心采买完毕。他倒着一辆生锈的小破车，转过身来，隔着车窗看见了玛雅。他的体重已然增加，这改变了他的外貌，使他变得更柔软也更迟钝。他的妻子已经怀有身孕，她将自己的手搭在他的手上，面露愉快的表情。他已经建立起全新的生活。他能被允许这样做吗？

玛雅将会牢牢地盯住他的目光。他将变得非常震惊，不由得紧急刹车。对玛雅来说，这一刻只持续了几秒钟；对他来说，这一刻简直持续到了永久。随后她只是转过身，朝体育馆走去，那是她今晚即将演唱的地点。那名贝斯手站在远处的前方，等候着。

"那个人是谁？"他将会这么问。

"谁都不是。"她回答。她这番话是认真的。

她并没有宽恕，更没有遗忘，但她也没有因为自己有能力施暴，就使用暴力。就算凯文的生活本该被摧毁，她也没有这样做。她饶恕他。

但是，凯文的妻子将会询问，那个女人是谁。凯文的每次呼吸都充满惊恐，但承受谎言的重担已然超出了他的能力范围，所以他低声说出真相，和盘托出。在熊镇的那一夜过后，他设法营造了一个现实，如今这个现实便在车里、在他身旁土崩瓦解。他失去了一切。

他是否能够被原谅？他是否能够被许可继续活下去？

现在就让其他人为此来争吵吧。玛雅已经高高地飞跃了这一切。

*　　*　　*

春季和夏季，始终都会到来，这几乎是令人无法忍受的。但是转瞬之间，秋季就翩然而至。随后，冬季将重新笼罩在我们身上。生活并没有继续下去。它重新开始，一切再度成为可能。什么事情都可能发生：最棒的事情、最美好的事情，以及地球上所有最重大的探险。

大清早，工友将会打开冰球场馆的门，点亮灯光。当爱丽莎来到冰面上时，她看起来既渺小又孤独。实际上，她并非如此。她是所有人当中最魁梧的，而且将永远不再孤独。她躺在球场中线的圆圈里，向上凝视着天花板。当她闭上眼睛并伸展手指时，她内心的许多位置隐隐作痛。但在此时此地，她暂时还没有任何感觉，因为班杰就躺在她身边。新的冰球赛季即将开始，一切仍然能够变得美好。在她漫长的职业生涯中，当她踏入每个冰球馆、为国家队征战每场比赛时，每当她感到害怕或紧张时，她就会做同样的事：将脸面向天花板，伸出手，感觉到他就在那里。原因在于，班杰明·欧维奇并不在坟墓中，班杰明·欧维奇正跟自己最要好的朋友，一起待在赛场上呢。

苏恩、工友和爱德莉坐在观众席上，整座冰球馆都将散发出樱桃树的气味。在那时，你很容易就爱上冰球。冰球并非过去式，它并非昨天，它只是意味着"下一次"。下一次换人，下一场比赛，下一个球季，下一个世代，以及下一个光怪陆离的片刻：当我们认定某件事不可能发生的时候，奇迹就降临了。下一个从椅子上飞腾起来、满心喜悦且大声叫喊的机会。下一次。

有朝一日，爱丽莎将成为世界第一。她来自一座内心充满哀愁、空气中弥漫暴力的城镇，而她的球衣背部绣着"欧维奇"。她不是走上冰面，而是像一股风暴般席卷整个冰面。如果你想阻止她，那只能祝你好运。祝你好运。

她每次进球时，所有爱她的人都会将她从地面抬起数厘米。在那极少数的几个幸福时刻里，仿佛所有的牺牲都是值得的。这关乎我们的一辈子。终有一天，她将会回到这里，指导其他的孩子学会溜冰。有朝一日，她将承担起蜘蛛侠和女超人的角色。

702

她的百年岁月成为最受我们喜爱、最美好，也最常被讲述的一段故事。我们这里就是一座冰球小镇，而她的故事确实展现了这座小镇的相当一部分精髓。我们这里除了故事，什么东西都没有，而我们所有的故事其实都只围绕着一件事：第一个故事中的小男孩一路杀进国家冰球联盟后，带着家人回归乡里，他的女儿在这里交到了全世界最棒的朋友，也遭遇了一桩骇人的罪行，一段爱情也因此变得像器官捐赠般不自然。这涉及奋斗和热泪，讲述着拥抱和欢笑，涉及一个舞台、一把吉他，以及数以千计的听众。它讲述起一个出生在不曾结过冰的地方，最后滑冰轮下的速度竟然能够快到无人可比的小男孩。它讲述起在其他领域出类拔萃的其他小孩，讲述起那个成为教练的男生，那对成为父母的伴侣，以及那个驾驶直升机、准备拯救全世界的女孩。它讲述起一名从来无法视自己为英雄、最后竟直接冲向骚乱中心、只为拯救一个孩子、像英雄一般死去的年轻男子。它讲述起各个家庭和朋友们之间的故事。它讲述起爬树的故事和种种历险。它讲述起一座无边无际的广袤森林、两座小城镇、所有在此地只求努力过好自己人生的子民。它讲述起一个人坐在一条小船上，装模作样，最后连一条鱼都没钓上来。

这一切都只与一个人有关：爱丽莎。我们谈到的每个人，你已经听闻的每则故事、已经看过的每个段落都引向她。其他人的故事都会在此处画上句号，而她的故事则将从此处展开。

有朝一日，她会让我们再度感受到：我们是赢家。

因为她就是那头熊。

来自熊镇的熊。

假如您读完了整部故事，我想说的是：

希望这对您有所帮助，因为我在本系列作品中付出了我所有的心血。

感谢您共同参与了这趟旅程。